D1868900

Jorge Amado

DAS LAND DER GOLDENEN FRÜCHTE

Jorge
Amado

DAS LAND DER GOLDENEN FRÜCHTE

Roman

Peter Hammer Verlag

Titel der brasilianischen Originalausgabe:
SÃO JORGE DOS ILHÉUS
Aus dem Portugiesischen von Roland Erb

1978 Peter Hammer Verlag GmbH Wuppertal
© Verlag Volk und Welt, Berlin-DDR (deutschsprachige Ausgabe) 1978
Copyright by Jorge Amado, Salvador de Bahia
Satz und Druck: Karl-Marx-Werk Pößneck
Buchbinderei: Klemme & Bleimund, Bielefeld
ISBN: 3 87294 125 9
Printed in the German Democratic Republic

Für Matilde,
zur Erinnerung an Bahia

Dem Gedenken Bertinhas

Für Jacinta Passos, David Wertman, Diwaldo Miranda, Giovani Guimarães und Wilson Lins

Eigentlich bilden dieser Roman und der vorige, „Kakao“, eine einzige Geschichte: die Geschichte der Kakaoländereien im Süden des Staates Bahia. Ich habe in diesen beiden Büchern versucht, unvoreingenommen und mit Leidenschaft das Drama der Kakaowirtschaft, die Eroberung des Landes durch die Feudalobersten am Anfang des Jahrhunderts, den Übergang der Ländereien in die gierigen Hände der Exporteure in den jüngstvergangenen Tagen zu erfassen. Und wenn das Drama der feudalen Eroberung episch ist, das der imperialistischen Eroberung aber nur schäbig, dann ist der Romancier nicht schuld daran. Joaquim sagt, daß die Zeit, die danach kommen wird, voll von Heldentum, Schönheit und Poesie sein wird, und ich glaube es.

Dank einer besonderen Gefälligkeit von Sosígenes Costa, dem großen Dichter des Kakaolandes, habe ich Stücke aus seinem Poem über Ilhéus verwendet, als wären sie von Sérgio Moura. Die anderen Verse stammen, wie der Leser leicht erkennen wird, von Sérgio Moura selbst. Ebenso wird er bemerken, daß der letzte Teil dieses Buches der Anfang eines neuen Romans ist, den die Menschen des Kakaos dramatisch erleben und von dem ich nicht weiß, wer ihn niederschreiben wird.

Dieses Buch, das im August 1942, als ich „Kakao“ schrieb, in Montevideo entworfen wurde, habe ich im Januar 1944 in Periperi, einem Vorort von Bahia, der Stadt des Castro Alves und der politischen Kunst, abgeschlossen.

„Ein Land von großer Herrlichkeit
und auch von großem Elend . . .“

(Aus einem Volkslied)

Die Erde schenkt goldene Früchte

Die „Königin des Südens" 1

Auf einmal wich das Flugzeug in südlicher Richtung von seinem Kurs ab, und vor den Augen der Reisenden erschien die Stadt. Sie flogen jetzt nicht mehr über dem grünen Meer. Als erstes erkannten sie die Kokospalmen und gleich danach die Anhöhe der Conquista. Der Pilot neigte das Flugzeug, und die auf der linken Seite sitzenden Passagiere konnten wie auf einer Postkarte die Stadt Ilhéus sehen, die unter ihnen vorbeizog. In armseligen, gewundenen Straßen stieg sie vom proletarischen Hügel hinab, dehnte sich zwischen Fluß und Meer in neuen, prächtigen Alleen, die in den Küstenstreifen geschnitten waren, setzte sich mit fröhlichen Gärten fort auf der Insel Pontal und stieg noch einmal proletarisch an zum Unhãohügel mit Häusern aus Zinkblech und Holz. Einer der Fluggäste zählte die acht Schiffe, die außer den großen Seglern und den unzähligen kleinen Booten im Hafen lagen. Der Hafen schien größer als die Stadt selbst. Der Fluggast rief seine Beobachtung Carlos Zude zu, dieser aber sah nach den Badenden am Strand, winzigen schwarzen Punkten, die auf der Weiße des Sandes den im Schaum zergehenden Wellen entgegenliefen. Julieta mußte dort unten sein, sicherlich badete sie im Meer und spielte mit den Freunden Federball. Carlos Zude bemerkte, daß jemand am Strand den Arm hob und dem Flugzeug zuwinkte. Vielleicht war es sogar Julieta? Carlos Zude konnte nicht erkennen, ob jenes Wesen, das da grüßte, ein Mann war oder eine Frau, denn es war nur ein schwarzer Punkt, verloren in der

Weiße des Sandes. Aber es konnte durchaus Julieta sein, sie wußte, daß er mit diesem Flugzeug kam. Carlos Zude beantwortete den Gruß, er bewegte die Hand hinter der Scheibe hin und her. Aber der Pilot steuerte die Maschine auf die Bäume des Hügels zu, und über den Kais schien sie sich mit allen Insassen in einen kollektiven Freitod stürzen zu wollen. Sie verlor rasch an Höhe. Über ihnen war der blaue Himmel mit flüchtigen weißen Wolken. Das Flugzeug ließ den Hügel hinter sich und glitt sanft zum Fluß hinunter, die Umdrehungszahl des Propellers verminderte sich, und es kam in unmittelbarer Nähe des Flugplatzes der amerikanischen Gesellschaft, nahe der Eisenbahnlinie, zum Stehen. Der Flugplatz der deutschen Gesellschaft war weiter entfernt, von dort mußten die Passagiere mit Booten zum Kai gebracht werden. Der Steward öffnete die Flugzeugtür, das Bodenpersonal des Flugplatzes schob die Treppe heran. Carlos Zude sprang als erster hinaus. Der zu seinem Empfang erschienene junge Mann, ein Angestellter aus seinem Büro, stürzte ihm mit einem Lächeln auf den Lippen entgegen. „Gute Reise gehabt, Senhor Carlos?“ Er drückte seinem Chef die Hand.

„Es war wunderbar.“ Er blickte auf die Armbanduhr. „Nur eine Stunde von Bahia bis hierher. Fünfundfünfzig Minuten ...“

„Das lohnt sich“, bemerkte der junge Mann.

Er nahm die Aktenmappe, die Carlos Zude bei sich hatte, sie war vollgestopft mit Geschäftspapieren. Die Koffer würden von einem schwarzen Dienstmann gebracht werden. Die Taxis riefen hupend nach Kunden. Carlos schritt über die Eisenbahnbrücke, der Angestellte ging ein paar Meter hinter ihm und bewunderte die Eleganz des Chefs, so ein Mann hätte er auch sein mögen. Das graumelierte Haar ließ ihn nicht alt erscheinen, es verlieh ihm eher eine gewisse Vornehmheit. Er war bestens gekleidet und trug elegante Schuhe, aber vor allem bewunderte der Angestellte die so natürlich wirkenden Gesten eines großen Herrn, die das Ergebnis jahrelangen Studiums und unermüdlicher Übung sein mußten. Von seinem Gang bis zu der Art, wie er lachte. Das Flugzeug begann wieder zu brummen, Passagiere waren zugestiegen, der Steward schloß die Tür, und die Maschine glitt über die Wasser des Flusses, um gleich darauf an Höhe zu gewinnen und in südlicher Richtung mit Kurs auf Rio de Janeiro zu verschwinden.

Der Chauffeur riß die Tür des Buick auf. Wieder bewunderte der Angestellte, mit welch herrschaftlicher Nachlässigkeit Carlos Zude dem Chauffeur die Hand reichte und ihm für seinen Willkommensgruß dankte. Ein wirklicher Grandseigneur ...

Carlos Zude stieg ins Auto. Der Angestellte setzte sich neben den Chauffeur, wandte sich nach hinten um und sagte: „Wir haben Sie schon am Donnerstag erwartet."

„Ich habe keinen Platz im Flugzeug bekommen. Sie sind immer ausgebucht, die Plätze reichen nicht aus. Um heute fliegen zu können, mußte ich schon drei Tage vorher den Flugschein lösen." Mit seiner Geste schien er die ganze Angelegenheit abzuschließen. „Aber die Amerikaner wollen jetzt ein Flugzeug speziell für die Linie Ilhéus–Bahia bereitstellen. Zwei Flüge am Tag ..."

„Das ist ja wunderbar!" rief der Angestellte aus.

Carlos Zude fuhr fort: „Ich habe mit dem Direktor gesprochen. Es ist ein blendendes Geschäft für sie. Dieser Amerikaner ist ein kluger Bursche, er hat begriffen und mir garantiert, das Problem in einem Monat zu lösen. Zweimal täglich eine Maschine."

„Sie können die Preise etwas herabsetzen, und wenn die Obersten keine Angst mehr haben vor einer Flugreise ..."

Er nannte ein paar Einzelheiten, als ginge es um sein eigenes Geschäft.

Der Angestellte lachte. „Nun, wenn sie keine mehr

haben! Ich weiß noch, wie es mit Oberst Maneca Dantas war. Als die erste Fluglinie mit Zwischenlandung hier in Ilhéus eröffnet wurde, die von der deutschen Gesellschaft, sagte der Oberst zu mir, er käme bei einem Flugzeugunglück höchstens um, wenn die Maschine aus der Luft auf ihn stürzte. Jetzt, nachdem er notgedrungen geflogen ist, um seinen kranken Sohn zu besuchen, der eben dort sein Examen abgelegt hat, reist er, wie er sagt, nur noch mit dem Flugzeug."

Der Angestellte hatte im Beisein Carlos Zudes nie so viel gesprochen, und eine gewisse Besorgnis erfaßte ihn. Aber der Chef lächelte wohlwollend und bemerkte: „Sie sind wie schüchterne Kinder."

Der Angestellte fand den Vergleich höchst gelungen, und da er literarische Anwandlungen hatte, gedachte er ihn am Abend auf der Versammlung des Verbandes der Handelsangestellten zu wiederholen, als wäre er von ihm. Das Auto überquerte die Bahngleise und erreichte das Handelszentrum der Stadt, es fuhr dem Hafen zu. Der Angestellte entsann sich seines Auftrags.

„Ach, Senhor Carlos ... Dona Julieta hat angerufen und gebeten, Ihnen auszurichten, daß sie am Strand ist."

„Vielen Dank" – die lässige Stimme des Grandseigneurs.

Carlos Zude dachte wieder an Julieta. Sicherlich hatte sie den knappen Badeanzug an, spielte Federball oder teilte unerschrocken und kühn die Wellen dieses gefährlichen Meeres. Er befühlte die Tasche, in der er das in Bahia gekaufte Halsband verwahrt hielt. Er stellte sich vor, wie es sich um den braunen Hals seiner Frau legen würde, und lächelte. Sie war die schönste Frau auf der Welt ...

Der Wagen hielt, der Chauffeur öffnete die Tür, und Carlos stieg aus.

„Warten Sie auf mich, José, ich komme sofort zurück."

 Der Chauffeur nickte, schlug die Wagentür zu und ging

ebenfalls durch das breite Hauptportal des Exporthauses „Gebrüder Zude & Co.“, aber er wandte sich nicht wie Carlos und der Büroangestellte dem Aufzug zu. Er betrat einen der riesigen Säle im Erdgeschoß. Das Haus war jetzt ein vierstöckiges Gebäude, an derselben Stelle wie das frühere einstöckige, in unmittelbarer Nähe des Hafens. Das Erdgeschoß diente als Lager und Kakaoverpackungsraum, es waren zwei große Säle, bis zur Decke angefüllt mit schwarzen Fruchtkernen, die einen starken Schokoladengeruch ausströmten. Auf den Kakaobergen standen Männer, bis zum Gürtel nackt, und schaufelten die Bohnen in Säcke. Andere wogen die Säcke und brachten sie auf das Gewicht von genau sechzig Kilo, dann nähten die Frauen die Öffnungen der Säcke mit überraschender Schnelligkeit zu. Ein etwa zwölfjähriger Junge drückte auf jeden von ihnen einen roten Stempel:

GEBRÜDER ZUDE & CO.
EXPORTEURE

Hinten fuhren im Rückwärtsgang die Lastwagen herein, Verladearbeiter trugen die Säcke auf dem Rücken, gebeugt unter der Last. Die Säcke fielen mit dumpfem Aufprall auf die Wagen, die Fahrer warfen die Motoren an, fuhren hinaus auf die Straße und stoppten am Kai. Wieder kamen Transportarbeiter, und wieder krümmten sich ihre Rücken unter der Last. Sie liefen über die Brücke, sie glichen sonderbaren Wesen, Schwarzen mit entsetzlichen Buckeln. Das riesige, aschgraue schwedische Schiff verschlang den Kakao. Betrunkene Seeleute überquerten die Landungsbrücke, sie unterhielten sich in einer fremden Sprache.

José lehnte sich an die Wand, sah bei der Arbeit zu und betrachtete Rosa, die mit zusammengepreßten Lippen und aufmerksamem Blick Säcke zunähte. Der Chauffeur trug das Lächeln des Eroberers auf den Lippen, aber Rosa, die vom Tempo der Arbeit ganz in Anspruch genommen war, bemerkte ihn nicht. José spähte noch eine Minute lang hinüber, in der Hoffnung, ein Lächeln mit der Mulattin tauschen zu können, aber schließlich zuckte er entsagend die Schultern und kehrte zum Wagen zurück.

„Der Bock ist ganz verrückt nach seiner Frau, er ist imstande und kommt schon wieder runter."

Der Lastträger 72, der gerade, unter einem Kakaosack gebeugt, vorbeikam, lachte, und José lachte selbst über die zwischen den Zähnen geknurrte Derbheit.

Carlos Zude war tatsächlich verrückt danach, seine Frau wiederzusehen. Er war mit dem Lift hinaufgefahren, hatte eilends die Büroräume durchquert, wo sich die Angestellten bei seinem Erscheinen erhoben, und öffnete nun die Tür, auf der ein Metallschild verkündete:

DIREKTOR
PRIVAT

Er setzte sich in den Schreibtischsessel. Der Angestellte, der ihn abgeholt hatte, legte die Aktenmappe auf dem Tisch ab und wartete, daß Carlos Zude etwas sagte.

„Es ist gut, Reinaldo. Schicken Sie Seu Martins her."

Der Angestellte grüßte und lief beinahe hinaus. Carlos Zude schwenkte sich mit seinem Drehsessel herum und betrachtete durch das breite Fenster den Verkehr auf der Straße; Lastautos fuhren vorbei, ein Omnibus machte sich auf den Weg nach Itabuna. Der Geschäftsführer betrat das Büro, er keuchte, so schnell war er gelaufen.

„Ich war gerade dabei, das Verladen zu kontrollieren."

Nach dem Händedruck und den protokollarischen Fragen nach dem Verlauf der Reise blieb auch er wartend stehen. Carlos Zude öffnete die Aktenmappe, verteilte Papiere auf dem Schreibtisch, wies dem Geschäftsführer einen Stuhl und sagte: „Das Geschäft ist unter Dach und

Fach. Hunderttausend Arrobas* zu zwanzig Milréis verkauft. Ich habe gestern telegrafisch abgeschlossen."

Der Geschäftsführer fragte verwundert: „Sie haben zwanzig Milréis bekommen? Und Sie haben nur hunderttausend verkauft?" Man hörte aus seiner Stimme eine gewisse ängstliche Mißbilligung heraus. „Wir haben noch hundertachtzigtausend am Lager."

Carlos Zude lächelte. An der Wand beantwortete die Vergrößerung eines Fotos des alten Maximiliano Campos sein Lächeln. Der hatte gewissermaßen das Haus Gebrüder Zude & Co., Kakaoexporteure, gegründet. Vor zehn Jahren war er gestorben, und in seiner letzten Stunde gab er Rômulo, dem älteren der beiden Brüder Zude, den Rat, die Tätigkeit der Firma ausschließlich dem Kakao zu widmen. Carlos hatte es so gemacht, und das Vermögen der Zudes hatte sich verdreifacht. Maximiliano zeigte auf der Fotografie sein wissendes Lächeln, er antwortete Carlos' gutgelauntem Lächeln; der Alte begriff, der verstand etwas von Kakao, er war nach Ilhéus gekommen, als es mit dem Kakao anfing. Carlos drehte sich um zu dem Geschäftsführer und erklärte mit einer Stimme, in der ein ganz klein wenig Eitelkeit lag: „Nur hunderttausend, Seu Martins, und ich weiß nicht einmal, ob ich nicht zuviel verkauft habe. Es gab eine Zeit, Martins, da bestimmten die Käufer die Preise. Sie bezahlten, was sie wollten. Der Kakao von Ilhéus war nicht der Rede wert, er zählte nicht auf dem Markt. Er stand weit hinter den anderen zurück. In dieser Zeit war unsere Firma – ich weiß nicht, ob Sie davon gehört haben – recht klein, an der Stelle dieses Hauses stand ein vernachlässigtes einstöckiges Gebäude, das uns nicht gehörte, es war nur gemietet. Das ist fünfundzwanzig Jahre her, Seu Martins."

Der Geschäftsführer pflichtete mit einem Nicken bei, er wußte nicht, worauf der Chef hinauswollte. Carlos Zude

* Gewicht (15 oder 20 kg)

streckte die Beine von sich und fuhr fort: „Nur hunderttausend, Seu Martins, und vielleicht hätte ich bloß fünfzigtausend verkaufen sollen. Ich will Ihnen etwas sagen: Der Kakao wird im Preis steigen, wie er nie zuvor gestiegen ist. Sie brauchen sich nicht zu wundern, wenn er noch dieses Jahr auf dreißig Milréis hochklettert."

„Dreißig Milréis? Möglich ..."

Carlos Zude sah den Zweifel im Gesicht des Geschäftsführers. Sein Lächeln wurde noch strahlender, er lächelte Maximiliano Campos an.

„Ich habe hunderttausend Arrobas verkauft, aber nicht deshalb hat sich meine Reise gelohnt, Seu Martins, sondern weil ich in Bahia lange mit Karbanks gesprochen habe und weil er einer Meinung mit mir ist. Er hat mir sein Wort auf eine ganze Reihe von Dingen gegeben. Der Kakao wird steigen, wie er noch nie gestiegen ist. Ilhéus wird in Gold schwimmen ... Wissen Sie, wie hoch der Anteil von Ilhéus an der Weltproduktion von Kakao ist?"

Der Geschäftsführer wußte es, er nannte Zahlen, er sah den Chef der Firma bewundernd an. Martins hielt sich für einen guten Geschäftsführer, zweifellos, er war sorgfältig in den Geschäften, peinlich genau und fleißig, aber er hatte nicht das kaufmännische Genie des Chefs. Carlos stand auf und schob mit einer charakteristischen Bewegung die Finger unter die Weste.

„Die Zeit ist gekommen, Seu Martins, daß die Amerikaner bezahlen, was wir fordern. Der Preis wird jetzt hier in Ilhéus gemacht und nicht in New York."

Maximiliano auf der Fotografie lächelte.

Der Geschäftsführer wartete. Carlos Zude sah durch das Fenster auf die Leute, die auf der Straße vorbeigingen. Der Kakaogeruch drang bis ins Büro herauf, es war ein guter Geruch.

„Wieviel zeigt die Preisliste an?"

„Beste Qualität, achtzehntausenddreihundert. Good, siebzehn neunhundert. Normal, siebzehn vierhundert ..."

„Bei Anlieferung?“

„Bei Anlieferung. Auf Sicht liegt die beste Qualität bei achtzehn neunhundert. Ein guter Preis.“

„Ein schlechter Preis, Seu Martins. Ein New-Yorker Preis. Der Preis von Ilhéus wird besser sein. Laufen Sie auf den Markt und bieten Sie den Obersten folgendes an: Wer die Ernte auf Anlieferung verkaufen will, dem zahlen wir . . .“ – er zögerte kurz und verzog nachdenklich den Mund – „. . . neunzehn Milréis.“

„Neunzehn pro Arroba?“ Wieder lag Beklommenheit in Martins' Stimme.

Carlos Zude zupfte die Bügelfalte seiner Hose zurecht. „Ja, neunzehn, Seu Martins. Und Sie können bis zu neunzehn fünfhundert akzeptieren. Und wundern Sie sich nicht, wenn wir sehr bald schon zwanzig oder fünfundzwanzig Milréis zahlen.“

Der Geschäftsführer versank in einem Meer von Zweifeln. Carlos senkte die Stimme. „Und am Ende des Jahres wird uns der Schokoladenfabrikant dreißig und sogar über dreißig Escudos pro Arroba bezahlen.“ Mit Nachdruck fügte er hinzu: „Er wird den Preis zahlen, den wir verlangen.“

„Fabelhaft“, sagte der Geschäftsführer.

Carlos Zude gab die letzten Anweisungen: „Rufen Sie die anderen Exporteure an und laden Sie sie in meinem und Karbanks' Namen für heute abend zu einer Versammlung in den Handelsverein. Vereinbaren Sie die Sitzung für neun Uhr, und sorgen Sie dafür, daß keiner fehlt. Sagen Sie, daß es wichtig ist; Sie sprechen in meinem und Karbanks' Namen.“

„Selbstverständlich.“

Carlos sammelte die Papiere ein, übergab einige davon dem Geschäftsführer, drückte ihm die Hand, ging von neuem durch die Säle, wo die Angestellten sich schwitzend erhoben, und trat in den Lift. Am Portal sah er den Verkehr auf der Straße, die vorüberhastenden Menschen.

Eine benachbarte Bar war voller Leute, die sich laut unterhielten. Eine Kinoreklame zeigte Fotos von einem Film, der demnächst Premiere haben sollte. José hielt ihm die Wagentür auf. Transportarbeiter kamen mit Kakaosäkken auf dem Rücken vorbei. Im „Großen Haus der Reisenden“ gingen Leute aus und ein. Eine Schiffssirene heulte am Kai. Wieder lächelte Carlos Zude: Er war zufrieden mit sich selbst, mit der Bewunderung, die ihn umgab, mit dem Angestellten, der ihn vom Flugplatz abgeholt hatte, dem Geschäftsführer, der ihn mit offenem Mund staunend angestarrt hatte, den Menschen, die den Hut vor ihm zogen. Julieta hätte bei ihm sein sollen, hier am Hauptportal der Firma, an dem geschäftigen Morgen dieser Stadt. Er hätte ihr den starken Verkehr in der Hafengegend gezeigt, und vielleicht hätte sie dann begriffen, daß es notwendiger war, noch einige Jahre hierzubleiben, als schon jetzt am Strand von Rio de Janeiro zu leben. Er entsann sich der Geschichten, die Maximiliano auf seinen Reisen nach Bahia zu erzählen liebte, von der Vergangenheit dieses Landes, von Ilhéus, wie es vor dreißig Jahren war. Eine davon gefiel Carlos besonders gut. Sie handelte von einem bärtigen Obersten, der mit dem Revolver am Gürtel, der Reitpeitsche in der Hand, mit strengem Blick und ruhiger Stimme durch die Straßen ging und auf den die Kaufleute mit dem Finger zeigten. „Das ist der Herr des Landes!“

Der Herr des Landes. Auch auf ihn würden sie eines Tages zeigen. Auf ihn und auf Julieta. Die Herren dieses Landes.

Er stieg ins Auto. „Nach Hause, José.“

José drückte auf die Hupe, der Transportarbeiter wich seitlich aus, und der Wagen fuhr an. Carlos Zude schob die Hand in die Tasche, zog das Perlenkollier hervor. Ich will sie nackt sehen, völlig nackt, nur die Kette soll ihr vom Hals über die braunen Brüste fallen. Er schloß die Augen, um es sich besser vorstellen zu können.

Carlos zog die Badehose an, im Eßzimmer goß er sich ein Glas Wermut ein, dann trat er hinaus auf den heißen Asphalt der Allee und pfiff eine modische Sambamelodie. Er ging mit schnellen Schritten und hüpfte ab und zu ein Stückchen über den von der Sonne brühheißen Asphalt. Ein Junge, der auf einer Bank saß und sich dem Sport widmete, auf den Strand zu spucken, hielt in seiner vergnüglichen Beschäftigung inne, als er Carlos vorbeikommen sah. Er konnte sich nicht halten, er lachte schadenfroh und genußvoll, der Fettwanst kam ihm unheimlich komisch vor, dieser Mann, dem der Bauch über die Badehose herausquoll und dessen dünne Beinchen, mit denen er auf dem Asphalt umherhüpfte, dazu einen lächerlichen Gegensatz bildeten. Das Lachen durchkreuzte Carlos Zudes Fröhlichkeit und brachte einen verdrießlichen Ton in den glücklichen Vormittag. Er tat, als hörte er nichts, doch das Hüpfen ließ er sein, die Füße brannten bei der Berührung mit dem sengendheißen Boden. Unwillkürlich blickte er auf seinen Bauch hinunter – in der Tat, er war nicht mehr das hübsche Jüngelchen, das vor zwanzig oder mehr Jahren die Frauen begeistert hatte. Er war vierundvierzig, die Beleibtheit setzte sich durch – er liebte die gewürzten Speisen, die schmackhaften Bahianer Gerichte –, sie verunstaltete seinen Körper, und der Bauch wurde immer größer. „Ausgeweiteter Magen“, sagte der Arzt. Wenn er angekleidet war, nahm er sich besser aus. Die Anzüge aus bestem Kammgarntuch, vom berühmtesten Schneider Bahias zugeschnitten, die schönen Krawatten, die nach Maß gefertigten Schuhe und der Gürtel, vor allem der Gürtel, all das verbarg seinen Bauch, es machte ihn um zehn Jahre jünger. Nur das graue Haar blieb, aber das verlieh ihm, wie Julieta sagte, sogar ein romantisches Aussehen. Er war ein bißchen verbraucht, da gab es keinen Zweifel. Ein bißchen, oder war es schon mehr als das? Das Ergebnis all jener Jahre der Ausschweifungen, als Rômulo sich noch um die Zukunft der Firma kümmerte. Der ältere Bruder hatte ihn fast bis zum dreißigsten Lebensjahr in Saus und Braus leben lassen, als Carlos es endgültig aufgab, sein Medizinstudium nach der neuen Methode zu beenden, die er an der Fakultät einführen wollte. Sie bestand darin, die Vorlesungen durch Nächte in Tanzbars, Vormittage in Bettüchern und Frauenarmen und Nachmittage mit Filmen, Spaziergängen oder zügellosen Liebschaften zu ersetzen. Als er gekommen war, um in der Firma zu arbeiten, war er neunundzwanzig Jahre alt, und ohne seine nachtschwärmerischen Gewohnheiten als Trinker und Weiberheld abzulegen, offenbarte er eine außergewöhnliche Befähigung für das Geschäftsleben, er war der erste, der die Ideen Maximiliano Campos' verstand und lebhaft unterstützte, Ideen, die darauf abzielten, den Handel mit Tabak und Baumwolle ganz aufzugeben und sich ausschließlich dem Kakao zu widmen. Als Maximiliano starb, nahm Carlos die Filiale in Ilhéus in eigene Hände; er verbrachte lange Monate im Süden des Staates, kaufte Kakao auf, vergrößerte die Firma und verwandelte sie in einen der bedeutendsten Exporteure dieses Erzeugnisses. Gleichzeitig wurde er ein begeisterter Bewunderer dieses Gebiets, die Freunde nannten ihn schon einen „Grapiúna"*. Als Rômulo starb, ihm die Firma und die Sorge um seine Witwe und seine beiden Söhne vererbte, entschloß er sich, ein für allemal die anderen Produkte aufzugeben und sich ganz dem Kakaoexport zu widmen. Damals auch verlegte er das Stammhaus der Firma nach Ilhéus, errichtete das neue Gebäude und dachte ans Heiraten. Diese Idee stammte eigentlich mehr von seiner Schwägerin als von ihm selbst. Ihm fehlten nur die Frauen von Bahia, die Französinnen und die Polinnen, die ihn in allen sinn-

* Spitzname für die Einwohner von Ilhéus

lichen Raffinements unterwiesen hatten, die ihm die schülerhafte Liebe der Frauen in Ilhéus schwer erträglich gemacht hatten. Die Schwägerin klagte, er werde „ein unverbesserlicher trübsinniger Junggeselle“ bleiben. Angesichts des Mangels an Frauen, die seiner Mühe wert waren, gab sich Carlos in Ilhéus dem Trinken hin und ließ sich auch von den Obersten mitreißen, die einen ganzen Abend und eine ganze Nacht trinken konnten, ohne daß ihnen der Alkohol etwas ausmachte. Ohne es auszusprechen, fürchtete seine Schwägerin, das Trinken könnte Carlos völlig zerrütten und ihn unfähig machen zur Führung der Geschäfte, und das würde gleichermaßen der Firma wie ihren Söhnen, deren Vormund er war, schaden. Sie begann mit der Heiratskampagne, sie machte Bräute für Carlos ausfindig. Aber vielleicht hätte er nie geheiratet, wenn er nicht auf einem Fest in Bahia Julieta Sanches Rocha, die Tochter des alten Rocha, eines Weinhändlers aus der unteren Stadt, kennengelernt hätte. Schon Julietas Mutter hatte in ihrer Jugend auf den Straßen Bahias den Ruf einer Schönheit genossen. Schön und heißblütig, wie sie war, konnte niemand dem Ehemann ihre Treue garantieren, und man sagte, sie habe sogar einem Gouverneur des Staates den Kopf verdreht ... Die Tochter hatte ihre Schönheit geerbt, die jungen Burschen der Hauptstadt klebten ihr an den Fersen. Sie hatte den braunen Teint einer Spanierin, schwarzes Haar, tiefe, schmachtende Blicke. Ihr Körper war der eines sportlichen, behenden und biegsamen Mädchens, dem die geheimnisvollen romantischen Augen, sanft wie eine Ohnmacht, das Gepräge offenkundiger Sinnlichkeit verliehen. Aus diesen flehenden Augen strömte eine verführerische Mattigkeit über den elastischen Körper des Mädchens.

Carlos Zude verliebte sich leidenschaftlich in sie. An dem Abend, als er sie kennenlernte, war sie von einem jungen, eleganten Marineoffizier gefesselt. Bei Tisch machten Carlos' Freunde Bemerkungen darüber, mit welcher Anmut sie, ihren Burschen fest umschlingend, den modischen, aus den Vereinigten Staaten stammenden Tanz in Bewegungen umsetzte.

„Ziemlich anhänglich, was?"

„Sie ist wie eine Weintraube", sagte ein anderer.

Ein dritter stellte sich die erlesenen Liebeskünste vor, in denen er Julietta unterrichten könnte, wenn er sie im Bett hätte. Er brachte mit der Zunge ein unanständiges Schnalzen hervor, das voller Wünsche und Anspielungen war. Carlos Zude sagte nichts, er konnte sie nur anstarren, und er hörte auch nicht auf, sie mit den Blicken zu verfolgen, als sie sich, laut lachend mit der warmen, vollen Stimme, die kleinen weißen Zähne zeigend, die denen eines Luxushündchens glichen (ein Freund von Carlos hatte diesen Vergleich gefunden), wieder an ihren Tisch setzte. Ein gemeinsamer Bekannter stellte Carlos vor, und sie tanzten zusammen. Der Marineoffizier war bald vergessen, sieben Monate später heirateten sie und reisten nach Europa, Carlos Zude war sterblich verliebt in seine Frau. Und diese Leidenschaft war heute, drei Jahre danach, unverändert stark. Drei glückliche Jahre, dachte Carlos. Ihm fiel Vasco ein, der Freund so vieler Jahre der Ausschweifungen in den Nachtlokalen, der daran zweifelte, daß er durch die Ehe glücklich werden konnte. Obendrein durch eine Ehe mit Julieta, einer zwanzigjährigen Frau voll drängender, kraftvoller Sinnlichkeit, mit einem Leib, der nach dem Mann verlangte, aber einem starken Mann, der fähig war, die geschlechtliche Begierde zu stillen, die in ihren koketten Augen glitzerte. Vasco sagte es mit der ihm eigenen schonungslosen Geradheit und ritt auf dem Altersunterschied zwischen den Verlobten herum, Julietta mit ihren zwanzig Jahren, die nach dem Mann dürsteten, und Carlos mit seinen vierzig, die der Frauen müde waren. Carlos hatte gegen dieses Wort protestiert: Er war nicht müde. Außerdem beherrschte er die Wissenschaft der Liebe in allen Einzelheiten und konnte so das Ungestüm der Jugend souverän ersetzen. Heute kann er zufrieden darüber lachen. Vasco war mit seinen unheilverkündenden Voraussagen gescheitert. Julieta hatte sich an ihn gewöhnt, Carlos hatte es verstanden, sie mit dem Netz der sexuellen Raffinements, der hinausgezögerten Liebe, zu fesseln, wobei er sich in eleganten Abschweifungen gefiel, jeden Tag ersann er etwas Neues. Zu Beginn ihres Ehelebens zeichnete sie sich durch reines sexuelles Ungestüm aus, eine Minute erstickter Agonie im unmittelbaren, blitzschnellen Besitz. Und sie wollte wie ein ausgehungertes Kind immer mehr. In den ersten Tagen verschwendete Carlos wie ein Millionär. Aber er hatte seinen stillen Plan und verwirklichte ihn. Bald darauf begann er weniger zu geben, aber er tat es mit mehr Kunstverstand, er gewöhnte ihren Körper allmählich an die verfeinerten Liebkosungen, die er von den erfahrenen Prostituierten gelernt hatte. Und seine ganze Angst vor der Zukunft schwand, als er bemerkte, daß Julietas Blicke nicht mehr melancholisch an den jungen Männern von zwanzig hingen, weil sie sich überzeugt hatte, daß es nichts Besseres gab als einen Mann, der in den Dingen des Lebens und der Liebe erfahren war. Sie hörte sogar auf, ständig davon zu reden, man müsse nach Rio ziehen, in das von ihm versprochene Haus am Strand von Copacabana, wie sie es früher getan hatte. Carlos hatte sie von der absoluten Notwendigkeit überzeugt, daß man eine Zeitlang in Ilhéus bleiben müsse, da seine Anwesenheit in der Firma unerläßlich und er nicht zu ersetzen war. Es gab keinen, der kompetent gewesen wäre, die Exportfirma zu leiten, und Carlos wußte zudem, daß die Zeit zum Ausruhen noch nicht gekommen war. Es gab noch viel zu tun, bevor seine Pläne als verwirklicht gelten konnten. Noch war er nicht der „Herr des Landes". Carlos Zude war der Ansicht, daß der Kakaohandel große Perspektiven bot, und er knüpfte grandiose Pläne daran. Nur noch wenige Jahre, sagte er zu Julieta, und sie würden in Rio de Janeiro oder in Europa leben können, die Arbeiten der Firma würden wie von selbst laufen. Aber diese wenigen Jahre forderten ihn, sie forderten ihn in hohem Maße, sie hielten ihn hier fest. Julieta verlangte einen Termin, Carlos war etwas unbestimmt: vier oder fünf Jahre, wer konnte das vorher wissen?

Drei Jahre waren schon vorüber. Und erst an diesem Vormittag hatte er die Gewißheit, daß die Verwirklichung seiner Pläne in die Wege geleitet war. Ja, jetzt konnte er Julieta sagen, daß sie nicht mehr länger als vier oder fünf Jahre in Ilhéus zu bleiben brauchten. Was ihn betraf, so wollte er gar nicht fort. Ihm gefielen die Stadt und die Menschen, ihm gefiel der Kakao. Es war Julietas wegen, die sich mit den häufigen Fahrten nach Bahia, den beiden Reisen nach Rio – einer mit dem Flugzeug, anläßlich der Eröffnung der amerikanischen Fluglinie – nicht zufriedengab. Sie starrte sehnsüchtig auf die großen Städte, auf Rio und São Paulo, mit ihren Kasinos, Stränden, Theatern und Kinos. Carlos verstand sie: Ilhéus war eine Handelsstadt, der es an Zerstreuungen mangelte und die ausschließlich mit ihren Kakaogeschäften befaßt war, und so war sie kein idealer Aufenthalt für eine Frau, die in der vornehmen Gesellschaft aufgewachsen und die Hauptstädte gewohnt war. Aber wie kraftvoll pulste hier das Handelsleben! Wegen des Reichtums wurde Ilhéus „Königin des Südens" genannt. Die Stadt hatte den fünftgrößten Ausfuhrhafen des Landes, über ihn wurde der gesamte Kakao des Staates Bahia verschifft, achtundneunzig Prozent des brasilianischen Kakaos, ein großer Teil der Gesamtmenge des auf der Welt erzeugten Kakaos. Wenige Städte in Brasilien konnten ein so rasches Wachstum aufweisen; eine Straße nach der andern wurde eingeweiht, fieberhaft wurde gebaut, gleichzeitig war Ilhéus eine der reichsten Städte, wo das Geld in den Geschäften reichlich strömte. Und es war sogar eine schöne Stadt, voller Plätze und Gärten, gut gepflastert, gut erleuchtet, gut versorgt mit Wasser und Abflußkanälen. Trotz alldem, das erkannte Carlos wohl, stand es weit hinter den großen Hauptstädten mit ihren Zerstreuungen, ihrem fröhlichen und angenehmen Leben zurück. Ilhéus war eine Stadt der Geschäfte, rauhe Fazendeiros bestimmten ihre Atmosphäre, viele patriarchalische Gewohnheiten hatten sich hier erhalten, wobei sich das Leben der Ehefrauen im Innern der Häuser abspielte und der Sorge um die Küche und die Kinder galt. Gattinnen von Obersten, Frauen ohne Kultur und ohne jegliches Raffinement – Julieta hatte recht, wenn sie sich fehl am Platz fühlte. Wären nicht die Engländer und die Schweden von den Konsulaten, der Eisenbahn und der Schiffahrtsgesellschaft gewesen, dann hätte sie keinen gehabt, der ihr, wenn Carlos in Bahia auf einer seiner rasch aufeinanderfolgenden Geschäftsreisen war, bei einem Cocktail Gesellschaft leistete. Julieta hatte kaum Beziehungen mit den Damen der Gesellschaft von Ilhéus angeknüpft. Ihr Benehmen empörte sie, die sportlichen Gewohnheiten Julietas kamen den Frauen der Obersten wenig seriös und sogar suspekt vor. Carlos lächelte, als er daran dachte, was Dona Auricídia, die Gattin des Obersten Maneca Dantas, für ein Gesicht gemacht hatte, als sie Julieta bei dem Abendessen, zu dem sie die Zudes eingeladen hatte, rauchen sah.

Carlos Zude läuft den Strand entlang, und seine dünnen Beine stützen den dicken Bauch. Weiter hinten am Strand spielen Straßenjungen Fußball. Carlos keucht beim Laufen. Er wird alt. Vierundvierzig Jahre. Er braucht nur ein bißchen zu laufen, und schon ist er müde, sein Bauch ist zu schwer. Unter dem großen roten Sonnenschirm am Strand erkennt er die Gestalt Julietas. Ihr schwarzes Haar sticht ab von den Blondköpfen des Ehepaars Gerson, der Schweden vom Konsulat. Der dort stehend ein Eisgetränk schlürft, ist Mr. Brown, der Chefingenieur der Eisenbahn. Mit dem Körper eines Athleten. Trotzdem ist er wohl genauso alt wie Carlos, wenn nicht sogar ein paar Jahre älter. Carlos denkt an die unterschiedliche Erziehung, die sie genossen haben. Er hat nie Sport getrieben, die Kindheit hat er über Büchern verbracht, schwierigen und keineswegs anziehenden Büchern, mit denen er lesen lernen sollte. Nun ist er mit vierundvierzig Jahren beleibt, die Beine sind dünn, das Gesicht aufgedunsen. Angezogen sieht er blendend aus, aber jetzt, da er die Badehose anhat, sieht man es. Erledigt. Der Engländer ist ein Athlet. Carlos denkt, wenn sie einen Sohn bekämen, sollte er in einem englischen College erzogen werden. Er würde ihn nach England oder in die Vereinigten Staaten schicken.

Mr. Brown hat ihn gesehen, Julieta steht auf und winkt. Carlos ist stehengeblieben, als er sie so vor sich sieht, wie sie sich auf den Zehenspitzen reckt und ihm mit erhobenem Arm den Willkommensgruß zuwinkt. Wie eine Statue ragt sie unter der tropischen Sonne auf. Carlos Zude gerät beim Anblick seiner Frau in Erregung. Und er stellt sich vor, daß sie, die so sportlich ist, nie altern wird, dieser angebetete Körper wird niemals der einer schlaffen alten Frau sein ... Carlos läuft schneller (oh, diese dünnen Beine), er läuft auf Julieta zu. Sollen es die Schweden und Engländer lächerlich finden, aber er nimmt sie in die Arme und küßt sie auf den Mund. Ein langer Kuß, bei dem Julietas Lippen unter dem Schnurrbart ihres Mannes verschwinden. Einer der fußballspielenden Jungen, der auf der Suche nach dem verirrten Ball vorbeikommt, bleibt stehen und bewundert die aufreizende Szene. Carlos schließt die Augen, auch Julieta hat die Augen geschlossen, aber sie sieht den Engländer und die athletischen Schweden, sie sieht den erregenden Körper Gunis, der dem eines Jünglings gleicht.

Bevor der Junge den Stoffball abschoß und wieder losrannte, rief er Carlos Zude zu: „Wohl bekomm's, Alter!"

3

Der Mann nahm das Flugblatt aus der Hand des Jungen, der es auf der Straße verteilte, und las gleichgültig:

ÖFFENTLICHE BEKANNTMACHUNG

Marinho Santos gibt der werten Kundschaft bekannt, daß er von Senhor Zum-Zum den Omnibus von Pirangi erworben hat und damit gleichzeitig das Privileg, montags, mittwochs und freitags Fahrten zu veranstalten. Er hat sich entschlossen, folgenden Tarif zu erheben:

Itabuna	4000
Pirangi	5000
Guaraci	8000
Hin- und Rückfahrt .	15000

Ich tue dies zum Nutzen der geschätzten Kundschaft, die durch unsinnig hohe Preise vertrieben worden ist, denn seit 10 Jahren erhebe ich in den Omnibussen, die ich auf anderen Linien eingesetzt habe, mehr oder weniger den gleichen Tarif, trotzdem bin ich ihr Inhaber geblieben, denn ich habe regelmäßig meine Steuern bezahlt. Und immer hat das Geschäft floriert. Des weiteren erwähne ich, daß ich mit dem jetzt erworbenen mein aus 15 Omnibussen bestehendes Geschwader komplettiert habe, mit dem ich Dienstleistungen jeder Art übernehmen kann, ohne den Fahrgästen Furcht einzuflößen.

DER NEUE OMNIBUS

wird an folgenden Tagen hier sein:
montags, mittwochs und freitags – Preise 15000
Guaraci hin und zurück.

Der Mann war fertig mit Lesen, warf den Reklamezettel fort und sagte für alle, die es hören wollten: „Bei diesem Konkurrenzgerangel wird man die Passagiere am Ende noch dafür bezahlen, daß sie mitfahren. Na, wenn es soweit kommt ..."

4

Es war kurz vor der Abfahrt des Omnibusses nach Guaraci, der jüngsten von allen Siedlungen, die in der Kakaozone entstanden waren. Sie lag dort, wo der Gemeindebezirk Ilhéus an den Bahianer Sertão* grenzte, ein Gebiet, in dem unterhalb des Baforégebirges Kakao- und Viehfarmen miteinander abwechselten. Eine Frau drängte ihren Mann, der sich noch an der Tür einer Schenke unterhielt, vom Innern des Omnibusses her zur Eile: „Es ist Zeit, Filomeno. Beeil dich, du Faulpelz."

Die Fahrgäste lachten. Der Omnibus war voll besetzt. Marinho Santos beaufsichtigte den Kassierer, der von Bank zu Bank ging und Fahrscheine verkaufte. Der Fahrer warf den Motor an, der verspätete Passagier stieg ein und fing eine Auseinandersetzung mit seiner Frau an. Der Kassierer schimpfte auf einen Mann, der ihm einen Fünfhundertescudoschein gegeben hatte, obwohl er nur den geringen Fahrpreis bis Itabuna zu entrichten hatte: vier Escudo. Marinho Santos beendete den aufflackernden Streit damit, daß er ein Bündel Banknoten aus der Tasche zog und den großen Schein wechselte. Ein Fahrgast beschwerte sich: „Fährt die Chaise nun los, oder bleibt sie stehen?"

Ein anderer unterstützte ihn: „Als ob es keinen Fahrplan gäbe ... Dann hat's doch alles keinen Zweck."

„So was will ein zivilisiertes Land sein", sagte ein dritter.

 * das Landesinnere, Hinterland

Auf der Straße kam ein Mann mit einem Koffer angerannt.

Marinho Santos rief ihm zu: „Alles besetzt. Kein Platz mehr frei.“

Die Fahrgäste lächelten über die Enttäuschung auf dem Gesicht des Nachzüglers. Marinho tröstete ihn: „In einer Stunde fährt der nächste. Wenn Sie wollen, können Sie in der Agentur warten.“

Der Mann ging hinüber zur Agentur. Marinho Santos schlug die Omnibustür zu, der Fahrer hupte, scheuchte die Lastträger von der Straße, fuhr los und näherte sich der Landstraße. Im Omnibus waren Männer in Kammgarnanzügen, die nach Itabuna oder Pirangi reisten, neben anderen, die auf ihre Fazendas wollten, angetan mit Kniehosen und Stiefeln. Ein Syrer versuchte ungeachtet der Erschütterungen des Busses ein paar Ketten und Ringe zu verkaufen; er zeigte sie einem Bauern, der sie mißtrauisch betastete.

„Alles zu bester Qualität, Kunde“, sagte der Syrer in seinem hilflosen Kauderwelsch, deutete auf das Glas der Ringe und zeigte ganz einfache und festliche Ketten.

Der Bauer prüfte sie, einen so falschen Ring hatte er noch nie gesehen, das Gold war falsch, der Brillant war falsch, trotzdem war er hübsch.

„Das Ding hält doch keine zwei Tage.“

„Garantiert zwei Jahre.“ Der Syrer hob die Hände zu befremdlichen und erstaunlichen Schwüren. „Schwören bei Gott, Kunde. Schöner Geschenk nicht finden, Kunde.“

Er sagte „Gejenk“, denn es machte ihm Mühe, all diese für ihn fremden Wörter auszusprechen. Der Bauer handelte mit ihm, zog aber schließlich ein großes rotes Tuch mit einem Knoten aus der Tasche. Er löste den Knoten und nahm ein paar kleine Geldscheine und ein paar Münzen heraus. Langsam zählte er den vereinbarten Preis ab, trotzdem erhob er noch immer Einspruch und verlangte Preisnachlaß. Der Syrer beteuerte, das sei nicht möglich.

„Schwören Ihnen, daß nicht können, Kunde." Er machte ehrliche, bescheidene Augen und streckte die Hand aus, um das Geld einzusammeln.

Im letzten Moment entschloß sich der Bauer, statt des Ringes eine Kette zu nehmen, eine blaue Perlenkette, die in ihrer flüchtigen Schönheit vielleicht dauerhafter war als jener falsche Ring. Der Syrer ging darauf ein und schwor, für ihn sei es nun ein Verlustgeschäft. Er machte die Miene eines Opfers, sprach mit leidender Stimme, und beinahe vergoß er Tränen: das tägliche Theater, das zu seinem Geschäft gehörte, wenn er, den mit allem möglichen Krimskrams vollgestopften Hausiererkoffer auf dem Rücken, mit seinen wandergewohnten Füßen auf den Straßen von Fazenda zu Fazenda zog und den ärmsten Bäuerinnen ihren einzigen Luxus brachte: falsche Halsketten, falsche Ringe, auffällige billige Stoffe, bunte Kopftücher, Bilder von wundertätigen Heiligen.

Im Omnibus spann sich eine Unterhaltung an. Männer und Frauen nahmen daran teil, Fazendeiros, Bauern und auch Einwanderer, die nach ihrer Anwerbung ebenfalls auf die Pflanzungen fuhren.

„Dieses Jahr wird der Kakao einen guten Preis bringen."

„Und so Gott will, wird er noch steigen", sagte eine Frau und bekreuzigte sich. Um den Kopf hatte sie ein Tuch gewunden, in den glanzlosen Augen lag ein Ausdruck von Erschöpfung.

„Ich glaube, er steigt höchstens auf neunzehn Escudos", meinte ihr Mann, der neben ihr saß, ein hagerer, gebeugter Alter.

„Nun", sagte ein anderer Bauer, „wenn Seu Martins von der Firma Zude heute schon neunzehn Escudos auf Lieferung bezahlt hat ..."

 „Bei Anlieferung?"

„Ja, natürlich.“

„Dann wird er steigen.“

„Das glaube ich nicht. Kakao zu zwanzig Escudo ist mehr wert als Gold, das man bloß vom Boden aufzulesen braucht. Nie steigt er auf zwanzig.“

Der Fahrer mischte sich ein, beinahe ließ er das Lenkrad los. „Glauben Sie's nur, Seu Clementino, er wird auf zwanzig steigen. Eine Hausse wird kommen, eine, die viel größer ist als die von 1914, damals im Krieg.“

Clementino entschloß sich, Hauptmann João Magalhães nach seiner maßgeblichen Meinung zu fragen. Was war nur aus jenem João Magalhães geworden, der vor dreißig Jahren im Hafen von Ilhéus angekommen war, um hier beim Pokern mit spielunkundigen Obersten leichtes Geld zu verdienen? Er war in diesen Jahren sehr alt geworden, und vielleicht hätte ihn nicht einmal ein Mädchen, das in Rio de Janeiro geblieben war und ihn verächtlich angesehen hatte (sie hatte entdeckt, daß er nur Berufsspieler war und nicht der Kaufmann, für den er sich damals ausgab) und das nie geheiratet hatte, da es ihn nicht heiraten wollte – vielleicht hätte nicht einmal dieses Mädchen ihn, den es noch im Herzen trug, wiedererkannt. Runzeln überziehen das Gesicht des Hauptmanns. Seine Hände sind voller Schwielen, nichts haben sie mehr von den gepflegten Händen des einstigen Stutzers. Das Haar ist sonnengebleicht, schlecht gekämmt, das Gesicht unrasiert, eine Maisstrohzigarette hängt ihm im Mundwinkel. Er trägt einen Kammgarnüberrock und eine khakifarbene Weste. In der Hand hält er eine Reitpeitsche. Aus jenen in der Vergangenheit versunkenen Zeiten ist ihm nichts geblieben als der Hauptmannstitel, mit dem man ihn anredet, und ein Ingenieursring, von dem er sich nicht trennen wollte. Clementino fragt ihn nach seiner Meinung: „Was glauben Sie, Hauptmann? Wird der Kakao dieses Jahr auf zwanzig steigen?“

João Magalhães stößt eine Rauchwolke aus. „Er wird

sehr hoch steigen, Clementino, die Hausse kommt auf jeden Fall."

Die anderen und sogar der Fahrer werden aufmerksam. „Haben Sie Informationen?"

„Nur, was die Zeitungen darüber schreiben."

„Und was ist das?"

Hauptmann João Magalhães erzählt, was er in den Zeitungen über die Schädlinge in den Kakaopflanzungen von Ekuador gelesen hat. Die Ernte in diesem Land war schon im voraus völlig vernichtet. Er redet verschwommen, gestikuliert, gibt umfangreiche Erläuterungen, erfindet zusätzliche Meldungen und schmückt das wirklich in der Zeitung Gelesene damit aus. Die anderen lauschen mit aufgerissenen Augen und Ohren gierig diesen optimistischen Worten. Ebenso zufrieden hört Hauptmann João Magalhães die eigenen Worte. In diesem Moment denkt er an die Zeit vor dreißig Jahren zurück, als er ein junger Mann war und Geschichten von Pokertischen, erstaunlich hohen Gewinnen, beeindruckenden Bluffs erzählte. Aber jetzt ist er ein Mann von über fünfzig Jahren, fast dreißig davon hat er in dem Gebiet von Ilhéus verbracht, beschäftigt, Kakao zu pflanzen und zu ernten. Seit langem hat er aufgehört mit dem Pokern, nur ab und zu spielt er noch im Kreis der Familie und der Freunde des Hauses und lehrt seine erstaunten Zuhörer die Kartentricks. Jetzt interessiert ihn allein der Kakao, das ist ein weit gefährlicheres Spiel. Sinhô Badaró, sein Schwiegervater, hatte mit Recht gesagt, dieses Land packe die Menschen und lasse sie nicht wieder los. Es war der zähe Kakaoschleim ... Auch an seinen Füßen war er haftengeblieben, und auch in Don'Ana Badarós Augen war etwas von seiner festhaltenden Kraft. Er hatte in dem furchtbaren Jahr geheiratet, als die Kämpfe um den Sequeiro Grande zu Ende gingen, in dem Jahr, als Juca starb, als die Regierung intervenierte, als das Herrenhaus der Badarós gestürmt wurde. Die Fazenda war dem

Erdboden gleichgemacht worden. Weniger infolge der Verletzungen, von denen er sich nicht völlig erholte, war Sinhô Badaró Jahre später an seinem Kummer gestorben, an der Schande, daß er nicht mehr wie einst Herr über weite Ländereien war. In der Stadt zeigte man nicht mehr respektvoll auf ihn. Er ging vorbei wie irgendeiner, auf dem verletzten Bein hinkend, er war ein verschuldeter Fazendeiro, der aus den Wirren um den Sequeiro Grande mit erheblichen Zahlungsrückständen und mit erbärmlich zugerichteten Pflanzungen hervorgegangen war. Sinhô war noch damit beschäftigt, den Schuldenberg abzutragen, von seinem Eigentum so viel wiederherzustellen, wie er eben konnte, und die Felder neu zu bepflanzen. Er rodete das bißchen Wald, das ihm geblieben war, wobei ihm sein Schwiegersohn, der auf der Fazenda lebte und Tag und Nacht arbeitete, zur Hand ging, als er plötzlich starb. Der Arzt sagte, das kranke Herz habe versagt, aber João Magalhães konnte das niemals glauben. Für ihn war Sinhô Badaró an der Schande gestorben, aus Scham darüber, mit ansehen zu müssen, daß ein von ihm ausgestellter Wechsel in einem Notariat der Stadt protestiert wurde. Jedenfalls war alles, solange er lebte, noch leidlich gewesen. Aber kaum war er gestorben, da forderten Olga und der andere Schwager, der Witwer von Sinhôs verstorbener Schwester aus Bahia, alles zu inventarisieren und die Pflanzungen aufzuteilen. Nun kamen auch alte Arztrechnungen und Honorarforderungen Dr. Genaros zum Vorschein. Dieser kassierte für langjährige Anwaltsdienste, uneingedenk der Tatsache, daß er seine Besitzungen den Badarós verdankte, die seinerzeit das Gebiet politisch beherrscht hatten. Die Fazenda wurde aufgeteilt. Olga verkaufte auf der Stelle ihren Anteil, sie erzielte einen guten Preis und ging nach Bahia, wo sie in enger Bindung mit dem jungen Mann lebte, der in Ilhéus in der Filiale der Bank von Brasilien gearbeitet hatte und sich schon seit längerer

Zeit für sie interessiert hatte. Solange Sinhô am Leben war, wagte Olga nicht, die Zügel schießen zu lassen, sie hatte regelrecht Angst vor dem Schwager. Aber gleich nachdem er begraben war, wollte sie ihren Teil von der Fazenda, bot ihn aufs Geratewohl zum Kauf an und hatte sogar Erfolg dabei, denn die Bewerber waren zahlreich, und sie erzielte einen hohen Preis. Sie folgte dem Bankangestellten, der derzeit in der Zweigstelle in Bahia tätig war. Wie man sagte, lebte sie mit ihm, als wären sie verheiratet, und verbreitete um sich einen Luxus, der von sich reden machte. Auch der Mann der anderen Schwester verkaufte seinen Anteil. João Magalhães wollte eine Übereinkunft mit ihm treffen, um das Land für die Fazenda zu retten. Aber der Mann wollte das Geld sofort in bar, um es in sein Bahianer Handelshaus zu stekken. João gelang es nicht, die benötigte Anleihe aufzutreiben, und so wurde die Pflanzung an einen anderen Bewerber verkauft. João Magalhães und Don'Ana hatten Pflanzungen behalten, die an die tausendfünfhundert Arrobas Kakao erbrachten, dazu Brachland, das dreitausend geliefert hätte, wenn Geld zum Anpflanzen vorhanden gewesen wäre. Ihre Ländereien waren jetzt nur wenig größer als jene, die die Badarós dem Revolverhelden Antônio Vítor geschenkt hatten, der am selben Tag wie João Magalhães geheiratet hatte. Von dem Vermögen und der großen Familie der Badarós, der „Herren des Landes“, blieben nur jene Pflanzungen, er und Don'Ana. Die Pflanzungen mochten zu dieser Zeit gut zweihundert Contos wert sein. Sie waren „Bessergestellte“, wie man hierzulande sagte, Leute, die zwischen den kleinen Bauern mit ihren Pflanzungen von weniger als tausend Arrobas und den großen Fazendeiros mit ihren Ernten von vier- oder fünftausend Arrobas standen. Sie konnten eines Tages auf dreitausend kommen, Land hinzukaufen und so das verlorene Vermögen annähernd wiederherstellen. João Magalhães hatte es in diesen dreißig Jahren mehrere Male versucht. Er wollte bei diesem Spiel seine an den Pokertischen erprobten Tricks anwenden. Aber er schaffte es nicht, mit Mühe gelang es ihm gerade, den Rest der Schulden abzuzahlen. Und die eigene Fazenda fraß durch erforderliche Verbesserungen den Gewinn jeder neuen Ernte auf, das Geld wurde ausgegeben für den elektrischen Ofen zum Kakaotrocknen im Winter, für das Beschneiden der alten Pflanzungen, für das Anlegen neuer Pflanzungen mit modernen Methoden, wenn die älteren, die von Don'Anas Großvater ziemlich wahllos angelegt worden waren, keine guten Erträge mehr brachten. João Magalhães machte sich bald mit den Geheimnissen des Kakaos vertraut und auch mit der Art, wie man für die Fazenda leben mußte. In der ersten Zeit, als es am schwierigsten war, hatte er daran gedacht, zu fliehen, alles aufzugeben und zu seinem freien guten Leben von einst zurückzukehren. An dem Tag, als er der Abreise Margots beiwohnte (sie winkte ihm von der Reling des Schiffes mit dem Taschentuch zu), die in andere Gegenden fuhr und alles hinter sich ließ, was mit der Kakaozone zu tun hatte, fühlte sich João Magalhães getrieben, in letzter Minute selbst an Bord der „Bahiana" zu gehen und einen Fahrschein zu lösen. Noch hatte er seine Spielerhände, die Geschicklichkeit, ein Spiel zu dirigieren. Aber er war schon unwiderruflich eingefangen vom Kakao, er spürte in sich eine seltsame Redlichkeit, die ihn zwang, den Badarós, den Augen Don'Anas, den Ländereien der Fazenda die Treue zu bewahren. Und Don'Ana hätte niemals zugestimmt, ihr Land zu verlassen und sich anderswo durchzuschlagen.

Der Hauptmann wandte sich für immer dem Kakao zu. Ihm galt jetzt seine ganze Arbeitskraft. Vier Kinder, ein Junge und drei Mädchen, waren aus der Ehe hervorgegangen. Der Knabe starb wenige Tage nach der Geburt, die Mädchen verheirateten sich eine nach der andern mehr schlecht als recht, die beste Partie war noch die der jüngsten Tochter, die einen in Pirangi praktizierenden Arzt geehelicht hatte. Die beiden anderen hatten Kleinbauern geheiratet, Männer mit wenig Land und geringem Vermögen. Don'Ana war in der Küche des Herrenhauses über Kompottgläsern und Essentöpfen alt geworden. Der Hauptmann war ebenfalls merklich gealtert. Sein Haar war fast völlig weiß, das Gesicht von Runzeln bedeckt. Die Auseinandersetzungen um den Sequeiro Grande hatte er längst vergessen. Er unterhielt sogar Beziehungen zu dem Obersten Horácio, der mit seinen mehr als achtzig Jahren, wenn auch reich und noch immer gefürchtet, am Ende war. Mit ihm tauschte er hin und wieder Erinnerungen an jene Zeit aus. Der Oberst sprach ohne Haß von den vergangenen Tagen. Und manchmal, wenn João Magalhães in großer Geldnot war, wenn eine beginnende Dürre die Ernte eines Jahres vernichtete, bat er den Obersten Horácio nur deshalb nicht um eine Anleihe, damit sich Don'Ana nicht ärgerte, die vor Demütigung weinte, wenn sie etwas von seiner Absicht erfuhr. Er nahm die Anleihe zu hohen Zinsen bei einer kleinen Bank auf, brauchte lange Zeit, um sie zurückzuzahlen, und fluchte auf Don'Anas Stolz. „Ein Armer hat keinen Stolz."

So hatte er in diesen dreißig Jahren gelebt, sein Leben gehörte dem Kakao und nur dem Kakao, dem Steigen und Fallen der Preise, dem Warten auf den Regen für die Ernte, dem Warten auf die Sonne für das Trocknen der Kakaobohnen. Alles andere, die Geburt der Kinder, der Tod des Jungen (er hieß Juca), der Tod Sinhôs, die Heirat der Töchter, waren mehr oder weniger wichtige Randereignisse gewesen, aber eben nicht mehr als dies. Wichtig war der Kakao und einzig der Kakao.

Heute fährt João Magalhães fröhlich auf seine Fazenda zurück: Alles deutet darauf hin, daß der Kakaopreis steigen wird, und zwar beträchtlich! Er ist nach

Ilhéus gekommen, um die diesjährige Ernte zu verkaufen. Aber er hat gesehen, wie es um die Dinge stand, hat die Angebote von Martins, dem Geschäftsführer Zudes, gehört und vorerst vom Verkauf Abstand genommen. Der Enthusiasmus war zu auffallend, das war ein untrügliches Zeichen dafür, daß der Kakaopreis steigen würde. Da war es besser, zu warten. Vor allem auch angesichts der Zeitungsmeldung über den Kakao der Republik Ekuador.

Er erklärt seinen Zuhörern im Omnibus, was er von der Lage hält: „Wir werden eine Hausse bekommen, und zwar eine beachtliche. Sie tun gut daran, wenn Sie sich danach richten. Nur ein Dummkopf würde den Kakao jetzt verkaufen – das hieße nämlich, ihn zum Fenster rauswerfen."

„Selbst zu neunzehn noch nicht, Hauptmann?"

„Nun, zu neunzehn ... Dieses Jahr werde ich meinen Kakao wenigstens zu zweiundzwanzig verkaufen. Habe ich nicht gesagt, daß die Zeitung ..."

Und er vertieft sich in Einzelheiten und zusätzliche Erläuterungen. Äußerlich hat er sich sehr verändert, er ist alt geworden, seine Spielereleganz ist längst dahin. Aber geblieben ist ihm die Begeisterungsfähigkeit und die Liebe zum Abenteuer, zum Unvorhergesehenen, die ihn vor mehr als dreißig Jahren in diese Gegenden geführt haben. Die Liebe zum Abenteuer, die ihn hier bei den Kämpfen um den Sequeiro Grande zurückgehalten hat und bei Don'Ana Badarós flammenden Augen. Jetzt stürzt er sich mit vollem Einsatz der zu erwartenden Hausse entgegen, auf den Lippen das gleiche optimistische Lächeln wie stets, das Lächeln, mit dem er die schlimmsten Zeiten der Schulden und der wirtschaftlichen Schwierigkeiten überwunden hat. Nun, wenn die Hausse kommt ...

Alle sind schon seiner Meinung. Die Frau, die als erste gesprochen hat, bekreuzigt sich wieder und sagt: „Daß doch ein Engel aus Ihrem Munde spräche, Hauptmann."

Der Omnibus fährt auf der Landstraße, die sich in den Berghang einschneidet und jetzt in waghalsigen Kehren emporsteigt. Eine Gruppe von Arbeitern weicht an den Fahrbahnrand aus, gibt die Straße frei. Aber der Omnibus hält an, der Fahrer steigt aus und holt Wasser für den kochendheißen Motor. Der Syrer benutzt den Aufenthalt, den Hausiererkoffer zu öffnen und Stücke changierender Seide zu zeigen. João Magalhães soll unbedingt eins kaufen und seiner Frau als Geschenk mitnehmen. João Magalhães, angelockt von dem auffälligen Muster, prüft den Stoff. Der Fahrer dreht beim Anlassen des Motors den Kopf und spricht die Frage aus, die alle Herzen bewegt und die Hauptmann João Magalhães den Syrer und die angepriesenen Seidenstoffe vergessen läßt: „Und wenn es nicht regnet, was nützt dann der hohe Preis? Was für Kakao soll man dann verkaufen? Wenn es nicht regnet, dann ist's aus mit der Safra*."

Und die Diskussion, die den ganzen Omnibus interessiert, beginnt von neuem. Hauptmann João Magalhães ist der Meinung, daß es regnen wird, und zwar viel. Er erinnert sich früherer Jahre, als sich der Regen in diesem Monat nicht einmal ankündigte und danach ganz überraschend herunterprasselte. Ilhéus ist schließlich nicht Ceará, das Land der Dürre. Aber ein anderer bemerkt, die Rodung der großen Wälder habe die Regenmenge verringert. Der Hauptmann ist anderer Ansicht: „Trotzdem ist eine Dürreperiode hier etwas sehr Seltenes."

Der Syrer nutzt das entstandene Schweigen, um es, das Stück Seide in der Hand, mit fast flehender Stimme noch einmal zu versuchen: „Kaufen, Hauptmann, ich abgeben für vier Escudos den Meter. Ich schwören, daß zusetze dabei. Schwören bei Gott."

* Ernte

Aber João Magalhães hört ihn nicht einmal, weil jemand auf den Abhang zeigt, wo das Gras von der Sonne ganz gelb und ausgedörrt ist.

„Vielleicht regnet es auch gar nicht."

„Das verhüte Gott", fleht die Frau.

Und alle, sogar der Syrer, stimmen in ihren Herzen leidenschaftlich dem Wunsch der Frau zu, während ihre Augen von dem sterbenden Gras hinüberschweifen zu dem klaren Himmel und nach Regenwolken suchen, die es nicht gibt. Es ist ein blauer Himmel, an dem eine kupferrote Sonne die Mittagsstunde anzeigt.

5

Die Uhr in der Bar schlug zwölf. Als Dr. Rui Dantas den Wurf von Pepe Espinola, die auf dem Tisch ausgeschütteten Würfel, sah, gebrauchte er die infame klassische Redensart: „Jaja, Kleinvieh macht auch Mist."

Er sammelte die Würfel in den Lederbecher, deckte ihn mit der Hand zu, schüttelte, tat, als spuckte er sich auf den Handrücken, um das Glück zu beschwören, und schleuderte die Würfel heraus.

„Und jetzt kommt der zweite Wurf."

Wieder schüttete er die Würfel auf dem Tisch aus und beobachtete sie, um das Ergebnis zu verkünden. Auch Espinola beobachtete das Rollen der Würfel mit seinem blassen Gesicht, das noch blasser war von dem übermäßig angewandten Reispuder und das von dem feinen Kinn bis zu der schimmernden Glatze, auf der die vereinzelten Haare prächtig gelegt waren, nur eine einzige Farbe hatte. Der noch rollende Würfel hielt in seiner Bewegung inne, einen winzigen Moment schwankend zwischen dem As und der Acht. Er kippte um und zeigte ein As, damit waren es drei.

„Drei Asse auf einen Wurf", krähte Espinola.

Aber Dr. Rui Dantas, der erst wenige Jahre zuvor seinen Titel erworben hatte und am Finger einen großen Rubin trug, das Symbol des Anwaltstandes, war noch nicht zufrieden, er wollte mehr: „Noch zwei Würfe, und ich hab eine *five*."

Espinola lächelte halb ironisch, halb großzügig. „Kann nicht glauben ..."

Rui Dantas schüttelte von neuem den Becher und ließ die beiden restlichen Würfel auf den Tisch kollern: eine Dame und eine Acht. Espinola lächelte noch ironischer. Der Anwalt nahm wieder zwei Würfel, diesmal hatte er mehr Glück: Ein As war dabei.

„Vier Asse in einer Runde."

„Das is noch gar nischt." Espinola berichtigte sofort seine Aussprache. „Nichts, meinen ich."

„Meine ich", verbesserte ihn nun Rui.

„Gutt, meine ich."

„Und man sagt gut, nicht gutt", korrigierte ihn Rui lächelnd.

Espinola sammelte die Würfel ein. Er spielte. Zwei Paare. Er ließ das größere, das Bubenpaar, stehen. Beim zweiten Wurf erzielte er drei gleiche Werte. Aber ziemlich niedrige. Er legte alle fünf Würfel in den Becher und wagte den letzten Wurf. Er hatte nichts.

„Peng!"

Für Rui Dantas war der Augenblick des Triumphs gekommen. „Hab ich's nicht gesagt? Kleinvieh macht auch Mist, aber am Ende ... Die zweite war für mich, und die schwarze kriege ich auch."

Aber Espinola gewann die dritte und entscheidende, die schwarze Runde. Rui Dantas rief den Kellner, er wollte zahlen. Espinola bestellte Zigarren. Sie beobachteten das Treiben im Café „Ponto Chic", wo sich die Gäste drängten. Es war die Stunde des Aperitifs, kurz vor dem Mittagessen, eine Gewohnheit, die die „Grapiúnas" viele Jahre zuvor von den Engländern gelernt hatten, als diese gekommen waren, um mit dem Bau der

Eisenbahn zu beginnen. Auch die anderen Engländer, die im Lauf der Zeit eingetroffen waren, behielten diese Gewohnheit bei. Dort saßen sie – Eisenbahningenieure und Konsulatsbeamte – an einem Ecktisch, tranken ihren Cocktail und spielten Würfelpoker. An den anderen Tischen saßen Kaufleute und Obersten. Von der anderen Straßenseite drang der Lärm herüber, den die Handelsangestellten im Café „Ilhéus" machten. Sie besuchten nicht das „Ponto Chic", das wichtigste von allen Cafés der Handelszone Ilhéus, den Versammlungsort der Exporteure, der Anwälte, der Engländer von der Eisenbahn, der Agronomen der von der Regierung des Staates Bahia in Água Preta eingerichteten Kakaoversuchsstation, der Fazendeiros und der vermögenden Kaufleute. Espinola zündete sich seine São-Félix-Zigarre an. Oberst Frederico Pinto, klein und nervös, mit sprühenden Augen, betrat das Café und schlug Espinola auf die Schulter. „Vor dem Mittagessen Zigarre rauchen. Eine richtige Gringositte."

Espinola drehte sich um, Oberst Frederico drückte Rui Dantas die Hand. „Wie geht's, Doktor? Was macht Oberst Maneca? Und Dona Auricídia?"

Rui Dantas antwortete, allen gehe es gut. Der „Alte", wie er seinen Vater nannte, sei die Woche zuvor in Ilhéus gewesen. Er lief auf der Fazenda herum und wartete auf Regen. Oberst Frederico machte ein paar Bemerkungen über das Zögern des Regens in diesem Jahr. „Es ist durchaus möglich, daß die Frühernte verdirbt. Wenn es in den nächsten vierzehn Tagen nicht regnet, dann weiß ich wirklich nicht ... Die Frühernte geht kaputt." Er war plötzlich ernst geworden. Aber kurz darauf fragte er wieder lächelnd, was die Verse machten. Er meinte die Sonette, die Rui Dantas ab und an im „Diário de Ilhéus" oder im „Jornal da Tarde" veröffentlichte, den beiden in der Stadt verbreiteten Zeitungen. In der Nachbarstadt Itabuna gab es auch „O Século" und „O Dia", aber für sie arbeitete Rui Dantas nur selten, denn zwischen den Intellektuellen beider Städte herrschte richtige Fehde. Frederico Pinto hörte nicht auf die Antwort des jungen Anwalts. Schon hatte er sich Espinola zugewendet, klopfte ihm auf die Schulter und lachte wieder über diese Angewohnheit des Argentiniers: vor dem Essen Zigarren zu rauchen. Eine Zigarre war gut nach einem wirklichen Mittagessen, das man mit einem guten Wein begossen hatte, zum Beispiel nach einem Fischragout, wie man es auf der Fazenda der Macacos aß – er sprach jetzt wieder zu Rui –, der Fisch mußte ganz frisch im Fluß gefangen sein, die Soße sorgfältig aus Kokosmilch zubereitet, ja dann. Dann konnte man sich eine Zigarre anzünden und vor sich hin träumen.

„Ja, von die Frauens", unterbrach ihn Espinola.

Frederico Pinto zuckte leicht zusammen: Sollte der Gringo etwas argwöhnen? In dieser Stadt Ilhéus wurde soviel getuschelt, als hätte man es nicht mit zivilisierten Menschen zu tun. Auch Oberst Frederico Pinto sagte nicht nein, wenn ihn jemand indirekt nach dieser Angelegenheit fragte, er lächelte nur mit einer gewissen Eitelkeit. Wer in der Stadt wußte denn nicht, daß der Oberst der Geliebte der „Gringa" war, dieses prachtvollen Weibsbildes, das Pepes Frau Lola Espinola war? Die Ankunft der Espinolas in Ilhéus etwa zehn Monate zuvor hatte ein neues Wort in das ohnehin sehr gemischte Portugiesisch eingeführt, das im Süden Bahias gesprochen wurde, nachdem es im Mund der schwarzen Bevölkerung verändert und abgeschliffen und danach mit englischen Ausdrücken vermengt worden war, die die Eisenbahningenieure und die Amerikaner der „Exportgesellschaft" mitgebracht hatten. All dem gesellte sich nun das spanische Wort „rubia"* hinzu. Es kam an Land und erschien in riesigen Lettern auf den Programmzetteln, die von Haus

* Blondine

zu Haus verteilt wurden, auf den an die Mauern geklebten Plakaten, gleichzeitig mit der Ankunft Pepes und Lolas in Ilhéus: „Die blonde Lola, das Idol der Bühnen des Südens“.

Sie tanzten Tango, und sie tanzten gut. Lola war groß, geschmeidig und blond, sie überließ ihren Körper dem Rhythmus des schwindsüchtigen Tanzes. Espinola war ein guter Tänzer, und wenn er im Frack auf der Bühne stand, verschwand selbst seine Glatze vor den Augen der Frauen, die den schmachtenden Bewegungen seines fast noch jugendlichen Körpers folgten, seinen langsamen Tanzschritten, in denen sich entfesselte Sinnlichkeit mit den Dramen der Prostitution mischte. Man spürte, Pepe verlockte die Frau, wie auf den Kakaopflanzungen die Schlangen mit ihren hypnotischen Augen die Vögel in den Bäumen verlocken. Schlangenaugen glichen die Bewegungen dieses langsamen Tanzes, bei dem sich die Partner tief in die Augen sahen, der Mann ohne Geld und ohne Liebe, der aus derselben Frau Liebe und Geld zu ziehen verstand.

Aufmerksam folgten die Frauen den Bewegungen Pepe Espinolas, den der Frack hagerer erscheinen ließ und dessen beweglicher Körper in den Drehungen besonders zur Geltung kam. Aber die Männer hatten nur Augen für die blonde Lola. In dem überfüllten Theater war von den schüchternen, im Handel tätigen Jünglingen bis zu den dicken Obersten mit den prallen Brieftaschen keiner, der sie an diesem Abend ihrer Vorstellung nicht begehrt hätte. Ein Arbeiter von der Fazenda des Obersten Silvino, der sich in Ilhéus zur ärztlichen Behandlung aufhielt und rein zufällig ins Theater geraten war, weil er eine Eintrittskarte gewonnen hatte, vergaß sie nie, und der Anblick der blonden Argentinierin war für diesen Arbeiter bis ans Ende seines elenden Lebens auf der Kakaopflanzung der schönste Anblick, ein unvergeßlicher Moment.

Auch der kleine und ziemlich nervöse Oberst Frederico Pinto vermochte nicht eine Sekunde den Blick von den schön geschwungenen Beinen, der hübschen Brust und dem runden Hintern der Argentinierin zu wenden. Auch für ihn war Lola eine Traumerscheinung, ein unerwartetes und völlig neuartiges Erlebnis. Er begehrte sie mit der Kraft eines Mannes, der dreißig Jahre im Urwald damit verbracht hat, Bäume zu roden und Kakao anzupflanzen, der alle Wünsche verdrängt und sein ganzes bisheriges Leben entweder mit seiner Frau geschlafen hat, jener Dona Augusta, die von dem Leben auf der Pflanzung frühzeitig verbraucht war, oder sich mit den Mulattinnen aus den schmutzigen Frauenstraßen in den Dörfern abgegeben hatte. Lola war etwas ganz Ungeahntes, sie war eine köstliche Blume mitten in diesem rauhen Land. Oberst Frederico Pinto schwitzte auf seinem Stuhl in der ersten Reihe. Was hätte er nicht darum gegeben, heute nacht diese Frau bei sich im Bett zu haben, diesen Kopf mit dem blonden Haar, die Beine, die Brüste, den Hintern, ach, diesen Hintern, der dem einer prachtvollen Stute glich!

Es war ein Traum, aber er wurde Wirklichkeit. Pepe Espinola nahm Zuflucht zur Bühne nur, wenn ein schwarzer Tag kam, an dem die anderen Möglichkeiten erschöpft waren. Und die von den beiden getanzten, die von ihr gesungenen Tangos, diese traurigen Texte, die von schäbigen Tragödien, Liebesgeschichten eines neuartigen Dreiecks – Frau, Zuhälter und Gigolo – handelten; die Schönheit Lolas, die durch die Lichter der Bühne verstärkt wurde – all das war nur so etwas wie ein Angelhaken (und zwar einer, an dem der beste Köder der Welt hing, hatte einmal jemand bezüglich Lolas gesagt) für einen fetten Fisch. Und Pepe Espinola betonte immer wieder, dieses Verfahren sei niemals fehlgeschlagen.

Eines Tages, es war in Pepe Espinolas Jugend, an
 einem Tag, der länger zurücklag, als es jemandem schei-

nen mochte, der den Argentinier betrachtete und sein Alter zu erraten suchte, versicherte ihm ein Mann mit Lebenserfahrung in einem Vorstadttingeltangel von Buenos Aires während einer Nacht mit Tangos und Frauen: „Als Gigolo arbeiten ist der würdigste Beruf für einen Mann."

Damals war er noch nicht kahl, er hatte schwarzes Haar, das er mit Hilfe von Pomade glatt und wohlfrisiert hielt, ein blasses Gesicht mit Augen, die stets finster blickten, feine, nervöse Hände und einen Mund, der sich ständig spitzte, um eine Melodie zu pfeifen. Er hatte schon allerhand Abenteuer hinter sich, aber jene Tage waren entscheidend für den „kleinen Pepe", wie ihn die Kumpel aus seinem Viertel nannten. Andere nannten ihn auch den „Poeten", weil er die Frauen der Tanzkneipe mit solcher Zuvorkommenheit bedachte, daß er an einen romantischen Dichter erinnerte, der die eifrigen Stammgäste eines Nachts mit seinen seltsamen und lächerlichen Gebärden amüsiert hatte. Pepes Vater, ein schlechtbezahlter Staatsangestellter, meinte, sein Sohn müsse unbedingt seinen Weg im Leben machen. Und er begleitete diese Theorie mit harten Worten über den Charakter des jungen Mannes, der „zu nichts" tauge und „ein sehr schlechter Student und ein sehr schlechter Sohn" sei. Schon im zarten Alter von sechzehn Jahren kam Pepe erst in den späten Nachtstunden nach Hause, als wäre er ein erwachsener Mann, er hatte den denkbar schlechtesten Umgang. In der prekären Stunde des Abendessens ertrug er schweigend die bitteren Klagen des Vaters und entwischte, sobald sich nur eine Gelegenheit bot, auf die Straße. Zu Hause ging das Unwetter weiter, der Staatsbeamte schrie häßliche Worte, und die arme Ehefrau versuchte mütterliche Entschuldigungen, die nicht überzeugen konnten. Eines Tages nahm die Angelegenheit eine noch bedrohlichere Wendung, da Pepes Vater die Absicht bekundete, seinem Sohn eine Anstellung – „irgendeine, ganz egal was" – zu besorgen, er sei nicht länger geneigt, so erklärte er entschieden, einen Herumtreiber zu ernähren.

Gerade zu dem Zeitpunkt, als Pepe Espinola die beklemmende Möglichkeit auf sich zukommen sah, sich in den Angestellten eines Geschäftes oder eines Lagerhauses zu verwandeln, hörte er in der Tanzbar von dem Elegantísimo (niemals hatte man etwas über seinen wahren Namen erfahren können) jenen Satz, der ihm sehr viel tiefsinniger schien als jede philosophische Abhandlung, so schwierig und umfänglich sie auch sein mochte: „Als Gigolo arbeiten ist der würdigste Beruf für einen Mann . . ."

Der Elegantísimo gab ihm noch andere Ratschläge. Mit seinem Kennerblick fand er heraus, daß Pepe genau den Wuchs hatte, den man für diesen Beruf brauchte. Sein Takt, der mit jähen Rücksichtslosigkeiten gemischt war, sein Geschick als Unruhestifter und seine Jugend machten ihn zum erträumten Ideal einer Frau von vierzig Jahren, die eine volle Börse und ein leeres Herz hatte. Eine blonde Frau dieser Art fand sich in der Bar, eine Argentinierin, die behauptete, Französin zu sein, und die jene acht französischen Wörter, die sie kannte, höchst korrekt auszusprechen verstand. Allerdings hatte Pepe zunächst einen Angriff auf die dicke Antônia gestartet, eine riesige Prostituierte, die von den Seeleuten sehr gerühmt wurde. Aber der dicken Antônia mangelte es an leerem Herzen, und ihr Verhalten eines Nachts, als sie ohne Hilfe anderer zwei deutsche Matrosen verdrosch, erschreckte Pepe. Damals wandte er sich der Französin zu und begann ihr seine Verehrung darzubringen. Um die ganze Wahrheit zu sagen: Pepe begeisterte sich für jene Frau, und die Lobsprüche des Elegantísimo auf die Geschicklichkeit, mit der er als Anfänger seine Rolle als Gigolo spielte, waren völlig fehl am Platze, denn Pepe mit seinen siebzehn Jahren glühte wie Feuer für die vierzigjährige Jacqueline (in Wirklichkeit, nach dem Geburtsschein, hieß sie Luísa). Sie überschüttete ihn mit Geld, und Pepe führte sechs Monate lang ein glückliches Leben, da er zu Hause die Geschichte von einer Anstellung als Nachtkellner in einer Bar erfunden hatte. Aber Jacqueline widmete sich dem Geliebten so sehr, daß sie jene vergaß, von denen sie bezahlt wurde, und so wurde das Geld knapp. Der Elegantísimo machte Pepe aufmerksam, für ihn sei der Augenblick gekommen, sich eine andere zu suchen, eine, die sich ihrer Pflichten gegenüber einem Gigolo mehr bewußt sei. Die Trennung fiel Pepe schwer. Der strahlend schöne Körper der Frau, der im letzten Stadium seiner Vollkommenheit stand, reizte den Jüngling mit der Kraft der ersten Leidenschaft. Aber Pepe hatte sich einen Beruf gewählt, und er wußte, daß er für ihn Opfer dieser Art zu bringen hatte. „Man muß Charakter zeigen", sagte der Elegantísimo zu ihm, als er das Drama bemerkte, und Pepe „zeigte Charakter".

Er handelte wie ein vollendeter Gigolo: Eines Abends machte er eine Eifersuchtsszene, nahm das wenige vorhandene Geld aus Jacquelines Börse, band sich ihre goldene Uhr ans Handgelenk, warf ihr mit harten Worten die Komödie der französischen Abstammung vor und ging lächelnd davon. Jacqueline schluckte noch in derselben Nacht Gift, und die Erinnerung daran überschattete die ruhige Fröhlichkeit Pepe Espinolas von Zeit zu Zeit mit traurigen Gedanken.

So begann seine Laufbahn, die vor Jahren in den Tanzbars und bei den Raufbolden von Buenos Aires als eine schöne und rasche Karriere bekannt war. Schließlich galt er als der „große Pepe", denn man sah ihn jeden Tag in Gesellschaft wunderschöner Frauen, er war Gigolo der begehrtesten Halbweltdamen der Stadt. Er lebte von dem Geld einer mageren weißen und höllisch sinnlichen Russin, die ein Vermögen kassierte, wenn sie einem lasterhaften Millionär eine Liebesnacht gewährte.

Sein waren die berühmtesten Frauen, die die Runde durch die großen Tanzlokale des Stadtzentrums von Buenos Aires machten: Frauen unterschiedlicher Abkunft und Hautfarbe. Von der Mulattensängerin aus Brasilien, die so großen Erfolg gehabt hatte, bis zu der brünetten Holländerin mit dem eckigen Gesicht, die von einem Fleischexporteur ausgehalten wurde. Es gab keinen bekannteren Gigolo und keinen, der ein besseres Auskommen gehabt hätte. Es waren Jahre großer Erfolge und angenehmen Lebens. Die Narben an der einen Hand – sie rührten von Stichwunden her, die er bei einer Schlägerei in einem Nachtlokal davongetragen hatte –, ein paar in einem Polizeikommissariat verbrachte Nächte und ein beginnendes Lungenleiden (ein von der linken Lunge ausgehendes Infiltrat), das im besten Sanatorium Córdobas behandelt wurde, und zwar mit dem Geld von Miß Kate, einer Amerikanerin, die als Touristin durch die pittoresken argentinischen Nachtlokale reiste und sich höchst unverhohlen und romantisch für Pepe begeisterte – all das waren Zwischenfälle, die sein Glück nicht zu erschüttern vermochten. Nur an den Tagen, an denen er sich einen ordentlichen Rausch antrank, fiel ihm wieder Jacqueline ein, ihr grünes Gesicht im Sarg, sie, die in einer lange zurückliegenden Nacht Gift genommen hatte. Dann wurde er unvermittelt grausam, er prügelte die Frau, die ihn gerade aushielt, er verfluchte das Leben und schwor, gleich am nächsten Tag seine Eltern zu besuchen. Aber am nächsten Tag war alles vorüber, Pepe dachte nicht daran, seine Eltern zu besuchen, und er tat gut daran, denn der Staatsbeamte hatte ihm ausdrücklich verboten, zu Hause aufzutauchen, weil er der Meinung war, daß Pepe mit seinem unwürdigen Beruf die Familie zersetzte. Unwürdiger Beruf ... Pepe dachte an den Ausspruch des Elegantísimo: „Der würdigste Beruf für einen Mann ...“

Der Elegantísimo war von seinem Schüler ausgestochen worden. In der Tat dürfte es unmöglich sein, den dekadenten Gigolo der Vorstadtkneipen mit dem „großen Pepe" zu vergleichen, um den sich die Frauen rissen und dem sie ihre Börsen und ihre Herzen öffneten. Pepe hatte sich dem Elegantísimo dankbar erwiesen. Als dieser, alt und noch dekadenter geworden, seinen Beruf aufgab, da er fand, er könne ihn des künstlichen Gebisses halber nicht mehr „mit der nötigen Würde" ausüben, verschaffte ihm Pepe in einer im Zentrum gelegenen Tanzbar, deren Eigentümer ihm verpflichtet war, eine Anstellung als Portier. So brauchte der Elegantísimo seinen Smoking nicht gegen einen anderen, weniger eleganten Anzug einzutauschen. Und an vielen Abenden öffnete er die Tür, um Pepe mit der Frau einzulassen, die ihn liebte und ihn gleichzeitig aushielt, wobei er das dicke Trinkgeld mit einem für die ganze Straße bestimmten Kommentar entgegennahm: „Den hab ich aus der Taufe gehoben."

Aber auch für Pepe begannen die Jahre des Ruhmes dahinzuschwinden. Der „würdige" Beruf des Gigolos hat eine Altersgrenze. Wie sollte man sich einen Gigolo vorstellen, der nicht jung ist und auch nicht romantisch aussieht? Und wider das romantische Aussehen Pepe Espinolas verschworen sich, als er den Dreißigern nahe war, seine Haare, die mit überraschender Schnelligkeit ausfielen. Am Ende war Pepe völlig kahl, und das hinderte ihn, weiter auf Kosten seines „schönen Körpers" zu leben, wie er sich ausdrückte. Aber es hinderte ihn nicht, auch künftig vom Geld der Frauen zu leben. Es gab einen anderen, zweifellos weniger romantischen Beruf, der aber auch nicht solche physischen Eigenschaften erforderte: den des Zuhälters. Er widerstrebte dem Elegantísimo, der meinte, er sei eines ehrenhaften Mannes nicht würdig. Er jedenfalls wollte lieber Portier sein, als diesen Beruf ausüben. Pepe dachte darüber anders. Er entsann sich eines Ausspruchs, den der Elegantísimo früher getan hatte: „Man muß Charakter zeigen." Und er wurde Zuhälter. Einige Jahre später mischte sich die Polizei so sehr in sein Leben ein, daß er Argentinien verließ und Lola mitnahm, die er immer als seine Frau vorstellte. So waren sie nach Rio de Janeiro gekommen.

Es ist wohl unbestritten, daß Pepe Espinola den „pulo dos nove" in Brasilien eingeführt hat. Der „pulo dos nove" verschaffte Pepe genügend Geld und Lola viel Aufregung. Sie mieteten ein Appartement in einem Wohnhochhaus, wo sie schon einen reichen „Kunden" ausfindig gemacht hatten. Lola begann damit, daß sie ihn zufällig im Lift traf, man grüßte sich, und bei der Wiederholung der Begegnungen wurden sie miteinander bekannt. Eines Tages, als Lola fühlte, daß bei dem Opfer ein gewisses Interesse bestand, erschien sie mit Tränen in den Augen und unsagbar traurig. Der reiche Protz wollte gern erfahren, was ihr zugestoßen sei. Lola machte ein betrübtes Gesicht, die Vertraulichkeiten ließen nicht auf sich warten: Sie war unglücklich in der Ehe, das Ungeheuer von Mann mißhandelte sie, er war ein Flegel, der sie nicht verstand, eifersüchtig, materiell eingestellt, bar jeglichen Gefühls. Welcher Mann hätte da nicht die „blonde" Lola trösten mögen, die so schön war und gleichzeitig so unglücklich in ihrer Ehe? Überdies fühlte sich der Geldprotz ja schon des längeren zu ihr hingezogen. Die Ereignisse überstürzten sich, und nach einigen weiteren Begegnungen im Treppenhaus öffnete Lola dem Nachbarn, der aus einem anderen Stockwerk herabstieg oder heraufkam, wo er mit seiner ganzen Familie, Frau und Kindern, lebte, die Tür zu ihrer Wohnung. Der Mann ging sehr umsichtig zu Werke, dieses Abenteuer im selben Gebäude, in dem seine Familie wohnte, war keineswegs ungefährlich, obwohl er dabei gleichzeitig einen besonderen Kitzel empfand. Lola wurde noch ängstlicher. Sie sagte, sie habe Angst vor ihrem Mann, diesem schrecklichen, eifersüchtigen Kerl, der imstande sei, Skandal zu schlagen, zu töten, das Unterste zuoberst zu kehren. Danach nahm sie den Geldprotz in ihrem Körper gefangen. Nachmittage der Liebe wiederholten sich ungefähr eine Woche lang, bis eines Tages, als der Geldprotz sich schon in Sicherheit wiegte, ganz unerwartet Pepe ins Zimmer stürzte – es war im höchsten Augenblick der Liebe – und, den Revolver in der Hand, mit flammenden Blicken schrie: „Verdammte Hündin!"

Lola konnte nicht umhin, Pepes Schauspielertalent zu bewundern, die Art, wie er die Beleidigung schrie, seine zornblitzenden Augen. Er war wirklich ein Künstler. Sie liebte ihn, sie liebte ihn immer mehr. Der Geldprotz im Bett zitterte vor Angst. Meistens handelte es sich um einen friedfertigen Kaufmann, dem ein Skandal ungeheuer schaden mußte, vor allem ein Skandal in dem Haus, in dem seine Familie wohnte. Der Mann empfand Todesangst, Pepe brüllte Beschimpfungen und Drohungen. Wenn er sah, daß der „Geliebte" völlig eingeschüchtert war, senkte er die Stimme ein wenig, und wenn der Geldprotz vorschlug, nach Möglichkeiten einer Einigung in dieser Angelegenheit zu suchen, bekam Pepe plötzlich einen Anfall von Würde, zeigte sich aber gleich darauf geneigt, die Möglichkeit zu prüfen, wie er seine Ehre anders als mit Blut reinwaschen könne. Er sprach lange von befleckter Ehre, und dann kassierte er Geld, sehr viel Geld. Er nahm den Scheck entgegen, der Geldprotz erhielt seine Kleider zurück und entwischte, wobei er schwor, sich nie wieder mit einer verheirateten Frau einzulassen ... Und da Lola im Verlauf der Komödie ein paar wertvolle Geschenke von dem leidenschaftlichen Liebhaber gewonnen hatte, hatte das Ehepaar immer noch einen schönen Gewinn aus dem Geschäft.

Was den „pulo dos nove" in Rio de Janeiro verdarb, das war die Wiederholung. Nicht nur Pepe Espinola wendete ihn an. Bald gingen andere dazu über, dieselben Methoden zu gebrauchen wie der Argentinier, und ein

Brasilianer erweiterte den „pulo“ sogar dadurch, daß er zwei Frauen an dem Spiel teilnehmen ließ – dabei präsentierte sich eine als die jungfräuliche Schwester des Ehemannes, ein unbefangener Backfisch, der sich eines Tages von einem Millionär deflorieren ließ. Pepe fand keine Zeit, diese Neuerung aufzugreifen, weil er eines schönen Morgens auf der Polizei erwachte, wo er und Lola drei Monate verbringen mußten. Dann kam er nach Bahia und lebte hier eine Zeitlang ruhig, weil ihn eine Mitteilung der Polizei in Rio an die Polizei in Bahia hinderte, den reizenden „pulo dos nove“ in der Hauptstadt dieses Staates bekanntzumachen. Er und Lola beschäftigten sich damit, in dem vornehmsten Nachtlokal zu tanzen, schließlich kamen sie nach Ilhéus, da man sie für ein paar Vorstellungen im „Teatro São Jorge“ verpflichtet hatte. Kaum war Pepe an Land gegangen, als er auch schon die gewaltigen Möglichkeiten erkannte, die ihnen diese reiche Stadt bot, wo die Obersten ganz versessen auf die hier so seltenen schönen Frauen waren. Er ließ sich in Ilhéus nieder und verdiente Geld beim Spiel. Sein erstes Unternehmen, über das er noch nicht hinausgekommen war, bestand darin, ein Haus zu mieten, in dem er teure Getränke ausschenkte und wo die Obersten pokern konnten. Pepe spielte nicht, er nahm nur einen „Gewinnanteil“ für die „Spesen“. Außerdem kassierte er für die Getränke und die Sandwiches. Bald wurde es Mode, zum Spielen in Pepe Espinolas Haus zu gehen. Im Spielsalon, einem kleinen, aber eleganten Raum, zu dem nur wenige Leute Zutritt hatten, stellte Lola ihren geschmeidigen Körper zur Schau. Pepe prüfte die Möglichkeit, in seinem Haus ein Roulett zu installieren.

Einer der ersten Besucher des Etablissements war Oberst Frederico Pinto. Als Pepe begriff, daß der Oberst Lola rettungslos verfallen war, entschloß er sich, den „pulo dos nove“ anzuwenden. Er unterrichtete Lola von dem Sachverhalt, und sie begannen mit ihrer Vorstellung.

Aber der Oberst war äußerst schüchtern, er brauchte Monate, um zu begreifen, daß es tatsächlich möglich war, mit dieser Frau in ein und demselben Bett zu schlafen. Lola war im Begriff, den Ruf einer „mustergültigen Ehegattin“ zu erwerben, da sie im Interesse ihres Vorhabens völlige Gleichgültigkeit gegenüber den Galanterien der Obersten, der Anwälte und selbst des Exporteurs Karbanks bekundete. Die Komödie mit Frederico zog sich länger hin, als Pepe erwartet hatte. Und sie zog sich immer länger hin, denn obwohl der Oberst längst Lolas Geliebter war, überhäufte er sie noch immer mit Geschenken, so daß sich Pepe entschloß, das Ende aufzuschieben, bis sich die kleine Kassette gefüllt hatte, in der Lola die Juwelen verwahrte. Dann würde der Oberst für Pepe Espinolas befleckte Ehre bezahlen . . .

Im „Ponto Chic“ unterhielten sich die beiden im Beisein von Dr. Rui Dantas. Rui betrachtete Pepe und den Obersten, die über Zigarrensorten stritten, und sann über den schlechten Geschmack der Frauen nach. Während er, ein kräftiger junger Mann, ihr die süßesten Sonette widmete, ließ sie sich von einem dickbäuchigen, gealterten Obersten herumkriegen. Selbst wenn es nur wegen des Geldes war . . .

Rui Dantas, ein Rechtsanwalt ohne Klienten, Sohn eines reichen Vaters, Verfasser schlechter Verse und Spieler ohne Glück, konnte Lolas Geschmack nicht verstehen. Auch er hätte alles darum gegeben, die „Blonde“ in seinen Armen zu halten. Sich selbst würde er opfern. Er wußte nicht, daß Pepe bei seinem Gespräch mit dem Obersten dachte, es sei nun an der Zeit, den letzten Akt der Komödie mit Frederico einzuleiten und danach mit einer neuen zu beginnen. Und daß er zum Hauptdarsteller dieser neuen gerade Dr. Rui Dantas, den Sohn des Obersten Maneca Dantas, des Herrn der Fazenda dos Macacos und reichen Grundbesitzers, ausersehen hatte. Rui war melancholisch geworden. Lola war so fern von ihm, niemals würde er sie besitzen ... Was würde er nicht dafür zahlen, wenn er sie haben und ihren Körper liebkosen könnte. Als hätte Pepe seine Gedanken erraten, lud er ihn, nachdem der Oberst gegangen war, ein, bei ihm zu Abend zu essen.

„Die Einladung ist von Lola. Sie gefallen ihr sehr ..." Er versuchte, portugiesisch zu sprechen.

Rui Dantas' Augen leuchteten auf. Er würde ein Sonett für sie schreiben. Und zwar gleich heute. Sehr romantisch und mit volltönenden Reimen. Er bezahlte Pepes Zigarren.

6

Die Lagerhallen der „Kakaoexportgesellschaft von Ilhéus" nahmen fast einen ganzen Häuserblock ein. Dagegen war die Tafel, auf der der Firmenname stand, recht klein, viel größer waren die Tafeln einiger Firmen, die von der „Exportgesellschaft" (wie alle sie nannten) vertreten wurden: die amerikanische Fluggesellschaft, die schwedische Schiffahrtsgesellschaft, eine amerikanische Gesellschaft für Schifftransportversicherungen, eine andere für Schreibmaschinen. Die „Exportgesellschaft" repräsentierte eine ganze Anzahl anderer Firmen, aber diese Vertretungstätigkeit beanspruchte den kleinsten Teil der riesigen Schreibtische und auch nur einen kleinen Teil der Rechnungsbücher. Zwar wurden hier Fahrkarten für Flugreisen verkauft, Verträge für Kakaofrachten auf schwedischen Schiffen aufgesetzt, Häuser gegen Feuer versichert und Schreibmaschinen verkauft. Doch um all dies zu erledigen, genügten einige wenige Angestellte. Alle anderen, und das waren sehr viele, arbeiteten im Kakaogeschäft. Die Kakaobohnen füllten die Lagerhallen, die sich fast von einem Ende des Häuserblocks bis zum andern dehnten. In diesem Abschnitt der Straße war der Kakaogeruch am stärksten, jedem wurde schwindlig davon. Die „Kakaoexportgesellschaft von Ilhéus" war die größte Exportfirma für dieses Produkt im ganzen Lande.

An der Tür des Büros, in dem Karbanks saß, wenn er sich in Ilhéus aufhielt, war ein Schild angebracht, auf dem man lesen konnte, daß dies das Zimmer des „Geschäftsführenden Direktors“ sei. Karbanks liebte Nachtlokale und Trinken, er ging auf der Straße mit den Obersten Arm in Arm, unterhielt sich mit allen Leuten, war heiter und höflich. Und doch war dieser dicke, große, rote, verschwitzte Amerikaner mit seinen langen Armen, die ihm den Spitznamen „Gorilla“ eingetragen hatten, und mit seiner lauten Stimme ein Rätsel für Ilhéus. Man erzählte mancherlei von ihm: Er vertrete starke amerikanische Interessen in diesem Gebiet, er habe gar keine Anteile an der Exportgesellschaft, er leite sie nur als höherer Angestellter. Eine Zeitlang zerbrach man sich in Ilhéus den Kopf und suchte Teile des um diesen riesigen Amerikaner geschaffenen Mysteriums zu enthüllen. Schließlich gab man es auf und gewöhnte sich an ihn, an sein Erscheinungsbild. Karbanks war übrigens vielleicht einer der beliebtesten Ausländer, die im Kakaogebiet wohnten, wenn man von dem Syrer Asfora absah, der Fazendeiro geworden war und dessen Töchter Brasilianer geheiratet hatten. Asfora wurde nicht mehr als Ausländer betrachtet. Er war mit seiner Frau und seiner jüngsten Tochter nach Syrien zurückgekehrt, um die Jahre des Alters auf angenehme Weise in seinem Heimatland zu verbringen. Aber schon ein Jahr später kehrte er zurück, die Sehnsucht trieb ihn nach Brasilien. Wieder zog er die Jagdstiefel an und fuhr auf seine Fazenda, um Kakao zu pflanzen und zu ernten.

Auch Karbanks reiste, seit es die Flugverbindungen gab, jedes Jahr einmal in die Vereinigten Staaten. Vorher war er alle zwei Jahre mit dem Schiff gefahren. Stets kehrte er mit etlichen mechanischen Geräten zurück, elektrischen Rasierapparaten, kleinen Radios, Füllstiften, die er den befreundeten Obersten schenkte. Aber nicht diese Pendelfahrten machten ihn beliebt. Seine Beliebtheit rührte von der geringen Bedeutung her, die er seiner Stellung beimaß. Er lebte in den Bars, unterhielt sich mit den Leuten, nahm Drinks und erzählte in gebrochenem Portugiesisch Histörchen. Ab und zu gab er eine Vorstellung in der Bar, wenn er betrunken mit einem Mädchen tanzte, wobei er den riesigen „Gorilla"körper über die Frau beugte, während die gewaltigen Arme zappelten und die Beine mit den Takten der Samba in Konflikt gerieten. Seine Saufgelage waren schon klassisch. In solchen Nächten fing er auf einmal an, Foxtrotts in englischer Sprache zu singen. Karbanks sollte es auch sein, der wenig später am tatkräftigsten den „Terno do Ipicilone" unterstützte, der während der Kakaohausse in Ilhéus gegründet wurde.

Mit Vorliebe gebrauchte er Wörter des mit dem Kakao gewachsenen Rotwelschs, die aus seinem Mund bruchstückhaft, mühsam und unbeholfen kamen. Es hieß, er sei es gewesen, der den Vertrag mit der schwedischen Schiffahrtsgesellschaft für die Lieferung der großen Frachtdampfer zustande gebracht habe, die den unmittelbaren Export des Kakaos von dem Hafen Ilhéus nach den Vereinigten Staaten, nach Deutschland und Nordeuropa erlaubten. Und ebenfalls er sei es gewesen, der die Bundesregierung unter Mithilfe Carlos Zudes und der anderen Exporteure gezwungen habe, Verbesserungen in der Hafeneinfahrt vorzunehmen, die es Schiffen mit großem Tiefgang ermöglichten, in den Hafen einzulaufen. Vielleicht war der Ausdruck „gezwungen" in Verbindung mit Karbanks nicht ganz richtig, denn er schien am allerwenigsten fähig, jemand zu etwas zu zwingen. In Ilhéus gab es sogar eine saftige Anekdote zu diesem Thema: Ein paar ganz Dreiste erzählten, Karbanks habe keine Frau aus Ilhéus geheiratet, weil die jungen Mädchen in Brasilien in jungfräulichem Zustand heiraten und er daher genötigt gewesen wäre, das Hymen seiner Gattin zwangsweise zu entfernen. Als Karbanks diese Geschichte hörte, lachte er laut darüber und brüllte sein Lieblingswort: „Das is doll! Das is doll!“

Aber die Sache mit der Hafeneinfahrt stimmte. Eingeweihte sagten, die „Exportgesellschaft“ verfüge über den größten Anteil der Hafendockaktien, sie habe ihn den Erben des Obersten Misael abgekauft. Und die Einkünfte aus dem Hafen waren enorm. Man sagte, auch hinter der Leitung der „Hilfsbank für die Landwirtschaft“ stehe die „Exportgesellschaft“, mit anderen Worten also Karbanks. Er und Carlos Zude waren überall, nur in die Plantagenwirtschaft hatten sie sich noch nicht eingemischt. Niemand war sich bisher so richtig der Tatsache bewußt, daß der Kampf zwischen den Obersten, den Eroberern und Bebauern des Landes, und den Exporteuren herannahte. Vorläufig ahnten sie allenfalls etwas von der kommenden Kakaohausse, einer Hausse, wie man sie nie zuvor erlebt hatte. Natürlich sprach man schon oft von Karbanks, von Zude, von Ribeiro & Co., von den Rauschnings, den Deutschen von einer anderen Exportfirma, von Reicher, einem zuverlässigen Juden, von dem Nazi Schwartz. Man redete auch von Correia, der eine kleine Schokoladenfabrik gegründet hatte und den Zeitungen Geldbeträge zahlte, damit sie Artikel einrückten, in denen bewiesen wurde, daß er ein patriotisches Werk tat, indem er im Herkunftsland des Kakaos selbst Schokolade produzierte. Aber mehr als über all dies sprach man in Ilhéus von Karbanks' Saufgelage. Die ehrbaren Damen meinten, der reiche Amerikaner habe vor nichts und niemandem Respekt. Trotz dieser Ansicht war Karbanks allgemein sehr geschätzt. Die Engländer führten ein zurückgezogenes Leben im engsten Kreise, die Deutschen – sie behandelten die Einheimischen von oben herab, mit gewisser Verachtung und auch mit gewissem Argwohn – waren nicht allzu beliebt. Sie lebten gleichsam am Rande der Stadt, ohne wirklichen Kontakt mit ihr. Karbanks wohnte schon seit vielen Jahren in Ilhéus. Er war gekommen, als erkennbar wurde, daß der Kakao eine wirtschaftliche Macht darstellte, und hatte die Exportfirma gegründet. Anfangs war es eine ziemlich kleine Firma, vielleicht das kleinste aller Exportunternehmen. Aber als die Ernte ihrem Ende entgegenging, fuhr Karbanks in die Vereinigten Staaten, und als er zurückkam, änderte die Firma „Frank Karbanks, Exporteur" ihren Namen, sie hieß jetzt „Kakaoexportgesellschaft von Ilhéus". Und zugleich mit der Änderung des Firmennamens vergrößerte sich das Kapital in unglaublichem Maße. Noch im selben Jahr kaufte Karbanks mehr Kakao auf als jeder andere Exporteur. Im Jahr darauf weitete er seine Geschäfte noch mehr aus, und jetzt hatten nur die „Gebrüder Zude & Co." und Schwartz ein annähernd großes Geschäftsvolumen aufzuweisen. Die Rauschnings exportierten nur nach Europa, und Reicher und Ribeiro, die in die Vereinigten Staaten und nach Argentinien lieferten, kauften sehr viel weniger ein. Karbanks erwarb fast dreißig Prozent des gesamten Kakaos aus dem Süden des Staates Bahia.

Einmal im Laufe der Jahre, bei einem Aufenthalt Karbanks' in den Vereinigten Staaten, verbreitete sich ein unwiderlegbares Gerücht in Ilhéus: Der Yankee werde nicht zurückkommen, er werde in den Büros von New York bleiben. Die Stadt beklagte dies, Karbanks hinterließ Sehnsucht bei den Obersten und den anderen Besuchern der Nachtlokale. Tatsächlich erschien ein anderer Amerikaner, der Karbanks' Büro in der Exportgesellschaft übernehmen sollte. Er war hager, schweigsam und schroff, die Geschäfte der Firma erlitten einen beträchtlichen Rückschlag, den Maximiliano Campos nutzte, um der Exportgesellschaft einige ihrer besten Kunden wegzuschnappen, ein paar der reichsten Fazendeiros, die von nun an ihren Kakao an ihn lieferten. Die Obersten konnten nichts anfangen mit diesem wortkargen Amerikaner, der weder Cachaça* spendierte noch eine Einladung zu einem Kaffee in der nahe gelegenen Bar annahm, noch von Frauen sprach. Das Ende vom Lied war, daß Karbanks zurückkehrte, während der hagere, schroffe Amerikaner aus Ilhéus verschwand. Mit Karbanks' Rückkehr kam auch die Prosperität wieder zu den Geschäften der Exportgesellschaft. Dann geschah die Sache mit den Docks (manche sagten, es sei ein schmutziges Geschäft gewesen, in das auch Politiker der Hauptstadt verwickelt seien), die Gründung der Bank, der Vertrag mit den schwedischen Schiffen, der Direktexport aus dem Hafen von Ilhéus. Heute nahm die Kakaoexportgesellschaft von Ilhéus fast einen ganzen Häuserblock in der wichtigsten Geschäftsstraße der Stadt ein, sie vertrat eine Reihe anderer Gesellschaften, sie war an unzähligen Geschäften beteiligt. Zum Beispiel bei den Landstraßen, die der Eisenbahn erschreckend Konkurrenz machten, hatte die Exportgesellschaft die absolute Aktienmehrheit. Und mit den Lastwagen wurde der von ihr gekaufte Kakao bevorzugt aus den durch die Landstraße mit Ilhéus verbundenen Städten und Ortschaften Itabuna, Ferradas, Pirangi, Palestina, Banco da Vitória und Guaraci abtransportiert.

Die wenigen Amerikaner, die in der Exportgesellschaft arbeiteten, bekannten sich sämtlich zur protestantischen Religion und besuchten die Kirche der Engländer, die provisorisch in einem Haus untergebracht war, das seinerzeit ein Kakaolager gewesen war. Karbanks besuchte gar keine Kirche, obwohl auch er protestantisch war. Niemals jedoch unterließ er es, als Schutzherr bei den katholischen Festen zu Ehren des heiligen Georg oder des heiligen Sebastian, Unserer Lieben Frau von Vitória oder des heiligen Johannes zu fungieren. Auf den Listen, die der Bischof und die Priester umlaufen ließen, um Geld

* Schnaps

für diese und andere Kirchenfeste zusammenzubringen – sie wurden von Schülerinnen gebracht, die sorgfältig unter den hübschesten des ganzen Schwesternkollegs ausgewählt wurden –, erschien der Name Karbanks stets an einer der ersten Stellen neben einem sehr hohen Betrag.

Auch auf der großen Marmorplatte, wo man die Namen derer eingegraben hatte, die mit großen Summen zum Bau der neuen Kirche von Unserer Lieben Frau von Vitória beigetragen hatten, einer schönen weißen Kapelle, die genau gegenüber dem Kolleg errichtet worden war und vom Hügel aus die Stadt überragte, auch auf dieser in der Vorhalle angebrachten Platte las man den Namen Karbanks gleich unter dem des Präfekten. Der Amerikaner hatte zwanzig Contos für den Bau gespendet. Und diese Tafel war eine der wenigen Stellen, an denen man seinen Namen vollständig lesen konnte: Mr. Frank Morgan X. Karbanks.

7

Der Dichter Sérgio Moura stand von seinem Stuhl auf, wo er dem Gesang des Sabiá gelauscht hatte, und nahm verdrießlich den Telefonhörer ab. Von weitem drang die liebenswürdige Stimme des Geschäftsführers Martins von „Gebrüder Zude & Co." an sein Ohr: „Seu Moura?"

„Ja, am Apparat."

Es war in dem neuen Gebäude des Handelsvereins von Ilhéus, das unmittelbar am größten Park der Stadt fast gegenüber der Präfektur lag. Es bezeugte die kraftvolle Entwicklung der Stadt, die ungewöhnliche, beeindrukkende Kraft der sogenannten „konservativen Klassen", dieses Gebäude mit seinem großen marmornen Vestibül, den prächtigen Freitreppen, den kostbaren Teppichen. Es besaß eine Bibliothek, deren Bücher nur deshalb nicht ungelesen blieben, weil der Dichter Sérgio Moura hier als Sekretariatschef des Handelsvereins tätig war. Ihm war es gleichfalls zu danken, daß die Orchideen – sie schossen auf den Grundstücken in der Nähe des Strandes üppig ins Kraut, ohne daß ihnen jemand Beachtung schenkte – den Garten hinter dem Haus verschönten, wo fast zwei Dutzend Vögel den Dichter mit lieblichem Gesang von den Zahlen ablenkten, die hinter seiner Stirn das Volumen des Kakaoexports und des Gesamtumsatzes bezeichneten, Zahlen, die kalt waren wie Herren mit Stehkragen. Der Sabiá zwitscherte in der ersten Nachmittagsstunde. Sérgio Moura wohnte im Gebäude des Handelsvereins, das Essen wurde ihm gebracht, tagelang ging er nicht aus. Indessen hatte einer, der sich für einen Psychologen hielt, gesagt, der einzige Mensch, der alles sehe, was in Ilhéus geschehe, und der vor allem richtige Schlußfolgerungen ziehe, sei der Dichter Sérgio Moura. Das war vielleicht übertrieben, aber es gab Gründe für eine solche Übertreibung. Im Hörer ertönte Martins' Stimme: „Hier Martins."

„Ja."

„Heute soll eine Versammlung im Handelsverein stattfinden, alle Exporteure sind eingeladen."

„Wann geht es los?"

„Um neun."

„Gut."

„Würden Sie bitte alle Vorbereitungen treffen."

„Whisky besorgen? Keine Angst. Hat man je eine Exporteurversammlung ohne Whisky gesehen?"

Martins war sich selbst nicht im klaren, ob er Sérgio Moura mochte oder Angst vor ihm hatte. Immerhin hatte er sich entschlossen, die Nachricht zu verbreiten.

„Wissen Sie, Seu Moura, wahrscheinlich kriegen wir eine Hausse, und zwar eine deftige."

Der Dichter runzelte die Stirn. „Eine Hausse?"

„Deshalb die Versammlung. Ich versteh es auch nicht ganz."

„Und wer versteht es?" fragte der Dichter.

„Nun, es ist ..."
„Gut, dann bis heute abend."
„Bis dann, Seu Moura. Geben Sie acht, niemand hat was von Hausse gesagt, nicht wahr?"
„Keine Sorge, Seu Martins."

Der Sabiá sang weiter seine zärtlichen Weisen aus dem verlorenen Wald. Der Dichter Sérgio Moura trat nahe an den Käfig heran, wo sich der leuchtendgelbe Vogel in sehnsuchtsvollem Gesang verzehrte. Der Dichter war groß und hager, er trug einen blauen Anzug, und als ein flüchtiges Lächeln von seinem Mund bis zu den Augen glitt, ähnelte er einem ironischen Vogel. Früher war er überaus dünn und schwächlich gewesen. Eines Tages, nachdem er auf der Straße in eine Prügelei verwickelt worden war, die einzige seines ganzen Lebens, entschloß er sich, Gymnastik zu treiben, bis er kräftiger war. Manche lachten über ihn. Sérgio suchte sich einen Lehrer, kaufte Sportgeräte und trainierte ein Jahr lang. Er wurde ein anderer. An dem Kerl, der ihn beleidigt hatte, konnte er sich nicht rächen, denn der war schon aus Ilhéus abgereist, aber er hoffte noch immer, ihm eines Tages wieder zu begegnen. Jedenfalls legte sich keiner mehr mit dem Dichter an, und wenn man ihn schon aus anderen Gründen respektierte („Der ist giftiger als eine Schlange", hatte Dr. Rui Dantas gesagt, als er als Student der Rechte seine ersten Sonette veröffentlichte, die den Dichter zu ergötzlichem Lachen veranlaßten), so respektierte man ihn nun noch mehr.

Der Sabiá sang, und Sérgio Moura dachte nach. Die Hausse ... Warum, zum Teufel, wollten die Exporteure die Hausse? Auf den ersten Blick waren die jetzigen Preise ideal für sie. Jene Preise, die von den Käufern in New York bestimmt worden waren. Wenn die Exporteure von Ilhéus gewollt hätten, so hätten sie die Preise seit langem bestimmen können. Wo sonst konnten die Amerikaner den ganzen Kakao kaufen, den sie für den

Verbrauch im eigenen Land benötigten? Der Dichter dachte an das Telegramm, das er aus der Zeitung ausgeschnitten hatte, in dem der Verlust der ganzen Kakaoernte der Republik Ekuador mitgeteilt wurde. Die Schädlinge hatten die Blüten gefressen, und sie hatten auch die jungen Früchte vertilgt. Die Pflanzer in Ekuador hielten nicht wie die in Ilhéus auf den Blättern der Kakaobäume die Pixixica-Ameise, die den Schädling vernichtet, ohne dem Baum Schaden zuzufügen. Eine Ameise war die Grundlage des Vermögens von Ilhéus ... Der Dichter dachte, diese Ameise sei wohl ein Gedicht wert, eins jener modernen Gedichte, die in der Stadt solchen Skandal erregten (man lachte nicht mehr über ihn wie einst, denn zwei, drei große Kritiker in Rio und São Paulo hatten Artikel geschrieben, in denen Sérgio Moura in den Himmel gehoben wurde, und wenn man nicht als Ignorant gelten wollte, durfte man nicht von dieser Meinung abweichen). Die Pixixica-Ameise ... Eigentlich, mein lieber Sabiá, du Meistersänger, hätten die Exporteure die Hausse schon vor längerer Zeit erzwingen können ... Der Dichter hatte immer gemeint, das könne kein Geschäft für die Exporteure sein. Wozu diese Hausse? In seinen Gesprächen mit den Sabiás, den Kanarienvögeln und den Stieglitzen hatte der Dichter schon einiges über den kommenden Kampf gesagt, den er zwischen den großen Exporteuren und den Herren des Landes voraussah, den großen Fazendeiros, den Eroberern der Urwälder, die dreißig Jahre zuvor über so viele Leichen hinweggeschritten waren, um den Kakaobaum zu pflanzen, einen Kampf, der auch die kleinen Bauern mitreißen würde, die ihre winzigen Pflanzungen im Familienbetrieb mit Männern, Frauen und Kindern bearbeiteten. Die Exporteure waren nur Zwischenhändler, tatsächlich verwandelten sie sich aber in die Herren des Kakaos, jene, die am meisten an der Arbeit verdienten. Die kleinen Bauern, diese Unglücksraben, lebten in ständigem Kampf, damit sie nicht von den großen Fazendeiros verschlungen wurden. Mittelbar förderte der Exporteur diesen Kampf dadurch, daß er die kleinen Bauern mit Darlehen unterstützte und das Plantagenland in kleine Teile zu zersplittern suchte, damit die Ernte nicht in den Händen weniger vereint lag, die die Preise diktieren könnten. Jetzt kam diese Geschichte mit der Hausse. Wozu nur? Die Hausse würde die Obersten stärken, die großen Fazendeiros, der Dichter sah nicht ein, welchen Vorteil die Exporteure davon hatten.

Einer der Kanarienvögel hieß Karl Marx, was zweifellos einen Skandal für den Handelsverein von Ilhéus bedeutete. Der Dichter kannte sich aus bei Marx und den revolutionären Ökonomen. Wo kannte sich Sérgio Moura eigentlich nicht aus?

Nach Ilhéus war er aus einer noch kleineren Stadt gekommen, wo er einen miserablen Beamtenposten bekleidet hatte. Er hatte nach seiner Ankunft zunächst beim „Diário de Ilhéus" gearbeitet, der ersten Tageszeitung, die in der Stadt erschien. Aber er blieb nur kurze Zeit bei der Zeitung, das war nicht das passende Milieu für ihn. Der Posten des Sekretariatschefs im Handelsverein sicherte ihm nicht nur ein ausreichendes Gehalt, das ihm erlaubte, sein Bedürfnis nach Eleganz zu befriedigen, sondern es ermöglichte ihm gleichzeitig, ungestört zu lesen und zu schreiben. So geschah es, daß Sérgio Moura einer der besten Kenner des Marxismus im ganzen Staat Bahia wurde. Gewissermaßen waren es nutzlose Kenntnisse, denn der Dichter behielt sie für sich, er wandte sie nicht an. Niemals war er zum Beispiel in den Versammlungen erschienen, die im Haus des Schuhmachers Edison stattfanden, der auf der Schlangeninsel wohnte. Immerhin hatte diese Lektüre Auswirkungen auf die Dichtung Sérgios, der die Sonette mit den reichen Reimen, den gemessenen Alexandrinern aufgab und sich Gedichten mit

 weit ausschwingenden Rhythmen und tieferem Gehalt

zuwandte. Eigentümlich war es, daß diese revolutionäre Tat keine Auswirkung auf das geistige Klima von Ilhéus hatte und daß sie statt dessen eine gewisse Bedeutung für die jungen Intellektuellen in den großen Städten des Landes gewann. Ein Gedicht von ihm – es hieß „Zwei Feste im Meer“ – hatte in Rio, São Paulo und Recife Aufsehen erregt. Darin wurde erzählt, einst sei ein Buch von Sigmund Freud ins Meer gefallen und aus diesem Grund habe es „im Meer ein Fest gegeben“. Die Sirenen rissen sich die Fischschwänze aus und gaben sich, von allen Komplexen befreit, der Liebe hin. An einem anderen Tag fiel dann ein Buch von Karl Marx ins Meer, und im Meer gab es wieder ein Fest. Die Fische versammelten sich, schwammen gemeinsam zum Palast des Meereskönigs – es war der Hai –, töteten ihn und lebten danach frei in den Wassern. Von dieser Art war die gegenwärtige Dichtung Sérgio Mouras.

In der ersten Zeit nach seinem Eintreffen in Ilhéus wurde viel von ihm geredet. Er ging nie ins Café, nie besuchte er ein Nachtlokal, er lebte entfernt von allem.

Aber bald gewöhnte man sich in Ilhéus an den Dichter Sérgio Moura. Wesentlichen Anteil daran hatten jene lobenden Besprechungen seiner (noch nie in Buchform herausgegebenen) Werke von Kritikern in Rio und São Paulo. Damals duldete man seine Ironie, seine beißenden Kommentare zu örtlichen Skandalen, seine Weigerung, an der literarischen Akademie der jungen Handelsangestellten mitzuarbeiten, dieses ganze „alberne überlegene Getue“, wie sich Dr. Dantas ausdrückte. Der Dichter lohnte die Ungestörtheit mit einem Gedicht über Ilhéus, das hinfort bei Feierlichkeiten aufgesagt wurde.

Manchmal kam der Chauffeur Joaquim in den Handelsverein, um sich mit Sérgio Moura zu unterhalten. Er sprach mit ihm über wirtschaftliche Probleme, und danach diskutierten sie unter Vogelgezwitscher und Kakaoexportziffern.

Ein Redakteur des „Diário de Ilhéus" behauptete immer wieder, die folgende von Sérgio Moura stammende Äußerung erkläre seine ganze vielschichtige Persönlichkeit: „Am liebsten wäre ich Bischof."

Er war aber nur Sekretariatschef des Handelsvereins von Ilhéus und bekam sein Geld dafür, daß er an den wöchentlichen Sitzungstagen die Diskussionen der Fazendeiros, der Kaufleute und der Exporteure anhörte. Aber er zerstreute sich damit, daß er Gedichte schrieb (seit einiger Zeit beschäftigte er sich mit Folklore und verfaßte lange Gedichte über Volksmotive aus dem Land des Kakaos), den Vögeln lauschte, Orchideen pflückte, Marx und andere revolutionäre Autoren las. In dieser Stadt unaufhörlicher Kämpfe um das Geld, ständigen Ringens um das Land und die Pflanzungen, in dieser Stadt herrschsüchtiger Grundbesitzer mit ihrer Tradition gewaltsamen Todes trug er sein ironisches Lächeln in den Alleen spazieren, während sich über den Kokospalmen die Dämmerung herabsenkte, und bewunderte das Aufglimmen der Lichter von Ilhéus von der Höhe des Conquistahügels aus, der dem Vitória-Friedhof gegenüberlag. Seine Ruhe wurde einzig von den Drohungen der örtlichen Faschistenführer gestört, die ihn – er hatte noch nicht begriffen, warum – als furchtbar gefährliches Element betrachteten. In den faschistischen Kreisen hieß es, die von dem ersten Parteiführer der Stadt aufgestellte Liste aller Personen, die nach dem Sieg erschossen werden sollten, werde vom Namen des Dichters angeführt.

Vor dem Käfig des melodienreichen Sabiá versank Sérgio Moura in Gedanken. Die Hausse ... Warum sollte es eine Hausse geben? Höchst seltsam, er sah darin keinen Vorteil für die Exporteure. Was, zum Teufel, bezweckten sie dann? Schließlich und endlich ... Der Dichter zuckte mit den Achseln, er schob einen Finger in den Käfig, der zahme kleine Vogel ließ sich den Kopf kraulen. Dann kehrte er zurück zu dem Poem für Kinder, an dem er gerade schrieb, der Geschichte von einem Sabiá, der eines Tages die Führung aller im Käfig gefangenen Sabiás übernahm und einen Vogelstreik organisierte, wobei alle zur selben Stunde ihren Gesang einstellten. Es gelang ihm, das Poem in einfachen Versen zu verfassen, es war eine Fabel neuer Art. Aber der Dichter fand jetzt nicht mehr das passende Wort, den genauen Ausdruck. Die Hausse ... Darüber mußte er mit Joaquim sprechen. Und als er an Joaquim dachte, dachte er an die Arbeiter auf den Fazendas. Denen brachte die Hausse keinen Nutzen. Für sie war es immer dasselbe elende Leben, das durch nichts zu ändern war, weder durch den Fortschritt des Gebiets noch durch den wachsenden Reichtum der Obersten. Ein Freund Joaquims hatte ein halbes Jahr lang auf einer Kakaofazenda gearbeitet, nur um die Verhältnisse kennenzulernen. Das war mutig. Die Hausse würde den Landarbeitern keinen Nutzen bringen. Sie würde dagegen eine Stärkung des Großgrundbesitzes bewirken. Was, zum Teufel, würden aber die Exporteure daran verdienen, die die Hausse ganz bewußt hervorriefen?

Der Sabiá hört auf zu singen. Die Orchideen öffnen in sinnlicher Farbenpracht ihre fleischigen Blüten. Der Dichter tritt ans Fenster, das auf die ruhige Straße hinausgeht. Im Park nähert sich Julieta Zude, schön und elegant. Sie grüßt ihn mit einer leichten Kopfbewegung. Sérgio Moura antwortet, seine Blicke ruhen auf den Hüften der Frau, den seit langem von ihm begehrten Hüften. Begehrt, aber unerreichbar ... Sie ist die Frau eines Exporteurs. Nicht einmal die Hausse kann da helfen. Aber Julieta geht auf das Gebäude des Handelsvereins zu, was mag sie wollen? Der Dichter empfängt sie unten am Eingang. Sie möchte Bücher aus der Bibliothek entleihen, die schwedische Freundin will etwas von der brasilianischen Literatur kennenlernen, Julieta fragt den Dichter nach seiner Meinung.

„Was soll ich ihr empfehlen?“

Köstlicher Duft geht von ihr aus, um den weißen Hals hat sie eine Perlenkette gelegt. Sagte man dem Dichter Sérgio Moura, er habe ein Verlangen, das dem des Exporteurs Carlos Zude gleiche, dann wäre er vielleicht verletzt und widerspräche mit beißender Ironie. Doch in diesem Augenblick wünscht sich auch der Dichter, Julieta nackt zu sehen, wie ihr die Kette über die schweren Brüste rollt, die sich jetzt unter dem Kleid abzeichnen. Sie stößt kleine Rufe des Entzückens aus und klatscht in die Hände. „Was für schöne Vögel ... Und die Orchideen, wie wundervoll!“

Sie befestigt die schönste Orchidee an ihrem Kleid. Sie hört die Autorennamen, und sie bittet ihn, ihr eine Liste aufzustellen.

„Wollen Sie sie mir nicht nach Hause bringen? Nie kommen Sie zum Plaudern, Sie leben wie ein Einsiedler. Morgen geben wir ein Fest im engeren Kreis, ich habe Geburtstag. Wollen Sie nicht kommen? Ich hab Sie bisher nicht eingeladen, weil man mir gesagt hat, daß Sie keinen besuchen, weil Sie sehr stolz sind ... Wollen Sie nicht zusagen?“

Ihr Duft ist im Raum geblieben. Würde die Hausse für sie von Bedeutung sein? Ob die Arbeiter auf den Fazendas, die diese ganze Kakaopyramide errichtet haben, die Existenz einer so schönen, eleganten und in solchem Wohlstand lebenden Frau auch nur ahnen?

Am besten wäre es, jetzt Joaquim zu benachrichtigen. Der Dichter ruft den Portier und schickt ihn fort, den Whisky, das Eis, die Sandwiches für die abendliche Versammlung zu besorgen. „Und wenn Sie bei Joaquim vorbeikommen, sagen Sie ihm bitte, er möchte sich bei mir sehen lassen.“

Und jetzt will er nur an ein Liebesgedicht denken, ein Gedicht für Julieta:

„Zweifellos kamst du aus fernen Landen,
entronnen dem Schiff Catarineta ..."

Gibt es ein Geheimnis um diese Sache mit der Hausse? Was kann das nur sein, zum Teufel? An diesem Tage gelingt es dem Dichter Sérgio Moura nicht, sein Gedicht zu schreiben. Selbst auf ihm lastet in diesen Tagen der Kakao dieser Stadt Ilhéus.

8

Um mit seinen noch immer unklaren Gedanken ins reine zu kommen, übersetzte Sérgio Moura dem ernst und aufmerksam zuhörenden Joaquim mit gewisser Mühe (er konnte nicht gut englisch) den folgenden Abschnitt eines Artikels aus einem Jahrbuch, das der Handelsverein aus den Vereinigten Staaten erhalten hatte:

„The cocoa tree is found in its native state in the Amazonian region. It is grown in the States of Bahia, Pará, Amazonas and Espírito Santo. Pará was the first State to start cocoa planting. It planted the first tree in 1677 and in 1836 the first sprout was taken to the State of Bahia, where it gave origin to vast plantations. After the Gold Coast, Brazil is the greatest producer of cocoa in the world, and, in this country, Bahia is the State which grows the largest quantity, i.e., 98 %. The Bahian cocoa zone comprehends a strip of 500 kilometers along the coast, the width varying up to the maximum of 150 kilometers. Almost all of the cocoa crop comes from a continuous area of 20 000 km², which begins at Belmonte, in the south, and terminates at Santarem in the North of the State. This splendid of the great worldwide increase in the demand for cocoa, and thanks to the very fruitful soil in the South of the State, which created for the cocoa tree conditions more appropriate to its growth than it had encountered in its native land: the Amazonian region.

Cocoa is shipped from Brazil through the ports of Ilhéus and Bahia in the State of Bahia; Belem in the State of Pará; Victoria in the State of Espírito Santo; Itacoatiara and Manaus in the State of Amazonas. The product is mainly exported to the United States, Brazil's largest market for cocoa. In 19.. the United States purchased 88 202 metric tons from Brazil, Germany 19 228 metric tons and Italy 6541 metric tons; smaller amounts were exported to Argentina, Sweden, Holland, Colombia, Denmark, Norway, Uruguay, Belgium, France and other countries. Brazil's domestic use of cocoa is small as it is a product primarily used in cold countries. For this reason Brazil's production is mostly exported.

Cocoa occupies a place high up on Brazil's exportation list. After coffee and cotton, it is the major item on same. The U.S.A. market, which consumes more than 40 % of the world's cocoa supply for making chocolates, sweets, powder, butter and pharmaceutical products, has, of late years, given preference to Brazilian cocoa."*

* „Im Naturzustand trifft man den Kakaobaum im Amazonasgebiet an. Angebaut wird er in den Staaten Bahia, Pará, Amazonas und Espírito Santo. Pará war der erste Staat, in dem Kakao angepflanzt wurde. Den ersten Baum pflanzte man dort im Jahr 1677, und 1836 wurde der erste Schößling in den Staat Bahia gebracht, wo er der Ursprung umfangreicher Pflanzungen wurde. Nach der Goldküste ist Brasilien der größte Kakaoproduzent in der Welt, und innerhalb Brasiliens ist Bahia der Staat, in dem die größte Menge angebaut wird, d. h. 98%. Die Kakaozone von Bahia umfaßt einen Streifen, der sich 500 Kilometer an der Küste entlangzieht, er ist unterschiedlich breit, überschreitet aber nicht 150 Kilometer. Fast die gesamte Kakaoernte kommt aus einem zusammenhängenden Gebiet von 20 000 km^2, das bei Belmonte im Süden beginnt und sich bis nach Santarem im Norden des Staates erstreckt. Diese Prosperität ist einerseits der ständig wachsenden internationalen Nachfrage nach Kakao zu verdanken, andererseits dem fruchtbaren Boden im Süden des Staates, der günstigere Bedingungen für den Anbau des Kakaobaums bot, als sie in dem Herkunftsland des Kakaos, dem Amazonas-Stromgebiet, anzutreffen waren.

Der brasilianische Kakao wird im Staat Bahia über die Häfen

Dann folgten Zahlen, vielstellige Zahlen, aus denen die Gesamternteerträge der letzten zehn Jahre, das ständige Anwachsen der Produktion, hervorgingen. Der Chauffeur breitete die Arme aus, und mit dieser gewaltigen Gebärde umspannte er nicht nur den Raum des Sekretariats des Handelsvereins, sondern die ganze Stadt Ilhéus, den ganzen Gemeindebezirk, die riesige Kakaozone mit ihren Fazendas, die auf Regen warteten, um in goldenen Früchten prangen zu können. „Das ist der Imperialismus, Genosse Sérgio, das ist der Imperialismus. Er will alles verschlingen."

In der tollen Phantasie des Dichters erschien, von der tragischen Gebärde des Autoschlossers beschworen, ein jahrtausendealtes Ungetüm mit hundert gierigen Mäulern, das alles verschlang: den Hafen von Ilhéus, die Schokoladenfabrik, die Arbeiter, die Fazendas mit den Obersten und den Landarbeitern, die winzigen Pflanzungen der kleinen Bauern, die Schauerleute im Hafen, die Omnibusse samt Fahrgästen, Julieta und die kleinen Vögel und die Orchideen, die an Geschlechtsteile erinnerten.

Ilhéus und Bahia verschifft, im Staat Pará über Belem; im Staat Espírito Santo über Victoria; im Staat Amazonas über Itacoatiara und Manaus. Das Produkt wird vorwiegend nach den Vereinigten Staaten exportiert, Brasiliens größtem Kakaomarkt überhaupt. Im Jahre 19.. kauften die Vereinigten Staaten 88 202 Tonnen von Brasilien, Deutschland kaufte 19 228 Tonnen und Italien 6541 Tonnen; kleinere Mengen wurden nach Argentinien, Schweden, Holland, Kolumbien, Dänemark, Norwegen, Uruguay, Belgien, Frankreich und anderen Ländern exportiert. Der Eigenverbrauch Brasiliens an Kakao ist niedrig, da es sich um ein vorwiegend in kalten Ländern verwendetes Produkt handelt. Aus diesem Grund wird die Kakaoproduktion Brasiliens größtenteils exportiert.
Der Kakao nimmt eine Spitzenstellung im Gesamtexport Brasiliens ein. Nach Kaffee und Baumwolle steht er an dritter Stelle. Der USA-Markt, der mehr als 40% des internationalen Kakaoaufkommens zur Herstellung von Schokolade, Süßigkeiten, Kakaopulver, Kakaobutter und pharmazeutischen Erzeugnissen verbraucht, hat in den letzten Jahren dem brasilianischen Kakao eindeutig den Vorzug gegeben."

Die Stimme des Chauffeurs ertönte aus dem Innern dieser umfassenden Gebärde mit der Kraft einer Prophetie: „Das ist der Imperialismus! Er wird alles verschlingen."

Der Nachmittag verlosch in einer sanften Dämmerung, die sich herabsenkte auf den Handelsverein von Ilhéus inmitten von Gärten voller Rosen, Nelken und Veilchen. Am Portal der Präfektur stieg der Herr Präfekt, lächelnd und dick, in seinen Dienstwagen. Der Wind des beginnenden Abends, eine sanfte, laue Brise, ließ die grüngelbe Fahne Brasiliens an dem Mast auf dem hohen Gebäude der Präfektur flattern. Sérgio Moura sah, daß sich das Ungeheuer mit einem Satz aus der dramatischen Geste Joaquims befreite und, ein riesiger, unersättlicher Drache, durchs Fenster in den Garten entkam, worauf es in Form einer riesigen schwarzen Wolke zu dem herrlich blauen Himmel der Stadt des Kakaos aufstieg. Die Wolke wurde immer größer und bedeckte allmählich alles, das prunkvolle Gebäude der Präfektur, die glutroten Rosen im Park, die prächtigen Häuser der Obersten, den Hügel mit den ärmlichen Arbeiterhäusern, die Vögel auf den Bäumen, sie dehnte sich sogar bis auf die Fazendas aus und verhüllte schließlich mit ihrem Schwarz auch die Fahne. Der Dichter sah mit seinen in der Sinnestäuschung befangenen Augen, mit seinen ahnungsvollen Augen. Ein entsetzlicher Drache, eine schwarze Wolke an dem ruhigen blauen Himmel.

Ein Mann überquerte fast laufend die Straße, er rief einem am anderen Ende des Platzes etwas nach, seine Stimme klang fröhlich in der Abenddämmerung: „He, Freund! Heute nacht wird es regnen! Gott sei Dank, alles gerettet!"

Ein Vogel sang, er verabschiedete sich vom Tag.

9

Die Abenddämmerung senkte sich auf Ilhéus herab. Während eilends die letzten Läden geschlossen, die Eisentüren vor den Kakaolagerhallen heruntergelassen wurden und die Glocken der Kirchen zum Abendsegen läuteten, sang die traurige Stimme Lola Espinolas den Tango der trunkenen, verratenen und schmerzerfüllten Liebe. Pepe hörte mit halbgeschlossenen Augen zu, und wieder stieg in ihm die Erinnerung auf an die Nachtlokale von Buenos Aires, die Vorstädte, die Frauen in der kühlen Morgenfrühe, die Männer mit dem zynischen Lächeln. Die Nächte der vergangenen Zeiten kamen wieder mit den Worten des Tangos vom ständigen Betrügen, vom Rausch, in dem man Vergessen suchte, von den erbärmlichen Dramen heruntergekommener Leute, ihrem traurigen Schicksal. Von der schmutzigen Liebe der Zuhälter und der Gigolos, einer Liebe, die untrennbar verknüpft war mit dem im Bett verdienten Geld, den Tragödien, die in den meist so traurigen Sälen dieser Nachtlokale erlebt wurden, wo, wie man verkündete, Freude zu erschwinglichen Preisen verkauft wurde. Lolas Stimme war langsam und schwer, als hätte sie sich satt getrunken an billigem Schnaps und schmerzlicher Sehnsucht.

„Heut nacht will ich mich betrinken,
will ich mich vollaufen lassen, Mutter,
damit ich nicht denken muß . . .“

Oberst Frederico Pinto, der sich auf seinem Stuhl rekelte, lächelte der Frau zu. Er hatte sich absichtlich hier hingesetzt. Von hier aus konnte er ihr ganz nach Wunsch zulächeln, zublinzeln oder mit gespitzten Lippen Küßchen zuwerfen, ohne daß es die andern merkten, denn er drehte sowohl Pepe als auch Rui Dantas, der hinten auf dem Sofa saß, den Rücken zu. Dem Obersten sagte dieser Tangotext nichts, er verstand nicht viel von diesem vertrackten Spanisch mit seinen abgeschliffenen Worten, dem Jargon der Bordelle vom La Plata. Nur die langsame, lasterhafte Musik erinnerte ihn an die Nächte im Bett, Nächte voller Zärtlichkeiten, die Oberst Frederico nie für möglich gehalten hatte. In den sexuellen Beziehungen zu seiner Frau hatte stets ein gewisses schamvolles Pflichtbewußtsein den Vorrang gehabt. Sie schliefen zusammen, sie machten Kinder. Es war gut so, daß sie Kinder machten. Aber eigentlich wußte Frederico fast nichts über den Körper seiner Frau, einen Körper, der von Jahr zu Jahr angeschwollen war, bis er sich in jenes unförmige Ding, jene skandalöse Fleischmasse verwandelt hatte. Von den sexuellen Kontakten zu seiner Frau behielt Frederico nichts als die beklagenswerte Erinnerung an die kleinen Schreie, die sie am Ende des Aktes ausstieß. Übrigens war er meistens vor ihr fertig, und die dünnen Schreie, die sich dem mächtigen Körper entrangen, verursachten ihm Übelkeit. Die Kontakte wurden immer seltener, denn der Oberst suchte, wenn er in die Stadt oder eine der umliegenden Siedlungen fuhr, stets Prostituierte auf, die einen besser geformten Körper hatten als seine Frau. Erst von ihnen lernte der Oberst einige der Zärtlichkeiten, die die Liebe verlängern. Aber sie wurden trotzdem mit der professionellen Miene gewährt, die selbst einen Mann von der Art des Obersten Frederico Pinto schokkierte. Lola bedeutete für ihn die Entdeckung alles Wesentlichen der Liebe, der Zärtlichkeiten, des Lebens überhaupt. Für diesen wohlhabenden nervösen kleinen Mann, einen Bauern, der den größten Teil seines Lebens unter Urwaldbäumen und bei wilden Tieren verbracht hatte, war Lola das größte Gut der Welt, eine nie gesehene Schönheit, eine unerwartete, endgültige Ekstase. Frederico Pinto hatte Frau und Kinder, und er hatte eine Kakaofazenda. Er war im ganzen Gebiet geachtet, er gehörte zu den Herren des Landes. Aber all dies, das Land, die Pflanzungen, Frau und Kinder hätte er ohne weiteres aufgegeben, um Lola auf ihren Wegen durch die Welt zu folgen. Der Besitz der argentinischen Blonden erweckte unzählige neue Gefühle in ihm, er kam sich vor wie ein junger Mann, der das Leben erst beginnt. Gewiß fanden ihn viele lächerlich, aber das kümmerte ihn nicht. Er lebte, als wäre er nicht mehr in der Welt, sondern in einer Traumwelt. Die ungeahnten erlesenen Zärtlichkeiten, mit denen Lola die sexuelle Begegnung bereicherte, führten nicht dazu, daß sie der Oberst für eine Prostituierte hielt, die raffinierter war als die anderen. Sie bewirkten im Gegenteil, daß Lola ihm noch anständiger und lauterer erschien. Alle diese Zärtlichkeiten, die Lippen, die in langen Liebkosungen über den Körper glitten, die Hände, klug wie Geschlechtsteile, der raffinierte Mund – all das hielt er für Liebe, ungewöhnliche, hingebungsvolle Liebe, nichts deutete für ihn auf Laster hin. Auch dieser Tango, den sie sang, hatte nichts Lasterhaftes für ihn, es waren nur traurige Verse der Liebe, die sie mit ihrer melodiösen Stimme für ihn darbot. Der Oberst bewegte die Lippen, er warf der singenden Frau kleine Küsse zu.

Rui Dantas trägt eine Reife zur Schau, die er nicht hat. Neben dem Sofa stehend, die Augen – die leidenschaftlichen und ernsten Augen – auf die Frau gerichtet, hat er eine höchst romantische Pose eingenommen. Lola ist älter als er, und Rui hält es für notwendig, nicht als junger Mann zu erscheinen, der frisch von der Fakultät gekommen ist, sondern als ein Mann, der sie zu besitzen und zu beherrschen weiß. Er starrt sie an, selbstbewußt und sentimental zugleich, aber das Herz hüpft ihm in der Brust. Gerade eben hat er ein Sonett geschrieben, in dem er sich selbst mit einem Schmetterling vergleicht, der eine strahlend schöne Rose umflattert. Aber ach, die Rose hat Dornen, die Dornen der Gleichgültigkeit, und sie zerreißen dem Schmetterling die Flügel. Das Schlußbild ist eigentlich ziemlich banal: Die Flügel des Schmetterlings sind Rui Dantas' Herz. Aber der junge Mann ist zufrieden mit sich, er glaubt fest, daß diese Verse endlich Lola gewinnen werden, die so schwierig zu erobern ist. Halb ernst, halb romantisch starrt er sie an. Bei einem, der von draußen hinzukäme, würde er den Eindruck erwecken, er wolle die singende Frau hypnotisieren.

Lolas Stimme füllt den Saal, ihre Blicke wandern von einem dieser drei Männer zum andern. Ihre Stimme ruft in jedem ein anderes Gefühl hervor. Pepe weiß, daß sie für ihn die Weisen aus Buenos Aires singt, Dantas meint, sie singe diese traurigen Verse der Liebe für ihn, der Oberst glaubt zu verstehen, daß sie ihn zur Liebe auffordert, mit diesem Lockruf in einer fremden Sprache.

Aber Lola singt für sich selbst, das ist ihr Wunsch für heute abend, ihr Verlangen für heute nacht:

„Heut nacht will ich mich betrinken,
will ich mich vollaufen lassen, Mutter,
damit ich nicht denken muß ..."

Dieses Leben ist eine traurige und schmutzige Sache, selbst wenn man trinkt, bis man vor Trunkenheit umfällt, selbst wenn man eine Flasche nach der andern leert, bis einem das Denken vergeht, bis man alles, alles, alles vergißt; wenn Pepe wüßte, was sie denkt, würde er ihr eine Tracht Prügel verpassen, Frederico würde ihr einen Ring schenken, eine Kette, ein Armband oder einen anderen teuren Schmuck, Rui würde ihr einen Heiratsantrag machen. Aber all das ist völlig sinnlos, vergeblich und trübsinnig. Lola will nichts davon. Sie will nichts als trinken, trinken, damit sie nicht denken muß. Trinken, bis sie todmüde umfällt, bis sie vergißt. Ihre Stimme wandert von einem Mann zum andern, auch ihr Blick gleitet von einem zum andern. Es ist wie ein Schluchzen, aber keiner merkt es:

„... damit ich nicht denken muß."

 Lola ist unendlich müde.

Auch Julieta Zude ist furchtbar müde. Es scheint, daß die Abenddämmerung, die das Meer mit Blutflecken färbt, ihre Verzweiflung verstärkt. Wie eine Krankheit ist es. Als lösten sich alle Muskeln und Nerven, das ganze Fleisch ihres Körpers auf. Müde. Sie ist aller Dinge und aller Menschen müde. Sie setzt sich auf das Fensterbrett, macht es sich bequem. Drüben in der Allee bleibt ein Neugieriger stehen, sicherlich kann er so besser den sichtbaren Teil des Frauenschenkels mustern. Julieta lächelt nicht amüsiert, wie sie es sonst bei solchen Anlässen tut. Sie zieht das Bein zurück, bringt ihr Kleid in Ordnung, der Neugierige geht weiter.

Blutrote Streifen durchschneiden das Dunkelgrün des Meeres. In der verlassenen Allee ist es still. Doch in der Ferne hört man Jungen, die Fußball spielen. Es sind „biribanos“, verwahrloste Kinder, und Julieta sorgt sich einen Augenblick lang um sie. Sie denkt daran, daß sie niemals müde werden, Fußball zu spielen. Schon morgens sind sie auf der Wiese gewesen, mit ihrem Ball aus Lumpen, den fröhlichen Schreien, den verschlagenen Blicken. Jetzt ist die Dämmerung da, und noch einmal sind sie zu ihrem Lieblingsspiel zurückgekehrt. Sie schreien und lachen und rennen. Sie sind glücklich, denkt Julieta.

Warum, zum Teufel, starrt sie heute immer auf dieses blutfleckige Meer? Es sieht aus wie ein Gemälde. Sie erinnert sich der Bilder, die sie in Rio de Janeiro auf einer Ausstellung gesehen hat. Aber es waren stillstehende Dinge, sie flößten ihr nicht solche Angst ein, wie sie sie jetzt angesichts der wirklichen Dämmerung verspürt. Die anderen – die Frauen der Freunde, die belesenen Senhoras aus Rio – brachen vor den Bildern in Begeisterungsschreie aus („Seht doch bloß diese Dämmerung! Einfach wundervoll!“), sie hatte geschwiegen, sie fühlte keine Erregung in ihrem Innern. Sie war mit den Gedanken ganz woanders, im Kasino, wo sie sich am Abend mit Otávio treffen wollte. Aber jetzt vergrößern die schwindende Sonne, die ihr Blut übers Meer ausgießt, und das Schweigen der dunkelnden Allee schmerzlich Julietas Müdigkeit. Gähnend streckt sie die Arme aus. „Ich bin eben nervös."

Das hatte Otávio zu ihr gesagt, als sie die letzten Tage ihrer Liebe in Rio verbrachten. Als sie über ihre Müdigkeit klagte, diese mysteriöse Krankheit, lachte er, nahm sie in die Arme und erklärte: „Das ist Nervosität, mein Kleines. Nichts als Nervosität. Eine Krankheit, die typisch ist für eine Millionärin deines Schlages. Typisch für Leute, die nichts zu tun haben."

Was es auch sein mochte, es war schrecklich. Es kam sehr langsam, aber allmählich ergriff es völlig Besitz von ihr, immerwährende Traurigkeit, Mangel an Interesse, das Verlangen zu sterben. „Typisch für Leute, die nichts zu tun haben." Julieta gäbe die Schuld an ihrem neurasthenischen Zustand am liebsten der Stadt Ilhéus, wo sie zu leben gezwungen war. Eine Zeitlang tat sie es auch, sie trieb Carlos in die Enge, beschwerte sich, verlangte Reisen, Fahrten nach Rio. Aber ob sie hier war oder dort, in der kleinen Stadt oder in der großen Metropole, immer kam die Nervosität wieder, packte sie, benahm ihr den Atem und drückte ihr das Herz ab. Manchmal begann es plötzlich im schönsten Augenblick eines Festes. Alle waren lustig, nur sie war abwesend, ernst und aller Dinge überdrüssig, konnte kein freundliches Wort mehr sagen. Sie hatte versucht zu trinken, aber da war es noch schlimmer geworden. Ein unwiderstehliches Verlangen zu weinen hatte sie ergriffen, eine Agonie, namenlose Verzweiflung. Die schöne und zartfühlende Madame Lisboa, der sie sich auf ihrer ersten Reise nach Rio anvertraute, hatte ihren Kopf in beide Hände genommen, sie mütterlich geküßt (sie war nur wenig älter als Julieta, aber sie verstand es, mütterlichen Rat und Zuspruch zu spenden) und gesagt: „Das ist der Mangel an Liebe, mein Kleines. Mir ging es früher genauso. Ich hatte alles satt, war trübsinnig und voller Unruhe. Dann merkte ich, daß ich nur Jerônimo satt hatte. Ich schaffte mir Liebhaber an. Das tat mir gut."

Madame Lisboa hatte ihr Otávio vorgestellt, als Vorwand diente eine ärztliche Untersuchung. Sein Sprechzimmer hatte Ähnlichkeit mit einem Boudoir. Und in diesem Sprechzimmer ergriff er bei dem nächsten Besuch, als sie allein kam, Besitz von ihr. Otávio war Julietas erster Liebhaber, aber obwohl ihr Geliebter erst dreißig Jahre alt war, hatte er erschreckende Ähnlichkeit mit ihrem Mann, die gleichen Gespräche, die gleichen Worte, der gleiche Ehrgeiz, der gleiche maßlose Egoismus. Sie ähnelten sich sogar in der Art zu lieben. Und Julieta tauchte von neuem in der Traurigkeit ihres Lebens unter, ohne etwas zu finden, was sie fesseln konnte.

Von ihrer Mutter, die schön und belesen war, hatte sie die Gewohnheit des Lesens übernommen. Sie schloß sich in die Welt der Bücher ein. Es war eine wenig anspruchsvolle, gemischte Lektüre, französische Ehebruchromane, der eine oder andere seriöse Roman, Kriminalromane. Dann kam Jack, der Eisenbahningenieur. Er war mit dem Schiff aus England eingetroffen, als Carlos begann, in seinem eleganten Haus die Mitglieder der ausländischen Kolonie, vorwiegend die Engländer und die Schweden, um sich zu versammeln. Julieta gähnte, wenn sie an die kühlen Beziehungen zwischen Guni und Mr. Brown dachte, als die beiden eines Tages Jack mitbrachten, der gerade angelangt war. Fast noch ein Kind, war er fröhlich, ja närrisch, ein unbeschriebenes Blatt, immer lächelnd und voll ungebändigter Triebe. Julieta verbrachte eine bezaubernde Woche mit der Sehnsucht, ihn lieben zu dürfen. Auch in den ersten Tagen der Liebe, als sie allerlei Tricks ersinnen mußte, um ihn zu Hause empfangen oder ihn in seiner kleinen Wohnung hinter der Eisenbahnlinie aufsuchen zu können, war sie glücklich. Jack erinnerte sie nicht an ihren Mann, wie es bei Otávio gewesen war. Er war ein Junge, der nach Liebe dürstete, ein begehrliches kleines Tier, und Julieta fand Vergnügen daran, ihm die Perversitäten beizubringen, in denen sie erfahren war. Es dauerte aber nicht lange. Sie wurde überraschend schnell seiner überdrüssig. Jack hatte nichts, was er ihr geben konnte. Außer der stürmischen Inbesitznahme verstand er gar nichts, konnte nichts Originelles tun oder sagen. Er vollführte Drehungen und Wendungen, um ihr zu gefallen, stellte kleine kindliche Narreteien an, aber Julieta fühlte sich alt an seiner Seite, es genügte ihr nicht. Und so brach sie mit ihm. Jack verlor fast den Verstand darüber, er drohte ihr, wollte sie bei der letzten Zusammenkunft sogar schlagen. Aber schließlich ging er düster und völlig enttäuscht fort. Julieta hatte kein Mitleid mit ihm, sie bedauerte sich selbst. Sie hatte es satt.

Jetzt kam Sérgio Moura. Warum hatte sie ihn aufgesucht? Warum war sie zu ihm gegangen und hatte sich wie eine Herumtreiberin angeboten? Sie hatte ihn oft gesehen, er hatte sie häufig gegrüßt, und niemals hatte sie über diesen Mann mit dem ironischen Blick und dem Vogellachen nachgedacht. Aber die Leute hatten so viel von ihm erzählt, wenn auch stets voller Mißtrauen und Einschränkungen, daß sie – sie hatte Carlos das wunderbare Kollier an diesem Morgen mit einem langen Akt bezahlen müssen und gleich darauf eine Nervenkrise gehabt – kurz entschlossen zum Handelsverein gelaufen war. Nach ihrer Rückkehr war ihr leichter zumute, der Dichter war ihr schüchtern, aber auch ein wenig sarkastisch vorgekommen, als hätte er Angst vor ihr und als machte er sich gleichzeitig ein bißchen über sie lustig.

Im Bett ausgestreckt, schmiedete Julieta Pläne. Genauso war es früher mit Otávio gewesen und auch mit Jack.

Aber wieder war der Überdruß da, ergriff Besitz von ihrem Körper und drohte sie zu ersticken. Es würgte sie in der Kehle, ihr war zum Heulen. Sie schaffte es bis ans Fenster, rang nach Luft. Eine unerklärliche Übelkeit.

„Ich bringe mich noch mal um."

Die Dämmerung verursacht ihr Schmerzen. Müde vom Fußball, verlassen jetzt sogar die Jungen den Strand. Schlafen werden sie unter Brücken, auf Parkbänken, in der gähnenden Leere verlassener Häuser. Ach, wenn ich mit ihnen gehen könnte! Eine Reicheleutekrankheit, hat Otávio gesagt. Es ist ein verzwickter Zustand; sosehr sich Julieta auch müht, ihre Gefühle zu analysieren, es gelingt ihr nicht. Was ihr gefällt, ist die stürmische Leidenschaft. Ihr Blut verlangt nach dem Mann, und im Augenblick der Liebe, im Augenblick der Hingabe, verliert sie allen Anstand, jede Zurückhaltung, und sie entwürdigt sich bis zur tiefsten Verworfenheit. Glühend hat sie viele von den Männern begehrt, die an ihr vorbeigezogen sind, und wenn sie sie nicht genommen hat, so nur, weil es nicht möglich war. Aber wenn sie aus dem Rausch der Liebesbegegnung erwacht, dann interessiert sie der Mann nicht mehr – ob es nun Carlos, Otávio oder Jack gewesen ist. Oder vielleicht interessiert sie den Mann nicht mehr? Sie hat nur den Liebesakt, um sein Herz zu gewinnen, und das ist nicht genug. Carlos sorgt sich zwar um sie, aber ihm geht es einzig um ihren Komfort. Niemals käme er auf den Gedanken, Julieta könnte traurig sein und wünschen, ihrem Leben ein Ende zu setzen, sich nach dem Tod zu sehnen.

Alles hat sie satt: Carlos, die Cocktails, die Feste, die Reisen, die Halsbänder und das Leben überhaupt. Sie gleicht einem Schiffbrüchigen, der in letztem Hilfeflehen die Hände bewegt, wenn sich seine Augen schon für immer schließen wollen. Die Dämmerung verstärkt Julieta Zudes Traurigkeit.

„Diese furchtbare Nervosität . . ."

Ob Sérgio einen Versuch wert ist? Nichts auf der Welt ist einen Versuch wert. Ob nicht vielleicht alle gleich sind? Wenn sie doch sanft, ohne Schmerzen sterben könnte. Es muß gut sein, zu sterben. Julieta Zude ist müde.

Die Lichter der Allee glimmen auf. Carlos' Wagen biegt hupend in die Straße ein. Jetzt ist die Stunde des Repräsentierens gekommen, denkt Julieta.

Sie hat es satt zu repräsentieren.

11

Selbst in Rio de Janeiro wurde das rasche Aufblühen der Stadt Ilhéus kommentiert. Die Zeitungen der Hauptstadt des Staates hatten für sie einen enthusiastischen Beinamen gefunden: „Königin des Südens". Unter den meist armen Städten im Landesinnern – die einzigen wichtigen Zentren waren die Hauptstädte der Bundesstaaten – ragte Ilhéus als fortschrittliche und wohlhabende Stadt hervor. Die hundertfünfzigtausend Einwohner des Gemeindebezirks wiesen im Vergleich mit den anderen Gemeindebezirken im Landesinnern einen erhöhten Prozentsatz Vermögender auf. Die Stadt war schön, voll blumenprangender Parks und stattlicher Häuser, in denen die Familien der Obersten wohnten. Der ganze in der Nähe der Küste gelegene Teil bestand aus Wohnvierteln, die von langen Alleen durchschnitten waren; eine von ihnen folgte der weitausschwingenden Küste, ähnlich der Strandpromenade von Copacabana in Rio de Janeiro. Dort standen die prächtigen Villen der reichsten Obersten, protzig und mit allem Luxus ausgestattet, größtenteils aber ziemlich häßlich, wenn auch solid und schwer gebaut, als repräsentierten sie die Solidität des Vermögens dieser Männer, die das Land erobert hatten. Zu diesen Herrschaftshäusern gehörten auch die teuren Autos, die fast alle aus Nordamerika stammten, das eine oder andere auch aus Europa.

Auf der Flußseite lag das immer mehr beeindruckende Geschäftsviertel der Stadt mit den hohen Gebäuden der Exporthäuser, der Banken, der großen Hotels und mit den riesigen Lagerhäusern an den Hafenkais. Jetzt gab es vier Molen, die in die Bucht hinausragten, und bei ihnen lagen die Schiffe vor Anker, die kleinen der Schiffahrtsgesellschaft von Bahia, die größeren des Brasilianischen Lloyd und der Costeira, die riesigen schwarzen Frachtschiffe der schwedischen Gesellschaft, die schlanken Jachten von Ribeiro & Co. Im Hafen herrschte reger Geschäftsverkehr, und die Einwohner von Ilhéus wiederholten stolz die von den Handelsbüchern verkündete Tatsache: Ilhéus war der fünftgrößte Exporthafen des Landes. Über Eisenbahnlinien und Landstraßen gelangte hierher der ganze im Gemeindebezirk Ilhéus und in den angrenzenden Gemeinden Itabuna und Itapira geerntete Kakao. Mit den Schiffen der „Bahiana" wurde er aus den weiter südlich gelegenen Gemeindebezirken (aus Belmonte, Canavieiras und vom Rio de Contas) und auch aus dem Norden (aus Una, aus Pôrto Seguro) herbeigeschafft. Der gesamte Kakao wurde am Hafen von Ilhéus in den Lagerhäusern auf den Kais gesammelt und von dort in die Vereinigten Staaten oder nach Europa gebracht. Der Kakao reiste auf großen schwedischen Schiffen, deren blonde Seeleute fremdartige Melodien sangen, die in den Herzen der Mulattinnen von Ilhéus schmerzliche Sehnsucht hinterließen. Und manchmal hinterließen sie unter ihrem Herzen einen kleinen Mischling mit dunkler Haut und blonden Locken.

Im Gefolge des Aufblühens von Ilhéus waren auch die Städte Itabuna und Itapira herangewachsen, wobei die erste eine bedeutende Handelsstadt, Zentrum eines riesigen Straßennetzes, Herz der Kakaozone wurde; Itapira war etwas kleiner, aber es dehnte sich von Tag zu Tag aus. Und nicht nur diese Städte vergrößerten sich, sondern auch die vielen Ortschaften, die der Kakao ins

Leben gerufen hatte: Pirangi und Água Preta, Palestina und Guaraci, Água Branca und Rio do Braço. Allen voran Pirangi und Água Preta, die sich zu richtigen Städten entwickelt hatten und ihre wohlverdiente Unabhängigkeit forderten, denn es gab wenige Städte im Innern des Staates, die das Handelsvolumen und das rasche Aufblühen dieser Unterpräfekturen vorweisen konnten.

Aber Ilhéus war unbestritten die wichtigste Stadt in der Zone, in den Hafen von Ilhéus mündeten alle Reichtümer des Gebiets, Reichtümer, die aus einem einzigen bestanden: aus Kakao. Eine reiche und stolze Stadt war Ilhéus, die „Königin des Südens". Dieser Stolz spiegelte sich im Verhalten aller Einwohner wider. Man durfte sie nicht Bahianer nennen, nein, sie waren Ilheenser. Sie sprachen davon, daß der Süden Bahias eines Tages selbständiger Bundesstaat sein werde und Ilhéus seine Hauptstadt. Ziemlich oft hörte man auch, die Stadt Bahia habe kein Theater, das dem kürzlich eröffneten Filmtheater Ilhéus gleichkomme; die Omnibusse von Ilhéus seien besser als die der Hauptstadt; überdies sei die Stadt viel lebhafter als Bahia. Zum Beweis zählte man fünf Kinos auf, darunter zwei ausgezeichnete, das „Ilhéus" und das „São Jorge", die anderen waren weniger bedeutend, eins davon war auf der Vitóriahöhe, das andere in Pontal. Ebenso zählte man die Nachtlokale auf, damals waren es drei, aber wenig später gab es schon fünf. Man erwähnte die Bibliothek des Vereins der Kaufmännischen Angestellten und sagte, einzig die Städtische Bibliothek der Hauptstadt übertreffe sie. In hitzigen Diskussionen nannte man sogar den Dichter Sérgio Moura: Auch einen besseren Dichter hatte Bahia nicht!

Die beiden Wochenzeitschriften der Opposition und der Regierung, die es dreißig Jahre zuvor gegeben hatte, existierten nicht mehr. Jetzt waren es zwei Tageszeitungen, die eine, der „Jornal da Tarde", vertrat die Politik der Regierung, die andere, der „Diário de Ilhéus", bezeichnete sich als unabhängig, vertrat aber in Wirklichkeit die Linie der Opposition. Beide veröffentlichten manchmal ganzseitige Anzeigen der Exportgesellschaft und anderer Firmen, einmütig gaben sie auf ihrer ersten Seite die Geburtstage Karbanks' und der großen Fazendeiros und Exporteure bekannt. Sie gebrauchten auch nicht mehr die höchst polemische Ausdrucksweise der früheren Wochenzeitschriften. Wenn einer den andern zufällig erwähnte, dann nannte er ihn „geschätzter" oder „gutunterrichteter Kollege". Wenn es Polemiken gab, so mit den Zeitungen von Itabuna; dies waren Streitigkeiten, die aus der Rivalität zwischen den beiden Städten erwuchsen. Und selbst hier fiel kaum jemals ein scharfes Wort.

An der Stelle, wo früher die kleine São-Sebastião-Kirche gestanden hatte, wurde eine neue, majestätische Kathedrale gebaut, die einer Hauptstadt würdig gewesen wäre; desungeachtet blieben die Einwohner von Ilhéus gottlos wie eh und je. Auch gegenüber dem Schwesternkolleg war eine schöne Kirche, die weit über der Stadt aufragte. Unweit war der Bischofspalast; wie die „Grapiúnas" versicherten, war er prächtiger als das Erzbischöfliche Palais in Bahia. Es handelte sich um einen erdfarbenen, quadratischen, in seiner architektonischen Einfallslosigkeit grobschlächtigen Bau. Hier gingen die externen Schülerinnen des Schwesternkollegs an den heiteren Nachmittagen nach Unterrichtsschluß vorbei. Und bis in die Nähe des Bischofspalais kamen auch die verliebten jungen Männer, um auf sie zu warten; danach stiegen die Pärchen Hand in Hand den Hügel hinunter.

Wenn das vom Sekretariat für Öffentliche Bildung des Staates Bahia als Oberschule für Mädchen anerkannte Schwesternkolleg die Töchter der reichen Grundbesitzer aus den anderen Städten des Südens anzog, so gewann das Städtische Gymnasium von Ilhéus, das kühne Werk eines Präfekten, das beste in Nordbrasilien überhaupt, wie die Presse behauptete, ein solches Ansehen, daß eine ganze Generation junger Burschen aus dem Süden des Staates Bahia nicht mehr in die Hauptstadt ging, sondern die Reifeprüfung in Ilhéus ablegte. Außerdem gab es eine Handelsakademie, und die Ilheenser träumten davon, einmal eine juristische Fakultät zu haben. Die Priester äußerten auch ihre Hoffnung, daß eines Tages ein Seminar gegründet würde, das die Förderung einer größeren Zahl junger Geistlicher in diesem an religiösen Gefühlen so armen Gebiet ermöglichte. Die privaten Institute für den Grundschulunterricht waren gleichfalls des Lobes würdig, ebenso der „Grupo Escolar"* in der Nähe der Strandpromenade, der von der Präfektur finanziert wurde. In Pontal gab es einen weiteren Grupo, und eine in der Schweiz ausgebildete Lehrerin hatte einen Kindergarten eröffnet, der erste Erfolge verbuchen konnte.

Längst hatten die Ärzte entdeckt, daß es sich bei jenem Fieber, das selbst die Affen dahinraffte, um Typhus handelte, und wenn sie es auch im Innern des Gebietes nicht ganz ausrotten konnten, so war es doch in der Stadt völlig verschwunden. Außer der alten Santa Casa** gab es jetzt zwei große Krankenhäuser und ein Ambulatorium. Allerdings (das bekannten die Ilheenser nur unter ihresgleichen) übertraf die Casa de Saúde*** von Itabuna alle Krankenhäuser von Ilhéus. Aber in der Nachbarstadt gab es nur diese eine Klinik, während sich ein Kranker in Ilhéus aussuchen konnte, wo er behandelt werden wollte.

Als Zentrum eines Gemeindebezirks und eines Bereichs, in dem Monokultur betrieben wurde, war Ilhéus ein ziemlich teures Pflaster, vielleicht war es die Stadt mit den höchsten Durchschnittspreisen in Brasilien. Alle Gemüsesorten waren sündhaft teuer, das Fleisch kostete unsinnig viel, alle, ja selbst die wichtigsten Erzeugnisse

* Schulgruppe, Schulzirkel
** Spital, städtisches Krankenhaus
*** Krankenhaus

kamen von außerhalb, die einzige Ausnahme bildeten der Essig, der aus der klebrigen Masse des weichen Kakaos erzeugt wurde, und die hier hergestellte Schokolade. Die Wohnungsmieten waren gleichfalls beträchtlich. Wenn die Straßen der Stadt sich auch sehr rasch ausdehnten, so reichten die Häuser doch bei weitem nicht für die Einwohner aus. Das Leben war teuer, aber das Geld wurde großzügig ausgegeben.

Die Schokoladenfabrik war klein, sie und die Destillierkolben zur Essigherstellung aus dem Kakaohonig – das war die ganze Industrie in Ilhéus. Fabrikarbeiter gab es sehr wenige, nur die aus der Schokoladenfabrik, die Schauerleute im Hafen und die Leute, die Schuhe ausbesserten oder in den Exporthäusern Säcke nähten. Sogar bei der Essigherstellung wurden im allgemeinen Landarbeiter eingesetzt, die abwechselnd Kakao pflückten und Essig produzierten. Die Gebietsparteigruppe der Kommunistischen Partei, deren Leitung in Ilhéus saß, vereinigte in ihren Reihen außer einem Agronomen, zwei Kraftfahrern, einem kaufmännischen Angestellten, einem Schuster und einem Lehrer die Arbeiter der Schokoladenfabrik, des Hafens, der Eisenbahnen und der Straßen. Es waren starke, fähige, arbeitsame und kämpferische Zellen, aber es war ihnen noch nicht gelungen, die Landarbeiter auf den Fazendas zu gewinnen, deren Unwissenheit so groß war, daß viele von ihnen nicht einmal wußten, ob Brasilien eine Republik oder eine Monarchie war. Einige glaubten sogar, Kaiser Pedro II. sei noch an der Macht. Nie hatte man es bisher geschafft, eine ländliche Zelle ins Leben zu rufen, wie es die leitenden Funktionäre lebhaft wünschten. Einer von ihnen hatte einmal ein halbes Jahr auf einer Fazenda als Tagelöhner gearbeitet, er hatte mit Ach und Krach vier oder fünf Leute zusammengebracht. Und kaum war er abgefahren, da stellte die Zelle ihre Tätigkeit ein. Diese Männer, die weder lesen noch schreiben konnten, die aus den Kämpfen um die Eroberung des Landes hervorgegangen waren, viele von ihnen ein Gemisch von Bauern und Revolverhelden, lebten in einer Art stumpfer Gleichgültigkeit gegenüber dem Elend, das sie niederdrückte wie Sklaven. Nur ein einziges Wort vermochte lebhaftes Interesse bei ihnen zu erwecken: Land.

Außer der Kommunistischen Partei (die nie zu den bestehenden Parteien gezählt wurde, da sie streng illegal war) gab es die Regierungspartei und die Partei der Opposition, beide glichen einander aufs Haar, mit dem einzigen Unterschied, daß die eine an der Macht war und die andere die Macht begehrte, außerdem die Integralistische Aktion, das heißt die Faschisten, die, wie es hieß, von den Exportfirmen unterstützt wurden. In Ilhéus verfügte die Integralistische Aktion über eins ihrer größten Zentren im Land.

Seit langem war der gewaltsame Tod selten. Nur hin und wieder hörte man, daß einer umgebracht worden sei. Die Intellektuellen des Gebietes sprachen in ihren Reden von jenen Zeiten des Todes und der blutigen Auseinandersetzungen, als wären sie in der Vergangenheit versunken, weit entfernt und schon fast legendär. Allerdings gingen einige Obersten, die an jenen Kämpfen teilgenommen hatten, noch durch die Straßen von Ilhéus und erinnerten an die „guten alten Zeiten". Aber man erlebte keine Schießereien mehr in der Stadt, und neben den Straßen, auf denen heute die schnellen Autos dahinrasten, wuchsen keine Kreuze mehr empor. Nur eine Tradition des Mutes war den Leuten von Ilhéus geblieben, so daß sie eine Art erblicher Geringschätzung für jeden Feigling empfanden. Die Ilheenser glaubten aufrichtig, die Zeit des auf Leben und Tod geführten Kampfes um den Boden werde nicht wiederkommen.

Der alte Markt war verschwunden, er hatte einem modernen, hygienischen Gebäude weichen müssen, in dem die Bevölkerung ihre Lebensmittel einkaufte. Nur eins war in der Umgebung des Marktes unverändert, nämlich die Baracken, die bei der Ankunft der mit Einwanderern überladenen Schiffe eilends aufgeschlagen wurden. Es waren stets die gleichen erbärmlichen Baracken, es waren stets die gleichen abgezehrten und traurigen Menschen, die aus den armen Gegenden im Norden auf Arbeitsuche in das reiche Land des Kakaos kamen. Der alte Ausdruck des seligen Dr. Rui (er war an einem Karnevalstag, als er einer Gruppe Maskierter in betrunkenem Zustand eine Rede hielt, auf der Straße gestürzt und sofort tot gewesen) hatte klassischen Wert erlangt, und alle wendeten ihn an, um jenen Teil des Kais zu bezeichnen, an dem die Einwanderer ihre Baracken aufschlugen und darauf warteten, daß man einen Arbeitsvertrag mit ihnen abschloß: „Sklavenmarkt". Danach fuhren sie in der zweiten Klasse der Züge nach Itapira, Itabuna, Pirangi und Água Preta, und in ihren hageren und melancholischen Gesichtern stand eine, wenn auch schwache, Hoffnung auf das neue Leben. Sie glaubten im allgemeinen, sie könnten zwei Jahre später, wenn sie genügend Geld verdient hätten, auf demselben Weg in die verlassene Heimat zurückkehren, um ihr Land dann in den besten Regenzeiten zu bestellen und durch große Erträge zu einem gewissen Wohlstand zu gelangen. Aber sie kehrten nie zurück, den Rest ihres Lebens verbrachten sie mit der Sense über der Schulter, dem Buschmesser am Gürtel, holten die Kakaonüsse herunter, stutzten die Bäume und trockneten die Kakaobohnen auf den Barcaças* und in den Trockenräumen, ohne jemals einen Überschuß zu erzielen, denn stets blieben sie dem Magazin der Fazenda Geld schuldig. Ab und zu floh ein Landarbeiter, wurde eingefangen und den Behörden von Ilhéus oder Itabuna übergeben. Niemals war auch nur ein einziger von ihnen freigesprochen worden, obwohl die Kommunisten wegen einiger Fälle

* Vorrichtungen zum Kakaotrocknen

in der letzten Zeit Protestaktionen ins Leben gerufen hatten. Die entflohenen Landarbeiter wurden zu zwei Jahren Gefängnis verurteilt und danach, wenn sie den Gedanken an eine Flucht völlig aufgegeben hatten, auf eine andere Fazenda gebracht, völlig demoralisiert und hoffnungslos. Es kam auch vor, daß Obersten von Landarbeitern umgebracht wurden. Die Täter wurden zu dreißig Jahren verurteilt und büßten ihre Strafe in der Strafanstalt von Bahia ab.

Das geistige Leben in Ilhéus war nicht eben rege. Man hatte den Dichter und betrachtete ihn, obwohl er in Belmonte geboren war, als echten Ilheenser. Ansonsten gab es nur unverbesserliche Sonettdichter, die sich wie Rui Dantas die Wimpern an den Reimwörterbüchern versengten. Im Verein der Kaufmännischen Angestellten war ein literarischer Kreis tätig, in dem die Angestellten einander Aufsätze und Liebesgedichte vorlasen. Die Söhne der Obersten, die erste Ilheensergeneration, die von ihren Vätern zu Großem bestimmt war, trieb sich mit ihren Diplomen der Rechtswissenschaft, der Medizin oder der Ingenieurwissenschaft sinnlos in den Cafés und Nachtlokalen herum, sie waren Anwälte ohne Klienten und Ärzte, zu denen niemand Vertrauen hatte. Der eine oder andere hatte gelegentlich Kunden. Aber die Arbeit lockte die Oberstensöhne nicht, sie hatten Geld, unermeßlich große Pflanzungen, die von ihren Vätern angelegt worden waren. Sie streunten durch die Stadt, besuchten die Freudenhäuser, liebten die reichsten Mädchen und vereinigten durch die Heirat zwei große Vermögen. Die Revolution von 1930 sprengte die alten politischen Strukturen, und der Kampf, der sich im Lande zwischen den Linken und den Rechten entwickelte, brachte die Obersten durcheinander. Sie waren die Routine des Zweiparteiensystems gewohnt: Regierungspartei und Oppositionspartei; die Obersten unterstützten sie, während die Jungen Karriere machten. Jetzt sahen sie, daß diese Parteien nur noch wenig wert waren, denn die großen Massen hielten es entweder mit der Linken oder mit der Rechten. Angesichts dieser Wandlungen wußten die Obersten nicht mehr, was sie glauben sollten, und zogen sich auf ihre Fazendas zurück, wo sie unablässig arbeiteten, den Landarbeitern Befehle zuriefen und darüber alte Männer wurden. Panischen Schrecken empfanden sie, wenn ihnen ein politisch aufgeklärter Arbeiter auf den Straßen von Ilhéus unverschämt kam. Das war für sie wie das Ende der Welt. Das Ende der Welt, das der Bischof auf einem Sankt-Georgs-Fest von der Kanzel der Kathedrale von Ilhéus angekündigt hatte. Die Söhne der Obersten versumpften in den Cafés, Dr. Rui Dantas charakterisierte sie in einer durchzechten Nacht mit einem Satz, von dem der Dichter Sérgio Moura sagte, es sei sein einziger richtiger und verständiger Ausspruch: „Wir sind eine gescheiterte Generation."

Allerdings war der Dichter nicht mit dem zweiten Teil des Satzes einverstanden: „Dafür verstehen wir aber zu trinken, wie es nur wenige können."

Sérgio Moura sagte, Cachaça in Gesellschaft von Lebedamen zu trinken bedeute noch lange nicht, daß man zu trinken verstehe. Allerdings war der Dichter diesen jungen Doktoren, den Söhnen der Obersten nicht wohlgesonnen, und er hatte auf sie ein paar giftige Epigramme geschrieben.

Während der Verein der Kaufmännischen Angestellten mit großem Erfolg allmonatlich Bälle veranstaltete, lud der Handelsverein von Ilhéus ab und zu die „besseren Kreise" in seine Säle ein. In der Gesellschaft für Handwerk und Gewerbe diskutierten Arbeiter und Handwerker über politische Fragen. Es war ein nahe dem Unhãohügel gelegenes Gebäude, das jahrelang von anarchistischen Elementen beherrscht worden war. Danach hatten sich, wie man wußte, Kommunisten und Sozialisten die politische Vorherrschaft über die „Gesellschaft für Handwerk und Gewerbe“ streitig gemacht. Der Verein der Kaufmännischen Angestellten hatte, ohne ein Organ der Integralisten zu sein, dieser faschistischen Partei wirklich zahlreiche Mitglieder geliefert. In den genannten drei Verbänden fanden Festlichkeiten statt, aber die schönsten Bälle wurden im Gesellschaftsklub von Ilhéus veranstaltet, einer geschlossenen Gesellschaft, in die nur die reichen Grundbesitzer eintreten durften. Der Gesellschaftsklub hatte ein schönes und modernes Gebäude am Ende des Strandes, umgeben von Kokospalmen, mit Tennisplätzen und einem ausgezeichneten Tanzparkett. Wie böse Zungen behaupteten, veranstalteten die Obersten dort an den Abenden, an denen keine Feste stattfanden, wüste Gelage.

Der Handel in Ilhéus war äußerst lebhaft, es gab riesige Lagerhäuser, große Geschäfte, eine Menge Handelsreisende, die in den teuersten Hotels logierten, mehrere Banken, das große Gebäude der „Bank von Brasilien“, unzählige Börsenspekulanten. Die Stadt Ilhéus lebte von der Arbeit, den politischen Kämpfen und den Kämpfen um Geld, in ihren engen Straßen wimmelte eine Menschenmenge, in der man täglich neue Gesichter entdeckte. Aber das ist sehr lange her, heute sind nur die wichtigsten Persönlichkeiten allen bekannt. Die eintreffenden Schiffe bringen neue Menschen herbei, Männer und Frauen, die auf der Suche nach dem leichten Gold kommen, das auf dem Kakaobaum gedeiht. Denn durch Brasilien geht wie ein Lauffeuer der Ruhm der „Königin des Südens“, ein Ruhm, der vermischt ist mit den alten Geschichten vom Tod und von Schießereien und mit den neuen Geschichten vom Kakao, der die lohnendste Frucht sein soll. Im Bauch der Schiffe, auf den schnellen Flügeln der Flugzeuge, in den Eisenbahnzügen, die in den Sertão hinauffahren, überall fährt der Ruf von Ilhéus mit, einer Stadt des Geldes und der Nachtlokale, des unerschrockenen Mutes und der schmutzigen Geschäfte. Nicht nur in den großen Hauptstädten, in Rio, in São Paulo, in Bahia, in Recife, in Pôrto Alegre, interessierten sich die Geschäftsleute lebhaft für dieses Land des Kakaos. Auch die blinden Geigenspieler auf den Märkten im Nordosten sangen Wunderdinge von dieser Stadt, die mit ihrem Luxus den Süden des Staates Bahia beherrschte:

„Und es schmückt die Königin des Südens
mit kostbaren Steinen sich."

„Autos hat sie und hat Banken,
Kakao hat sie und Geld,
wunderbar ist diese Stadt!"

Die Landarbeiter 1

Antônio Vítor näherte sich mit großen Schritten, und noch bevor er den kleinen Hof erreicht hatte, wo vor dem Haus ein paar Hühner scharrten, rief er laut nach seiner Frau: „Munda! He, Munda!"

Er blieb stehen vor der Tür des Lehmhauses, das rechts höher war als links, ein hastig errichtetes niedriges Bauwerk, das später nach hinten erweitert worden war, und sah zum Himmel hinauf; sein Mischlingsgesicht strahlte vor Freude. „Munda! Munda, komm her!"

Aus dem hinteren Teil des Hauses drang Raimundas Stimme: „Was ist denn, um Gottes willen?"

„Komm schnell! Lauf!"

Das Haus war niemals gekalkt worden, und in dem Lehm, der den Raum zwischen dem Stangenfachwerk ausfüllte, sah man mehrere Löcher. Das Dach war früher mit Kokospalmblättern gedeckt gewesen, die den Regen nicht durchließen. Aber als João Grosso, der auf seiner Pflanzung eine Töpferei unterhielt, Antônio Vítor eine Geldschuld mit einer Ladung Ziegel bezahlte, ersetzten die Ziegel das Palmblattdach. So war es ein Haus mit einem richtigen Dach geworden, und Antônio Vítor sprach immer davon, daß er ein neues bauen werde, ganz aus Ziegeln und sogar mit Dielen. Es war ihm gelungen, dafür Geld auf die Seite zu legen, aber da er bei Raimunda wenig Bereitwilligkeit vorfand, hatte er es aufgegeben und das Geld zum Ankauf eines Landstücks verwendet, das sich inzwischen in eine kleine Kakaopflanzung verwandelt hatte.

Antônio Vítor riß den Blick von dem blauen Himmel los und sah zum Haus hinüber. Warum, zum Teufel, ließ Raimunda so lange auf sich warten?

„Munda! Beeil dich!“

Seine Blicke blieben an dem Haus haften. Es war ziemlich schlecht. Durch einen Spalt in der Lehmwand spähte er hinein, konnte aber seine Frau nicht entdecken. Ein zerlöchertes, elendes Haus ... Die ersten Geldrücklagen sollten für ein neues bestimmt sein. Nein, nicht die ersten, denn wie sollte er sonst den elektrischen Ofen für die Kakaotrocknung anschaffen, der so nötig war, wenn die häufigen Schauer in regenreichen Jahren die Benutzung der Barcaça verboten? Regen ... Wieder sah er zum Himmel auf und rief von neuem: „Munda! Wo steckst du, zum Teufel? Munda!“

Raimunda erschien in der Haustür und wischte sich die Hände an ihrem Kattunkleid ab. Sie war merklich älter geworden, ihr Mulattenhaar war jetzt weiß, und sie hatte ziemlich viel zugenommen. „Was ist denn, Mann? Was ist los mit dir?“

Antônio Vítor packte seine Frau am Arm und zog sie dicht an sich heran. Er deutete mit seinem dicken Zeigefinger zum Himmel. „Guck mal.“

Raimunda sah hin, sie beschattete die Augen mit der Hand. Zuerst suchte sie nach dem, was ihr Mann zeigen wollte, und als sie es fand, blühte in ihrem Gesicht ein Lächeln auf, etwas wie Schönheit erleuchtete das häßliche alte Antlitz, die mürrischen Züge, die sie schon immer gehabt hatte. Ihre Augen wurden beinahe feucht, und Wärme lag in ihrer Stimme, als sie sagte: „Es wird regnen, Antonho*!“ Niemals gelang es ihr, Antônio zu sagen, immer ersetzte sie das i durch ein j. „Noch heute regnet es.“

Antônio Vítor lachte, er klopfte ihr mit der schwieligen

* sprich: Antónju

Hand auf die Schulter, Raimunda lachte ebenfalls, offensichtlich wollten sie ihrer Freude mehr Ausdruck verleihen, wußten aber nicht, wie. So blieben sie denn stehen und lachten einander an, es war ein mißtrauisches, schüchternes Lachen.

„Ja, es wird regnen ..."

„Ja, ja ..."

„Und noch heute."

Wieder sahen sie zum Himmel auf. Der Himmel war blau, nur ein geübter Blick konnte ganz weit am Horizont die schwarze Wolkenzacke wahrnehmen, die von Ilhéus heranrückte. Die sehnsüchtig erwartete Wolke vor Beginn der neuen Safra. Wenn sie noch ein paar Tage länger gezögert hätte, wäre der Temporão* verloren gewesen, und der Temporão entsprach etwa einem Drittel der Jahresernte. Es schien, daß sie keine Kraft mehr hatten, die Augen abzuwenden von dem Wolkenbeginn, der langsam über den Pflanzungen vorrückte. Und sie lachten dem Himmel entgegen.

Die Kakaobäume vor ihnen wiegten sich in der wohligen Brise. Wer sie so laubreich und grün gesehen hätte, der hätte gemeint, daß der Mangel an Regen in diesem Frühjahr das Heranreifen der Ernte keineswegs beeinträchtigen könne. Die schönen, kräftigen Bäume waren voller Blüten, die Sonne schien ihnen nichts anzuhaben, man sah nicht ein einziges versengtes Blatt. Nur das Gras auf dem Boden war hier und da verbrannt, es gab große Flecke, wo die nackte Erde hervorsah und wo die Hühner scharrten. Aber Antônio Vítor und Raimunda wußten, wenn es nicht regnete, dann würden die Kakaobäume alle Blüten verlieren, die Blüten würden zugrunde gehen, bevor sie sich in Früchte verwandeln konnten. Und die wenigen, denen es dennoch gelang, Früchte zu werden, würden schon im frühen Stadium verkümmern. Die

 * Früherernte

Kakaobäume würden weiterhin schön, laubreich und grün sein, aber wenn es nicht noch in derselben Woche regnete, würden sie in diesem Jahr nicht eine einzige Frucht tragen. Schon war die eine oder andere Blüte auf den von der Sonne ausgedörrten Boden gefallen. Und darum hätte Antônio Vítor gern etwas gesagt, in längeren Sätzen seine Meinung geäußert und, wenn möglich, die Hand gehoben und Raimunda eine Zärtlichkeit erwiesen. Auch sie hätte trotz ihres verdrießlichen Gesichts ihre Freude lieber umfassender geäußert, als es das Lächeln konnte, mit dem sie die Wolke begrüßt hatte. Aber sie wußten nicht, wie sie es machen sollten, wie sie es auch nicht gewußt hatten, als die beiden Kinder zur Welt kamen, zuerst Joaquim und dann Rosa. Auch bei diesen Anlässen hatten sie schweigend so nebeneinander gestanden, ohne Worte, ohne Gesten, schüchtern und unfähig, sich zu äußern.

Genauso war es gewesen, als sie ihren fünfundzwanzigsten Hochzeitstag feierten. Sie waren zum Essen zu Don'Ana Badaró gegangen (niemals hatten sie sich daran gewöhnt, „zu Hauptmann João Magalhães" zu sagen, für sie war es immer noch das Herrenhaus der Badarós), die ebenfalls an diesem Tag Silberhochzeit feierte. Es war ein großes Essen, das an die früheren Zeiten erinnerte, als man von dem Vermögen der Badarós in den fernsten Winkeln Brasiliens redete. Ein Festessen mit vielen Gängen und mit Tischwein, ja, da waren sogar noch einige Kristallgläser von früher aufgetaucht. Raimunda half in der Küche und wollte unbedingt bei Tisch servieren. Aber Don'Ana ließ es nicht zu, obwohl sie viele Gäste hatte und obwohl der Arzt da war, der mit der jüngsten Tochter Don'Anas verlobt war, trotz allem veranlaßte Don'-Ana, daß sich Raimunda und Antônio Vítor mit ihnen an den Tisch setzten und mit ihnen speisten. Der Hauptmann und Don'Ana waren an diesem Tag besonders aufmerksam zueinander, bei der Mahlzeit küßten sie sich vor allen Leuten, und als der Arzt den Toast ausbrachte, legte Don'Ana dem Hauptmann den Kopf auf die Schulter, und er strich ihr übers Haar. Ihr Gesicht hatte einen sanften Ausdruck von Glück.

Antônio Vítor und Raimunda fühlten, daß sie ebensolche Gründe für Freudenbekundungen hatten, aber sie wußten nicht, wie sie sich äußern sollten, und so kehrten sie in der Nacht ernst und schweigsam, ein Stück voneinander entfernt, auf der Straße nach Hause zurück. Zwar schlief er in dieser Nacht mit ihr, aber es war genauso wie in vielen früheren Nächten, wenn die Körper in dem alt gekauften Bett (sie hatten es von einem Syrer erstanden) hin und her rollten und man am Ende den dumpfen Ton hörte.

Auch jetzt, da sie den Blick zum Himmel richten, wo die schwarze Regenwolke wächst und immer näher kommt, spüren sie, daß es notwendig ist, einander Worte zu sagen, die sie nicht wissen, einander Zärtlichkeiten zu erweisen, die sie nicht kennen, und diese so oft empfundene Unfähigkeit macht sie schüchtern und befangen voreinander, Raimundas Gesicht hat sich wieder verschlossen, sie hat das gleiche verhärmte Gesicht wie vor vielen Jahren, jetzt ist es das Gesicht einer alten Frau, das die Sonne von dreißig Safras verschlissen hat, und der Mulattenmund hat das Lächeln verloren, das ihn verschönte, als Antônio Vítor auf die Wolke zeigte. Aber die Freude in ihrem Herzen ist so groß, daß sie von neuem die dicken Mulattenlippen öffnet, das mühsame Lächeln aufscheinen läßt, die Augen vom Himmel abwendet und zu ihrem Mann sagt: „Antonho!"

„Munda!"

Sie sieht ihn an und wartet. Auch Raimunda hat dieses Verlangen nach Worten und Zärtlichkeiten, das Verlangen, das Kommen des Regens zu erklären und zu feiern. Beide sehen einander an, sie wissen keine Worte, sie kennen keine Zärtlichkeiten, sie verstehen weder zu reden noch zu feiern. Sie sehen sich nur eine Sekunde lang an. Raimunda wiederholt: „Antonho!“

„Was ist, Munda?“

Einen verschwindend kurzen Moment erscheint auf ihrem Gesicht etwas wie Angst wegen ihrer Unfähigkeit zu sprechen. Aber gleich darauf lächelt sie wieder. „Es wird regnen, Antonho!“

„Ja, Munda!“

„Das wird eine gute Ernte!“

„Eine sehr gute, Munda!“

Und weiter nichts, denn sie wissen nichts weiter zu sagen. Wieder betrachten sie den Himmel. Die Wolke wird größer, bald wird sie auch ihre Pflanzung erreicht haben. Vielleicht werden sie dieses Jahr neunhundert Arrobas Kakao ernten. Vielleicht sogar mehr, wer weiß? Vielleicht ...

2

Die neunhundert Arrobas Kakao, die sie bei dieser Safra zu ernten hofften, waren das Ergebnis von siebenundzwanzig Jahren tagtäglicher Arbeit. Der Arbeit Antônio Vítors und Raimundas. Das Grundstück, das Raimunda von den Badarós als Mitgift erhalten hatte, war noch mit Wald bedeckt gewesen. Solange die Kämpfe um den Sequeiro Grande andauerten, wo Antônio Vítor eine so wichtige Rolle gespielt hatte, kümmerte er sich nicht um das Land. Raimunda diente weiter im Herrenhaus, bis zu jener Brandnacht. Erst als sich die Unruhen gelegt hatten und der von einer Kugel getroffene Sinhô anordnete, die Revolverhelden zu entlassen, entsann sich Antônio Vítor des Grundstücks, das ihm gehörte. Er stellte eine behelfsmäßige Hütte auf und begann, den Wald zu roden. Früher war dieser Wald ein Teil des großen Waldes von Repartimento in der Nähe des Sequeiro Grande gewesen, aber im Laufe der Zeit waren dort die besten

Pflanzungen der Badarós entstanden. Ungerodet war nur noch dieses kleine Stück, das die Pflegetochter als Brautgeschenk erhalten hatte. Sinhô Badaró hatte es im Notariat beurkunden lassen, das Landstück war auf die Namen Antônio Vítor und Raimunda eingetragen.

Das erste Jahr war entsetzlich, Antônio Vítor konnte sich nicht erinnern, jemals etwas Ähnliches erlebt zu haben. Sie bauten eine Hütte in dem von Schlangen heimgesuchten Wald, eine eiligst aufgeschlagene Bude, wo der aus Stöcken gefertigte Fußboden und der aus Steinen improvisierte Ofen, auf dem sie die Bohnen und das Fleisch für Mittag- und Abendessen kochten, kaum Platz fanden. Er und Raimunda begannen, die großen Bäume zu fällen. Die halbe Woche arbeiteten sie auf den Pflanzungen der Badarós, um sich das Geld für Nahrung und Kleidung zu verdienen. Die andere Wochenhälfte war ihrem eigenen Land, dem Fällen der Bäume gewidmet. Es ging langsam voran, weil sie nur zu zweit arbeiteten, und Raimunda war zwar kräftig, aber sie war eine Frau, und nach kurzer Zeit wurde sie von der Schwangerschaft behindert. Im vierten Monat, als sie Antônio Vítor half, einen Baum zu fällen, hatte sie eine Fehlgeburt. Sie wäre damals fast gestorben, und Antônio mußte bei João Magalhães Geld borgen, damit er den Arzt bezahlen konnte, der zu ihnen kam.

Dieser Tag war beängstigend gewesen. Raimunda hatte schon einen sehr starken Leib, Antônio Vítor beobachtete sie verstohlen, wie sie sich vor ihm hin und her bewegte und darauf wartete, daß er die Arbeit mit der Axt, die eine tiefe Kerbe in den Stamm trieb, beendete und sie ihm dann mit der großen Säge half, die das Fällen abschließen würde. Antônio Vítor dachte gerade daran, daß es bald soweit wäre, daß Raimunda durch die Schwangerschaft gehindert sein würde, ihm weiter zur Hand zu gehen. Er wußte nicht, wie er es schaffen sollte, wenn sie die Arbeit nicht durchhielt. Diese Plackerei im

Wald war zu schwer für eine Frau. Sogar für einen Mann war sie zu schwer, um so mehr für eine Frau mit einem Kind im Leib. Dagegen war die Arbeit auf der Fazenda der Badarós (da die Familie jetzt in Ilhéus wohnte, gab es im Herrenhaus nichts mehr zu tun, und Raimunda mußte zusammen mit den anderen Frauen und den Töchtern der Landarbeiter auf den Pflanzungen arbeiten) noch verhältnismäßig erträglich. Sie hatte die Aufgabe, zwölf Stunden lang mit einem schartigen alten Buschmesser die Kakaofrüchte aufzuspalten, die die Männer von den Bäumen holten. Die Kinder trugen die Früchte zu Haufen zusammen, die Frauen und die jungen Mädchen zerteilten sie. Gefährlich war es allerdings. Ein schlecht berechneter, etwas zu kräftig geführter Hieb, und schon fuhr das Buschmesser durch die Schale und schnitt in die Hand, auf der die Frucht lag. Welche Tagelöhnerfrau hatte nicht an den Händen tiefe Schnittnarben, die von dieser Arbeit herrührten. Manchen raubte das scharfe Buschmesser sogar einen Finger. Die Kakaobohnen türmten sich zu einem riesigen Haufen, von dem der Trupp der Esel diesen weichen Kakao in eigens dafür gefertigten Körben zu den Trögen schaffte.

Trotz allem war es eine leichte Arbeit, verglichen mit der Arbeit im Wald, dem Fällen der Bäume, bis man Lichtungen geöffnet hatte, auf denen das Feuer für die Brandrodung gelegt werden konnte. An jenem Tag machte sich Antônio Vítor Gedanken darüber, er überlegte, wie lange Raimunda diese furchtbar anstrengende Holzfällerarbeit noch aushalten würde. Wenn sie nicht weitermachen konnte, dann würde es schlimm. Mit der Arbeit auf der Pflanzung der Badarós verdiente er kaum soviel Geld, daß sie beide sich am Wochenende der Arbeit im Wald widmen konnten. Aber woher sollte er das Geld für eine Hilfskraft nehmen?

Kaum hatten sie angefangen, auf der anderen Seite den Stamm zu sägen, jeder an einem Ende der Säge, da kam die Fehlgeburt. Es war mitten im Wald, das Blut tränkte die Erde. Da Raimunda zu verbluten drohte, mußte ein Arzt aus Tabocas geholt werden. Hauptmann João Magalhães, der gerade auf der Fazenda war, borgte ihm ein Pferd und etwas Geld. Kaum einen Monat später kehrte Raimunda an ihre Arbeit im Wald und auf der Pflanzung zurück. Am Jahresende war das Waldstück abgeholzt, und um Weihnachten nahmen sie die Brandrodung vor.

Im nächsten Jahr ging Raimunda nicht mehr auf die Pflanzungen der Badarós. Statt dessen arbeitete Antônio Vítor jeden Tag dort und brachte etwas Geld zusammen, mit dem er die Kakaosetzlinge kaufen konnte, die er zum Bepflanzen seines Landstücks brauchte. Dort arbeitete Raimunda, sie pflanzte Maniok und Mais, obendrein hielt sie Hühner und Truthähne. In diesem Jahr legten sie eine erste kleine Kakaopflanzung an, im nächsten Jahr waren aus den Setzlingen schon Stämmchen mit Blättern daran geworden, die mitten auf dem großen Maisfeld standen.

Als der Maniok ausreichende Größe erreicht hatte, rissen sie ihn aus, und daher rührte das gute Verhältnis Antônio Vítors zu Firmo. Seit den noch nicht allzu fernen Zeiten der Kämpfe um den Sequeiro Grande hatten sie nicht miteinander gesprochen. Antônio Vítor gehörte damals einer Bande an, die die Pflanzungen Firmos überfiel und Unordnung stiftete. Firmo aber war der einzige kleine Bauer in der Umgebung, der eine Mühle auf seiner Pflanzung hatte. Die große Mühle der Badarós war während der Wirren in Brand gesteckt und seitdem nicht wieder aufgebaut worden. Firmos Mühle war klein, aber der von Antônio Vítor geerntete Maniok war kaum der Rede wert, er ergab allenfalls ein paar Sack Mehl. Antônio Vítor ließ bei Firmo vorfühlen, und der stellte ihm seine Mühle zur Verfügung. Sie vereinbarten, daß ein Drittel des Mehls Firmo gehören sollte, der dafür zwei

Männer und eine Frau abstellen würde, die Raimunda am Ofen, an der Presse und beim Raspeln des Manioks halfen. Das war eine Arbeit, die nur zwei Tage dauerte. Es geschah, wie abgesprochen, und dann verkaufte Antônio Vítor sein Mehl auf dem Markt von Itabuna. Mit dem Geld erwarb er weitere Kakaosetzlinge. Sie bepflanzten noch ein kleines Stück ihres Landes, danach verschaffte ihnen der Mais das Geld für die restlichen Setzlinge.

In den folgenden vier Jahren arbeitete er weiter für die Badarós, und Raimunda pflanzte, über die Erde gebeugt, Maniok und Mais zwischen den jungen Kakaobäumchen, erntete die bräunlichen Ähren, machte Mehl daraus, schaffte Mais, Hühner, Truthähne und auch Bananenbüschel (sie hatten neben der Hütte einen Bananenbaum gepflanzt) auf den Markt von Itabuna, wo sie bereits ihre Kundschaft hatte. Jetzt half Antônio Vítor Firmo bei der Ernte, damit dieser ihm seinerseits half, wenn sein Kakao blühte und Frucht trug.

Sonntags beschäftigte er sich damit, aus gestampftem Lehm ein Haus zu errichten. Er fertigte ein Gerüst aus Stangen, rammte es in den Boden ein und legte ein Dach aus Kokospalmblättern darauf. Danach bereitete er den Lehm mit Erde, Kuhmist, ein bißchen Sand und Wasser zu. Das hielt besser als Mörtel. Andere Sonntage wurden genutzt – es war beinahe ein Vergnügen –, das Stangengerüst mit der Lehmmischung zu bewerfen. Das Haus hatte ein Fenster und eine Tür, es war schön inmitten der Pflanzung gelegen, sie zogen um. An der Stelle, wo die Hütte gewesen war, baute er eine kleine Barcaça. Aber das war nicht nur sehr viel schwieriger, sondern es kostete auch viel mehr Geld. Er hobelte die Bretter für den Boden der Barcaça zurecht, es gelang ihm, das Zink für die Bedeckung zu kaufen, aber er mußte die Arbeit vorerst einstellen, weil es ihm an Geld für die Gleitschienen fehlte, auf denen das Dach hin- und hergeschoben wurde. Als er es zusammengespart hatte, stellte er zur Hilfe einen Zimmermann ein. Und als die Barcaça fertig war, wartete er, daß seine Kakaobäume blühten.

Eines Morgens, nach langen Monaten des Aufenthalts auf der Pflanzung, in denen Joaquim, ihr erstes Kind, geboren war und Antônio Vítor Raimunda bei den Gängen auf den Markt von Itabuna zum Verkauf von Mehl, Mais und Bananen vertreten hatte, erwachten sie und erlebten das Fest der blühenden Kakaobäume. Antônio rief nach seiner Frau, sie kam, und beide standen mit Tränen in den Augen vor den ersten Blüten ihrer Kakaobäume. Die Safra brachte fünfundzwanzig Arrobas Kakao.

Er entsinnt sich noch gut des Tages, an dem er die Firma „Gebrüder Zude & Co." aufsuchte, um die fünfundzwanzig Arrobas zu verkaufen. Er mußte ohnehin nach Ilhéus, und so nutzte er die Gelegenheit, die Erstlinge seiner Pflanzung bei Zude loszuwerden, der die höchsten Preise zahlte. Maximiliano Campos legte Wert darauf, ihn persönlich in seinem Büro zu empfangen, er behandelte ihn höchst liebenswürdig, Antônio Vítor kam sich vor wie ein Oberst. Diese ganze Liebenswürdigkeit beunruhigte ihn, regte ihn auf. Ein Mann wie Maximiliano Campos, Geschäftsführer einer Exportfirma, der ihm in seinem Büro Getränke anbot. Antônio Vítor leerte sein Likörglas auf einen Zug, er hatte nicht die geringste Ahnung, daß man langsam, mit genießerischen kleinen Schlucken und mit Zungenschnalzen trinken mußte. Er fand die Art, wie der alte Maximiliano trank, ulkig, und er stellte sich vor, daß er auf diese raffinierte Weise Cachaça trank, sich an dem starken Alkohol verschluckte und sich die Zunge verbrannte. Antônio Vítor lächelte schüchtern, sah Maximiliano an und fürchtete, Zudes Geschäftsführer könne seine Gedanken erraten. Aber der Alte unterhielt sich liebenswürdig mit ihm.

Als Antônio Vítor kam, um diesen Verkauf zu tätigen – jämmerliche fünfundzwanzig Arrobas Kakao –, zitterte er fast vor Angst. Es war möglich, daß eine so bedeutende Firma wie Gebrüder Zude & Co. an einer so winzigen Menge wie der angebotenen gar nicht interessiert war. Er betrat die Büros der Firma völlig verwirrt, mit hängenden Armen, den Hut auf dem Kopf. Der Angestellte, der ihn ansprach und dem er sein Anliegen vortrug, verließ ihn – er hatte ihn im Kontor abgefertigt – ohne ein weiteres Wort, und Antônio Vítor blieb unschlüssig stehen. Er sah in dem Verhalten des Angestellten einen Beweis, daß der Firma an diesem Geschäft so wenig lag, daß die Angestellten sich nicht einmal herabließen, ihm eine abschlägige Antwort zu erteilen, sie ließen ihn einfach am Kontortisch stehen. Er hatte gerade noch die Zeit und die Eingebung, mit bebender Stimme zu sagen: „Weil es doch mein erster Kakao ist . . ."

Der Angestellte wandte sich um und lächelte, Antônio Vítor dachte, der Bursche wolle ihn zum besten haben. In höchster Verlegenheit war er schon drauf und dran, zu gehen, als der junge Mann mit Maximiliano Campos zurückkam. Antônio Vítor kannte ihn vom Sehen, er hatte ihn vor Jahren mehrmals in Gesellschaft Sinhô Badarós getroffen. Maximiliano Campos drückte ihm die Hand, sprach ihn mit Senhor an, bat ihn einzutreten. Erst als er schon mitten im Büro stand, fiel ihm ein, daß er den Hut noch aufhatte, und er nahm ihn unter großer Verwirrung ab. Ein junges Mädchen, das an einem Schreibpult arbeitete, lächelte, und Antônio Vítor wußte nichts Besseres zu tun, als seinerseits zu lächeln, wobei er den Hut in der Hand drehte.

Sie waren nun in Maximiliano Campos' Büro, der Geschäftsführer öffnete einen Schrank und nahm eine Flasche Likör und zwei Gläser heraus. Er schenkte ein.

„Auf Ihr Wohl!"

Antônio Vítor stürzte den Likör hinunter, Maximiliano fragte ihn, wer er sei, wo seine Fazenda liege.

„Es ist eine ganz kleine Pflanzung, nicht der Rede wert,

Seu Maximiliano ... Ein Stückchen Land, das mir Sinhô Badaró gegeben hat, als ich heiratete."

„Sie haben für Sinhô gearbeitet?"

Er erzählte sein ganzes Leben. Die Kämpfe auf der Seite Jucas, Sinhôs und auch des Hauptmanns am Ende der Wirren um den Sequeiro Grande. Als er fertig war, machte Maximiliano eine Bemerkung über den gegenwärtigen Niedergang der Badarós: „Ein trauriger Fall, Seu Antônio. Ein trauriger Fall."

Dann versicherte er, Antônio Vítor werde zweifellos zu Wohlstand gelangen, eines Tages werde er ein reicher Oberst sein, wie viele hatten nicht angefangen wie er? Antônio Vítor fühlte sich überwältigt von Glück. Maximiliano machte eine große Geste. Der Kakao stand an diesem Tag auf 12,9, und Maximiliano ordnete an, 13 Milréis pro Arroba zu bezahlen, da es die ersten Arrobas von einer neuen Pflanzung waren.

„Damit Sie unser Kunde bleiben, Seu Antônio. Damit Sie den Kakao nicht einer andern Firma verkaufen."

Mit zitternden Händen nahm er das Geld entgegen. Er trat hinaus auf die Straße und sah nichts, weder den blauen Himmel noch die vorbeigehenden Leute, die über ihn lächelten, diesen Mann, der mit ein paar Banknoten in der einen Hand, dem Hut in der andern und einem schwachsinnigen Lächeln im Gesicht umhertorkelte.

Als Antônio Vítor wieder zu sich kam, stand er in einem Geschäft und kaufte Geschenke für Raimunda, Seidenstoffe, ein Paar Schuhe.

Noch auf dem Heimweg schwellte ihm die Freude die Brust. Nie war er bisher erster Klasse gefahren, und er hoffte, sich im Zug mit den Obersten unterhalten zu können. Einige, die ihn kannten, grüßten ihn tatsächlich, fragten ihn nach allem möglichen, nach gleichgültigen Dingen, aber keiner führte ein richtiges Gespräch mit ihm. Es waren reiche Obersten, die Kniehosen und Überzieher aus feiner Wolle und Lederstiefel trugen. Antônio

Vítor stak noch in seiner Landstreicherkleidung aus grober Baumwolle, und er hatte billige, plumpe Schuhe an, auf dem Kopf den durchlöcherten Hut. In dem Gepäcknetz über der Bank ruhten die Pakete mit den Geschenken für Raimunda. In der Einsamkeit während der drei Stunden im Zug, unter der Gleichgültigkeit der Obersten, dachte Antônio Vítor daran, wie sich Raimunda freuen würde, wenn er ihr die Geschenke gab. Ein hübscher Schuh, ein Seidenstoff, eine Windel für den Kleinen ...

In Itabuna merkte Antônio Vítor zum erstenmal, daß er dringend einen guten Esel zum Reiten brauchte. Welcher Fazendeiro oder welcher Besitzer einer kleinen Pflanzung hatte nicht einen aufgezäumten Esel, der ihn von der Pflanzung nach Itabuna und zurück brachte? Er mußte einen kaufen, er war jetzt selbst Besitzer einer Pflanzung, eines Tages würde er Fazendeiro sein. An all das dachte er, während er seine Schuhe auszog, um die sechs Meilen Schlamm zu durchwaten, die ihn von der Pflanzung trennten. Er würde erst in der Nacht ankommen, wenn schon die Laterne mit ihrem roten Schein das Lehmhaus erhellte.

Raimunda zeigte nicht die geringste Freude über die Geschenke, ja, sie murrte fast eine Woche lang über diese Ausgaben, wo sie noch so viele Dinge für die Pflanzung brauchten. Sie benötigten Sensen, um den Kakao zu ernten, der im nächsten Jahr etwa siebzig Arrobas bringen würde. Sie mußten einen Trog für den weichen Kakao bauen, im nächsten Jahr würden sie die klebrige Flüssigkeit nicht mehr in alten Petroleumbehältern entziehen ... Sie maulte wegen der unnützen Ausgaben. Wozu brauchte sie Seidenstoff? Die Schuhe paßten ihr nicht, weil ihre Zehen zu weit auseinander standen. Nur gegen die Windel für den Sohn sagte sie nichts. Das war das einzige, was sie freute, das einzige, wofür sie Antônio wirklich dankbar war.

Aber genau so war Raimunda, wortkarg, brummig und

verdrießlich, Festlichkeiten abgeneigt und nicht dafür zu haben, Bälle mit Harmonika- und Geigenmusik zu besuchen, die manchmal in den Häusern der Landarbeiter oder der kleinen Bauern in der Nachbarschaft veranstaltet wurden. Ging sie einmal hin, so tanzte sie nicht, blieb in einer Ecke sitzen, ärgerte sich über die Schuhe, die ihre Füße zusammenquetschten, und zog sie schließlich noch im Ballsaal aus. Ohnehin endeten diese Bälle – die wenigen Frauen kamen in Schuhen, hatten ihre Gesichter mit rotem Papier gefärbt und sich Papierstreifen in das braune Haar geflochten – immer damit, daß alle barfuß liefen, denn ihre Füße vertrugen keine Schuhe. Raimunda bildete darin keine Ausnahme. Aber wegen der Wut, die sie auf das Tanzen hatte und die sie alle Kavaliere zurückweisen ließ, fand man sie unsympathisch, denn die Frauen waren gegenüber den tanzlustigen Männern weit in der Minderzahl. Die Frauen sagten dazu: „Sie war schon immer eine dumme Trine. Schon, als sie bei den Badarós lebte."

Aber Dummheit war es nicht. Es machte ihr einfach keinen Spaß, und damit fertig. Was ihr Spaß machte, das war das Land, wenn sie es bearbeiten und bepflanzen, wenn sie die von der Erde hervorgebrachten Früchte ernten konnte. Darin war sie einem Mann ebenbürtig, sie leistete das gleiche. Ob es darum ging, die Kakaofrüchte zu pflücken und zu zerteilen, ob es sich darum handelte, an Sonnentagen in der Barcaça auf ihnen herumzutanzen, oder darum, die Flüssigkeit aus dem Trog herauszuziehen, auf alles verstand sie sich wie der beste Arbeiter einer Fazenda. Und dort, zwischen den Kakaobäumen, wenn sie unaufhörlich arbeitete, im Morgengrauen aufwachte und, sobald die Nacht anbrach, in einen tiefen Schlaf der Erschöpfung versank, fühlte sie sich glücklich. Wenn von Antônio Vítor gesprochen wurde, pflegte Hauptmann João Magalhães zu sagen, er verdanke das jetzige Aufblühen seiner Pflanzung Raimunda. Antônio Vítor war selbst dieser Meinung, er hatte große Achtung vor seiner Frau und hörte immer auf ihren Rat. So war es auch damals, als er ein besseres Haus zu bauen gedachte und Raimunda dem widersprach. Ihre Ansicht siegte, und sie kauften noch ein kleines Stück Land, auf dem sie Kakao anpflanzten. In dieser Zeit war Rosa, ihre Tochter, geboren, eine Mulattin mit lächelndem Gesicht wie Antônio Vítor.

Der Sohn artete nach der Mutter. Schon von klein auf offenbarte Joaquim seine Ähnlichkeit mit Raimunda. Er war ihr gleich. Das gleiche verschlossene, energische Gesicht, die gleiche Güte, die unter einer Schicht von Knurrigkeit und gemurmelten Worten verborgen lag, die gleiche Halsstarrigkeit. Mit dreizehn Jahren lief er von zu Hause fort und arbeitete in einer weit entfernten Pflanzung. Aber es dauerte nicht lange, und er zog hinunter nach Ilhéus und verdingte sich in einem Lagerhaus zum Säckenähen; bald hörte er damit auf und wurde Beifahrer, lernte selbst fahren und Autos reparieren; eines Tages heuerte er als Matrose an, so vergingen zwei Jahre, ohne daß er von sich hören ließ, bis er schließlich wieder in den Straßen von Ilhéus auftauchte (man sagte, er sei im Gefängnis gewesen) und eine Stelle als Omnibusfahrer annahm, und das war er noch immer. Antônio Vítor verstand sich nicht sehr gut mit ihm; wenn sie einander sahen, kam es stets zu Auseinandersetzungen, der Bauer dachte, sein Sohn wolle ihm Anweisungen geben. Joaquim hatte vielerlei gelernt, dessen Bedeutung Antônio Vítor nicht kannte, er verkehrte mit verdächtigen Leuten, selbst Carlos Zude hatte einmal zu ihm davon gesprochen. Antônio Vítor begriff seinen redegewandten Sohn nicht, der verlangte, daß er die wenigen Arbeiter, die ihm bei der Ernte auf den Pflanzungen halfen, besser bezahlte, und behauptete, der Vater bestehle sie. An dem Tag, als Joaquim dies während eines Besuches auf der Pflanzung beim Abendessen sagte, schlug ihm Antônio Vítor auf den Mund, so daß dem Jungen das Blut vom Gesicht herablief.

„Einen Dieb nennt er mich, der Lumpenkerl ..."

Joaquim war aufgesprungen und wollte gehen. Raimunda wischte ihm das Blut ab, das von der Lippe rann, und führte ihn auf die Straße. Sie hatte nichts dazu gesagt, aber es war die erste Nacht, in der Antônio Vítor seine Frau schlaflos sah. Es tat ihr leid um Joaquim, sie verstanden sich ohne Worte, sie mochten es, schweigend beieinander zu sein. Antônio Vítor sprach viel, er fühlte sich zu der Tochter hingezogen, die so gesprächig war wie er selbst und die auf den benachbarten Pflanzungen und Fazendas zahlreiche Bekannte hatte, keinen Ball versäumte, sich gern putzte: eine Rose ins Haar, ein Band an das Kattunkleid, einen unechten Ring an den Finger. Diese Tochter, die schon zu den syrischen Hausierern lief, denen sie allen möglichen Krimskrams abkaufte.

Einen echten Konflikt zwischen Antônio Vítor und Joaquim aber schuf etwas anderes: Der Vater konnte dem Jungen nicht verzeihen, daß er nicht auf der Pflanzung geblieben war, um ihm zu helfen. Antônio Vítor begriff nicht, wie Joaquim in die Stadt gehen konnte, wie er als Seemann reisen, als Fahrer auf Lastwagen und Omnibussen arbeiten konnte, wenn sein Vater ein Stück Land besaß und Arme brauchte, die es bearbeiteten. Wäre Joaquim auf der Pflanzung geblieben, dann hätte er einen Arbeiter weniger bezahlen müssen: Antônio Vítor beklagte ständig diese Gleichgültigkeit seines Sohnes gegenüber dem Land, das ihm gehörte. Wie konnte er den Mut haben fortzugehen, wenn sie doch dieses Land hatten? Was, zum Teufel, hatte er eigentlich vor? Etwas Gutes konnte es keinesfalls sein, denn selbst Carlos Zude hatte zu ihm gesagt, Joaquim habe sich mit verdächtigen Leuten eingelassen, er solle auf der Hut sein. Und diese Unverschämtheit des Jungen, zu behaupten, er, Antônio

 Vítor, sein Vater, den Joaquim zu achten hatte, bezahle

seine Arbeiter schlecht, er beute sie aus, er bestehle sie ... Nichts als eine Maulschelle verdiente er für eine solche Unverfrorenheit, und die gab ihm Antônio Vítor. Wie alle anderen bezahlte Antônio Vítor den wenigen Arbeitern, die er zur Safra einstellte, fünf Milréis. Auch Firmo ging ihm bei der Ernte zur Hand, und er bezahlte ihn, indem er ihm bei der Ernte half. Die großen Fazendeiros hatten das nicht nötig. Sie hatten viele Landarbeiter, nicht nur während der Safra, sondern auch im Paradeiro*, dann verwendeten sie sie zum Ausästen der Pflanzungen, zur Reinigung, zum Bau neuer Barcaças. Antônio Vítor entließ seine Arbeiter im Paradeiro. Er zahlte ihnen die Restforderung, wenn sie eine hatten, und schickte sie fort bis zur nächsten Safra. Und Joaquim sagte, er bestehle sie ... Er hatte nicht einmal ein Magazin auf der Fazenda wie die großen Obersten. Das Magazin bestahl die Leute, weil dort zu unsinnig hohen Preisen verkauft wurde. Abgesehen davon, daß Antônio Vítor gern einen Vorratsraum auf der Pflanzung eingerichtet hätte, um den acht Arbeitern, die er zur Safra einstellte, Waren zu verkaufen. So brauchte er nicht für jeden fünf Milréis zu geben. Es würde bedeutend billiger. Aber dafür hatte er nicht genügend Kapital; was er besaß, das reichte gerade aus, die Leute zu bezahlen. Das Ausästen der Pflanzungen, der Kauf von Nahrungsmitteln zehrte den Ertrag des Jahres auf. Überdies erweiterte er die Pflanzung lange Zeit mit neuen Kakaobäumchen, je nachdem, wie er an den ersten gepflanzten Bäumen verdiente. Alles, was er eingenommen hatte, war in dieses Stück Land gesteckt worden. Sein so schwer verdientes Geld hatte sich in Kakaobäume verwandelt. Seine Pflanzung ... Wie stolz er das sagte!

Und Joaquim maulte, sein Vater bestehle die Arbeiter ... Da hatte er eine Maulschelle verdient, damit er

* tote Saison

lernte, den Vater zu respektieren. Schließlich war Antônio Vítor selbst Arbeiter gewesen, als Tagelöhner hatte er angefangen, als er dreißig Jahre zuvor hierher, in den Süden von Bahia, gekommen war. Nie war er nach Estância zurückgekehrt, das war ein Traum, den er eines Tages verwirklichen wollte. Dort mußte noch ein Sohn von ihm sein, der Sohn Ivones, vielleicht war er ein besserer Mensch als Joaquim. Joaquim artete nach der Mutter. Nicht daß Raimunda nichts taugte – Antônio Vítor schlug sich mit der Hand auf den Mund, um den Gedanken zu verdrängen. Raimunda war gutmütig und arbeitsam. Nur hatte Joaquim von ihr diese Halsstarrigkeit geerbt, diese schroffe Art im Umgang mit anderen, die ihn auch den Badarós ein wenig ähnlich erscheinen ließ. Übrigens floß in Joaquims Adern vielleicht auch etwas von dem Blut der Badarós, es hieß ja, Raimunda sei die Tochter des alten Marcelino Badaró. Jedenfalls war Joaquim der große Kummer im Leben Antônio Vítors, und der Junge kehrte seit dem Tag, als ihn der Vater geschlagen hatte, nicht auf die Pflanzung zurück. Als hätten Antônio Vítor und Raimunda stillschweigend einen Kompromiß geschlossen, erwähnten sie ihren Sohn nicht.

Dafür sprachen sie um so mehr von ihrer Tochter Rosa, die einen Aufseher von der Fazenda des Obersten Frederico Pinto geheiratet hatte. Allerdings hätte sie vielleicht gar nicht geheiratet, wenn Raimunda nicht gewesen wäre. Rosa war in dem Jahr geboren, als Sinhô Badaró starb, einem Jahr mit viel Regen, damals, als die Fazenda Santana aufgeteilt wurde. Antônio Vítor und Raimunda hatten unter der Aufsplitterung der Fazenda ihrer früheren Herren so gelitten, als wäre es ihre eigene Fazenda gewesen. Für diese Ländereien hatte Antônio Vítor Blut vergossen, für sie hatte er Menschen getötet. Jetzt mußte er mit ansehen, daß Leute, die nicht zu den Badarós gehörten, die Pflanzungen übernahmen und neue Herrenhäuser errichteten. In den Ortschaften wurde über Olga, Jucas Witwe, getuschelt, man sagte, sie sei nach Bahia geflohen, wo sie wie eine Verrückte ihr Geld verplempere. Raimunda war noch schweigsamer geworden, ihr Leib wölbte sich mächtig, aber sie wollte die Feldarbeit noch immer nicht aufgeben. Unter all diesen traurigen Vorkommnissen wurde Rosa geboren, sie erfüllte das Lehmhaus mit Freude. Schon von klein auf half sie bei der Arbeit auf der Pflanzung, und als Joaquim fortging, übernahm sie die Führung der beiden Esel, die den weichen Kakao zum Trog beförderten. Schon früh begann sie sich zu putzen und ihr Mulattinnengesicht mit rotem Papier zu färben. In einer Festnacht verschwand sie mit Tibúrcio. Im Gestrüpp gab sie sich ihm hin; sie wurde schwanger. Als Antônio Vítor das erfuhr, prügelte er sie, Raimunda holte den Namen des Verantwortlichen aus ihr heraus, sie ging zu ihm und machte einen Skandal. Mehr als alles andere trug vielleicht der Ruf Antônio Vítors, der in den Wirren um den Sequeiro Grande so viele Menschen getötet hatte, dazu bei, Tibúrcio zu überzeugen, daß die Heirat notwendig war. Die Trauung wurde in Itabuna vor dem Priester vollzogen, die beiden lebten fortan auf der Fazenda des Obersten Frederico, wo Tibúrcio Aufseher war und zweihundertfünfzig Milréis im Monat verdiente. Rosa besuchte hin und wieder die Eltern. Tibúrcio kam auch und erzählte Begebenheiten von der Fazenda. Die Frau des Obersten mochte Rosa gut leiden, und ihr Sohn war Diener im Herrenhaus.

In diesem Jahr hoffte Antônio Vítor neunhundert Arrobas zu ernten. Wenn der Kakao zwanzig Milréis brachte, würden es insgesamt achtzehn Contos sein. Da müßte etwas Geld für die Reise nach Estância übrigbleiben. Neunhundert Arrobas, das will schon etwas heißen, seine Pflanzung war gut vierzig Contos wert. Vielleicht war ihr Wert sogar höher, obwohl sie keine kostspieligen Einrichtungen aufwies, die Barcaça und der Trog für den weichen Kakao klein waren, kein elektrischer Trockenofen vorhanden war und das Wohnhaus sich nicht von einem Landarbeiterhaus unterschied.

Trotz allem war dies nun, da es regnen würde, ein gutes Jahr. Es hatte auch schlechte Jahre gegeben, sehr schlechte, und manchmal schien alles verloren. Einmal hatte er sich fünf Contos zu hohen Zinsen leihen müssen, als eine Dürre den Ertrag einer ganzen Safra vernichtet hatte und die neugepflanzten Kakaobäume zugrunde richtete. Wenn er nicht untergegangen war, so nur, weil kurz darauf die Hausse des Jahres 14 kam, so daß es ihm gelang, die Schuld zu begleichen und darüber hinaus noch etwas Geld auf die Seite zu legen. Er entsann sich auch noch des Hochwassers, das neue Anpflanzungen weggespült und einen Teil des Hauses zum Einsturz gebracht hatte.

Aber das alles war Vergangenheit, das alles lag weit zurück, jetzt würde er neunhundert Arrobas Kakao ernten. Er konnte ein besseres Haus bauen, mehr Arbeiter einstellen, er konnte Raimunda von der Arbeit auf der Pflanzung ausruhen lassen. Das hatte sie bitter nötig. Sie war alt und verbraucht, ihr Haar war weiß geworden, nachts stöhnte sie, weil sie an Rheuma litt. Jetzt konnte sie, vielleicht schon im nächsten Jahr, in einem neuen Haus ausruhen, das einen Holzfußboden hatte und weiß getüncht war. Sie verdiente seit langem auszuruhen, sie hatte schwerer geschuftet als ein Lastesel. Mit ihren weit gespreizten Zehen und den schwarzen Füßen ähnelte sie mehr einem Baum dieses Landes, der dort mit tiefen Wurzeln verankert war, als einer Frau, die einmal jung gewesen war. Ja, sie glich einem alten Baum dieses Landes.

Auch sie brauchte diesen Regen, der sich in diesem Jahr nicht einstellen wollte, damit sie in schüchternem Lächeln erblühte. Seit die Dürre drohte, war Raimunda zornig, verbittert, pessimistisch, sie sagte, sie würden alles verlieren. Genau wie die Kakaobäume brauchte sie den

Regen. Jetzt zogen über der Anhöhe die mit Wasser beladenen Wolken auf. Es wird regnen, die Bäume werden vom Stamm bis zum Wipfel erblühen, die Landarbeiter werden mit den Füßen in den Schlamm einsinken, die Kakaofrüchte werden sich golden färben. Für Antônio Vítor gibt es nichts Schöneres auf Erden als eine Kakaopflanzung zu der Zeit, da die Kakaofrüchte auf einmal gelb sind und im Dunkel der Bäume aufglänzen. Auch für Raimunda gibt es keinen schöneren Anblick. Auch sie wird mit dem Regen wiedererstehen, ihr Gesicht wird weniger verschlossen sein, ihre Füße werden in dem angenehmen weichen Schlamm einsinken, mit den gespreizten Zehen, die sich verwurzeln in der Erde, ist sie mehr ein Baum als eine Frau. Ein Baum ihres Landes, der von ihnen bepflanzten Erde; seit siebenundzwanzig Jahren sind sie mit ihr verbunden, haben auf ihr geschlafen, auf ihr gegessen, auf ihr geboren, auf ihr geliebt. Verwurzelt in der Erde, mehr ein Baum als eine Frau. Ein Baum.

3

Oberst Horácio da Silveira ging, auf den Stock mit dem Goldknauf gestützt, mühsam bis zur Veranda des Herrenhauses. Vor ihm dehnten sich, so weit das Auge reichte, die Kakaopflanzungen. Der Oberst blieb an der Schwelle der Tür, die auf die Veranda führte, stehen, das starke Sonnenlicht tat seinen vom Alter geschwächten Augen weh. Als der alte Neger ihn nahen sah, zog er respektvoll den Hut, kam ihm aber nicht zu Hilfe, denn alle Arbeiter wußten, der Oberst litt nicht, daß ihm geholfen wurde. Er ging schleppend, auf den alten Stock gestützt, das Gesicht manchmal schmerzverzerrt, die Augen zusammengekniffen, aber er duldete nicht, daß man ihn am Arm faßte, um ihm das Gehen zu erleichtern. Die es dennoch taten, beschimpfte er, und wenn er sich auch danach entschuldigte, konnte er doch diesen ersten Wutausbruch nicht unterdrücken, der ihn völlig außer Fassung brachte. Überdies war er nahezu blind, doch er leugnete es und behauptete, er könne alles ausgezeichnet erkennen. Besuchte ihn jemand, so ließ er den Fremden reden, bis er ihn an der Stimme erkannte. Dann sprach er viel, erinnerte an alle möglichen Dinge, erging sich in Erörterungen über die gegenwärtige Zeit, den Kakaopreis, die Aussichten für eine Hausse, die Politik.

Die Politik war nach wie vor seine große Leidenschaft. Er hatte noch immer die Führung einer der traditionellen Parteien des Gebietes, die gerade wieder an der Macht war. Vergraben in dem Herrenhaus seiner riesigen Fazenda, halb gelähmt vom Rheumatismus, fast blind, war er der Herr des Kakaolandes, der hohe Beamte ein- und absetzte, Herr über Tausende Stimmen und Besitzer eines unermeßlichen Reichtums, so reich, daß man es mit der Angst bekommen konnte, wie überall in diesen Gemeindebezirken gesagt wurde. Kaum jemand hatte ihn in den letzten Jahren gesehen, und auf den Straßen von Ilhéus war der Oberst Horácio für die Fremden schon eine fast legendäre Gestalt, nah und fern zugleich, auf den Märkten in Abc* besungen wie eine Person der Vergangenheit und doch in allen wichtigen Entscheidungen gegenwärtig.

Als Oberst Horácio achtzig Jahre alt wurde – siebzig davon hatte er in der Gegend von Ilhéus verbracht –, wurden ihm zu Ehren große Feiern veranstaltet. In Ilhéus und in Itabuna. Und zwar, obwohl er in diesem Jahr noch in der Opposition war und die Regierung bekämpfte. In die Opposition war er unmittelbar nach dem Sieg der Revolution von 1930 gegangen. Einige Jahre lang hielt er dem abgesetzten Regime die Treue; ja, er gehörte zu jenen, die am längsten zögerten, auf den neuen Regierungsapparat Einfluß zu nehmen. Längere

* Lieder, bei denen die Strophen jeweils mit dem nächsten Buchstaben des Alphabets beginnen

Zeit hegte er Groll gegen jene, die das herkömmliche Regierungssystem zu Fall gebracht hatten, das ihm so sehr zusagte, auf das er sein Vermögen gegründet hatte und zu dessen mächtigsten Bollwerken im Süden Bahias er sich zählte. Seine Opposition wider die Gouverneure, die einander in der Regierung des Staates Bahia ablösten, schien nach einer gewissen Zeit nichts als eine der Launen eines reichen alten Mannes zu sein, und seine politischen Mitstreiter dachten allen Ernstes daran, ihn aus der Leitung der Partei zu entfernen, da er in seiner Washington Luís und Vital Soares hartnäckig bewahrten Treue jede Verhandlung, jede Möglichkeit einer Übereinkunft mit der Regierung verhinderte.

„Er ist völlig verrückt", sagten sie.

Als Beweis führten sie die Antwort an, die der Oberst einigen jungen Integralisten gegeben hatte, als sie ihn, angezogen von seinem Ansehen und seinem Vermögen, in der Hoffnung aufsuchten, er werde sich für die faschistische Bewegung gewinnen lassen. Sie hatten schon Horácios Sohn geworben, jetzt hofften sie auch auf die Unterstützung des Obersten.

Die jungen Männer hatten die Reise nach der Fazenda „Bom Nome" recht zuversichtlich angetreten. Mehr als eine Stunde hatten sie damit verloren, dem Obersten zu erklären, was Faschismus bedeute, wer Mussolini und was für ein Genie Hitler sei, welchen Aufbruch Italien und Portugal gegenwärtig erlebten, wie gefährlich der Bolschewismus sei, was die Integralisten in Brasilien zu erreichen trachteten, warum es notwendig sei, daß Horácio der neuen politischen Bewegung Ansehen verschaffe, daß er einer ihrer Führer sein müsse. Gleich zu Anfang hatten sie ihn mit zwei „Anauês" begrüßt, als wäre er ein großer integralistischer Führer. Oberst Horácio hörte sich die ganze Geschichte an, zweifellos fühlte er sich ein bißchen geschmeichelt von den Ansichten und dem Lob der jungen Leute, aber schließlich fragte er, ob es ihr Ziel sei, der Regierung Opposition zu machen, um Dr. Washington Luís wieder als Präsidenten der Republik und Dr. Vital Soares als Gouverneur des Staates Bahia einzusetzen.

„Wenn es darum geht, Dr. Washington wieder an die Regierung zu bringen, dann stehe ich Ihnen zur Verfügung."

Der Leiter der Abordnung erklärte, es handele sich nicht eigentlich darum. Der Führer sei ein anderer, er rühmte ihn: „Ein Genie, ein gottbegnadeter Mann." Er nannte seinen Namen, die Integralisten erhoben sich und grüßten ihn mit vier Anauês. Hierauf sagte Horácio, es gehe nicht, er gehöre zu Dr. Washington, er sei ein Mann, der sein Wort halte, er drehe sein Mäntelchen nicht nach dem Wind.

Bei den Feierlichkeiten, die zu Ehren seines achtzigsten Geburtstages veranstaltet wurden, sprachen die Redner viel von „seinem Werk", von dem Fortschritt, den er dem Gebiet ermöglicht habe, bezeichneten ihn als „Zivilisator". Aber Horácio fühlte sich tödlich gekränkt, als man unter dem Vorwand, er bedürfe der Ruhe, die Führung der Partei einem jungen Mann übertragen wollte, einem Anwalt, der neu war im Gebiet, einem Burschen von großer Geschicklichkeit und höchstem Ehrgeiz. Horácio wurde in der Zurückgezogenheit seiner Fazenda laufend über alle diese Machenschaften unterrichtet, er wußte, daß sie auf den Feierlichkeiten zu seinem Geburtstag ihren Höhepunkt erreichen würden. Auf dem großen Bankett in Ilhéus, das die Feierlichkeiten abschließen sollte, würde es offen ausgesprochen werden. Schweigend hörte Horácio die Reden an, in denen Wunderdinge von ihm gesagt wurden, in denen er mit großer Vergeudung schöner Worte über den grünen Klee gelobt wurde, aber mit gespanntester Aufmerksamkeit hörte er erst zu, als ein Journalist (ein junger Mann, der aus Bahia gekommen war, wo er im Elend gelebt hatte, und dann in Ilhéus in der Redaktion seiner Zeitung gearbeitet hatte) vorschlug, Oberst Horácio als Geburtstagsgeschenk das Recht zu gewähren, von den politischen Kämpfen auszuruhen und den Jüngeren die Mühe zu überlassen, sein großes Werk getreulich fortzusetzen. Noch andere sprachen, und jemand schlug den Anwalt – Dr. Josué Santos – als neuen Parteichef vor. Maneca Dantas sah zu Horácio hinüber, er studierte sein Gesicht, das er so gut kannte, und er fand, daß es dem glich, das der Oberst viele Jahre zuvor an dem Tage gehabt hatte, als er Esters Verrat entdeckte. Es war genauso. Die gleichen zusammengekniffenen Augen, der etwas verzerrte Mund, die gerunzelte Stirn.

Auch Maneca Dantas war zu der Verschwörung gegen Horácio eingeladen worden. Josué berichtete ihm über alle Angebote der Regierung, die auf die Unterstützung der Gesinnungsgenossen Horácios erpicht war. Maneca konnte wieder Präfekt von Ilhéus werden, falls Oberst Horácio nicht dickköpfig blieb und seinen stupiden Vorsatz beibehielt – „stupide" sei es, wiederholte der Rechtsanwalt emphatisch, eine Sache zu unterstützen, die es gar nicht mehr gab: die Alte Republik. Sie kauten noch immer an dem alten Bannfluch, der längst seine Daseinsberechtigung verloren hatte, da die Regierung selbst sie so nachdrücklich zur Mitarbeit aufgefordert hatte. Im ganzen Land gab es keinen mehr, der diese wilde Opposition gegen die siegreiche Revolution fortsetzte. Nicht ein einziger der engsten Freunde der gestürzten Regierung weigerte sich länger, mit der neuen Regierung zusammenzuarbeiten. Möglichkeiten für eine neue Revolution – davon konnte gar nicht die Rede sein. Hatte Oberst Maneca nicht die Revolution von São Paulo im Jahre 1932 erlebt? Es war die letzte gewesen. Und standen nicht sogar die damaligen Initiatoren heute auf der Seite der Regierung? Was dachte sich Horácio eigentlich? Josué schloß definitiv: „Er ist völlig verkalkt, Herr Oberst, völlig verkalkt.

Und wir können uns nicht länger von einem alten ‚détraqué'* führen lassen."

Maneca Dantas wußte nicht, was „détraqué" war, und er fragte Josué auch nicht danach. Erst zu Hause erläuterte ihm sein Sohn – damals Student der Rechte – mit ähnlich schwierigen Worten die genaue Bedeutung dieses Ausdrucks. Dr. Josué Santos gegenüber begnügte sich Maneca Dantas mit der Warnung: „Sie kennen Compadre Horácio nicht, Doktor. Wenn Sie ihn kennen würden, dann ließen Sie die Finger von der Sache."

Josué zuckte mit den Schultern und setzte seine kleine Verschwörung fort. Maneca Dantas hörte an der Festtafel die Reden, er studierte Horácios Gesicht, er ließ seine Blicke über die Gäste schweifen. Horácio war über alles im Bilde, viele waren wutentbannt auf seine Fazenda gekommen, Maneca Dantas selbst hatte ihm über das Vorhaben Josués berichtet und ihm die Bedeutung des Wortes „détraqué" erklärt.

„Es ist französisch, Seu Compadre."

„Ich habe mich noch nie gut mit Leuten verstanden, die mit ausländischen Brocken um sich geschmissen haben", sagte Horácio, und Maneca wußte, daß er an den verstorbenen Dr. Virgílio dachte.

Danach, beim Abschied, versicherte Horácio dem Freund: „Lassen Sie den Burschen nur wühlen. Ich will ihn schon lehren. Lassen Sie das meine Sorge sein."

Und jetzt waren sie hier, im größten Hotel von Ilhéus, fast zweihundert Personen saßen an der Festtafel. Die einflußreichsten Leute der Gegend, Männer der Opposition und der Regierung, Geschäftsleute und Fazendeiros, Exporteure, Ärzte, Ingenieure und Agronomen. Alle feierten den achtzigsten Geburtstag des Obersten. Speisen und Getränke, sehr teure Getränke, Champagner und Faßbier – eine Neuheit für Ilhéus – waren eigens für das

* verschrobener, verrückter Kerl

Bankett herbeigeschafft worden. Draußen drängte sich eine Menschenmenge, um durch die Fenster den Obersten Horácio da Silveira zu sehen, den die meisten nur vom Hörensagen kannten. Denn selten verließ der Oberst seine Fazenda, da er sich mehr und mehr auf seine Ländereien beschränkte.

Da waren sie nun, und Maneca Dantas wurde unruhig. Keiner der Anwesenden kannte Horácio da Silveira so gut wie er, denn sie waren Verbündete in den Kämpfen um den Sequeiro Grande gewesen, wo beide ihren Reichtum erworben hatten, indem sie Wald abbrannten, Kakao anpflanzten und Menschen umbrachten. Dreißig Jahre waren seitdem vergangen, und jetzt wollten ein paar junge Laffen Horácio aus der Leitung der Partei verdrängen, ihn aus dem politischen Leben entfernen, weil sie meinten, er sei zu alt, sei völlig verkalkt und „détraqué“ ... Er sah Horácio an, als man den Namen Josué Santos aussprach und den „glänzenden Rechtsbeistand“ – wie der Redner sagte – als neuen Parteichef vorschlug. Während der Bursche seine Rede hielt, entsann sich Maneca Dantas der Zeiten, da Horácio Senator des Staates war. Er schlief in den Sitzungen, niemals tat er den Mund auf, allenfalls um ein Bravo zu grunzen, niemals unterließ er es, seinen Revolver in den Senat mitzunehmen, als ginge er zu einer Schießerei. In den Bars verschwendete er Geld mit leichten Mädchen. Als er nach Hause zurückkehrte, fand er seine Fazendas vernachlässigt, und so gab er seinen Sitz im Senat auf. An seiner Statt ließ er Dr. Rui wählen, der mit langen Reden brillierte. Seitdem nahm er nie wieder parlamentarische Posten oder andere politische Aufgaben an. Er begnügte sich damit, Parteiführer zu sein, Wettermacher. Er setzte die Präfekten ein, den von Ilhéus und den von Itabuna, und auch die Richter waren seine Leute, er hoffte, sein Sohn könne, wenn er mit seinem Studium fertig sei, von diesen Ämtern profitieren und rasch Karriere machen.

Tatsächlich war der Junge, kaum daß er den Doktorgrad erworben hatte, zum Abgeordneten des Staates gewählt worden, aber dann nahm ihm die Revolution seinen Sitz. Jetzt kam wieder die Zeit der Wahlen heran, und Dr. Josué Santos verlangte das Recht, die Regierung zu unterstützen, solange es noch Zeit war, Kandidaten zu ernennen, selbst Abgeordneter des Staates oder vielleicht sogar des Bundes zu werden. Der junge Mann beendete seine Rede, das Bankett schien jetzt mehr Josué als dem Jubilar gewidmet. Vielleicht war Maneca Dantas der einzige von allen Anwesenden, der auf eine Reaktion Horácios hoffte. Die anderen waren sicher, daß er für die Ehrenbezeigungen danken und die Führung der Partei in die Hände des „brillanten Rechtsbeistandes" legen würde, der am anderen Ende des Tisches saß und angesichts der Lobsprüche bescheiden lächelte.

Es war nun an der Zeit, daß Horácio Worte des Dankes sprach. Er hatte Maneca Dantas' Sohn beauftragt, eine Rede zu verfassen, und sie dann mit sehr großer Schrift abschreiben lassen, so daß er sie ohne Mühe ablesen konnte. Aber als er sich unter Beifallskundgebungen erhob, zog er keinen Zettel aus der Tasche. Er machte die müden Augen ein bißchen weiter auf, spähte zu all den Leuten hinüber, zu dem Journalisten, der die Rede gehalten hatte, und zu Dr. Josué, er lächelte Maneca Dantas und Brás zu. Seine Stimme war laut, wenn auch schon ein wenig zittrig. Aber sie zitterte gar nicht, eher schien sie die eines jungen Mannes zu sein, als er sagte: „Das hier kommt mir nicht vor wie ein Jubiläumsbankett. Es wirkt eher wie das Begräbnis eines reichen Mannes, bei dem sich die Verwandten um die Erbschaft streiten. Genau so kommt es mir vor."

Und dann setzte er sich angesichts der mit Furcht gemischten Verblüffung der Anwesenden. Alle waren sprachlos, keiner wußte, was er sagen sollte, keiner wußte, was er tun sollte, ihre Blicke wanderten von Horácio, der wieder zu schlafen schien, hinüber zu Josué, der trotz seiner plötzlichen Blässe zu lächeln versuchte. Und so, in dieser Atmosphäre, endete das Bankett, das, wie der „Jornal da Tarde" schrieb, den „goldenen Abschluß" der Feierlichkeiten zum achtzigsten Geburtstag des Obersten Horácio da Silveira bildete.

Sechs Tage später wurde Dr. Josué Santos in Itabuna ermordet. Als ihn die Kugel traf, kam er gerade von einer Sitzung der Freimaurerloge. Der Mörder verschwand, und dann lief in der Stadt und auch in Ilhéus das Gerücht um, er habe unter dem Befehl Horácios gestanden. Einer Gruppe junger Parteimitglieder – unter ihnen war auch der Journalist, der die Rede gehalten hatte – erklärte Maneca Dantas: „Sie kennen Compadre Horácio nicht. Sie kennen ihn nur dem Namen nach, vom Hörensagen. Ich kenne ihn persönlich, ich kenne ihn sehr genau ..."

Das Verbrechen erregte großes Aufsehen; seit langem war die Erinnerung an die Meuchelmorde in den zivilisierten Straßen von Ilhéus und Itabuna verblaßt. Das waren Dinge aus der Vergangenheit, die nur im Gedächtnis der blinden Geigenspieler auf den offenen Märkten fortlebten, Geschichten, die die Mütter ihren Kindern statt Ammenmärchen erzählten. Und auf einmal kehrte diese Vergangenheit zurück, ein Rechtsanwalt fiel, von einer Kugel getroffen, vor dem Gebäude der Freimaurerloge. Anläßlich dieses Vorfalls erinnerten die Zeitungen an die Kämpfe von einst, die Zeiten des Kampfes um den Besitz des Landes, des Waldes von Sequeiro Grande. Eine polizeiliche Untersuchung wurde eingeleitet, kam aber nicht voran, weil sich Horácio endlich entschlossen hatte, die Regierung zu unterstützen. Niemals sprach man wieder davon, ihn aus der Leitung der Partei zu entfernen.

Die Wahrheit aber war, daß Horácio trotz der Leidenschaft, die er für die Politik empfand, sie in diesen wirren

Zeiten nach dem Sieg der Revolution von 1930 nicht mehr ganz begriff. Er war vor dieser „modernen Politik“ – wie er sagte – der Kommunisten und der Integralisten völlig ratlos. Sein Sohn hatte sich den Integralisten verschrieben, er trug ein grünes Hemd. Compadre Brás, ein schon alter Mann, war wenige Jahre zuvor wieder mit dem Revolver in der Hand losgegangen, um die Versammlungen der Linken zu sichern, er sagte, die Ausländer wollten ihm seine Ländereien wegnehmen, aber er werde sie nicht hergeben. Brás hatte noch mit Horácio zusammen studiert, aber nun verwendete er Worte, die der Oberst nie gehört hatte, und manche behaupteten, er sei Kommunist. Brás war es, der bei einer integralistischen Vollversammlung, die von der Linken gesprengt wurde, in den Straßen von Ilhéus Jagd auf Horácios Sohn gemacht hatte. Kopfschüttelnd sagte Horácio immer wieder vor sich hin: „Hat man so was schon gesehn . . . So ein Durcheinander.“

Nein, ganz entschieden verstand er diese Politik nicht, die so anders war als die damals, als die Leute abstimmten, statt auf der Straße zu debattieren. Horácio begegnete sowohl den Kommunisten als auch den Integralisten mit Mißtrauen. Die verstiegen sich, von „den Rechten der Arbeiter“ zu sprechen! Das war für ihn unbegreiflich. Er meinte, sein Sohn habe eine Dummheit begangen, als er das grüne Hemd anzog, den Arm hob und „Anauê“ schrie. Aber er mischte sich nicht ein, er ließ ihn machen, er versuchte, so wenig wie möglich an seinen Sohn zu denken, damit er nicht an Ester zu denken brauchte. Sie war an allem schuld gewesen, eine ängstliche, willensschwache Frau, die ihre Angst nur in dem Augenblick vergessen hatte, als sie ihm Hörner aufsetzte. Sein Alter war von allen diesen Dingen verbittert, hauptsächlich aber wegen dieses Sohnes, mit dem ihn keinerlei Zusammengehörigkeitsgefühl verband und dem er fast nie Zuneigung entgegengebracht hatte. Silveirinha, Rechtsanwalt und ehemaliger Abgeordneter, gab sich einzig und allein damit ab, in Ilhéus Geld zu verschwenden. Er war ein ängstlicher Mensch, er hatte jene Furcht Esters geerbt, er konnte keinen Schuß hören, ohne totenblaß zu werden. Er haßte die Kakaopflanzungen und hielt sich sowenig wie möglich auf den Fazendas auf. Man hatte Horácio erzählt, der Junge sei während eines politischen Krawalls durch die Straßen von Ilhéus gerannt, und darüber war der Oberst mehrere Tage lang verärgert. Horácio stellte den Mut über alle anderen Tugenden, und er hatte Mitleid mit diesem Sohn, der nach der Mutter geschlagen war, der vor allem und jedem Angst hatte. Manchmal sprach Horácio mit Maneca Dantas, und dann beklagten sich beide über die Faulenzerei und die Nichtsnutzigkeit ihrer Söhne, die sich, nachdem sie ihren Doktor gemacht hatten, auf den Straßen von Ilhéus herumtrieben und ihr Geld mit Prostituierten verschwendeten. Für ihre Söhne hatten sie gearbeitet, hatten den Wald niedergerissen, Menschen getötet und Kakao gepflanzt. Damit diese Söhne eines Tages große Männer würden und nicht wie jetzt Vagabunden, unfähig und zu nichts zu gebrauchen. Horácio gab die Schuld Ester, der Angst, die in ihr war und die auf Silveirinha übergegangen war. Sein Alter war von diesen Dingen verbittert, und so wandte er sich immer mehr der Arbeit auf seiner Fazenda zu. Schließlich fuhr er gar nicht mehr nach Ilhéus, er lebte in seinem Herrenhaus, leitete die Ernten an, schrie mit den Landarbeitern herum, umsorgt nur von der Mulattin Felícia, die ihn nie verlassen und Ester im Bett des Obersten ersetzt hatte, solange er Kräfte für die Liebe gehabt hatte.

Horácio besaß eins der größten Vermögen des Kakaogebiets. Von Ferradas aus dehnten sich seine Fazendas unermeßlich weit, sie schlossen den größten Teil der Ländereien des Sequeiro Grande ein, die Grenzlinie zwischen den Stadtgemeinden Ilhéus und Itabuna verlief mitten durch seine Pflanzungen. Er erntete mehr als vierzigtausend Arrobas Kakao, er hatte unzählige Mietshäuser in Itabuna, Pirangi, Ilhéus, er hatte große Geldbeträge auf der Bank deponiert. Unterdessen führte er das gleiche kärgliche Leben wie in früheren Zeiten, keinen Luxus gab es im Herrenhaus, jeden Tostão* sparte er wie ein Armer, er schimpfte darüber, daß sein Sohn das Geld hinauswarf. Er beaufsichtigte die Arbeit auf den Pflanzungen, einen Aufseher hatte er verprügeln lassen, weil er ihn zu bestehlen versuchte.

An diesem Tag, nach dem Mittagessen, schleppte er sich auf die Veranda. Er wollte sich sonnen, den mächtigen Körper, der jetzt gebeugt war, erwärmen, den Reden der Neger lauschen. Der Platz vor dem Herrenhaus war leer, ein paar Männer gingen den Pflanzungen zu. Sie schlossen in diesen Tagen das Ausästen der Kakaobäume ab. Horácio spürte die Sonnenwärme auf seiner faltigen Haut. Der alte Neger wünschte ihm guten Tag. Horácio suchte ihn mit den Augen.

„Bist du es, Roque?"

„Ja, Herr."

„Viel Sonne heute, was?"

„Ja, Herr, sie drückt mächtig."

Horácio dachte an die Dürre. Wenn eine Dürre kam, dann war die Ernte verloren, dann gab es dieses Jahr keinen Gewinn. Und er konnte keine Ländereien mehr kaufen, er konnte keine neuen Pflanzungen erwerben. „Möglich, daß es überhaupt nicht regnet."

Der Neger sah zum Himmel, schon vorher hatte er die heraufziehende Regenwolke bemerkt. „Es regnet, natürlich, Herr. Sehn Sie nicht die Wolke da oben?"

Horácio fuhr zusammen, er wandte den Blick zum Himmel, konnte aber nichts erkennen. „Denkst du, ich bin blind?"

* Münze, entspricht dem Groschen

„Nein, Herr", antwortete der Neger ängstlich. „Sie hatten es bloß nicht gesagt."

Horácio sah wieder hin, er bemerkte noch immer nichts. „Es ist wirklich eine Regenwolke."

„Und sie wird größer, Herr. Noch heute regnet es, am späten Nachmittag ..."

Horácio stand auf und schleppte sich bis an die Brüstung der Veranda. „Geh und ruf Chico Branco ... Schnell!"

Der Neger lief los, den Vorarbeiter zu suchen. Er traf ihn noch zu Hause beim Mittagessen an. Horácio auf der Veranda merkte am Geräusch der Schritte, daß sie sich näherten. Er kannte die schweren Schritte Chico Brancos, eines dicken Mulatten, der äußerst hart zu den Tagelöhnern war, der einen Menschen so weit bringen konnte, daß seine Arbeit hohen Ertrag abwarf.

„Guten Tag, Oberst."

„Hast du schon gesehen, daß Regen kommt?"

„Ja, Herr Oberst. Ich war gerade auf dem Weg hierher, um mit Ihnen zu sprechen."

„Du hast gar nichts gesehen. Keiner sieht etwas, wenn ich nicht sehe. Keiner kümmert sich um etwas, wenn ich nicht aufpasse. Schon seit gestern weiß ich, daß es regnen wird, schon heute früh habe ich die Wolke gesehen."

„Aber Herr Oberst ..."

„Keine Widerrede jetzt. Es ist, wie ich sage! Ich hab es vor allen andern gesehn."

Der Aufseher schwieg, was nützte es zu streiten? Horácio dachte, er gab die Befehle ...

„Laß das Ausästen einstellen, es genügt so. Laß in den Barcaças arbeiten, die Tröge reinigen. Treib die Leute vom Ribeirão Sêco ein bißchen an. Stell Tagelöhner ein."

Der Aufseher ging. Horácio schwieg einige Minuten, dann konnte er nicht widerstehen und sagte zu dem Neger: „Roque ..."

„Herr?"

„Wird die Wolke größer, Roque?“

„Ja, Herr, ja.“

Horácio lächelte. Er würde noch eine Safra erleben, die von Früchten prangenden Kakaobäume. Er mußte nach Ilhéus fahren, das Geschäft mit Schwartz abschließen. Nach der Safra würde er weitere Pflanzungen kaufen. Und eines Tages, dachte er mit gewissem Kummer, würde all das seinem Sohn gehören. Ein Jammer war es, daß man sterben mußte ... Er sah so gern, wie der Kakao blühte und Frucht ansetzte. Er liebte es so sehr, Land zu kaufen, die Leute anzuschreien und Geschäfte abzuschließen ... Zum Glück hatte er nur einen Sohn, so daß er die Gewißheit hatte, seine Fazenda nicht zerstückelt zu sehen wie so viele andere, die der Badarós zum Beispiel ... Die Fazendas des Obersten Horácio da Silveira würden nie aufgeteilt werden. Es würde immer seine Fazenda sein ...

„Wird die Wolke größer, Neger?“

„Sie ist schon groß, Herr.“

„Regnet es heute noch?“

„Ja, es regnet heute noch, Herr. Am späten Nachmittag.“

Die Sonne erwärmte den Körper des Obersten Horácio da Silveira. Aber er fühlte auf seiner ausgedörrten Haut schon die ersehnte Liebkosung des fallenden Regens, der die Erde reinigte, bis zu den Wurzeln der Bäume vordrang und den Kakaobäumen neue Kraft gab.

„Das wird eine große Safra, Neger.“

„Ja, Herr, eine große Safra.“

Die Wolke verdeckte die Sonne, den Obersten umfing ein Schatten.

4

Der Papagei zerriß die Stille des Hofes mit seinem durchdringenden Schrei, er wiederholte den vor Jahren auswendig gelernten Satz: „Vorsicht mit dem Kakao, verdammter Neger!" Das hatte er jahrelang von Teodoro das Baraúnas gehört. Als dieser zur Zeit der Wirren um den Sequeiro Grande geflohen war, da war der Papagei verlassen im Herrenhaus der Baraúnas zurückgeblieben, die Badarós hatten ihn aufgenommen. Erst holten sie ihn nach Ilhéus, aber als sie das Stadthaus verkaufen mußten und Don'Ana mit dem Hauptmann João Magalhães auf die ihnen noch verbliebenen Pflanzungen zog, brachten sie ihn wieder in die Welt des Kakaos. Er gehörte zu der kleinen Sorte, zu der Rasse der gesprächigsten Papageien. Er hieß Chico, und er selbst wiederholte den ganzen Tag seinen Namen.

„Don'Ana", sagte er, „Chico hat Hunger."

Er hatte gar keinen Hunger, er wollte nur etwas sagen. Nach Don'Anas Berechnung war der Papagei über vierzig Jahre alt. Die Landarbeiter sagten, Papageien seien die langlebigsten Vögel überhaupt und könnten älter werden als hundert Jahre. Als Chico in die Gesellschaft der Badarós kam, verstand er sich vor allem auf Kraftausdrücke, die ihm Teodoro geduldig beigebracht hatte. Auf der Veranda des Herrenhauses sitzend, beleidigte er, wie es sich gerade traf, alle Arbeiter und Besucher. Teodoro belustigte das, er lachte drüber. In seinem neuen Heim legte Chico diese Gewohnheit keineswegs ab, aber er nahm auch weitere an, zum Beispiel begann er das klangvolle Lachen des Hauptmanns João Magalhães nachzuahmen, ein überschäumendes Lachen, das, fortgetragen vom Wind, auf den Pflanzungen verhallte. Von Don'Ana lernte er Hühner, Enten und Truthähne herbeizurufen, damit sie kamen, trockenen Mais zu fressen.

Das war seine Lieblingsbeschäftigung. Wenn er aus seiner Wohnung, dem Käfig in der Küche, entwischte, schwankte er mit seinem Seemannsschritt bis auf die Veranda. Von dort aus beschimpfte er die Neger, die er in der Barcaça an der Arbeit sah. Wenn er es müde wurde, häßliche Wörter zu kreischen und die Tagelöhner zur Arbeit anzutreiben, dann begann er das Geflügel vom Hof zu rufen, wobei er die Laute wiedergab, die Don'Ana mit den Lippen hervorbrachte, und bewundernswert genau jenes Geräusch nachahmte, das der Mais auf dem Blechteller macht. Das Geflügel, Hühner, Truthähne, Enten und Gänse, lief aus allen Winkeln des Hofes herbei, versammelte sich vor der Veranda und wartete auf die Maiszuteilung. Chico rief, bis er alle zusammengetrommelt hatte. Und dann stimmte er das Lachen des Hauptmanns João Magalhães an. Das tat er, weil der Hauptmann gesagt hatte, Chico habe von Teodoro das Baraúnas nicht nur die Kraftausdrücke und die den Arbeitern zugebrüllten Befehle, sondern auch etwas von seinem verdorbenen Charakter gelernt.

Chicos letzte Neuerwerbung auf dem Gebiet der stehenden Redensarten – eine Neuerwerbung, die ihn sehr stolz machte, da er erlebt hatte, wie oft man sie gebrauchte – war jener Satz, den João Magalhães ausrief, als er zu Beginn der Hausse bei der Rückkehr von einem Ritt nach Ilhéus am Tor der Fazenda vom Pferd sprang: „Don'Ana, wir werden wieder reich!“

Der Hauptmann schien an jenem Tag alle anderen Worte vergessen zu haben, er wiederholte den Satz in allen Tonlagen, angefangen von dem ersten Ruf, der das Herrenhaus durchdrungen, Don'Ana auf dem Hof erreicht und Chico in der Küche Qualen verursacht hatte, bis zu jenem zärtlichen Gemurmel, das der Hauptmann Don'Ana fast ins Ohr raunte, als die beiden in der Hängematte auf der Veranda saßen und Chico vor ihnen auf der Brüstung umherspazierte. Auch zu Chico sagte er, den Papagei auf dem Finger haltend, sehr eindringlich: „Chico, wir werden wieder reich!“

Danach kraulte er Chico den Kopf, der Papagei schloß ein Auge, es wirkte wie eine ironische Geste. Und er hörte den Satz nicht nur im Laufe dieses Tages, sondern auch an den folgenden Tagen, während der Kakaopreis in unsinnige Höhen kletterte, so häufig, daß er ihn schließlich auswendig konnte und ihn allen zurief, den Arbeitern in der Barcaça, der Köchin in der Küche, den Hühnern auf dem Hof, dem Hauptmann João Magalhães, Don'Ana, ja sogar sich selbst, wenn er allein war: „Don'Ana, wir werden wieder reich!“

Danach ließ er das genüßliche Lachen des Hauptmanns hören. Er lachte, bis er nicht mehr konnte, er wiederholte den Satz unzählige Male. „Don'Ana, wir werden wieder reich!“

Er schüttelte sein Gefieder, plusterte sich auf und spreizte die Schwanzfedern zu einem großen grünen Fächer.

5

Don'Ana Badaró (trotz alldem, was sich seit der Verarmung und dem Verfall der Familie zugetragen hatte, fiel es niemandem ein, sie Don'Ana Magalhães zu nennen) hörte den durchdringenden Schrei des Papageien und das darauffolgende genüßliche, immerzu wiederholte Lachen. All das kam ihr vor wie eine Karikatur, das Gekünstelte in der Stimme des Vogels verunstaltete die Wörter, sie klangen fast metallisch, sie hatten nicht die Wärme der Stimme des Hauptmanns. Trotzdem lächelte Don'Ana jedesmal, wenn sie den Satz hörte, und ein Hoffnungsschimmer erhellte ihr Gesicht. „Don'Ana, wir werden wieder reich.“

Jetzt ersehnte sie den Reichtum nicht mehr für sich, ja nicht einmal für den Hauptmann, begehrte nicht mehr, zu den Zeiten von einst zurückzukehren, als die Badarós Herren über weite Ländereien waren, von allen auf der Straße mit einer Hochachtung gegrüßt, die sogar die Nacken der Kaufleute an den Türen ihrer Läden beugte. Sie ersehnte den Reichtum für die Kinder, die Töchter, die sich sehr bescheiden verheiratet hatten, und ihre Ehemänner, denen Hilfe nottat. Der Schwiegersohn, der Arzt war, sprach davon, nach Pirangi überzusiedeln, er trug sich mit dem Gedanken, eine Praxis in der Hauptstadt zu eröffnen, sich um eine Professur an der Fakultät zu bewerben. Wenn sie wieder reich würde, wenn sich diese Ländereien wieder mit Kakaobäumen füllten, jener ganze Wald, der noch zu bepflanzen war, der ihnen aus den Zeiten des Wohlstandes verblieben war, dann würden die Träume ihrer Töchter vielleicht in Erfüllung gehen. War es wirklich so, daß die Töchter von diesen Dingen träumten, oder träumte nur Don'Ana Badaró an ihrer Stelle? Noch besaß sie ein Stück Wald, dreißig Jahre hatte man auf eine größere Summe gewartet, die das Roden und Abbrennen der Bäume und das Anpflanzen junger Kakaobäumchen gestattete. Niemals hatte Don'Ana Badaró dem Hauptmann erlaubt, diesen Wald zu verkaufen, der in den überall dicht mit Kakao bepflanzten südlichen Gebieten des Staates Bahia einen seltsamen Anblick bot. Sie hatten gute Angebote erhalten, mehr als einmal war der Hauptmann in seinen rasch aufeinanderfolgenden Geldnöten drauf und dran, das Gelände zu verkaufen. Aber stets scheiterte er an der unerschütterlichen Entschlossenheit Don'Anas.

„In diesem Wald liegt die Zukunft unserer Kinder."

Jetzt sprach sie schon von den Enkeln, für die sie das Land zu bepflanzen gedachte, für sie wollte sie das Vermögen der Badarós noch einmal anwachsen lassen. Und in der Stille ihres Zimmers träumte sie davon, daß einer ihrer Enkel den untergehenden Namen der Badarós annähme. In der Familie gab es keinen männlichen Nachkommen, und der Hauptmann hatte angesichts des Niedergangs sein Juca gegebenes Versprechen, den Namen Badaró anzunehmen, nicht gehalten. Das Versprechen war dahingeschwunden mit dem in Flammen aufgehenden Herrenhaus, damals, am Ende der Wirren, als Horácio die Situation völlig in der Hand hatte. Und der

Name Badaró war mit Sinhôs Tod erloschen, einzig Don'Ana trug ihn noch, die Enkel hatten andere Namen, Namen von Neuankömmlingen im Kakaoland. Von Leuten, die nicht hier verwurzelt waren, die anders waren als Don'Ana Badaró ... Neue Leute im Lande, Leute, die keiner kannte, die, angelockt von dem Gold der Kakaobäume, Tag für Tag eintrafen. Von den Alten, die das Land urbar gemacht und die Pflanzungen angelegt hatten, waren nur noch wenige übriggeblieben, und alle waren alt und verbraucht. Indessen – so dachte Don'Ana Badaró – gehörte dieses Land ihnen zu Recht, nach dem Recht des Eroberers, das mit Blut besiegelt war, mit sehr viel Blut, das in den Wäldern vergossen worden war, vor allem im Wald des Sequeiro Grande.

Don'Ana Badaró lebte zwischen den Träumen von einer besseren Zukunft für ihre Töchter, ihre Schwiegersöhne und Enkel und der Erinnerung an die glänzende Vergangenheit. Was war aus dem schüchternen schwarzbraunen Mädchen von einst geworden, verlegen unter den verliebten Blicken João Magalhães', kühn und entschlossen aber wie der mutigste Mann in einer Zeit der Wirrnis, des Kampfes und des Blutvergießens? Dreißig Jahre waren hinweggegangen über sie, und nun war ihr schwarzes Haar schneeweiß, ihre schönen Augen waren dahingewelkt, ihr glatter, kräftiger Körper war erschlafft. Dreißig Jahre eines Lebens in Armut zerbrechen einen Menschen. Doch Don'Ana hatte sich einen Stolz bewahrt, der sie von innen her aufrechterhielt, der es nicht zuließ, daß ihre Träume mit ihrem alternden Körper zerbrachen. In einer Truhe, die niemals aufgeschlossen wurde, lagen die teuersten Erinnerungen aus den Zeiten des Reichtums der Badarós verwahrt: ihr Brautschleier, die Bibel, aus der Sinhô vorlesen ließ, bevor er eine wichtige Unternehmung begann, zwei Revolver, einen, den Teodoro das Baraúnas João am Tag der Hochzeit geschenkt hatte, und einen von Juca, dem unvergeßlichen Onkel, „dem galantesten und vollendetsten Landeroberer, der über Leichen hinweggeschritten war, um Kakao anzupflanzen". Wer hatte das geschrieben? Auch den Zeitungsausschnitt bewahrte Don'Ana auf. Ein junger Mann, der über die Ereignisse nachforschte, die sich vierzig Jahre zuvor in dem Gebiet zugetragen hatten, veröffentlichte in den Zeitschriften ein paar Chroniken, und er hatte so von Juca gesprochen. Don'Ana hatte den Zeitungsausschnitt jenen Reliquien hinzugefügt, die die Truhe in einem Winkel vor neugierigen Blicken verbarg. Doch dieser Stolz wurde gebrochen von den Abc, die die Blinden auf den Märkten zur Erinnerung an die Kämpfe um den Sequeiro Grande sangen. Manchmal, wenn Don'Ana nach Itabuna oder Pirangi auf den Markt ging, hörte sie den bettelnden Geigenspieler den staunenden Neuankömmlingen im Kakaogebiet seine Schreckensgeschichte vorsingen. In ihrem Innern kam es dann zu einem Zusammenprall unterschiedlicher Empfindungen, dem Wunsch, näher heranzugehen und sich an der Erzählung der Heldentaten ihres Vaters und ihres Onkels zu berauschen (sie selbst kam in einem dieser Abc vor), und andererseits dem Verlangen, weit fortzulaufen, weil sie sich ihrer jetzigen Armut schämte. Die Stimme des Blinden, die schrill tönte, zugleich aber wie geschaffen war für diesen primitiven, anspruchslosen Gesang, brachte die grausamen Kämpfe Horácios und der Badarós allen zur Kenntnis. Schließlich erkannte sie einer aus der Menge und zeigte sie verstohlen den anderen Zuhörern.

„Das ist Don'Ana Badaró. Die Tochter Sinhôs."

„Man sagt, sie hat besser geschossen als ein Mann."

Und dann flüchtete sie, plötzlich empört über diese Leute, die ihre Toten wiederauferstehen ließen, die sie zu Narren machten. Doch dieses Gefühl war nicht von langer Dauer. In Wirklichkeit gefiel es ihr, daß ihr Vater und ihr Onkel und auch sie selbst im Munde der blinden

 Geigenspieler auf den Straßen des Kakaos und den Straßen des Sertão weiterlebten. Seit dreißig Jahren war es so, seit der Neger Damião verrückt geworden war, den Schuß auf Firmo verfehlt hatte und durch die Pflanzungen gelaufen war, um die Prophezeiung Jeremias', des Zauberers aus dem Walde, zu wiederholen.

Doch niemals sprach sie von diesen Zeiten. Ihr Schwiegersohn, der Arzt, drängte sie manchmal, er suchte Einzelheiten zu erfahren, in seinem Verlangen nach heroischen Begebenheiten bat er sie, die Ereignisse zu schildern. Dann zog sie sich zurück und antwortete mit unvermittelt schroffer Stimme: „Das sind Dinge aus der Vergangenheit, mein Junge, Dinge von Leuten, die längst tot sind, es ist Sünde, darin herumzuwühlen."

João Magalhães erzählte es dem Schwiegersohn, er bauschte alles auf, erfand, was er nicht wußte, versah die Geschichten mit dem Beigeschmack von Pokertischanekdoten und erschien auf Schritt und Tritt als Hauptheld des Geschehens, er, der doch nur gekämpft hatte, weil er dazu gezwungen war, damals, am Ende der Unruhen.

Doch kein Tag vergeht, an dem Don'Ana nicht an jene Zeiten zurückdenkt. Es sind Erinnerungen, die sie ermutigen, von einer weniger bescheidenen Zukunft zu träumen. Und wenn Don'Ana nicht von der Vergangenheit redet, so ist sie es doch, die über dieser ganzen Tradition wacht, sie ist es, die die Geschichte der Badarós am Leben erhält und verhindert, daß alles in diesen neuen Zeiten vermodert. Wenn sie nicht gewesen wäre, hätte João Magalhães dann nicht längst einmal selbst von Horácio Geld geliehen, von ihm, dem Todfeind, der den Kampf gewonnen, das Herrenhaus in Brand gesteckt, die Pflanzungen verwüstet hatte, der Juca und so viele andere Männer der Badarós hatte umbringen lassen? Ja, sie war es gewesen, und der Hauptmann murrte über diesen törichten Armeleutestolz. Aber es war nicht so sehr Stolz, das verstand Hauptmann João Magalhães falsch. Don'

Ana versuchte, die Wirklichkeit, die dreißig Jahre zuvor bestanden hatte, zu bewahren, und sie erhielt gleichzeitig die früheren Feindschaften aufrecht. Großen Verdruß hatte es ihr bereitet, als Antônio Vítor mit Firmo Frieden schloß, obgleich beide nur Nebenpersonen bei den Ereignissen gewesen waren. Sie hatte Raimunda zur Rede gestellt, als wäre sie noch immer die Herrin und die andere die Dienerin im Hause. Heute waren sie beinahe gleich, beide ernteten fast die gleiche Menge Kakao. Aber die Wirklichkeit jener Zeiten war in Don'Ana noch so lebendig, daß sie mit leidenschaftlichem Interesse den schändlichen Kampf des Dr. Josué Santos verfolgte, der Horácio da Silveira aus der Parteiführung verdrängen wollte. Und als Horácio Josué umbringen ließ, atmete sie erleichtert und voll Genugtuung auf. Als sie am Mittagstisch von Horácios Tat hörte, sagte sie zu dem Hauptmann, zu ihrer Tochter und zu deren Verlobten, dem Arzt: „Das ist ein richtiger Mann."

Dem Hauptmann blieb der Mund offen, so entsetzt war er, daß seine Frau ihren Todfeind lobte. Don'Ana erklärte: „Ich mag ihn ganz und gar nicht, aber es war nicht richtig, ihm das zu nehmen, was er erobert hatte. Es gehörte ihm zu Recht, was gelten diese jungen Burschen von heutzutage schon neben einem Mann wie Horácio? Ich mag ihn ganz und gar nicht, aber daran hat der Verdammte gut getan."

So war Don'Ana Badaró, wenn auch nicht eine einzige Erinnerung an das schöne schwarzbraune junge Mädchen von einst geblieben war, das bei den Prozessionen in Ilhéus das Bild der Heiligen Jungfrau trug und das in den Kämpfen um den Sequeiro Grande einen Revolver in die Hand nahm. Das Mädchen Don'Ana Badaró, deren Name und Vermögen einen legendären Ruf in den Wäldern des Kakaos hatten, die heiß begehrt und gefürchtet war von jedem jungen Mann, der in dieses Gebiet kam, um sich emporzuarbeiten. Und die, zum Neid aller anderen Abenteurer jener Zeit, von einem Spieler erobert worden war. Heute ist sie alt und verbraucht, aber ihr Herz ist jung, sie lebt in einer anderen Welt, die weit schöner ist als die heutige, einer Welt, in der die Kakaogeschäfte in den Straßen mit Revolverkugeln abgeschlossen wurden, nicht wie jetzt in den Handelshäusern mit Telefongesprächen und Telegrammen.

Der Papagei schreit unermüdlich seinen Satz. Don'Ana lächelt, sie späht hinauf zum Himmel, wo sich Regenwolken zusammenballen. Der Hauptmann hat bei seiner Ankunft diese beiden Nachrichten mitgebracht: die Hausse und der Regen. Er ist noch immer wie früher, schwungvoll und fröhlich, optimistisch und voller Pläne. Fast stets begnügt er sich damit, Pläne zu machen, sich die Zukunft auszumalen. Diesmal aber ist Don'Ana Badaró entschlossen, ihn zum Handeln zu zwingen. Diesmal wird sie nicht mit verschränkten Armen dastehen und an die Vergangenheit zurückdenken. Diesmal soll der Wald gerodet, der Kakao gepflanzt und das Vermögen der Badarós wiederhergestellt werden. Und Don'Ana wird wieder unter den respektvollen Blicken der Leute durch die Straßen gehen. Und der Name Badaró wird nicht nur Vergangenheit, sondern auch Zukunft bedeuten.

Der Papagei ruft. Don'Ana sieht nach den Regenwolken.

„Es ist wahr, Chico, wir werden wieder reich."

Ihr Lächeln erinnert an das sanfte, entschlossene Lächeln Sinhô Badarós.

6

Eines Tages, als die Sonne unbarmherzig brannte, während der harten Arbeit am Ende der Ernte auf den Pflanzungen, setzte sich der Gedanke in Varapaus* Kopf fest.

* Spitzname: lange Latte, Bohnenstange

Eben wurden die letzten Kakaonüsse von den Bäumen heruntergeholt, sie waren goldgelb, aber schon gefährdet von der glühendheißen Sonne, die den Paradeiro ankündigte.

Varapau war sehr lang und sehr mager, daher der Spitzname, der seinen Namen schließlich in eine ferne Vergangenheit verdrängt hatte. Man wußte nicht, woher er gekommen war. Er hatte vorher viele andere Berufe gehabt: Schuhputzer, Losverkäufer, Dockarbeiter in Ilhéus und alles mögliche. Vielleicht war er einst sogar Straßenräuber gewesen, wie man sich auf den benachbarten Fazendas verstohlen zuraunte. Gegenwärtig aber schuldete Varapau dem Magazin eine riesige Summe. Er hatte eine furchtbare Syphilis gehabt, fast drei Monate hatte er auf seiner Pritsche festgelegen, ohne zu arbeiten, und sein Schuldkonto war so hochgeschnellt, daß Capi, der mit ihm in einem Haus wohnte, ein Mann, der das Leben auf den Fazendas kannte, gesagt hatte: „Du schuftest dich zu Tode und kannst es doch nie abzahlen, du Unglücksrabe."

Aber Varapau wollte sich nicht zu Tode schuften. Und schon gar nicht wollte er sich bei dieser Arbeit auf den Kakaopflanzungen, die schwer war und ohne Zukunft, zu Tode schuften. Warum er mit seinen mageren Seiten gerade hierher gekommen war, wußte nicht einmal er selbst zu sagen. Eines Tages war er in den Zug nach Itabuna gestiegen. Er hatte es sich in den Kopf gesetzt, sich auf den Fazendas umzusehen. Sie stellten ihn ein, weil gerade Arbeitermangel herrschte (denn im Ceará hatte es geregnet) und seitdem war er hier, gefesselt an die Schulden im Magazin. Oberst Frederico Pinto sagte, niemals habe er einen so schlechten Arbeiter gehabt wie Varapau: Faul und unverschämt, drücke er sich vor der Arbeit, so gut er könne. Aber wer konnte sich denn drücken, wenn Tibúrcio, der Aufseher, hinter ihnen stand und schrie: „Schneller! Schneller!"

Immer schneller, das ist das Gesetz der Tagelöhner auf den Kakaopflanzungen.

„Schneller", schreit Tibúrcio von seinem Pferd herab, er hält die Lederpeitsche in der Hand, die Lederpeitsche, die sich manchmal von der Kruppe des Tieres auf den Rücken eines protestierenden Mannes verirrt. „Schneller", schreit er lauter und lauter. „Ihr seid Schlappschwänze, ihr könnt nicht arbeiten, ihr stehlt euch das Geld, das ihr verdient, Diebe seid ihr."

Wenn Tibúrcios Stimme über die Männer hinwegfliegt und die Pflanzungen durchmißt, dann verzieht Varapau wütend das Gesicht. Varapau kann sich nicht erinnern, in seinem Leben einen Menschen so gehaßt zu haben. Nicht einmal Rosa, die ihn in den Straßen von Ilhéus verlassen und dazu getrieben hat, in den Zug nach Itabuna zu steigen. Ach, wenn er Tibúrcio nur einmal nachts allein auf der Straße erwischen könnte . . . Varapau kann bei diesem Gedanken sogar lächeln. In den letzten Tagen der Ernte, bevor die Arbeit des Ausästens begann, dachte er zum erstenmal an den Terno. Einen „Dreikönigsterno" zum Ausklang des alten und zur Begrüßung des neuen Jahres . . .

Anfangs kam ihm der Gedanke einfach in Verbindung mit den bevorstehenden Festtagen. Jemand sprach davon, daß bald Weihnachten sei, und Varapau erinnerte sich des heimatlichen Terno. Warum sollte man nicht auch hier einen Terno veranstalten? Aber Tibúrcios Stimme fuhr fort, Beschimpfungen und Drohungen über sie auszugießen.

„Stehlt nicht dem Herrn sein Geld, er verdient es sich sauer."

Und da verband sich in Varapaus Kopf der Terno mit dem Gedanken an Flucht. Schon oft hatte er vorgehabt zu fliehen, diese Gegend zu verlassen, die Welt draußen zu erreichen, wo nichts mehr an diese Arbeit auf den Kakaopflanzungen erinnerte. Aber wie alle Arbeiter auf der

Fazenda dachte er immer wieder an die Tracht Prügel, die Ranulfo nach seinem mißglückten Fluchtversuch erhalten hatte. Er wurde in Ferradas gefaßt, und dann wurde er vor allen Arbeitern, die man eigens zum Zusehen zusammengerufen hatte, verprügelt. Auch Oberst Frederico war zugegen, Tibúrcios Reitpeitsche bearbeitete den Rücken des Mannes. Danach sagte der Oberst: „So, damit ihr lernt, daß man andere nicht bestehlen darf. Wenn ein Arbeiter Schulden hat, muß er sie erst bezahlen, dann kann er fortgehn . . ."

Wer hatte keine Schulden? Ranulfo war an Wechselfieber erkrankt, sein Lohn wurde ständig herabgesetzt, denn wegen des Fiebers konnte er nicht so viel leisten wie die anderen. Sein Schuldkonto stieg an, in den Fieberträumen der Krankheit floh er von hier. Seit er geprügelt worden war, hielt er sich abseits, redete mit keinem und grübelte mit gesenktem Kopf immer wieder über alles nach. Capi hatte einmal gesagt, Ranulfo sei imstande, eine Dummheit zu machen und sich völlig ins Unglück zu stürzen. Auch der fröhliche und spöttische Varapau fühlte manchmal, daß etwas Seltsames in seinem Kopf, den trüben Augen, dem bitteren Mund vorging, und es trieb ihn, zum Gewehr zu greifen, schön wäre es, wenn Tibúrcio tot auf der Straße läge. Alle hassen den Aufseher mehr als den Oberst. Der Oberst ist unangreifbar, er ist heilig, aber der Aufseher war selbst einmal Arbeiter, er ist genau so wie sie, nur daß er aufgestiegen ist und jetzt noch schlimmer ist als der Herr selbst.

Varapau verband die beiden Gedanken. Denn er konnte beim Terno, der in den Festnächten von Pflanzung zu Pflanzung, von Fazenda zu Fazenda zog, unbemerkt entwischen. Er kannte die Straßen, die in den Sertão führten, keiner würde den Mulatten Varapau einholen, er war sehr gut zu Fuß. Keiner würde seinen Rükken mit der Reitpeitsche bearbeiten.

Diese Arbeit wollte er nicht länger machen. Im Magazin wuchs sein Schuldkonto an. Es war schon hoch, mehr als ein Conto. Wie sollte er das jemals abzahlen? Das war nie zu schaffen. Tibúrcios Stimme zerschnitt Varapaus Gedanken. „Schneller ... Schneller ... Stiehl dem Herrn nicht das Geld!“

Varapau ließ den Blick von dem berittenen Aufseher zu den vom Sumpffieber gelben Männern schweifen, die sich bücken mußten, wenn das Buschmesser die Früchte unten vom Stamm trennte, und sich aufrichten, wenn die Früchte mit den an langen Stangen befestigten Sicheln von den höchsten Ästen abgeschnitten wurden. Während des Ausästens werden sie alle Triebe entfernen, die die Kräfte aus dem Stamm saugen, jene Kraft, die unentbehrlich ist für das Wachstum der Frucht. Sie werden die grünen Zweige entfernen, die nicht zu der goldenen Farbe der Pflanzungen passen, die oben an den Bäumen sprießen und dem Himmel entgegenstehen. All das ist ohne Nutzen für den Kakaobaum, es ist nur „Eitelkeit“ des Baumes, wie die Arbeiter sagen. All diese zartgrünen Verzierungen müssen abgeschnitten werden, damit der Kakaobaum seine ganze Kraft den Früchten widmet, deren Bohnen mit einem Honig bedeckt sein werden, der unter den Füßen der Männer durch die unteren Öffnungen der Tröge abfließen wird.

Die Kakaopflanzungen bedeuten für diese Menschen Arbeit, Haus, Garten, Kino und oft sogar den Friedhof. Die großen Füße der Tagelöhner ähneln Wurzeln, ja, nur mit Wurzeln kann man sie vergleichen. Die Pulpe, dieser Honig, der an den Füßen haftenbleibt und sich nie wieder ablöst, stattet sie mit einer Baumrinde aus, das Sumpffieber gibt ihnen die gelbe Farbe erntereifer Kakaonüsse. So heißt es in dem Lied, das der Neger Florindo singt, wenn er Kakao pflückt:

„Meine Farbe hab ich vom Kakao,
ein Mulatte voll Zärtlichkeit,

doch ach! Mulattin, doch ach!
Gedunsen bin ich und gelb,
die Farbe hab ich vom Fieber!"

Der Neger Florindo ist erst zwanzig Jahre alt, er ist in dieser Gegend geboren, niemals hat er die Fazenda verlassen. Er ist mit Varapau befreundet, und der Mulatte will ihn mitnehmen, wenn er flüchtet. Der Neger Florindo ist stark wie ein Elefant und gutmütig wie ein Kind. Er kann nur lachen und singen, auf nichts anderes versteht er sich. An dem Tag, an dem Ranulfo geprügelt wurde, mußten ihn Varapau und Capi mit ihrer ganzen Kraft festhalten, damit er sich nicht mit einem abgebrochenen Messer auf Tibúrcio stürzte.

Bei der Arbeit auf den Pflanzungen singt er, seine kräftige, traurige Stimme dringt durch die Kakaopflanzungen, vom Wind wird sie weithin getragen; diese Lieder erzählen vom Leben der Menschen des Kakaos. Viele Menschen leben im Umkreis der Kakaopflanzungen. Da sind die Exporteure, von denen einige noch nie eine Fazenda gesehen haben. Da sind die Fazendeiros, die Herren des Landes, reich und tatkräftig. Da sind die Rechtsanwälte, die Ärzte, die Agronomen, die Zollbeamten. Da sind die Aufseher, die schlechtesten Menschen der Welt. Und da sind die Landarbeiter, die den Kakao ernten, die Bohnen trocknen und Pflanzungen entästen. Sie sind die ärmsten von allen, die Tagelöhner, Menschen, die nie Geld übrig haben. Das Lied des Negers Florindo erzählt von dem Leben dieser Neger, Mulatten und Weißen, die sich auf der Pflanzung abrackern. Es ist ein anonymes Lied, keiner weiß, wer es geschrieben hat, wie es entstanden ist. Nachdem das Land bis auf den letzten Meter erobert worden war und die Arbeiter jede Hoffnung verloren hatten, ein Stück Land zu erhalten und es bepflanzen zu können, war dieses Lied aufgetaucht, das jetzt überall auf den Fazendas gesungen wurde.

„Wer pflanzt den Kakao? Das bin ich,
und ich bins, der ihn rasch pflückt.
Doch, ach! Mulattin, doch ach!
Nur ich sehe niemals Geld
von dem verkauften Kakao ...

Ein trauriges Los fiel mir zu,
das Los eines Landarbeiters ...
Doch ach! Mulattin, doch ach!
Du nur kennst meinen Schmerz,
du nur weißt, wie ich lebe ...“

Varapau hört einen Augenblick auf zu arbeiten, um Florindos Gesang zu lauschen. Was für Lieder sollen sie bei dem Terno singen? Nie hat Varapau gehört, daß ein Dreikönigsterno auf einer Kakaopflanzung vorbereitet worden wäre. Es war möglich, daß keiner auf der Fazenda auch nur einen einzigen der Texte kannte, die von den tanzenden Hirten und den anderen Gestalten vorgetragen werden mußten. Auch er selbst konnte sie nicht auswendig. In diesem Kakaoland singt man neue Lieder, die hier entstanden sind, sie erzählen von Unglücksfällen, für das Land vergossenem Blut und von der Arbeit. Es sind Lieder wie jenes, das Florindo gesungen hat, und sie helfen den Tagelöhnern bei der Ernte. Der Aufseher stört ihn mit seiner Befehlsstimme aus der Ruhe auf. „Schneller ... Schneller ...“

Das Buschmesser holt die Kakaofrüchte herunter, die von den Kindern aufgesammelt werden. Kupferrot steigt die Sonne am Himmel und versengt die nackten Rücken der Männer. Sie sind seit sechs Uhr morgens hier. Um diese Zeit ist alles noch morgendlich, noch zwitschern die Vögel, die Sonne drückt noch nicht; und schon hat Varapau die Sichel oder das Buschmesser in der Faust, er schlägt Kakaofrüchte herunter, wenn Erntezeit ist, entästet die Bäume, wenn Paradeiro ist. Tibúrcio reitet heran, er schreit ihm zu: „Schneller, schneller ... Diese Männer stehlen dem Herrn sein Geld.“ Die Sonne steigt weiter am Himmel, sie steigt auch auf Varapaus Rücken, sie fängt an zu brennen, es ist nicht mehr die sanfte Sonne des frühen Morgens, wenn der Tau die Füße netzt; jetzt ist die Erde glühendheiß, im Sommer glänzen die nackten Rücken unter den Sonnenstrahlen, im Winter läuft der Regen an ihnen herab. Man muß sich vor den Schlangen hüten, sie sind zahlreich und kommen in verschiedenen Arten vor, eine giftiger als die andere. Die Klapperschlange erkennt man schon von weitem, weil sie ihre Glöckchen schüttelt, aber wer errät das Nahen einer Jararacuçu-Feuerlöscherin oder einer Pico-de-Jaca, oder wer erkennt im Laub des Kakaobaums rechtzeitig die Korallenschlange, die einer Liane zwischen zwei Zweigen gleicht? Der Schweiß rinnt Varapau über das Gesicht, auf dem schwarzen Gesicht Florindos blitzen die Tropfen wie Diamanten.

Varapau holt Kakaofrüchte vom Baum und denkt dabei an den Terno. Er wird Florindo bitten teilzunehmen, er wird Capi einladen, Ranulfo, Astério, der verheiratet ist und zwei Töchter hat. Sie sind noch junge Mädchen, die ältere ist zwölf, aber was macht das schon? Sie und die Mutter, das sind drei Frauen, und drei Frauen sind sehr viel für ein Landarbeiterfest. Das größte Problem wird tatsächlich der Frauenmangel sein. Wer in dieser Gegend eine Gefährtin hat, wer verheiratet oder mit einer Frau befreundet ist, der läßt sie nicht gern aus dem Haus, weil er fürchtet, ein anderer könnte sie ihm wegnehmen. Eine Frau ist auf den Fazendas etwas Seltenes und Kostbares. Es gibt sehr wenige Frauen, und die arbeiten auf den Pflanzungen, um ihren Männern zu helfen. Sie zerteilen die geernteten Kakaofrüchte, und die Kinder, die oft im zartesten Alter sind, tragen sie zu großen Haufen zusammen. Die Kinder verdienen fünfhundert Réis pro Arbeitstag, sie sind nackt, sie haben gewaltig aufgetriebene

Bäuche, so daß sie wie schwangere Frauen aussehen. Das rührt daher, daß sie Erde essen, schmackhafte Erde, die die fehlende Nahrung ersetzen muß. Sie alle – ob Neger, Weiße oder Mulatten – haben ein und dieselbe gelbe Farbe, sie ähneln den Blättern der Kakaobäume. Ein paar Jahre später werden sie Arbeiter sein wie Varapau und Florindo, ohne den geringsten Unterschied. Zu dem Gelb von der gegessenen Erde wird das Gelb des Sumpffiebers kommen. Wenn sie nicht vorher an der Ruhr oder am Typhus gestorben sind. Auf diesen Fazendas sterben viele Kinder, diese Engelsgeschöpfe, wie Dona Auricídia, die Gattin des Obersten Maneca Dantas, sagt, die eine mitleidige Frau ist. Sie sagt, im Himmel würden sie alle kleine Engel sein, mit Kolibriflügeln. Jene, die nicht Engel werden, werden Arbeiter, sie nähren sich von der Mittagssonne auf ihren nackten Rücken, die wie eine Peitsche ist. Die Stimme des Aufsehers fordert größere Eile, die Früchte fallen von den Bäumen, die Kinder rennen und heben sie auf, die Frauen zerspalten sie mit einem kurzen Hieb des Messers. Manchmal dringt ein schlecht berechneter Hieb in die Hand, die Frau bedeckt die Schnittwunde mit Erde und träufelt etwas Flüssigkeit aus der Kakaopulpe darauf. Die Wunde schließt sich, die Frau darf nicht aufhören zu arbeiten, stiehl dem Herrn nicht sein Geld, Frau, er verdient es sich sauer genug.

Florindos Gesang erleichtert den Tagelöhnern die Arbeit, eine weit entfernte, unbestimmte Hoffnung schwingt darin mit.

„Auch ich werde einst Land besitzen,
werde Kakaobäume haben ...
Doch ach! Mulattin, doch ach!
Dieser Tag, der einst kommen wird,
wann wird er endlich sein?“

Zu Mittag, wenn sie die Arbeit unterbrechen, um zu essen, spricht Varapau zu Capi und Florindo von seinem

Gedanken, einen Terno zu veranstalten. „Das wird wunderbar!"

Sie reden darüber und schmieden Pläne. Der Neger Florindo lacht voller Freude. Ein Dreikönigsterno... Capi will wissen, ob es ein Bumba-meu-boi* oder ein Hirtinnenterno werden soll. Er erinnert sich eines Dreikönigsumzugs in einer weit entfernten Stadt, bei dem er, damals noch ein Junge, in einem Hirtentanz den Herodes darstellte („den König Herodias", wie die Hirtinnen in ihrem Lied sangen). Es waren lustige Tage, Tage, an die Capi seit langem nicht gedacht hat. Aber woher soll man Frauen, ledige, hübsche junge Mädchen nehmen, um einen Hirtinnenterno einzustudieren?

Doch sie haben keine Zeit für lange Gespräche. Sie müssen so rasch wie möglich an die Arbeit zurückkehren. Der Aufseher brüllt schon ihre Namen. „An die Arbeit!" Und sie hören nicht auf zu arbeiten, bevor die Sonne untergegangen ist. Sobald es dunkel ist, unterbrechen sie die Ernte und gehen in ihre Häuser. Die Kinder rennen bis nach Hause, woher haben sie noch die Kraft zu laufen? Die Frauen folgen langsam, müde und schweigend. Es scheint fast widersinnig, dieses Geschlecht Frauen zu nennen. Einer wie Varapau, der einmal eine Frau aus der Stadt gesehen hat, eine geschminkte, parfümierte, gut gekleidete, schöne, zur Liebe wie geschaffene Frau, wird nie glauben können, daß diese schwarzen oder braunen Gestelle, die taumelnd vor Müdigkeit von den Pflanzungen kommen, Frauen sind. Sie sind menschliche Wracks, und doch schlafen sie mit ihren Männern und küssen sich und bringen Kinder zur Welt, die Erde essen werden.

Aber an diesem Feierabend schwirrt Varapau, Florindo und Capi der Kopf von all den Überlegungen. Ein Terno... Ein Dreikönigsterno für die Festtage im Januar. Der Neger Florindo lacht vor Freude.

* dramatischer Volkstanz innerhalb eines Festzuges mit den Hauptgestalten Ochse, Nilpferd, Matthäus, Arzt

Diskutierend gehen sie die Straße entlang. Der Gedanke an den Terno wird ihre Tage bis zur neuen Safra ausfüllen. Sie werden Pläne schmieden, Gespräche führen, alle möglichen Aufgaben lösen. Capi bevorzugt einen Hirtentanz, Ranulfo ist für einen Bumba-meu-boi. Nur Florindo hat keine eigene Meinung, ihm ist es ganz gleich, beides ist gut und schön. Und der Neger läßt sein helles Lachen ertönen.

Dann sinkt die Nacht herab, und es ist eine Nacht der Erschöpfung, eine Nacht von wenigen Stunden. Sie essen Dörrfleisch und Tapiokabrei, trinken einen Schluck Kaffee. Einige von ihnen, aber nur wenige, haben Frauen. Es sind Gerippe, ja, schwarze Gerippe, braune Gerippe mit schlaffen Brüsten und welker Haut, mit häßlichen Gesichtern, schmutzigen, wundgescheuerten Beinen, übelriechender Scham. Aber es sind Frauen! Und es gibt so wenige von ihnen, und es ist ein solches Glück, eine zu haben, mit der man schlafen kann! Selten sind die Liebesseufzer in den Lehmhütten der Landarbeiter. Und häufig sind die Verbrechen aus Liebe, der gewaltsame Tod wegen einer Frau, jede von ihnen ist kostbarer als die teuerste Frau aus der größten Stadt der Welt. Niemals ist eine Frau glühender begehrt worden und von so vielen Männern zugleich, als jede dieser Negerinnen und Mulattinnen von den Kakaopflanzungen, die müde Gesichter, mit Pulpeflüssigkeit verschmierte Beine, schwielige Hände und schlaffe Brüste haben! Ein Mann, der eine Frau hat, muß tapfer sein, um sie mit dem Dolch und dem Gewehr vor der Begehrlichkeit all jener Männer zu schützen, die sich auf ihren Holzpritschen wälzen und bei der Berührung mit der eigenen Hand erzittern. Eine kurze und traurige Nacht der Erschöpfung, die Nacht der Landarbeiter auf den Fazendas.

Aber für Varapau, Capi und Florindo und auch für Ranulfo war es diesmal keine traurige Nacht. Als Capi die Bratsche weglegte und Florindo zu singen aufhörte und vom Vorplatz in die Hütte trat, als sie das blakende grüne Licht der Laterne löschten, spann jeder von ihnen seine Gedanken weiter und malte sich den Dreikönigsterno aus. Am Neujahrstag würde er losziehen und die Herrenhäuser der Fazendas aufsuchen. Dann würde er von neuem am Dreikönigstag losziehen, zunächst am Vorabend und dann an dem Tag selbst. Mit den Lichtern seiner einfachen Laternen würde er die Kakaopflanzungen erleuchten und auch das Leben der Landarbeiter. Von seiner Pritsche aus fragte Capi Varapau: „Und wie soll der Terno heißen?“

7

Wie er heißen sollte? Capis Frage brachte Varapaus Gedanken völlig durcheinander. Sie brauchten einen Namen, niemals hatte man einen Terno ohne Namen erlebt. Varapau erinnerte sich an Hirtenternos, die er in anderen Gegenden gesehen hatte, Dreikönigsumzüge, die in Städten im Norden veranstaltet worden waren. Er entsann sich der Namen: „Terno des Dicken Santos Dumont“, dieser köstliche Name, der in Aracaju aufgekommen war, „Bumba-meu-boi des Fräuleins“, in Juàzeiro von einer Alten ins Leben gerufen. Einen Namen . . . Das war gar nicht so leicht. Höchstens wenn er den Namen der Fazenda verwendete: „Terno der Tararanga“. Das war sogar ganz hübsch. Da aber fiel ihm der „Terno der vollkommenen Liebe“ ein – ein prächtiger Name. Wenn sie aber den Namen der Fazenda verwendeten, dann konnte es vorteilhaft für sie sein. Es war möglich, daß Oberst Frederico etwas Geld zur Unterstützung bereitstellte. Zehn oder zwanzig Milréis, das war schon etwas wert. Der Name der Fazenda würde alles erleichtern.

„Mit dem Namen der Fazenda, Oberst . . . Terno der Tararanga.“

 „Terno der vollkommenen Liebe“ war so schön, das

würde Rosa gefallen, wenn sie es erführe. Die Erinnerung an Rosa machte die einsamen Nächte des Mulatten Varapau unruhig. Leichtlebig und genießerisch veranlagt, war er ein Don Juan unter den Hausangestellten, Kindermädchen und Köchinnen in mehreren Städten gewesen. Wie kein anderer verstand er dreiste Komplimente zu drechseln, wußte er die sanften Herzen der Kindermädchen zu erobern, und in der Welt der braunen Hausangestellten von Ilhéus war er absoluter Herrscher geworden. So war es, bis Rosa auftauchte. Niemand wußte, woher sie mit ihren buntgemusterten Kleidern gekommen war. Sie wirkte wie eine Zigeunerin mit den schrägen Augen, den hervortretenden Backenknochen, dem langwallenden Haar. Es waren Monate der Liebe unter den Brücken am Hafen, in den verlassenen Booten, an den Bahndämmen. Rosa wohnte auf dem Conquistahügel, Varapau bekam nie genau heraus, wo. Rosa log oft, einmal war sie verheiratet, einmal die Tochter grausamer Eltern, einmal Dienerin in den vornehmsten Häusern. Nie konnte man sich auf etwas, was sie sagte, verlassen, sie war die verlogenste Frau von der Welt. Ab und zu verschwand sie, dann ließ sie sich drei oder vier Tage nicht blicken, Varapau war zu Tode betrübt, er lief durch Ilhéus, von einem Ende zum andern. Er klopfte an die Türen der Häuser, in denen sie angeblich arbeitete.

„Ist hier ein junges Mädchen namens Rosa angestellt?"

„Hier nicht, Senhor."

In einem der Häuser gab es eine Dienerin Rosa, aber es war eine zahnlose Alte; als Rosa davon erfuhr, wollte sie sich beinahe totlachen. An anderen Tagen war sie traurig, sie sprach nicht, sie sang nicht, ja, sie log nicht einmal. An diesen Tagen, die Varapau haßte, war sie in der Liebesstunde kalt und unbeteiligt, wie in eine ferne fremde Welt versunken. Aber fast immer war sie fröhlich, gesprächig, nie hatte er eine so geschwätzige Frau erlebt. Sie war das allerschönste Wesen in dieser Gegend, und viele Männer waren hinter ihr her. Wie viele Schlägereien hatte es unter ihnen gegeben, weil Rosa ihr Lächeln allen Vorbeigehenden schenkte, die sie bewundernd und verlangend anstarrten. Varapau sagte, sie solle ernst und weniger herausfordernd sein. Rosa aber lächelte, Rosa konnte nicht ernst sein, sie war richtig närrisch, so närrisch, daß man selbst den Verstand verlieren konnte.

Doch wenn sich ihre Stimme in den Liebesnächten aus den verlassenen Booten zum Sternenhimmel emporschwang, dann vergaß Varapau alles andere und gab sich ganz der Betrachtung dieser Frau hin, ihres wunderschönen Gesichts, ihrer kleinen weißen Zähne, ihrer sanften schrägen Augen.

Eines Tages ging sie fort und kehrte nicht zurück. An diesem Tag war sie ernst, auch ihre Stimme war verändert. Früh am Morgen, als sie aus dem Boot kletterte, sagte sie: „Ich gehe fort, Varapau. Es war gut mit dir, es war sogar sehr gut. Ich werde dich nie vergessen. Aber ich muß gehen."

Er bat, er kämpfte, er demütigte sich, er flehte. Sie aber sagte nichts mehr. Sie küßte ihn ein letztes Mal und ging fort. Wieder durchsuchte Varapau ganz Ilhéus von einem Ende zum andern, um Rosa zu finden. Es gab kein Haus auf dem Conquistahügel, in dem er nicht nach ihr gefragt hätte. Er sah sie nie wieder. Erst in Itabuna, wohin ihn seine namenlose Qual getrieben hatte, erfuhr er, daß sie mit Martins befreundet war, dem Geschäftsführer des Hauses Zude, und daß sie beim Einsacken des Kakaos mitarbeitete. Das war ein Schmerz, den er nicht verwinden konnte. Varapau zog auf die Kakaopflanzungen und versank in dem unglücklichen Leben dort, aber Rosa ging ihm nie aus dem Sinn. Tag und Nacht mußte er an sie denken, an ihre Augen, an ihre Brüste, die wie junge Kakaofrüchte waren, an ihr gelöstes Haar. Wie oft hatte er seinen Haus- und Arbeitskameraden von seinen Tagen mit Rosa erzählt! Capi, Florindo und Ranulfo kannten diese Geschichte in allen Einzelheiten. Und als ihn die Syphilis gepackt und wochenlang auf die Pritsche geworfen hatte, verwandte er seine Zeit darauf, mit endlosen Wiederholungen, deren der Neger niemals überdrüssig wurde, jedes Wort, jede Geste, jeden Liebesseufzer Rosas zu schildern.

„Terno der vollkommenen Liebe“ – das würde Rosa gefallen. Aber was besagt schon der Name „vollkommene Liebe“ oder „Tararanga“, wenn Varapau fliehen will, wenn er beabsichtigt, den Weg nach dem Sertão einzuschlagen, auf Umwegen nach Ilhéus zurückzukehren und, Begegnungen mit Oberst Frederico vermeidend, Rosa zu suchen? Varapau hat einen Dolch, nie hat er ihn zu etwas anderem benutzt als zum Zerkleinern von Tabak für die Strohzigarette, aber ebensogut kann er ihn Martins an die Kehle setzen, wenn er Rosa nicht in Frieden lassen will. Zwar haßt Varapau den Geschäftsführer nicht so, wie er Tibúrcio haßt, aber wenn ihm Martins nicht die Frau zurückgibt, die ihm gehört, dann kann es schlimm werden.

Das wichtigste ist die Flucht. Hier abhauen, seinen Weg über die einsamsten Pfade nehmen, im Gestrüpp schlafen, das Baforégebirge erreichen, schließlich in den Sertão gelangen, dann auf die Conquistastraße hinuntersteigen, in Itabuna untertauchen, heimlich auf einem Lastwagen mitfahren nach Ilhéus ... In Ilhéus ist Varapau unumschränkter Herrscher ... Und da erhebt sich in seinem Kopf eine andere Frage, die ihm den Schlaf raubt: Soll er Florindo mitnehmen oder nicht?

Florindo schläft auf der Pritsche unter ihm. Sogar im Schlaf lächelt der Neger. Ob er an den Terno denkt, ob er davon träumt? Ja, der Neger träumt vom Dreikönigsterno, den er nie gesehen hat. Er stellt sich die Gestalt des Ochsen vor, er erschrickt vor dem Caapora*. Doch mit

* Mensch der Wildnis

begehrlichen Blicken starrt er die Hirtinnen an, die wunderschön sind, und alle sind Rosa, Varapaus Rosa, die auch im Herzen des Negers wohnt. Vielleicht liebt Florindo sie sogar mehr als Varapau selbst. Die Erzählungen seines Freundes haben ihn an sie, die Erinnerung an sie gewöhnt. Er hat sie sich schon auf unterschiedlichste Weise vorgestellt. Anfangs ähnelte sie einem blonden Mädchen, das er in Palestina in der Hurengasse gesehen hatte, das unglaubliche Mengen Schnaps soff und danach in den Straßen der ehrbaren Familien Krach schlug. Sie war zart wie aus Porzellan, die Polizei vertrieb sie aus dem Ort, und Florindo stellte sich öfter vor, daß Rosa so aussah wie sie: blaue Augen, kleiner Mund und goldblondes Haar. Als Ranulfo später eine Seite von einer alten, auf der Veranda des Herrenhauses liegengebliebenen Zeitschrift erwischte, auf der eine fast nackte Filmschauspielerin abgebildet war – Büstenhalter und Höschen, sonst nichts –, eine Brünette mit vollendet schönem Körper, da glich Rosa in seinen nächtlichen Träumen ihr. Aber sie ähnelte auch in bescheidenerem Maße der Tochter des Aufsehers Jesuíno von Maneca Dantas' Fazenda, einer aufreizenden, liebebedürftigen kleinen Mulattin. Sie war wie jene schwarze Prostituierte, mit der Florindo in Pirangi geschlafen und die ihm ein häßliches Übel angehängt hatte. In Florindos Träumen nahm Rosa die Gestalt verschiedener Frauen an, aber sie mochte sein, wie sie wollte, in der schmerzlichen Stunde des Genusses wiederholte er in seiner einsamen Liebe die Worte, die Varapau über sie gesagt hatte, Rosa lebt im Herzen Varapaus, aber sie lebt in den frauenlosen Nächten der Fazenda Tararanga ebenso in der schwieligen Hand des Negers Florindo.

Jetzt träumt er von Rosa, die in dem künftigen Dreikönigsterno als Hirtin gekleidet ist. Viele Hirtinnen sind es, und alle sind Rosa, Varapaus Rosa. Rosa ist blond, hat einen kleinen Mund, blaue Augen und schreit, sinnlos betrunken, den verheirateten Frauen Unflätigkeiten nach. Rosa ist halbnackt, in Büstenhalter und Höschen, eine hübsche Brünette, eine Filmschauspielerin. Rosa ist eine Mulattin mit funkelnden Augen, schminkt sich mit rotem Papier, hat das Haar mit Schweineschmalz geglättet. Rosa ist eine Schwarze, mit kräftigen, von Schrammen gezeichneten Schenkeln, mit schallendem Lachen und feuchten Lippen. Und der Neger Florindo lacht im Traum, er tanzt mit beim Terno, er tanzt mit Rosa, wie schön dieser Terno ist!

Soll er Florindo mitnehmen, oder soll er allein fliehen? Varapau kann diese Frage nicht beantworten. Er will lieber Capi fragen, den erfahrenen Mann, der seit vielen Jahren auf der Fazenda lebt. Capi hat niemals zu fliehen versucht, obgleich große Sehnsucht in seinem Herzen brennt. Capi stammt aus Ceará, er ist in einem Dürrejahr nach Bahia gekommen, der Ruf des Südens lief durch den sonnverbrannten Nordosten. Capi kann nicht fort von hier. Er ist allein gekommen, seine Frau und seine Kinder sind auf dem versengten Boden geblieben; als er an Bord ging, wollte er nur kurze Zeit fortbleiben, so lange, bis er etwas Geld verdient hätte. Jetzt hat er Schulden im Magazin. In Ceará kümmert sich seine Frau um das Stück Land, die Kuh und die Ziege, wenn sie in der Lage wäre, würde sie Geld schicken. Capi würde die Rechnung im Magazin bezahlen und abfahren. Seit Jahren wartet er darauf. Dann und wann trifft ein Brief von seiner Frau ein (die Lehrerin in der Schule neben Capis Grundstück hat ihn geschrieben), und sie läßt ihm darin ausrichten, daß sie Geld spart, um es ihm zu schicken. Aber dieses Geld muß Tostão für Tostão zusammengebracht werden, das braucht Zeit. Capi wartet geduldig und bemüht sich nach Kräften, zu verhindern, daß sein Schuldkonto anwächst.

In dieser Nacht träumt auch er. In seinem unruhigen Schlaf entsinnt er sich eines Dreikönigsternos, eines Hirtentanzes, bei dem er – vor vielen Jahren ist das gewesen – im Kostüm des Herodes aufgetreten ist. Unter Verwendung von Textstellen aus der Bibel und Bruchstücken aus anderen alten Büchern boten sie die Geschichte der Geburt Jesu dar. Er war Herodes, und für ihn sangen die Hirtinnen die unvergeßlichen Verse. Auf der Pritsche aus blanken Brettern wälzt sich Capi in verzweifelter Anstrengung. Denn die Hirtinnen haben aufgehört zu singen, und er ist an der Reihe zu antworten. Wie waren nur diese Verse? Es liegt so viele Jahre zurück, Capi war damals noch nicht verheiratet, er wußte nicht einmal, daß es dieses Kakaoland von Ilhéus gab, ja, er wußte nicht einmal etwas vom Kakaobaum, aber er kannte die Verse des Hirtinnenternos, die Schritte des Hirtentanzes. Bei diesem Terno, in diesen wunderbaren Nächten, lernte er Susana, seine Frau, kennen. Sie war Hirtin, sie sang:

„O König Herodes,
hab Ehrfurcht vor dem Kinde,
das unser Herrgott ist."

Und er, der König Herodes, antwortete. Capi bemüht sich verzweifelt, sich zu erinnern. Vor sich sieht er Susana, ein junges Mädchen in Hirtinnentracht, sie singt. Capi stehen Schweißtropfen auf der Stirn, er wälzt sich auf der Pritsche, sein Traum wird ein Alpdruck.

Varapau schließt die Augen. Soll er Florindo mitnehmen oder nicht? Capi wird es entscheiden, keiner hat soviel Erfahrung wie er. Jetzt zieht der Terno los, Varapau geht voran, die Straße führt in den Sertão. Er fängt an zu laufen, der Terno mit schwankenden Laternen hinterdrein, sie singen eine bekannte Weise:

„Ich bins, der läuft wie der Wind,
doch ach! Mulattin, doch ach ..."

Der Terno bleibt immer weiter zurück. Auf dem Waldweg holt Rosa Varapau ein. Sie lacht, sie redet, sie lügt.

Hinter ihr laufen Martins und Tibúrcio, die plötzlich aus den Kakaopflanzungen aufgetaucht sind. Varapau sucht nach seinem Dolch. Rosa lacht – wer kann von einer Kakaopflanzung fliehen? Ranulfo konnte es nicht, jetzt wird er verprügelt, die Peitsche steigt in den Händen Tibúrcios hoch, dann fällt sie nieder auf Ranulfos Rükken. Und Varapau flieht, aber jetzt versammeln sich alle vor dem Herrenhaus, die lachende Rosa und Martins, der sie verfolgt, der schreiende Oberst Frederico, Tibúrcio mit der Peitsche in der Hand, Ranulfo, der geprügelt wird.

Ranulfo öffnet die Augen und späht in die Nacht. Seine Augen sind Dunkelheit gewohnt. Varapau will heute nacht wohl gar nicht schlafen. Seit langem wartet Ranulfo. Er hebt ein wenig den Kopf, jetzt hört er Varapau schnarchen. Langsam steht er auf und vermeidet jedes Geräusch. Wenn einer aufwacht, wird er sagen, er geht nur hinaus, weil er austreten muß.

Er macht die Tür auf, sie ist mit einem Riegel verschlossen, er tritt sehr vorsichtig auf. Jetzt ist er an der Straße, er kann sich auf die Suche nach seiner Geliebten begeben.

Der Himmel ist voller Sterne, die Nacht ist lau, das Verlangen steigt in warmen Wellen vom Erdboden auf. Wer kann schlafen in einer Mondnacht? So müde Ranulfo auch ist von dem langen Tag, den er bei der Ernte auf den Pflanzungen verbracht hat, wie könnte er schlafen, wenn die Nacht so schön, die Wärme wie ein Vorhang ist und das Verlangen in seiner Brust emporsteigt? Glühwürmchen schweben in der Luft, sie blinken auf und verlöschen, eine Geige seufzt Lieder in einer fernen Hütte. Einer, der wie er nicht schlafen kann in der lauen Nacht. In solchen Nächten knacken die Pritschen der Arbeiter, und keiner erschrickt, keiner nimmt Anstoß daran. In diesen Nächten voller Verlangen und ohne Frau bleiben den Arbeitern nur die Liebkosungen, die sie sich selbst erweisen, und der Gedanke an Körper, die einander lieben. Es ist eine todtraurige Nachahmung der Liebe, eine Karikatur.

Wenige haben eine Frau, die andern haben nur eine Hand zum Lieben. Aber Ranulfo, der gelbe Ranulfo, den das Wechselfieber umgeworfen hat, der vor allen Leuten ausgepeitscht worden ist, der Flüchtling, der unglücklichste Arbeiter auf den Fazendas, hat eine Geliebte. Deshalb wartet er, daß sich die Männer zur Ruhe begeben und auf ihren Pritschen schlafen, um in die Sternennacht hinauszugehen. Er hat eine Liebe, eine allmählich gewachsene Liebe, er hat sie sich Schritt für Schritt erobert, und sie ist trotz allem das einzig Gute in seinem Tagelöhnerleben.

Als Ranulfo, während er auf der Straße zu seinem Stelldichein geht, an seine Geliebte denkt, verzieht sich sein volles Gesicht. Was macht es ihm schon aus, daß andere über ihn lachen, daß sie in den Ecken tuscheln? Er wird ihr kosend über die Brust streichen. Und er wird sie lieben in dieser Nacht des Verlangens. Die Liebe ist alles im Leben der Menschen: Wenn sie erscheint, dann ist es, als verwandelte sich die Welt, als würde alles mit Rosen bedeckt, als begänne die Luft herrlich zu duften, als wären die Menschen plötzlich besser. Alle denken tagsüber, in den Stunden der Arbeit, an ihre Geliebte. Ob es der Millionär ist, der mit einem einfachen Telefonanruf Ströme Geldes verdient, ob es die Stenotypistin ist, die an ihrem armseligen Tisch auf der Maschine schreibt, ob es der Revolutionär ist, der in einem Konzentrationslager auf seinen Tod wartet, ob es der Müßiggänger ist, der bis Mittag schläft und der auch nachmittags nichts zu tun hat, ob es der Fährmann ist, der die Fluten mit seinem Boot überquert – alle denken einen Augenblick an ihre Liebe, sie denken mit Freude daran, das läßt sie ausruhen von ihren Millionen, von ihrer Schreibmaschine, von dem nahen Tod, von dem Müßiggang, der genauso bedrückend ist. Auch Ranulfo denkt ab und zu an seine Geliebte, mit einer Mischung von Zärtlichkeit und Verachtung, und er schwört sich im stillen, daß er sie nicht mehr aufsuchen wird, nicht ein einziges Mal. Und dann geht er zu seinem Stelldichein. Vorher waren es nur die Kinder, jene, die eben begannen, die Geheimnisse der Liebe zu verstehen, und die sich ihr in sexuellem Verlangen näherten. Dann entdeckte sie Ranulfo, und er eroberte sie. Nun erwartet sie ihn jede Nacht bei dem Weidezaun.

Die Nacht verströmt sich in Sternen und in Verlangen. Ranulfo trällert auf der Straße halblaut vor sich hin, er ist vorsichtig, damit ihn keiner entdeckt, er hält eine Ausrede bereit, falls er jemandem begegnet. Schön ist diese Nacht, in dieser sternerfüllten Nacht träumen die Männer von dem Dreikönigsterno und von dem Regen, der kommen muß, damit die Kakaobäume blühen. Diese Hitze, die aus dem Erdboden aufsteigt, diese Wolke, die einen Teil des Himmels verdeckt, ist ein Zeichen, daß binnen kurzem Regengüsse niedergehen werden und daß die Straßen morgen voller Schlamm sein werden. Ranulfo trällert halblaut vor sich hin, sein Verlangen beherrscht ihn völlig, das Verlangen, mit einer Frau zu schlafen.

Er ist angelangt! Oh, dieser Mulatte Ranulfo, gebrochen vom Wechselfieber und auf dem Rücken gezeichnet von der Peitsche, kennt keine schönen Worte wie die Verliebten in den Städten, diese sanften Liebesworte, die man der Auserwählten im Schein des Mondes sagt. Aber der Mond, der sein Licht über Ranulfo ausgießt, ist das gleiche romantische Licht, das allen Liebenden vertraut ist. Er springt über den Zaun, das halbverdorrte Gras auf der Weide zerkratzt ihm die Beine.

„Gute Schwarze!"

Das ist alles, was er zu sagen weiß, und doch liegt eine ganze Welt in diesen Worten. Eine Welt von Zärtlichkeit und dankbarer Liebe, alle Worte sind darin beschlossen, die die Dichter gefunden haben, die schönsten, die romantischsten, die zärtlichsten.

Was macht es da schon, daß sie nur eine schwarze Mauleselin ist, ein Tier mit vier Beinen, und daß diese Liebe unnatürlich, daß sie niedrig und unrein ist? Für Ranulfo, einen Arbeiter, den es auf die Kakaopflanzungen verschlagen hat, ist nichts davon wichtig, für ihn gibt es keinen Moralkodex, gibt es keine Gesetze außer dem, das es verbietet, von der Fazenda zu fliehen, wenn man dem Magazin Geld schuldig ist. Für ihn ist die schwarze Mauleselin wie eine schöne Frau, und die Minute der Liebe, die sie ihm schenkt, ist wirklich wunderbar. In der Vereinigung des Menschen und des Tieres am Rande der Kakaopflanzungen lebt das gleiche unwiderstehliche Verlangen wie im raffiniertesten Liebesakt der unerreichbar fernen Städte. So ist die Liebe auf den Kakaofazendas.

Zitternd und plötzlich traurig, tritt Ranulfo den Rückweg an. Aber der Regen rauscht in Strömen nieder, er wäscht die Erde, die Kakaopflanzungen, die Tiere und die Menschen rein. Morgen werden die Straßen verschlammt sein.

8

Die Barcaças zum Trocknen der Kakaobohnen erinnern an Schiffe, die die Fahrt über das Meer der goldenen Bäume antreten wollen. Sie sind unweit des Herrenhauses, eine neben der anderen, fünf sind es, dort tanzen die Arbeiter auf den Kakaobohnen herum, die in der Sonne trocknen. Etwas weiter entfernt sind die Tröge, zu denen die Eseltrupps den weichen Kakao schaffen. Durch die Spalten zwischen den Brettern läuft die seimige Pulpa ab, die die Kakaobohnen bedeckt, sie wird von den Obersten zur häuslichen Herstellung von Essig verwendet.

Vielleicht weil die Barcaças an Schiffe erinnern, gibt es im Kakaoland Lieder, die vom Meer und vom Reisen erzählen. Darin liegt womöglich ein Wunsch zu flüchten, denn viele dieser Menschen sind auf dem Seeweg hergekommen, um reich zu werden.

„Ich möchte ein Seemann sein,
möcht fahrn in ein anderes Land."

Die Zinkdächer der Barcaças sind glühheiß von der Sonne. Wenn es unerwartet regnet, braucht man nur das Dach über die Gleitschienen an den Barcaças zu schieben, und der Kakao ist in Sicherheit. So kann er nicht schimmeln, denn dann wäre er nur „mittlerer" Kakao, ein Preisverlust, der durch Senkung des Tagelohns ausgeglichen würde. Auf dem Holzfußboden, der glatt ist, als wäre er frisch gebohnert, trocknet der aus den Trögen kommende Kakao; während der Trocknung wird er laufend gewendet von den Füßen der Männer, die auf ihm einen selbsterfundenen Tanz vollführen und dazu ein gleichfalls selbsterfundenes Lied singen. Der Tanz erinnert an einen anderen Tanz, den Tanz anderer Neger zu anderen Zeiten auf dem Deck der Sklavenschiffe, und die Musik spricht von ihrem Wunsch, eines Tages Seemann zu werden und im Bauch der Schiffe nach anderen Ländern zu fahren. Aber diese Barcaças, die an Frachter erinnern, bereit, jeden Moment in See zu stechen, sind fest in den Pflanzungen verankert, und so stark auch der Südwind weht, niemals fahren sie ab.

„Barcaça, die niemals abfährt,
an den Boden gefesseltes Schiff."

So stark auch der Südwind weht, der die Gräser niederbeugt, der den Boden der Kakaopflanzungen mit gelben Blättern bedeckt, niemals stechen sie in See. Auch diese Neger und diese Mulatten, die Lieder singen vom Meer und vom Reisen, werden niemals in See stechen,

Matrosen auf den an die furchtbare schwarze Erde gefesselten Kakaobarcaças.

Unter der Sonne werden die trocknenden Kakaobohnen wie glühende Kohlen, und auf dieser Kohlenglut tanzen die Männer und wenden sie um, damit der Kakao „superior" wird, damit er nicht „good" wird und schon gar nicht „mittlerer". Denn die Preisdifferenz geht zu Lasten des Arbeiters, und noch in zehn Jahren wird er keinen Überschuß auf dem Konto haben. Der Aufseher schreit: „Aufpassen! Verderbt den Kakao nicht, bestehlt nicht den Obersten." Sie tanzen und singen, und die Kakaobohnen verbrennen ihnen die Füße. Anfangs hinterlassen sie Brandmale an den Zehen, später gewöhnen sich die Füße daran.

Je heißer die Sonne ist, desto besser; desto besser wird der Kakao. Dann wird er braun wie die Gesichter der Männer und strömt Schokoladengeruch aus. Alles, was diese Tagelöhner von Schokolade wissen, ist dieser betäubende Geruch des Kakaos.

Varapau tanzt schnell, seine Füße bewegen sich in dem seltsamen Rhythmus. Der Neger Florindo lacht, er tanzt besser als alle andern, Capi ist in den Trögen und knetet den weichen Kakao, um die seimige Flüssigkeit herauszupressen. Seine Füße sind voll von der klebrigen Masse, die kein Wasser abwäscht, die für den Rest des Lebens haftenbleibt. Der Neger Florindo stimmt das Seemannslied an, der Chor der Tagelöhner begleitet ihn.

„Die Barcaça wird stechen in See,
schon fängt der Wind an zu blasen.
Barcaça du, ohne Segel
und ohne Steuerruder."

Dort drüben, vor kurzem frisch gekalkt, ist der Trokkenraum. Er scheint die harmloseste von allen diesen Anlagen zu sein. Dennoch betrachten ihn die Arbeiter mit furchtbarer Angst. Der elektrische Trockenraum, ein reinlich-weißes kleines Haus mit nur einer Tür, die mehr einem Loch gleicht als einer Tür; die Männer, die durch diese Öffnung kriechen, gelangen in die Hölle. Wenn die trüben Tage des Winterregens beginnen oder wenn die Barcaças am Ende der Safra nicht für den ganzen gewonnenen Kakao ausreichen, werden die Bohnen in elektrisch erzeugter Wärme getrocknet. Im Winter, wenn der Juniregen niedergeht, sind die Barcaças nutzlos, man sieht keinen Sonnenstrahl, die Zinkdächer sind darübergeschoben, und die Bohnen werden in die Trockenräume gebracht. Man schaltet die elektrische Heizung ein, oder man legt Holz in die Öfen, wenn sie nicht elektrisch betrieben werden. Drinnen herrscht höllische Hitze, und sechs Stunden muß man darin aushalten und die Bohnen umwenden, denn der Ofen ist gefährlich, rasend schnell kann er Arrobas über Arrobas Kakao zerstören. Und wenn die Arrobas verdorben sind, müssen die Arbeiter für den Verlust aufkommen. Der Aufseher mahnt die Männer, wenn sie hineinsteigen: „Paßt auf, paßt auf. Verderbt den Kakao nicht." Viele hat schon der Schlag getroffen, wenn sie aus den Trockenräumen kamen und draußen in den Regen gerieten. Einmal ist einer gestorben, weil er eine ausgedörrte Kehle hatte und durstig ein Stück Melone hinunterschlang. Schrecklich ist er gestorben, mit aufgerissenen Augen, verzerrtem Mund, genau an der Tür des schönen weißen Trockenraumes.

„Er ist erstarrt", sagten sie.

Viele sind schon „erstarrt", und die Landarbeiter haben Angst vor dem Trockenraum, tödliche Angst, sie betrachten ihn als ihren Feind. Er fesselt die Männer an die Pflanzung, er verbrennt den Kakao des Obersten. Wenn der Kakao verbrennt, bezahlen die Arbeiter den Schaden, er wird ihnen vom Lohn abgezogen, die Schulden vergrößern sich in den komplizierten Rechnungsbüchern des Magazins. Aber wenn ein Mann stirbt, nachdem er den Trockenraum verlassen hat, dann bezahlt niemand etwas, man beerdigt ihn gleich auf den Pflanzungen, man weiß ja, daß es gut für den Boden ist. Ein Mann stirbt, wenn seine Stunde gekommen ist, und es ist sogar besser, gleich zu erstarren, als monatelang gelb und abgemagert festzuliegen und langsam dahinzusiechen. So sagen die Frauen, wenn ein Mann beim Verlassen des Trockenraums eine Wasserladung abbekommt und plötzlich erstarrt.

Auch für den Trockenraum, ihren Feind, der den Kakao verbrannte und die Männer tötete, haben die anonymen Musiker auf den Fazendas Lieder verfaßt, tieftraurige Lieder, wie Friedhofsgesänge.

„Maneca starb im Trockenraum
zu der Zeit, da die Sonne versinkt."

Auf der Fazenda des Obersten Frederico Pinto gab es nur einen elektrischen Trockenraum, der in der Nähe der Barcaças und des Herrenhauses stand. Das Stromaggregat war nicht sehr stark, es reichte gerade für den Trokkenraum, für die Beleuchtung im Haus des Obersten und zwei Lampen im Haus des Aufsehers Tibúrcio. Die anderen beiden Trockenräume am Ende der Fazenda arbeiteten mit Holzfeuerung. An jenem Jahresende vor dem großen Paradeiro, dem die Hausse folgte, als der Regen so lange auf sich warten ließ, war der elektrische Trokkenraum in Betrieb, denn die Barcaças reichten nicht aus zum Trocknen des Kakaos. Am Tag nach dem Ende der Ernte, als Varapau nur an den Dreikönigsterno dachte, „erstarrte" Ranulfo. Die anderen arbeiteten in den Barcaças oder an den Trögen, er war in den Trockenraum gegangen, um den Kakao in den Kammern zu wenden, um zu verhindern, daß er verbrannte. Die Regenwolken türmten sich seit dem Vorabend, ab und zu gab es einen Regenschauer, obwohl die Sonne schien. „Der Fuchs hält Hochzeit", sagten die Frauen. „Sonne und Regen zugleich."

 Als Ranulfo nach seiner Arbeitszeit in der Hölle des

Trockenraums herauskam, regnete es gerade, er konnte nicht einmal mehr „Mein Gott!" rufen. Sein Mund verzerrte sich, sein Körper zuckte zusammen, er stürzte auf die Türschwelle. Vom Trog aus sah Capi alles mit an. „Ranulfo ist erstarrt."

Die Männer ließen die Arbeit liegen und eilten herbei. Der Aufseher rief Varapau zu: „Lauf und hol den Obersten."

Als sie anlangten, war Ranulfo schon tot. Im Trockenraum zischte der Kakao, sie umringten den Toten.

„Er sieht furchtbar aus", sagte Irineus Tochter, die achtzehn Jahre alt und von allen Männern begehrt war.

Oberst Frederico Pinto kam. In der Tür des Herrenhauses erschien seine ziemlich korpulente Frau, umgeben von der Schar ihrer Kinder. Der Oberst befahl sofort: „Stellt den Motor ab, der Kakao zischt ja schon. Schnell, Seu Tibúrcio." Aus dem Trockenraum drang das Zischen des verbrannten Kakaos, und der Oberst hörte mit wutverzerrtem Gesicht zu. „Diese Arrobas sind verloren."

Und erst, als er feststellte, daß das Motorengeräusch verstummt war, wandte er sich dem toten Mann zu. Die Arbeiter traten zurück, nur Irineus Tochter blieb an ihrem Platz stehen und lächelte dem Obersten zu. Dona Augusta, Fredericos Frau, kam näher und fragte: „Was ist denn los?"

„Ranulfo ist erstarrt."

Oberst Frederico Pinto betrachtete den Toten mit dem offenen Mund und den verkrampften Händen. „Verdammt, warum hat er nicht gewartet, bis der Regen vorüber war!"

Jetzt war der Regenguß vorüber, und keiner antwortete dem Obersten. Dona Augusta bekreuzigte sich und stellte sich zwischen ihren Gatten und Irineus Tochter, die mit gesenktem Kopf zurücktrat.

„Vorlautes Negerding", murmelte sie.

Bekümmert sah sie den Toten an, aber ihre Gedanken

waren bei der Mulattin mit den hohen Brüsten, bei Rita, Irineus Tochter. Sie wußte schon, was die kleine Mulattin wollte: sich ranmachen an Frederico, mit ihm ins Bett gehen, sich in Pirangi ein Haus von ihm einrichten lassen.

„So ein Deibel", murmelte sie nochmals.

Der Leichnam Ranulfos lag noch an derselben Stelle wie zuvor. Tibúrcio kam vom Aggregat zurück, der Oberst wandte den Blick von dem Toten ab.

„Sehen Sie gleich mal nach dem Kakao. Vielleicht ist er noch zu retten."

Tibúrcio und zwei Arbeiter betraten den Trockenraum. Oberst Frederico sagte zu den anderen: „Geht wieder in die Barcaças. Jetzt ist nicht die Stunde für die Totenwache."

Die Männer wichen langsam zurück. Capi wandte sich um und sah Ranulfo mit den aufgerissenen Augen. Tibúrcio und die beiden Arbeiter kamen aus dem Trockenraum.

„Der Kakao war eben noch zu retten. Nur wenig ist verbrannt."

Während die beiden Männer zusammen mit Irineus Tochter den Toten aufhoben, stellte der Aufseher das Aggregat wieder an. Er rief Varapau zu: „Los, in den Trockenraum. Vorsicht mit dem Kakao."

Oberst Frederico verlieh dem Befehl Nachdruck: „Vorsicht mit dem Kakao."

Der Tote wurde weggebracht, gehalten an Armen und Beinen. Und auf einmal waren alle eine lange Minute still. Da zerschnitt Florindos Stimme von der Höhe der Barcaças aus die Stille der Pflanzungen, er sang das klagende Lied vom Trockenraum:

„Der Trockenraum hat einen getötet,
der mördrische Trockenraum.
Sein Schicksal hat sich erfüllt."

Oberst Frederico Pinto wandte sich nervös und fahrig um, er wischte sich mit dem Taschentuch über die Stirn und sagte zu seiner Frau: „Noch ein Glück, daß der Kakao gerettet ist."

Florindos Stimme verhallte in der Weite der Pflanzungen.

„Maneca starb in dem Trockenraum,
jäh hat ihn das Unglück ereilt!"

9

Im Herrenhaus wurde das Mittagessen aufgetragen. Dona Augusta hatte ihre Töchter am Tisch versammelt – vier waren es im ganzen, nur die älteste und die drei Jungen fehlten, die in Bahia studierten –, die Neger brachten die Schüsseln aus der Küche. Oberst Frederico Pinto sah seine Gattin an und dachte an Lola Espinola. Es gab eine Zeit – doch das war sehr lange her –, da war Dona Augusta ein schönes, elegantes junges Mädchen. Vor mehr als zwanzig Jahren. Frederico war bereits auf dem Wege zum Reichtum, als er sie heiratete. Augusta hatte keinen Vater mehr, sie brachte ein paar Pflanzungen mit, die Fredericos Kapital vergrößern konnten. Aber schon von der ersten Geburt war Dona Augusta angeschlagen, sie wurde dick, sie wurde ein solches Ungetüm, daß sie einen sonderbaren Gegensatz zu ihrem mageren kleinen Mann bildete. Zu Dona Augustas Beleibtheit gesellte sich die Eifersucht, eine Eifersucht, die sie auf die Pflanzung getrieben hatte. Als sie noch in Ilhéus wohnte, in einem der besten Häuser an der Promenade, dachte sie ständig an ihren Mann, der ausschweifend auf der Fazenda lebte und jede Mulattin genoß, die schon in dem Alter war, sich wegzuwerfen. Schließlich übersiedelte auch sie auf die Fazenda, um Frederico zu überwachen, um zu verhindern, daß er sich

Exzesse mit den Tagelöhnertöchtern leistete. Oberst Frederico Pinto kümmerte sich wenig um diese Eifersuchtsanfälle seiner Frau. Dona Augusta hielt, seit sie auf der Fazenda war, in den Hängematten der Veranda Nachmittagsschlaf und aß alle wohlschmeckenden Speisen, die die Negerinnen zuzubereiten verstanden, und wurde noch dicker, sie war ein Fleischkloß geworden, ihr Anblick war dem Oberst zuwider.

Während Frederico den Rinderbraten verzehrte, vergnügte er sich bei dem Gedanken, was für Krach Augusta schlagen würde, wenn sie erführe, daß er mit Lola schlief. Aber seine Gattin ahnte nicht das geringste, sie hatte von der Existenz Pepes gehört, für sie war das nichts als eine Spielerfreundschaft, sie wußte, daß Frederico ganz versessen aufs Pokern war, und kümmerte sich nicht darum. „Wenn er spielt, beschäftigt er sich nicht mit Frauen."

Wenn sie es aber erfuhr, welch einen Skandal würde das geben! Es konnte schrecklich werden, sie würde nur noch herumlamentieren, sich den Dienstmädchen anvertrauen, sich bei Tibúrcio beklagen, nachts wimmern. Da war es noch gut, daß sie auf die Fazenda gekommen war, so war sie weit weg von den Schwatzmäulern in der Stadt, jenen alten Weibern, die nichts Besseres zu tun hatten, als den schlimmsten Klatsch zu ersinnen und damit den anderen das Leben zur Hölle zu machen. Oberst Frederico Pinto scherte sich übrigens sehr wenig darum. Augusta sollte ruhig hochgehen, wenn sie es erfuhr, er würde Lola keinesfalls aufgeben. Das sollte man sich einmal vorstellen – Lola verlassen, nur um diesem Elefanten seinen Willen zu tun!

Seit Frederico im Zirkus einen Elefanten gesehen hatte, mußte er immer an dieses seltsame Tier denken, wenn ihm seine Frau in den Sinn kam. Das einzige, was den Obersten noch zurückhielt, was ihn hinderte, Lola ganz für sich zu nehmen, ihr ein Haus einzurichten, in ihrer Gesellschaft zu leben, das waren die Kinder, die in

Bahia studierten, und die Kleinen, die noch im Hause lebten. Es waren im ganzen acht, sie hatten sogar zwölf gehabt, aber vier waren früh gestorben, und Carlos war einmal in den Ferien dem Typhus erlegen. Carlos war vierzehn Jahre alt, als er starb, er war der älteste von allen. Wenn nicht die Kinder gewesen wären, dann hätte Frederico eine Dummheit begangen, was die Leute sagten, machte ihm wenig aus; übrigens reichte es ja auch, wenn er eine Nacht mit seiner Frau schlief, um ihr ein Kind zu machen. Augusta traf keine Verhütungsmaßnahmen, sie wollte die Kinder, die sich alljährlich einstellten, keineswegs vermeiden. Sie waren es jetzt, die den Obersten noch an das Haus, an seine Frau banden, die ihn hinderten, ganz mit ihr zu brechen und Lola aus Pepes Armen zu reißen.

Dona Augusta aß, ohne ein Wort zu sagen. Auch sie grübelte vor sich hin. Sie dachte an Frederico, an die Kinder, an die Fazendas. Sie dachte an Rita, Irineus Tochter. Das Flittchen schmiß sich an den Obersten ran, das sah man doch gleich. Und er gab natürlich nach. Irineu unterstützte die Sache, denn er wollte seine Tochter gar zu gern in einem Bett mit Frederico sehen, dann würde für ihn das Geld rollen, die Familie konnte nach Pirangi ziehen, und der Kerl konnte jede Woche was auf die hohe Kante legen. Sie wollte sich ranschmeißen, das sah man doch gleich. Mit ihren aufstachelnden Brüsten, ihrem straff gekämmten Haar, ihrem Dirnenlächeln ... Dona Augusta war wütend, sie konnte kaum einen Bissen schlucken. Die Kinder stritten bei Tisch um das beste Stück Fleisch, Dona Augusta rief sie wütend zur Ordnung. Warum Frederico wohl lachte?

Schließlich hielt sie es nicht länger aus. „Du glaubst wohl, ich merke nichts?"

Eine gewisse Unruhe störte die Gedanken des Obersten. Ob sie etwas weiß? „Was ist denn los?"

„Alle reden schon davon. Irineus Tochter ..."

„Hör auf damit, Frau."

„Vielleicht hast du noch nichts davon gemerkt, aber ..."

„Aber was?"

„Sie braucht es nur noch ein bißchen deutlicher zu machen. Und du fällst natürlich drauf rein."

Frederico lachte. „Hör auf damit. Du mit deiner verfluchten Eifersucht. Ich kümmere mich gar nicht um die Mulattin. Hör auf damit."

An der Tür des Eßzimmers erschien Rita, Irineus Tochter. Dona Augustas Gesicht verzog sich zu einer wütenden Grimasse. „Was willst du?"

Das Mädchen lächelte eingeschüchtert. „Ich wollte fragen, ob Sie uns zwei Kerzen borgen könnten, wir wollen sie zu Füßen des Verstorbenen aufstellen."

Zum erstenmal sah Frederico die Mulattin an. Wenn Lola nicht wäre, dann lohnte es schon, sich ein wenig mit Rita zu beschäftigen. Sie war gar nicht so häßlich. Aber er hatte eine schöne und feine Frau, er brauchte nicht mehr zu den kleinen Mulattinnen auf den Pflanzungen zu gehen. Dona Augustas Stimme klang rauh. „Hier gibt es keine Kerzen. Ein Neger braucht keine Kerze und auch keinen Sarg. Das wär ja was ganz Neues."

„Es war für die Totenwache gedacht", sagte Rita verwundert. Noch nie hatte jemand eine Kerze für einen Verstorbenen verweigert.

Erst jetzt fiel Dona Augusta der Tote wieder ein, seine weit aufgerissenen Augen. Ein plötzliches Zucken lief über ihren dicken Körper. „Geh jetzt. Nachher schicke ich Esmeralda mit den Kerzen zu euch."

Rita lächelte. „Gott lohne es Ihnen."

Dona Augusta wandte sich an Frederico: „Ich hab es ja gesagt. Das mit den Kerzen hat sie sich bloß ausgedacht, um hier reinzukommen."

Wieder lachte der Oberst. „Hör doch auf. Sie ist nur wegen der Kerzen gekommen, und du hättest beinah die

Barmherzigkeit vergessen." Er dachte einen Augenblick nach, wirre Gedanken gingen ihm durch den Kopf. „Barmherzigkeit schadet keinem. Man muß gerade den Armen Gutes tun."

Dona Augusta entschuldigte sich: „Ich werde Kerzen hinschicken. Ich wollte sie nur nicht diesem koketten Ding geben."

An der Eßzimmertür erschien Tibúrcio und bat, eintreten zu dürfen. „Der Kakao ist vollständig gerettet, Oberst."

Frederico wandte sich an seine Frau: „Schick auch einen Krug Cachaça für die Totenwache mit. Vielleicht haben sie kein Geld, um sich selbst welche zu kaufen."

10

Sanft und weich ist der Schatten der Pflanzungen, wie eine Liebkosung. Die Kakaobäume hüllen sich in große Blätter, die von der Sonne gelb gefärbt werden. Die Zweige suchen und umarmen einander in der Luft, es sieht aus, als wäre es ein einziger Baum, der die Anhöhe hinauf- und hinabsteigt, wobei der topasfarbene Schatten sich Hunderte und aber Hunderte Meter ausdehnt. Alles auf den Kakaopflanzungen ist gelb getönt, nur manchmal bricht gewaltsam das Grün hervor. Von bräunlichem Gelb sind die winzigen Pixixica-Ameisen auf den Blättern der Kakaobäume, die den Schädling vernichten, der die Frucht bedroht. In mildem Gelb erscheinen die Blüten und die jungen Blätter, die Sonne sprenkelt sie mit brandigem Gelb. Gelb sind die frühreifen Früchte, die zuviel Hitze abbekommen haben. Die reifen Früchte erinnern an goldene Ampeln in alten Kathedralen, sie leuchten in herrlichem Glanz auf unter den Sonnenstrahlen, die den Schatten der Pflanzungen durchdringen. Eine gelbe Schlange, ein „Kükenfresser", sonnt sich auf dem Pfad, den die Füße der Arbeiter getreten haben. Und selbst der Erdboden – Lehm, vom Sommer in Staub verwandelt – hat einen unbestimmten Gelbton, der an den bloßen Beinen der mit dem Entästen der Kakaobäume beschäftigten Neger und Mulatten haftenbleibt und sie gelblich färbt.

Von den reifen Kakaofrüchten strömt sanft ein ungewisses goldgelbes Licht auf kleine Bereiche der Pflanzungen über. Die Sonne, die durch das Blätterwerk sickert, läßt in der Luft gelbe Staubsäulen aufstehen, die emporsteigen zu den Zweigen und sich weit oberhalb der höchsten Blätter verlieren. Die Juparás, diese kakaopflanzenden Affen, springen mit Höllenlärm von Ast zu Ast und verunreinigen das Gold der Kakaobäume mit ihrem fahlen, schmutzigen Gelb. Der „Kükenfresser" erwacht, streckt seinen eigelbfarbenen Rücken, er sieht aus wie ein biegsamer Metallstab. Seine begehrlichen gelben Augen richten sich auf die vorbeiturnenden Affen, diese fröhliche, lärmende Schar. Sonnentropfen fallen durch das Laub der Kakaobäume. Auf dem Erdboden zerplatzen sie in Strahlenbündeln; wenn sie auf die Pfützen treffen, geben sie dem Wasser die Farbe der Teerosen, als käme ein Topasregen vom Himmel, der sich auf dem glühenden Staub des Bodens in Blütenblätter von Teerosen verwandelt. Alle Schattierungen von Gelb gibt es in der Stille des Morgens auf den Kakaopflanzungen.

Und wenn etwas Wind geht, dann wiegt sich dieses ganze gelbe Meer, die Farbtöne vermischen sich und lassen ein neues Gelb entstehen, das Gelb der Kakaopflanzungen, ach, es ist das schönste auf der Welt! Ein Gelb, wie es nur die Grapiunas an den Sommertagen der Saison zu sehen bekommen. Mit keinem Wort könnte man es beschreiben, mit keinem Bild wäre es zu erfassen, dieses unvergleichliche Gelb, das Gelb der Kakaoplantagen!

Der Regen 1

Carlos Zude blieb vor dem Dichter stehen, der sich als erster im Versammlungssaal des Handelsvereins von Ilhéus eingefunden hatte. Er reichte ihm die Hand und lächelte leutselig. „Guten Abend, Seu Sérgio."

„Guten Abend."

Carlos Zude spürte den Stolz des Dichters wie etwas Greifbares. Er war in der Luft des Saales fast sichtbar, er schmerzte wie ein Nadelstich. Es war merkwürdig, wie sehr Carlos Zude sich dadurch verunsichert fühlte, trotz der völligen Geringschätzung, die er Sérgio Moura gegenüber empfand. Sérgio war zweifellos ein guter Sekretariatschef, er führte seine Arbeit immer ordentlich aus, aber es gab Dutzende Männer seiner Art, die für ein gutes Gehalt die gleichen Dienste verrichten konnten. Daß dieser Stolz etwas mit den Versen zu tun hatte, daran dachte Carlos Zude nicht im entferntesten, für ihn waren Gedichte nur der Verachtung wert. Carlos Zude betrachtete jede künstlerische Äußerung als eine unnütze Erfindung von Tagedieben. Er mißtraute jedem, der schrieb, malte oder Figuren formte. Aber es war nicht die Unwissenheit der Obersten, die so leicht in Respekt umschlug. Die Obersten schätzten die Künstler gering, bis sie anerkannt waren. Dann achteten sie sie auf einmal und bewunderten sie sogar aus der Ferne. Carlos Zude aber stand über jeglicher Anerkennung. Er hatte eine unumstößliche Meinung von der Kunst: Sie war „Tagedieberei". Nur die revolutionären Ereignisse der letzten Zeit, in die so viele Schriftsteller verwickelt waren, veranlaßten ihn anzuerkennen, daß diese Tagedieberei unter Umständen gefährlich sein konnte. Aber die Dichter nahm er von dieser Gefährlichkeit aus. Sie waren lediglich Rumtreiber, verabscheuungswürdige Tagediebe. Und da Sérgio Moura fleißig war, da er die Sekretariatsgeschäfte stets ordentlich erledigte (Carlos Zude war Präsident des Handelsvereins von Ilhéus), dachte Carlos nie daran, daß er Gedichte schrieb, die in den Zeitschriften von Rio veröffentlicht wurden. Er hielt die Sache für reinen Dilettantismus. Für eine kleine Schwäche des Sekretariatschefs. Er betrachtete Sérgio mit der natürlichen Verachtung, wie alle Angestellten, die von einem Gehalt leben mußten, einer Verachtung, die ihn trotzdem nicht hinderte, höchst liebenswürdig mit den Angestellten umzugehen. Er war außerstande, die Stimme zu erheben, zu schreien oder jemanden grob zurechtzuweisen. Aber er verachtete sie, sie waren Wesen einer anderen Welt. Seine Welt war die der großen Kaufleute, Exporteure und reichen Fazendeiros, in die allenfalls die Geschäftsführer vordrangen, da sie am Gewinn der Firma beteiligt waren.

Warum spürte er dann diesen Stolz des Dichters, der ihm wie eine Ohrfeige auf dem Gesicht brannte? Er fühlte ihn eben, ohne daß er etwas dagegen tun konnte. In der feierlichen Haltung Sérgios, der mit ruhiger Miene die Weisungen des Exporteurs erwartete, füllte er den Saal aus. Er war etwas so Konkretes, daß Carlos nicht wußte, was er sagen sollte, ihm war unbehaglich zumute, er war sogar ein wenig wütend. Allerdings gab es nichts an Sérgios Haltung, was zu tadeln war. Er stand Carlos gegenüber, sah ihn an, die Papiere für die Versammlung lagen auf dem Tisch. Vielleicht war es nur die Blume, eine Rosenknospe, die der Dichter in der rechten Hand hielt. Es kam ihm fast wie eine Beleidigung vor. Warum nur? Carlos Zude wußte nicht, wohin mit den Händen, er war ratlos. Und Julieta hatte diesen Kerl auch noch zu dem Fest eingeladen, das sie morgen geben würden. Ein Fest im engeren Kreis, für eine kleine Schar Vertrauter, die besten Freunde, und sie lud Sérgio ein ... Was, zum Teufel, sah sie bloß in ihm? Die Frauen waren wirklich unbegreiflich, keiner auf der Welt verstand sie. Der Dichter drehte die Rosenknospe in der Hand, es war wirklich unerträglich. Carlos Zude machte gerade den Mund auf, er wollte etwas sagen, schneidend ironisch sollte es sein, aber die Worte blieben ihm in der Kehle stecken, er sagte gar nichts, Carlos war die Negation der Ironie. Verdammt, warum hatte Julieta diesen Menschen eingeladen?

Als Schwartz, der Interessenvertreter einer Exportfirma, deren Kapital aus Deutschland stammte, eintraf, wurde er von Carlos mit so überschwenglicher Freude begrüßt, daß sogar Schwartz verblüfft war.

„Oh! Mein lieber Schwartz, wie geht es denn? Wir haben uns so lange nicht ...“ Und er umarmte ihn stürmisch.

Schwartz begrüßte Sérgio. „Na, Herr Poet, wie geht es Ihnen? Was machen die Gedichte?“ Er sprach abgehackt, übrigens hatte er nie auch nur einen einzigen Vers von Sérgio gelesen. Schwartz las nichts von dem, was hier im Lande veröffentlicht wurde, wenn er auch viel deutsche Literatur las, Dichter und nebulose Philosophen. Sein Lieblingsautor war Nietzsche, der Deutsche pflegte zu sagen, nur Nietzsche ermögliche ihm das Leben in Ilhéus. Er war ein noch jugendlicher, gutaussehender Mann. Er lebte erst seit relativ kurzer Zeit in der Stadt, er war geradenwegs aus Deutschland gekommen, um den Platz eines Juden einzunehmen, der die Firma früher vertreten hatte.

Erst jetzt konnte Carlos Zude fragen: „Ist alles für die Sitzung vorbereitet, Seu Sérgio?“

Der Dichter – es war unerträglich – hob die Rosenknospe und antwortete: „Ja, alles, selbst der Whisky.“

„Ausgezeichnet, ausgezeichnet", kommentierte Schwartz erfreut. „Der Whisky ist das Allerwichtigste."

Carlos fragte nach den Berichten, die er aus seinen Büros herübergeschickt hatte. Sie lagen hier auf dem Tisch, an der Stelle, wo Carlos sitzen würde, also am oberen Ende. Der Dichter zeigte mit der Rose darauf. Es war zum Kotzen, Carlos Zude bemühte sich, seine Nerven unter Kontrolle zu halten, für die Sitzung am Abend brauchte er seine ganze Gelassenheit. Dann erschienen die beiden Rauschnings, und gleich darauf traf Reicher ein. Antônio Ribeiro kam als letzter. Schwartz goß Whisky in die bläulich schimmernden Gläser.

Sie setzten sich rings um den großen Tisch. Es war eine kompakte Gruppe von Männern, die vor allem den Eindruck der Reinlichkeit erweckten. Die wollenen Anzüge, die sie trugen, waren schwer und gediegen, die Schuhe teuer, die Hemden aus feiner Seide. Sie boten ein Bild beachtlicher Stärke. Sérgio Moura saß mit dem Bleistift in der Hand (die Rosenknospe ruhte jetzt auf den Papieren) am anderen Ende des Tisches, Carlos Zude gegenüber. Der betrachtete die Rosenknospe, die das weiße Papier, auf das der Dichter seine Notizen kritzeln würde, blutrot färbte. Nach kurzem Schweigen wandte Carlos die Augen ab, richtete den Blick auf Reicher, den am wenigsten mächtigen Exporteur, und sagte: „Meine Herren, ich habe Sie zusammenrufen lassen, um eine Angelegenheit von größter Wichtigkeit mit Ihnen zu erörtern ..."

„Soll ich mitschreiben?" unterbrach ihn der Dichter.

Carlos mußte ihn wieder ansehen, und die Rosenknospe verfolgte ihn von neuem. Hier ergab sich ein Problem, an das er nicht gedacht hate: Sollte die Rede mitstenografiert werden? Nein, das durfte nicht sein.

„Nein." Wieder blickte er Reicher an. „Ich möchte jedoch vorausschicken, daß ich hier nicht nur meine Ansicht, sondern auch die von Karbanks vertrete."

Die Exporteure sahen einander bedeutungsvoll an. Einer der Rauschnings stieß seinen Bruder mit dem Knie an, um seine Aufmerksamkeit zu erregen. Auch Sérgio beugte sich sichtlich interessiert vor. Carlos streckte die Beine unter dem Stuhl aus, jetzt schwand allmählich das unbehagliche Gefühl, das ihm der Stolz des Dichters verursacht hatte.

„Ich denke, wir können offen reden", sagte er, und das unbehagliche Gefühl war überwunden. Der Dichter war auf seinen Platz des unbedeutenden kleinen Angestellten zurückgekehrt. Carlos wollte ihn eigentlich auffordern, den Raum zu verlassen, denn sie brauchten ihn auf dieser Sitzung nicht. Aber jetzt zog er es vor, daß Sérgio blieb, damit er sah, wie stark Carlos war, was er repräsentierte und wessen er fähig war. Deshalb beschied er ihn nur: „Schreiben Sie nicht mit, Seu Sérgio."

„Gut", sagte der Dichter, der die Rosenknospe wieder ergriff und sie in seiner mageren weißen Hand drehte.

Carlos Zude sprach mit deutlicher Betonung. Er hatte das Empfinden, daß er Sérgio Moura niedermetzelte. „Ich und Karbanks sind zu der Schlußfolgerung gekommen, daß wir die Kakaopreise erhöhen müssen."

Er hielt inne und wartete auf die Reaktion, die seine Worte hervorrufen mußten. Aber alle schwiegen, nur einer der beiden Rauschnings stieß den andern mit dem Ellbogen in den Bauch. Schließlich forderte Antônio Ribeiro im Namen aller Anwesenden nähere Erläuterungen. Er verstehe, offen gesagt, nicht, warum diese Preiserhöhung notwendig war.

Carlos Zude streckte die Beine erst noch weiter aus, dann nahm er eine aufrechte Haltung ein, er sah jetzt aus wie ein Mensch, der unumstößliche Dinge sagen oder eine Lektion erteilen will. Aus unerfindlichen Gründen sah er gerade den Dichter an und sprach zu ihm. „Sie wissen, daß die Safra der Republik Ekuador von Schädlingen vernichtet worden ist. Und Sie wissen sicherlich auch, daß nach der Goldküste und Brasilien ..."

„Ekuador den meisten Kakao exportiert", unterbrach ihn Reicher.

Carlos wandte den Blick von Sérgio ab und sah Reicher mit leichtem Tadel an. „Es ist nicht das allein. Bei der verlorenen Ernte in Ekuador gibt es noch etwas Wichtigeres zu berücksichtigen."

„Und was ist das?" fragte Antônio Ribeiro.

Die Rauschnings hörten weiter aufmerksam zu, Schwartz bemühte sich, den verborgenen Sinn von Carlos Zudes Worten zu ergründen. Was steckte hinter alldem? War es möglich, daß dieser Brasilianer, dessen wulstige Lippen und dessen Wangen deutliche Spuren von Negerblut aufwiesen, sie betrügen, daß er sie in ein Geschäft verwickeln wollte, aus dem allein er und der Amerikaner mit Gewinn hervorgehen würden? Carlos Zude lehnte die São-Félix-Zigarre ab, die ihm einer der beiden Rauschnings anbot, er rauchte nicht. Er räusperte sich und erklärte: „Wir alle stehen bis an den Hals im Kakao. Er ist unser Geschäft, auf ihn gründen sich unsere Interessen. Ist es nicht so?"

Die beiden Rauschnings nickten. Schwartz rührte sich nicht, er war beunruhigt und auf der Hut, Reicher stimmte mit einem „Hm" zu, nur Antônio Ribeiro sagte: „Das ist allerdings wahr."

Der Dichter roch an seiner Rosenknospe. Auch er war verärgert, und er entsann sich in diesem Augenblick der dramatischen Geste Joaquims, und in seinen Ohren dröhnte wie ein Tragödienvers das drüben in seinem Büro von dem Chauffeur geäußerte Wort: „Imperialismus!"

Carlos' Hände (wer kann die Phantasie eines Dichters ersticken?) verwandelten sich in die Krallen eines Drachen. Angesichts der Berichte und der Daten, der Zahlen und nochmals Zahlen, die hinter der Stirn des

Exporteurs auftauchten, wurden es immer mehr. Carlos Zude richtete sich noch mehr auf seinem Stuhl auf. Jetzt hatte er die Beine nicht mehr ausgestreckt. Im Gegenteil, seine Brust beugte sich weit über den Tisch vor, und die Worte schienen über die Holzplatte zu laufen, so zumindest sah es der Dichter. Carlos fuhr fort: „Da dies als erwiesen feststeht, will ich Sie jetzt fragen: Welche Sicherheit haben wir?"

Carlos wirkte wie ein Professor, ein junger Professor, denn diese Haltung machte ihn jünger, als er war, und die anderen waren alle ein wenig verwirrt. Der Dichter (der einzige, den Carlos zermalmen wollte) hatte den Eindruck, daß Zude seine Sache schlecht erläuterte. Sérgio drang langsam in Zudes Gedankengänge ein, aber er spürte, daß die anderen ihn noch nicht begriffen. Trotz seiner imposanten Haltung verstand der Exporteur nicht zu erklären, er war konfus. Carlos wiederholte seine Frage mit deutlicher Betonung: „Welche Sicherheit haben wir?"

„Nun, Sicherheit, was heißt das?" fragte Reicher.

Schwartz schloß die Augen, auch er begann jetzt zu verstehen, und er war etwas beruhigt. Er hatte schon selbst an all dies gedacht, doch hatte er nicht den Mut gehabt, es in die Tat umzusetzen.

„Ja", sagte Carlos. „Welche Sicherheit? Wir kaufen den Kakao und verkaufen ihn im Ausland. Einige unserer Firmen sind sogar ausländisch, das Kapital liegt dort. Und worauf beruht dieses Kapital? Wo ist unsere Sicherheit?"

Er wandte den Blick von dem Dichter ab und sah in die Runde. Der Dichter roch an der Rosenknospe. Carlos Zude hätte ihn gern einen weibischen Kerl gescholten, obwohl er es nicht war, bloß um ihn zu beleidigen, um dieses überlegene Gehabe zu brechen.

„Es ist so, meine Herren, daß unsere Sicherheit, unser Kapital, unser Geld" – er wiederholte es –, „unser Geld einzig und allein von ein paar Obersten und von ein paar

Taugenichtsen abhängt, denen die Pflanzungen gehören. Davon, daß sie sich um diese Pflanzungen und diese Fazendas so kümmern, wie es notwendig ist. Falls Sie es noch nicht wissen, gebe ich Ihnen einige Informationen." Er zog unter seinen Papieren ein paar Zeitungsausschnitte hervor. „Zeitungen aus Buenos Aires. Ein bißchen überholt, aber das macht nichts. Wichtig ist die Information, die sie geben." Er war einen Moment unschlüssig, er wußte nicht, ob er den Dichter bitten sollte, die beiden Ausschnitte zu übersetzen. Dann entschloß er sich, nicht nachzugeben. „Ich brauche sie nicht übersetzen zu lassen, denn ich weiß, was drin steht. Der erste" – er zeigte den Zeitungsausschnitt, der auf ein Blatt geklebt war – „berichtet über den Konkurs des größten ekuadorianischen Exporteurs." Er legte das Blatt auf den Tisch und sah die Anwesenden an. „Verlust der Safra, keine Geschäftsabschlüsse, für die Verluste der Fazendeiros aufkommen müssen, Konkurs ..."

Er hielt den anderen Ausschnitt in der Hand und versuchte einen Namen zu lesen: „Senhor Júlio Rémigez, ein anderer Exporteur, hat Selbstmord begangen. Zu Beginn der Ernte hatte er viel Kakao auf Lieferung gekauft, Tausende von Arrobas. Den Kakao bekam er nicht. Da hat er sich eine Kugel in den Kopf geschossen."

Antônio Ribeiro stieß einen Pfiff aus, er hatte plötzlich Angst. Auch Reicher war ein bißchen erschrocken. Die Rauschnings sahen sich an, auch sie begriffen allmählich. Dieser Carlos Zude war ein Genie. Schwartz war völlig beruhigt, jetzt beachtete er nicht einmal mehr Carlos' dicke Lippen, seine vorspringenden Backenknochen, jene Züge, die darauf hindeuteten, daß Negerblut in seinen Adern floß. Der Dichter sah den Drachen weiter wachsen und auf einmal den ganzen Saal füllen. Die Männer um den Tisch verschmolzen zu einer einzigen Gruppe, dem monströsen Körper eines phantastischen Tieres.

„Meine Herren, ich denke – und auch Karbanks ist dieser Ansicht –, wir müssen die Preise erhöhen. Nach meinen Informationen wird auch die Safra der Goldküste dieses Jahr nicht groß sein. Die Dürre hat den Kakaobäumen dort geschadet, es wird an Kakao fehlen. Ein äußerst günstiges Jahr, wenn man beginnen will, die Preise zu erhöhen."

„Aber ...", sagte Antônio Ribeiro, der nicht verstand.

„Sprechen Sie", forderte Carlos Zudes Stimme.

„Aber ... die Hausse nützt uns doch wenig. Das Verhältnis zwischen den Preisen, die den Fazendeiros zu zahlen sind, und denen, die uns in New York oder Berlin gezahlt werden, bleibt fast das gleiche, die Gewinnspanne ist gering. Statt dessen werden wir viel mehr Kapital aufwenden müssen. Ich sehe keinen Vorteil darin, und ich weiß auch nicht, was es mit der Frage der Sicherheit zu tun hat."

Carlos Zude sah den Exporteur mitleidig an. Danach blickte er Schwartz und Rauschning an, diese Ausländer verstanden ihn bestimmt, das waren nicht solche Esel wie Antônio Ribeiro. Er merkte, daß die Deutschen begriffen hatten und einverstanden waren, er lächelte zufrieden. Der Dichter sah den Drachen lächeln, es war ein todbringendes Lächeln. Carlos sagte ganz ruhig: „Das ist allerdings wahr. Die Hausse wird zweifellos große Kapitalaufwendungen erfordern."

„Die Fazendeiros werden reich werden, dann sind sie noch stärker."

„Das ist richtig. Die Fazendas werden im Wert steigen, und zwar beträchtlich. Genau das müssen wir anstreben. Denn hinterher ..." Er machte eine Pause, bevor er fortfuhr: ... „wird die Baisse kommen."

Der ältere Rauschning konnte sich nicht beherrschen, er klatschte in die Hände. Antônio Ribeiro verstand es noch immer nicht richtig. Er war ein Mann, der in den Geschäften Glück gehabt und mit dem verdienten Geld eine Exportfirma eröffnet, mit dem wirklichen Geschäftsleben aber eben erst begonnen hatte.

„Ich verstehe nicht ganz . . ."

Da ergriff der ältere Rauschning, ein Mann mit weißem Haar und sanften blauen Augen, das Wort und erklärte sehr langsam und mild, er gab ein Beispiel: Eine Fazenda von tausend Arrobas ist heute soundso viele Contos wert, mit der Hausse wird sie viermal soviel wert sein, mit der Baisse wird sie nur den achten Teil davon kosten. Er nannte Zahlen, es war so klar, daß es offen zutage lag. Antônio Ribeiro fühlte eine ungewöhnliche Freude in sich aufsteigen. „Wie hoch werden wir gehen?"

„So hoch, wie es notwendig ist", antwortete Carlos. „Und wir werden den Preis auch so weit senken, wie es notwendig ist." Dann fragte er: „Sind alle einverstanden?"

Alle waren nun einverstanden, sie machten ihm begeisterte Komplimente. Carlos Zude sah den Dichter Sérgio Moura an; der hatte die Blume weggelegt, im Laufe der Stunden war sie verwelkt. Carlos konnte nicht widerstehen, er deutete ein triumphierendes Lächeln an. Erst in diesem Moment fühlte der Dichter in seinem Innern die riesige Welle des Hasses emporsteigen. Aber er wurde nur ein wenig rot und biß sich auf die Unterlippe. Jetzt sah er keinen Drachen mehr, jetzt sah er einen Menschen lachen, und das war noch abscheulicher. Carlos nahm den Whisky an, den Schwartz ihm eingoß.

„Und wenn wir Exporteure gleichzeitig Fazendeiros sind, dann sind wir nicht mehr davon abhängig, ob sich die Obersten entschließen, ihre Pflanzungen zu entästen, oder ob kleine Bauern das nötige Geld dafür haben."

Schwartz bekräftigte seine Worte mit einer kurzen, entschlossenen Geste. „Wir werden Ordnung in diese Dinge bringen." Er hob sein Whiskyglas und trank den anderen zu. Der Dichter sah die Gesichter durch das bläuliche Whiskyglas, sie kamen ihm vor wie fremdartige, furchtbare Wesen. Carlos Zude verabschiedete sich mit sieghaftem Lächeln von Sérgio und sagte mit höchst liebenswürdiger Stimme: „Gute Nacht, Seu Sérgio, schlafen Sie gut, und vergessen Sie nicht, daß Sie morgen bei uns eingeladen sind.“

Alle gingen, aber im Saal blieb die Atmosphäre von teuren Zigarren, feinem, unaufdringlichem Parfüm, von Reinlichkeit und Geld. Der Dichter spürte sie plötzlich so stark, daß er die Rosenknospe nahm und von neuem den noch an der Blume haftenden Duft einatmete, den Duft eines ländlichen Gartens.

2

Als um neun Uhr abends der letzte Bus nach Itabuna abfuhr, verließ Marinho Santos seine Agentur und wandte sich dem Café „Ilhéus“ zu, wo ihn die gewohnte Runde erwartete. Von dort würden sie ins Tanzlokal oder in die Bordelle gehen. Alle außer Martins, dem Geschäftsführer Zudes, der kurz zuvor eine Liebschaft mit einer Kakaopackerin namens Rosa, einer bildschönen jungen Frau, angefangen hatte. Zu dieser Runde gehörten Reinaldo Bastos, ein junger Büroangestellter der Firma Zude, und Zito Ferreira mit seinem langen Schopf, in den Mußestunden Dichter und außerdem Leiter eines humoristischen Wochenblatts, ein chronischer Schuldenmacher. Auch Gumercindo Bessa, einer der Direktoren des Vereins der Handelsangestellten (Präsident war Martins), der seit langem zum Stamm der Runde zählte, aber, seit er Integralist geworden war, nur noch selten kam. Er hatte das Milieu gewechselt, er verkehrte jetzt viel mit Silveirinha, und wenn, dann erschien er nur für kurze Zeit und suchte die anderen für den Integralismus zu gewinnen, seine Reden riefen aber fast immer Auseinandersetzungen hervor. Zito, der sich trotz seines physischen und geistigen Verfalls, seiner Besäufnisse und seines Zynismus den Rest eines unabhängigen Urteils bewahrt hatte, machte sich lustig über ihn, über den Faschismus, die Reden und die Umzüge. Einmal war Gumercindo böse geworden, er wollte eine Rauferei anfangen, so daß Marinho Santos und Martins vermitteln mußten. Seitdem kam er immer seltener ins Café. In der Stadt sagte man, Schwartz, in dessen Firma er arbeitete, werde ihn bald zum Geschäftsführer ernennen.

Marinho Santos setzte sich.

„Eine schöne kühle Blonde."

Die anderen tranken bereits Bier. Der Inhaber der Omnibusgesellschaft begrüßte Gumercindo besonders lebhaft: „Ausgezeichnet, Seu Gumé. Freut mich, Sie zu sehen. Sie machen sich ja jetzt ziemlich rar."

Gumercindo wollte antworten, aber Reinaldo Bastos war erpicht darauf, den Satz zu sagen, den er an diesem Morgen von Carlos Zude gehört hatte und den er für seinen ausgab: „Sie sind wie schüchterne Kinder."

„Ein gutes Bild", wiederholte Zito Ferreira (schon zum drittenmal wiederholte er sein Lob, und in Gedanken hatte er den Betrag, den er sich von Reinaldo borgen wollte, inzwischen von fünf auf zwanzig Milréis erhöht).

„Wer?" fragte Marinho Santos. „Wer ist so naiv in diesem Land der ausgefuchsten Geschäftemacher?"

„Wir sprachen von den Obersten, den Fazendeiros", erklärte Martins. Mit Verschwörermiene, zugleich aber ängstlich, enthüllte er noch einmal das Geheimnis: „Die Exporteure sind heute zusammengetreten. Es wird eine Hausse geben, und zwar eine tüchtige."

Marinho Santos ließ das Bierglas los und riß die Augen auf. „Das hab ich mir doch gedacht."

„Heute haben wir zu neunzehn fünfhundert auf Lieferung abgeschlossen. Morgen werden wir zu zwanzig abschließen. Und danach – wer weiß? Ich bin ganz sicher, daß er auf fünfundzwanzig steigen wird."

Marinho Santos wollte Einzelheiten wissen. „Erklären Sie das bitte genauer."

„Nun, Seu Carlos ist heute aus Bahia zurückgekommen. Mit dem Flugzeug. Er hatte gerade mit Karbanks gesprochen. Er war lustiger als eine Musikkapelle. Er kam und setzte die Preise herauf. Dann hat er alle Exporteure für heute zu einer Versammlung im Handelsverein geladen."

„Sérgio Moura muß über alles im Bilde sein", sagte Zito.

Gumercindo sah ihn bei dem verhaßten Namen tadelnd an. „Nennen Sie bloß nicht den Namen dieser Kanaille, wenn ich dabei bin."

Zito lachte. „Na, so eine Wut!"

Reinaldo Bastos sah keine Möglichkeit, von neuem „seinen" großen Satz anzubringen. Er war etwas verärgert, das Bier schmeckte ihm nicht.

„Also werden die Preise steigen?" wiederholte Marinho Santos seine Frage, aber er sprach jetzt mit sich selbst, er machte Pläne, er würde neue Omnibusse, vielleicht auch Lastwagen kaufen. „Da wird das Geld in Strömen fließen."

Reinaldo suchte eine Gelegenheit, den Satz zu wiederholen. Er stammte zwar nicht von ihm, er stammte von Carlos Zude, aber das wußte ja keiner. Nicht einmal Reinaldo selbst dachte in diesem Augenblick daran, daß ihm das Bild nicht gehörte. Es war ihm den ganzen Tag über im Kopf herumgeschwirrt, er hatte den Satz umgedreht, hatte die Reihenfolge der Wörter verändert: „Wie Kinder sind sie schüchtern." Es gelang ihm, das Wort „schüchtern" durch „unschuldig" zu ersetzen, aber es gefiel ihm nicht, und schließlich gab er den Satz genau so von sich, wie er ihn am Morgen aus dem Mund seines Chefs gehört hatte. Geschickt wählte er den Zeitpunkt, wenn er in einer großen Gruppe war. Es wurde ein voller Erfolg. Zito war hell begeistert.

„Ja, völlig richtig. Ein treffendes Bild!"

Jetzt wartete Reinaldo Bastos ungeduldig auf eine neue Gelegenheit.

„Und die Ernte wird groß", meinte Martins. „Eine Menge Regen zieht heran."

Marinho Santos streckte den Kopf zur Tür des Lokals hinaus und spähte zum Himmel, die schwarzen Wolken türmten sich. Sie bestellten eine neue Runde Bier.

„Die Obersten werden Geldscheine zerreißen", sagte Zito.

Reinaldo wollte seinen Satz anbringen, aber Gumercindo hinderte ihn. „Sie haben gar nichts von schüchternen Kindern. Sie sind Haie."

„Haie?" Entsetzt riß Reinaldo Bastos den Mund auf.

Zito Ferreira stürzte sein Bier hinunter und sagte: „Haie oder schüchterne Kinder, das Kakaogebiet verdankt ihnen den Fortschritt. Sie haben das Land erobert, den Kakao gepflanzt, Leute umgebracht, Städte gebaut. Sie sind unsere Helden."

Gumercindo schrie: „Helden! Fortschritt! Sagen Sie lieber, daß sie verantwortlich sind für das Zurückbleiben von Ilhéus, dann bin ich einverstanden. So ist es richtig."

„Für das Zurückbleiben, was heißt das?" fragte Zito.

Auch die anderen waren neugierig, sogar Reinaldo Bastos. Eine Diskussion zwischen Zito und Gumercindo („Zwei Männer, die Grips im Schädel haben", wie Reinaldo sagte) war immer lohnend.

„Sie sind Menschen ohne Kultur, nicht einmal von Kakao verstehen sie was", erklärte Gumercindo mit leicht verärgerter Stimme. „Zurückgeblieben in der Politik, liberale Demokraten" – das sagte er mit besonderer Betonung –, „die nicht einmal die eigenen Fazendas zu verwalten verstehen. Soll ich Ihnen etwas sagen? Oberst Horácio erntet an die fünfzigtausend Arrobas Kakao, nicht wahr? Ich weiß es, weil er unser Kunde ist." Er sagte „unser“, als wäre er Teilhaber der Firma Schwartz. „Fünfzigtausend Arrobas.“

„Verdammt viel Kakao“, unterbrach ihn Martinho Santos.

Gumercindo Bessa sah sie triumphierend an. „Und wissen Sie, wie viele Arrobas er ernten könnte, wenn er die Pflanzungen richtig, technisch, nach modernen Methoden behandelte?“

Die anderen waren gespannt.

„Wenigstens achtzigtausend.“

„Ach, das ist doch nur Gerede“, wandte Zito ein.

„Es ist die reine Wahrheit. Erst neulich hat Schwartz es Silveirinha erklärt. Es stimmt haargenau. Achtzigtausend Arrobas, die Hälfte mehr.“

„Auf jeden Fall“, versetzte Zito, „hätten weder Schwartz noch Silveirinha – er ist, wie Sie zugeben müssen, ein Angsthase – in den rauhen Zeiten von einst die Wälder urbar gemacht und Kakao angepflanzt. Die Horácios waren es, mein Lieber, die wirklich Mut hatten. Helden waren sie. Ob das wahr ist, was Sie von der Jahresproduktion der Pflanzungen gesagt haben, weiß ich nicht. Aber nehmen wir einmal an, es stimmt.“

„Das brauchen Sie nicht anzunehmen, nein, es ist wahr.“

„Gut. Lassen wir es also wahr sein. Aber wer hat das Land erobert, wer hat sein Blut für den Fortschritt von Ilhéus vergossen?“ Ohne eine Antwort abzuwarten, fuhr er fort: „Wenn es Dankbarkeit auf der Welt gäbe, dann hätte man den Obersten längst ein Denkmal errichtet, den großen Obersten natürlich, Horácio zum Beispiel, dem großen Horácio.“

Zito spürte die Bewunderung, die ihn umgab. Wenn er beschwipst wurde, dann geriet er in gerührte Stimmung, und am Ende trug er sogar seine Gedichte vor.

Marinho Santos war mit der Hausse beschäftigt. „Der Kakao wird also steigen? Ja, da wird es ernst.“

Auf der Straße ging Oberst Maneca Dantas vorbei, der

an diesem Nachmittag von seiner Fazenda gekommen war. Er hatte noch seine schlammbespritzten Reitstiefel an und wanderte mit geistesabwesendem Gesicht allein in der Stadt umher, wobei er dann und wann zu dem drohenden Himmel hinaufsah. Er lächelte, hielt den Hut in der Hand, das weiße Haar bedeckte fast seinen ganzen Kopf. Er schlurfte ein bißchen, murmelte vor sich hin, er stellte gerade Berechnungen über die Safra an. Gumercindo zeigte auf ihn.

„Da ist einer Ihrer Helden. Er kommt mir eher vor wie ein Narr."

Reinaldo Bastos fand die Gelegenheit günstig. „Sie sind eben wie schüchterne Kinder."

„Ein gutes Bild." Ich zapfe ihm wenigstens zwanzig Milréis ab, dachte Zito.

Marinho Santos schlug vor: „Gehen wir in die Tanzbar? Wir müssen doch die Nachricht von der Hausse feiern."

Am Ende der Straße stand Oberst Maneca Dantas auf der Lauer, er wollte sehen, ob er seinen Sohn, Dr. Rui, ausfindig machen konnte. Seit seiner Ankunft hatte er ihn noch nicht gesehen, er wollte mit ihm reden. Die Gruppe zog an ihm vorbei.

„Guten Abend, Herr Oberst."

„Guten Abend." Mit einem Blick zum Himmel fügte er hinzu: „Es gibt Regen, was? Da wird die Ernte . . ."

Aber die anderen waren schon ein ganzes Stück weiter, und so brummte er das übrige vor sich hin.

3

Am Eingang der Bar löste sich die Gruppe auf. Gumercindo begab sich auf die Suche nach Silveirinha, er hatte politische Angelegenheiten mit ihm zu besprechen. Martins suchte Rosa auf, die sicherlich schon auf ihn wartete. Er hatte eine Frau, da hatte er hier nichts verloren. Übrigens hätte es auch Carlos Zude nicht gefallen, wenn sein Geschäftsführer in ein Spielkasino ging.

„Ein Geschäftsführer trägt Verantwortung. Er ist nicht ein beliebiger Angestellter."

Reinaldo Bastos betrat mit Marinho Santos und Zito die Bar, ging aber gleich wieder, denn dort fand er keine Gelegenheit, seinen großen Satz anzubringen. Er wollte lieber die Avenida entlangwandern, dort traf er vielleicht seine Freundin, die mit anderen Mädchen spazierenging, ein Publikum, dem sein bildhafter Ausspruch noch völlig neu war. Er versprach, gleich danach zurückzukommen. Aber Zito traute seinem Versprechen nicht und nahm ihm die zwanzig Milréis auf der Stelle ab.

„Ich werde sie am Roulett vervielfachen."

Auf der Avenida, wo die eleganten Mädchen und Burschen, die Liebespaare und die Freundesgruppen in lebhaftem Gespräch dahinschlenderten, konnte Reinaldo Bastos das gesuchte junge Mädchen nicht finden. Er ging die ganze Promenade hinunter, er mußte unbedingt seinen Spruch hersagen, ganz gleich, wem. Und durch einen Zufall, der sein ganzes Leben durcheinanderbringen sollte, sagte Reinaldo Bastos ihn ausgerechnet Julieta Zude.

Schon fast entmutigt, kam er die Avenida entlang, als er Julieta begegnete, die sich mit Guni unterhielt. Sie saßen auf einer Marmorbank an der Promenade. Beide gähnten, ihr Gespräch schleppte sich hin, Julieta war noch immer niedergeschlagen und völlig erschöpft. Sie war die Avenida entlanggegangen, weil sie dort Sérgio zu treffen hoffte, der Dichter hatte die Angewohnheit, allein den Strand aufzusuchen. Dann grüßte er selten und genoß die vom Meer wehende Brise. Erst als Julieta auf der Promenade war, fiel ihr ein, daß heute die Sitzung der Exporteure stattfand. Auch Sérgio mußte als Sekretär des Vereins dort sein. Er würde Carlos genau gegenübersitzen, und dieser Gedanke belustigte sie. Kurz darauf traf sie Guni. Die Frauen hatten sich hingesetzt und ein bißchen geplaudert, aber der Stoff war bald erschöpft. Die magere Guni, die ständig in Erregung war, stufte die vorbeigehenden Männer ein. In der Stadt wurde viel über sie geredet, man sagte, sie habe bei einem Besuch, den sie mit ihrem Mann einer Fazenda abgestattet hatte, sogar mit Landarbeitern geschlafen. In der Tat verrieten die dunklen Augen der Schwedin eine sexuelle Begierde, die den Gerüchten Nahrung gab. Julieta war müde, sie empfand ihren Körper als furchtbare Last.

Als sie den athletischen jungen Reinaldo Bastos erblickten, wollte Guni wissen, wer das sei. In einer Regung des Verlangens biß sie sich auf die Lippe.

„Er ist bei uns in der Firma angestellt", erklärte Julieta.

„Ein hübscher Junge."

So rief ihn Julieta heran, als er vorbeikam und sie mit einem klangvollen „Guten Abend" grüßte. Er blieb vor der Bank stehen, anfangs etwas ungeschickt, bald aber ungezwungen. Julieta ermunterte ihn, sie lachte, sie suchte jeden Vorwand, sich zu zerstreuen. Guni umwarb Reinaldo voller Begierde, aber der Bursche hatte einzig Augen für die Frau seines Chefs, und er maß jedem Lächeln, jedem harmlosen Satz von ihr besondere Bedeutung bei. Reinaldo hatte eine ziemlich schlechte Meinung von all diesen reichen Frauen, und er war – obwohl er eine gewisse Beklommenheit spürte – überzeugt, daß sich Julieta für ihn interessierte.

Auf der Avenida erschien mit schlurfenden Schritten Oberst Maneca Dantas. Er nahte mit seinem unerschütterlichen Lächeln und sah nach dem Himmel, der sich immer mehr schwärzte. Vom Meer blies ein kalter Wind, der Regen ankündigte. Als der Oberst Dona Julieta „einen guten Abend" wünschte, brillierte Reinaldo mit seinem Ausspruch: „Sie sind wie schüchterne Kinder."

„Wer?" fragte Guni.

 „Die Obersten." Und Reinaldo vermengte all das, was

er von Zito und Gumercindo gehört hatte, zu einer Erklärung, die die Frauen lächelnd anhörten.

Dann kam ein Eisverkäufer vorbei, Reinaldo bot den Frauen die Erfrischung an, aber er war verwirrt, als er bezahlen wollte und Kleingeld suchte. Für Julieta war alles ein Zeitvertreib: die mit Verlangen gemischte Schüchternheit des Angestellten von Carlos, die mit Anspielungen gespickten Sätze, der Wunsch zu glänzen, die absichtliche Wahl schwieriger Wörter. Guni merkte nichts von alldem, sie sah nur einen Athleten vor sich, einen jungen Körper, der gut für die Liebe war. Aber Reinaldos Blicke konnte sich nicht von Julieta trennen.

Doch bald wurde es ihr lästig. An ihnen zogen Jungen und Mädchen, Obersten und Geschäftsleute vorbei. Sie alle kamen die Avenida entlang und genossen die vom Meer wehende Brise. Sie schauten zu dem jungen Mann hin, der vor der Bank stand und stolz war, daß er mit Julieta Zude und Guni Gerson gesehen wurde. Ab und zu wurde das Gespräch der Passanten von einer laut geäußerten boshaften Bemerkung unterbrochen. Reinaldo lächelte seinen Bekannten zu, morgen auf dem Ball des Vereins der Handelsangestellten würde er viel zu erzählen haben. Aber jetzt nahte eine Gruppe Mädchen, unter ihnen Reinaldos Freundin Zuleika – sie war fast seine Verlobte, nur der offizielle Heiratsantrag fehlte noch. Sie glaubte anfangs, ihr Freund stehe dort, um Julieta eine Erklärung zu geben. Sie ging genau in dem Augenblick an Reinaldo vorbei, als er seine Theorie von den Obersten erläuterte, so daß er sie nicht bemerkte. Zuleika biß sich auf die Lippe, als Caçula, eine ihrer Freundinnen, sagte: „Er hat dich nicht mal gesehen. Er interessiert sich nur für das Gespräch."

Sie gingen die Avenida zur Hälfte hinunter und kehrten dann um, beim Vorbeigehen sagte Zuleika laut: „Guten Abend."

Reinaldo erschrak, und Julieta merkte sofort, worum es

sich handelte. Es belustigte sie. Die Gruppe zog ein Stück weiter und hielt schließlich an, offensichtlich wartete Zuleika darauf, daß Reinaldo zu ihr kam. Der junge Mann war unruhig, er verlor den Faden. Da trat der Eisverkäufer auf sie zu.

„Wollen Sie uns nicht ein Eis spendieren?“ fragte Julieta.

„Oh!“ sagte er und rief laut nach dem Eisverkäufer, aus Angst, nicht gehört zu werden.

Die Mädchen in der Gruppe tuschelten und kicherten. Wartend blieben sie stehen. Reinaldo fand schließlich das Kleingeld und bezahlte. Aus der Gruppe der Mädchen rief eine: „Eisverkäufer, hierher!“

Eine Weile schwiegen sie. Julieta und Guni fuhren mit ihren feinen Zungen über das Eis, und die Schwedin schnalzte genüßlich. Plötzlich kam der Eisverkäufer zurück und sagte zu Reinaldo: „Die Mädchen haben mir aufgetragen, Ihnen zu sagen, Sie sollen ihr Eis bezahlen.“

Julieta lachte, Reinaldo wurde wieder rot, er suchte nach dem Geld, fand aber keins, er wollte etwas dazu sagen, doch ihm fiel nichts ein. Die Mädchen in der Gruppe lachten, es war zu spüren, daß ein Skandal in der Luft lag. Julieta war der Spaß an der Sache vergangen, sie war ziemlich aufgebracht, ihre Niedergeschlagenheit stellte sich wieder ein, sie hatte den Eindruck, daß all dies lächerlich war und dumm. Guni merkte nichts von allem.

„Ihre Freundin ist böse auf Sie“, sagte Julieta.

Sie ist eifersüchtig, dachte Reinaldo, und er freute sich bei dem Gedanken, daß Julieta seinetwegen eifersüchtig war. Er erklärte, daß zwischen ihm und Zuleika gar nichts sei, es sei völlig unbedeutend, aber Julieta unterbrach ihn: „Wir gehen jetzt. Wir wollen nicht schuld sein, wenn Sie sich mit der Kleinen streiten.“

Sie standen auf, grüßten und entfernten sich. Reinaldo sah sie fortgehen, elegant und überlegen, sie waren Frauen einer anderen Welt. Er war glücklich, und Julietas letzter Satz kam ihm beinahe wie eine Liebeserklärung vor. Sie wird sich nach mir umsehen, dachte er, während er wartete, daß ihr Gesicht an der Tür des Herrenhauses auftauchte. Aber sie sah sich nicht um, und er fand eine Erklärung für dieses Verhalten in der Tatsache, daß in Ilhéus alles ausgetratscht wurde. Jetzt erst wandte er sich der Gruppe zu, in der Zuleika war. Am liebsten hätte er ihr eine Szene gemacht.

„Darf man sich nicht einmal mit einer Senhora unterhalten? Völlig zurückgeblieben sind die Leute hier."

Aber als er sich näherte, wandten ihm die Mädchen den Rücken und gingen mit raschen Schritten davon. Reinaldo blieb mißmutig stehen. Der Eisverkäufer beschwerte sich: „Und meine tausendvierhundert, junger Mann?"

Als Reinaldo bezahlt hatte, war er allein mit seinem brillanten Satz und mit dem Bild Julietas vor Augen. „Wäre ich bloß in die Bar gegangen", murmelte er vor sich hin.

Oberst Maneca Dantas kam mit seinem schlurfenden Altmännerschritt auf der Avenida zurück.

„Es wird regnen, mein Junge, eine große Safra gibt das."

4

Die Lichter der Stadt blinkten auf, elektrische Strahlenbündel, die den in großen Wassermassen vom Himmel stürzenden Regen durchbrachen. Es regnete seit halb elf, als Ankündigung hatte in der Ferne der Donner gegrollt. Am Himmel von Ilhéus verschwanden die letzten Sterne, und die Tropfen fielen einzeln wie kleine Steine. Die Menschen, die sich auf der Straße unterhielten, rannten in ihre Häuser, in Schenken oder Bars, der Regen wurde stärker, und schließlich war es ein gewaltiger Wasserguß, der alles wegschwemmte, was von einem Arbeitstag in der Stadt des Kakaos zurückgeblieben war. In den Gießbächen, die sich am Rande der Gehsteige gebildet hatten, schwammen die unterschiedlichsten Dinge: Fetzen von Quittungen, leere Streichholzschachteln, Zigarettenstummel, ein kleines Frauentaschentuch mit aufgebogenen Spitzen, das aussah wie ein weißes Boot.

In der Stadtmitte, auf den Avenidas am Meer, auf den Straßen nahe am Hafen, wo die Kneipen lagen, war die Beleuchtung reichlich, die elektrischen Lampen erhellten den Weg derer, die nach Hause eilten. Aber je weiter die Stadt auf die Hügel hinaufstieg, desto seltener wurden die Lichter, die Abstände von einer Straßenlaterne zur anderen wurden immer größer, hier gab es auch nicht mehr wie in den Avenidas die eleganten und stattlichen Stahlmasten mit den drei elektrischen Kugellampen, hier standen nur hohe Holzpfähle mit einer winzigen Lampe daran. Ihr Licht reichte nur einen Meter weit in die Runde, es waren leuchtende Flecke in der Dunkelheit, die vom Regen vergrößert wurden. Vom Hügel strömten neu entstandene Bäche schmutzigroten Wassers, sie weichten die zur Spitze des Conquistahügels aufsteigenden Hänge auf, wo sich die Häuser der Arbeiter aufrecht zu halten versuchten. Ebensolche Bäche flossen den Unhãohügel herab, den Hügel der Seeleute und der Wäscherinnen. Und noch weiter entfernt von alldem lag wie ein in sein Elend verkrochenes Viertel die Schlangeninsel, auf der jene Ärmsten wohnten, die nicht einmal eine Hütte bezahlen konnten, weder auf dem Conquista- noch auf dem Unhãohügel. Auf die Schlangeninsel – Strohhütten mit einfachen Lehmwänden – führten die Einwohner von Ilhéus niemals die Touristen, die in dem Wunsch, die Zivilisation des Kakaos kennenzulernen, aus den Flugzeugen stiegen. Es war der am tiefsten gelegene Bezirk der Stadt und zugleich der ärmste. Und da man einen Teil des nächsten Hügels abgetragen hatte, um die neuen Straßen des modernen Stadtteils an der Eisenbahnlinie anzulegen, war die Schlangeninsel jedem Unwetter wehrlos preisgegeben. Die Bewohner sagten, das Viertel sei in der Regenzeit völlig von der übrigen Stadt isoliert. Davon hatte es auch seinen Namen. Bei jeder Überschwemmung war es nicht nur von Wasser eingeschlossen, sondern das Wasser stand auch im Innern der Häuser, so daß es Insel und See zugleich war. Das gesamte Wasser, das durch die Stadt floß, strömte hier zusammen und überschwemmte die Schlangeninsel. Mit sich brachte es den roten Lehm, der von dem abgetragenen Hügel übriggeblieben war, die gewundenen Straßen verwandelten sich in einen zähflüssigen Morast, der schwer zu durchqueren war. Vereinzelte Straßenlampen beleuchteten diese Orgie schmutzigen Rots, einer seltsamen Farbe, von deren Vorhandensein viele Einwohner der sauberen Stadt nicht einmal gehört hatten. Ab und zu sah man im Innern der Hütten eine elektrische Lampe aufglänzen. In den meisten aber flakkerte das rote Licht der Laternen, das eher Schatten als Helligkeit brachte. Hier auf der Schlangeninsel wohnten Straßenarbeiter, zahlreiche Eisenbahner, ein paar Arbeiter aus der Schokoladenfabrik, Lastträger vom Hafen, Stauer von den Docks. In einer Rede hatte jemand die Schlangeninsel einmal das „rote Viertel" genannt, und er bezog sich damit nicht auf die Lehmfarbe der Häuser und des Bodens, sondern auf die Gesinnung ihrer Bewohner. Ein Integralist wagte es nicht einmal bei Tage, auf die Schlangeninsel zu gehen. Wenn man auf dieses Thema kam, pflegte man eine Geschichte zu erzählen: Einst, als es mit der integralistischen Bewegung anfing, hatten die Grünhemden beschlossen, an einem Sonntagnachmittag für die Arbeiter der Schlangeninsel eine Kundgebung zu veranstalten. Ein Redner war aus Bahia gekommen, ein Journalist, die Integralisten marschierten in Viererreihen in das Viertel ein und sangen dazu ihre Kampflieder. Sie trugen die grünen Hemden mit dem Sigma, auf dem kleinen Platz in der Mitte der Insel hielten sie an, hoben die Arme und schrien ihre „Anauês". Die Arbeiter strömten auf den Platz, sie umringten die improvisierte Tribüne. Die Kundgebung begann, aber weiter kam sie nicht. Die Chroniken berichten, daß sie Minuten später im Eilmarsch („überstürzten Laufs“, wie sich der Dichter Sérgio Moura ausdrückte) zurückkehrten, die meisten ohne ihr grünes Hemd, und die es noch trugen, rissen es sich hastig vom Leib, einige waren nur noch mit Unterhosen bekleidet. Die Arbeiter hatten nämlich, nachdem die Integralisten durchgezogen waren, die Zugangswege zur Schlangeninsel besetzt. Als die Grünhemden auf der Versammlung Dresche bezogen und in die Stadt zu flüchten versuchten, prallten sie zu ihrer Überraschung mit den Arbeitern zusammen, die, bewaffnet mit Besen („der Waffe, mit der man Hühner verscheucht“, hatte Joaquim gesagt), die Straßen bewachten. Es wird erzählt, der Neger Roberto, ein Stauer, der früher Matrose gewesen war, habe bei jedem Besenhieb, den er auf einen Integralistenkopf niedersausen ließ, die ganze Schlangeninsel mit dem Ruf „Nieder mit dem Integralismo!“ erbeben lassen.

Und der Dichter Sérgio Moura erzählte, daß er an diesem Tag, der in Ilhéus den Beginn der Straßenkämpfe zwischen Linksanhängern und Faschisten bezeichnete, einem jungen Integralisten begegnet sei – es war einer seiner Bekannten namens Nestor, eine Leseratte –, der noch mitten in der Stadt wie ein Verrückter rannte. Der Bursche sei ohne Hemd, mit vom roten Lehm beschmierten Hosen, Besenschrammen im Gesicht und einem furchtbaren Schrecken dahergekommen. Mit einiger Mühe konnte der Dichter ihn anhalten und ihn, neugierig, wie er war, fragen: „Was ist denn los?“

Der Integralist holte tief Luft und erklärte dann: „Sie schlachten die Jugend von Ilhéus ab.“

Sérgio meinte, das sei zuwenig, und suchte Einzelheiten zu erfahren. Der junge Mann schilderte ihm die Ereignisse (die Integralisten behaupteten später, dieser Nestor sei ein Einfaltspinsel, denn ihrer Ansicht nach war Sérgio

Moura einer der Leute gewesen, die den Empfang auf der Schlangeninsel geplant und vorbereitet hatten, was aber nicht stimmte).

Nestor gab in seinem halbbekleideten Zustand dramatische Einzelheiten zum besten, die Besen verwandelten sich dabei in Karabiner und das paar Dutzend Arbeiter in eine riesige Anzahl von Mördern. Sérgio heuchelte Betrübnis und Entrüstung, dann fragte er verwundert: „Und warum sind Sie nicht dort geblieben und haben für Ihre Ideen gekämpft?“

Wie Sérgio berichtete, hatte der Integralist geantwortet: „Ich darf nicht sterben. Ich weiß zuviel über die Geschichte Brasiliens!“

Es ist möglich, daß diese Anekdote, die im ganzen Kakaogebiet umlief, nur eine Erfindung des Dichters Sérgio Moura ist, das ist sogar sehr wahrscheinlich. Jedenfalls aber kehrten die mit dem Besen geschlagenen Integralisten nie in Gruppen und erst recht nicht allein auf die Schlangeninsel zurück. Nicht einmal an den Tagen, an denen die Polizei in den Stadtteil eindrang, um Verhaftungen vorzunehmen. Nicht einmal, als Joaquim und weitere sechzehn Männer mit einem in eine Grüne Minna verwandelten Lastwagen abgeholt wurden und die Polizei die Schlangeninsel als „von Extremisten gesäubert“ betrachtete. Ja, nicht einmal an diesen Schrekkenstagen für das Viertel wagten sich die Integralisten in seine Straßen. Auf ihren Versammlungen im Stadtzentrum erinnerten sie immer an diesen „heroischen Tag“, an dem – nach ihrer Version – „eine kleine Gruppe Patrioten von mehreren hundert Mördern überfallen“ worden war. Auch Nestor hielt einmal eine schöne Rede über die Angelegenheit, und als guter Kenner der brasilianischen Geschichte verglich er dieses Datum mit den ruhmvollsten des Landes. Auf der Schlangeninsel war als Erinnerung an das Ereignis ein mit rotem Lehm bespritztes grünes Hemd geblieben, das an einem Laternenpfahl in der Rua São João gehißt worden war, wo es noch immer, in einen farblosen Lappen verwandelt, im Winde schwankte.

Einige von den siebzehn, die die Polizei abgeholt hatte, saßen noch in der Strafanstalt von Bahia ihre Strafe ab. Joaquim war nach Rio geschickt worden. Die meisten von ihnen kehrten jedoch auf die Schlangeninsel zurück und brachten auf dem Rücken Spuren von Gummiknüppeln mit. Als gute Ilheenser waren die Einwohner der Schlangeninsel stolz darauf, daß ihre Häftlinge nicht ein einziges Wort gesagt hatten, nie hatte die Polizei herausfinden können, wer die beiden Bomben gelegt hatte, die eines Nachts im Sitz der Integralisten krepiert waren. Man sagte, die Häftlinge aus Ilhéus hätten die Hiebe lächelnd über sich ergehen lassen.

Diese Traditionen umgaben die Schlangeninsel mit einem gewissen lebendigen und erregenden Mysterium. Aber eine Tradition, die völlig real war und die Zeiten überdauert hatte, war die Tradition des Schlamms auf den Straßen. Im Winter regnete es so viel, und so viel Wasser floß zusammen, daß nicht einmal die heißesten Sommer den Schlamm ganz zu trocknen vermochten. Immer blieben tiefe Lachen zurück, die für die Fußgänger gefährlich waren. Einmal veröffentlichte ein Reporter des „Jornal da Tarde" auf Veranlassung Sérgio Mouras eine sensationelle Fotoreportage über die Straßen der Schlangeninsel. Er forderte vom Präfekten, Maßnahmen zur Verbesserung zu treffen, aber der „Diário de Ilhéus" brachte Gegenargumente und bewies, daß der Gemeindebezirk viel dringender Landstraßen brauchte als „gepflasterte Stadtstraßen". Außerdem verdächtigte es die Moral der Bewohner der Schlangeninsel, indem es behauptete, das widerlich schmutzige Viertel sei ein Nest von Dieben, Betrügern, Unruhestiftern und Extremisten. Eine Arbeiterabordnung ging zum „Jornal da Tarde", um gegen die Anschuldigungen zu protestieren; in der Zeitung erschien ein Foto mit einer Notiz darunter. Im Vordergrund erkannte man deutlich den Neger Roberto: Er hatte den Zeitungsausschnitt mit einer Stecknadel an die Wand seiner Hütte geheftet. Der „Diário de Ilhéus“ kam auf die Angelegenheit zurück, er brachte Statistiken, die von der Polizei zur Verfügung gestellt worden waren: Tatsächlich waren eine große Anzahl Diebe und auch einige Extremisten auf der Schlangeninsel gefaßt worden. Selbst der Neger Roberto war unter den verhafteten Extremisten. Die Sache verlief aber im Sande, weil Joaquim, der in dem Viertel zweifellos hohes Ansehen genoß, fürchtete, daß aus der ganzen Geschichte eine Provokation größeren Ausmaßes werden könnte. Die Straßen wurden also nicht gepflastert, es gab weiterhin reichlich Schlamm an allen Ecken und Enden und auch in den Häusern selbst. Durch diesen Schlamm und den Regen, der den ganzen Winter über nicht aufhörte, gingen die Männer am frühen Morgen zur Schokoladenfabrik, zur Arbeit im Hafen, auf die Chaussee zum Straßenbau. Auch die Frauen machten sich auf den Weg, einige zum Markt, um den Pfeffer, die Zitronen und die Mandarinen zu verkaufen, die sie in den Gärten anbauten. So halfen sie, den dürftigen Lohn ihrer Männer aufzubessern. Andere Frauen arbeiteten in der Schokoladenfabrik, die meisten jedoch verbrachten den ganzen Tag in den Kakaolagerhäusern, wo sie die Säcke zunähten, die die Männer mit Kakaobohnen gefüllt hatten. Dann war die Schlangeninsel den Kindern vorbehalten. Es waren sehr viele kleine Neger und Mulatten, auf den ersten Blick sahen sie den Kindern von den Fazendas ähnlich. Aber nur auf den ersten Blick, denn in Wirklichkeit unterschied sich das Elend der einen von dem der andern. Die Kleinen von den Fazendas hatten die Farbe der Erde, riesige Bäuche, die von früh auf den Verkehr mit Tieren gewohnten Geschlechtsteile waren stark entwickelt. Die von der Schlangeninsel und aus ähnlichen Stadtteilen waren ebenfalls gelb, aber es war ein anderes, mehr grünliches Gelb, sie hatten keinen dicken Bauch, ihre Geschlechtsteile waren klein. Die Haut spannte sich über den Knochen, der Anblick mußte jedem Betrachter Angst einflößen. Ihre Ähnlichkeit mit den Kindern von den Fazendas, den Landarbeiterkindern, bestand vor allem darin, daß sie mit großer Leichtigkeit starben. Solange sie klein waren, wälzten sie sich im Schlamm der Schlangeninsel, und als wären sie noch nicht schmutzig genug, widmeten sie einen Teil des Tages der Beschäftigung, in den benachbarten Sümpfen Krabben zu fangen. Mit schwarzen Füßen kehrten sie aus dem Meeresschlamm zurück, einige Krabben hatten sie sich an einem aus Lianen gefertigten Strick um den Hals gehängt. Manchmal bildeten diese Krabben die Hauptmahlzeit einer ganzen Familie. Wenn diese Kinder ein bißchen größer waren, hielten sie sich tagsüber in der Stadt auf, spielten Fußball am Strand, und alle schlossen sich der Schar der „Biribanos“ an, die sich dem Diebstahl von Stockfisch- und Trockenfleischstücken in den Läden widmeten. Manchmal nahmen sie sogar die Kasse mit, aber das geschah selten. Einige blieben später diesem Gewerbe treu, daher die Behauptung des „Diário de Ilhéus“, man habe auf der Schlangeninsel Diebe festgenommen. Die meisten gingen jedoch sofort, wenn sie das sechzehnte Lebensjahr erreicht hatten, als Arbeiter zum Straßenbau oder in den Hafen.

Im Sommer, wenn die Sonne alles austrocknet, ist der Weg zur Schlangeninsel gerade noch erträglich. Außerdem weht dann über das Viertel die frische Brise, die vom Meer kommt und schließlich hinter dem Hügel verweht. Aber im Winter, wenn der Regen die Tage und Nächte beherrscht, in dem Winter von Ilhéus, wenn man niemals die Sonne sieht, gelingt es nur den Einwohnern dort, sich durch den Sumpf zu arbeiten, der die Straßen der Schlangeninsel von außen her abriegelt. Hier beginnt immer die Typhusepidemie, von der die Stadt Ilhéus alljährlich bedroht ist. Von hier kommen die Kranken in die Krankenhäuser, von hier kommen die elenden Kisten zu dem Massengrab auf dem Vitóriafriedhof. Und dann vermeiden es die Einwohner der Stadt erst recht, sich der Schlangeninsel zu nähern, einige meinen sogar, die Häuser in dieser den Ausbruch von Krankheiten so begünstigenden Senke müßten abgerissen werden. Ein Stadtrat stellte sogar ein entsprechendes Projekt vor, aber die Kommunistische Partei verbreitete daraufhin ein Flugblatt, in dem sie fragte, warum die Präfektur den Stadtteil nicht lieber saniere, statt die Häuser der Arbeiter zu zerstören. Die Zeitungen diskutierten über die Angelegenheit, und dann blieb alles beim alten. Die Ärzte kamen sehr ungern auf die Schlangeninsel, an vielen Tagen gelang es den Autos nicht, sich durch den Morast zu kämpfen, und die Ärzte mußten den Rest des Weges zu Fuß zurücklegen. Sie kamen verdreckt und knurrig an, aber eigentlich tat ihre Laune wenig zur Sache, denn die Kranken hatten meistens nicht einmal Geld, um die teuren Medikamente zu bezahlen.

Indessen gibt es in dieser Nacht, da der erste Regen fällt, wie auf den Fazendas, wie in den prächtigen Häusern der Obersten und der Exporteure in den elenden Hütten der Schlangeninsel nur freudige Gesichter. Denn der Regen sichert die Safra in diesem Jahr, und so wird es im Hafen, auf den Fahrgastschiffen und den Frachtern nicht an Arbeit fehlen, so wird es in den Kakaolagerhäusern nicht an Arbeit fehlen, so wird es in der Schokoladenfabrik nicht an Arbeit fehlen, und die Straßenarbeiten werden nicht eingestellt werden. Denn auch die Schlangeninsel, der Abschaum der „Königin des Südens", wie sie Nestor in seiner Rede genannt hat, ist auf den Kakao angewiesen, um leben zu können.

5

Es regnete erst seit einer guten Stunde, und schon waren die Wege zur Schlangeninsel nahezu ungangbar. Joaquim denkt daran, daß das Wasser zu diesem Zeitpunkt sicherlich schon in die meisten Häuser eingedrungen ist und die Fußböden in Schlamm verwandelt hat. An den Abenden, an denen eine Versammlung stattfindet, trifft er stets Vorsichtsmaßregeln, niemals geht er durch die belebten Straßen nach Hause. Wenn sie sich wie heute zusammenfinden, dann geht er stets über den Conquistahügel, als wollte er einen Freund oder eine Mulattin aufsuchen, mit der er schläft. Er schlägt einen Bogen um den Hügel und kommt auf dem unbewohnten Gelände hinter der Schlangeninsel heraus. Er erreicht das Viertel und betritt das Haus von dem mit Pfeffersträuchern und Guavenbäumen bepflanzten Garten aus. Aber heute, bei diesem Regen, ist Vorsicht überflüssig. Die Straßen der Stadt sind völlig leer, nur die Bars sind mit Leuten überfüllt. Die Kapelle des „El Dorado", einer der Nachtbars der Stadt, begleitet Joaquim ein Stück des Weges, sie spielt schrillen Jazz, der gut zum Tanzen ist. Joaquim tritt vorsichtig auf, seine Schuhe sind mit altem Reifengummi besohlt, sie rutschen leicht. Die gellenden Töne der Klarinette werden vom Regen ausgelöscht, Joaquim geht durch die Rua do Sebo, in der billige Huren wohnen. Eine ruft ihm durchs Fenster etwas zu, er beschleunigt den Schritt. An der Ecke rutscht er beinahe aus, er geht wieder langsamer. Zu dieser Stunde, kurz vor Mitternacht, stapfen auch ein paar andere Männer die durchnäßten Straßen entlang und durch den Sumpf, um Edisons Haus zu erreichen und sich pünktlich zur Versammlung der Zelle einzufinden. Joaquim denkt, daß in vielen Städten der Welt, vielleicht sogar genau zur gleichen Zeit auch andere Menschen im Regen oder unter klarem Sternenhimmel zu ihren Zellen gehen, um mitzuhelfen, das Schicksal der Welt zu verändern. Joaquim ist immer heiter, wenn er an seine Partei denkt. Er liebt mehreres auf der Welt: Er liebt die alte Raimunda, die wie ein Baum ist und ihr Leben lang über die Erde gebeugt steht, Kakao pflanzt und erntet. Er liebt trotz allem auch den Mischling Antônio Vítor, der ihn aus dem Haus vertrieben hat und der gar nichts begreift. Er liebt Jandira, eine Mulattin, die im Haus des Ausländers Asfora arbeitet; sie geht mit ihm in Mondnächten am Strand spazieren. Er liebt das Meer von Ilhéus, wenn er sich nachts am Kai mit den Stauern unterhält. Er liebt die Motoren der Omnibusse und der Lastwagen, er liebt die Kakaobäume, die er als Kind ständig vor Augen hatte. Ganz anders aber liebt er seine Partei. Die Partei ist sein Zuhause, seine Schule, sein Lebensgrund. Sehr wenige wissen, daß Joaquim sich früher einmal das Leben nehmen wollte. Vielleicht hatte er seine übermäßige Empfindlichkeit von dem alten Badaró geerbt, der, wie man sich in Ilhéus erzählt, mit Joaquims Großmutter geschlafen hat. Vielleicht stammt sie auch von einem entfernteren Vorfahren, einem jener Holländer, die nach der Niederlage von Pernambuco nach Sergipe ausgewandert sind und ihr Blut mit dem der Neger und der Mischlinge des Staates vermischt haben, so daß einige ihrer Nachfahren so groß wurden wie der Mulatte Antônio Vítor. Vielleicht kommt sie von irgendeinem schwarzen Musiker, einem Neger, der sich nach Afrika gesehnt hat.

Joaquim war frühzeitig von der Fazenda geflohen. Die Sehnsucht nach einer neuen Welt, die Antônio Vítor im Hafen von Estância aus den Armen Ivones gerissen und ihn mit dem Gewehr in der Hand auf die Kakaoplantagen getrieben hatte, die gleiche Sehnsucht hatte Joaquim von den Plantagen an den Kai von Ilhéus verschlagen. Er lernte, Autos zu fahren, Lastwagen zu reparieren, er schloß Bekanntschaften auf der Schlangeninsel. Eines Tages heuerte er als Matrose an und fuhr in andere

Länder. Als er zurückkehrte, hatte er Dinge gesehen, die er nie für möglich gehalten hätte, er hatte Geheimnisse entdeckt, die das Geschick der Welt entschieden. Aber er war nicht stolz geworden.

Bevor er an Bord ging, war sein Herz eines Tages voller Trübsinn und Bitterkeit gewesen. Als lastete das ganze Elend der Schlangeninsel auf ihm. Es war eine ausweglose Angst, er wußte weder, woher sie rührte, noch, wie er sie loswerden konnte. Er wollte sich das Leben nehmen, das Meer forderte ihn beharrlich auf. Da traf er in der Kneipe „Flor da Onda“ den schwedischen Matrosen, der portugiesisch sprach. Als er am anderen Morgen vom Wirtshaustisch aufstand, wollte er sich nicht mehr das Leben nehmen. Es war, als wäre ein Mann, dessen Herz vom Leid ausgedörrt war, plötzlich der Geliebten begegnet. Als wäre nach dem furchtbarsten Winter eines Morgens plötzlich der Frühling angebrochen. Er heuerte als Matrose an, und als er einem Mann begegnete, der bereit war, ihn mit Geduld und Güte zu unterrichten, war er grenzenlos glücklich. Aber seine Erziehung vervollständigte sich erst in den Gefängnismonaten in Rio. Er war auf der Schlangeninsel verhaftet worden, auf seiner Karteikarte stand der Vermerk „gefährlich“. Deshalb schickte man ihn nach Rio, wo die Gefängnisse überfüllt waren. Dort begann er zu studieren, er studierte in seiner unendlichen Sehnsucht zu lernen nicht nur Politik und Ökonomie, sondern auch die elementarsten Dinge, Grammatik, Geographie und etwas Französisch. Er hatte einen klaren, lebhaften Verstand, eine erstaunliche Auffassungsgabe. Die anderen erkannten bald, wie nützlich dieser junge Mann sein konnte, und so verloren sie keine Zeit. Als er auf die Schlangeninsel zurückkehrte, war er noch immer der schweigsame, sanfte, freundliche, bescheidene Joaquim, aber er war ein Mann geworden, ein Mann, der wußte, was er wollte und was er zu tun hatte.

Jetzt ist er bereits auf dem Weg, der von der Bahnlinie zur Schlangeninsel führt. Früher war hier der Hügel, heute sind es Straßen mit guten Häusern. Die prächtige Villa des Obersten Ramiro zeichnet sich ab, es ist nahe der Mole, die sich ins Meer vorschiebt. Hinter diesen Häusern beginnt der Morast. Hier gibt es keine Pflastersteine mehr, hier ist nichts als der weiche Lehm, der sich bei jedem Regen in einen Schlammstrom verwandelt. Joaquim geht vorsichtig, der Wind stößt ihn zurück, der Schlamm ist glitschig.

In der Ferne taucht ein Mann auf. Er sieht elegant aus, vorsichtig den Pfützen ausweichend, nähert er sich. Joaquim bleibt stehen. Wer mag das sein? Das Licht einer Straßenlaterne beleuchtet das bekannte Gesicht des Geschäftsführers Martins. Er kommt von Rosa, denkt Joaquim. Er weicht zur Seite aus, damit Martins vorbeigehen kann.

„Guten Abend."

Martins will nicht gesehen werden, er möchte diese Verbindung so geheim halten wie möglich. Joaquim lacht vor sich hin und setzt seinen Weg fort. Aber jetzt bringt die Erinnerung an das nachmittägliche Gespräch mit Sérgio Moura seine Gedanken durcheinander. Martins hat ihn an Carlos Zude erinnert, und Carlos Zude hat ihm wieder bewußt gemacht, daß eine Hausse bevorsteht. Wie soll er den auf ihn wartenden Genossen das Funktionieren dieser ganzen imperialistischen Maschinerie erklären? Joaquim denkt mit Sympathie an seine Genossen. Es sind ein paar Männer, alle arm und ohne Macht, viele von ihnen ungebildet, wenige können mit Mühe lesen, doch sie haben den festen Willen, das Schicksal der Welt zu verändern, die ganze Erde „auf den Kopf zu stellen", wie Canhoto im Gefängnis gesagt hat. Das ist eine neue, ungewöhnliche Aufgabe, sie fordert von jedem einzelnen den Einsatz des ganzen Lebens. Joaquim fühlt eine Art Stolz, der sein Herz schneller schlagen läßt.

Aber plötzlich erschrickt er, als er sieht, daß ein Mann vor ihm geht. Der Abstand beträgt gut zehn Meter, Joaquim bleibt stehen, und fast stockt ihm das Herz. Bestimmt ist es ein Spitzel. Wer außer einem Spitzel, der der Fährte eines Diebes oder eines Revolutionärs folgt, würde sich in einer solchen Nacht bei strömendem Regen durch diesen Sumpf wagen? Welcher gutgekleidete Mann (außer Martins, der schon zurückgekommen ist) würde in dieser Nacht nach der Schlangeninsel hinüberwaten? Höchstens ein Spitzel. Ob er einem Spitzbuben oder ob er der Versammlung auf der Spur ist? Joaquim versucht, sich zu beruhigen, die Fassung wiederzugewinnen.

Von weitem beobachtet er den Mann, der gerade an einer Straßenlaterne vorbeigeht. Er kann das Gesicht nicht erkennen. Aber er sieht, daß der Mann gute Kleidung, einen Regenmantel trägt, Dinge, die ein Bewohner der Schlangeninsel nicht besitzt. Nicht eine Sekunde hat Joaquim daran gedacht, umzukehren oder zu fliehen. Er überlegt, wie er vor dem Spitzel Edisons Haus erreichen kann, um die Genossen zu warnen und so zu verhindern, daß einer erkannt wird. Es ist unmöglich, jetzt kehrtzumachen und den Conquistahügel hinaufzusteigen, um die Schlangeninsel durch die Senke zu erreichen. Dann würde er sich unausweichlich verspäten. Nur eine Möglichkeit bleibt ihm: Er muß versuchen, hier rasch voranzukommen, den Spitzel zu überholen und am Rande des Stadtteils, in den ersten Straßen, so schnell wie möglich vorauszulaufen. Sein Glück ist es, daß der Spitzel ebenfalls langsam geht, auch er hat Angst auszurutschen. Joaquim zieht die Schuhe aus, krempelt die Hosen hoch und schließt den Mantel vor der Brust. So sieht er wie ein Arbeiter auf dem Heimweg aus. Er läßt die Schuhe neben den Bahngleisen zurück, damit er sie anderntags wiederfinden kann. Aber wenn ihn der Spitzel erkennt? Und wenn er ihn als Wegweiser benutzen will?

Dann wird sich Joaquim mit ihm schlagen, und wenn der Polizist nicht schießt, wird Joaquim Sieger sein, denn er ist stark wie ein Stier, gewohnt, Sechzigkilosäcke mit Kakao zu schleppen. Der Spitzel vergrößert seinen Vorsprung, Joaquim läuft schneller. Er ist jetzt mitten auf dem Weg, seine Füße versinken im Schlamm, das rötliche Wasser quillt mit leisem Glucksen hervor. Es regnet heftig, Joaquims Hut ist bereits durchgeweicht. Wer sie wohl denunziert haben mag? Während er rasch voranstrebt, entschlossen und fast ruhig, fahren ihm einander widersprechende Gedanken durch den Kopf.

Der Mann geht langsam, er fürchtet, im Schlamm auszurutschen. Auch er hat die Hosen hochgekrempelt, um sie nicht zu beschmutzen. Und als er unter der nächsten Straßenlaterne ist, sieht Joaquim seine schlammigen Schuhe. Das schmatzende Geräusch der Pfützen unter seinen bloßen Füßen hört sich für Joaquim an wie Entengeschnatter. Diese Beobachtung lenkt Joaquims Aufmerksamkeit einen Augenblick ab und läßt ihn an die Kakaopflanzungen denken. Zu dieser Stunde liegt Raimunda sicherlich längst in tiefem Schlaf, am frühen Morgen wird sie sich wieder an die Arbeit auf der Pflanzung machen. Ihr wird nicht einmal im Traum einfallen, daß ihr Sohn einen Spitzel verfolgt, daß er sich vielleicht mit ihm schlagen muß, daß man ihn vielleicht verhaftet.

Schneller! Wenn ihn der Spitzel erkennt, wird er auf ihn losgehen, er wird ihm keine Zeit lassen, die Pistole zu ziehen. Er kann und darf den Mann nicht töten, das wäre ein Vorwand für eine brutale Provokation. Mit dem Terrorismus richtet man gar nichts aus. Er denkt an das, was er im Gefängnis gelernt hat, an die gewaltsamen Szenen, denen er beigewohnt hat: die geprügelten Männer, die Spuren ausgedrückter Zigaretten auf ihren Rücken, die herausgerissenen Fingernägel. Es wäre immerhin besser, sich mit dem Mann zu schlagen, verhaftet zu werden, so aber zu verhindern, daß die Zelle zusammenbricht, daß die Versammlung entdeckt und die ganze Organisation zerstört wird. Joaquim beeilt sich, er kommt dem Mann immer näher. Dieser Spitzel hat immerhin Mut, wenn er sich in einer solchen Nacht auf die Schlangeninsel wagt. In Ilhéus hat es nie Geheimpolizei gegeben. Es waren gewöhnliche Polizeikommissare und Polizisten, ganz bekannte Leute. Wenn man die Politische Polizei brauchte, holte man Leute aus der Hauptstadt. Joaquim wird sich auf ihn stürzen. Das ist das beste ...

Unter den Schritten spritzt das Wasser der kleinen Pfützen auf. Der Spitzel geht äußerst vorsichtig, er hebt seine lehmbeschmutzten Hosen an. Der Hut mit der vom Regen gewellten Krempe ist ihm über die Augen gerutscht, den Mantel hält er vor der Brust zusammen. Joaquim macht einen Plan: Zuerst wird er dem Polizisten eins auf den Hut geben, damit sein Gesicht verdeckt ist und er nichts mehr sieht. Dann wird er ihn durchwalken, bis er weicher ist als eine reife Brotfrucht. Er schnellt nach vorn, da patscht er mit dem Fuß in die tiefste Pfütze. Der Mann dreht sich erschrocken um. Zum Glück sind sie fast unter einer Straßenlaterne, und Joaquim erkennt Sérgio Moura. Der Dichter ist sichtlich verwirrt, die Geräusche hinter ihm haben ihn schon beunruhigt. Es kann ein Arbeiter sein, aber ebensogut ein Dieb.

„Seu Sérgio!"

Der Dichter atmet erleichtert auf. „Ich bin aber erschrocken, Joaquim."

Der Dichter und der Chauffeur empfinden Achtung voreinander, die völlige Vertrautheit zwischen ihnen ausschließt. Indessen schätzen und bewundern sie einander. Aber etwas, sie wissen nicht, was es ist, verbietet ihnen, sich vor dem andern mit aller Offenheit zu äußern. Joaquim behandelt Sérgio mit Ehrerbietung, er mißt dem, was der Dichter tut, große Bedeutung bei, und lange Zeit hat er sich geweigert, seine Meinung über Sérgios Gedichte zu äußern. Einmal jedoch, als ihn der Dichter drängte, fragte er ihn, weshalb er seine revolutionäre Dichtung in einer Form darbiete, die kein Arbeiter verstehen könne. Sérgio war wochenlang mit dem Problem beschäftigt, dank dieser Beobachtung veränderte er seine Rhythmen und begann nach volkstümlichen Formen zu suchen, manchmal schon mit Erfolg.

Nun steht er vor dem Dichter und weiß nicht, was er sagen soll. Vielleicht ist Sérgio auf der Suche nach einer Frau hier, nach einem Stelldichein, und Joaquim will nicht davon reden. Da sagt der Dichter: „Ich wollte zu Ihnen."

„Zu mir?"

„Die Versammlung heute, wissen Sie? Die Exporteure ..."

Aber der starke Regen verhindert jedes Gespräch auf der Straße. Joaquim denkt nach. Im Innersten seines Wesens hegt er unklare Vorurteile gegenüber diesen Intellektuellen. In Edisons Haus sind die Genossen sicherlich schon versammelt. Es sind die fähigsten, die Männer mit der größten Verantwortung. Aber Sérgio, der Teile von Carlos Zudes Rede wiedergibt, ist so aufrichtig in seiner Erregung, daß Joaquim lächelnd zu ihm sagt: „Kommen Sie mit."

Aus irgendeinem Haus auf der Schlangeninsel hört man Gitarrenklänge. Ab und zu läßt eine Straßenlaterne die Pfützen aufglänzen. In einem im hinteren Teil von Edisons Haus gelegenen Raum mit rohen Lehmwänden beleuchtet eine Lampe die müden Gesichter einiger Männer.

Sérgio ist seltsam erregt, als hätten die Dinge für ihn plötzlich einen neuen, tieferen Sinn. Die Männer mustern ihn mißtrauisch, schließlich erklärt Joaquim: „Genosse Sérgio wird uns einige Informationen geben. Sie sind von größter Bedeutung. Wir werden aufmerksam zuhören und danach diskutieren."

Dann hört man die Stimme des Schuhmachers Edison, der die Versammlung leitet, eine Stimme, die sanft ist wie die eines Kindes: „Sprechen Sie, Genosse."

Sérgio steht noch, ein schwarzer Lastträger vom Hafen macht ihm lächelnd Platz auf der Bank. Dann verliert der Dichter jede Angst vor den Worten, vor den Haltungen, ruhig und seiner Sache sicher, setzt er sich hin. Er beginnt zu sprechen.

6

Von der Haustür aus beobachtete Carlos Zude, wie das Auto in die Garage gefahren wurde. Die Avenida war jetzt ruhig und menschenleer. Ab und zu nur kam ein Liebespaar vorbei, sie gingen zum Strand, dem Helfershelfer ungebundener Liebe. Carlos fühlte sich wie ein siegreicher General. In seinen Händen hielt er die einmütige Zustimmung der Exporteure zu seinem Vorhaben mit der Hausse. Selbst wenn sich einer widersetzt hätte, was hätte das schon bedeutet? Er und Karbanks waren sich einig, sie würden jeden aus dem Weg räumen, der es wagte, etwas gegen dieses genau berechnete und mit Liebe und Sachkenntnis entworfene Unternehmen zu äußern. Schwarze Regenwolken hatten sich seit dem späten Nachmittag aufgetürmt. Am Abend waren dichte Schauer gefallen, von der Tür aus sah Carlos Zude den nassen Gehweg. Die Paare beeilten sich, sie nutzten den Moment der Trockenheit für den Liebesakt auf dem feuchten Strand. Carlos Zude sah sich voll Zuneigung nach allen Seiten um, nach der Avenida, den Häusern, den schwarzen Wolken, den Liebespaaren und dem Meer. Er hatte das unbestimmte Verlangen, sich auf eine der Bänke an der Avenida zu setzen und einer vorbeigehenden Frau ein Kompliment zuzurufen. Und sie dann vielleicht zu begleiten und sich mit ihr auf dem Sand zu wälzen. Er hatte den Eindruck, daß ihm in dieser Nacht nichts widerstehen könne. Nichts konnte ihm verweigert werden, es war ein großer, schicksalhafter Tag in seinem Leben.

Da vorn war das Meer, und die Wogen schlugen mit unaufhörlichem Brausen an den Strand. Abends, wenn Carlos rechnete, wenn er genaue kommerzielle Untersuchungen vornahm, hörte er das ständige Rauschen des Meeres, diese ewige Bewegung. Weiter drüben, hinter der Stadt, dem Fluß und den Hügeln, lagen die Kakaoplantagen. Carlos Zude kannte sie kaum. Ein paarmal hatte er kurze Besuche auf den Fazendas befreundeter Obersten abgestattet, bei Kunden, die ihn zu Hochzeiten und Taufen eingeladen hatten. Dann starrte er mit seinen Städteraugen die endlos weiten Kakaopflanzungen mit den prangenden gelben Früchten an, den goldenen Früchten, die das Glück dieses Landes waren. An solchen Tagen kam sich Carlos Zude klein und vergänglich vor, als hätte er keine Wurzeln in dieser Erde, als hinge er lose in der Luft, ohne weiteres fortzutragen von jedem Sturm. Was bedeuteten sie, die Exporteure, in dieser Welt des Kakaos? Sie waren nichts als Vermittler, Leute, die kauften und verkauften, nichts fesselte sie an diesen Boden, nur der unmittelbare Gewinn. Sie waren an die Verträge gebunden, die die Obersten brachen, sobald sich eine Hausse ankündigte. Es gab Gewinne, und sogar große, aber ewig schwebte das Gespenst der Verluste und des Bankrotts über ihnen. Kleine Exporteure waren erledigt, wenn die großen Obersten die geschlossenen Verträge mit einem faulen Trick brachen, ohne daß man eine rechtliche Handhabe gegen sie hatte. Sie waren hier nicht verwurzelt, sie waren eingetroffen, als die Kakaobäume, die auf blutgetränktem Boden gepflanzt worden waren, längst groß waren und goldene Früchte lieferten. Sie waren Neuankömmlinge ohne Halt in dem schwarzen, fruchtbaren Boden. Carlos Zude fühlte, daß es das wichtigste war, Land zu besitzen. Nur das würde ihnen Bürgerrecht im Kakaogebiet verschaffen, nur das wäre eine ausreichende Garantie für ihre Geschäfte.

Als Carlos ein junger Mann war, der nichts als Frauen und alle möglichen Laster im Kopf hatte, war es Maximiliano Campos mit einer List gelungen, ihn an die Firma zu fesseln: Er hatte ihm von den entsetzlichen Ereignissen in Ilhéus erzählt, von den Schüssen und Kämpfen, von den Toten und den Feuersbrünsten zu Beginn des Jahrhunderts, als die Obersten, die Horácios und die Badarós, das Niemandsland erobert hatten, um dort Kakao anzupflanzen. Carlos war begeistert von diesen Geschichten, sie hatten die gleiche Anziehungskraft auf ihn wie in seiner Kindheit die Bücher von Jules Verne. Seit seinem Jünglingsalter nahm das Bild des schwarzen Kakaolandes, das vom Blut rot gefärbt war, einen besonderen Platz in seiner Vorstellung ein. Nun wußte er, daß man mit Revolver und Flinte, mit Meuchelmord und Brandstiftung bei der Eroberung dieses Landes nichts mehr ausrichten konnte. Es war nicht mehr Niemandsland, gespenstischer Urwald, unberührt vom Menschen. Jetzt waren Kakaopflanzungen daraus geworden, begrenzt von Stacheldrahtzäunen und mit Landbesitzurkunden in Notariaten registriert. Es waren Ländereien, die Eigentümer hatten, reiche und mächtige Obersten, die unumschränkten Herren der Wahlen, der Häuser von Ilhéus, der Regierungsämter, der Landstraßen, der Luxusautos. Die Obersten waren die Herren von Ilhéus, weil sie die Herren des Landes waren. Sie wateten durch den Schlamm ihrer Pflanzungen, in ihm waren die Leichname ihrer Väter, ihrer Söhne, ihrer Brüder, ihrer Freunde, ihrer Messerhelden versunken. Sie waren hier verwurzelt, die Herren des Landes! Carlos Zude und die Exporteure waren Neuankömmlinge, sie waren eingetroffen, als die Kämpfe zu Ende waren, sie erschienen, um als Vermittler im Kakaohandel einen Teil des Gewinns zu erhaschen. Jeder stärkere Wind konnte sie davonblasen, sie ins Elend, in den Konkurs stürzen, sie hatten in diesem Land nicht Wurzel geschlagen.

Carlos Zude lächelte, aber nicht über das Pärchen, das vom Strand gerannt kam, weil es wieder zu regnen begonnen hatte. Er lächelte über Maximiliano Campos, seine schwülstigen Tiraden, wenn er von den Kämpfen um den Besitz des Urwaldes erzählte. Jetzt bemühte sich auch Carlos Zude an der Spitze der Exporteure um die Eroberung des Landes, auch heute war es wieder ein Kampf auf Tod und Leben. Im Innersten seines Wesens, wo noch der Jüngling wohnte, der von den Büchern Jules Vernes zu den Geschichten von Ilhéus übergegangen war, beklagte Carlos Zude, daß es nicht auch heute ein heldenhafter Kampf mit Flinte, Hinterhalt und Meuchelmord war. Es war ein Kampf am Schreibtisch, ein Kampf der Börsenspekulation, mit Haussen und Baissen, ein völlig anders gearteter Kampf. Vielleicht ist er sogar schäbig, dachte Carlos, auf einmal trübsinnig. Da war der Dichter Sérgio Moura, der in der Hand die welkende Rose hielt und ein Lächeln auf den Lippen hatte. Aber es war nicht schäbig! Es war heroisch auf seine Weise, auf die Weise des Kakaoexporteurs Carlos Zude.

Der Regen fiel jetzt in dichten Strähnen, der Wind schleuderte Carlos Zude Tropfen ins Gesicht. Es war ein Kampf, der Verstand und Berechnung, guten Blick und Fingerspitzengefühl erforderte. Was machte es aus, daß der Dichter lächelte, daß er an seiner verwelkten Rose roch, als füllte Pestgestank den Raum, in dem sich die Exporteure versammelt hatten? Was wußte der Dichter davon, ein schäbiger Sekretariatsangestellter, was wußte er von den großen Geschäften, von einem auf fünf Jahre kalkulierten Plan? Es gab keinen offenen Kampf, das, was Maximiliano Campos eine „gewisse Loyalität“ genannt hatte. Loyalität? Und die Hinterhalte in den Mondnächten? Auch das hier ist wie ein riesiger Hinterhalt, dachte Carlos Zude. Und er lächelte.

Der Regen fiel ihm auf Schultern und Gesicht. Nicht eine einzige Gestalt war auf der verlassenen Avenida zu sehen. Nur das Licht der Straßenlampen spiegelte sich in dem nassen Asphalt. Carlos Zude öffnete die Tür und ging ins Haus.

Julieta hatte ihr Buch fortgelegt, sie hatte keine Lust mehr zu lesen, sie war traurig und unruhig, wieder fühlte sie den unerklärlichen Druck auf der Brust, die tiefe Sehnsucht nach einem unbekannten Glück. Carlos zeigte ihr sein triumphierendes Lächeln.

„Ein Hinterhalt ist es ..."

„Was denn?" fragte Julieta teilnahmslos, sie erwartete keine Antwort.

Carlos setzte sich auf die Kante des Bettes mit den blendend weißen Tüchern und erklärte es ihr. Er schilderte alles von Anfang an, von der Zeit, als der Boden noch keinem gehörte, als es nur völlig unerforschte Wälder mit hundertjährigen Bäumen gab. Er erzählte von den Auseinandersetzungen um das Land, von den Kämpfen, dem Tod aus dem Hinterhalt und dem Tod in den blutigen Gefechten, von den schmutzigen Geschäften, dem Land, auf dem Kakaobäume angepflanzt wurden, die goldene Früchte hervorbrachten. Julieta hörte mit weit aufgerissenen Augen zu, es fesselte sie, es war wie ein altes Märchen, schonungslos und ergreifend.

Das Land ... ohne das Land war alles sinnlos, sowohl die großen Büros als auch die großen Transaktionen mit New York und Berlin. Wer waren sie, die Exporteure? Wer war sie, Julieta, die so anders war als die Frauen von hier: Sie waren Neuankömmlinge, hatten nicht Wurzel geschlagen, waren nicht fest im Kakaoland verankert. Nur der Besitz des Landes würde sie endlich zu Herren machen, zu richtigen Grapiúnas, den Herrschern von Ilhéus. Und er enthüllte seinen Plan, er fühlte, daß es notwendig war, ganz offen zu reden und sich mit einer plötzlichen Eitelkeit, die ihm sonst fremd war, zu loben, die ganze Größe all dessen zu empfinden, was er sich vorgestellt hatte, die ganze Kraft seiner Persönlichkeit. Für Julieta war es wie ein Traum. Ihr Mann sprach sonst nie von Geschäften zu ihr, dies war eine Welt, die es für sie nicht gab. Sie wußte nur, daß die Gewinne groß waren, sie reichten aus für den Luxus und die Juwelen, die Reisen und die Kleider. Aber sie wußte nichts von jenem Mechanismus, und die Enthüllung der von den Exporteuren gebilligten Pläne, die Carlos ersonnen hatte, der von ihm gefaßten und ausgearbeiteten Pläne, gab ihr auf einmal ein neues Bild von ihrem Mann. Hier saß er an ihrem Bett, er war gealtert, seine Augen blickten ein wenig trüb und waren von Fältchen umringt. Er hatte etwas von einem großen Mann, das spürte Julieta, aber sie wußte im selben Augenblick, daß es eine Größe war, die sie nicht bezaubern konnte. Im Lauf des Gesprächs begann sie ihn plötzlich zu bewundern, wie sie noch nie einen Menschen bewundert hatte. Aber sie fühlte sich immer ferner von ihm, als müßte sie sich zwischen Horácio und Sinhô Badaró auf der einen und Carlos Zude und Karbanks auf der anderen Seite entscheiden. Ihr fiel der Ausspruch von Reinaldo Bastos ein (sie dachte nicht im entferntesten daran, daß er von Carlos stammte): „Sie sind wie schüchterne Kinder." Sie waren Männer des Revolvers, des bewaffneten Kampfes, was würden sie tun angesichts dieser Intelligenz, dieser Berechnung, dieser kaufmännischen Mysterien, angesichts dieser neuen Männer von der Art eines Carlos Zude und eines Karbanks? Julieta fühlte, daß sie unterschiedliche Größen waren, als könnte sie die Obersten in eine Hand legen und die Exporteure in die andere und sie gegeneinander abwägen. Carlos schloß die Augen, als er seinen Plan minutiös beschrieb. Innerhalb von fünf Jahren würden die Ländereien ihre Eigentümer wechseln, danach würden andere die Herren sein. Sie bewunderte ihn. Das Gesicht ihres Mannes war von einer gewissen Kraft, einer Entschiedenheit, ja sogar von einer Art Heroismus erleuchtet. Aber etwas war dabei, was ihr Übelkeit verursachte, und wenn sie eine Rosenknospe gehabt hätte, und sei es eine verwelkte, dann hätte Julieta ihren Duft eingesogen auf der Suche nach einem ländlichen Aroma, das sie aus dieser geschlossenen, unheimlichen Atmosphäre befreit hätte.

Trotzdem war sie gerührt, als Carlos am Ende dieser kaufmännischen Beschreibung, die in seiner leidenschaftlichen Stimme fast epische Züge annahm, ihr all das in beharrlicher Erneuerung seiner Liebe zu Füßen legte.

„Und dann können wir in Rio wohnen, nach Europa reisen, wir brauchen keine Angst mehr zu haben ... Du wirst alles kaufen können, alles, was du magst."

Julieta nahm ihn an den Händen, sie fühlte, daß er müde war. Er ist ein großer Mann, dachte sie. Ein großer Mann, den sie nicht liebte, dessen Größe sie nicht verlockte. Aber er war ein großer Mann, der sie liebte, der ihr seine Größe zu Füßen legte. Er war müde.

„Du bist müde." Sie berührte seinen Anzug. „Er ist ganz durchnäßt, du Ärmster!"

Sie half ihrem Mann, sie brachte ihm seinen seidenen Pyjama, sie holte ihm ein Glas Wermut. Als sie zurückkam, sah Carlos durch das geschlossene Fenster hinaus in den strömenden Regen. Er trank kleine Schlucke aus dem Glas und sagte: „Das wird eine große Safra, die erste während der Hausse. Eines Tages wird die Baisse kommen, Julieta, und dann wird das Land nichts mehr wert sein, und wir werden seine Herren."

Wieder entsann sich Julieta des Satzes, den Reinaldo Bastos ausgesprochen hatte. Und sie sagte fast wider Willen: „Das wird furchtbar."

„Furchtbar?" fragte er, und dann begriff er.

Kurzes Schweigen trat ein, beide dachten nach. Julieta wußte jetzt, was sie von jener Größe trennte, die sie in ihrem Mann spürte. Und Carlos dachte, es sei traurig, daß es so sein mußte, ein so fürchterlicher und so schäbiger Kampf. Aber die Obersten hatten es ebenso gemacht, und sie bereuten nichts. Er sagte: „Nichts ist einfach im Leben. Immer muß man über die anderen hinweggehen. Leider muß es so sein. Aber es muß eben so sein", wiederholte er, er wollte mit diesem Satz seine melancholischen Gedanken verdrängen. Er war nicht nur müde, er war auch betrübt.

Da nahm Julieta seinen Arm und führte ihn zum Bett. Und sie tat ihm ihren Körper auf, wärmte ihn und gab sich ihm hin, aber es war nur aus Mitleid, um ihn zu trösten, um ihn vergessen zu lassen, es war wie eine freundschaftliche Geste, keine Liebe. Der Regen hörte die ganze Nacht über nicht auf, und auch die Schlaflosigkeit nicht.

7

Der Regen fiel auf die Kakaopflanzungen, die von der Sonne verbrannten Blätter wurden abgerissen, die Schlangen flüchteten in ihre Schlupfwinkel, die Juparás sprangen unruhig davon, die Uhus schrien in der Nacht. Auf den Straßen wiesen die ersten Pfützen in dem roten Lehm darauf hin, daß sich die Wege in den nächsten Monaten in einen schlammigen Pfuhl verwandeln würden. Dies war der Regen, der die Safra sicherte, der das Blühen der Bäume, das Wachstum der Früchte garantierte. Danach würden die Sonnentage kommen, und die grünen Früchte würden sich golden färben. Dieses Land brachte goldene Früchte hervor, die die Pflanzungen erleuchteten und die Herzen der Menschen mit Träumen füllten.

Als die Monate des Paradeiro nahten, sahen die Augen der Männer und der Frauen im ganzen Süden des Staates Bahia mit einer unruhigen Frage zum Himmel. Würde der für den Temporão, die Juniernte, unerläßliche Regen in diesen heißen Monaten fallen, oder würde die Dürre über die Pflanzungen hereinbrechen und alles verheeren, die Blüten und die kleinen Früchte zerstören und nur die Blätter der Kakaobäume vergolden? Zwar glich die Dürre in diesem Gebiet nicht der des Ceará, die das Vieh und die Menschen, das Gras und die Tiere des Waldes vernichtete und die Brunnen austrocknete. Hier kannte man solche Dürreperioden höchstens vom Hörensagen, aus den Geschichten, die die Leute aus dem Ceará erzählten, wenn sie, getrieben von dem Ruin ihres fernen Landes, auf die Fazendas kamen. Aber es genügte schon, daß der Regen nicht in der gehörigen Zeit fiel, dann verdorrten die Blüten der Kakaobäume und verwandelten sich nicht in Früchte. Wenn der Temporão verdorben war, dann war es die Safra selbst auch. Seit die letzten Reste der großen Wälder gerodet und diese Flächen mit Kakaobäumen bepflanzt worden waren, regnete es im Gebiet von Ilhéus nicht mehr so regelmäßig und ausgiebig wie früher. Die Menschen sahen zu dem blauen Himmel hinauf, sie befragten den Horizont, sie waren ausgezeichnete Kenner aller Merkmale, die Regen ankündigten, aller Merkmale, die auf eine Dürre hindeuteten. Manche erkannten das Herannahen der Regenfälle sogar, wenn sich noch nicht eine einzige Wolke an dem reinen südlichen Himmel zeigte. Sie erkannten es an dem Geruch des Grases. Ebenso rasch wie die Tiere der Pflanzungen, wie die Vögel und die Affen witterten die Menschen, daß Regen kommen würde. Und dann freuten sich die Menschen des Kakaolandes, ein Lächeln erblühte auf allen Gesichtern, ebenso wie einige Tage später die Knospen an den Kakaobäumen erblühen würden.

In der Nacht des ersten Regens, als ganz plötzlich der erste heftige Schauer niederging, erschien der Mulatte Antônio Vítor an der Tür seines Hauses und lächelte. Auch Raimunda tauchte auf und blieb neben ihm stehen. Sie sagten nichts, sie starrten nur mit dankbaren Augen in den Regen. Diese gerührte Stimmung überkam sie jedes Jahr in der Zeit des Paradeiro. Der Regen fiel mit ernstem, feierlichem Rauschen, er prasselte in die Pfützen. Diese kleinen Bauern waren angesichts des vom Himmel strömenden Wassers fast religiös ergriffen. Antônio Vítor sagte: „Er hat auf sich warten lassen, aber er ist gekommen. Gott sei gelobt!"

Raimunda sagte nichts. Aber auf ihr Gesicht trat das seltene Lächeln, sie machte einen Schritt nach vorn und ließ sich wie Antônio den Regen übers Gesicht rinnen.

Hauptmann João Magalhães war freudig erregt. Für ihn war der Beginn der Regenzeit mit der Nachricht von der Hausse verknüpft. Und er erklärte Don'Ana die Sache mit pathetischen Gebärden, wobei sein Lachen von dem Papagei sekundiert wurde, der auf dem Geländer der Veranda würdevoll hin- und herspazierte. Hinter den Pflanzungen, die vom Regen genährt wurden, lag noch jungfräulich und unerforscht das Waldstück, auf dem sie nie Kakao angepflanzt hatten. Ihm wandten der Hauptmann und Don'Ana die Blicke zu. Dort war die Aussicht auf eine bessere Zukunft, einen Aufstieg, eine Rückkehr zu den früheren Tagen. Wenn dieser Wald erst gerodet und mit Kakaobäumen bepflanzt sein würde, dann wären sie die Badarós von einst, reiche und mächtige Leute. Vielleicht war in der ganzen riesigen Weite dieses Kakaolandes einzig und allein dieses Reststück des Repartimento zum Bepflanzen übriggeblieben, und der Repartimento war ein Gebiet, das sich unvergleichlich gut für den Anbau von Kakao eignete. Genausogut wie der Sequeiro Grande.

Oberst Frederico Pinto hört das Geräusch, das von dem Arbeiterhaus herüberdrang. Es ist die Totenwache Ranulfos, die Tagelöhner reden über den Terno und die Proben dafür, sie hocken rings um den Leichnam und machen Pläne. Frederico denkt daran, daß er einen

Elektromechaniker aus Ilhéus kommen lassen will, der den Trockenraum überprüfen soll. Der Oberst ist einer der reichen Männer dieses Gebietes. Er stellt etwas ganz anderes dar als João Magalhães oder Antônio Vítor. Sein Vermögen gehört zu den größten in Ilhéus, er besitzt Pflanzungen über Pflanzungen; all das ist Land, das er erobert, gerodet und bebaut hat, und dazu kommen Pflanzungen, die er später gekauft hat; auch kleinen Bauern hat er mit raffinierten Tricks Land abgenommen: Selbst in schlechten Jahren hat der Oberst immer wenigstens fünfzehntausend Arrobas geerntet. Er gehört zu den „vornehmen" Leuten des Landes, jener Kaste, die den Gesellschaftsklub besucht, die ihr Geld in den Nachtbars ausgibt, die im Hause Pepe Espinolas pokert, die sich in Ilhéus Herrschaftshäuser bauen läßt – der „Adel", wie Sérgio Moura diese Obersten ironisch nennt, die er gern mit entsprechenden Titeln versieht: Herzog Horácio, Baron Maneca Dantas. Zu dieser Gruppe der größten Fazendeiros gehört Oberst Frederico Pinto.

Seine Frau ist schon im Bett. Heute muß er die Wünsche seiner Gattin befriedigen, so besänftigt er ihre Eifersucht. Jetzt betrachtet er, mit seinem Pyjama bekleidet, den strömenden Regen. Er wird noch mehr Land kaufen können. Und er wird Lola Espinola mit Juwelen, teuren Kleidern, importierten französischen Parfüms überhäufen. Der Regen ist für den Obersten Frederico eine Befreiung. Die Angst vor der Dürre hat ihn den verführerischen Armen der argentinischen Blondine entrissen und ihn in furchtbarer Beklommenheit auf die Fazendas getrieben; dort hat er das Entästen vorangebracht, damit vielleicht trotz der Dürre noch etwas gerettet wird. Jetzt regnet es, und er kann zurückkehren, in Lolas Armen schlafen und sich in die Geheimnisse der Liebe vertiefen, in denen sie bewandert ist. Der Regen fällt, er klopft sogar an die Veranda des Herrenhauses. Oberst Frederico Pinto ist nervös. Die Erinnerung an Lola ruft in ihm das unwiderstehliche Verlangen nach einer Frau hervor Am liebsten würde er sein Pferd satteln lassen und sofort aufbrechen, im Galopp die drei Meilen nach Itabuna zurücklegen, ein Auto nehmen und noch vor Tagesanbruch an die Haustür seiner Geliebten klopfen. Pepe würde noch in der Bar sein, beim Spiel. Sie würde in glücklichen Träumen liegen. Er kannte jede Einzelheit des geliebten Körpers ganz genau, und nun erinnerte er sich nacheinander an alle. Seine Nervosität wuchs, er lief im Zimmer hin und her. Der Lärm der Totenwache war wie eine beharrliche Einladung. Oberst Frederico Pinto ging ins Wohnzimmer hinüber, zog den Gummimantel über den Pyjama, stülpte einen alten Hut auf den Kopf und schritt auf das Haus der Arbeiter zu. Er konnte in dieser Nacht nicht schlafen.

Oberst Horácio da Silveira erwachte bei den ersten Regenschauern. Sein Schlaf war leicht, es war der Schlaf eines Greises. Das alte, schon recht zerrüttete Bett knarrte, als Horácio aufstand. Er trug ein langes Nachthemd, genau wie vor dreißig Jahren. Mit gestickten Blumen auf der Brust. Aber sein mächtiger Körper war jetzt gebeugt und klapperdürr, der erschlaffte Körper eines alten Mannes. Der Regen drang durchs Fenster ins Zimmer, er näßte die Bettücher, Horácio bekam einige Tropfen ab. Die Augen des Achtzigjährigen sahen nur noch wenig. Tastend suchte er nach seinem Stock (der einen goldenen Knauf wie eine Kakaofrucht hatte), er stützte sich darauf, orientierte sich an dem hereinwehenden Wind und ging aufs Fenster zu. Dort draußen war die verschwommene Helligkeit vor der eigentlichen Morgendämmerung. Aber die Augen des Obersten Horácio da Silveira nahmen nur einen wirren Nebel wahr. Doch den Regen spürte er auf dem Gesicht, er war wie eine Liebkosung, er brauchte ihn nicht zu sehen. Eine Stille herrschte in den Pflanzungen, die nur vom Geräusch des Regens und der fallenden

Blätter zerschnitten wurde. Gerade vor dem Fenster des Zimmers, in dem der Oberst schlief, dehnte sich eine Kakaopflanzung. Der Wind fuhr zwischen den Blättern hindurch, der Oberst hörte nacheinander alle Geräusche, die die Stille der Nacht durchbrachen, und unterschied sie, so undeutlich sie auch waren. Er war zufrieden wie ein Kater, der gestreichelt wird. Er murmelte etwas vor sich hin, und auf seinem Gesicht lag sein mißtrauisches, hartes, furchteinflößendes Lächeln. Der Regen durchnäßte ihn, er spürte ein Jucken am Körper, und seine runzlige Hand fuhr von der Brust bis zu den Beinen, mit dem Wind und dem Regen kehrten seine rheumatischen Schmerzen wieder. Er wußte, daß er allein war, die anderen schliefen, und er konnte zwischen den freudigen Worten, die er brummte, leise vor sich hin stöhnen. Dieses verdammte Rheuma. Es kam mit der Regenzeit, heftige Schmerzen peinigten ihn. Aber was tat das, wenn es regnete, wenn die Kakaobäume nicht ihre neugeborenen Blüten verloren, wenn die Früchte sich golden färbten und die Safra groß wurde, so groß, wie sie nie zuvor gewesen war?

Manche Leute in den Städten Ilhéus und Itabuna bedauern, daß Oberst Horácio da Silveira, der reichste Mann im Kakaogebiet, der allmächtige Herr der Politik, einsam auf seiner Fazenda lebt. Er hat keinen, der für ihn sorgt, er hat weder einen Freund zur Seite noch eine Frau oder Geliebte, noch den eigenen Sohn, mit dem er sich nicht versteht. „Er hat ein trauriges Alter“, sagen sie. Und die alten Frömmlerinnen, die die Geschichten der Vergangenheit kennen, fügen hinzu, der Oberst müsse nun für seine früheren zahlreichen schweren Sünden büßen. Auch früher, als die Männer das Land mit Beilen und Sensen zerrissen, als sie andere Männer bei der Eroberung der Wälder umlegten, auch damals schon wurde über Horácio geredet. Jetzt sprechen sie von ihm mit einem Mitleid, in dem auch Haß liegt. Er tut ihnen leid, aber sie meinen, ihm geschehe recht, daß er jetzt allein und verlassen sei und leiden müsse. Horácio weiß, was sie sagen, wie er auch vor dreißig Jahren gewußt hat, was sie sich in den Sakristeien und den Kneipen erzählt haben. Aber er weiß auch, daß er nicht allein ist. Er hat seine Kakaobäume, seine Pflanzungen, die Tiere, die darauf leben, ja selbst die Schlangen und die Jaguare, die noch geblieben sind. Er lebt mitten in seiner Welt, er ist ein Teil von ihr, er ist nicht allein und traurig. Wenn er in der größten Stadt der Welt mit unzähligen hellen Lichtern, mit lauter Musik und schönen Frauen, mit Freunden und allem Komfort lebte, dann wäre Oberst Horácio allein und traurig, weil er weit von den Pflanzungen entfernt wäre.

Was macht es schon aus, daß sich mit der Regenzeit sein Rheuma einstellt? Was tut es, daß er niemanden zur Seite hat? Er hört, er fühlt, er wittert und erkennt jedes Geräusch von den Pflanzungen, auf die der Regen fällt. Er murmelt glücklich etwas vor sich hin, wenn der Regen die Falten seines Gesichtes glättet. Er streckt die Hände aus, damit die Regentropfen darauffallen. Der Morgen bricht an, die müden Augen des Obersten nehmen die Helligkeit wahr, die den Nebel vor Tag zerstreut. Und er unterscheidet nacheinander die Stimmen der unzähligen Vögel, die zwitschernd den Regen auf den Kakaopflanzungen begrüßen.

8

„Es regnet, Leute", sagte Capi.

Alle liefen herbei, um hinauszusehen. Sie blieben stehen und erkannten, daß das nicht mehr die vereinzelten Schauer vom Abend waren, sondern endlich der erwartete Regen, der tagelang anzudauern pflegte. Die vorherigen zögernden und kurzlebigen Regenfälle hatten die Zweifel der Landarbeiter nicht zerstreut: Ob es nur

Wolken waren, die vom Wind herangetrieben wurden, oder ob es der für die Safra notwendige Regen war?

Auf die Kakaobäume, das Gras, die rote Erde rauschte der Regen herab. Jetzt würde es viele Tage lang regnen.

Im Herrenhaus wurde Licht angezündet.

„Der Oberst ist aufgewacht“, sagte Rita.

„Der freut sich.“

In dem kleinen Landarbeiterhaus war der Leichnam unbewacht zurückgeblieben. Er mußte gleich hier auf der Pflanzung begraben werden. Ranulfo hatte von allen Tagelöhnern die meisten Schulden gehabt. Er schuldete unheimlich viel Geld, deshalb würde der Oberst ihnen nichts für ein Begräbnis im Dorf geben. Und jetzt, da der Regen begonnen hatte, würde er keinesfalls zwei Arbeiter freistellen, damit sie die Hängematte mit dem Toten forttrugen. Wäre der nächste Tag ein Sonntag gewesen, dann hätten sie eine Hängematte herrichten, sich ein paar Groschen borgen und Ranulfo auf einen ordentlichen Friedhof bringen können. Mitten in der Woche jedoch war es schwierig. Der Tote, der grünlich aussah und dessen Augen vom Todeskampf weit aufgerissen waren, lag allein in dem Raum. Der Cachaçakrug war schon halb ausgetrunken.

Rita kam als erste zurück und sah den Toten an. Dieser Ranulfo war ein braver Kerl gewesen. Wenn sie auf dem Rückweg vom Fluß oder von den Pflanzungen an ihm vorüberging, starrte er sie mit den Augen eines zahmen jungen Hundes an. Die Leute flüsterten einander zu, Ranulfo sei mit einer Stute befreundet, der einzigen Frau, die er kenne. Aber das war keine Seltenheit unter den Arbeitern, sie waren von klein auf gewohnt, Beziehungen zu Tieren, zu Ziegen, Schafen, später auch zu Eselinnen und Stuten, zu haben. Viele holten sich eine Krankheit dabei, die Boshaften zeigten auf sie mit dem Finger. Was Ranulfo in Ritas funkelnden Augen lächerlich machte, diesen Augen, die zur Liebe einluden, die fortwährend die Unschuld darboten, die sich das Mädchen bewahrt hatte, das war die Erinnerung an die Tracht Prügel, die er bekommen hatte. Ein Mann, den sie geprügelt hatten ... Allerdings hatte diese Tracht Prügel den Ansprüchen des Aufsehers auf Ritas Zuneigung ein Ende gesetzt. Sie war verärgert über Tibúrcio, der ihr lange nachgelaufen war. Sie hatte ihn mit der Peitsche in der Hand gesehen, als er auf Ranulfo einschlug. Der eine wie der andere hatte für sie verloren. Der eine war ausgepeitscht worden, sein Rücken war davon gezeichnet, es war, als hätte man ihn kastriert. Und der andere schlug einen wehrlosen Menschen, der an einem Pfahl festgebunden war.

Seit sie Tibúrcio damals in der Nacht, als der Aufseher versucht hatte, sich ihr gewaltsam zu nähern, mitten auf der Wiese allein gelassen hatte, standen die Dinge nicht günstig für sie. Der Aufseher hatte begonnen, ihren Vater zu verfolgen, und so hatte sie sich auf der Suche nach Beistand dem Herrenhaus zugewendet. Aber Dona Augusta war eifersüchtig, und der Oberst kümmerte sich gar nicht um sie. Rita betrachtete den Toten. Dieser Ranulfo, der ihr nichts bedeutete, hatte ihr Leben durcheinandergebracht ... Die Kerze beleuchtete die riesigen Füße des Verstorbenen. Die Wärme des Trockenraums hatte die Kakaoschleimschicht zu einer harten Kruste werden lassen, es sah aus wie ein kümmerlicher Schuh. Auch Ritas Füße waren mit dieser dunklen Schicht bedeckt, die dunkler war als ihre Haut. Beim Baden im Fluß hatte sie oft versucht, diese klebrige Masse mit Waschseife zu entfernen. Aber es gelang nicht. Leute aus Ceará, die auf den Fazendas gewesen waren und in ihre Heimat zurückkehrten, als sie hörten, daß es dort regnete, und die Jahre später von neuen Dürreperioden wieder nach Ilhéus verschlagen wurden, sagten, der Kakaoschleim lasse sich nie von den Füßen abwaschen, wenn man einmal auf ihm herumgestampft sei. Rita setzte sich auf die Bank, alle fanden sie schön, einige behaupteten sogar, sie sei das schönste Mädchen auf den Kakaopflanzungen. Schön war vielleicht übertrieben. Ihr Körper war gut gewachsen, schlank, ein hübscher Mulattinnenkörper, aber ihr Gesicht war nicht schön, sie hatte eine große Nase, die Augen waren klein und herausfordernd. Ihre Füße glichen Männerfüßen, nie hatten sie elegante Frauenschuhe getragen; die Hände waren schwielig und rauh von der Arbeit mit dem Buschmesser, die Beine sehr muskulös von den langen Wegen, die sie zurücklegen mußte. Aber ihre Brüste waren fest, der Leib war glatt, und die Schenkel waren rund. Sie war noch kein Wrack wie die meisten Frauen der Arbeiter. Sie war auch keine Eigenbrötlerin geworden wie die wenigen Mädchen, die nicht geheiratet oder die keinen Freund hatten. Es gefiel ihr, das Gesicht mit Papier rot zu färben und das braune Haar straff nach hinten zu kämmen. Viele Meilen im Umkreis war sie begehrt, man rühmte ihre Schönheit, von überall bekam sie Anträge, und der Dämon des Verlangens wohnte auch in ihrem Körper. Aber sie verstand, sich in acht zu nehmen, sie wußte, was eine Frau wert war, das hatte sie vom Leben auf der Fazenda gelernt. Und so wehrte sie sich gegen das ständige Drängen der Arbeiter. Sie hoffte, einen Aufseher, einen kleinen Bauern heiraten oder vielleicht sogar mit dem Obersten schlafen zu können, das bedeutete die wunderbare Aussicht, ein Haus im Dorf zu erhalten, besser zu leben und nicht zu arbeiten.

Durchnäßt kommen die Männer von draußen zurück. Ritas Vater ist ein alter, seit vielen Jahren verwitweter Arbeiter, er ist Maultiertreiber auf der Fazenda. Varapau und Capi fungieren als Gastgeber. Aus der ganzen Umgebung sind Tagelöhner zur Totenwache eingetroffen, sie haben Cachaça mitgebracht, auch der Oberst hat einen Krug geschickt.

Der Tote ist nur ein Vorwand, die Totenwache wird

beinahe ein Fest. Sie reden von dem Terno, es hat sich schon herumgesprochen, und nur der Regen hat die Aufmerksamkeit ein paar Minuten von dieser wichtigen Angelegenheit abgelenkt.

Rita wird die Laternen anfertigen, ihr Vater wird in Itabuna Seidenpapier kaufen, wenn er den Maultierzug dorthin treibt. Außerdem sind schon vier junge Frauen für die Teilnahme gewonnen worden, die zusammen mit drei Mädchen die sieben Hirtinnen darstellen werden. Capi wird der Ochse sein. Einer wird ein Stück Kattun zur Verfügung stellen, Rinderschädel findet man draußen auf dem Feld. Varapau wird den Caapora darstellen. Es reicht, wenn er seinen mageren Körper in eine aus alten Mehlsäcken genähte Decke hüllt.

„Und die Verse?" fragt einer.

Niemand kennt die Verse, und bei dieser Frage sehen alle zu dem Toten hin. Er ist im Trockenraum gestorben, „erstarrt". Niemand kennt die Verse. Capi kann ein paar unzusammenhängende Stücke hersagen, aber das ist sehr wenig. Sie haben auch keine Kapelle, nur zwei Gitarren. Aber Varapau ist entschlossen, alle Hindernisse aus dem Weg zu räumen. Sie werden sich leere Petroleumkanister besorgen, sie werden, wenn es gar nicht anders geht, Lieder von den Kakaopflanzungen singen. Das wichtigste ist, daß der Terno zustande kommt, daß er durch die Fazenda und auch durch die benachbarten Fazendas zieht, daß er sich so weit wie möglich vom Herrenhaus entfernt. Dann wird Varapau fliehen können, und mitnehmen wird er den Neger Florindo, sie werden für immer von dem Elend der Kakaopflanzungen befreit sein. Florindo scheint völlig abwesend, er fühlt sich hin und her gerissen von dem furchteinflößenden, gespenstischen Anblick des Toten und Ritas begehrenswertem Körper. Er sitzt neben ihr, und keiner versteht wie er, Cachaça zu trinken. Er nimmt gewaltige Züge aus dem Krug, und er fühlt, daß Rita ihn bewundernd ansieht. Aber der Tote hemmt ihn, vielleicht ist der Neger der einzige, der ein bißchen Angst hat in dieser Regennacht. Er hat Angst vor den aufgerissenen Augen des Toten, vor dem Grün seines vom Sumpffieber gezeichneten Gesichts, vor den erdfarbenen Fingernägeln. Das Gespräch beschäftigt sich mit dem Terno, der Cachaçakrug wandert von Hand zu Hand. Bei Einbruch der Dunkelheit ist die alte Celestina hiergewesen und hat ein paar seltsame Gebete gesprochen. Dann ist sie fortgegangen, sie ist zu alt, für eine richtige lange Totenwache ist sie nicht mehr zu gebrauchen. Und keiner der Anwesenden kennt Totengebete. Vielleicht weiß einer das ganze Vaterunser auswendig, vielleicht Capi. Aber keiner außer der alten Celestina kennt die schönen Totengebete, die eine Totenwache beleben, wenn sie mit klangvoller Stimme gesprochen werden. Als sie noch jünger war, machte die Totenwache Spaß. Die Alte sprach das Gebet, gab den Zeitpunkt an, wenn Cachaça getrunken werden sollte, sie flößte den andern Respekt ein. Wenn es mit ihr einmal zu Ende ist, dann wird es noch schlimmer sein, weil die Toten dann ohne jedes Gebet begraben werden müssen. Jetzt kommt sie noch, sie schleppt sich mit dem Stock und dem schwarzen Schal über die Straße, sie murmelt verworrene Salve regina und hält mit ihren Zauberhänden die bösen Geister von dem Gesicht des Verstorbenen fern. Und wenn sie einmal stirbt?

Ein verdammtes Land, denkt der Neger Florindo. Deshalb will er mit Varapau fortgehen. Ein Land, in dem man „erstarrt“ stirbt und in dem es keinen gibt, der bei der Totenwache für das Heil des Verstorbenen beten kann. Die Kerze erweckt Gespenster vor Florindos Blikken, der Cachaçakrug betäubt den Schmerz. Rita hört dem Gespräch über den Terno zu. Florindo schielt nach ihren Beinen.

Erregt und doch mit Überzeugungskraft schildert Varapau, wie schön der Terno sein wird. „Einfach eine

Pracht", sagt er, und alle vergessen den Toten, den mageren, grünlichen Ranulfo, ihre Gedanken sind bei dem Terno. In Varapaus Kopf ist, da er so viele Leute um sich sieht, ein Gedanke aufgetaucht: „Es könnte für eine Probe reichen." Aber keiner sagt etwas dazu, sie haben Angst vor dem Toten, es könnte als Mangel an Achtung ausgelegt werden. Wenn es das auch nicht ist, denn es ist doch beinahe ein Fest für Ranulfo. Ranulfo ist von der Idee, einen Terno zu veranstalten, begeistert gewesen, so begeistert, daß er an jenem Tag mit den anderen gesprochen, daß er auf den Tisch geschlagen hat, er, der niemals redete, der so schweigsam geworden war, seit sie ihn verprügelt hatten. Warum sollte man nicht hier in seiner Anwesenheit den Terno proben, dann muß der arme Kerl nicht begraben werden, ohne den Terno erlebt zu haben. Varapau mustert die anderen, was sie wohl dazu sagen.

Capis Gitarre liegt auf dem Bretterfußboden. Sie würde für die Probe ausreichen. Der Cachaçakrug geht von Hand zu Hand, die Gäste kippen ihn und lassen den Schnaps in die durstigen Kehlen rinnen. Der Neger Florindo trinkt am meisten, er ist der einzige, der den Toten, seine von Sumpffieber grünliche Haut betrachtet. Genügend Frauen und Männer sind da, das gibt eine gute Probe. Varapau schlägt schüchtern vor: „Und wenn wir einmal . . ."

Alle sehen ihn an. Varapau ist auf der Fazenda als tatkräftiger und entschlossener Mann geachtet.

„Was denn?"

Der Neger Florindo glaubt, Varapau wolle den Obersten bitten, am nächsten Tag zwei Männer freizustellen, damit sie Ranulfos Leichnam ins Dorf bringen können.

„. . . wenn wir einmal für den Terno proben?"

„Hier?" fragt Ritas Vater erschreckt.

Alle schweigen und blicken zu dem Toten hin, als warteten sie darauf, daß er eine Entscheidung trifft. Aber

Ranulfo, der Erstarrte, der Gleichgültige, antwortet nicht.

Rita, der Varapaus Vorschlag gefällt, ist ein wenig unruhig. Capi meint, es sei eine Mißachtung des Toten, bei dem Terno handele es sich um ein Vergnügen, eine Nichtigkeit. Aber eine Totenwache sei eine ernste Angelegenheit, Gott könne sie danach strafen. Florindo ist angetan von dem Gedanken, aber er hat ebenfalls Angst. Er hat gedacht, Varapau wolle etwas anderes vorschlagen: den Toten am frühen Morgen auf den Friedhof zu bringen, mit dem Oberst reden und für zwei Arbeiter um Urlaub bitten ... Der Terno ist schön, die Probe ist lustig, er könnte mit Rita tanzen, die einen so schönen runden Hintern hat. Ranulfo ist es völlig gleichgültig, nie hat er sich, seit sie ihn verprügelt haben, um das gekümmert, was in seiner Umgebung geschehen ist. Varapau erklärt: „Es ist doch gerade für ihn. Was nützt die Totenwache, wenn wir keine Vorbeterin haben, die die Gebete für uns spricht? Nicht einmal das hat er gehabt, hier ist er weggeworfen worden wie etwas, was nichts taugt. Er hat nicht gesprochen, er hat den Schmerz der Peitsche erdulden müssen. Das wissen alle. Aber ich hab ihm von dem Terno erzählt, da hat er gelacht und gesprochen, er war auf einmal ein anderer. Er redete sogar mit uns, er stritt, er wollte mitmachen, wir hatten uns schon verabredet. Er hat keine Vorbeterin, er hat keine Gebete, deshalb machen wir die Probe für ihn, und er wird fröhlich, wenn er die Probe sieht. Er hat kein Gebet, deshalb soll die Probe für ihn sein, das ist zwar nicht das gleiche, aber was hat er sonst schon?"

Dieser Varapau weiß sich zu helfen! Ein redegewandter Mulatte, er versteht zu sprechen, das Richtige zu sagen und die anderen zu überzeugen.

„Er lächelt sogar, er ist einverstanden."

Da springt Rita auf, streckt die Arme aus und schreit beinahe: „Dann wollen wir es tun."

„Ja, Leute, wir wollen es tun."

„Capi, nimm die Gitarre."

Capi knurrt, nie hat er so eine Totenwache erlebt. Aber er holt die Gitarre, er schlägt die Saiten an, er stimmt das Instrument. Schon sind alle aufgestanden, nur der Neger Florindo sieht zu dem einsamen Ranulfo hinüber, zu seinen riesigen Füßen und dem häßlichen Schleim, der ihm aus dem Mund läuft. Ein verdammtes Land.

Und die Probe beginnt gleich hier im Zimmer, neben dem Leichnam.

„Was sollen wir singen?"

Keiner kennt die Ternolieder, Capi weiß ein paar zusammenhanglose Stücke, es ist sehr wenig. Sie können etwas von den Fazendas singen, die traurigen Lieder der Arbeit.

„Sing etwas, Florindo."

Der Neger beginnt:

„Maneca starb in dem Trockenraum
in der Stunde der Dämmerung . . ."

Rita tritt vor, Varapau erklärt, der Tanz kommt in Gang. In diesem Raum, neben dem Toten, der aussieht, als sähe er interessiert herüber.

Capi schluchzt über der Gitarre, eine solche Totenwache hat es im Ceará niemals gegeben. Alle die Männer und Frauen tanzen jetzt, sie tanzen, dem Bett zugewandt, auf dem der Leichnam liegt. Es ist wie eine Ehrenbezeigung, es ist wie das fehlende Totengebet, das Celestina nicht gesprochen hat.

„Der Trockenraum hat einen getötet,
der mördrische Trockenraum,
Maneca starb in dem Trockenraum,
sein Schicksal hat sich erfüllt."

So eine Totenwache hat Capi nie erlebt. Auch Varapau nicht und auch nicht Florindo und ebensowenig Rita.

Aber jetzt haben sie keine Angst mehr, sie singen ja für den Toten, sie tanzen für ihn, damit Ranulfo seine Reise fröhlich antritt, damit er die Prügel vergißt, damit er nur an den Terno denkt. Rita hält jetzt die Kerze in der Hand, die vorher zu Füßen des Verstorbenen gestanden hat. „Jedem Terno geht eine Laterne voraus“, sagt sie. Ranulfo hat keine Gebete gehabt, aber jetzt bekommt er Lieder, jetzt bekommt er Tänze zu seiner Ehre. So eine schöne Totenwache hab ich noch nie erlebt, denkt Capi.

Die Schritte des Obersten nähern sich. Sie hören auf zu singen und zu tanzen, die Kerze kehrt zu Ranulfos Füßen zurück. Achtungsvolles Schweigen umgibt Frederico Pinto. Er setzt sich auf die Holzbank und bietet Rita den Platz neben sich an. Dann fragt er interessiert: „Ist Celestina nicht gekommen?“

„Sie ist schon wieder fort.“

„Habt ihr nicht eben gebetet?“

Die Tagelöhner schauen einander an, dann warten sie, daß Varapau antwortet. Nur er ist fähig, dem Obersten alles zu erklären.

„Sie sehen ja, er hatte kein Gebet, Herr Oberst. Wir hätten ihn begraben müssen wie ein wildes Tier. Er hat doch nicht mehr gesprochen, seit ...“ Leise fährt er fort: „... seit er verprügelt worden ist.“

Frederico läßt ihn ausreden.

„Wir hier haben beschlossen, wir wollen einen Terno veranstalten.“

„Einen Terno?“

„Ja, einen Dreikönigsterno. Wir proben dafür, damit er es sehen kann, damit wir ihn nicht traurig begraben müssen, mit der Erinnerung an die Prügel.“

Frederico sieht den Toten an. Er hat ihn auspeitschen lassen, um ein Exempel zu statuieren. Frederico empfindet leichte Gewissensbisse, er will den Leuten erklären, warum er es getan hat. Es war nicht zum Vergnügen, er ist kein Halunke. Nur um ein Exempel zu statuieren.

„Weshalb ist er weggelaufen?"

Was blieb ihm anderes übrig, als Ranulfo das Fell zu gerben, nachdem er ihn wieder eingefangen hatte? Er tat es doch nicht zu seinem Vergnügen. Wer tat überhaupt etwas zu seinem Vergnügen auf den Kakaofazendas? Was gäbe es für ein Chaos, wenn er jeden laufen ließe, der das Weite suchte, um seine Schulden im Magazin nicht bezahlen zu müssen! Kein Arbeiter bliebe, und das konnte kein Fazendeiro verkraften. Er mußte dafür sorgen, daß der Respekt gewahrt wurde. Das war ein Gesetz, das zwar nirgends geschrieben stand, aber seit vielen Jahren galt und das alle kannten. Und wer es brach, der mußte zum Exempel für alle bestraft werden. Daran trug Frederico keine Schuld.

Er setzte sich am Ende der Bank zurecht, schlug die Beine übereinander und sah zu Varapau hinüber. Rita rückte mit ihrem heißen jungfräulichen Körper näher an ihn heran.

„Er ist aus eigenem Willen geflüchtet. Wer hat es ihm aufgetragen?"

Varapau nutzte die Pause. „Herr Oberst, wir wollten Sie bitten ..."

Zu dieser Stunde war Frederico jedes Gespräch willkommen. „Was denn?"

Er glaubte zu wissen, was sie wollten, und er war geneigt, es zu gewähren. Sie würden Geld verlangen, um Ranulfo im Dorf beisetzen zu können, außerdem Urlaub für zwei Mann, die die Hängematte mit dem Toten tragen sollten. Es kostete nicht viel, aber die beiden Männer würden jetzt, da der Regen begonnen hatte, auf den Pflanzungen fehlen. Trotzdem würde er dem Brauch stattgeben, das war eine Art, die offene Rechnung mit dem Toten zu begleichen.

„Wir möchten Sie bitten ..."

„Ich weiß schon, Varapau. Ihr wollt Ranulfo im Dorf begraben. Als ob die Erde dort besser ist als hier ... Aber ich bin einverstanden."

Florindo lachte. Er wußte, daß es nicht das war, was sich Varapau wünschte. Er wollte um Unterstützung für den Dreikönigsterno bitten. Sie wußten nicht, was sie sagen sollten. Keiner dachte an den Toten, alle waren mit den Gedanken bei dem geplanten Terno. Nur der Oberst und Florindo betrachteten Ranulfo. Rita rückte noch ein Stück näher, Frederico fühlte ihren Körper. Varapau breitete die Arme aus, er sah aus wie eine Vogelscheuche. Frederico begriff nicht. Seine nervöse Hand glitt um Ritas Taille, er tastete ihr rundes Hinterteil ab. Dann sagte er: „Wollt ihr vielleicht ..."

Die Woge des Verlangens stieg in Frederico hoch. Er tätschelte das Fleisch der Mulattin, er dachte an Lola Espinola. Florindo verfolgte die Szene, er war gekränkt, als hätte er über Rita zu bestimmen. Vieles in dieser Nacht hatte den Neger Florindo beleidigt. Verdammtes Land.

„Was gibt's?" fragte Frederico lächelnd, der Rita schon ganz nahe war, der ihren Arm an seinem spürte, ihren runden Schenkel an seinem.

„Wir wollten Sie um Unterstützung für den Dreikönigsterno bitten."

Alle vergaßen Ranulfos Beerdigung, sie machten sich den guten Willen des Obersten zunutze, sie erklärten die Sache. Rita strengte sich an, sie lächelte, und während Frederico sprach, befühlte er sie, ihr wohliges warmes Fleisch. Draußen regnete es. Nur Florindo sah den einsamen Toten mit den riesigen Füßen an, die Kerze war dem Erlöschen nahe. Capi hielt die Gitarre in der Hand, er lächelte sanft. Florindo wünschte, soviel sprechen zu können wie Varapau, damit er sich in das Gespräch einschalten und über das Begräbnis diskutieren könnte.

„Es ist gut", sagte Frederico, „ich helfe euch. Aber ihr

 könnt nur an den Festabenden umhergehen, an den heiligen Tagen. Ich will keine Bummelei auf den Pflanzungen."

Rita klatschte freudig in die Hände. Die Kerze, die den Toten beleuchtet hatte, war ausgegangen.

„Habt ihr Streichhölzer, Leute?"

Sogar in der Dunkelheit klimperte Capi auf seiner Gitarre. Wessen Stimme war das?

„Wollen wir eine Probe machen?"

„Es ist eigens für den Toten, damit er es sieht, damit er fröhlich in die Grube fährt."

„Der Arme kann genausogut in den Himmel kommen."

„Sprich nicht von dem Toten, es ist Sünde."

„Wir wollen eine Probe machen. Ist es gestattet, Herr Oberst?"

Frederico hatte die Gelegenheit genutzt, Rita in die Brust zu kneifen, eine feste jungfräuliche Brust. Das Licht des Streichholzes beleuchtete Florindos Gesicht.

„Herr Oberst, ich bringe ihn allein zum Friedhof. Ich stecke ihn in einen Sack. Nur das Geld, um den Totengräber zu bezahlen . . ."

Wieder fiel das Licht der Kerze auf die Füße des Toten. Frederico nahm die Hand von Ritas Körper, von neuem dachte er an die Tracht Prügel, die Ranulfo bekommen hatte. Hatte er nicht schon die Erlaubnis für den Terno gegeben, hatte er nicht bereits das Geld dafür versprochen? Florindo stand vor ihm, ohne zu lächeln. Er war traurig, keiner dachte mehr an den Toten. Frederico hob den Blick, er starrte den Neger an, er sprach mit müder Stimme, als käme er gerade von einem Kampf: „Du kannst ihn fortbringen. Nein, zwei sollen gehen, das ist besser."

Ich habe keine Schuld, dachte er. Warum, zum Teufel, war er jetzt nicht in Ilhéus, in Lolas Bett, weit von alldem hier?

Varapau hatte Angst.

„Und der Terno?"

Der Oberst machte eine zustimmende Handbewegung. Er stand auf, schlug die Krempe seines Hutes herunter, den er gar nicht abgenommen hatte, und ging hinaus. Der Regen ergoß sich über die Kakaopflanzungen. Wieder begann die Probe rings um den Toten. An der Straßenbiegung holte Rita ihn ein und stammelte eine alberne Entschuldigung. Lachend und die weißen Zähne zeigend, bot sie sich an. Aber Frederico schob sie mit der Hand fort und ging weiter.

9

Auch in der nächsten Nacht regnete es ebenso heftig. In den letzten vierundzwanzig Stunden war die Sonne nur einige Minuten aufgetaucht, manchmal verwandelte sich der Regen in ein sanftes Nieseln. Aber das waren nur kurze Unterbrechungen, gleich danach begann es wieder in Strömen zu gießen. Die Einwohner von Ilhéus sahen zum Himmel auf und meinten, es werde viele Tage lang regnen, es war ein Dauerregen, wie er zu Beginn der Safra häufig eintrat. Er setzte alles unter Wasser, machte die Straßen unpassierbar, spülte Hütten auf den Hügeln und auf der Schlangeninsel fort und gefährdete sogar die Straßen an der Eisenbahnlinie und am Hafen, den Stadtteil, der vom Conquista- und vom Unhãohügel herabstieg; aber er sorgte auch dafür, daß sich die Blüten der Kakaobäume, die schon unter der Sonne zu leiden hatten, in Früchte verwandelten. Überall hörte man nur Segenssprüche für diesen Regen. Aus allen Mündern in den Städten Ilhéus, Itabuna, Itapira, Belmonte und Canavieiras, in den Dörfern von Guaraci bis Rio de Contas, auf den Fazendas und Pflanzungen.

Die zweite Regennacht wurde von einer Dankmesse eingeleitet, die um sechs Uhr von dem Bischof in der Sankt-Georgs-Mutterkirche zelebriert wurde. Es war eine traurige Dämmerung, die elektrischen Lampen konnten den unaufhörlich und dicht fallenden Regen kaum durchdringen. Die Kerzen brannten auf den Altären, sie brannten zu Füßen des kriegerischen Heiligen, der dieses frisch aus den Kämpfen der Eroberungszeit hervorgegangene Gebiet so gut symbolisierte, sie brannten zum Dank für den Regen, der sich endlich eingestellt hatte. Der Handelsverein von Ilhéus hatte diese Messe im Namen der Fazendeiros und der Exporteure bestellt. Sie dankten dem Schutzheiligen für den Regen, der das Aufblühen der Pflanzungen, das Reifen der Früchte ermöglichte, wie sie später auch für die Sonne danken würden, die das Trocknen des Kakaos in den großen Barcaças gestattete.

Der Bischof sprach seine lateinischen Gebete, die jungen Mädchen aus dem Schwesterkolleg sangen im Chor, während Schwester Maria Teresa de Jesus auf der Orgel spielte, die die Firma „Gebrüder Zude & Co." der Mutterkirche geschenkt hatte. Es waren nicht sehr viele Leute da. Die Kirche war fast nur von Frauen besucht, die Obersten und die Exporteure begnügten sich damit, den Segen zu bezahlen. Sie gingen über die Fazendas oder durch die Handelshäuser und redeten über die Geschäfte, die die Safra mit Sicherheit ermöglichen würde.

Der Bischof hob die Hände zum Himmel, er streute den Segen über die gesenkten Köpfe aus. Dann betete er für das Wohlergehen seiner Herde, für gute Ernten und für das Seelenheil der Einwohner von Ilhéus. Seine tiefe Stimme drang durch die Kirche und verhallte unter den Gewölben. Wieder spielte die Orgel. Die alten Frauen und auch ein paar Männer gingen in den Regen hinaus. Die Zeitungen des nächsten Tages vermerkten die feierliche Handlung auf der ersten Seite.

Dieser Segen war jedoch nicht die einzige religiöse Feier an diesem Abend. Während die Obersten und die Exporteure auf dem Altar des heiligen Georg Kerzen anzündeten, begingen Neger vom Hafen, die als Schauerleute arbeiteten, Herumtreiber, die von den Resten des

Kakaos lebten, schwarze Köchinnen und Fischer ein Fest zu Ehren Oxossis, des heiligen Georg der Neger. Es fand in Olivença auf der Insel Pontal statt, wo Salu, der Heilige Vater, lebte.

Weit in der Runde standen die vom Regen gebeugten Kokospalmen. Der starke Südwind warf Kokosnüsse herab, die vom Sand begraben wurden. Mitten in dem Kokospalmenhain lag der Terreiro* Salus, der Candomblé** von Olivença. Olivença war der Rest eines Ortes, der in einem Kampf noch vor den Wirren um den Sequeiro Grande fast völlig zerstört worden war, zu jener Zeit, als es mit dem Kakao erst anfing, als die Parteien die Wahlen mit dem Gewehr gewannen, in den weit zurückliegenden Jahren, als die Zigeuner einmal drei Tage lang die Stadt Ilhéus beherrscht hatten. Man sagte, auf dem Fußboden der kleinen Kapelle, die nun baufällig war und löcherige Wände hatte, könne man noch Blutspuren von den achtzehn Toten entdecken, die hier am Ende der Kämpfe gelegen hatten. Olivença war fast völlig zerstört, es erhob sich nicht wieder, es trat seinen Platz an Ilhéus ab. Es war nur ein Stück Wegs von dem Stadtviertel Pontal entfernt, eine halbe Stunde zu Fuß oder sechs Minuten mit dem Wagen. In diesem Gebiet, wo alles den Eindruck von Wachstum, Fortschritt und Leben erweckte, bedeutete Olivença Verfall, Zusammenbruch, Tod. Hier lebten nur noch Fischer, die mit ihren kühnen Flößen aufs Meer hinausfuhren. Es gab zwei oder drei armselige Läden, der Wind drang durch die Fenster und die Löcher jener Häuser, die einst die besten im ganzen Gebiet waren, damals zur Zeit der Zuckersiedereien, als Olivença das Lebenszentrum dieses Landes war. Bevor der Kakao eingeführt wurde, als noch

* Ort, an dem der fetischistische afrobrasilianische Kult zelebriert wird

** eins der großen Jahresfeste des afrobrasilianischen Kults, auch die Kultstätte selbst

das Zuckerrohr das Gesicht von Ilhéus bestimmte und als die primitiven Zuckersiedereien das Vermögen der Reichen waren. Jetzt wohnten die Fischer in den von den Herren verlassenen Häusern, und von dort aus beherrschten sie die Hafeneinfahrt und die hohe See, die riesigen Brandungswogen auf dem Kokospalmenstrand. Die Flöße lagen im strömenden Regen, auf den Veranden der Häuser waren die Fischnetze ausgespannt. Und am Ende des Ortes lag der Candomblé Salus, der zu Ehren Oxossis, also des heiligen Georg, des Herrn der Stadt Ilhéus und des Kakaos, errichtet worden war.

Dieser Candomblé Oxossis verhinderte, daß Olivença vollends unterging. An den Festtagen und im ganzen Monat April traten die Neger und die Mulatten von Ilhéus nachts den Weg nach Olivença an, um zu dem Heiligen zu beten. Und am 23. April, am Sankt-Georgs-Tag, wurde eine Macumba* getrommelt, die sogar von den fernen Fazendas allerhand Leute herbeilockte, die Negerinnen hatten ihre Festkleider an, die Neger trugen rote Schuhe und weiße Hosen. Auf dem Sandstrand, dem einzigen Zugang zum Candomblé, blieben die Spuren unzähliger Pilger zurück. Und dann ertönten die Atabaques**, wenn Nordwestwind wehte, hörte man sie bis in den Hafen von Ilhéus. Auch wenn in den Jahren drohender Dürre der erste Regen kam, wurde auf dem Candomblé ein großes Fest zu Ehren Oxossis gefeiert. Die Reichen beteten in der Mutterkirche von Ilhéus zum heiligen Georg, der Bischof hob die weißen Hände, um die diesjährige Safra zu segnen. Die Armen beteten auf Salus Candomblé zu Oxossi, der ebenfalls der heilige Georg war, und sie hoben dankend die schwarzen Hände.

In der zweiten Regennacht hatten die Atabaques schon sehr zeitig mit ihrem Tamtam begonnen und die Neger

* fetischistische Zeremonie mit Tänzen und Gesängen zu Trommelbegleitung

** Trommeln

zum Fest gerufen. Den Hafen von Ilhéus verließen viele, viele Boote mit festlich gekleideten Mulattinnen und Negerinnen, Negern vom Kai, Matrosen von den Schiffen, Gaunern aus den Schenken. Über den regennassen Sand gingen sie alle auf Olivença zu.

Auch ein paar neugierige Weiße erschienen, um dem religiösen Fest der Neger beizuwohnen. So kam auch Rui Dantas, der Lola umwarb, und brachte das Tanzpaar mit, das sich für die wilden Rhythmen interessierte. Der Rechtsanwalt erklärte Lola und Pepe ziemlich ungenau etwas von den afrikanischen Mysterien.

Auch Rosa, Martins' Geliebte und Varapaus Sehnsucht, ist da, sie ist eine Yawô des Candomblé, sie tanzt mitten auf dem Terreiro. Sie wirbelt umher, ihr Körper beugt sich, ihr Hintern hebt sich, er nimmt die Blicke der Anwesenden gefangen, sie ist nicht mehr eine Frau, sie ist nur noch ein Hintern, der sich über die Männer, die Frauen und die Götter, über die Kokospalmen und das Meer erhebt. Die Nagôlieder und die Melodien der Atabaques und Agogôs* sind abgründig wie die Rufe des Todes und der Liebe. Keiner hat getrunken, aber alle sind trunken vom Dröhnen der Trommeln, der Heilige ist zu jedem von ihnen gekommen, jetzt wird der Tanz mit den Armen – die Arme bewegen sich wie Schlangen – in allen Winkeln des Terreiro ausgeführt, er dringt aus dem Erdboden, vom Dach, aus den Wänden und aus den Körpern hervor. Pepe Espinola schaut gespannt zu. Er denkt an den Erfolg, den die Umsetzung dieses Tanzes auf den städtischen Bühnen bringen könnte. Die nahenden, sich entfernenden, zurückkehrenden und fliehenden Arme, begleitet von dem Armbandgerassel der Bahianerinnen. In Salus Körper reitet Oxossi im strömenden Regen auf dem nächtlichen Terreiro umher. Oxossi ist es gewesen, der diesen Regen geschickt hat, damit es nicht

* aus Afrika stammendes Instrument

an Arbeit fehlte für seine schwarzen Söhne. Deshalb danken sie ihm.

Durch Salus Stimme kündigt Oxossi an, daß es in diesem Jahr sehr viel Geld geben wird, es wird sogar bis zu den Armen gelangen. Nicht mehr Kakao wird wachsen, sondern Gold. Ach, Oxossi ist ein guter Heiliger, er wird ihnen allen Gold schicken, sogar bis zu den Armen wird es gelangen!

Sie tanzen durch die vorrückende Nacht. Rui Dantas dichtet Madrigale für Lola Espinola. Die Argentinierin spürt in ihrem Körper den Ruf der Musik. Aber es ist nicht das gleiche wie bei den Tangos der Erniedrigung. Dies ist eine ursprüngliche Musik, die alle Wünsche unverhüllt ausspricht. Rosa tanzt, alle tanzen durch die vorrückende Nacht. Ein Tanz von Armen und ein Tanz von Hintern. Rui Dantas macht Lola Anträge. Pepe ist alles gleichgültig. Rosa auf einer Bühne, das wäre ein großer Erfolg. Es regnet in Strömen.

In Olivença feiern die Trommelwirbel den Regen, die Negerinnen singen und tanzen zu Ehren Oxossis, des Gottes der Armen im Kakaoland. Die Musik der Macumba dringt weit übers Meer.

10

„Jetzt werden wir eine Macumbamelodie hören“, sagte Carlos Zude und legte die Schallplatte in die Musiktruhe ein.

Die Atabaques ertönten in dem hellerleuchteten Herrenhaus der Zudes. Guni, die Schwedin, lächelte angesichts der wilden, religiösen Musik. Es war ein Lied zu Ehren Oxossis, das auf eine Platte aufgezeichnet worden war, ein Dröhnen von Atabaques, wie es bei einer Macumba geboten wurde, jetzt ertönte es in dem hocheleganten Raum. Anfangs bewegten sie nur die Füße. Sogar Aldous Brown, der kühle und traurige Engländer, spürte in seinem Körper den Ruf der Musik. Zweifellos war es barbarisch und primitiv, zugleich aber unwiderstehlich. Guni wiegte den mageren, wohlgeformten Hintern, dann wiegte sie den ganzen Körper in sinnlichen Bewegungen, mit verdrehten Augen, sie schien nach einem Mann zu verlangen. Und Julieta schloß sich sogleich an, bei ihr wirkte der Negertanz natürlicher, obwohl es auch hier vor allem eine Aufforderung zur Liebesbegegnung war und nicht die Huldigung, die die Neger ihren afrikanischen Göttern darbrachten. Die Weißen hatten ihnen bereits alles genommen, nun ergriffen sie sogar Besitz von ihrer religiösen Musik, um damit ihr Verlangen zu entzünden. Männer und Frauen bildeten eine Reihe, die durch den Raum tanzte, dabei warfen sie die Hüften, ließen die Brüste tanzen und stampften mit den Füßen. Als Julieta an dem Dichter Sérgio Moura vorbeikam, ergriff sie seine Hand und zog ihn in den Tanz. Die Hände des Dichters ruhten auf ihren Hüften, sie hoben und senkten sich im Rhythmus ihrer Bewegungen. Der Schwede stieß einen kehligen Schrei aus, er glaubte, die Neger riefen so bei der Macumba. Die Trommelschläge wurden schneller, die Körper der Tanzenden versuchten, sich dem Rhythmus dieser Musik anzupassen.

Es war eine „erlesene Gesellschaft". Die Zudes hatten nur engste Vertraute zu dieser Geburtstagsfeier eingeladen: das schwedische Ehepaar, Brown, zwei englische Ingenieure von der Eisenbahn, den Obersten Maneca Dantas, der an diesem Tag von seinen Fazendas gekommen und an dessen Freundschaft Carlos sehr gelegen war, die noch junge Witwe Bastos, deren Mann am Fieber gestorben war, einen jungen Agronomen von der Kakaoversuchsstation, ein Schützling von Carlos, den Arzt Dr. Antônio Pôrto, seine Frau (eine hübsche kleine Mulattin, Tochter eines der reichsten Fazendeiros von Itabuna) und ihre beiden Schwestern.

 Schwartz, Reicher und Frau, die beiden Rauschnings

mit ihren Gattinnen. Es war eine Gruppe, die fast nur aus Ausländern bestand. Oberst Maneca Dantas riß die Augen auf, als er die freien Gespräche und die pikanten Anekdoten der Senhoras hörte, in denen alles beim Namen genannt wurde. Auch der Dichter war da, er hatte die versprochenen Orchideen mitgebracht. Julieta hatte sich eine an den Ausschnitt ihres Kleides gesteckt, an ihren Busen, die anderen standen in einer Blumenampel.

Sérgio Moura war mit einer gewissen Beklommenheit gekommen. Er war diese aristokratischen Festlichkeiten nicht gewohnt, weder die der großen Fazendeiros, die ihre Familien in den Gesellschaftsklubs von Ilhéus ausführten, noch die der großen Exporteure, die nicht öffentlich waren und bei denen die Foxtrottmusik bis zum frühen Morgen dauerte und die alten Weiber, die zur Fünfuhrmesse gingen, in Empörung versetzte. Da er sich unsicher fühlte, entschloß er sich zu einer ironischen, bissigen Haltung. Aber das hielt er nicht durch, da er so etwas wie der „Clou" des Festes wurde. Julieta stellte ihn vor: „Dies ist unser großer Dichter."

Die Männer kannten ihn fast alle, die Frauen waren höchst liebenswürdig. Sérgio war überrascht zu erfahren, daß die Schwedin seine Lyrik bewunderte, sie kannte seine volkstümlichen Gedichte, sie ließ ihn anfangs überhaupt nicht mehr los. Sie gab ihn erst frei, als Julieta erschien, um ihn zu einem Cocktail einzuladen. Erst waren alle ein wenig zugeknöpft. Carlos sprach mit Rauschning und Schwartz über die Ernte und die Hausse. Die anderen standen, in Grüppchen verteilt, im Raum und tauschten Höflichkeiten aus. Guni wünschte, daß Sérgio ihr Geschichten über die Neger, über Zauberei, über Macumbas erzählte. Sie lachte hysterisch, klatschte begeistert in die Hände und verschlang den Dichter fast mit den Augen. Andere Frauen gesellten sich hinzu und hörten Sérgios Erklärungen an, ihre Augen brannten, sie waren erregt. Sérgio setzte absichtlich pikante Obertöne, auch er spürte eine seltsame Erregung, die von dem fremden Milieu herrührte. In einer anderen Runde hatte der junge Agronom Erfolg, denn er las den Frauen aus der Hand, erriet ihre Zukunft, Gegenwart und Vergangenheit. Er las auch aus der Hand Julietas, die er seine Patin nannte, ohne das Interesse zu verbergen, das er für sie empfand. Aber Carlos Zude hielt ihn nicht für gefährlich. Er war zu jung und zu simpel, um eine Frau wie Julieta zu reizen. Er sah, daß sie ihm gar keine Bedeutung beimaß, und bemerkte in ihrem Gesicht eine Unmutsfalte. Der Agronom verkündete Julieta Liebe, sein Zynismus brachte Maneca Dantas ganz durcheinander.

„Patin, der Pate tut mir leid."

Die Frau des Dr. Antônio Pôrto, eine Frau vom Lande, die es plötzlich in diese Umwelt verschlagen hatte und die im Handumdrehen alle für sich gewonnen hatte, aber nur die Fehler der neuen Bekannten übernommen hatte, drängte: „Sagen Sie alles, verbergen Sie nichts, Doktor!"

Der Agronom bat Julieta um Erlaubnis. „Darf ich es sagen, Patin?"

„Reden Sie."

Maneca Dantas spitzte die Ohren. Der Agronom sagte in singendem Ton: „Ich sehe eine große Liebe voraus."

Alle ringsum lachten. Die Frau des Dr. Antônio verlangte Einzelheiten. „Und wie ist er?"

„Jung, gut gewachsen, intellektuell, fein . . ." Der Agronom glaubte sich selbst zu beschreiben, aber Julieta sah keinen anderen als den Dichter Sérgio Moura.

„Wirklich?" fragte einer.

„Wie leid mir der Pate tut . . .", wiederholte der Agronom.

Dann las er aus anderen Händen, Julieta suchte Sérgio, die Diener servierten Getränke. Das war eine besondere Raffinesse der Zudes: Sie hatten Bedienstete, die nach Art der englischen Diener Westen trugen. Nachdem man getrunken hatte, wurde die Atmosphäre wesentlich lebhafter. Sérgio bemerkte bald die Liebschaften der verheirateten Frauen. Reicher und Dr. Antônio Pôrtos Frau machten sich verstohlen Zeichen, in einem Winkel griff er nach ihrer Hand. Guni näherte sich Sérgio wieder, als Carlos in die große Spieltruhe Schallplatten einlegte.

„Tanzen Sie nicht?"

Sie tanzten zusammen. Guni drückte sich an ihn, ihre kleinen Brüste berührten seine Brust, und sie schmiegte ihre Wange an seine. Bei einer Drehung sah Sérgio den eifersüchtigen Blick Julietas, er freute sich darüber. Als der Foxtrott vorüber war, ging er zu ihr. Aber er fand sie kühl, er mußte lange reden und ihr galante Dinge sagen, bevor sie wieder lächelte. Als ein neuer Foxtrott gespielt wurde, tanzte er mit ihr. Der Agronom beobachtete sie und schien zu begreifen. Deshalb wollte er sich an Guni heranmachen. Doch zuvor raunte er noch Aldous Brown zu: „Die Patin führt sich wirklich skandalös auf mit dem Dichterling da." Sérgio tanzte ganz versunken, er sprach nicht, ab und zu streifte Julietas Haar sein Gesicht. Er hätte sie in diesen Minuten küssen mögen.

Im Raum dauerten die Gespräche, Flirts und Diskussionen an. Schwartz, der nicht tanzte, debattierte mit Reicher über den Kakao und über Politik. Reicher war Jude, Sohn von Emigranten aus Bessarabien, er griff den Nazismus an, den Schwartz energisch verteidigte. Der Agronom ging von einer Frau zur andern, schließlich blieb er bei der korpulenten Gattin des älteren Rauschning stehen, die über die albernen Witze ebenso albern lachte. Sie hatte große Brillantringe an ihren kurzen dicken Fingern. Aldous gähnte neben der Witwe Bastos, in der Stadt sagte man, sie hätten ein Verhältnis miteinander. Maneca Dantas trank und empörte sich immer mehr. Das weiße Haar fiel ihm über die Stirn, in diesem Moment dachte er an seinen Sohn, der sicherlich in der Nachtbar war oder in Pepe Espinolas Haus spielte. Maneca Dantas fühlte sich einsam und verlassen in diesem Milieu, das nicht das seine war. Nur ein einziges Mal hatte er heute länger geredet, und zwar als er Guni von den Kämpfen um den Sequeiro Grande erzählte. Die Schwedin war bei den Einzelheiten beinahe in Ohnmacht gefallen.

Als alle schon ziemlich betrunken waren, legte Carlos die Macumbaplatte auf. Es war wie in einem Tollhaus. Nur Carlos, der neben der Musiktruhe stand, und Maneca Dantas, der entsetzte Augen machte, nahmen nicht an der Aristokratenmacumba teil, bei der die Leute unter dem Vorwand, einen religiösen Tanz auszuführen, alle unterdrückten Begierden aufflackern ließen. Sie bildeten eine Reihe, jeder hielt seinen Vordermann um die Taille gefaßt. Sérgios Hände glitten ab und zu nach unten, sie liebkosten Julietas Hüften. Manchmal staute sich die Reihe, dann drängte sich Julieta an Sérgio, lehnte sich an ihn und drückte ihren Leib an seinen. Plötzlich ließen sich alle los und tanzten paarweise weiter. Julieta starrte Sérgio in die Augen, dann öffnete sie die Lippen mit einer deutlichen Geste des Verlangens. Die Tänzer hüpften wie die Wilden, der Agronom vollführte richtige Sprünge, ebenso Aldous Brown. Carlos Zude schaute mit seinem ausdruckslosen Blick zu, Maneca Dantas hatte nie dergleichen gesehen.

Dann fragte Antônio Pôrtos Frau, ob jemand das „Spiel der Verlobten" kenne. Alle verneinten, aber zumindest Julieta und der Agronom logen. Also beschloß man, es zu lernen. Senhora Pôrto übernahm die Leitung. Maneca Dantas wollte nicht mitmachen, aber sie ließ es nicht zu. Die Männer und die Frauen gingen in den Raum nebenan, nur die Frau des Arztes blieb. Sie rief die Frau des jüngeren Rauschning und Carlos zu sich herüber und erklärte: „Dies ist das Wohnzimmer eines Hauses, aus dem alle fortgegangen sind: Eltern, Geschwister und Diener. Nur die Tochter des Hauses und ihr Verlobter sind da. Sie sitzen auf dem Sofa." Sie hieß Senhora

Rauschning und Carlos Zude Platz nehmen. Dann fragte sie: „Was meinen Sie, wie sollten die beiden zusammensitzen?"

Sie blieben Hand in Hand sitzen. Sie riefen eine Frau herein, wieder folgte eine Erklärung, die Frau lehnte ihre Köpfe aneinander, ließ sie näher aneinanderrücken. Dann mußte sie Senhora Rauschnings Platz neben Carlos einnehmen. Ein Mann kam herein, er hörte die Erklärung an und befahl Carlos, das Haar der Partnerin zu küssen. Dann mußte er sich auf seinen Platz setzen. Und so gelangte einer nach dem andern ins Zimmer. Als Maneca Dantas an der Reihe war, mußte er Guni auf den Schoß nehmen, lächelnd saß sie auf seinen Knien. Maneca zitterte. Als er aufstand und Sérgio an seine Stelle trat, hatte er weiche Knie und schwitzte fürchterlich. Sérgio hielt Guni auf seinem Schoß, Erregung stieg in ihm auf. Julieta trat ein, legte Gunis Hand auf Sérgios Brust und ließ sie die Wangen aneinanderlehnen, sie wußte, daß sie Guni ablösen mußte. Und als das geschehen war – man wartete, daß Reicher hereinkam und neue Veränderungen vornahm –, liebkoste sie langsam Sérgios Brust. Seine Lippen berührten ganz leicht Julietas Gesicht. Alle ringsum lachten, alle fanden das Spiel köstlich. Nur Carlos hatte jetzt einen finsteren Blick und schlug vor, wieder zu tanzen, er meinte, das Spiel sei idiotisch.

Das Fest dauerte bis zum Morgen. In dem Raum, der Fenster mit Mattglasscheiben hatte, war nichts von dem Regen zu merken, der draußen fiel. Aldous hatte Lippenstiftspuren im Gesicht, und auf den Lippen der Witwe Bastos fehlte etwas Rouge. Carlos wechselte die Platten aus, der Agronom erzählte immer dieselben dummen Witze, er hatte Erfolg bei Rauschnings Frau. Auf dem Sofa unterhielten sich Julieta und Sérgio. Sie wollte ihn am nächsten Tag anrufen.

Sérgio ging mit Maneca Dantas durch die Straßen.

Dieses Fest in der besten Gesellschaft hatte die alten Vorstellungen des Obersten von der Familie fraglich gemacht. Irgendwo hatte er etwas über die Krise der Familie gelesen, über die Gefahr der Zersetzung. Er hatte auch die bischöfliche Predigt zu diesem Thema gehört, eine wortgewaltige Predigt. Aber nun hatte er es selbst gesehen. Er war höchst erstaunt und faßte sein Erstaunen in diesem Satz zusammen: „Das ist das Ende der Welt, Seu Sérgio, das ist das Ende der Welt!"

„Und sie wird mit einer neuen Sintflut enden, Oberst. Man braucht nur diesen Regen zu sehen."

Aber Oberst Maneca Dantas sprach im Ernst, seine Stimme klang erschreckt, seine Augen waren noch vom Entsetzen geweitet, soviel Furchtbares hatten sie erblickt.

„Das ist das Ende der Welt."

Die Hausse dauerte drei Jahre. Sie begann völlig unerwartet, gleich nachdem der Regen eingesetzt hatte; sie schien in dem Bauch der schwarzen Wolken mitgebracht worden zu sein, die an diesem Jahresende den Himmel der Stadt und der Felder bedeckten. Drei Jahre lang schwammen Ilhéus und das Kakaogebiet in Gold. „Das Geld verlor seine Bedeutung", pflegte Oberst Maneca Dantas Jahre später zu sagen. Ilhéus und das Kakaogebiet schwammen im Gold, sie badeten im Champagner, sie schliefen mit Französinnen, die aus Rio de Janeiro gekommen waren. Im „Trianon", dem schicksten Nachtlokal der Stadt, zündete sich der schon erwähnte Oberst Maneca Dantas Zigarren mit Fünfhundertmilréisscheinen an und ahmte damit die großzügige Geste aller reichen Fazendeiros des Landes in den früheren Haussen des Kaffees, des Kautschuks, der Baumwolle und des Zuckers nach. Die Prostituierten – selbst die verdorbensten und verkommensten – heimsten Ketten und Ringe ein, die Schiffe brachten nach Ilhéus, Itabuna und Itapira, nach dem Hafen von Canavieiras, nach Belmonte und Rio de Contas eine wundersame Fracht: Jazzbands und teure Parfüms, Friseure und Masseure, Gärtner, Agronomen und Setzlinge europäischer Früchte für die Obstgärten, Abenteurer und Luxusautos. Es war spektakulär, es war wie ein Karnevalsumzug.

Mit dem Beginn der Regenfälle, die den Temporão jenes Jahres retteten, nahm auch die Hausse ihren Anfang. Hauptmann João Magalhães geriet in den Ruf eines Hellsehers, weil er die Hausse nach dem Zeugnis mehrerer Leute, die auf einer Busfahrt seine Reisegefährten gewesen waren, vor allen anderen vorausgesehen hatte. Seit vielen Jahren hatte sich der Kakao ebenso wie in den heutigen traurigen Tagen auf der mittleren Höhe von 14 bis 15 Milréis je Arroba gehalten und war in den Jahren guter Preise höchstens auf 19 Milréis gestiegen. Und selbst das war schon ein ausgezeichnetes Ergebnis, er brachte beachtliche Gewinne, es machte die Obersten reich. Plötzlich schnellte der Preis in schwindelerregende Höhen. Allerdings suchte sich im ersten Moment keiner die Ursachen der unerwarteten Hausse zu erklären. Ein paar Monate später würden die Kommunisten ihre ersten Flugblätter verteilen und die Machenschaften der Kakaoexporteure enthüllen. In den Anfangsmonaten gab es eine Verwunderung, die jedoch bald von der Geschäftsgier verdrängt wurde. Von 19 Milréis stieg der Kakao „superior" in einem Monat auf 28,5 Milréis (es handelte sich um Kakao auf Lieferung). Zwei Monate später ging er dann auf 30. In jedem Auge brannte das Fieber des Gewinns, die Schiffe brachten Neuheiten in den Hafen von Ilhéus. Die Stauer hatten mit dem Löschen alle Hände voll zu tun. In der Jahresmitte schnellte der Kakao nochmals stürmisch hoch, und am Ende der Ernte wurde er schon zu 35 Milréis je Arroba verkauft. „Geld ist im Überfluß da", sagte Dr. Rui Dantas, wenn er in der Bar vor seinem Glas Gin saß. Sein Leben hatte ebenso wie das aller anderen Bewohner des Gebietes seit Beginn der Hausse jähe Veränderungen erfahren. Als die Arroba Kakao 35 Milréis brachte, glaubten alle, die Hausse habe ihren Gipfel erreicht. Der Kakaopreis werde nicht weiter steigen. Nur Joaquim und seine Kameraden wußten, daß das der Anfang eines ökonomischen Abenteuers war, das nicht nur das Leben einiger Menschen, sondern das des ganzen Gebietes, die ganze Kakaolandschaft verwandeln würde. Die nächste

Safra brachte neue Überraschungen: Der Kakao erreichte 42 Milréis. Im Laufe der Zeit stieg er auf 50, auf 52, das war der höchste Preis. Zu diesem Zeitpunkt, es war zu Beginn des dritten Jahres der Hausse, war niemand mehr verblüfft. Alles war möglich in diesem wunderbaren Land. Auch im letzten Jahr sank der Kakaopreis nicht einen Augenblick unter 48 Milréis. Und man hatte den Eindruck, daß er nie fallen würde. Dann aber ging alles furchtbar rasch, und nun kam die Zeit jener Leute, die der Dichter Sérgio Moura „Bettelmillionäre“ nannte.

Es gibt ein Foto vom Hafen Ilhéus, das noch heute in den Zeitungen Rio de Janeiros veröffentlicht wird, wenn man über ein wichtiges Ereignis aus der „Königin des Südens“ berichtet, ein Foto, das während der Hausse aufgenommen worden ist, und zwar vom Conquistahügel aus, und man kann darauf acht Schiffe unterschiedlicher Größe und Bauart erkennen, die den kleinen Hafen verstopfen, es sieht aus, als wären sie übereinandergetürmt, dazu drei gelandete Flugzeuge, Barkassen, Leichter und Segelboote. Man erkennt auch die wimmelnde Menschenmenge am Kai und in den Straßen am Hafen. Das Foto ist vielleicht an einem außergewöhnlichen Tag gemacht worden, aber die ganze Hausse war außergewöhnlich, sie glich einem langen, seltsamen Fest. In diesen Jahren beschäftigte sich die Präfektur ernstlich mit dem alten Problem der Hafenerneuerung, sie dachte an den Bau eines neuen Kais in dem Teil der Stadt, der dicht am Meer lag, damit die Stadt nicht länger auf den kleinen Hafen und die schwierige und gefährliche Hafeneinfahrt angewiesen war.

Gerade während der Hausse mußte das Unglück mit der „Itacaré“ passieren, einem Fahrgastschiff, das an einem stürmischen Morgen vor der Hafeneinfahrt Schiffbruch erlitt, wobei es eine große Anzahl Tote gab. Sie war überlastet wie alle Schiffe, die in den glänzenden Zeiten, als der Kakao auf fünfzig Milréis stand, diesen magischen

Hafen ansteuerten. Sie brachte eine Jazzband, sie brachte Prostituierte, sie brachte Obersten, Studenten und Doktoren. Sie brachte auch Einwanderer mit. Kurz vor dem Schiffbruch hatte die Jazzband noch gespielt. Auf den Märkten wurden Abc über das Unglück gesungen, in einem hieß es:

„Am dreiundzwanzigsten August
um neun Uhr morgens
lief eine Nachricht um,
die die Menschen erfüllte
mit Trauer und Kummer.
Es stellt sich heraus,
die ‚Itacaré' hat Schiffbruch erlitten,
sie kam direkt aus Bahia."

Dieser Fall erregte und erschreckte ganz Ilhéus. Wie sollte man aber, ohne von der Wahrheit abzuweichen, verhehlen, daß das Ausmaß dieses Unglücks die Einwohner auch mit Stolz erfüllte, denn sie waren schon gewohnt, alles, was Ilhéus betraf, im Großen zu sehen: die Vermögen, die Skandale, die Bauten, die schmutzigen Geschäfte, die Feste und jetzt sogar die Unglücksfälle. Es war ein Monat, in dem es an sensationellen Neuigkeiten in den Zeitungen fehlte, und nicht nur die Blätter von Bahia, sondern auch die wichtigsten Zeitungen des Südens, in Rio und São Paulo, brachten groß aufgemachte Schilderungen des Ereignisses, eine schrieb sogar ein Flugzeugreporter, der mit den Schiffbrüchigen gesprochen und interessante Fotos gemacht hatte. In dem erwähnten Abc hieß es auch, der Tag des Schiffbruchs sei „ein Feiertag" für Ilhéus gewesen.

Der Flugzeugreporter vermerkte in den von ihm geschriebenen verschiedenen Berichten die hektische Geschäftstätigkeit, die Erregung, die in der Stadt und dem ganzen Kakaogebiet zu spüren war. Der Schiffbruch der „Itacaré" konnte diese nervöse Fröhlichkeit, die die Einwohner wie eine bis dahin unbekannte Fieberkrankheit erfaßt hatte, nicht verscheuchen. Weder der Schiffbruch der „Itacaré“ noch die späteren Skandale, die die Stadt im Laufe der Hausse in rascher Folge erschütterten.

Einige Jahre später, nachdem sich das Geschäftsleben normalisiert hatte, als sich Ilhéus mit den ins Lot gebrachten Preisen wieder vom Boden erhob, Jahre nach der großen Hausse und der großen Baisse, verbrachte ein ausländischer Universitätsprofessor, der eine ökonomische Untersuchung über den Nordosten Brasiliens anfertigte, ein paar Tage im Kakaogebiet, um seine Wesenszüge zu studieren. Er war von einem gemeinsamen Freund in São Paulo an einen hiesigen Geschäftsmann verwiesen worden. Damals begannen die Wunden, die die entsetzliche und erst kurz zuvor beendete Baisse dem Leben der Stadt und der benachbarten Gemeinden geschlagen hatte, allmählich zu vernarben. Doch niemand gab der Baisse die Schuld. Alle beschuldigten die Hausse.

Der ausländische Professor, der eine runde Brille trug, sonst aber wie ein frühreifer Junge aussah, wandte sich in der Gier nach statistischen Daten, ökonomischen Einzelheiten und Zahlen dem Geschäftsmann zu, der ihm als Fremdenführer diente und ihm gut informiert schien, zog ein Notizbüchlein und einen Stift aus der Tasche – es war in einer Bar – und fragte: „Welche Fakten haben die Hausse des Kakaos charakterisiert?“ Sein Portugiesisch, das er vor der Reise nach Brasilien aus einer Grammatik gelernt hatte, klang hart und metallisch, es stand ganz im Gegensatz zu seinem kindlich-naiven Äußeren.

Der informierende Geschäftsmann dachte ein wenig nach und antwortete rasch: „Die Skandale . . . O ja, Herr Doktor! Jeder dieser Skandale war fürchterlich. Niemals hat man kurz hintereinander so viele Skandale erlebt. Die Männer schienen den Kopf verloren zu haben, ebenso die Frauen. Mit der Verantwortlichkeit für die Familie war es zu Ende. Da stritt der Vater mit seinem Sohn, der Ehemann mit seiner Frau, die Schwiegertochter mit dem Schwiegervater. Manche Frauen gingen sogar nackt – richtig nackt, Herr Doktor, Sie können es glauben! – durch die Straßen. Rechtschaffene Männer verließen ihre Familien und liefen Lebedamen nach. Es war Mode geworden, daß man als verheiratete Frau einen Liebhaber hatte ..."

Der Professor, der an einer ausländischen Universität Ökonomie lehrte, öffnete mit einer etwas pathetischen Geste den Mund. Sein Informant ließ die Arme sinken, auch er war noch beeindruckt von den Erinnerungen.

„Niemals hätte ich geglaubt, daß es so etwas gäbe, und wenn man mir davon erzählt hätte, dann hätte ich es für Lüge gehalten. Aber ich hab es mit eigenen Augen gesehen. Es war schrecklich, Doktor, wirklich schrecklich." Er faßte alles in einem komplizierten Wort zusammen, denn er wollte dem ausländischen Professor zeigen, daß er kein Dummkopf war, wie jener womöglich dachte. „Ein Pandämonium, Herr Doktor, ein richtiges Pandämonium."

Der Professor riß die Augen hinter den Brillengläsern auf, er sah aus wie ein erschrockenes Kind. Er bekam nicht eine einzige Zahl von dem Geschäftsmann zu hören, aber die ganze lange Nacht, in der viel Whisky getrunken wurde, hörte er die entsetzlichsten Geschichten, die einem Ökonomieprofessor jemals zu Ohren gekommen sind.

Mit der Hausse brach ein wahres Baufieber aus, nicht nur in Ilhéus, sondern auch in Itabuna, in Pirangi, in Palestina und in Guaraci, in allen Städten und in den Dörfern. Land war ein Vermögen wert, es war sogar teurer als in Rio de Janeiro. Oberst Maneca Dantas steckte fünfhundert Contos in den Bau einer prächtigen Villa in Ilhéus – es war ein Altersgeschenk für Dona Auricídia –, die er in der Baisse mit Mühe für hundertzwanzig Contos verkaufen konnte. Neue Straßen wurden angelegt. In Itabuna entstand eine kleine Rundfunkstation mit Lautsprechern auf den Plätzen. Und bald gab es eine weitere in Ilhéus. Man gewahrte eine wachsende Rivalität zwischen den beiden Städten, die in den Zeitungen, bei den Fußballspielen und auf Festen zum Jahresende besonders kraß zutage trat.

Die Obersten hielten auf einmal ganze Packen Geld in den Händen und wußten nicht, was sie damit anfangen sollten. Ihr ganzes Leben hatten sie damit verbracht, Land zu erobern und zu bepflanzen, Pflanzungen zu kaufen, Kakao zu ernten; die Gewinne aus den Safras hatten sie für die häuslichen Ausgaben, für das Studium der Söhne und für die Arbeiten auf der Fazenda verwendet. Nun aber war Geld im Überfluß da. Und weil es kein Land mehr zu erobern gab – und noch viel weniger zu kaufen –, wußten die Obersten nicht, was sie mit dem Geld machen sollten. Sie spielten in den Nachtbars Roulett, Bakkarat und Campista; weil sie aber auch damit ihr Geld noch nicht verbrauchten, spekulierten sie an der Börse. Es war ein erregendes Spiel; sie spielten viel und mit dem unerschütterlichen Mut, der sie stets ausgezeichnet hatte, aber auch mit einer unerschütterlichen Ignoranz. Sie verstanden gar nichts von diesem Spiel, aber sie meinten, es sei ihrer und der Zeit, in der sie lebten, würdig.

Die Wertsteigerung der Kakaofazendas ging weit über das hinaus, was sich der ältere Rauschning vorgestellt hatte. Der Wert der Pflanzungen vervierfachte sich nicht, wie er vorausgesehen hatte – er verzehnfachte sich. Wer Land besaß, der wollte es um keinen Preis verkaufen. Angebote kamen von allen Seiten. Leute aus dem Süden und aus dem Norden reisten nach Ilhéus und suchten nach einer verkäuflichen Fazenda. Als Dr. Antônio Pôrto seine Pflanzungen verkaufte, da er angesichts des furchtbaren Skandals, den seine Frau erregt hatte, als sie im mittäglichen Geschäftsleben auf den Straßen von Ilhéus halbnackt ihrem Liebhaber hinterherlief, und nach dem Süden ging, bekam er beeindruckende Angebote. Er erhielt ein Vermögen für jeden Quadratmeter mit Kakao bepflanzten Landes; aber von einem weiteren Landverkauf während der Hausse hat man nicht gehört. Kakao war das reine Gold, das Beste, was man sich überhaupt wünschen konnte, die beste Kapitalanlage. Die Grapiúnas sagten es mit großem Stolz.

Wenn schon vorher in den Straßen von Ilhéus die Anzahl unbekannter Gesichter groß war, so strömten mit der Hausse von überall eine Menge Leute in das Kakaogebiet. Leute auf der Suche nach Arbeit und nach Vermögen, aber auch Abenteurer, die nur den Augenblick nutzen wollten. In diesen Jahren leerten sich die Prostituiertenviertel von Aracajú, Bahia und Recife, die großen und kleinen Schiffe waren überfüllt mit Frauen – weißen, schwarzbraunen und hellbraunen, ausländischen und brasilianischen –, die nach Geld gierten und schon im Hafen von Ilhéus mit breitem Lächeln anlangten, die nachts in den Nachtbars Champagner hinuntergossen und den Obersten an den Roulettischen beim Spiel halfen.

Fünf Nachtlokale erfüllten mit ihrem Lärm die schlaflosen Nächte von Ilhéus. Das „Trianon“, nahe am Meeresstrand im Erdgeschoß eines Hauses, war ein Luxuslokal, wo entfesselte Spielleidenschaft herrschte, wo fast nur Obersten und Exporteure Zutritt hatten, wo sie sich mit den teuersten Huren trafen, den aus Rio de Janeiro gekommenen Französinnen und Polinnen, die darauf warteten, die großzügigen Fazendeiros in den raffiniertesten Lastern zu unterweisen. Das „Bataclã“ war demokratischer. Allerdings waren auch hier noch die Obersten tonangebend, die die Spielsalons unsicher machten. Es lag in der Rua do Unhão, unmittelbar am Hafen. In den Tanzsälen jedoch traf man Studenten in den

Ferien, junge Geschäftsleute, die das Leben kennenlernen wollten, und Angestellte aus den Büros der Handelshäuser. Es war ein altes Tanzlokal, übrigens das einzige, das die Baisse überlebte und noch lange Jahre existierte. In „El Dorado" trafen sich die kaufmännischen Angestellten zu ihren nächtlichen Vergnügungen. Es war fröhlich und fast familiär in seiner Bescheidenheit, die sich mit Bier und einheimischen Mädchen begnügte. Das „Far West" in der Rua do Sapo lockte die Aufseher der Fazendas, die kleinen Bauern, die Stauer und die Seeleute an. Der Inhaber hielt in einem Hinterzimmer mit spekkigen Karten die Bank. Manchmal gab es Schlägereien, und die Polizei mußte eingreifen. Einmal wurde es sogar geschlossen, gleich darauf aber wiedereröffnet. Im „Far West" dominierte Rita Tanajura mit ihren ausladenden Hüften, sie sang Sambamelodien und tanzte auf dem Tisch. Sie wurde von einem schmächtigen, weibischen „Kabarettisten" als der „große Star der Samba" vorgestellt, obwohl dies der erste Ort war, an dem sie ihren Beruf ausübte. Sie war als Köchin bei einer reichen Familie nach Ilhéus gekommen. Eines Tages schoß ihr ein leidenschaftlich erregter betrunkener Aufseher in den verlockenden Hintern. Auch im „Bataclã" glänzte eine rassige Frau, die hagere, lasterhafte Agripina, die Tangos zu Tode hetzte und romantische Studenten begeisterte. Sie gaben ihr den Spitznamen „Vampir", weil sie so einen lüsternen Blick hatte, und ein Student widmete ihr ein selbstverfertigtes Liebessonett. Die Ärmsten besuchten das „Retiro", eine schmutzige Kneipe am Kai, wo Bier ein Luxusartikel war. Dorthin kamen Arbeiter, Tagelöhner, die besuchsweise in der Stadt waren, Gauner, Landstreicher und Diebe. Dort war ein Blinder, der Flöte spielte, und ab und zu klimperte ein Gast auch auf der Gitarre. Eine Zeitlang gingen vornehme junge Burschen, reiche Studenten in den Ferien, ins „Retiro" auf der Suche nach dem bunten Volksleben. Allerdings geschah das nur damals, als Rosa, nachdem Martins sie im Stich gelassen hatte, dort als Kellnerin arbeitete. Sie kamen ihretwegen, denn sie war etwas unbeschreiblich Schönes in der Erbärmlichkeit des allerärmsten Lokals der Stadt.

Im „Trianon" begann in den Tagen großer Saufgelage, wenn Karbanks in der Stadt war und alles mit seiner Anwesenheit belebte, der „Terno des Ypsilon", das Ausgefallenste, was während der Kakaohausse in der Stadt São Jorge dos Ilhéus erfunden worden war. In den ersten Morgenstunden, wenn die ganze Stadt noch schlief, zogen die betrunkenen Männer und Frauen Röcke und Hosen aus, marschierten halbnackt von dem Nachtlokal aus in die Hurenstraße und sangen das offizielle Lied dieses Ternos:

„Ich komme nicht in Ihr Haus,
weil Sie nicht in meins kommen.
Sie haben einen großen Hänger
und wolln meine Quappe fressen."

Die alten Jungfern erwachten aus ihrem leichten Schlaf, und mehrmals erschraken sogar die Betschwestern, die zur Fünfuhrmesse gingen. Diese trugen das Echo der erwähnten Ruchlosigkeiten bis an die Ohren des Bischofs. Und der Bischof und die Priester wetterten von der Kanzel herab wider das schlechte Leben der Leute in Ilhéus; aus ihren glühenden Worten erstand die Verheißung des Höllenfeuers für diese Sittenstrolche. Aber die Arbeiten an der neuen Kathedrale bekamen mit der Hausse neuen Auftrieb, schon ragten die Türme zum Himmel auf, es war ein abscheulicher Bau, aber die Leute in Ilhéus versicherten, es würde die prächtigste Kirche im Süden des Staates.

Mit der Hausse blühten auch die spiritistischen Zentren auf, in einer unaufhörlichen Reihe von Séancen stürzten sie sich von den verborgenen Winkeln her in das zivilisierte Zentrum der Stadt. Mit den Schiffen kamen berühmte Medien, Hellseher und Wundertäter. Wenn die Obersten nicht in den Nachtlokalen waren, dann wohnten sie den Séancen bei. Sie wollten die Geister um Rat bitten für Börsenspekulationen. Auch der Einfluß der faschistischen Partei – der Integralisten – wuchs enorm an, ihre Führer hatten eine große Finanzkampagne eingeleitet. Sie veranstalteten Umzüge, bei denen sie im grünen Hemd marschierten, und kündigten das Ende der liberalen Demokratie an.

Die Präfektur baute ein großes Stadion (die Presse behauptete, wie sie es schon im Fall des Gymnasiums getan hatte, es sei „das beste in Nordbrasilien"), in dem die Fußballer von Itabuna denen von Ilhéus erbitterte Schlachten lieferten. Sie legte neue Straßen an, pflasterte sie und fällte die noch an der Küste verbliebenen Kokospalmen. Aus Rio de Janeiro kamen Intellektuelle, die Vorträge hielten. Jemand nannte sie, als er einen von ihnen willkommen hieß, „Reisende in Sachen Kultur" und wollte damit auf die unbeschreiblich große Anzahl Handlungsreisender mit den unterschiedlichsten Artikeln anspielen, die in Ilhéus eintrafen. Sie langten mit jedem Schiff an, brachten alles mit und verstanden auch, alles zu verkaufen. Geld war in Hülle und Fülle vorhanden, man mußte nur herausfinden, wie man es ausgeben konnte. Die Flugzeuge starteten vollbesetzt und kehrten vollbesetzt zurück. Ebenso war es mit den Schiffen. Ärzte und Rechtsanwälte tauchten auf, sie strandeten in den entlegensten Nestern des Gebietes.

Die Landstraßen drangen immer weiter ins Innere vor, und die schnellen Omnibusse fuhren, bis auf den letzten Platz besetzt, ins Land hinauf und wieder herunter. Mit sich nahmen sie Syrer, die ihren Koffer auf dem Rücken trugen, Kramhändler der Straßen, die die künftigen Kaufleute der Dörfer waren. Neue Vermögen entstanden, die Obersten verschwendeten ihr Geld. Jetzt sahen sie auf einmal die Früchte all dessen, was sie dreißig Jahre zuvor getan hatten, damals, als sie das Land eroberten. Das Opfer hatte sich gelohnt, der Tod, das gewaltsam vergossene Blut war nicht vergebens gewesen. Das eroberte Land schenkte ihnen seine goldenen Früchte.

Als der Dichter Sérgio Moura später die Jahre der Hausse charakterisieren wollte, drückte er es so aus: „Damals war es so schrecklich, daß sogar zwei Buchhandlungen in Ilhéus eröffnet wurden.“

2

Die Skandale, von denen der Geschäftsmann dem ausländischen Universitätsprofessor erzählt hatte, begannen mit dem „Pulo dos nove“, den Pepe Espinola gleich zu Beginn der Hausse auf den Obersten Frederico Pinto anwandte. Pepe hatte ein gutes Geschäft in Aussicht, eine Gesellschaft zur Gründung des „Trianon“, und er brauchte Geld. Der Argentinier erkannte die Möglichkeit, sich die Taschen für den Rest seiner Tage mit Geld zu füllen. Es war kaum zu glauben, aber er träumte immer häufiger von einem behaglichen Heim (er stellte es sich wie sein Elternhaus vor) in einem Stadtteil am Rande von Buenos Aires. Vielleicht in Chacaritas. Ein Haus für einen alten Junggesellen, eine Rücklage auf der Bank, die für alle Ausgaben reichte, und die schon verloren geglaubte Heimatstadt. Diese Stadt mit ihren Tangos, ihren Theatern, ihren Nachtlokalen, den vielen Straßenlaternen – all das, was er zurückgelassen hatte und was ihn rief. Das geplante Geschäft mit einem eleganten, nur auserwählten Kreisen vorbehaltenen Nachtlokal, wo man spielen und Champagner trinken und Frauen aus Rio de Janeiro haben konnte, führte vielleicht zur Verwirklichung des so unerreichbar scheinenden Traumes.

In das Geschäft mit dem „Trianon“ wurden die zwanzig Contos gesteckt, die ihm Oberst Frederico Pinto gab, um seine Rückreise nach Argentinien zu finanzieren, und ganz Ilhéus machte sich über das Geschehene lustig.

Pepe trennte sich gegen elf Uhr abends im „Bataclã“ von Rui Dantas und ging nach Hause. Beim Abendessen hatte er gesagt, er werde erst gegen Morgen zurückkommen. Oberst Frederico Pinto speiste mit ihnen, lobte den Fisch, genoß die Vorfreude auf die Liebesnacht in Lolas Armen. Sie wußten, daß Pepe nachts fast immer lange ausblieb, eine Angewohnheit, über die sich Lola am Anfang der ganzen Komödie unter Schluchzen und Weinen bitter beklagt hatte: Wenn er in die Nachtbar ging, kehrte er erst im Morgengrauen zurück. Er brauchte gar nicht Bescheid zu sagen. Der Oberst legte sich mit seiner Geliebten zu Bett und ruhte aus von den Mühen des Lebens. Und er nahm nicht einmal Lolas ungewöhnliche Traurigkeit und ihre Nervosität wahr, den Rest von Scham, der sie die Augen abwenden ließ.

Als Pepe völlig unerwartet eintrat, wurde der Oberst fahrig. Es war nicht Angst, Frederico kannte sich aus in Raufereien, er war gewohnt, sich im Kugelregen aufzuhalten und Blut fließen zu sehen. Ihm kam nicht im entferntesten in den Sinn, daß all das nur eine Vorstellung sein könnte. Als er Pepes Wut und Verzweiflung sah, verlor er völlig die Nerven. Pepe wußte, daß es nicht Angst war. Es war Scham darüber, daß er den Ehemann verraten hatte, Gewissensbisse und auch ein wenig Traurigkeit. Pepe wußte auch, daß es keinen Sinn hatte, den Obersten einschüchtern zu wollen. Hätte er das versucht, so wäre alles verdorben gewesen, denn Frederico hätte sich zur Wehr gesetzt. Deshalb entschloß er sich, pathetisch zu werden, er hatte die ganze Szene lange im voraus studiert. Er öffnete die Schlafzimmertür, starrte die beiden im Bett an und bedeckte das Gesicht mit den Händen. „Me dijeron, pero no creí. No creí!“*

* „Man hat es mir gesagt, aber ich habe es nicht geglaubt. Ich habe es nicht geglaubt!“

Es war ein furchtbarer Schrei, ein Schluchzen füllte den Raum, der Oberst spürte einen Schmerz in der Brust, er schämte sich furchtbar. Pepe ließ sich auf einen Stuhl fallen und versuchte, tief im Innersten getroffen, auf portugiesisch zu klagen: „Oberst, niemals hätte ich das geglaubt von usted*. Ich vertraute usted wie der eigenen Mutter. Niemals hätte ich das geglaubt. Weder von usted noch von ella** ..."

Frederico sah ihn an, Pepe standen Tränen in den Augen, er war völlig niedergeschmettert. Oberst Frederico Pinto fühlte sich gedemütigt von der eigenen Untat, er wußte nicht, was er sagen sollte. Er wollte Pepe trösten, er fühlte sich zu ihm hingezogen. Der Argentinier fuhr fort: „Creí que ella me quería. Usted era mi amigo. Nunca lo esperé."*** In plötzlicher Empörung wandte er sich Lola zu: „Miserable!"****

Erst jetzt fand der Oberst die Sprache wieder, und er erklärte, Lola treffe keine Schuld. Klein und nervös stand er aus dem Bett auf, es war lächerlich, wie er nackt mitten im Zimmer stand und die Frau verteidigte. Pepe hatte Lust, aus vollem Hals zu lachen, während er aus seinen Augen die Tränen rollen ließ. Lola hatte sich zwischen den Decken verkrochen, und Pepe glaubte, das Bettuch bewege sich über ihrer Brust, weil auch sie kaum das Lachen unterdrücken könne. Oberst Frederico Pinto war sehr aufgeregt, er zitterte sogar. Pepes Tränen flossen jetzt reichlicher, da er mit Gewalt das Lachen zu unterdrücken suchte.

Rasch kamen sie zu einer gütlichen Einigung. Der Oberst würde ihnen zwanzig Contos geben, damit sie nach Argentinien zurückkehren („Diese Reisen ins Aus-

* Ihnen

** ihr

*** „Ich habe geglaubt, sie liebt mich. Und Sie sind mein Freund. Nie hätte ich das gedacht."

**** „Elende!"

land sind teuer, furchtbar teuer“, hatte ihm Pepe erklärt) und dort ein neues Leben beginnen konnten. Und vor allem, damit Pepe Lola nicht im Stich ließ, wie er es angedroht hatte.

„Es lo que yo debía de hacer, coronel. No lo hago por usted ...“*

„Es war eine große Dummheit von uns beiden“, meinte Frederico.

Am nächsten Tag wollte er Pepe das Geld aushändigen. Der Oberst zog sich höchst beschämt vor Pepes Augen an, für den nächsten Tag hatte er mit ihm eine Zusammenkunft in der Bar vereinbart. Frederico entschuldigte sich nochmals, er habe „völlig den Kopf verloren“. Pepe wischte sich die Tränen aus den Augenwinkeln. Lola unter den Decken keuchte, ein Teil ihres nackten Schenkels tauchte auf. Von der Schlafzimmertür aus sah sich der Oberst ein letztes Mal um, er erblickte ein Stück ihres weißen Körpers. Traurig schüttelte er den Kopf und ging hinaus. Er schlug die Haustür hinter sich zu, seine Schritte verhallten in der Ferne. Pepe legte sich ins Bett und reckte die Arme. „Bin ich müde!“

Doch dann richtete er sich wieder etwas auf, denn Lola war in lautes Schluchzen ausgebrochen, obwohl ihr Gesicht noch unter der Decke verborgen war. Pepe zog sie fort. „Was ist denn los? Was hast du?“

Er hörte Lolas Stimme durch ihr ersticktes Schluchzen: „Er hat mich geliebt, Pepe, er hat mich geliebt.“

„Alle haben dich geliebt, du Dummes.“

„Nein. Er hat mich wirklich geliebt. Es tut mir leid um den Armen! Er war so gut. Wie ein Kind.“

Sie wandte ihrem Mann die tränennassen Augen zu und sagte: „Pepe, ich verstehe nicht, wie ich dieses Leben ertragen kann. Es ist so schmutzig, so erbärmlich. Wenn ich dich nicht lieb hätte, ich weiß nicht ... Ich glaube, ich

* „Ich hätte es eigentlich tun müssen, Oberst. Nur Ihretwegen tue ich es nicht.“

würde mir das Leben nehmen. Ja, ich würde mir das Leben nehmen. Ich bin so schmutzig, bis ins Innerste hinein schmutzig, Pepe. So schmutzig."

Pepe griff nach der Hand seiner Frau. Er dachte an den Elegantísimo. Er streckte die andere Hand aus und tastete nach Lolas blondem Haar. Langsam und sanft, unendlich zärtlich, liebkoste er es. „Man muß Charakter beweisen!"

Die Bettdecke erstickte Lolas Schluchzen.

3

Aus den Händen des Obersten Frederico Pinto, rauhen, aber leidenschaftlichen Händen, wanderte Lola Espinola in die Hände des Dr. Rui Dantas, die weichen Hände eines verseschmiedenden Federfuchsers. Pepe beteiligte sich an dem Geschäft mit dem Nachtlokal, er reiste nach dem Süden, um Mädchen zu engagieren, hinter dem Spiel und dem Tanz des „Trianon" verbarg sich das Haus mit den importierten Frauen, sein wirklich großes Geschäft. Erst damals begriff man in Ilhéus, was Pepe eigentlich von Beruf war. Das Haus, in dem er als Zuhälter der Mädchen fungierte, wurde von den Exporteuren und den reichen Obersten besucht. An alles konnte man rühren in Ilhéus, nur nicht an dieses „Kind der Liebe", wie Karbanks das gut im Hintergrund versteckte kleine Haus genannt hatte. Deshalb fruchteten alle Bemühungen Frederico Pintos beim Präfekten und beim Stadtpolizeikommissar, die darauf abzielten, Pepe aus der Stadt zu verweisen, nicht im geringsten.

„Er ist selbst daran schuld, der Dummkopf", flüsterte man sich in Ilhéus an den Straßenecken zu, wenn die Rede auf den Skandal kam. Alle amüsierten sich weidlich über den Vorfall, und bald machte sogar ein höhnisches Epigramm die Runde, das folgendermaßen begann:

„Daß Lola verheiratet wär,
glaubte Herr Frederico.“

Man erzählte dem Obersten, das Epigramm stamme von Sérgio Moura, aber in Ilhéus wurde dem Dichter vieles zugeschrieben, wofür er nichts konnte. Sehr viel später fand Frederico selber heraus, daß das Epigramm von Zito Ferreira stammte, dem er noch in der Nacht des „Pulo dos nove“ in betrunkenem Zustand den Zwischenfall geschildert hatte, im Glauben, er habe das Glück eines friedlichen Heimes zerstört.

Nach dem Skandal verbrachte der Oberst einige Zeit auf seiner Fazenda. Aber bald darauf kehrte er nach Ilhéus zurück und erzählte in den Lokalen von Abenteuern mit jungen Mulattinnen, von Eroberungen, die er auf den Pflanzungen gemacht hatte: Einer gewissen Rita hatte er sogar in einem Dorf ein Haus eingerichtet. Aber keinem gestattete er, über seine Geschichte mit Lola zu sprechen, denn dann geriet er außer sich vor Wut. Bei solchen Anfällen versicherte er, er werde sich an dem „argentinischen Halunken“ rächen. Allerdings redete kaum noch jemand von der Sache, als der Oberst von seiner Fazenda zurückkehrte. „Das Menü des Tages“, wie Reinaldo Bastos voller Eifersucht sagte, war die verrückte Leidenschaft Julieta Zudes für den Dichter Sérgio Moura. Um sich für das Epigramm zu rächen, für dessen Verfasser er damals noch Sérgio hielt, ging Oberst Frederico Pinto von Gruppe zu Gruppe und von Lokal zu Lokal, um seine Bemerkungen zu diesem Ereignis anzubringen. Bei allen fand er ein offenes, ein sehr offenes Ohr für seine boshaften Kommentare. Sérgio Moura konnten viele nicht ausstehen. Auch für die überlegene und distanzierte Julieta Zude hatten sie nicht viel übrig, sie waren ihr gegenüber instinktiv mißtrauisch. Vor allem die verheirateten Frauen, die alten Jungfern, die in die Kirche liefen, und sogar die heiratsfähigen jungen

Mädchen, die sie im Grunde beneideten. Sie war wie eine Fremde für sie, sie hatte nichts mit ihnen gemein. Gefühlsmäßig setzten sie sie Lola Espinola gleich, stellten sie mit ihr auf eine Stufe; allerdings grüßten sie Julieta mit großer Ehrerbietung, weil sie Carlos Zudes Frau war, eines der größten Kakaoexporteure von Ilhéus. Julieta rauchte, sie trug am Strand Shorts, sie ging vormittags in Hosen über die Avenida, sie unterhielt sich ungezwungen mit Männern, sie hatte wenige und nur lockere Beziehungen zu den Damen der hiesigen Gesellschaft. Sie machten Bemerkungen über ihre Umgangsformen und die Kleider, die sie auf den Bällen des Gesellschaftsklubs von Ilhéus trug, sie war fast ein dauernder Skandal. Das Gerücht von den geschlossenen Gesellschaften im Hause Carlos Zudes, wo fast nur Engländer und Schweden, Deutsche und Schweizer eingeladen wurden, gelangte völlig entstellt an die Wirtshaustische und in die Familien. Reinaldo Bastos wartete, seit er mit Julieta gesprochen hatte, ständig darauf, daß sie ihm einen Blick schenkte und ihn schließlich in ihr Bett rief; als er bemerkte, daß der Dichter sie erobert hatte, platzte er beinahe vor Wut. Er hatte verbreitet, er habe sie überrascht, als sie in einer der städtischen Buchhandlungen Bücher von Freud gekauft habe. Und jedem, der ihn um nähere Erklärungen über diesen Freud bat, flüsterte er verstohlen zu: „Der schreibt pornographische Romane."

Dies veranlaßte Zito Ferreira, ihm eine Lektion über Psychoanalyse zu erteilen und ihn anschließend um fünfzig Milréis anzupumpen. Wenn Julieta durch die Geschäftsstraßen ging und die Grüße und die Höflichkeiten der Kunden von „Gebrüder Zude & Co." mit einer kurzen, schroffen Neigung des Kopfes beantwortete, dann folgten dem hinterhältigen Lächeln unverschämte Bemerkungen über sie. Und manche machten sich sogar die Mühe zu zählen, wie oft sie am Handelsverein vorbeiging, wie oft Sérgio Moura ans Fenster trat und wie oft sie sich zulächelten.

„So eine Schamlose", sagten sie abschließend.

Aber die Firma „Gebrüder Zude & Co." zahlte die höchsten Preise für den Kakao, und alle wollten ihre Kunden sein. Deshalb krümmten sie ihren Körper zu tiefen Verbeugungen, wenn Julieta, die nicht ahnte, welche Entrüstung sie hervorrief, am andern Ende der Straße auftauchte, diese ernste und schöne Julieta, mit dem Gesicht einer Spanierin, den schmachtenden Augen und dem schwarzen Haar. Und manchmal betrat sie heiter und gelassen den Handelsverein und brachte die Stenotypistin und den Kassierer aus der Fassung.

Man sagte, sie habe mit dem Dichter schon mehr als einmal auf den Diwanen des Handelsvereins geschlafen. Rui Dantas, der alte literarische Kontroversen mit Sérgio Moura hatte, versuchte, das Wort „Rendezvous" oder das Wort „Schloß", das in der Gegend von Ilhéus für Freudenhaus verwendet wird, durch das Wort „Handelsverein" zu ersetzen. Wenn er in ein öffentliches Haus gehen wollte, sagte er daher zu seinen Bekannten: „Ich gehe in den Handelsverein."

Dieser Scherz hatte großen Erfolg in den Lokalen von Ilhéus, und er wurde häufig wiederholt. Bald jedoch ließen neue Skandale das Interesse an Sérgio und Julieta abflauen.

Tatsächlich hatte Sérgio Moura zum erstenmal im Handelsverein mit Carlos Zudes Frau geschlafen. Sie war am Spätnachmittag erschienen, nachdem sie einen qualvollen Tag verbracht hatte. Deshalb war sie ohne Angst vor boshaften Zungen gekommen, wie ein Verzweifelter, der, nachdem er von den Ärzten enttäuscht worden ist, zu einem Quacksalber geht und sich wenig um die Bemerkungen anderer Leute schert.

Die ersten Küsse tauschten sie im Sitzungssaal, und Julieta suchte in der erregenden Nähe des ihr unbekannten Mannes das Heilmittel für ihre Krise. Ich gehe nie wieder zu ihm, dachte sie, als er sie langsam küßte, erst auf die Augen, dann auf die Wangen, und sie ins Ohr biß. Der Dichter hatte sich in den Sessel des Präsidenten gesetzt, es war derselbe, von dem aus Carlos Zude den Exporteuren seine Meinung dargelegt hatte. Julieta saß auf seinen Knien. Wie ein wildes Tier witterte der Dichter den erregenden Duft ihres Nackens, sein Gesicht wühlte sich in das schwarze Haar, und er konnte feine Geruchskomponenten wahrnehmen, den Duft der frischen reinen Haut, der sich mit dem des teuren Parfüms mischte. Sie klammerte sich an ihn, sie vergaß alles andere in der reinen Erregung der Sinne, in dem Verlangen nach dem Mann. Sie schloß die Augen, es konnte sein, daß danach die Trauer, die Angst, der Lebensüberdruß nur noch größer und entsetzlicher wurden. Aber so überwand sie in jener Dämmerung die sinnlose Sehnsucht, den unerklärlichen Schmerz, die völlige Leere, die sie umbrachte.

Die Dämmerung senkte sich über die Stadt, der Raum wurde zusehends dunkler. Sérgio hatte kein Licht angezündet, er schob einen Träger von Julietas Kleid beiseite und küßte sie auf die nackte Schulter. Sie bebte vor Wollust, und das erste Zusammensein war heftig, als legte ein Neger am Kai eine Mulattin auf den Strand, um sich in Hast und Gefahr mit ihr zu vereinigen. Er drängte sie zum Diwan hinüber, zog ihr die Kleider ab, und sie erstarb in einem Seufzer. Als sie fertig waren, ergriff Julieta Sérgios Hände, sie fühlte sich verpflichtet, etwas zu sagen. „Liebst du mich?"

Sie meinte, dieses Spiel sei notwendig. Sie schulde es ihm, weil sie nun keinen Überdruß mehr empfand. Es hätte ihr gefallen, zu kommen, mit ihm zu schlafen und dann geheilt und unbeschwert davonzugehen, hinaus in die schöne Abenddämmerung, ohne daß sie etwas sagen, ohne daß sie zahlen mußte.

Aber sie glaubte nicht, daß so etwas möglich sei, und bemühte sich, Theater zu spielen.

„Liebst du mich?"

Sérgio aber liebte sie, sie war etwas, wonach sein Stolz verlangte, sie mußte erobert werden, das wußte er wohl. Und deshalb antwortete er nicht. Intuitiv begriff er, daß jeder dem andern Theater vorspielte, wenn er antwortete, und daß Julieta dann nie wieder kommen würde.

So redete er über mancherlei, sprach über Kunst und Dichtung, erzählte Geschichten, herrlich unbefangene Geschichten von Vögeln und Blumen, die er bei seinen folkloristischen Forschungen auf dem Lande gesammelt hatte. Er ließ seine reiche, närrische Phantasie Streifzüge unternehmen, von denen Julieta ganz gefesselt war. Er war stolz, daß er die begehrte schöne junge Frau besessen hatte, und er wollte sie festhalten. Vielleicht würde er noch einige Zeit brauchen, um Julieta ganz zu verstehen, aber er erahnte sie wie einer, der ein Licht zwischen Bäumen von weitem an dem verschwommenen Lichthof erkennt.

Vielleicht, ja höchstwahrscheinlich war in diesem Anfangsstadium, vor dem ersten Zusammensein und bei dem langen, närrischen Gespräch, das ihm folgte, dem Interesse der reichen, überdrüssigen jungen Frau für den Dichter, der ihr anders schien als alle anderen Leute in der Stadt, die gleiche Kurzlebigkeit bestimmt wie bei ihren früheren Liebhabern. Vielleicht würde sie ihn nicht lange lieben, sie hatte vorher schon andere Liebhaber gehabt, wenigstens zwei, und als sie sich ihnen hingegeben hatte, war sie von der gleichen Notwendigkeit getrieben worden, diese ständige Traurigkeit zu vergessen, diese Zeit der Angst auszufüllen. Stärker als diese Angst war nur die Ekstase der Liebe, die sie alles vergessen ließ, die sie entspannte und sie plötzlich zur Ruhe brachte. Aber das Interesse währte immer nur kurze Zeit, bald darauf genügte ihr der Mann nicht mehr, er glich Carlos, es war die gleiche Routine, die nichts mehr gegen ihre schreckliche Angst auszurichten vermochte, und nichts blieb, was sie an ihn fesselte.

Aber es war nicht mehr so, als er nach der heftigen ersten Umarmung mit ihr sprach, ihr närrisch und heiter in einem Strom von Worten, gleichsam lebendigen Worten, von so verschiedenen und so verführerischen Dingen erzählte. Es war eine andere Welt für Julieta Zude, eine Welt, die sie niemals auch nur vermutet hätte, deren Existenz ihr völlig fremd war. Und eine schöne Welt, in der es Werte gab, die sie nicht kannte, kühne, bestürzende Werte. Alles, was Julieta bis dahin als Grundwerte des Lebens angesehen hatte – Geld, Luxus, Geschäfte, Cocktails, Feste –, stürzte in sich zusammen angesichts der Verachtung, die Sérgio Moura dafür hatte, und sie machten anderen Werten Platz, die Julieta auf einmal an einem Tag zu Beginn der Hausse in der Dämmerung von Ilhéus bemerkte: Vögel und Bücher, Blumen und Verse, Sätze, Menschen, Gefühle, die er aus zugleich heiteren, närrischen und ironischen Worten erstehen ließ. Sie war ein wenig verwundert, zugleich aber unendlich froh. Und dann fragte sie. Sie fragte nach den unterschiedlichsten Dingen, und er hatte stets eine Antwort für sie. Sie fühlte sich wie jemand, der lange durch dichten Nebel fährt, bis es ihm endlich glückt, hinauszugelangen und die Wahrheit der Wiesen, die durchsichtig klaren Wasser des Flusses, die heiteren Farben des Landes zu sehen, das sich entfaltende Leben.

Sérgio sprach vor ihr so, weil er, der schüchtern und in seiner Schüchternheit aggressiv war, sich unter Männern ständig unfrei fühlte. Er hatte einmal gesagt, das Gespräch mit Männern sei stets ein Kampf, in dem hinter jedem Wort eine Absicht stehe, und fast immer eine schlechte. Es sei eine Schlacht mit Wörtern, in der jeder siegen wolle. Nur einmal war es anders gewesen, und zwar auf jener Versammlung der Kommunisten, auf der er so unversehens erschienen war. Aber wenn er mit Frauen sprach, nahm er viele von den Masken ab, hinter denen er seine Schüchternheit verbarg, und dann gab es keinen Gegensatz mehr zwischen ihm und seiner Dichtung, die sanft und aufrührerisch war, wie für Kinder gemacht. Er war heiter und ein bißchen leichtsinnig, er überwand die Verlegenheit, die ihn bei Männern aggressiv machte, die Schüchternheit, die ihn veranlaßte, Ilhéus mit seinen grellbunten Anzügen in Empörung zu versetzen.

In dieser Stunde empfand er für Julieta nichts als Verlangen. Verlangen nach einer schönen, kultivierten, sinnlichen Frau, aber auch Verlangen nach der Frau Carlos Zudes, des Exporteurs, der das Symbol all dessen war, was Sérgio verabscheute, und gleichzeitig Verlangen – ja, auch das – nach einer Frau, ganz einfach einer Frau, die eher als die Männer imstande war, ihn zu verstehen. Das Verlangen, zumindest ein paar Minuten lang der zu sein, der er wirklich war. Und das Verlangen, sie zu erobern, damit sie wiederkam und er sie von neuem haben und danach mit ihr sprechen konnte. Julieta lachte. „Du bist ein Kindskopf."

Sie schaute ihm in die so kindlichen Augen. Sie sah das Verlangen darin glänzen, sie glaubte, es sei Liebe, und das bestärkte das in ihr erwachende Gefühl des Entzückens und der Freude. Und da verwandelte sich ihre ganze Verzückung in ein unwiderstehliches neues Verlangen. Nun war es schon nicht mehr die Sehnsucht, ihre Angst in der Umarmung, in der Wärme des Mannes zu vergessen. Nun war es der Wunsch, sich einem geliebten und freundschaftlich verbundenen Wesen völlig hinzugeben, einem Wesen, das gewissermaßen ein Teil ihrer selbst war. Alles war reine Freude, Julieta fühlte sich von einer Inbrunst erfaßt, die sie bisher nicht gekannt hatte. Und sie küßte den Dichter mit der Zärtlichkeit einer Verliebten. Sérgio öffnete ihr Kleid, nahm ihre

Brüste in die Hände und küßte sie mit glühender Wollust, die für Julieta unendliche Zärtlichkeit war. Als sie völlig nackt war, brachte er ihr Orchideen. Hochrote und weiße, violette und gefleckte Orchideen, alle, die zwischen den unbändigen Kakteen im Garten des Handelsvereins emporgeschossen waren. Sie bedeckten den strahlenden Körper der Frau.

Das wollüstige, fast kindliche Spiel, das Sérgio Moura in einem seiner schönsten Gedichte beschrieben hat, ist die Wiederholung dieser Abenddämmerung, in der die Mysterien der intimen Berührung für Julieta Zude die Bedeutung des nie gefundenen Friedens erhielten, in freirhythmischen Versen. Einer der Verse spricht von den „Schlangen deiner Zunge, die sich um Orchideengeschlechter winden", und ein anderer sagt, daß „die Orchideen den weißen Äckern deines Leibes entsprossen" seien. Mit diesem fast kindlichen und zugleich so verfeinerten Spiel einer fast reinen Liebe verbrachten sie die traurige Stunde der Dämmerung. Als Sérgio „Morgengrauen" statt Abenddämmerung sagte, verstand ihn Julieta, denn gerade so empfand sie es. Und als die Nacht kam und durch die Fensterscheiben auf den nackten Körper der Frau Sternenlicht rieselte, vervollständigte die lange und fast schmerzhafte Umarmung für Julieta das Bild von dem ersehnten und endlich erkannten Mann. Er war ein Zauberer oder ein Gott, sein liebenswürdiger Kopf war voller Gedanken, und sie lächelte in der müden Erfüllung der Liebe. In seinem Gedicht spricht Sérgio Moura von einer „Zunge wie giftige Blütenblätter der Orchideen" und von einer „Zunge, die aller Weisheit der Liebe kundig ist", aber erst in dieser Dämmerung erkannte Julieta, daß die Zunge fähig war, Wunder im Schöpfen von Wortwelten hervorzubringen, von Welten, die wirklicher waren als die traurige und arme Welt des Reichtums, in der sie lebte. Sie sagte es ihm, als sie sehr viel später sein Gedicht las, dieses Gedicht, das einem Schlaflied glich und dem er den Titel „Die Orchidee ging auf im Land des Kakaos“ gegeben hatte. Und erst da verstand er Julieta ganz.

Diese zweite Liebesbegegnung war lang und in ihrer Verfeinerung fast schmerzhaft, während die Vögel zwitscherten und den leidvollen Rhythmus der in dem Raum geschluchzten Liebesseufzer zu begleiten suchten.

Und als sie ihre ermüdeten Leiber in der eben angebrochenen Nacht Seite an Seite ausstreckten, flehte sie im Verlangen nach der magischen Welt, die der Dichter besaß: „Sprich doch ... Sprich, ich möchte dich hören.“

4

Im ersten Jahr der Hausse dachte Antônio Vítor nur an Raimundas Wohlbefinden. Da es Land nicht mehr zu kaufen gab, war Raimunda der Meinung, sie sollten ihre Gewinne zur Bank bringen. Raimunda war einer der wenigen Menschen im Kakaogebiet, die vom ersten Augenblick an der Hausse mißtrauten. Hätte man sie gefragt, weshalb, dann hätte sie nicht zu antworten gewußt. Joaquim war in diesen Monaten nicht gekommen, und so konnte auch der Sohn sie nicht gewarnt haben. Ihr Gesicht, das sich immer mehr verdüsterte, stand im Gegensatz zu der funkensprühenden Freude Antônio Vítors.

Antônio dachte sofort an zwei Dinge: erstens ein neues Haus auf der Pflanzung zu bauen („auf der Fazenda“, wie er jetzt sagte, beeindruckt von dem Wert, den sein Land mit der Hausse erlangt hatte) und zweitens am Ende der Safra nach Estância zu fahren. Er hatte noch andere Pläne: Er wollte eine größere Anzahl Leute einstellen, damit weder Raimunda noch er selbst an die harte Arbeit bei der Ernte und in den Barcaças zurückkehren mußten.

Niemals hatte er eine solche Reaktion Raimundas erwartet. Es war völlig zwecklos, ihr zu erklären, daß es sich für die Frau eines „reichen Mannes", eines „Fazendeiro", nicht schickte, wie die Frau eines Landarbeiters bei der Ernte zu helfen, wie ein Neger den Kakao in den Trögen zu stampfen. Raimunda schüttelte den Kopf, sie sah ihren Mann an, als fürchtete sie, daß ihn die Hausse um den Verstand gebracht hatte. Die Hausse erschütterte den ruhigen Ablauf ihres Lebens. Anfangs war ihr Leben schwer gewesen, sie hatten viel gearbeitet, aber als die Hausse kam, waren die Zeiten schon besser, sie besaßen etwas, wovon sie leben konnten, ihr Land war bepflanzt, der Kakao trug Früchte. Die Hausse hatte all das durcheinandergebracht, sie hatte dem Kakao einen neuen Wert verliehen, Raimunda bekam es mit der Angst. Sie betrachtete ihren Mann, der unsinnige Pläne ausheckte, sie erkannte ihn fast nicht wieder. Jetzt hatte er diesen seltsamen Einfall, sie solle nicht zur Ernte zurückkehren und man müsse mehr Landarbeiter einstellen. Sie hatte nicht einmal nein gesagt, am nächsten Tag ging sie, das Buschmesser am Gürtel, wie eh und je auf die Pflanzung. Antônio Vítor sah sie aufbrechen, und ihm blieb nichts übrig, als sich anzuschließen, die Sense auf der Schulter und mit bloßen Füßen. Er hatte geglaubt, er brauche nicht mehr barfuß zu gehen und die Stiefel gar nicht mehr auszuziehen. So machten es die Fazendeiros. Tadelnd schüttelte er den Kopf über die „Rückständigkeit Mundas", er hätte gern gesehen, wenn sie sich ausgeruht und den Gewinn genossen hätte in diesem Jahr, in dem die Früchte der Kakaobäume mehr wert waren als reines Gold. In Ilhéus stieg der Kakaopreis schwindelerregend an.

Er begann, das neue Haus zu bauen. Es sollte etwas Ordentliches sein. Raimunda widersetzte sich, aber Antônio Vítor gab nicht nach, sie hatten einen kurzen Streit, dann lief er, plötzlich wütend, hinaus. Fortan mischte sie sich nicht mehr ein. Von der Lehmhütte her sah sie das andere Haus wachsen, sah die aufgestapelten Ziegel und die Maurer, die die Mischung aus Kalk und Sand herstellten. Vorher hatten sie tiefe Gräben für die Steinfundamente angelegt; dann ragten die Wände auf. Raimunda empfand einen unerklärlichen Haß (oder war es vielleicht Angst?) auf das neue Haus. Eines Tages trafen die frischen roten Dachziegel ein, und Antônio Vítor rief laut nach Raimunda: „Munda! Hallo, Munda!"

Sie antwortete von der Küche her: „Was ist denn?"

„Komm, schau dir die Dachziegel für das neue Haus an."

Raimunda wollte sie gar nicht sehen. Erst ganz spät, als sie alle Pflichten des Tages erledigt hatte, fiel ihr Blick auf die „französischen" Dachziegel. Sie waren anders als die üblichen, klein und glänzend, sie mußten ein Vermögen gekostet haben. Raimunda schüttelte mißbilligend den Kopf, schlich im Haus umher und brummte mürrisch vor sich hin.

An dem Tag, als der Dachfirst aufgesetzt wurde, gab es eine Feier. Raimunda zweifelte nicht, daß die Geschichte mit der Hausse Antônio Vítor den Verstand geraubt hatte. Er war nicht mehr ganz richtig da oben, nein, das war er ganz und gar nicht! Wie war es sonst möglich, daß er den Landarbeitern mitten in der Safra einen halben Tag Urlaub gewährte, damit sie an der Feier teilnehmen konnten? Der große Balken des Dachfirsts war mit Papiergirlanden geschmückt. Die Maueröffnungen, in die später die Türen und die Fenster eingesetzt werden sollten, waren mit Palmblättern verhüllt. Eine Menge Cachaça wurde ausgeschenkt. Nur Raimunda erschien nicht. Auch Firmo, die kleinen Bauern aus der Umgebung und die Tagelöhner waren gekommen.

Antônio Vítor war nicht zufrieden. Während die anderen feierten, war Raimunda ganz allein auf der Pflanzung und teilte mit ihrem geschärften Buschmesser die Kakaofrüchte, die die Arbeiter am Morgen geerntet hatten.

Noch schlimmer wurde es, als die teuren Möbel geliefert wurden, die in Ilhéus gekauft worden waren, Sessel für das Empfangszimmer, eine weiche Matratze und ein Bett mit Sprungfedern, ein Geschirrschrank, Teller und Gläser und als Krönung des Ganzen ein Batterieradio, ein „Teufelsding", wie es Raimunda schon einmal im Hause Dona Auricídias bemerkt hatte. Antônio Vítor war völlig verrückt, das sah doch jeder. Er war übergeschnappt, die Hausse hatte ihn um den Verstand gebracht. So dachte Raimunda, als sie beobachtete, wie er die Lattenverschläge öffnete und die polierten Möbel hervorholte.

Dann kam der Tag, an dem sie in das neue Haus umzog. Es war schön, hatte eine große Veranda, innen war es gekalkt und außen blau angemalt (wie das Haus des Obersten Maneca Dantas, das Antônio Vítor immer sehr hübsch gefunden hatte), es war möbliert, der Fußboden mit seinen Dielen wies keine Risse auf. Die Gegenstände aus dem alten Haus, die sie weiter benutzen wollten, wurden hinübergebracht. In der Lehmhütte würden von nun an Landarbeiter und Viehtreiber wohnen. Sie hatten sich schon auf dem Vorplatz versammelt und warteten, daß Raimunda verschwand, damit sie mit ihren Möbeln einziehen konnten. Aber Raimunda ließ auf sich warten. Sie konnte sich nicht von dem Haus trennen, in dem sie dreißig Jahre gelebt hatte, in dem sie ihre Kinder zur Welt gebracht und Nacht für Nacht mit ihrem Mann geschlafen hatte. Sie ging im Haus umher und fühlte einen Schmerz im Herzen, eine Leere in der Brust und eine Unruhe, die sie sich selbst nicht erklären konnte, ein schlimmes Vorgefühl.

Auf dem Vorplatz warteten die Arbeiter mit ihren Säcken, daß Raimunda herauskam. Sie waren glücklich, weil sie in dem Haus wohnen durften. Dort hatten sie eine Küche, einen Schlafraum und ein Wohnzimmer, trotz allem war es eine bessere Wohnung als die Hütten, die nur einen Raum hatten und darin einen aus vier Steinen errichteten Herd. Raimunda ließ auf sich warten. Sie sah in alle Winkel des Hauses, wenn es nach ihr gegangen wäre, dann hätte Antônio Vítor das andere nicht gebaut und nicht sinnlos einen riesigen Betrag dafür aufgewendet. Sie hatten immer in diesem Lehmhaus gewohnt, wozu brauchten sie jetzt diese Pracht?

Antônio Vítor holte seine Frau ab. „Komm jetzt, Munda. Die Männer warten, daß du hinausgehst."

„Ich komme schon, Antonho."

Noch einmal sah sie sich um. Sie schüttelte den Kopf, ihr Gesicht wurde noch verschlossener, und sie näherte sich der Tür. Aber da draußen war Antônio und wartete auf sie, um sie in das neue Haus zu führen, so glücklich, daß sie ihrem Herzen ein Lächeln entrang, als er zu ihr sagte: „Munda, das Radio ist schon angeschlossen. Da redet einer drin, es ist einfach wunderbar. Richtige Hexerei."

„Bist du zufrieden?" fragte sie. Er lachte, und sie sagte: „Gehen wir also!"

Aber sie gewöhnte sich nie an das neue Haus mit dem eisernen Herd, der so anders war als der Lehmherd in der alten Hütte, mit den bequemen Möbeln, mit den feinen Gläsern, die bei jedem kleinen Stoß zersprangen. Wie eine Fremde schritt sie durch die Räume. Sie setzte sich nur auf den äußersten Rand der Sessel, sie warf einen mißtrauischen Blick auf den Radioapparat, wohl fühlte sie sich nur, wenn sie auf der langen Holzbank der Veranda ausruhte, die sie aus dem alten Haus mitgebracht hatte.

Ihre Tochter verbrachte ein paar Tage bei ihr, sie war entzückt von dem Haus. Nicht einmal an das Bett konnte sich Raimunda gewöhnen. Es dauerte lange, bevor sie auf der weichen Matratze Schlaf finden konnte. In den Nächten lag sie wach, und wenn sie am nächsten Tag auf die Pflanzung ging, war sie müde, sie wirkte zusehends älter, ihre Miene wurde immer verdrossener. Nur daß sich jetzt etwas wie Trauer über ihr unschönes Gesicht legte, eine schweigende Trauer voller Vorahnungen. Selbst ihre Tochter sagte, bevor sie zu ihrem Mann zurückkehrte: „Mutter, mit diesem Gesicht rufst du das Unglück herbei."

„Wollte Gott, daß es nicht kommt", antwortete Raimunda.

5

Allmählich wurden die Bemerkungen über Sérgio und Julieta spärlicher, der Skandal war alltäglich geworden, als Ilhéus von der Nachricht erschüttert wurde, daß ein Kampf zwischen dem Obersten Horácio da Silveira und seinem Sohn, Dr. Silveirinha, ausgebrochen war. Das war ein Skandal, der ein gewaltiges Echo fand. Die Gestalt Horácio da Silveiras – der jüngeren Generation, die ihn selten zu Gesicht bekam, nahezu unbekannt – hatte in der Stadt schon legendäre Ausmaße angenommen. Man sprach von ihm wie von einer fernen Persönlichkeit, die nicht nur alles beeinflußte, was in der Stadt geschah, sondern auch alles in der Nachbarstadt Itabuna, in Pirangi und in Guaraci, in Palestina und in Ferradas, ja im ganzen Kakaogebiet. Herr über Jagunços*, Stimmen, Wähler, unermeßliche Ländereien, Präfekturen, Polizeikommissariate. Sein Name wurde mit Respekt ausgesprochen, und viele nannten ihn mit Angst.

Auch Silveirinha war bereits sehr bekannt in den Straßen von Ilhéus. Er trug das grüne Hemd, er war ein ziemlich unfreundlicher, wortkarger Mensch mit verschlossenem Gesicht. Nachmittags saß er mit Gumercindo Bessa im Lokal beim Würfelspiel, nebenbei diskutierten sie über Politik. Später sah man ihn in der Gesellschaft von Schwartz, mit dem Oberst Horácio gebrochen hatte,

* Messerhelden, Revolverhelden, „Gorillas"

weil er ihn zu denen zählte, die am meisten schuld waren am Verhalten seines Sohnes. Dieser Streit wurde von den Leuten monatelang durchgehechelt, die Einwohnerschaft der beiden Städte verfolgte den Prozeß mit leidenschaftlichem Interesse, man schloß Wetten ab und prügelte sich auf den Straßen für den Vater oder für den Sohn. Die Rechtsanwälte verdienten massenhaft Geld, man sprach von raffinierten Tricks, die durch immer raffiniertere ersetzt wurden.

Aus diesem Streit erwuchs Horácios Haß auf die Integralisten. Und da er in dieser Zeit mit der Regierung ging und der Präfekt von Itabuna sein Mann war, nutzte er die Gelegenheit und ließ mehrere integralistische Versammlungen verbieten und ein paar Grünhemden verprügeln. Das trug ihm die Feindschaft des Ortsrichters ein, der mit den Faschisten sympathisierte und dem Obersten bei der Liquidation des Inventars von Esters Gütern schadete.

Indem die Exporteure Horácio trafen – durch die Vermittlung von Schwartz, der Silveirinhas Prozeß finanzierte –, trafen sie den mächtigsten Fazendeiro, den wohlhabendsten Obersten, das Symbol der Feudalherren im Land des Kakaos. Aber außer Sérgio Moura, der mit Joaquim über die Angelegenheit sprach, erkannte fast niemand die wirkliche Bedeutung dieses Kampfes. Für die meisten war es ein erregender Rechtsstreit, der an die alten Prozesse zur Zeit der Eroberung des Landes erinnerte. Und als sie sie erkannten, war es schon zu spät, und die Baisse veränderte wieder einmal das Antlitz des Lebens im Kakaogebiet.

Alles begann damit, daß Dr. Silveirinha den Kapitän eines Handelsschiffs der „Companhia Baiana“ in der Führung der Integralisten von Ilhéus ablöste. Keinen überraschte die begeisterte (wenn auch nicht einmütige) Wahl des jungen Anwalts, alle sagten, sie gründe sich auf das Vermögen seines Vaters. Der Kakao erlebte eine nie dagewesene Hausse, und für die faschistische Partei gab es keinen besseren Führer als den Sohn des größten Fazendeiros. Manche sagten, die „klugen Köpfe" der Partei hätten hinter vorgehaltener Hand über Silveirinha gelacht. Jedenfalls war er gewählt worden, und man stellte ihm eine Leibwache, vier kräftige Integralisten, die mit geldgefüllten Taschen in den Nachtlokalen herumsaßen. Als die Finanzkampagne der „Grünen" begann, eröffnete Silveirinha die Liste und trug fünfzig Contos ein. Allerdings hatte er sie nicht flüssig. Das Inventar von Esters Gütern (die Hälfte all dessen, was Horácio besaß) war niemals im einzelnen erfaßt worden, der Oberst verwaltete alles in Bausch und Bogen. Er hatte seinen Sohn ohne weiteres von dem Vorteil dieser Regelung überzeugt.

„Es ist doch ohnehin alles für dich, warum soll man den Anwälten Geld in den Rachen werfen und sie jetzt Inventarlisten aufstellen lassen?"

Auch Silveirinha hatte nie Verlangen nach dem Inventar, nach Geld und Ländereien gehabt. Er erhielt, was er brauchte. Horácio murrte zwar manchmal über das, was er „Geldverplempern" nannte, aber am Ende unterzeichnete er doch immer die Schecks. Von Zeit zu Zeit reiste Silveirinha nach Bahia, und es gab eine Orgie in Martas Nachtbar.

Silveirinha trug die fünfzig Contos ein und begab sich zu Horácio, um ihn um das Geld zu bitten. Es war im ersten Jahr der Hausse, der Kakao stand auf achtundzwanzig Milréis. Als sich Silveirinha in Itabuna aufs Pferd schwang, empfand er, wie schwierig sein Unternehmen war. Ihm war gar nicht wohl bei der Sache.

Er und sein Vater sprachen wenig miteinander. Silveirinha hatte immer Angst vor dem Obersten gehabt, vor allem seit jenem Tag an der Fakultät, als ein anderer junger Mann aus Bahia, mit dem er Streit hatte, die ganze Geschichte von Ester und Virgílio vorgebracht und behauptet hatte, Silveirinha sei nicht Horácios Sohn. Silveirinha war seitdem noch schüchterner und verbitterter, er zog sich von den anderen zurück, und dumpfer Haß bohrte in ihm. Niemals klärte er die Geschichte auf, nie wollte er mit jemandem darüber sprechen, und so erfuhr er auch nie, daß er wirklich Horácios Sohn war, daß er schon geboren war, bevor Ester Virgílio kennengelernt hatte. Er war nach wie vor überzeugt, daß er die Frucht eines Ehebruchs war, er fühlte, daß er keine der Eigenschaften seines Vaters hatte, obwohl er körperlich an den Horácio erinnerte, der als junger Mann Eselskarawanen auf den neu angelegten Straßen des Kakaos entlanggetrieben hatte. Aber er war weder mutig wie sein Vater noch ein guter Schütze, noch fühlte er sich kühner Taten fähig. Er hatte Horácio, der ihn sehr hart anfaßte, ohnehin gefürchtet, aber jetzt fürchtete er ihn nur noch mehr. Er hatte regelrecht Angst, daß ihm Horácio eines Tages sagen können, er ertrüge ihn nur notgedrungen, denn er sei der Sohn einer Ehebrecherin. Und daß er ihn in einem seiner plötzlichen Wutanfälle davonjagen könnte.

Was das Andenken seiner Mutter betraf, so waren Silveirinhas Gedanken höchst widersprüchlich. Er gab ihr recht (wenn er an Horácio dachte); er meinte, sie habe gut daran getan, den Obersten zu hintergehen, er empfand den mütterlichen Ehebruch als eine vorweggenommene Rache für die Roheiten, die Horácio ihm antat. Seine Mutter hatte ihn gerächt. In solchen Stunden hatte er sogar eine gewisse Sympathie für Ester (deren er sich nicht erinnern konnte, mit der ihn nicht das geringste Andenken verknüpfte), er entschuldigte sie und war fast sicher, daß sein Vater sie hatte umbringen lassen, daß jene Krankheit nichts als Erfindung war. Andererseits haßte er sie, wenn er sie sich getrennt von Horácio vorstellte. Sie kam ihm vor wie eine Abenteurerin, und er machte sie für alles verantwortlich, was ihm fehlte und was er nicht war. Für den ihm mangelnden Mut, für die Schüchternheit, für das Unverständnis zwischen ihm und Horácio. Er haßte den Vater, und doch bewunderte er ihn, wenn er es auch nicht eingestand. Er wünschte, ihm zu gleichen, und er gab Ester die Schuld, daß er anders war, weil sie vor ihren Pflichten geflohen war und in dem anderen Mann den Vater ihres Sohnes gesucht hatte.

So geschah es, daß von früh auf Haß seine Brust erfüllte. Im Herrenhaus hatte er in seiner einsamen Kindheit nur die Negerin Felícia geliebt, das einzige Wesen, das ihn mit Güte behandelte. Horácio kümmerte sich nicht um ihn. Hin und wieder kam Oberst Maneca Dantas zu Besuch und nahm ihn auf den Schoß, aber es war eine Geste ohne Zärtlichkeit. Vielleicht hätte er einen Freund in Dr. Jessé gehabt, wenn dieser nicht gestorben wäre, denn der Arzt verwöhnte ihn manchmal und war zu Silveirinha zärtlich, wenn er krank war. Aber Jessé war vor vielen Jahren gestorben, und seitdem war der Junge ohne Zärtlichkeit aufgewachsen. In der Internatsschule hatte er keine Freundschaften geschlossen. An der Fakultät hatte er sich seit der öffentlichen Enthüllung des mütterlichen Fehltritts von allen entfernt. In ihm lebte nichts als Haß, ein unbefriedigter, verborgener Haß, der sich in kleinen Bosheiten kundtat. Aber es war ein furchtsamer Haß; Silveirinha hatte den ganzen Schrecken geerbt, der das Herz Esters erfüllte, als es sie in den fürchterlichen Urwald verschlagen hatte. Man erzählte von ihm, er habe einmal einen alten Mann geohrfeigt, der bei einem von Horácios Kämpfen am Bein verwundet worden war und nun auf der Fazenda lebte. Er war arbeitsunfähig und wohnte seit den Kämpfen um den Sequeiro Grande auf der Fazenda, ohne etwas zu tun. Silveirinha hatte ihm etwas befohlen, und da der Alte den Gehorsam verweigerte, schlug er den Krüppel und stieß ihn zu Boden. Horácio kam gerade nach Hause und beobachtete die Szene. Er beschleunigte den Schritt, er war schon an die siebzig Jahre alt, aber seine Hand war noch immer schwer, und im Gesicht des Sohnes (eines Burschen von neunzehn Jahren) war die Spur seiner Finger zurückgeblieben.

Mehr als eine Überzeugung politischer Art und mehr als eine Sympathie für die von der Partei propagierten Ideen hatte Silveirinha zum Faschismus vielleicht das Blutbad geführt, das die Integralisten für die Zeit ihrer Machtübernahme ankündigten. Der Dichter Sérgio Moura sagte, Silveirinha habe eine eigene Liste aller Leute aufgestellt, die er erschießen lassen wolle, wenn die Faschisten siegten. Und als er zum Gebietsführer des Kakaogebiets gewählt worden sei, habe er diese Liste mit den Namen mehrerer ihm nicht genehmer Leute aus der eigenen Partei ergänzt. Vielleicht war kein Wort davon wahr, und alles war reine Erfindung des Dichters, der ein Lästermaul war. Aber es paßte so gut auf Silveirinha, daß die Leute es ohne weiteres glaubten und wiedererzählten.

Silveirinha erreichte die Fazenda zur Stunde des Mittagessens. Horácio hatte ihn nicht erwartet. Er begrüßte seinen Sohn mit einem Grunzen und begann zu essen. Silveirinha setzte sich, und Felícia holte einen Teller für das „Doktorchen". Sie liebte ihn, sie hatte gesehen, wie er zur Welt kam, und als Ester gestorben war, hatte sie die Sorge für den Kleinen übernommen und ihn aufgezogen. Für sie war Silveirinha ohne Tadel, und sie war imstande, seinetwegen sogar mit dem Obersten zu streiten. Silveirinha mochte sie auch ganz gern, aber so, wie man einen Hund mag, auf gewisse Distanz.

Sie aßen schweigend, Horácio fragte nur nach dem Kakaopreis und nach Neuigkeiten von Maneca Dantas. Nach dem Essen ging Horácio auf die Veranda, um sich zu sonnen. Es war ein schöner Tag, von der Veranda aus sah man den Kakao in den Barcaças trocknen und die Arbeiter ihren selbsterfundenen Tanz auf den glühenden Kakaobohnen tanzen. Fetzen des Liedes, das sie sangen, drangen herüber bis zu dem Vater und dem Sohn, die auf derselben Bank saßen, wenn auch ein Stück voneinander entfernt, jeder an einem Ende. Horácio sagte nichts, er stocherte mit einem trockenen Guavenzweig in den Ritzen des Fußbodens und versuchte, nach den Geräuschen die Bewegungen seines Sohnes zu erraten. Silveirinha suchte nach einer Wendung, mit der er das Gespräch beginnen konnte. So saßen sie minutenlang stumm in der Sonne, wie zwei Feinde, die drauf und dran sind, aufeinander loszustürzen. Endlich sagte Silveirinha: „Vater, weißt du, daß der Nationale Führer nach Ilhéus kommt?"

Damals hatte Horácio noch eine verschwommene Sympathie für die Integralisten, woran die kürzliche Wahl seines Sohnes einen gewissen Anteil hatte. Daher antwortete er mit gewissem Interesse: „Wann denn? Er soll ja ein guter Redner sein."

„Vielleicht im nächsten Monat. Er kommt wegen der Sammelaktion."

Dieser Anlaß gefiel Horácio nicht. Die Integralisten hatten ihm schon allerhand Geld aus der Tasche gezogen, bei verschiedenen Gelegenheiten hatten sie ihm Beiträge entlockt.

„Diese Leute können wohl nie genug Geld kriegen, was? Was machen sie denn mit dem vielen Geld?"

„Es ist für die Aktion."

„Hm! Die Aktion ... Compadre* Brás meint, das Geld dient dazu, eine Bande von Rumtreibern zu füttern. Es ist schon möglich ...", murmelte er.

Silveirinha stand auf, Horácio erkannte es an dem Geräusch. „Dieser Brás ist ein Kommunist!"

Die Stimme seines Sohnes klang zornig, Horácio fühlte ihn ganz nahe, der Schatten des Jungen zeichnete sich vor ihm ab. Der Oberst sah zu Boden, und er glaubte,

* Gevatter, Freund

in dem diffusen Schatten Silveirinhas ausgestreckten Zeigefinger zu erkennen. Will mir dieser Kerl etwa mit dem Finger drohen? dachte er. Er sah in die Richtung, wo sein Sohn stehen mußte, und hob den Kopf.

„Compadre Brás ist einer meiner Freunde. Du sagst, er ist Kommunist, aber ich glaube es nicht. Man sagt, die Kommunisten wollen den Leuten das Land wegnehmen, wie sollte Brás sein eigenes Land hergeben wollen. Du bist ein Dummkopf, immer bist du ein Dummkopf gewesen."

Er glaubte, sein Sohn zeige mit dem Finger auf ihn, deshalb beleidigte er ihn. Er spuckte einen kräftigen Fladen aus, als wollte er damit seine Worte bekräftigen. Silveirinha konnte nicht länger an sich halten. „Ein Mörder ist er."

Der Schatten stand dicht vor Horácio, und der Oberst war jetzt sicher, daß ihm sein Sohn mit dem Finger drohte. Er stand auf.

„Es kann sein, daß er ein Mörder ist. Aber als er Menschen umgebracht hat, da hat er es mit mir zusammen getan, und wenn du heute Geld hast, dann nur, weil ich und Compadre Brás Menschen umgebracht haben. Er ist ein Mörder genau wie ich, wenn du es wissen willst. Aber von diesen Mördern bekommst du dein Geld." Er setzte sich wieder und preßte sich die schmerzende Niere. „Merk dir, in meinem Haus hat niemand schlecht von Compadre Brás zu sprechen." Plötzlich wütend, fuhr er fort: „Und hör auf, mit dem Finger auf mich zu zeigen. Sonst werde ich dir Respekt vor mir beibringen."

Silveirinha setzte sich ebenfalls. Ein schlecht begonnenes Geschäft.

„Ich zeige ja gar nicht mit dem Finger auf dich."

„Dein Glück!"

Er hatte den Alten erzürnt, alles wurde komplizierter. Aber er hatte es eilig, er wollte noch am selben Tag nach Itabuna zurückkehren (er haßte es, auf der Fazenda zu schlafen), und er hatte nicht das Geschick, Horácios Zorn verrauchen zu lassen.

„Ich brauche etwas Geld."

„Hast du die fünf Contos schon verbraucht?"

„Darum handelt es sich nicht. Ich habe Geld für die Sammelaktion der Partei eingetragen. Ich bin der Gebietsführer, ich mußte die Liste eröffnen."

„Wieviel war es denn?"

Die Antwort verzögerte sich. „Fünfzig Contos."

Horácio glaubte, ihn müsse der Schlag treffen. Er hatte schon Geld für den Integralismo gegeben. Von Zeit zu Zeit hatten sie ihm Beiträge abverlangt. Aber es waren Beträge von fünfhundert Milréis, einmal hatte er sogar zwei Contos geben müssen und sich schon darüber beschwert. Er fragte noch einmal: „Wieviel, sagst du?"

„Fünfzig Contos. Ich bin doch der Gebietsführer."

Horácio stand wieder auf, das Kreuz schmerzte ihn und auch die Schultern. Er machte Silveirinha ausfindig, es war, als speie er die Worte aus: „Du glaubst wohl, ich hab eine Geldfabrik? Oder meinst du, ich bin so blöd wie du und gebe fünfzig Contos für dieses Halunkenpack? Sag mal, bist du verrückt, oder bist du besoffen?"

Silveirinha antwortete nicht, er hatte nur noch den Wunsch, den Alten umzubringen. Aber er zitterte vor Furcht vor dem Achtzigjährigen, der ihm mit der Faust drohte, dessen Augen nach ihm suchten und dessen Mund die Worte ausspie: „Wenn dich das hergeführt hat, kannst du dein Pferd satteln und kehrtmachen. Fünfzig Contos!" Mit ironischer Stimme wiederholte er wie einer, der etwas Unsinniges nachspricht: „Fünfzig Contos ... So ein verdammter Idiot."

Er stützte sich auf seinen Stock und ging ins Schlafzimmer, um sich hinzulegen, auf dasselbe alte Bett, in dem er dreißig Jahre zuvor mit Ester geschlafen hatte.

 Silveirinha sah, wie er sich davonschleppte und mit seinem Stock den Weg ertastete. Haßerfüllt murmelte er: „Gehörnter ... Gehörnter ... Gehörnter ..."

Aber seine Befriedigung dauerte nicht lange. Er dachte an die Integralisten. Was würden sie dazu sagen? Silveirinha machte sich keine Illusionen, er wußte, daß sie ihn des Geldes wegen gewählt hatten, er wußte, daß manche in der Partei über ihn lachten, weil er nicht reden konnte, er wußte, daß Nestor am Tag seiner Wahl gesagt hatte: „Eine melkende Kuh." Aber er wußte auch, daß es dort Möglichkeiten gab, den Haß, der sein Herz erfüllte, der sein Lebensinhalt war, eines Tages zu befriedigen. Was würden sie jetzt sagen? Ach, was hätte er nicht dafür gegeben, wie Horácio zu sein, fähig zu töten und jeden, aber auch jeden von seinem Angesicht zu entfernen, der seine Pläne störte! Und dabei dachte er an Ester. Sie war schuld, diese Mutter, die die Geliebte eines Anwalts gewesen war, ihretwegen, so meinte er, war er nicht Horácios Sohn. Wenn er sein Sohn gewesen wäre, dann hätte er jetzt die Sache mit dem Alten zu klären verstanden, hätte ihn gezwungen, das Geld herauszurükken. Versunken in Gedanken, die vom Haß genährt wurden, brachte er lange Zeit auf der Veranda zu. Er verscheuchte den alten Neger, der sich mit ihm unterhalten wollte, er verscheuchte Felícia, die ihn fragte, ob er einen Wunsch habe. Dann ging er hinein, Horácio lag auf dem Bett ausgestreckt und schlief, aber er hatte nicht den Mut, ihn zu wecken. Er ritt hinunter nach Itabuna.

6

Karbanks gab Geld, bat aber, seinen Namen nicht auf die Liste zu setzen. Er machte mit Hinz und Kunz Geschäfte, und obwohl er den Patriotismus der integralistischen jungen Männer lobte („sehr verständige Ideen", hatte er zu Gumercindo Bessa gesagt), schickte es sich nicht für ihn, als einer der Schirmherren der integralistischen Sammelaktion im Süden Bahias aufzutreten. Eine Haltung, die mehr oder weniger auf alle Kakaoexporteure zutraf. Alle gaben Geld, aber nur Antônio Ribeiro, der zum Integralismo gehörte, das grüne Hemd trug und alle seine Angestellten in die Bewegung hineingezogen hatte, schrieb seinen Namen auf die Liste, neben die fünf Contos, die er beisteuerte. Vor der Zahl vermerkte er „bez.“, dann nahm er das Geld aus dem Geldschrank. Die anderen – außer Reicher, der Jude war und die Teilnahme verweigerte – bezahlten ebenfalls, aber sie schrieben sich nicht ein. Gumercindo Bessa, der sich als wahrer Diplomat und als ein für die Partei höchst nützlicher Mann erwies, sagte, er verstehe ihr Verhalten und es sei richtig so. Er lachte sogar ganz unbefangen, als Carlos Zude ihm den Scheck aushändigte und auf einmal das Lob der liberalen Demokratie sang: „Sie können sagen, was Sie wollen, Seu Gumercindo, es gibt keine bessere Regierung als die der liberalen Demokraten. Sehen Sie nur, welch großes Imperium England ist!“ Und er lachte den jungen Mann auf seine gewinnende Art an.

Auch Gumercindo lachte. „So wäre es tatsächlich, Seu Carlos, verzeihen Sie, wenn es nicht so viel Korruption gäbe. Aber die liberalen Demokraten werden die Welt dem Kommunismus entgegentreiben.“

Carlos hob die Arme. „Das kann sein. Ich jedenfalls liebe das liberale Klima. Ich bin darin erzogen worden, ich habe die großen Reden Seabras gehört, Seu Gumercindo. Oh, was war das für ein Redner! Aber Sie haben nicht ganz unrecht ... Wir sind zu liberal gewesen.“

Die Obersten waren nicht so verständnisvoll wie die Exporteure. Die Hausse, die das Geld überall in Strömen fließen ließ, erleichterte den mit der Sammelaktion Beauftragten zwar die Aufgabe, aber manchmal war es nötig, zu drohen. Gumercindo nannte den Obersten Zahlen, hohe Zahlen, die das Wachstum der integralistischen

 Aktion zeigten, ihren baldigen, ihren unvermeidlichen

Machtantritt. „Wir haben unsere Ehrenlisten, aber wir haben auch unsere schwarzen Listen."

Der angekündigte Besuch des Nationalen Führers (der niemals stattfand) trug gleichfalls zum Erfolg der Aktion bei. Mehr als alles andere jedoch, mehr als die Zahl der Anhänger, mehr als die Meinungen bedeutender Männer des Landes über das grüne Credo, mehr als die von dem baldigen Kommen des Nationalen Führers verursachte Sensation, trugen dazu die überall ausgestreuten Gerüchte bei, die Kommunisten würden stärker und wollten die Macht ergreifen. Für die Obersten hatte das Wort Kommunismus einen schrecklichen Klang. Sofort sahen sie ihre Töchter geschändet, ihre Ländereien beschlagnahmt, alles in allem ein unvorstellbares Chaos. Und die Integralisten nutzten bewundernswert diese Angst, indem sie entsetzliche Nachrichten verbreiteten: Die Kommunisten wollten „allen Leuten das Land wegnehmen, wie sie es in Rußland gemacht hatten, und den Obersten die Spitzhacke in die Hand drücken", der „General Luís Carlos Prestes" halte sich irgendwo in Brasilien versteckt und bereite die kommunistische Revolution vor. So unsinnig diese Gerüchte auch waren, die Obersten bezweifelten sie nicht. Sie hatten nur unbestimmte Informationen über die Kommunisten, manchmal lasen sie die Flugblätter, die höheren Lohn für die Landarbeiter forderten, sie wußten, daß es auf der Schlangeninsel Kerle gab, die zu allem fähig waren. Es war schrecklich. Und so gaben sie Geld für den Integralismo, selbst wenn sie den traditionellen politischen Parteien der Regierung und der Opposition angehörten. Denn in einem Punkt waren sich alle Fazendeiros, Exporteure, Priester und Geschäftsleute einig: daß es notwendig war, den Kommunismus zu bekämpfen. Er war das einzige, was die Obersten in diesem ersten Jahr der Hausse fürchteten, als sich Ilhéus in ein Dorado verwandelte und der Kakao in die beste Ware im ganzen Land.

Zur selben Zeit, als die Sammelaktion der Integralisten gestartet wurde, setzte sich die Kommunistische Partei für die Erhöhung der Landarbeiterlöhne auf den Fazendas ein. Nicht nur in den Städten, sondern auch auf dem Land wurden Flugblätter verteilt, und ihre Auswirkungen wurden spürbar, wenn auch noch sehr langsam. In den Flugblättern hieß es, das Leben der Tagelöhner sei „schlimmer als das der Sklaven von einst". Und dort wurde auch behauptet: „Während in Ilhéus alles in Gold schwimmt, kommen die Landarbeiter auf den Kakaofazendas im schwärzesten Elend um."

Gumercindo hatte einige Exemplare dieser Flugblätter in seiner Aktenmappe, und besser als jedes andere Argument waren sie, wenn man sie vorzeigte, geeignet, die Fazendeiros zu überzeugen, daß es notwendig sei, der „Integralistischen Aktion" zu helfen.

Etwa ein Vierteljahr nach der heftigen Auseinandersetzung zwischen Silveirinha und Oberst Horácio unterhielten sich der Anwalt und Gumercindo um die Mittagsstunde in einem Lokal. Gumercindo berichtete über den Erfolg der Sammelaktion.

„Ein Erfolg. Ein großer Erfolg. Wir werden mehr als tausend Contos einnehmen ... Leute, die uns vor kurzem noch angegriffen haben, geben uns heute Geld."

Beide trugen ihre grünen Hemden, und Gumercindo suchte einen Vorwand, um Silveirinha nach den fünfzig Contos zu fragen, mit denen er die Liste eröffnet hatte. Silveirinha schätzte Gumercindo besonders hoch, vielleicht hielt er von keinem Parteigenossen so viel wie von diesem jungen Angestellten von Schwartz. Er war das stärkste Bollwerk für seine Wahl zum Parteiführer gewesen und hatte jene Strömung abgewehrt, die Nestor, einen Intellektuellen, wählen wollte. Zu ihm war er offener als zu jedem anderen. Sie saßen jeden Tag im „Ponto Chic" beim Würfelspiel und diskutierten über Parteiangelegenheiten. Gumercindo verstand es, Silveirinha so weit zu bringen, daß er sich seinen Meinungen anpaßte und sie als die eigenen verkündete. So bestärkte er in ihm die Illusion, er selbst sei es, der dachte und entschied. Eine Fähigkeit, über die nur wenige verfügten. Und wenn Silveirinha einen bestimmten Gedanken darlegte, den ihm Gumercindo kurz zuvor suggeriert hatte, dann stimmte er begeistert zu: „Ja, das ist ein ausgezeichneter Gedanke. Genau so ist es. Ich bin ganz Ihrer Meinung."

Die Sammelaktion näherte sich ihrem Ende, die Beiträge kamen aus Itabuna, aus Itapira, aus Pirangi, aus Ferradas, von überallher. Nun fehlten fast nur noch die fünfzig Contos von Silveirinha. Gumercindo kreiste um das Thema: „Ich meine, in einem Monat können wir das Geld abschicken. Wir müssen ein großes Fest vorbereiten. Eine denkwürdige Feier . . ."

Sie sprachen über das Vorhaben. Gumercindo nannte das Kind beim Namen: „Dabei können Sie feierlich Ihren Beitrag überreichen. Es ist der größte, der des Führers. Nicht wahr? Eine schöne Sache, nicht wahr?"

Silveirinha dachte nach. Dann redete er offen mit seinem Kameraden. Der Alte wollte das Geld nicht rausrücken. Er war ziemlich hinfällig, dafür aber um so brummiger, es war sinnlos, sich um eine Verständigung mit ihm zu bemühen. Er schimpfte überhaupt nur noch. Gumercindo hatte schon gerüchtweise von der Sache gehört, denn Horácio hatte Maneca Dantas von dem Streit mit seinem Sohn erzählt. Er fragte nach Einzelheiten, und Silveirinha schilderte mit gesenktem Blick in abgeschwächter Form die Szene, er schämte sich vor seinem Freund. Aber Gumercindo schlug sich sofort auf seine Seite und sprach schlecht von der alten Generation im allgemeinen. „Sie sind unfähig, die großen Ideale der Jugend zu verstehen."

„Und was sollen wir jetzt machen?" fragte Silveirinha.

Gumercindo fand im ersten Moment auch keine Lösung. Er war zwar ein Teufelskerl, aber dies schien ihm völlig aussichtslos. Und so beendeten sie das Gespräch in der unbestimmten Hoffnung, der Oberst werde bald sterben, einer Hoffnung, die Silveirinha aussprach, was Gumercindo ein wenig erschreckte.

„Er ist ohnehin am Ende. Es dauert nicht mehr lange."

Silveirinha merkte, daß Gumercindo unangenehm berührt war, er sah sich gezwungen zu erläutern. „Er ist nie zu mir gewesen wie ein Vater zu seinem Sohn. Wenn ich sagen wollte, daß es mir leid täte, müßte ich lügen. Es macht mir kaum etwas aus, wenn er stirbt." Bei diesen haßerfüllten Worten biß er die Zähne zusammen. Gumercindo starrte ihn an, und schließlich gewöhnte er sich an den Gedanken.

„Nun ja, in diesem Fall gibt es vielleicht eine Möglichkeit", überlegte er. „Der Oberst kann wirklich nicht mehr lange leben. Er ist schon achtzig, nicht wahr?"

„Dreiundachtzig."

„Verdammt noch mal!"

Sie verabschiedeten sich. Aber noch am Nachmittag suchte Gumercindo nach Silveirinha. Er fand ihn im Lokal im lebhaften Gespräch mitten in einer Runde von Integralisten. Mit geheimnisvoller Miene nahm er ihn beiseite, an einen freien Tisch. Er näherte seinen Kopf dem des Führers und flüsterte: „Sagen Sie, von Dona Esters Gütern ist doch niemals eine Bestandsaufnahme gemacht worden, oder?

„Nein."

„Und warum nicht?"

„Der Alte hat es nie gewollt."

Gumercindo lachte triumphierend. „Da haben wir's! Sie bitten Ihren Vater um Geld wie ein Sklave, Sie erniedrigen sich, dabei gehört das Geld in Wirklichkeit Ihnen. Sie haben ein eigenes Vermögen, das Erbteil Ihrer Mutter."

Silveirinha fühlte sich von dieser ihm allzu bekannten Eröffnung keineswegs ermuntert. „Was nützt uns das?

Der Alte wird nie einverstanden sein ... Sie kennen meinen Vater nicht."

„Aber es geht nicht darum, ob er einverstanden ist oder nicht. Sie sind im Recht, und damit Schluß. Er ist gesetzlich verpflichtet ... Ich glaube, er müßte es längst getan haben, er hat die gesetzliche Frist überschritten." Er erinnerte sich, daß Silveirinha vom Fach war. „Übrigens müssen Sie das ja besser wissen als ich, Sie sind doch Anwalt."

Silveirinha machte eine unbestimmte Handbewegung, als wollte er andeuten, daß er vom Anwaltsberuf nicht das geringste verstand. Er bat um nähere Einzelheiten, aber Gumercindo wußte auch nichts weiter. Er dachte ein paar Minuten nach, dann entschloß er sich zu reden.

„Warum sprechen Sie nicht mal mit Seu Schwartz? Er versteht etwas von den hiesigen Gesetzen, obwohl er Ausländer ist. Ein sehr versierter Mann."

Silveirinha erwiderte gekränkt: „Haben Sie mit ihm darüber gesprochen?"

„Ja, das habe ich getan, seien Sie nicht böse. Sie haben ja gesehen, wie sehr er uns geholfen hat. Jetzt, da Sie Bezirksführer sind, müssen Sie es wissen: Seu Schwartz ist eine der Stützen der Partei hier im Kakaogebiet gewesen. Ich habe mit ihm über den Fall gesprochen. Er kennt Ihren Vater gut, denn er kauft ihm den Kakao ab. Aber er ist bereit, Ihnen zu helfen. Er hat sogar gesagt, wenn Sie wollen, schießt er Ihnen die fünfzig Contos vor."

Diese Mitteilung gab den Ausschlag für Silveirinhas Entscheidung. Vor allem wollte er vor den anderen Integralisten nicht blamiert dastehen. Und die Möglichkeit, das Geld von Schwartz geliehen zu bekommen und es nach Horácios Tod mit Zinsen zurückzuzahlen, schien ihm eine ausgezeichnete Lösung. Das war besser als diese komplizierte Geschichte mit der Bestandsaufnahme.

Doch Schwartz wollte gerade davon sprechen. Übrigens schien er die beiden erwartet zu haben, denn er hatte auf dem Schreibtisch Getränke vorbereitet. Silveirinha war schon oft hier gewesen, aber immer in geschäftlichen Angelegenheiten, wegen Kakaolieferungen und Abrechnungen. Jetzt sah er, daß der Deutsche sich im vertraulichen Gespräch ganz anders gab als der Geschäftsmann, den er kannte. Er lachte und machte Witze, er war richtig sympathisch, und er zeigte ungeteiltes Interesse für Silveirinhas Angelegenheit.

„Das ist die Verschrobenheit eines autoritären alten Mannes. Aber das Recht ist auf Ihrer Seite."

Von neuem wurde die ganze Geschichte durchgesprochen. Silveirinha äußerte den Wunsch, eine Anleihe aufzunehmen. Aber Schwartz hatte ihm viel mehr anzubieten. „Sie können Ihr Vermögen vervierfachen." Und dann entwickelte er vor Silveirinha eine großartige geschäftliche Perspektive. Der ehrgeizige, aber gescheiterte junge Mann spürte die Anziehungskraft eines solchen Vorgehens, einer solchen Zukunft, einer solchen Möglichkeit, etwas zu werden und etwas Großes zu leisten. Schwartz würde seinen Rechtsstreit gegen Oberst Horácio um die Bestandsaufnahme finanzieren. Die Ausgaben würden verhältnismäßig niedrig sein, da der Oberst nichts entgegenzustellen hatte. Silveirinha hatte das Gesetz auf seiner Seite, da gab es nichts zu deuteln. Danach konnte Silveirinha, wenn er wollte, als Teilhaber in das Exportunternehmen von Schwartz eintreten, da war viel zu tun. Der Kakaoexport war ein großes Geschäft. Vor allem, wenn er seine Wurzeln im Boden hatte, in eigenen Fazendas.

Der Deutsche schenkte Whisky ein und sprach. Seine rauhe Stimme wurde sanft, wenn er über Geschäfte redete. Gumercindo stand vor Bewunderung der Mund offen, auch Silveirinha war beeindruckt.

Sie kamen auf Einzelheiten. Schwartz riet Silveirinha, nochmals auf die Fazenda zu reiten und von dem Obersten zu verlangen, daß er das Land teilte und ihm überließ, was sein war. Silveirinha erschrak. „Das geht nicht. Dorthin zurückkehren kann ich nicht. Der Alte ist zu allem fähig. Sie kennen ihn ja. Sie wissen, was er getan hat. Er wird wie ein wildes Tier sein, er ist imstande, mich umbringen zu lassen."

Schwartz lächelte über die Angst des jungen Mannes, er unterbrach ihn: „Dann müssen wir die Klage einreichen, einen Rechtsanwalt beauftragen. Wenn Sie, der Sie ja selbst Rechtsanwalt sind, den Prozeß nicht selbst führen wollen."

„Nein. Besser, wir berufen einen anderen. Der Alte wird mich furchtbar hassen. Er ist zu allem fähig."

Sie verabschiedeten sich. Schwartz eröffnete ein Konto für Silveirinha, er gab ihm einen großen Kredit. Beim Hinausgehen drückte er ihm wärmstens die Hand, es war eine Geste des Verständnisses und der Sympathie. Aber als sich die Tür des Büros hinter Silveirinha geschlossen hatte, drückte das Gesicht des Exporteurs Geringschätzung aus. Und er murmelte etwas auf deutsch, was an Verse aus einem klassischen Gedicht erinnerte.

7

Der Prozeß begann. Die Rechtsanwälte sahen in ihm eine unerhörte Einnahmequelle. Als man in Ilhéus von der Sache erfuhr, geriet die Stadt in Erregung. An den Straßenecken sah man überall Gruppen, die nach Neuigkeiten gierten. In den Lokalen gab es kein anderes Gesprächsthema. Sogar die Kakaohausse, die unglaublich steigenden Preise, schienen zweitrangig gegenüber dem Antrag des Rechtsanwalts Silveirinha, offiziell eine Bestandsaufnahme der Güter der verstorbenen Dona Ester Silveira, der Frau des Obersten Horácio da Silveira, anzuordnen. Die Zeitungen waren voll von sensationellen Meldungen, die Schlagzeilen sprachen von internationalen Konflikten, von Reden im Völkerbund, von riesigen Streiks in einigen Teilen der Welt, Revolutionen in China und passivem Widerstand in Indien. Nur über den Prozeß fand man keine Meldung. Aber Ilhéus und das ganze Kakaogebiet vergaßen die Schlagzeilen der Zeitungen und redeten nur noch von der Bestandsaufnahme der Güter Dona Esters. Alte Geschichten wurden aufgewärmt, längst vergessene Namen wurden genannt. Virgílio und Margot, Dr. Jessé und Dr. Rui. Bei den abendlichen Zusammenkünften im Café, zu denen sich Gumercindo nicht mehr einfand, erinnerten sich Marinho Santos, Zito Ferreira und Reinaldo Bastos an die Zeiten von einst. Zito breitete die Arme aus und rief emphatisch aus: „Das wird ein richtiger Roman!“

Als Maneca Dantas, der Oberst Horácio die Nachricht gebracht hatte, auf dem Rückweg von der Fazenda des Compadre in Ilhéus eintraf, wurde er beinahe angefallen. Er mußte den ganzen Auftritt hundertmal wiederholen, in jeder Bar und an jeder Straßenecke. Und in den Bemerkungen der Leute wurde er aufgebauscht, er wuchs und schwoll an, man sagte, Horácio habe Gott und die Welt bedroht, er habe geschworen, Silveirinha umbringen zu lassen. Dieser hielt es für besser, mit dem Schiff nach Bahia zu fahren, solange das Verfahren lief. Und obwohl der erste Prozeß und auch der ihm folgende lange dauerten und es erst Jahre später eine Lösung gab, obwohl sich während der Kakaohausse in Ilhéus mehrere andere Skandale ereigneten, erlosch das Interesse an dem Kampf zwischen Horácio und Silveirinha nicht einen Augenblick völlig. Vielleicht lag das daran, daß der Prozeß deutlicher als jedes andere Geschehnis zeigte, daß der Kampf zwischen den Kakaofazendeiros und den Exporteuren immer offener wurde. Wußten denn nicht alle, daß hinter Silveirinha Schwartz mit seiner Firma stand? Daß er das Geld für die ersten Instanzen vorgeschossen hatte?

Gleich nachdem Maneca Dantas von der Sache erfahren hatte, trat er die Reise an. Er stellte sich vor, was es für Horácio bedeuten mochte, der seine Ländereien unendlich liebte, für den es schlimmer war als der Tod, wenn er sie teilen mußte. Er brachte ihm die Nachricht, und er kam sich vor wie einer, der einer Frau den unerwarteten Tod ihres Mannes mitzuteilen hat. Vor der Abfahrt sprach er mit seinem Sohn über die rechtliche Seite des Prozesses. Rui war pessimistisch.

„Eine verlorene Sache, Vater. Silveirinha ist im Recht, da kann der Oberst machen, was er will. Wenn er streiten und ein langes Gerichtsverfahren führen will, dann verliert er damit bloß sein Geld."

Aber Maneca Dantas kannte Oberst Horácio gut. Er kannte ihn „sehr genau", wie er zu sagen liebte. Er erhob Einwände. „Der Compadre wird seine Pflanzungen nicht teilen. Ich kenne ihn." Und er murmelte ein paar Drohungen gegen Silveirinha.

„Nun, Vater", sagte Rui, „die Zeiten, da man alles mit der Flinte entscheiden konnte, sind längst vorüber. Das war einmal – damals, als es noch Jaguare bei uns gab."

Maneca Dantas murmelte, die vergangenen Zeiten seien besser gewesen, damals hätten sich die Söhne nicht gegen ihre Väter erhoben. Wie es jetzt sei, das sehe man ja. Der Sohn gegen den Vater, der Weltuntergang ... Der alte Oberst litt sehr darunter. Er hatte Horácio mit der Waffe in der Hand kämpfen sehen, er hatte ihm geholfen, sie hatten Urwälder durchquert und Waldstück um Waldstück gerodet, und wozu das alles? Er warf Rui einen Blick zu, als wäre auch er daran schuld, als wollte auch der junge Rechtsanwalt, der vor kurzem sein Examen gemacht hatte, sein Land teilen. Rui zuckte bei den zornigen Worten seines Vaters die Schultern.

„Ich habe nichts damit zu tun. Ich rede ja nicht einmal mit Silveirinha. Aber sagen, daß er im Unrecht ist, kann ich nicht. Es steht in den Gesetzen, Vater!"

Maneca Dantas wurde nachgiebiger. Er liebte seinen Sohn über alles in der Welt, und es schmerzte ihn, daß er ihn nicht als großen Rechtsanwalt glänzen sah, der als Politiker Karriere machte. Er gab sich mit Frauen ab, verschwendete sein Geld, führte recht mittelmäßig den einen oder den anderen kleinen Prozeß. Aber schließlich war er sein Sohn, auf den er so große Hoffnungen gesetzt hatte. Und er war kein schlechter Sohn, er wäre nicht imstande gewesen, sich gegen seinen Vater aufzulehnen. Maneca Dantas lächelte Rui zu, zog die Reitstiefel an und ging, um mit dem Omnibus nach Itabuna zu fahren.

Horácio saß wie üblich in der Veranda auf einer Bank – einen Fuß hochgezogen, das Kinn auf das Knie gestützt – und suchte die Arbeitsgeräusche in der Runde zu unterscheiden. Hier hörte man Gespräche, und weiter entfernt ernteten die Männer auf den überladenen Pflanzungen Kakaofrüchte. Der Kakao stieg, die Preise kletterten unaufhaltsam, Horácio war ungewöhnlich redselig.

„Was für eine Hausse das ist, Compadre! Was für eine Hausse!"

Maneca Dantas legte den Fall dar. Horácio hörte schweigend zu und starrte mit seinen fast blinden Augen dorthin, wo die Pflanzungen waren, die er viele Jahre zuvor angelegt hatte. Felícia kam und brachte für Oberst Maneca Cachaça. Und für Horácio Kaffee, den dieser, während er zuhörte, langsam umrührte. Mit eintöniger Stimme erzählte Maneca Dantas von dem Prozeß und legte Ruis Meinung von der Sache dar.

Dann schwiegen die beiden Alten eine Zeitlang. „Kakao ist eine gute Sache", sang ein Landarbeiter, während er die gelben Früchte von den Bäumen holte. Schließlich sprach Horácio, seine Stimme schwoll an, es war die zitternde Stimme eines Alten, der vor Wut nicht an sich halten kann.

 „Siehst du, Compadre Maneca? Nun bin ich alt, so gut

wie erledigt. Ich werde bald sterben, ich mache es nicht mehr lange. Ich habe gelebt und um das Land gekämpft, du weißt es, denn du hast an meiner Seite gestanden. Du und Brás, ihr erinnert euch noch gut, es war eine häßliche Sache. Ich habe die Badarós fertiggemacht, ich habe alles hier aus dem Boden gestampft, diese riesigen Pflanzungen ..." Er hielt inne und fragte: „Und was hat sie getan?"

Weshalb er wohl niemals Esters Namen ausspricht? dachte Maneca Dantas. Er wußte, daß sich Horácios Zorn mehr gegen seine verstorbene Gattin als gegen Silveirinha richtete.

„Welches Recht hat sie? Sag mir das, Compadre. Welches Recht? Dein Sohn behauptet, daß mein Junge recht hat, weil er ihr Nachkomme ist. Aber sag mir, Compadre: Welches Recht hat sie? Was hat sie gepflanzt, welchen Wald hat sie gerodet, welche Kugel hat sie abgeschossen? Welches Recht hat sie? Sie hat mir bloß Hörner aufsetzen lassen, sie hat nicht ein bißchen geholfen. Wenn es nach ihr gegangen wäre, dann hätten wir nicht Kakao gepflanzt und den Wald abgebrannt. Sie hat in einem Winkel gehockt, hat über ihr Leben geheult und gejammert. Ich habe gekämpft, unter ständiger Lebensgefahr, das weißt du genausogut wie ich, und sie hat sich mit einem andern abgegeben. Und jetzt sagen sie, ich soll mein Land teilen, den Teil hergeben, der ihr gehört hat. Welchen Teil, Compadre Maneca Dantas? Zeig mir doch die Pflanzung, die sie angelegt hat, das Waldstück, das sie gerodet hat! Zeig es mir, und ich gebe es her. Hältst du das für gerecht, Compadre?"

Maneca Dantas schüttelte den Kopf. „Gerecht ist es nicht, Compadre, aber die Gesetze lauten so. Gesetz ist Gesetz, und der Junge gewinnt den Prozeß. Die Bestandsaufnahme hätte längst vorgenommen werden müssen."

Horácio starrte mit den trüben Augen vor sich hin, er suchte Maneca Dantas' Gesicht.

„Das Gesetz hab ich nie respektiert, Compadre. Das weißt du genau. Oder glaubst du, ich bin zu nichts mehr nütze? Compadre, ich will dir das eine sagen: Solange ich am Leben bin, wird keiner meine Ländereien aufteilen. Weder ein Richter noch ein Rechtsanwalt, ich lasse es nicht zu."

Maneca Dantas versuchte Horácio die Rechtslage zu erklären, die ihn zu der Bestandsaufnahme verpflichtete. Aber der Oberst wollte weder von Gesetzen noch von Rechtsdingen etwas wissen. Für ihn waren Gesetze und Recht, Richter und Anwälte stets Dinge gewesen, die er seinem Willen unterworfen hatte, die einzig geschaffen waren, ihm zu dienen.

„Die Zeiten haben sich geändert, Compadre."

„Die Zeiten haben sich geändert? Aber ich habe mich nicht geändert, Compadre Maneca. Laß das nur meine Sorge sein."

Es war die gleiche feste Entschlossenheit wie früher, diese Kraft, die Maneca Dantas bezwang. Wenn Horácio etwas sagte, dann war es unumstößlich.

Längeres Schweigen trat ein. Dann fragte Horácio: „Woher hat er das Geld genommen, um den Anwalt zu bezahlen?"

„Man sagt, die Firma Schwartz gibt ihm Vorschuß."

„Schwartz?"

„Ja."

„Der verdammte Gringo."

Wieder schwiegen sie. Horácio dachte nach. „Compadre, schick deinen Sohn zu mir, ich will mit ihm sprechen. Ich will ihn für den Prozeß haben, er soll mein Anwalt sein."

„Er sagt, es ist eine verlorene Sache."

„Schick ihn her, ich erzähle ihm, was er dafür braucht. So ein Junge weiß nicht, was wir wissen, Compadre. Er verachtet uns, weil wir alt sind. Ich sage ihm alles."

 Und auf einmal dachte er an Virgílio. Wenn Virgílio

noch am Leben wäre, dann brauchte er sich keine Sorgen zu machen. Das war ein Anwalt von großen Gaben gewesen, er verstand einen Trick richtig anzubringen, er wußte, wie man einen Prozeß gewann, wie man die Gegenseite einwickelte. Den Dreh mit den Wäldern des Sequeiro Grande, das hatte er ausgezeichnet gemacht ... Aber Virgílio war in einer Mondnacht gestorben, mitten auf der Straße hatte ihn eine Kugel getroffen. Horácio selbst hatte ihn töten lassen. Virgílio hatte ihm Hörner aufgesetzt ... Dieser Sohn Manecas taugte nicht für die Sache. Er schrieb Verse, er lief den Weibern nach.

„Der Virgílio, das war ein Anwalt, was, Compadre?"

„Und Dr. Rui?" erinnerte sich Maneca Dantas mit einem Lächeln. „Der konnte reden ... Weißt du noch, dein Prozeß?"

So erinnerten sie sich der vergangenen Zeiten, bis der Aufseher kam, um Anweisungen entgegenzunehmen. Er erschrak, als Oberst Horácio da Silveira ihm befahl, nach Itabuna zu reiten und Karabiner zu kaufen.

8

Mitten in der Aufregung und der Begeisterung über das Steigen der Kakaopreise ertönten zwei Stimmen, die die Hausse verurteilten. Es waren die einzigen in diesen vier Jahren riesiger Geschäfte und erschütternder Skandale. Eine dieser Stimmen war die der Kommunistischen Parten. Durch Vermittlung Joaquims und einiger Omnibus- und Lastwagenfahrer wurden die Flugblätter der Kommunistischen Partei, die die wahre Bedeutung der Hausse erklärten, auf den verschiedenen Straßen, die das Kakaogebiet durchquerten, verteilt und gelangten oft bis an die Haustüren. Viele lasen sie nicht, andere lasen sie und kümmerten sich nicht darum, aber einige Leute hielten sich ein bißchen länger bei diesen Sätzen auf, die im Gefolge der Hausse hereinbrechende Katastrophen ankündigten, die eine kurz über lang eintretende Baisse voraussagten, Ereignisse, die „die Ländereien des Kakaos aus den Händen der einheimischen Kapitalisten in die Hände der ausländischen Kapitalisten übergehen lassen" würden, wie das Flugblatt es ausdrückte.

Ein anderes Flugblatt forderte die sofortige Lohnerhöhung für die Landarbeiter auf den Fazendas, die trotz der Hausse noch immer nicht mehr als fünf Milréis je Arbeitstag verdienten. Diese Aktion, die illegal von der Kommunistischen Partei mit Flugblättern, Handzetteln und geheimen Gesprächen mit den Landarbeitern einiger größerer Fazendas begonnen worden war, erreichte die Ebene der Legalität, eine der Zeitungen in Ilhéus unterstützte sie. Die Regierung des Staates wollte sich Sympathien für die kommenden Wahlen verschaffen, und so machte die herrschende Partei die Kampagne zu ihrer eigenen. Die Löhne der Landarbeiter stiegen erst auf fünfeinhalb, dann auf sechs Milréis. Da riefen die Kommunisten zu einer großen Kampfaktion zugunsten der Hafenarbeiter und der Arbeiter in den Kakaolagerhäusern auf. Unmittelbar gegen die Exporteure. Zettel mit scharfen Angriffen wurden verteilt, sie bezeichneten Karbanks als „Hai der internationalen Hochfinanz" und Carlos Zude als „Sklaven des US-Kapitals". Schwartz wurde als Naziagent entlarvt, eine Mischung von einem Geschäftsmann und einem Spion, der „der eigentliche Führer der hiesigen Integralisten" sei.

An den Mauern in Ilhéus, Itabuna und Pirangi standen morgens weithin erkennbare, mit Teer geschriebene Worte. Überall sah man sie, an den Wänden der Lagerhäuser, am Hafenkai, an der Bahn, ja sogar an den Steilwänden, die die Landstraße ins Gebirge schnitt:

BROT – LAND – FREIHEIT

Zur gleichen Zeit richtete die Kommunistische Partei einen Aufruf an die kleinen Bauern, ihre Ländereien gegen das Gewinnstreben der Exporteure und der großen Obersten zu verteidigen. Das Flugblatt wurde überall verbreitet, aber die kleinen Bauern waren völlig verdreht, nie zuvor hatten sie so viel Geld in der Hand gehabt. Die Kommunistische Partei versuchte zu erreichen, daß sich die Fazendeiros in einer Kooperative zusammenschlossen, um ihren Kakao selbst zu exportieren, aber sie stieß auf unüberwindliche Schwierigkeiten. Es war ein Gedanke, der das Interesse der Fazendeiros wecken konnte, doch erst in der Baisse würden sie erkennen, daß er ihre Rettung bedeutet hätte. Als sie ihn später in die Tat umsetzen wollten, war es zu spät.

Abgesehen von der Kommunistischen Partei, ertönte nur die Stimme des Bischofs wider die Hausse. Höchst beunruhigt protestierte der Bischof gegen die Überflutung durch Prostituierte, Berufsspieler, Barkeeper, Rauschgifthändler, die Ilhéus, Itabuna, Itapira, ja seine ganze Diözese in Mitleidenschaft zogen. Er hielt Predigten, er bezeichnete die Hausse als „Versuchung des bösen Feindes", er sagte, es sei „der Teufel, der die Seelen seiner geistlichen Herde mit Gold zu gewinnen" trachte.

In Ilhéus erzählte man, Karbanks habe, als er davon erfuhr, sowohl gegen die einen wie gegen den anderen Vorsichtsmaßregeln getroffen. Er erreichte bei der Regierung des Staates die Entsendung eines Sachverständigen der Politischen Polizei, eines Kommissars, der auf Kommunistenverfolgung spezialisiert war; er richtete sich mit einem halben Dutzend Spitzeln in Ilhéus ein. Auf einer Exporteurversammlung veranstaltete Karbanks eine Kollekte, die vierzig Contos erbrachte, und händigte sie dem Bischof für die Arbeiten an der Kathedrale aus, außerdem versprach er ihm, immer im Namen aller Exporteure, tatkräftig an der Gründung eines Priesterseminars in Ilhéus mitzuwirken, „sofern der Kakao weiter einen guten Preis" habe.

9

In dem Haus, das auf der Fazenda der Badarós das von Horácio in Brand gesteckte Herrenhaus ersetzt hatte, machte João Magalhães Pläne. Don'Ana nickte. Der Hauptmann war stolz, weil er unter den ersten war, die die Hausse vorausgesehen hatten, er hatte es eben noch vermeiden können, seinen Kakao zu niedrigen Preisen zu verkaufen, er war nach Ilhéus hinuntergefahren, um den Vertrag über die Ernte zu schließen, er hatte den Eindruck, daß die Hausse kam, deshalb fuhr er zurück, ohne verkauft zu haben.

„Ich habe es gerochen, es lag in der Luft", sagte er zu Don'Ana.

Bei der Teilung der Fazenda hatten sie auch die Waldstücke erhalten, die noch nicht gerodet und bepflanzt waren. Die anderen hatten lieber weniger Land, dafür aber mehr Kakaobäume genommen. João Magalhães und Don'Ana hatten immer davon geträumt, auf diesem großen Landstück Kakao zu pflanzen. Wenn sie es schafften, dann könnten sie mehr als das Doppelte ihrer gegenwärtigen Kakaoernte erzielen. Bisher hatten sie es nie tun können, denn die Gewinne aus der Ernte wurden immer für andere notwendige Dinge aufgebraucht. Die Kinder verursachten Ausgaben, Sinhô und Juca hatten Schulden hinterlassen, und Don'Ana legte Wert darauf, daß sie bis zum letzten Real zurückgezahlt wurden. Das eine oder andere kleine Waldstück wurde gerodet und bepflanzt, als der Ertrag der ältesten Pflanzungen sank. Die ersten Kakaopflanzer hatten auf ihren Pflanzungen völlig unsystematisch gearbeitet, und so lieferten die Kakaobäume aus dieser Zeit nur verhältnismäßig kurze Zeit hindurch gute Erträge. Diese Waldstücke innerhalb der Pflanzungen João Magalhães' waren vielleicht die einzigen ungenutzten Flächen im ganzen Kakaogebiet. João Magalhães hatte ein verführerisches Angebot für sie bekommen. Er sprach mit Don'Ana, und sie entschlossen sich abzulehnen. Jetzt, angesichts der Hausse, einer Hausse, die sehr, sehr lange zu dauern versprach, konnten sie den Wald roden und neue Pflanzungen anlegen. João Magalhães glaubte, die Kakaopreise würden immer und ewig wenigstens auf vierzig Milréis je Arroba stehenbleiben. Wenn er die Waldstücke mit Kakaobäumen bepflanzte, dann würde seine Produktion von den jetzigen tausendfünfhundert auf mehr als dreitausend Arrobas je Ernte ansteigen.

Deshalb wurden die Gewinne aus der ersten Safra während der Hausse in die Waldarbeiten gesteckt. Der Wald wurde gerodet, große Lichtungen wurden geöffnet, und das Abbrennen begann. Diese Arbeit erinnerte Don'Ana an frühere Zeiten, als sie im Sequeiro Grande und im Repartimento Lichtungen geschlagen hatten, als die Badarós, ihr Vater und ihr Onkel, daran gearbeitet hatten, das größte Vermögen von Ilhéus zusammenzuraffen. Sie schafften es nicht, waren am Ende völlig verschuldet und starben daran. Olga und der Kaufmann verstanden nichts von der Landarbeit. So blieben nur sie und der Hauptmann, für sie war es zu Ende mit den Festen in Ilhéus, mit dem Leben reicher Leute. Sie ergaben sich in ihr Schicksal. Nie sagte Don'Ana ein Wort, dem man Traurigkeit darüber angemerkt hätte, daß sie in Ilhéus nicht mehr wie in den Zeiten der Eroberung des Landes achtungsvoll gegrüßt wurde. In jenen Zeiten war Sinhô Badaró der erste Mann des Gebietes gewesen, sie so etwas wie eine Prinzessin, ihre Hochzeit ein unvergeßliches Ereignis. Sinhô war bald darauf aus Scham über die Verschuldung gestorben, die Badarós waren verarmt, jetzt nannte man nicht einmal mehr ihren Namen. Doch João war bei ihr geblieben. Don'Ana verstand, daß er oft am liebsten fortgegangen wäre, sie in eine andere Gegend gebracht und mit ihr ein neues Leben begonnen hätte, das ihn mehr reizte. Don'Ana wußte seit langem, daß der Hauptmann vor seinem Eintreffen in Ilhéus nur Berufsspieler gewesen war. Aber sie wollte nicht fortziehen, sie hätte nicht weiterleben können, wenn er sie gezwungen hätte, ihr Land zu verlassen. Und so blieb er, gefesselt von ihren Augen, widmete sich dem Kakao und wurde ein Fazendeiro wie alle anderen, nur daß er ärmer war und mehr Schulden hatte. Jetzt, in der Hausse, sah Don'Ana eine Möglichkeit, das Vermögen der Badarós wiederzugewinnen. Wenn sie das gesamte restliche Waldland mit Kakaobäumen bepflanzten, wenn sie dreitausendfünfhundert Arrobas Kakao ernteten, dann könnten sie bei den derzeitigen Preisen wieder in Ilhéus ein Haus führen, dann könnten sie ihrem Schwiegersohn, dem Arzt, bei seiner Karriere helfen, dann könnten sie den Leuten den Glanz der Badarós von einst ins Gedächtnis rufen. Deshalb feuerte Don'Ana Hauptmann João Magalhães an. Sie verfolgte die Arbeit im Wald mit einer Sehnsucht, die sich in ihren Fragen äußerte, wenn sie abends wissen wollte, wann auf der ersten Lichtung Feuer gelegt würde, und darin, daß sie an die Kakaoversuchsstation schrieb, um sich nach den Preisen der Kakaosetzlinge zu erkundigen. Wenn sie in dieser Safra den ganzen restlichen Wald rodeten, dann könnten sie das Gelände in der nächsten mit neuen Setzlingen bepflanzen, in vier Jahren würden die Erträge spürbar größer werden, und in sechs oder sieben Jahren würden sie wieder eine große Fazenda haben, sie würden aus diesem Leben voller Demütigungen und Schwierigkeiten heraus sein, diesem Leben, das Sinhô Badaró mehr als die Kugel, die er sich in den Kopf geschossen hatte, umgebracht hatte.

Auch João Magalhães war begeistert. Wo er ging und stand, lachte er, erzählte alles mögliche, diskutierte über die Hausse, bewies den anderen schlagend, daß es sich nicht um eine vorübergehende Hausse handelte, daß die Preise nicht wieder sinken würden. Alles war ihm ein

Anlaß zur Freude: die Geburt eines Enkels, die Heirat eines seiner Landarbeiter, die Geschichten von Antônio Vítor und Raimunda, die sich wegen des neuen Hauses stritten. Wenn Hauptmann João Magalhães aus dem Wald kam, wo er die Arbeit der Männer anleitete, setzte er sich gern neben Don'Ana in die Hängematte und träumte von der Zukunft.

Als er einmal in Ilhéus war, ging er ins „Bataclã". Noch heute muß er lachen über die Geschichte. Man lud ihn zu einem Pokerspiel ein. Die Partner waren lauter Bekannte aus Ilhéus, außer einem Neuen, einem eleganten jungen Mann mit auffallend guten Umgangsformen. Als sie zu spielen anfingen, merkte João Magalhães sofort, daß der junge Mann ein Professioneller war. Die Sache machte ihm großen Spaß. Er spielte ernsthaft, seit langem hatte er seine Tricks und seine Manöver, die er nicht mehr brauchte, aufgegeben. Aber an diesem Tag wendete er sie an und nahm dem Professionellen das Geld bis auf die letzten Groschen ab. Der Bursche wurde nicht wieder vor Verwunderung. João Magalhães kehrte lachend auf die Fazenda zurück. Er erzählte es Don'Ana, und sie wurde ein bißchen unruhig.

„Du wirst doch nicht etwa zum Spiel zurückkehren?"

„Ach wo. Ich bin doch nicht verrückt."

Er wollte nur eins: den Wald roden, Kakao pflanzen, Geld verdienen und viertausend Arrobas ernten. Er sprach schon davon, und diese Menge wurde Berechnungsgrundlage für alle seine Pläne. Nicht die tausendfünfhundert Arrobas, die er derzeit erntete, sondern die viertausend, die er in sechs, sieben Jahren ernten würde.

Eines Tages kehrte Hauptmann João Magalhães aus dem Wald zurück. Am nächsten Morgen wollte er mit dem Abbrennen anfangen. Don'Ana fragte nach Einzelheiten, sie wollte ihn anderntags auf die Lichtung begleiten. Nach dem Abendessen gingen sie ins Wohnzimmer. João Magalhães setzte sich in die Hängematte und zog die Stiefel aus. Don'Ana fiel etwas ein, sie verließ den Raum, wühlte im Schlafzimmer in alten Koffern. Als sie zurückkam, brachte sie die Bibel mit, aus der Sinhô Badaró in den Zeiten der Eroberung des Landes allabendlich hatte vorlesen lassen. Sie setzte sich neben ihren Mann, João Magalhães ergriff ihre Hand, küßte sie auf die Wange und sagte: „Du wirst wieder Don'Ana Badaró sein. Die Leute werden sich von neuem nach dir umdrehen, wenn du vorbeigehst."

Sie schlug die Bibel auf, und wieder einmal las sie mit erregter Stimme die prophetischen Verse. João Magalhães schloß die Augen und sah Sinhô Badaró in seinem hohen Lehnstuhl sitzen, den es gar nicht mehr gab. Er lächelte ihm zu. „Das laß nur meine Sorge sein ..."

Don'Anas Stimme begleitete seine Träume.

10

Es ist ganz anders als bei jenem Terno, an dem ich vor vielen Jahren in meiner Heimat bei gutem Regenwetter teilgenommen habe, dachte Capi. Auch hier im Kakaoland war jetzt Regenzeit, die Bäume blühten, die Früchte wuchsen, und die Preise stiegen. Nur der Terno war ganz anders, er hatte gar keine Ähnlichkeit mehr mit jenem Hirtentanz, bei dem er in seiner Jugend als König Herodes aufgetreten war.

Varapaus Terno hatte eben begonnen. Er hätte einen anderen, sogar einen viel schöneren Namen haben können, alle nannten ihn aber nur „Varapaus Terno". Er hatte ihn angeregt, er hatte von dem Obersten Frederico Pinto das Geld beschafft, er hatte zu einem sehr hohen Preis vier junge Frauen und drei Mädchen von den Eltern zur Verfügung gestellt bekommen, er hatte im Dorf Seidenpapier besorgt und von Dona Augusta Kerzenstummel. Er hatte viele Nächte mit den Proben verbracht, Nächte, an denen der Cachaçakrug von Hand zu

Hand ging. Und schließlich hatte er ein Orchester zusammengebracht: eine Gitarre und eine Fiedel, eine alte Hirtenflöte und ein Tamburin. Es klang zwar nicht sehr rein, aber was machte das schon aus? Hauptsache, es war eine Musik, zu der man tanzen konnte, obwohl die Tänze nichts anderes waren als die Wiederholung des Tanzes der Arbeit, den sie in den Barcaças auf den Kakaobohnen vollführten. Varapau hatte sich den Terno ausgedacht, weil er flüchten wollte. Das Leben eines Tagelöhners war das Schlimmste auf der Welt, er hatte eine ganze Anzahl Berufe ausgeübt, aber keiner war so wie dieser. Doch wie sollte man fliehen, wenn die Obersten die Flüchtlinge verfolgen ließen und sie prügelten, um vor den andern ein Exempel zu statuieren? Das Beispiel auf ihrer Fazenda war der gelbe Ranulfo mit seinem angeschwollenen Körper, der ausgepeitscht worden war, als er versucht hatte, wer weiß wohin zu flüchten. Danach war er im Trockenraum umgekommen, er war ein ausgemergelter Leichnam. Damals hatte sich Varapau den Terno ausgedacht als ein Mittel, zu entwischen, und die erste Probe hatte in der ersten Regennacht neben dem Verstorbenen stattgefunden. Der Oberst war erschienen, Rita hatte sich an ihn gelehnt, Varapau hatte es genau gesehen. Die anderen Proben waren besser gewesen, lebhafter, und mehr Leute hatten daran teilgenommen, denn die Nachricht war bald in die benachbarten Fazendas gedrungen, von überallher trafen Darsteller ein, das Orchester bildete sich. Das gab viel Arbeit. Varapau hatte sich den Terno ausgedacht, um fliehen zu können. Sie würden von Haus zu Haus gehen, sich über die Fazendas entfernen, so war es leichter, zu entkommen, einen Vorsprung zu gewinnen, den Weg nach dem Sertão einzuschlagen und später zum Kai von Ilhéus zurückzukehren. In Varapaus Gedächtnis war die Erinnerung an Rosa lebendig geblieben: Wunderschön war sie, in der Stadt hatte er mehrere Nächte mit ihr verbracht, doch dann war sie geflohen, ohne einen Grund zu nennen. Er mußte Rosa wiedersehen, wäre es auch nur, um ihr eine Tracht Prügel zu verabfolgen, damit sie lernte, mit einem richtigen Mann nicht zu spielen. Beim Terno war es leichter, zu fliehen. Aber sehr bald begeisterte sich Varapau für die tägliche Arbeit des Organisierens, Probens und Vorbereitens. Echter Enthusiasmus ergriff ihn. Auch der Neger Florindo wollte flüchten und andere Gegenden kennenlernen, er würde ihn mitnehmen. In der ersten Zeit machten sie weitläufige Pläne, hatten ausgedehnte Diskussionen über die beste Stelle, an der sie den Terno verlassen und in den Wald verschwinden konnten. Aber bald darauf begeisterte sich Varapau für den Terno und sprach immer seltener von der Flucht. Manchmal fragte ihn der Neger Florindo: „Wie ist es? Wollen wir nun abhauen oder nicht?"

„Natürlich hauen wir ab."

Aber er sagte es ohne Enthusiasmus, ohne Überzeugung, nur um den Neger nicht zu enttäuschen. Varapau hatte nicht mehr den Mut, den Terno zu verlassen, es war eine Sache, die ihm gehörte, er hatte den Terno geschaffen, er war schön.

Capi fand den Terno nicht schön. Er hatte Hirtentänze, Bumba-meu-bois in Ceará gesehen, wunderbar war es gewesen, das hatte schon die Mühe gelohnt. Bei einem Hirtenterno war er sogar als Herodes aufgetreten, sie hatten ihm zugesungen, und er, Capi, hatte geantwortet. Mit Liedern, die eigens für den Terno gemacht waren, das war etwas anderes als diese traurigen Lieder des Kakaos, die sie hier sangen, damit sie tanzen konnten:

„Maneca starb in dem Trockenraum
zur Stunde der Dämmerung ..."

Wo hatte man jemals so einen Dreikönigsterno gesehen, es war doch etwas völlig Ungereimtes. Ein Dreikönigsterno hatte eine eigene Musik, Lieder, die von der

Geburt Jesu, von Pilatus und Herodes, von der Jungfrau Maria und von Josef erzählten, es war eine Geschichte, eine wunderschöne Geschichte. Das war kein Terno, bei dem eine bei der Arbeit ersonnene Musik verwendet wurde, bei dem von Barcaças, Trockenräumen und vom Kakao die Rede war. Das ging einfach nicht. Capi hatte seine Meinung mit einer gewissen Verachtung Varapau gegenüber ausgesprochen, und das war völlig ausreichend, um den Mulatten hochzubringen, so daß er sich mit ihm prügeln wollte und mit der Faust auf den Tisch schlug.

„Du bist ja ein ganz feiner Pinkel. Nur weil du da oben in deiner Heimat bei einem Terno mitgemacht hast... Aber ich glaube dir einfach nicht, daß er schöner war als unsrer hier. Und wenn es dir nicht gefällt, dann red nur ruhig weiter, ich hab vor keinem Angst, schon gar nicht vor einem aus Ceará."

Aber Capi wollte sich nicht schlagen, es tat ihm nur leid, daß sie so etwas Dreikönigsterno nannten. Er wußte, was ein richtiger Dreikönigsterno war, etwas sehr Schönes, was allen Spaß machte. Doch das hier war nur nachgeahmt, obendrein sehr schlecht.

„Ich suche keinen Streit mit dir, ich meine ja nur..."

„Dann ist es besser, du sagst gar nichts und behältst es für dich. Keiner ist gezwungen, beim Terno mitzumachen."

Aber wie sollte man nicht mitmachen bei dem Terno, wenn er auch anders war als der, bei dem Capi den Herodes dargestellt hatte („Oh, König Herodes", hörte er noch die Stimmen singen), wenn es am Anfang dieses Jahres auf dem riesigen Gebiet der Fazendas keine andere Zerstreuung gab? „Varapaus Terno" war die große Sensation. Von sehr weit her, von fernen Pflanzungen, waren Tagelöhner auf die Fazendas des Obersten Frederico Pinto gekommen, nur um den Terno mitzuerleben. Varapau dachte gar nicht mehr daran, daß er fliehen wollte, daß er den Terno nur erfunden hatte, um fliehen zu können. Und wie sollte er fliehen, da er doch den Terno hatte? Wie sollte er ihn im Stich lassen, wie sollte er das alles führerlos lassen, die in Seidenpapier gekleideten jungen Frauen (drei von ihnen waren noch Kinder, aber das war nicht so schlimm), den als Ochsen verkleideten Capi, die brennenden Laternen, das musizierende Orchester? Wie sollte er da fliehen?

Varapaus Terno entzündete an den Tagen des Dreikönigsfestes neue armselige Sterne auf den Straßen des Kakaos. Am Vorabend des Dreikönigsfestes zogen sie los, das Orchester voran, alle hatten sich vor dem Haus versammelt, in dem Capi, Varapau und Florindo wohnten. Das Orchester spielte, dann kamen die sieben Hirtinnen, die sich das Gesicht mit rotem Papier gefärbt hatten, sie trugen die improvisierten Laternen. Ihnen folgten in zwei Reihen die Männer, sie waren so gut gekleidet wie nur möglich, etwa fünfzehn an der Zahl. Mitten unter ihnen Capi, der sich mit Hilfe eines auf dem Feld gefundenen Rinderschädels und eines vom Aufseher geborgten Kattuntuchs in einen Ochsen verwandelt hatte. Varapau stellte die Caapora dar. Und Ritas Vater, der eine Peitsche zum Antreiben der Esel in der Hand hielt, vertrat den Rinderhirten und stieß den langsamen, sehnsuchtsvollen Ruf der Ochsentreiber des Sertão aus. Allen voran schritt Rita, keiner wußte eigentlich, warum. Vielleicht weil sie die Schönste war und von allen begehrt wurde.

So zogen sie in das Herrenhaus ein. Oberst Frederico Pinto hielt sich mit Dona Augusta und den Kindern im Wohnzimmer auf. Sie hatten Besuch, Fazendeiros aus der Nachbarschaft und Freunde, die den Terno sehen wollten. Auf dem Vorplatz sangen sie:

„Wir bitten um Erlaubnis einzutreten
und um Erlaubnis, tanzen zu dürfen.“

Anfangs standen sie verlegen in dem hellerleuchteten Raum. Aber dann ließ der Oberst Cachaça austeilen, das Orchester nahm Platz auf einer Bank, und der Tanz begann. Gleich als sie eingetreten waren, hatte Varapau das Licht der Laternen löschen lassen, damit die Kerzen das ganze Fest über reichten. Sie führten ihren armseligen Tanz vor und sangen ihre armseligen Lieder. Oberst Frederico, der sich über Dona Augustas unermüdliche Wachsamkeit amüsierte, warf lüsterne Blicke auf Ritas Hintern, der bei dem Tanz auf und nieder wippte, genau wie bei dem Tanz in der Barcaça. Unter den ärgerlichen Blikken Varapaus, der alles dirigierte, geriet das Orchester aus dem Takt. Capi hatte das schwere Kostüm abgestreift, er tanzte im Saal mit. Ritas Vater stieß seinen Ochsentreiberruf aus, das war sein Beitrag zum Erfolg des Ternos.

Er war so armselig, daß einem die Tränen kommen konnten, er war allzu armselig, unendlich armselig. Und doch war er lustig, und Varapau war begeistert. Begeistert von dem Terno, von den Liedern, von der Musik, von dem Ruf des Ochsentreibers. Er sah weder Rita mit ihrem sich wiegenden begehrten Hintern noch die vier jungen Frauen und die drei Mädchen, er sah nur den Terno, die Laternen und das Orchester, den Tanz im Gesellschaftszimmer des Herrenhauses. Noch einmal wurde Cachaça ausgeschenkt, noch einmal tanzten sie. Dann baten sie um Erlaubnis, gehen zu dürfen:

„Erlaubnis, fortzugehn,
und Erlaubnis, Abschied zu nehmen."

Varapau zündete die Kerzen in den Laternen an, er ordnete die Kostüme der Hirtinnen, eins der Kleider hatte schon einen Riß bekommen. Er stellte die Musiker hintereinander auf, sie mußten das Haus im Tanzschritt verlassen. In der Veranda versuchte Oberst Frederico Pinto Ritas festen Körper abzutasten. Varapau dachte überhaupt nicht mehr an Rita. Dann gingen sie auf das Haus des Aufsehers zu, danach zu den Arbeiterhäusern, sie gelangten auf die Landstraße, überall tranken sie Cachaça. Der Neger Florindo hatte viel getrunken, aber er hatte auch viel getanzt; er vergaß nicht, daß sie fliehen wollten.

Mitten auf der einsamen Straße, in der Nähe der Wälder auf den Pflanzungen des Hauptmanns João Magalhães, stieß er Varapau an. „Wie ist es? Wollen wir nicht türmen?"

Varapau schob es auf. „Später."

„Hier kann man sehr gut abhauen. Hier ist Wald, und keiner sieht uns."

Varapau wandte ihm in der sternenerfüllten Nacht seine flehenden Augen zu. „Wie sollen wir denn abhauen, wo wir doch den Terno haben? Können wir den Terno einfach im Stich lassen? Und wer soll sich um alles kümmern, wenn wir nicht da sind?"

Und dann lief er, um den Terno einzuholen, der vor ihnen zu verschwinden drohte und in dessen schwankenden Laternen ihre armseligen Sterne erglänzten.

11

Marinho Santos mochte Joaquim gut leiden. Mehr als einmal hatte man ihm gesagt, der Chauffeur sei Kommunist. Marinho wußte, daß er im Gefängnis gesessen hatte, er hatte mehr als zwei Jahre in einer Strafanstalt für politische Häftlinge verbracht. Aber Marinho schätzte Joaquim nicht nur als ausgezeichneten Mechaniker, als fleißigen und fähigen Arbeiter, sondern er hatte – er wußte selbst nicht, warum – auch eine gewisse Zuneigung zu dem jungen Mann. So hatte er ihn trotz der wiederholten Warnungen einiger Freunde nie entlassen. Außerdem schien ihm, daß Joaquim diese wirren Ideen bereits aufgegeben hatte. Auch Marinho Santos hatte als junger Mann – damals, als er zu leben begann – Sympathien für die Linke gehabt. Er hatte sogar Geld für illegale Bewegungen gegeben. In jener Zeit war er Taxifahrer gewesen. Dann kam er zu Geld, es gelang ihm, einen Autobus auf Abzahlung zu kaufen, das Geschäft vergrößerte sich, jetzt gehörten ihm fünfzehn Autobusse und fünf Lastwagen; allerdings hatte er ziemlich viel Schulden, er hatte der Bank zahlreiche Wechsel ausgestellt, die jeden Monat fällig wurden, das war eine ständige Sorge für ihn. Aber das Geschäft ging nicht schlecht, und wenn es Marinho Santos einmal geschafft hatte, die Schulden zu tilgen, dann konnte er angenehm und zufrieden leben. Das schlimmste waren die dauernden Reparaturen an den Motoren, die den Stillstand der Autobusse zur Folge hatten. Hier bewies Joaquim seine Qualitäten. Es war schwierig, einen besseren Mechaniker als ihn zu finden. Einen Autobus, der unter den Händen eines anderen eine ganze Woche ungenutzt in der Garage geblieben wäre, hatte Joaquim in zwei Tagen fahrbereit. Marinho Santos zog es vor, daß der junge Mann weiter diesen Dienst versah, obwohl er als Fahrer angestellt war und sehr gern fuhr. Er ahnte nichts von der Fracht, die Joaquim unter dem Fahrersitz des Autobusses mitnahm: Manifeste, Flugblätter, Propagandaschriften.

Als ehemaliger Chauffeur prahlte Marinho Santos gegenüber seinen Angestellten gern mit seiner einfachen Herkunft und spornte sie auf diese Weise zu noch schnellerer und besserer Arbeit an.

„Ich habe auch als Chauffeur angefangen. Jeder kann was aus sich machen."

Er lebte in gutem Einvernehmen mit den einzelnen Fahrern und Angestellten, die bei ihm arbeiteten, vor allem aber mit Joaquim. Marinho Santos, der kaum lesen konnte, hatte die Marotte, als Intellektueller zu erscheinen und zu tun, als verstände er sich auf alles, was mit Büchern und mit Literatur zusammenhing. In der Runde, die Zito Ferreira, Reinaldo Bastos, Martins und Gumercindo Bessa vereinigte, war er ständiger Zahler, und er zahlte gutwillig, nur um das Vergnügen zu haben, den Diskussionen zuzuhören. Gerade deshalb unterhielt er sich gern mit Joaquim, der vielerlei wußte und manchmal mit Büchern unterm Arm zur Arbeit kam. Der Fahrer vertraute ihm zwar nicht völlig, doch von Zeit zu Zeit sagte er ihm einiges, erzählte ihm von fernen Ländern, hauptsächlich von Rußland. Marinho Santos hörte ziemlich verwirrt zu. Er kaufte Bücher, die er nicht las und die schließlich in den begierigen Händen Zito Ferreiras landeten. Wenn Joaquim in Stimmung war, was zum größten Verdruß von Marinho Santos nicht immer geschah, dann sprach er über die Verhältnisse in jenem anderen, so weit entfernten Land. Marinho Santos unterbrach ihn und äußerte literarische Meinungen, die er am Abend zuvor in der Bar gehört hatte. Aber er achtete den Fahrer, und um nichts in der Welt hätte er ihn entlassen. Allerdings riet er ihm stets am Ende ihrer Gespräche: „Schlagen Sie sich das aus dem Kopf, Joaquim, sonst schadet es Ihnen noch einmal. Jeder weiß doch, daß das alles nichts taugt. Und selbst wenn es etwas taugen sollte, woher soll man es wissen?"

Joaquim ließ sein kurzes Lachen hören, das so an Raimunda erinnerte. „Ich erzähle ja nur, was in jedem Geographiebuch steht."

Dann zwinkerte Marinho Santos ihm zu, als wollte er sagen, daß er sich durch diese Worte nicht täuschen lasse, und entfernte sich. Dieses Vertrauensverhältnis verschaffte Joaquim eine gewisse Freiheit bei der Arbeit, so daß es ihm möglich war, den Parteiangelegenheiten mehr Zeit zu widmen. Wenn er etwas erledigen wollte, dann machte ihm Marinho Santos keine Schwierigkeiten. „Sie können meinetwegen gehen, aber bleiben Sie nicht zu lange fort."

 Eines Tages kam Marinho Santos voller Sorgen in

seine Garage. Joaquim spürte, daß er mit ihm sprechen wollte, sich aber nicht entschließen konnte. Was mochte es sein? Den ganzen Vormittag, während Marinho die Autobusse und die Lastwagen abfertigte und empfing, kreiste er um die Stelle, an der Joaquim den schadhaften Motor des ältesten Autobusses instand setzte. Er traute sich nicht zu reden. Schließlich am Mittag, als Joaquim aus seiner Blechdose das mitgebrachte Essen löffelte, kam Marinho auf ihn zu und setzte sich aufs Trittbrett des Autobusses.

„Nun, Joaquim?"

„Wie geht's, Seu Marinho?"

„Du bist Fahrer, ich bin der Chef, ich habe fünfzehn Autobusse und fünf Lastwagen. Aber auch ich war einmal Taxichauffeur, und Gott sei Dank schäme ich mich nicht, daß ich es war. Das ist die Wahrheit."

„Arbeit schändet nicht."

„Ich bin ein bißchen in Sorge. Ich spreche mit dir, weil du für mich mehr ein Freund bist als ein Angestellter. Ich halte es nicht länger aus, ich muß unbedingt reden."

Joaquim hörte auf zu essen, um aufmerksamer zuhören zu können. Marinho sagte: „Vielleicht ist es auch gar nichts. Aber gestern ist Martins, der Geschäftsführer Zudes, weißt du, der magere Kerl, der ein Mädchen auf der Schlangeninsel hat . . ."

„Rosa, ich kenne sie."

„Sehr hübsch, nicht?"

„Ja. Ich kenne auch Seu Martins."

„Nun ja. Martins hat gestern zu mir gesagt, er habe im Büro von Seu Carlos Zude meinen Namen nennen hören. Sie hätten sich unterhalten, er und Seu Karbanks, der Amerikaner. Martins kam gerade ins Zimmer, da erwähnten sie mich." Er erwartete eine Bemerkung von Joaquim, aber da dieser schwieg, fuhr er fort: „Ich habe natürlich die Ohren gespitzt. Martins hat gesagt, sie hätten zu sprechen aufgehört, als er hereingekommen sei.

Ich habe die ganze Nacht gegrübelt, was es sein könnte. Um die Wahrheit zu sagen, ich habe gar nicht geschlafen. Du weißt: Ich bin nur ein bißchen mehr als ein Fahrer, warum wird mein Name von reichen Leuten, von Kakaoexporteuren, genannt? Und dann: Heute, als ich hierherkam, sah ich als erstes auf meinem Schreibtisch diesen Brief."

Er zeigte ihn Joaquim. Es war eine Einladung von Carlos Zude, Marinho solle um drei Uhr nachmittags in seinem Büro sein. „Eine Angelegenheit von größtem Interesse", schrieb er.

„Was kann das sein? Ich habe Martins angerufen. Aber er weiß nichts. Ich hab mir heute vormittag die ganze Zeit den Kopf zerbrochen, ich weiß nicht, was es sein kann. Hier steht" – er las mühsam vor –: „‚Um eine Angelegenheit zu erörtern, die von größtem Interesse für Sie ist.' Was kann das nur sein?"

Joaquim äußerte die Vermutung, es handele sich um einen Exklusivvertrag für seine fünf Lastwagen, um sie für den Kakaotransport im Dienst der Firma Zude einzusetzen. Marinho bestritt das, er war fast verärgert: „Ach was, Vertrag! Wenn es so etwas wäre, dann hätte er Martins geschickt, und wir hätten darüber verhandelt. Und weshalb dieses Gespräch mit Seu Karbanks? Nein, nein, Joaquim, das muß was andres sein."

Joaquim meinte, er könne sich nicht vorstellen, was es sei, und Marinho ging aufgeregter fort, als er gekommen war; er sagte, er wolle sich für das Treffen bei Zude umziehen. „Ich will mich zurechtmachen, den guten Anzug anziehn."

Obwohl Joaquim mit der Sache gar nichts zu tun hatte, war er neugierig. Und er wartete gespannt auf Marinho Santos' Rückkehr. Bevor sich Marinho in Zudes Büro begab, kam er in einem neuen wollenen Anzug, mit blankgewichsten Schuhen, frisch rasiert und mit einem seidenen Tuch, das in der Jackettasche stak, durch die Garage.

Er sah aus wie ein kaufmännischer Angestellter, der zu einem Tanzvergnügen geht.

„Na, wie sehe ich aus?“ fragte er Joaquim.

„Prächtig“, lobte der Fahrer.

„Was kann es nur sein, mein Gott?“ fragte Marinho nochmals ängstlich und machte sich auf den Weg.

Das Gespräch dauerte lange, denn die Uhr der Garage zeigte schon vier Uhr, und Marinho war noch immer nicht zurück. Joaquim war schon selbst beunruhigt. Was, zum Teufel, mochte das nur sein? Alle fünf Minuten blickte er nervös nach dem Uhrzeiger. Endlich, es war schon fast fünf, erschien Marinho Santos. Sein Gesicht leuchtete. Er hat getrunken, dachte Joaquim, der seine Gewohnheiten kannte. Marinho schloß sich in das kleine Büro an der Garage ein, kurz darauf kam der junge Mann, der die Schreibarbeiten der Firma erledigte, klopfte an die Tür und trat ein. Joaquim hörte, daß sich der Schlüssel im Schloß drehte.

„Eine sehr ernste Sache.“

Als der junge Mann fortging, streckte Marinho Santos den Kopf heraus und spähte in die Garage, wo sich die ölverschmierten Fahrer und die Angestellten unterhielten. Gerade war ein Autobus eingetroffen, und an der Tür zur Straße herrschte noch Gedränge. Joaquim war mit seiner Arbeit fertig, er wusch sich Hände und Gesicht am Wasserhahn im Hintergrund. Marinho rief ihn: „Joaquim! Joaquim!“

„Sofort, Seu Marinho.“

„Kommen Sie her.“

„Ich komme schon.“

Er trocknete sich ab, Marinho Santos erwartete ihn an der Tür. „Treten Sie ein.“

Verwundert über die Vorsichtsmaßregeln, die Marinho Santos traf, blieb er stehen. Marinho Santos schloß die Tür und drehte den Schlüssel zweimal herum. Dann setzte er sich auf den uralten Drehstuhl am Schreibtisch, schob Joaquim einen Rohrsessel hin, dessen Geflecht große Löcher aufwies.

„Raten Sie mal ..." Sein Gesicht strahlte, alles an ihm glänzte. Er war angeheitert. Er entkorkte die Cachaçaflasche und bot Joaquim einen Schluck an.

„Danke, ich trinke nicht."

„Das ist dumm. Was nützt es schon, wenn man nicht trinkt? Sind Sie was Besseres als die andern? Was war ich denn früher? Ein Fahrer wie Sie, wie alle hier. Meinen Harten hab ich immer gekippt, das hat mich nie gehindert zu arbeiten. Dann habe ich meine Autobusse gekauft, habe hier etwas gekauft, dort Geld geliehen, es ging so recht und schlecht, und jetzt ..." Er hielt inne und stürzte den Schnaps hinunter. „Jetzt bin ich reich, Seu Joaquim."

„Reich?"

„Wissen Sie, was die Leute von mir wollten?"

Und dann erzählte er. Zuvor bat er sich völlige Verschwiegenheit aus, von der Sache durfte niemand wissen, bevor das Geschäft unter Dach und Fach war. Er rechnete mit Joaquim, wie er erklärte, weil er ihn nicht als Angestellten betrachtete, sondern, jawohl, als einen Freund. Zude und Karbanks hatten ihm nicht mehr und nicht weniger vorgeschlagen als eine Beteiligung an seinem Unternehmen. Oder, besser gesagt: die Gründung eines neuen Unternehmens. Sie beglichen alle Schulden Marinhos, sie stellten Kapital zum Kauf neuer Autobusse und neuer Lastwagen, vieler Autobusse und Lastwagen, zur Verfügung, er würde eine Art Direktor der neuen Gesellschaft sein. Eine wunderbare Sache ...

Joaquim wurde nachdenklich. Er versuchte, dieser Geschichte auf den Grund zu kommen, das Motiv für diese Geschäfte zu finden. Er begann zu fragen. So erfuhr er, daß es eine Aktiengesellschaft sein sollte, an der sich alle Exporteure mit Kapital beteiligen würden. Was sie wollten, hatten sie Marinho erklärt, das Kakaogebiet sollte gute Transportmöglichkeiten erhalten: Autobusse und Lastwagen, vor allem Lastwagen. Sie hätten auch ein neues Unternehmen gründen können, aber sie hatten es vorgezogen, das Unternehmen Marinhos zu nutzen, da es nun einmal vorhanden und im Aufblühen war. Mit der Vergrößerung seines Unternehmens würden sie die anderen kleinen liquidieren.

„Eine Aktiengesellschaft?"

„Ja."

„Und Ihr Kapital?"

„Die Autobusse, die Lastwagen, die Garage, meine Arbeit ..."

„Wieviel Prozent des Aktienkapitals haben Sie damit?"

„Die Mehrheit."

„Die Mehrheit?"

„Ja. Vierzig Prozent."

„Das ist doch nicht die Mehrheit."

„Wieso nicht?" Marinho Santos wurde wütend bei diesem ersten Einwand gegen sein Geschäft. „Ich habe vierzig Prozent der Aktien."

„Und die anderen haben sechzig."

„Aber sie sind acht, und ich bin einer."

„Nein, Seu Marinho, Sie sind Seu Marinho Santos, und die andern sind die Exporteure."

„Was tut denn das zur Sache?" Marinho Santos war richtig wütend, seine Augen waren vom Trinken ganz schmal geworden.

Joaquim begann zu erklären, aber Marinho unterbrach ihn: „Joaquim, das ist Geschwätz, das mich nicht interessiert. Dieser Kommunismus mag gut sein für Rußland, aber nicht für uns."

„Wer spricht denn von Kommunismus?"

„Kenne ich denn nicht diese Reden? Daß die Exporteure, und so weiter und so fort, dieser ganze Kram ... Das Geschäft ist eine Bombensache, und ich werde abschließen."

„Dann wünsche ich Ihnen viel Glück, Seu Marinho", sagte Joaquim und stand auf.

Aber Marinho Santos beruhigte sich und wurde sofort wieder liebenswürdig, seine Leutseligkeit wurde von der beginnenden Trunkenheit verstärkt. „Seien Sie nicht böse, Joaquim. Ich bin doch so aufgeregt. Geben Sie nichts drauf. Sie verstehen eben nichts von Geschäften, deshalb. Ich möchte, daß Sie weiter bei mir arbeiten. Ich habe gleich zu Seu Zude und zu Karbanks gesagt: ‚Ich unterschreibe den Vertrag nur, wenn Sie gewährleisten, daß ich meine Angestellten behalten kann.' Und sie haben nichts eingewendet. Sie sind reich, aber sie sind keine schlechten Kerle."

„Machen Sie sich keine Sorgen, Seu Marinho. Wenn Sie wollen, arbeite ich gern für Sie."

Marinho Santos goß sich noch einen Schnaps ein. „Ach, Sie trinken ja nicht ... So was Dummes, junger Mann. Ich hab immer mein Gläschen getrunken, und es hat mir nie geschadet. Und trotzdem hab ich es zu was gebracht."

12

Joaquim blieb im Eingangssaal des Handelsvereins von Ilhéus dicht vor Sérgio Moura stehen, ohne ihn zu begrüßen. „Sie wollen alles verschlingen, Seu Sérgio", sagte er und breitete die Arme aus.

Der Dichter sah hinaus auf den Platz, die Dämmerung füllte den Garten des Handelsvereins mit Schatten. Er war zufrieden und blieb einen Augenblick lang in einem Schwebezustand zwischen seiner inneren Freude, der übertriebenen Geste des Kraftfahrers und der Trauer des Spätnachmittags. Dort drinnen zog sich Julieta eilends an. Joaquim war nie ohne vorherige Benachrichtigung gekommen. Außerdem war es fast immer Sérgio gewesen, der ihn hatte rufen lassen, wenn er es für notwendig hielt, sich mit dem aktiven Kämpfer der Partei zu unterhalten, seine Gedanken zu ordnen und sie auf die Erfahrung des anderen zu stützen. Durch jedes Gespräch mit dem Kraftfahrer fühlte er sich bereichert. Er hatte es Joaquim sogar einmal gesagt, und dieser hatte geantwortet, auch er lerne dabei. „Es ist immer von Nutzen, mit einem andern die Meinung auszutauschen. Und wenn es einer ist wie Sie, der viel weiß, dann ist es noch besser“, hatte er erklärt, und Sérgio Moura hatte verwirrt und dankbar gelächelt. An einem festen Tag im Monat erschien Joaquim, um den Betrag zu kassieren, den Sérgio als Sympathisierender der Partei zahlte. Doch an diesem Nachmittag tauchte er unerwartet auf, gerade als Julieta in den Armen des Dichters lag. Als Sérgio das Händeklatschen hörte, wollte er nicht öffnen. Aber Joaquim, der die Eigenbröteleien des Dichters kannte (oft schloß er sich, wenn er seine Tagesarbeit beendet hatte, ein, um zu schreiben), rief seinen Namen. „Ich bin es, Joaquim, Seu Sérgio. Ich würde gern mit Ihnen sprechen.“

Nur wenn es um sehr ernste Angelegenheiten ging, redete Joaquim Sérgio mit Sie an. Dann nannte er ihn Genosse, und das verlieh dem Dichter eine gewisse Würde, es gehörte zu den Dingen, die ihn am meisten befriedigten. Trotz der häufigen Begegnungen gab es zwischen den beiden noch eine gewisse Distanz, die vielleicht aus wechselseitiger Befangenheit erwachsen war. Sérgio Moura schätzte und achtete vielleicht keinen anderen so sehr wie den Kraftfahrer. Er war ein Mann einer anderen Zeit, einer kommenden Zeit, und Sérgio schien es immer, daß sich die Zukunft näherte, wenn er Joaquim sah. Der Chauffeur machte auf ihn den Eindruck ungeheurer Kraft und unendlichen Glaubens. Er war rein, von einer Reinheit, die der Dichter bewunderte, wenn sie ihm auch ein wenig lästig war. Joaquim verdiente seine besondere Wertschätzung, wie er sie auch bestimmten, besonders geliebten Büchern entgegenbrachte.

Seinem Baudelaire, seinem Whitman. Die beiden Männer verstanden sich gut, aber Sérgio fühlte, daß noch etwas zwischen ihnen war, was eine völlige Annäherung, eine vollkommene Vertrautheit verhinderte. Sie unterhielten sich über Politik, über Wirtschaft, manchmal auch über Dichtung. Joaquim las sehr gern Sérgios Gedichte, und er beeinflußte sogar seine Kunst, denn er übte Kritik an einigen seiner Gedichte, die im Gehalt revolutionär, in der Form aber fast esoterisch waren. „Ein Arbeiter versteht das nicht."

„Aber die Dichtung ..." Und Sérgio begann mit einer langen Erklärung.

„Sehr gut, Genosse", erwiderte Joaquim ernst, „alles, was Sie sagen, mag richtig sein. Ich verstehe nichts davon, es mag richtig sein, ich will nicht streiten. Sie sind ja der Dichter. Aber sehen Sie einmal: Wofür ist diese Dichtung? Soll sie nicht der Revolution helfen?"

„Ja."

„Und wer wird die Revolution machen? Die Arbeiter, das Volk, die armen Leute, nicht wahr? Wie soll diese Dichtung der Revolution helfen, wenn die Leute, die einmal die Revolution machen werden, nicht verstehen, was sie sagen will? Wenn ich Lenin lese, verstehe ich alles, was er lehrt, auch, wenn ich Stalin lese. Ich bin ein Arbeiter, aber was jene schreiben, ist klar und deutlich, ich verstehe es. Ich glaube, so eine Dichtung müßte gut sein."

Der Dichter diskutierte lange mit ihm, denn er wollte sich nicht geschlagen geben. Aber dann begann er nach volkstümlichen Versen zu suchen, und seine neugewonnene Poetik war auf jene Diskussion zurückzuführen. Joaquim freute sich wie ein Kind, als ihm Sérgio einige Zeit nach dem erwähnten Gespräch seine neuen Gedichte zeigte.

„Ja, das ... Das ist schön, und jeder versteht es." Er war bewegt. „So etwas brauchen die Leute."

Sérgio fühlte sich völlig belohnt.

Sie unterhielten sich über Politik, Ökonomie, ja sogar über Dichtung. Es waren lange Gespräche an ihren freien Abenden, niemals aber hatten sie ein Wort über ihr Leben gewechselt, nie hatte Sérgio auch nur eins seiner innersten Probleme an Joaquim herangetragen. Nicht weil er vor Joaquim besser scheinen wollte, als er war. Einmal hatte ihm der Kraftfahrer in einer Diskussion vorgeworfen: „Sie werden immer ein Kleinbürger bleiben."

Sérgio hatte gelacht und hinzugefügt: „Schlimmer als das, Joaquim. Zählen Sie zu den Fehlern meiner kleinbürgerlichen Herkunft die der Intellektuellenschicht ... Ein hoffnungsloser Fall."

Auch Joaquim hatte gelacht, sein kurzes, freundschaftliches Lachen. „Nehmen Sie es nicht so ernst, Genosse Sérgio. Das wichtigste ist, daß man sich als Intellektueller ehrenhaft verhält. Ich verstehe nicht viel von diesen poetischen Dingen. Aber Ihre Gedichte gefallen mir, und einigen Leuten, denen ich sie vorgelesen habe, gefallen sie auch. Wir wissen, daß Sie auf unserer Seite sind. Das will schon etwas heißen."

Hier endete das Gespräch, und sie waren nie auf die Sache zurückgekommen. Sérgio hätte jedoch gern mit Joaquim über seine Angelegenheiten, zum Beispiel über Julieta, gesprochen.

Julieta hatte sich in den letzten Monaten sehr verändert. Sie hatte eine neue Welt gefunden, und sie hatte sich in sie vertieft wie ein Konquistador der Kolonialzeit, der begierig ist, unbekannte Länder voller Überraschungen zu entdecken. Es war die Welt der Bücher, die sie bei der ungeordneten Lektüre zufällig gekaufter Bücher nur geahnt hatte. Sérgio hatte ihr neue Blickwinkel eröffnet, ein ganzes dichterisches Universum. Sie schwebte gewissermaßen in der Luft, sie fühlte sich leicht, den Wolken gleich, die der Wind mühelos vor sich her treibt. Und als

Sérgio merkte, was mit ihr geschah, wunderte er sich und widmete sich der Aufgabe, sie zu erziehen, sie nach seinem Willen zu formen. Es war, als schriebe man ein Gedicht. Er tat es mit einem gewissen Eigennutz, und es war gleichzeitig eine Art, sich an Carlos Zude zu rächen. Er stahl ihm nicht nur den Körper der Gattin. Er stahl ihm auch ihren Geist, er formte sich eine andere, neue Julieta Zude. Jetzt war sie im Zimmer und zog sich etwas aufgeregt an. Sérgio hatte gesagt, sie brauche keine Angst zu haben. Er hatte ihr schon einiges von Joaquim erzählt, und sie hatte den Wunsch geäußert, den Chauffeur kennenzulernen.

Im Vorraum versuchte Joaquim seine Geschichte zu erzählen. Julieta erschien, fertig zum Gehen. Etwas erschrocken hörte Sérgio ihre Schritte, was würde Joaquim sagen?

„Erlauben Sie ...", sagte sie und blieb ein paar Schritt vor den beiden Männern stehen. Der Kraftfahrer senkte den Kopf. Aber Sérgio Moura faßte rasch einen Entschluß. „Julieta, ich möchte dir meinen Freund Joaquim vorstellen." Dann sagte er zu Joaquim: „Das ist Julieta."

Joaquim streckte die Hand aus, und unwillkürlich sagte er plötzlich: „Carlos Zudes Frau ..."

„Und was ist dabei?" fragte Julieta. „Sérgio hat mir gesagt: ‚Mein Freund Joaquim wird uns verstehen. Er ist imstande, alles zu verstehen.' Carlos Zudes Frau ... Nein, Seu Joaquim. Ich bin Sérgio Mouras Frau."

„Gut. Ich wollte Sie nicht verletzen", sagte der Chauffeur. „Es ist mir so rausgerutscht, ohne daß ich es wollte."

Sérgio lächelte, die Lichter draußen auf dem Platz glimmten auf.

„Gehen wir doch hinein. Drinnen können wir uns besser unterhalten."

Dieser Seu Sérgio, dachte Joaquim, während sie in den Sitzungssaal gingen. Julieta war flammend rot, sie glaubte, zuviel gesagt, den jungen Mann beleidigt zu haben. Sérgio fand die Situation lustig und lästig zugleich, aber jetzt wollte er bis ans Ende gehen.

Sie setzten sich, Joaquim hielt den Hut in der Hand. Auf dem Tisch stand ein Käfig, darin war ein schöner schwarzer Vogel – er sah aus wie ein gefangener Prinz –, der die Anwesenden gleichgültig ansah. Sérgio sagte: „Dieser Vogel spielt keine Rolle. Wir spielen immer eine Rolle, als ständen wir auf einer Bühne. Wir spielen auch dann, wenn wir nicht sprechen, wenn wir gar nichts sagen. Dauernd verstecken wir uns."

Warum redet er so kompliziert? dachte Joaquim. Was will er nur?

Sérgio sprach weiter: „Weshalb sollen wir Theater spielen, wenn wir Freunde sind? Das ist Julieta. Wir kennen uns niemals richtig. Sie ist die Gattin eines Exporteurs. Sie hat einen Geliebten. Natürlich wußten Sie es, Joaquim, und trotzdem haben wir nie darüber gesprochen. Weil wir Theater gespielt haben."

„Ich hatte nichts damit zu tun. Ich habe keine Schuld daran. Warum soll ich mich in das Privatleben anderer einmischen? Gut, wir unterhalten uns, wir tauschen Meinungen aus, Sie helfen mir bei Angelegenheiten, in denen ich nicht genau Bescheid weiß, Sie sich aber auskennen. Ich lerne dabei. Manchmal sage auch ich ein paar Worte, weil ich denke, daß sie Ihnen nützen können. Ihr Privatleben? Das geht mich nichts an."

Da veränderte sich Sérgios Stimme, er war nicht mehr der Literat, der sich über die Situation lustig macht. Er war bekümmert und gekränkt. „Niemand ist eine Maschine. Nicht einmal die Revolution ist eine Maschine."

Joaquim sah erst Sérgio und dann Julieta an, ein Vorwurf lag in seinem Blick.

„Ich habe nichts Böses getan", erklärte Sérgio. „Julieta ist eine rechtschaffene Frau, ich weiß nicht, ob Sie es glauben. Sie können offen zu ihr reden."

Joaquim fühlte, daß der Dichter traurig war, und er

begriff, was er erreichen wollte. „Jeder Mensch ist kostbar für uns. Er ist kostbarer als alles andere, Genosse Sérgio. Die Kapitalisten haben Geld, und sie kaufen alles: Gerechtigkeit, Polizei, Eltern, Regierung, alles. Wir haben nur ein einziges Kapital: die Genossen."

„Und nun?"

„Und nun? Wenn Sie ein Kämpfer wären, würde ich sagen: ‚Genosse Sérgio, das ist nicht richtig gehandelt. Und selbst wenn sie die Frau eines Exporteurs ist, ist es nicht richtig gehandelt. Wenn Sie einander gern haben, warum tun Sie sich dann nicht zusammen? Warum täuschen Sie einen Mann?' Das würde ich in diesem Fall sagen."

Julieta starrte Joaquim an, niemals hatte sie eine solche Offenheit erlebt, eine so brüske Offenheit. Trotzdem war ihr der Mann sympathisch, und sie war überhaupt nicht wütend. Joaquim bemerkte ihren fast zustimmenden Blick.

„Entschuldigen Sie, Dona. Ich sage das, weil sein Verhalten, wenn er der Partei angehörte, der Revolution schaden würde und auch ihm selbst. Dann hätte ich ihm das gesagt. Aber Sie, Genosse, sind ein Sympathisierender und haben keine solchen Verpflichtungen. Wir können nicht mehr von Ihnen verlangen als das, was Sie geben, und auch das ist schon viel. Ihre Ratschläge, Ihre Beiträge, Ihre Gedichte, das ist das Beste von allem."

Julieta sah ihn an. „Meinen Sie, daß es richtig wäre, wenn ich Carlos verließe, und mit Sérgio zusammen lebte?"

„Ja, das wäre richtig."

„Ausgezeichnet", rief Sérgio aus. „Niemand bestreitet das. So allgemein gesehen, ist es das richtigste. Aber auch die konkreten Verhältnisse müssen berücksichtigt werden. Julieta ist in Luxus, Geld und Komfort aufgewachsen. Eine dumme Ausrede? Es scheint so, aber es ist nicht dumm. Ich lebe von meinem Gehalt, einem Gehalt, das ich verlieren würde ... Seu Joaquim, wir sind aus anderem Lehm gemacht, wir sind ganz anders als ihr in der Partei. Unser Lehm ist spröde, er verwandelt sich leicht in Schlamm. Oh, das geht im Nu." Auf einmal war er aufrichtig, völlig aufrichtig, er fuhr erregt fort: „Was für uns die Partei bedeutet! Denken Sie denn, daß nicht auch wir, die Intellektuellen, die wir in ihrem Umkreis leben, ohne einzutreten, daß nicht auch wir sie lieben? Wir lieben sie, ja, wir lieben sie sehr. Sie ist für uns die Gewißheit einer anderen Welt, einer Welt, von der wir träumen in unserer Kunst, die wir suchen in dem, was wir schreiben. Die Partei ist für uns die Gewißheit, daß diese Welt aufgebaut wird. Wir stehen an der Tür der Partei, aber wir treten nicht ein, obwohl wir sie lieben. Wir treten nicht ein. Wir bleiben draußen und umkreisen sie. Wie die Katze den heißen Brei. Genau so. Und warum? Weil wir nicht aus dem gleichen Lehm gemacht sind. Wir sind aus Schlamm gemacht. Glauben Sie mir, aus Schlamm, und wir sind begraben in diesem Schlamm bis obenhin. Kleine Dinge halten uns fest, nehmen uns gefangen, verformen uns und richten uns zugrunde."

„Jeder versucht, besser zu werden. Und die Partei hilft dabei. Kein Mensch wird fix und fertig geboren, er ist weder gut noch böse, wenn er zur Welt kommt. Die Partei hilft, sie formt und richtet uns auf."

Sérgio formulierte es so: „Lieber ein guter Sympathisierender als ein schlechter Kämpfer."

Joaquim machte eine unbestimmte Handbewegung, die vielleicht Zustimmung ausdrücken sollte. Julieta folgte gespannt ihrem Gespräch. All das gehörte zu der wunderbaren Welt, die sie jetzt zu entdecken begann, jeden Tag etwas mehr. Sérgios Worte lasteten wie Blei. „Sie reden von Lumpenproletariat. Einmal haben wir uns darüber unterhalten, erinnern Sie sich? Vagabunden, Bohemiens, Prostituierte, Hafendiebe. Wir sind das Lumpen-Kleinbürgertum. Könnte ich denn mit Julieta fortgehen? Könnte ich es überhaupt? Wir sind hier, es ist schön so. Es ist die beste Sache von der Welt. Sie liebt mich, und ich liebe sie. Wirklich, von ganzem Herzen, das können Sie glauben, Joaquim. Aber wenn wir fortgingen, wenn sie ihren Mann verließe, wenn es einen Skandal gäbe und ich meine Stelle verlöre, wenn wir fortgingen und ich von einem Gehalt leben müßte, wie man es in einer Zeitungsredaktion verdient – würde dann nicht alles aussein? Wie lange würde es dauern?"

„All das ist sehr schwierig", sagte Joaquim müde. „Wenn ein Genosse zu mir kommt und mit mir redet, dann hat er ein konkretes Problem, und ich löse es. ‚Joaquim, die Sache steht schlecht. Der Lohn reicht nicht aus, wir haben nichts zu essen. Was sollen wir tun?' Dann sage ich: ‚Wir werden streiken.' Das ist ein Problem, das sieht man. Fast bleibt man dran kleben. Jetzt sagen Sie zu mir: ‚Ich habe die Frau eines andern Mannes, sie liebt mich, und ich liebe sie. Aber wir treffen uns heimlich. Das ist zwar nicht richtig, aber wir können nicht zusammen fortgehen, weil wir das schwere Leben nicht ertragen.' Was soll ich da sagen? Ich kann es nicht lösen. Ich halte es einfach nicht für richtig, das ist alles."

Sie schwiegen. Julieta wollte etwas bemerken, aber sie hielt sich zurück. Joaquim fuhr fort: „Es ist schwierig, sich in diesen Dingen zurechtzufinden. Einmal hatte Roberto sich in Tancredos Frau verliebt, sie war jung und hübsch. Offenbar trafen sie sich am Strand, ich erfuhr es und rief ihn zu mir. ‚Roberto, das ist nicht in Ordnung. Ein Parteimitglied handelt nicht so. Wenn du diese Frau gern hast, dann lebe mit ihr zusammen.' Roberto hat sich den Kopf gekratzt, denn der Neger ist auch nicht auf den Mund gefallen, aber er hat sich danach gerichtet und mit ihr zusammen gelebt. Tancredo wurde fuchsteufelswild, er schlug wie toll um sich und wollte sich mit Roberto prügeln, aber schließlich gab er nach. Nun gut ... Ein andermal war alles viel komplizierter. Da drehte es sich um Bezerra. Sie kennen ihn nicht, da er nicht mehr hier ist. Er machte sich an Elza heran, Lolôs Frau. Bezerra war ein Mann, der sehr geradezu war und nicht um die Dinge herumredete. Er ging zu Lolô und erklärte ihm alles. Er nahm Elza mit sich, aber Lolô ertrug es nicht und brachte sich um. Mit Bezerra war nie wieder etwas anzufangen. Er wurde trübsinnig. Ein schwieriger Fall."

Julieta sagte: „Es ist komisch, Sie diskutieren hier, und ich denke an dummes Zeug. Ich habe so oft von Kommunisten reden hören. Ich dachte immer, sie wären in Liebesfragen freier als alle andern. Nun sehe ich, daß sie genau solche Moralapostel sind oder sogar noch schlimmere."

„Freiheit ist das eine und Schamlosigkeit das andere." Joaquim hätte sich am liebsten auf die Zunge gebissen, aber es war zu spät. „Verzeihen Sie, ich weiß nicht, wie man mit feinen Leuten redet."

„Das macht doch nichts. Sie können reden, wie Sie wollen. Aber Sie haben uns nicht verstanden. Ich bin froh, daß es so ist wie jetzt." Sie lächelte. „Sie brauchen es nicht zu glauben. Ich würde es selbst nicht glauben."

Sérgio Moura schloß: „Wir haben genug diskutiert. Julieta und ich, wir gehen unseren Weg weiter. Dann werden wir sehen, was die Zukunft bringt. Niemand weiß, was noch geschehen kann. Alles ist möglich. Ich möchte nur eins wissen: Hindert uns diese Meinungsverschiedenheit, Freunde zu sein? Alle drei?"

Joaquim lächelte. „Ich bin doch kein Puritaner."

Sie lächelten einander zu. Joaquim betrachtete das Paar, sympathische Leute. Er hatte Sérgio, diesen komplizierten Burschen, doch gern! Eigentlich hatte er wohl recht. Und auch die Frau – verdammt hübsch war sie! – schien ein guter Mensch zu sein. Allerdings war sie Carlos Zudes Frau. Wer hätte das gedacht?

Sérgio sagte: „Sie wollten mir eine Nachricht bringen, wir haben Sie gar nicht zu Wort kommen lassen."

„Das macht nichts."

„Aber sprechen Sie bitte."

„Erinnern Sie sich an unser Gespräch neulich über die Hausse?"

„Ja."

„Nun, sehen Sie, sie wollen alles verschlingen." Er wandte sich Julieta zu. „Entschuldigen Sie, Dona, ich muß von Ihrem Mann sprechen."

Sie lachte.

„Wissen Sie, daß die Exporteure, an der Spitze Zude und Karbanks, aus Marinhos Unternehmen eine Aktiengesellschaft gemacht haben? Sie haben sich die Mehrheit der Aktien verschafft."

Der Dichter stieß einen Pfiff aus. Julieta versuchte den Sinn dieser Worte zu erfassen.

„Was sie wohl damit bezwecken?" fragte Sérgio.

„Das Transportmonopol auf den Straßen."

„Und dann ..."

„Wenn die Kooperative der Fazendeiros zu arbeiten beginnt, können sie den Straßentransport billig lahmlegen. Auch die Eisenbahn, Sie wissen ja Bescheid."

Sie schwiegen eine Zeitlang. Julieta hätte gern um weitere Erklärungen gebeten, aber sie wagte es nicht, sie wollte sich nicht einmischen. Sérgio sagte: „Julieta, dein Mann bringt unser Leben durcheinander. Aber er bringt auch das Leben aller Leute hier in der Gegend durcheinander. Er wird das ganze Gebiet ins Unglück stürzen."

Betroffen dachte sie: Und das tut er für mich, um mir alles zu geben, was ich verlangt habe und was ich jetzt nicht mehr will. Aber sie schwieg.

Joaquim stand auf. „Entschuldigen Sie, Dona, wenn ich Sie verletzt habe. Ich bin Arbeiter, ich verstehe nicht, die Worte zu wählen."

„Sie haben mich gar nicht verletzt, ich habe mich sehr gefreut, Sie kennenzulernen."

 Sérgio ging an das geschlossene Fenster, schob den

Vorhang beiseite und schaute durch die Scheiben auf den erleuchteten Platz. Die Exporteure setzten seelenruhig ihren Plan in die Tat um. Wie Soldaten, die ein Manöver ausführen. Julieta trat auf Joaquim zu und fragte ihn ängstlich: „Glauben Sie, daß dieser Schlamm, dieser faulige Lehm, eines Tages besser werden und so gut sein kann wie die andern?"

Joaquim antwortete rasch: „Nichts ist schwierig für den, der den Willen hat zu arbeiten. Jede Erde ist gut, nur manchmal muß sie gedüngt werden. Haben Sie keine Angst", fügte er hinzu.

Sie lächelte. Vom Tisch sah der Vogel zu ihr herüber, Julieta meinte, er ähnele Sérgio Moura. Auch der Dichter hatte etwas von einem Gefangenen.

13

Als die erste Safra der Hausse abgeschlossen wurde und am Ende des Jahres der Paradeiro heranrückte, gab es nur eine Frage im ganzen Kakaogebiet, von dem Hafen der Stadt Ilhéus bis zu dem entlegensten Dörfchen von Guaraci im Baforégebirge: Würden sich die Preise auf dieser Höhe halten? Die Gründe, die scheinbar zu der Hausse geführt hatten – der Verlust der Ernte in Ekuador, die Produktionsverringerung an der Goldküste –, wiederholten sich nicht. Die Zeitungen kündigten eine große Ernte in Afrika an, ebenso die Vernichtung des Schädlings in Ekuador. Würde der Kakaopreis sinken? Das fragten sich alle voller Unruhe.

Die Obersten hatten in diesem ersten Jahr der Hausse Gewinne erzielt, wenn auch kleinere, als sie sich vorgestellt hatten. Trotz der Ausgaben in den Nachtlokalen, für die teuren Frauen, für das Roulett- und Bakkaratspiel. Die Ära der maßlosen Verschwendung hatte noch nicht wirklich begonnen. Die Ungewißheit, ob die Hausse andauerte, nötigte die Obersten zu einer gewissen Kontrolle ihrer Ausgaben. Die Verschwendung großen Stils begann erst im zweiten Jahr, als sich die Preise auf vierzig Milréis einpendelten. Damals kamen sie darauf, wie erregend die Börsenspekulation war, das Spiel mit der Hausse oder der Baisse von Produkten, deren Namen ihnen völlig neu waren, die ganz anders klangen als das Wort Kakao. Vom zweiten Jahr an wurde João Magalhães' Überzeugung, daß der Kakaopreis nie wieder sinken würde, allgemein unter den Fazendeiros und den kleinen Bauern.

Auf all diese nebeneinanderher laufenden Schicksale, die sich manchmal kreuzten, hatte die Kakaohausse großen Einfluß. Oberst Maneca Dantas machte sich an den Bau der schönsten Prachtvilla von Ilhéus. Fünfhundert Contos gab er für das Haus und die Inneneinrichtung aus. Aber noch viel mehr Geld wendete er für das Börsenspiel auf. Nachdem er einmal Feuer gefangen hatte, interessierte er sich für nichts anderes mehr. Dies war eine leichte Art, Geld zu verdienen. Die Männer, die vom Kampf um die Eroberung des Landes herkamen, die ihr ganzes bisheriges Leben im Wald und auf den Pflanzungen verbracht hatten, die niemals Zerstreuungen gekannt hatten, stürzten sich plötzlich auf alles, was ihnen neue Gefühlserlebnisse versprach. Die meisten Obersten machten es wie Maneca Dantas. Die einzige Ausnahme bildete Horácio, der sich ganz dem Rechtsstreit mit seinem Sohn widmete.

Die Hausse hatte alle in Erregung versetzt, die großen Fazendeiros, die in den Nachtlokalen Geldscheine zerrissen, und die kleinen Bauern, die nie zuvor so viel Geld und so viel Kredit gehabt hatten. Indessen gab es Anzeichen dafür, daß sich einiges im Aussehen der Stadt veränderte. Horácio, der von seiner Fazenda aus den Gang des höchst langwierigen Prozesses um die Bestandsaufnahme beeinflußte, stieß zum erstenmal auf Schwierigkeiten, Widerstände und Böswilligkeit. Der Oberst hatte sich in seinen Auseinandersetzungen immer seine Stellung in der Politik zunutze gemacht, und jetzt zerrann ihm das politische Ansehen zwischen den Fingern. Der Gouverneur des Staates hatte eine neue Partei ins Leben gerufen und darin Leute versammelt, die aus den beiden traditionellen Parteien kamen; die Leitung dieser Partei im Kakaogebiet war Carlos Zude hörig. Man hatte Horácio eingeladen, Mitglied des Zentralen Direktoriums zu werden, doch er hatte gekränkt abgelehnt. Als er sich jetzt entschloß, auf seine politischen Verbindungen zurückzugreifen, sah er, daß er fast allein war. Die Integralisten hatten viele seiner ehemaligen Gesinnungsgenossen an sich gezogen. Andere, wie Brás, hatten sich in der Nationalen Befreiungsfront zusammengeschlossen, die des Kommunismus beschuldigt und unmittelbar darauf für illegal erklärt worden war. Die meisten jedoch gehörten der neuen Regierungspartei an. Carlos Zude war der „neu erstrahlte Stern am politischen Himmel“, wie ein Journalist aus dem Kakaogebiet geschrieben hatte. Horácio war in die Opposition gegangen, seine zusammengeschrumpfte Partei stellte zwar noch immer eine beachtliche Kraft dar, war aber nicht in der Lage, einen Sieg gegen die Regierung zu erringen. Die Oppositionellen hatten sich mit Horácios Mitwirkung gebrüstet, aber der Oberst war keineswegs zufrieden: Den Prozeß als Vertreter der Opposition zu gewinnen war schwierig, das wußte er aus langer Erfahrung.

Oberst Horácio da Silveira fühlte, daß die Macht seinen Händen entglitt, doch er begriff nicht, warum. Er paßte nicht in diese Zeit, und dieser Kampf war nicht sein Kampf. So widmete er sich dem Prozeß und ließ fast jede Woche Rui Dantas auf seine Fazenda rufen, um ihm weitere Instruktionen zu geben. Er kaufte Waffen und stellte Revolverhelden ein. Er beklagte, daß Männer fehlten, wie es sie früher gegeben hatte, als er Ländereien erobert und gegen die Badarós gekämpft hatte. Zwar hoffte er noch, den Prozeß zu gewinnen, aber da es durchaus nicht sicher war, bereitete er sich darauf vor, gegen eine Teilung seiner Ländereien Widerstand zu leisten. „Und wenn ich mit der Waffe in der Hand umkomme", sagte er zu Maneca Dantas, und sein Ausspruch ging kurz darauf in Ilhéus von Mund zu Mund.

Im Laufe des Prozesses hatte er für einen unerhörten Knalleffekt gesorgt. Als Rui Dantas pessimistisch behauptete, da sei nichts zu machen, der Fall liege völlig klar und sei für den Obersten verloren, ließ dieser ihn rufen. Am Eingang der Fazenda traf der junge Anwalt den Sekretär des Notariats von Itabuna. Er war ebenfalls auf die Fazenda bestellt worden. Sie begannen ein Gespräch, und bald hatten sie das Herrenhaus erreicht. Horácio war in seinem Zimmer, er nahm gerade ein Wannenbad, die Negerin Felícia goß ihm Wasser über den gebeugten Rücken. Das Bad verschlimmerte sein Rheuma. Aber es war eine langjährige Gewohnheit des Obersten, und er konnte nicht ohne sein kaltes Bad auskommen. Der Anwalt und der Notar warteten auf der Veranda. Endlich erschien der Oberst, er tastete mit dem Stock den Weg ab. Der Notar wußte nicht, weshalb er eingeladen worden war.

„Felícia, gieß den Herren eine Cachaça ein." Er wandte sich Rui Dantas zu. „Sie, Seu Dr. Rui, werden mir einen Testamentsentwurf anfertigen." Die beiden Männer sahen ihn verständnislos an. „Und zwar ordentlich. Mit den Ausdrücken, die man vor dreißig Jahren gebraucht hat. Ein Testament für die Verstorbene. Darin soll stehen, daß sie ihre Güter ihrem Sohn zum Nießbrauch hinterläßt, daß er das Land nicht verkaufen darf, solange ich am Leben bin. Nur zur Nutznießung."

Jetzt begriffen sie. Rui Dantas war über diese Gerissenheit des Obersten sprachlos. Er erinnerte sich der Geschichten von den berühmten Tricks, die man in früheren Zeiten angewendet hatte.

„Dort im Zimmer ist Tinte und Feder. Eine ganz neue Feder."

Der Rechtsanwalt ging, und Horácio blieb mit dem Notar allein. „Menezes, es ist schon ziemlich lange her, da gehörte das Notariat noch nicht dir, und es wurde auf Befehl der Badarós von Teodoro das Baraúnas in Brand gesteckt. Ich hatte dort eine Besitzurkunde über die Ländereien des Sequeiro Grande registrieren lassen. Danach starb der Notar, und ich habe dir das Notariat verschafft, nicht wahr?"

„Ja, Senhor. Ich bin Ihnen dankbar dafür."

„Gut, daß du dich dran erinnerst. Du hast doch noch die angesengten Bücher, nicht wahr?"

„Ja, Oberst."

„Du wirst eine ordentliche Arbeit liefern. Du wirst Esters Testament in einem dieser alten Bücher registrieren. Danach streust du Mehl darüber, damit die Schrift alt aussieht. Die Bücher hat nie wieder jemand angerührt, da sind noch viele weiße Seiten drin. Und auch viele Unterschriften von Dr. José und von Compadre Maneca Dantas sind drin. Du registrierst das Testament in diesen Büchern."

„Das ist gefährlich, Oberst."

„Ich will nicht wissen, ob es gefährlich ist. Ich sage dir, was du tun sollst. Ich werde dich bezahlen."

„Es handelt sich nicht um Geld, Oberst. Aber wenn sie es rauskriegen ..."

„Hast du denn nicht auch anderes gemacht? Wer hat die Sache mit der falschen Hypothek auf die Pflanzungen von Pedro Castro gedreht? Und die Hypothek auf die Fazenda von Nestor Baía? Du bist ein alter Halunke, Menezes. Du wirst es tun. Ich werde dir zwanzig Contos für die Arbeit bezahlen, für dein Risiko. Das ist doch der Mühe wert."

„Aber, Oberst ..."

„Ich will dir was sagen, Menezes. Ich hab deinen Vater

gekannt, er war ein rechtschaffener Mann. Er war mein Freund und ich seiner. Deshalb hab ich dir das Notariat verschafft, ich hab es dir gegeben. Ich konnte es auch einem andern zuschanzen. Aber wenn du nicht tust, was ich dir gesagt habe, dann vergesse ich, daß du der Sohn des alten Menezes bist."

Er rief laut nach dem Aufseher. Sein Schrei wurde von den Arbeitern, die in der Barcaça tätig waren, wiederholt und so über die Pflanzungen verbreitet. Der Aufseher lief herbei. Horácio befahl: „Schick Zé Comó her."

Der Blick des Notars wurde furchtsam. Er hatte Angst, diese Fälschung vorzunehmen, ein solches Vorgehen war gefährlich, aber er fürchtete zugleich, abzulehnen, was der Oberst wollte. Auf der Straße erschien der kräftige Neger, er trug ein Gewehr auf der Schulter.

„Guten Tag, Oberst."

„Du sollst dir nur einmal Seu Menezes ansehen. Schau dir sein Gesicht an, es kann sein, daß ich dir befehle, ihm etwas nach Itabuna zu bringen. Er ist ein Freund von mir. Da kann es vorkommen."

Der Neger lachte, Menezes wurde plötzlich bleich und sagte: „Einverstanden, Oberst. Schicken Sie den Doktor mit der Kopie zu mir. Wer unterschreibt für Dona Ester?"

„Das arrangiere ich schon."

Als Rui Dantas zurückkam und den Testamentsentwurf vorlas, ließ Horácio kleine Änderungen anbringen; dann sagte er: „Doktor, Sie haben doch ein Mädchen in Ilhéus, nicht wahr?"

Rui Dantas wußte nicht, was er sagen sollte, er hatte den Obersten seit seiner Kindheit achten gelernt, er verstand nicht, was diese unvermittelte Frage sollte. Horácio fuhr fort: „Sie brauchen nicht verlegen zu werden. Das ist doch natürlich bei einem jungen Mann. Man sagt, sie ist hübsch, eine Ausländerin ... So eine Frau liebt Geld. Sie bringen ihr diesen Brief" – er zog einen alten, vergilbten Brief aus der Jackentasche – „und lassen sie die Schrift der Verblichenen studieren. Die Unterschrift ist dabei. Sagen Sie ihr, sie soll sie so lange nachahmen, bis sie es gut kann. Dann nehmen sie sie, fahren mit ihr nach Itabuna ins Notariat und lassen sie die Unterschrift leisten."

„Selbstverständlich, Oberst. Aber Sie brauchen das nicht zu bezahlen."

„Besser, man bezahlt, Dr. Rui Dantas. In solchen Dingen darf man weder einem Freund noch einer Frau etwas schuldig bleiben. Geben Sie ihr zwei Contos, denn es ist ein Risiko für die Kleine."

Rui Dantas und Menezes ritten zusammen nach Itabuna hinunter. Beide waren etwas verwirrt. Aber bei Rui überwand das berufliche Interesse, der Sieg, den er als Folge dieses bewunderungswürdigen Kniffs voraussah, die Angst und ließ in ihm eine Art ehrgeiziger Freude aufkommen. Mit dem Erfolg dieses Prozesses würde er den Ruf eines bedeutenden Anwalts erwerben, ganz abgesehen davon, daß ihn der Oberst fürstlich bezahlte. Horácio sparte nicht an Ausgaben für den Prozeß. Seine ganze Kargheit in der Lebensführung, seine übliche Pfennigfuchserei waren bei diesem Prozeß vergessen. Jetzt tat es dem alten Obersten nicht leid, sein Geld hinauszuwerfen. Für ihn war es das wichtigste, daß er seine Pflanzungen nicht teilen mußte und Silveirinha eine Lektion erteilen konnte.

Menezes sprach über den Fall. Ein verdammt raffinierter Trick. Aber zweifellos bezahlte der Oberst auch sehr großzügig. Zwanzig Contos, das war weiß Gott nicht zu verachten! Dann erinnerten sie sich an den Brand des Archivs, damals, vor vielen Jahren . . . Auch das war ein Kniff Horácios gewesen. Teodoro das Baraúnas war an der Spitze seiner Männer gekommen und hatte Feuer an das alte Lehmhaus gelegt. Was würde diesmal geschehen?

„Wir können uns damit ins Unglück stürzen, Seu Menezes."

Ein paar Wochen später wunderten sich Silveirinhas Anwälte über das Auftauchen eines alten Testaments von Dona Ester, das dem Erben alle Rechte absprach und ihm nur eine Beteiligung an den Gewinnen der Fazendas sicherte. „Der Alte ist ein ganzer Kerl", sagten Horácios Anhänger.

Rui Dantas tat sich in den Straßen von Ilhéus ungeheuer wichtig.

14

Der Anwalt tat sich in den Straßen von Ilhéus ungeheuer wichtig, aber in seinem Büro, das er in seines Vaters neuerbauter Prachtvilla eingerichtet hatte, schwitzte er auf der Suche nach einem seltenen Reim. Auch Ruis Leben hatte sich infolge der Kakaohausse verändert. Aus einem reichen jungen Mann, der untätig in den Bars der Stadt herumsaß, hatte er sich in einen bekannten Anwalt verwandelt, der den größten Rechtsstreit des Gebietes führte, den es in jenen Zeiten gab. Mit geschwellter Brust stolzierte er durch die Stadt und verschwendete Geld. Das leichtverdiente Geld, das ihm Horácio bezahlte, und das noch leichter erlangte, das ihm Maneca Dantas ohne zu zögern gab. Er verbrauchte es für Lola Espinola, er kleidete sie in die besten Stoffe, schenkte ihr Juwelen, brachte sie zu einem kurzen Aufenthalt nach Bahia. Pepe pumpte ihn um ganze Contos an, er weitete seine dunklen Geschäfte aus, jetzt hielt er in der Stadt die Bank beim Bichospiel. Lola nahm all das gleichgültig hin. Seit Pepe den „pulo dos nove" bei Frederico Pinto angewendet hatte, seit er das Nachtlokal und das Bordell dahinter eröffnet hatte, reagierte die Argentinierin auf alles völlig apathisch, Pepe kümmerte sich kaum um sie, er kam selten zu ihr, fast nur noch, um Geld zu kassieren. Er schätzte die Juwelen ab, er nahm das große Geld, das er fand, in Gewahrsam, er sagte ihr ein paar nette Worte, und ab und zu schlief er mit ihr.

Woher Lola die ersten Dosen Kokain hatte, war schwer erklärlich. Jedenfalls hatte sie sie bekommen und war süchtig geworden. Als Rui Dantas es merkte, war er beunruhigt, seine Erfahrungen auf diesem Gebiet waren sehr gering, er hatte zwei- oder dreimal in Bordellen der Hauptstadt Rauschgift genommen. Anfangs wollte er Lola schelten, aber die Argentinierin sah ihn mit großen, traurigen Augen an und erklärte, nur so könne sie sich glücklich fühlen. Rui warf sich mit ihr aufs Bett, er war ganz verrückt nach dieser Frau, und schließlich gebrauchte er auch selbst ab und zu Kokain. In dieser Zeit nahmen Studenten auf Semesterferien, reiche junge Herrchen, in den Nachtlokalen Kokain, mehr, weil es Mode war, als aus Hang zum Laster. Das Geldfest der Hausse brachte all das Gute und Schlechte nach Ilhéus, was es in den großen Städten gab. Rui Dantas klammerte sich noch mehr an die Frau. Er schrieb Sonette für sie, er machte sich Hoffnungen, daß Lola Pepe endlich verlassen und nur noch mit ihm leben würde. In seiner krankhaften Leidenschaft für Lolas schönen Körper war immer eine gewisse Romantik, eine billige Romantik zwar, die aber doch fähig war, Lolas Professionalismus zu rühren und sie noch trauriger zu stimmen. In ihrem langen Berufsleben hatten viele Männer das gleiche gesagt wie Rui in diesen Nächten, in denen die Romantik sich mischte mit dem Kokain und dem Sekt: „Du bist nicht geboren für so ein Leben."

Wenn sie diese Worte hörte, dann hätte sie sich am liebsten umgebracht. Sie meinte, daß die Männer gut und rücksichtsvoll waren. Alle, die sie gekannt hatte, jeder von denen, die in ihrem Bett geschlafen hatten und danach schändlich ausgenommen wurden, war gut und liebenswürdig zu ihr gewesen und hatte sie mit Zärtlichkeit umgeben. Oberst Frederico Pinto hatte sie durch seine heftige Leidenschaft gerührt. Rui war honigsüß und daher manchmal kaum zu ertragen, aber auch er liebte sie, er schrieb für sie sentimentale Verse, er kam ihr mehr wie ein zärtlicher Ehemann als wie ein schwerreicher Liebhaber vor.

Aber Lola fühlte sich nur an einen Mann wirklich gebunden: an Pepe. Sie wußte, daß er sie nicht liebte, daß sie für ihn nur eine sichere Einnahmequelle war, trotzdem liebte sie ihn. Sie war nur dann wirklich glücklich, wenn Pepe ihr übers Haar strich und irgend etwas zu ihr sagte. Wenn er fortging, mußte Lola sich dem Rauschgift hingeben, und wenn sie nicht freiwillig aus dem Leben schied, dann nur, weil sie wußte, daß alle jene Geschäfte, in die der Zuhälter verwickelt war, scheitern konnten. Und dann würde er sie wieder brauchen.

Lola hörte sich geduldig (denn Geduld war bei ihrem Beruf unerläßlich) die endlosen und schrecklich langweiligen Berichte Rui Dantas' über den Prozeß des Obersten Horácio an. Sie empfand etwas wie Sympathie für den Obersten und ebenso für Maneca Dantas, obgleich sie wußte, daß Ruis Vater wütend auf sie war. Maneca Dantas hatte ihr zehn Contos überbringen lassen, damit sie fortging und seinen Sohn in Ruhe ließ. „Da muß er sehr viel mehr blechen, hatte Pepe gesagt. Aber Lola hätte es umsonst getan, wenn es in ihrer Macht gestanden hätte. Sie war es, die Esters Unterschrift auf dem falschen Testament nachgeahmt hatte. Pepe verlangte fünf Contos dafür. Im Zug hatte ihr Rui die Geschichte von Horácios Gattin erzählt, und Lola war gerührt von dieser Frau, die den Mut gehabt hatte, ihrem Schicksal zu entfliehen und die Bande zu zerreißen, die sie an den Kakao fesselten. Ihr Schicksal war Pepe, wie konnte sie das aufgeben? Und da sagte Rui, sie sei „nicht geboren für so ein Leben" ... Manchmal war Lola richtig wütend auf ihn, und sie hatte ihn in einigen Nächten, wenn er ihr kein

Kokain mitgebracht hatte, schroff behandelt. Bald darauf bereute sie es, den Ärmsten traf keine Schuld an alldem. Er tat alles Erdenkliche, um sie aufzuheitern, von den teuren Geschenken bis zu den ausgefeilten Sonetten. Und vielleicht nur, um ihr zu gefallen, hatte er begonnen, Rauschgift zu nehmen.

Für Rui Dantas bedeutete die blonde Argentinierin die endgültige Leidenschaft. Auf diesen jungen Mann, der sich in den Straßen von Ilhéus herumtrieb, wirkte die hochelegante Frau aus dem fernen Land ungemein verführerisch. Sie hatte ihm angewöhnt, Sekt zu trinken, Kokain zu nehmen und ungeahnte Genüsse in der Liebe zu suchen. Er konnte nicht von ihr lassen, er war zu allem imstande, nur um sie nicht zu verlieren. Maneca Dantas suchte ihn für eine Verlobung mit einem der reichen jungen Mädchen der städtischen Gesellschaft zu interessieren, aber Rui wies dieses Ansinnen sofort zurück. Er ging nicht mehr zu den Festen des Gesellschaftsklubs, und er machte gar kein Geheimnis aus seinem Verhältnis zu Lola. Er führte sie ins „Trianon", zu großen nächtlichen Banketten, an denen Studenten auf Semesterferien und Literaten teilnahmen, die auf der Durchreise in Ilhéus waren.

Trotz alldem offenbarte er eine unwiderstehliche Berufung zum Ehemann, zum Verlobten, zum Liebenden. Nie würde er ein Liebhaber sein. Diese Berufung ließ ihn schwitzend nach einem wohlklingenden Reim für sein Liebessonett fahnden. Im Bett leistete er sich mit Lola die tollsten Extravaganzen, beide tranken, bis sie völlig berauscht umfielen, sie versenkten sich in die Mysterien der Rauschgifte. In den Sonetten war es die romantischste, die reinste und unschuldigste Liebe, die man sich vorstellen konnte.

Rui Dantas hielt den Federhalter in der rechten Hand, mit der linken machte er eine deklamatorische Geste, er hoffte, daß sich so das gesuchte Wort einstellte. Und da sagen die Leute, Verseschreiben sei die Beschäftigung der Faulenzer ... Ein Gesuch aufzusetzen ist sehr viel einfacher. Sie wissen ja nicht, wieviel Mühe es manchmal kostet, einen guten Reim zu finden und ihn mit dem beabsichtigten Sinn in Übereinstimmung zu bringen. Rui Dantas hatte das Jackett ausgezogen, die Hemdsärmel hochgekrempelt, er schien in einen Ringkampf verwickelt. Auf die behaarten Arme und auch auf die glatte Stirn traten Schweißtropfen.

Ein Sonett zu schreiben ist eine harte Arbeit, vor allem in wohlgemessenen Alexandrinern, aber Lola war jedes Opfer wert. Und dazu winkte ihm der Publikumserfolg, die Glückwünsche der jungen Literaten der Stadt, die Bemerkungen der Bekannten: „Ausgezeichnet, Herr Doktor! Schöne Verse." Oder die der sentimentalen Lehrerinnen: „Sehr tief empfunden."

Was die Obersten betraf, so hatten sie anfangs das Gesicht verzogen, da sie meinten, Rui Dantas solle, statt Sonette zu schreiben, lieber Plädoyers oder Anklagen verfassen, seine Mandanten vor Gericht verteidigen, dazu hatte er studiert, nicht aber, damit er schmalzige Verse kritzelte. Doch nun sagten sie nichts mehr: Seit Rui Horácios Anwalt war und alle mit der Entdeckung von Esters Testament überrascht hatte, begegneten sie ihm mit mehr Respekt. „Eine gute Arbeit", lobten sie ihn. Im übrigen brauchte man sich auch nicht weiter um ihre Meinung zu kümmern, und Rui Dantas sagte wie die anderen Literaten der Stadt von den Obersten: „Sie sind Bourgeois." Mit dem verächtlichen Ausdruck war jedoch keine Klassenbezeichnung gemeint, sondern eine ästhetische Unterscheidung.

Viel wichtiger für Rui Dantas war die Meinung Zito Ferreiras, obwohl dieser lediglich ein geschickter Nassauer war. Wenn Zito Ferreira ein Sonett von ihm veröffentlichte, dann bezahlte er Bier für ihn, begierig nahm er seine Lobsprüche auf, sie lasen gemeinsam seine Schöpfungen, oder Rui deklamierte sie in der Bar vor den empörten Gästen. Auch bei einigen Festlichkeiten trug Rui Dantas seine Dichtungen vor, und die jungen Mädchen, die Delly und Ardel lasen, warfen ihm bewundernde Blicke zu. In der letzten Zeit dachte er daran, seine Werke in einem Band zu vereinigen.

Das „Diário de Ilhéus" hatte sogar bereits angekündigt, daß „binnen kurzem die Sonette unseres brillanten Mitarbeiters und jungen Anwalts am hiesigen Gericht, Dr. Rui Dantas, unter dem Titel ‚Lose Diamanten' in Buchform" erscheinen würden. Sérgio Moura hatte dem künftigen Buch den Spitznamen „Falsche Diamanten" gegeben, deshalb war Rui Dantas ihm böse und versäumte keine Gelegenheit, seine Bekannten zu fragen, ob sie die Verse des anderen verständen, diese „Hieroglyphen", zu deren Entzifferung man „Schlüssel" benötige. Ungünstig war nur, daß Sérgios Gedichte von den Autoren des Südens rühmende Kritiken erhielten. Rui Dantas unterließ nie, Sérgio seine „Glückwünsche" darzubringen, wenn das „Diário de Ilhéus" solche Artikel zitierte. Aber im stillen verzehrte er sich vor Wut. Er rächte sich, indem er schreckliche Dinge von dem Dichter, seinen Gewohnheiten, seiner Vogel- und Blumenmanie erzählte. Später, als man überall in der Stadt über Sérgio und Julieta zu tuscheln begann, schloß sich auch Rui den Kommentatoren an und verbreitete skandalöse Mitteilungen: Während einer Reise Carlos Zudes nach Rio de Janeiro habe man eines Nachts Julieta und Sérgio am Strande zusammenliegen sehen. Und am nächsten Tag sei dort im Sand ein Damenhöschen mit einem gestickten J gefunden worden. Dieses Höschen habe man in den Cafés von Ilhéus herumgezeigt, zwei Tage lang habe es kein anderes Gesprächsthema gegeben.

Rui betrachtete sich nämlich in allem als Sérgios Rivalen: in der Dichtung, wo sie entgegengesetzte Schulen und Werte repräsentierten, in ihrer Lebensweise und auch in der Position, die sie gegenüber der Stadt und ihrem Leben einnahmen.

In seinem Arbeitszimmer – es ist mit einem Regal voll dickleibiger Rechtsbücher und dem über dem Schreibtisch hängenden Porträt Rui Barbosas ausgestattet – bemüht sich Rui Dantas, ein Sonett mit gesuchten Reimen zu verfassen. Zito Ferreira hat in der Bar vor einer größeren Tischrunde geäußert, Rui sei ein „Reimemillionär". Allerdings hat jemand dabei gelächelt, denn er hat den Ausspruch für doppelsinnig und ironisch gemeint gehalten. Aber Rui kümmert sich nicht darum. Weiter hängt er der Schule wohlklingender, ungebräuchlicher Adjektive an. Jetzt schwitzt er im Gesicht und an den Armen, er schwitzt fast wie ein Lastträger im Hafen.

Unter dieser Schicht mittelmäßigen intellektuellen Anspruchs hat sich Rui Dantas eine gewisse Treuherzigkeit bewahrt, die seinen Zorn rasch verrauchen und ihn Lola gegenüber wie ein leidenschaftlicher Jüngling auftreten läßt. Sie ist eine lasterhafte und schwierige Prostituierte, aber Rui erscheint sie fast wie eine liebende Gattin. Und so stellt er sie auch in dem mühsam erarbeiteten Sonett dar.

Im Nachbarzimmer sind die schleppenden Schritte Maneca Dantas' zu hören. Er kommt eben nach Hause und ruft nach seiner Gattin: „Auricídia! Auricídia!"

In Ruis Arbeitszimmer hört er Geräusche. „Rui, mein Sohn, bist du dort?"

„Ja, Vater."

Maneca Dantas tritt ein, er setzt sich und nimmt erst jetzt den Hut ab. Sein gutmütiges Gesicht lächelt, immer wenn er seinen Sohn sieht, lächelt es.

„Was schreibst du denn?"

Rui betrachtet das unvollendete Sonett. In den bereits niedergeschriebenen Versen ergeht sich Lola in einem prächtigen Kleid und mit zärtlichem Blick auf dem sonnigen Hof eines Traumschlosses. Maneca Dantas würde das niemals verstehen.

„Ich schreibe ein Gesuch, Vater, für den Prozeß des Obersten."

„Dann will ich dich in Ruhe arbeiten lassen."

Er steht auf, geht auf die Tür zu und wendet sich noch einmal um. „Gott segne dich, mein Junge."

Rui Dantas beugt sich wieder über sein Sonett.

15

Am Ende der Safra, der ersten während der Hausse, reiste Antônio Vítor nach Estância. Raimunda blieb auf der Pflanzung, sie kümmerte sich um das Entästen und überwachte alle anderen Arbeiten. Antônio Vítor füllte einen Koffer mit Geschenken, kleinen Andenken, die er bei den syrischen Händlern in Ilhéus gekauft hatte, und ging an Bord. Es war dreißig Jahre her, daß er das letztemal auf See gewesen war. Er war innerlich erregt, aber er wußte nicht, daß es Stolz war. Dreißig Jahre zuvor war er in der dritten Klasse eines Schiffes der „Bahiana" in Ilhéus eingetroffen. Damals war er ein junger Mann, der völlig ahnungslos war und bei Mondschein Heimweh und Angst bekam. Auf dem Schiff hatte ihn Juca Badaró angeworben. Er arbeitete auf den Pflanzungen und schonte sich nicht, dann brachte er Leute um, wurde verwundet, erhielt ein Stück Land. Er rodete den Wald, pflanzte Maniok und Mais und schließlich Kakao. Er und Raimunda. Nun kehrte er in der ersten Klasse eines Schiffes zurück, mit knarrenden neuen Stiefeletten, von denen er früher nur geträumt hatte, mit einem Ring am Finger, einem Hut auf dem Kopf und in einen guten wollenen Anzug gekleidet. Er kehrte als Fazendeiro zurück, beinahe als Oberst. Er war in diesem Land reich geworden.

Und plötzlich, an Bord, fiel ihm Ivone ein. Er hatte sie seit vielen Jahren vergessen. Weit lagen die Zeiten zurück, als er allein am Waldrand entlangging, um ungestört an sie denken zu können, damals, als es noch Wald gab. Danach war Raimunda gekommen, und er hatte Ivone vergessen. Er hatte sie mit einem Sohn im Leib zurückgelassen. Wie er wohl geworden sein mochte? Ob er besser war als Joaquim, der nicht auf dem Land arbeiten wollte, Omnibusfahrer war und sich mit verdächtigen Leuten abgab? Antônio Vítor wollte diesen Sohn suchen und ihn auf seine Pflanzung mitnehmen. Er war gewiß ein Mann von dreißig Jahren, vielleicht war er verheiratet und hatte Kinder. Er würde ihn mitnehmen, denn er konnte ihm auf der Pflanzung zur Hand gehen. Er sollte das werden, was Joaquim nicht geworden war. Joaquim war Raimunda in vielem ähnlich, er hatte die Halsstarrigkeit der Mutter, deren Gesicht sich vor dem neuen Haus verschloß und die dort wohnte, als wäre sie dazu gezwungen. Raimunda richtete sich aus ihrer gebückten Haltung überhaupt nicht mehr auf, es war völlig sinnlos mit ihr. Sie würde über der Arbeit auf der Pflanzung sterben, schlecht gekleidet, mit Kakaoschleim beschmiert, mit mürrischem Gesicht.

Das Schiff schaukelt auf den Wogen. Antônio Vítor verzichtet auf das Abendessen. Er streckt sich auf seinem Liegestuhl aus, hüllt sich in eine Decke. Ein Oberst, der im Liegestuhl neben ihm schläft, wacht auf und fängt mit ihm ein Gespräch an. Sie reden über den Kakaopreis, über die Hausse, über die Ernte des kommenden Jahres, über vieles andere. Noch nie hat sich Antônio Vítor so glücklich gefühlt.

Und bei seiner Rückkehr gelang es ihm, auch Raimunda einen Augenblick lang glücklich zu machen. Ivone hatte er in Estância nicht mehr angetroffen, sie war vor längerer Zeit gestorben. Auch seinen Sohn hatte er nicht gefunden, denn der war schon in jungen Jahren in das Kaffeeanbaugebiet von São Paulo gegangen. Aber er hatte einen jener spanischen Kämme aufgetrieben, die nicht mehr verwendet wurden, von denen sich Raimunda aber seit langem einen wünschte. Viele Jahre hatte sie ihr braunes Haar mit einem gekämmt, der Don'Ana gehört hatte und dem eine Zinke fehlte. Raimunda freute sich über das Geschenk, der ganze Ärger verschwand plötzlich von ihrem Gesicht, als sie den spanischen Kamm, der mit Glasstückchen besetzt war, durch ihr schon von so vielen weißen Strähnen durchzogenes Haar gleiten ließ. Sie war so zufrieden, daß sie auf einmal gar nicht mehr so alt und häßlich aussah, und selbst die bösen Vorahnungen wichen aus ihrem braunen Gesicht mit der platten Nase und den dicken Lippen, sie war richtig schön.

16

Als das zweite Jahr der Hausse begann und sich eine neue Safra mit riesigen Erträgen ankündigte, hatte sich das Leben all dieser Leute verändert. Antônio Vítor spielte den reichen Mann, er verschwendete das Geld wie ein großer Fazendeiro. Hauptmann João Magalhães wandte alles für die Rodung des verbliebenen Waldes auf. Maneca Dantas baute eine Prachtvilla, Horácio machte unsaubere Geschäfte, Frederico Pinto eroberte auf seiner Fazenda Mulattinnen und spielte Roulett. Sie fühlten sich als „Herren des Landes".

In den Exportfirmen wurden die Geschäfte sehr einfach abgeschlossen. Ein Oberst lieferte tausend Arrobas Kakao.

„Heute kaufen wir zu zweiundvierzig Milréis."

Das waren zweiundvierzig Contos zugunsten des Obersten. Er lieferte Kakao ab und hob Geld ab für alles, was er brauchte. Für das Essen und für das Spiel, für die Familie und für die Prostituierten, für die Ausbildung der Kinder und für Autos, für die Arbeiten auf der Fazenda und für das prickelnde Spiel an der Börse.

Als das erste Jahr der Hausse endete, kamen viele

Obersten in die Exportfirmen und wünschten ihre Konten einzusehen. „Wie ist der Stand meines Kontos, Seu Zude?"

„Nun, Oberst, recht gut. Sie haben Kredit. Heben Sie ruhig ab."

Die meisten hoben bedenkenlos Geld ab. Nur einige wenige bestanden darauf, ihre Konten einzusehen, und waren erstaunt, daß sie fast nichts mehr hatten. Einige hatten sogar Schulden.

„Das ist doch nicht der Rede wert, Oberst."

Aber die Hausse dauerte an, und wenn sie fünftausend Arrobas Kakao verkauften, dann empfanden sie von neuem die herrliche Wirklichkeit mehrerer hundert Contos. Die Herren des Landes.

Carlos Zude lächelte. „Die Herren des Landes." Eines Tages sagte er zu Julieta, in naher Zukunft würden sie die „Herren des Landes" sein: er und Karbanks, die Rauschnings und Schwartz, Reicher und Antônio Ribeiro, die Kakaoexporteure. Wenn sie erst Ländereien, wenn sie Fazendas hatten, dann waren sie nicht mehr von dem Kakao der Obersten abhängig. In den dicken Rechnungsbüchern der Firma Gebrüder Zude & Co. wie auch in denen der anderen Exportfirmen wuchsen die Schulden der Obersten, während der Kakaopreis anstieg. Carlos Zude lächelte wie ein Feldherr, der die Lage der Schlacht einschätzt und feststellt, daß alles zum besten steht. Das Ganze war ein bewundernswerter Plan. Und die Idee stammte von ihm. Natürlich hätte er sie nicht verwirklichen können, wenn ihm nicht Karbanks und Schwartz, vor allem Karbanks, geholfen hätten. Ein Jahr war es her, daß er aus dem Flugzeug gestiegen war und die Exporteure im Handelsverein versammelt hatte. Sérgio Moura schnupperte an einer Rose, er schien sich über sie lustig zu machen. Ein armer Teufel, dachte Carlos Zude. Was halfen ihm da Verse? Schönheit lag nicht nur in den Versen, sondern auch in diesem Kampf, den er zum siegreichen Ende führte. Wenige bemerkten etwas davon. Die Obersten dachten nicht im Traum daran. Nur die Kommunisten brachten Flugblätter unter die Leute, aber die Polizei fahndete nach ihnen, und wenn sie einen faßte, legte sie ihm Handschellen an und deportierte ihn. Wenige wußten, daß er, Carlos Zude, der Kakaoexporteur, ein Kämpfer war, der strahlende Held in einer schrecklichen Schlacht. Aber Julieta wußte Bescheid, und das genügte ihm.

Carlos Zude saß am Schreibtisch und dachte nach. Es war zu Beginn des zweiten Haussejahres. Ob Julieta merkte, was geschah? Eines Abends, in einer unruhigen Nacht am Anfang der Regenzeit, hatte er es ihr erklärt. Seit damals hatte er das Gefühl, die Miene seiner Gattin sei heiterer, sie klagte nicht mehr über das Leben in Ilhéus, sie verlangte gar nicht mehr, daß sie nach Rio zögen. Die Schwermut, die Julietas Augen an den Abenden von Ilhéus verschleiert hatte, war verschwunden. Carlos stellte das erfreut fest. Allerdings blieb ihm jetzt nicht sehr viel Zeit, auf die Veränderungen in den Stimmungen seiner Gattin zu achten, niemals hatte er weniger Zeit für sie gehabt. Aber für sie arbeitete er ja, und wenn er augenblicklich nicht sehr viel Zeit hatte, dann mußte es eben so sein. Carlos war noch stolzer. Das Opfer, zu dem ihn das Geschäft verpflichtete – seiner Frau nicht die ganze Aufmerksamkeit zu widmen, die ihr gebührte –, war gerade ein Beweis dafür, wie hart er kämpfen und seine Kraft einsetzen mußte, um diese Schlacht zu gewinnen.

In den Nächten der Ermüdung, wenn er das häusliche Arbeitszimmer nach dem Abschluß seiner Kalkulationen, seiner einsamen Berechnungen verließ, schlief Julieta meistens schon, und er küßte sie nur. In anderen Nächten aber hielt er sie in seinen Armen und suchte an dem Körper der Frau eine Entschädigung für den aufreibenden Arbeitstag. Indessen fühlte er, daß er seine Frau in diesem abgelaufenen Jahr nicht mit der gleichen Aufmerksamkeit bedacht hatte wie in den früheren Jahren. Er merkte, daß auch Julieta sich von vielem entfernt hatte, was früher ihr Leben ausgefüllt hatte. Sie hatte ihn nicht mehr auf seinen ständigen Reisen nach Bahia begleitet, und sie hatte auch fast völlig den Kontakt zu den Engländern und den Schweden, ihren engsten Bekannten, verloren. Übrigens war Gunis Mann zurückberufen worden, und der neue schwedische Vizekonsul hatte keine Verbindung mit ihnen angeknüpft. Aber auch die Beziehungen zu Mr. Brown und den Engländern von der Eisenbahn und vom Konsulat waren eingeschlafen, obwohl sie noch immer in Ilhéus waren. Carlos hatte kaum Zeit, auf all dies zu achten, so überladen war er mit Pflichten. Wenn er an diese familiären Angelegenheiten dachte, begnügte er sich mit der erstbesten optimistischen und angenehm klingenden Erklärung: „Sie sieht, daß ich beschäftigt bin, daß ich arbeite. Deshalb bringt auch sie ihre Opfer."

Er wollte sie auffordern, sich zu vergnügen, sich keine Sorgen um ihn zu machen und nicht wie eine Nonne zu leben. Sie hatte sich angewöhnt zu lesen, sie hatte nur noch die Bücher im Kopf, sie unterhielt sich sogar mit Sérgio Moura. Ein seltsamer Bursche. Mit dem war es nicht weit her, das sah man ja gleich, ein armer Teufel. Auf Julietas Geburtstagsfeier war er völlig unbeholfen gewesen. Er schien nie in ihren Kreisen verkehrt zu haben. Der Geburtstag rückte wieder heran. Er durfte das Geschenk für Julieta nicht vergessen. Im Jahr zuvor hatte er ein Perlenkollier mitgebracht; er hatte es ihr umgelegt, und es hatte auf Julietas nackten Brüsten geruht. Was sollte er ihr dieses Jahr schenken? Jetzt war er nicht nur ein Kakaoexporteur, er war auch der Gebietsführer der größten politischen Partei. Er mußte in seinem Haus ein großes Fest geben, er mußte viele Leute einladen – nicht mehr ein Fest im engeren Kreis wie voriges Jahr.

Die Zeiten änderten sich auch für Carlos Zude. Er mußte Julieta davon überzeugen. Sie hatte jetzt neue Verpflichtungen. Ihr anmutiges Köpfchen mußte über die neue Stellung ihres Mannes nachdenken. Er würde mit ihr sprechen. Er brauchte ihre Hilfe. Julieta mußte ihre Haltung den Leuten gegenüber ändern, sie mußte liebenswürdiger sein, sie empfangen, Beziehungen in der Gesellschaft anknüpfen. Er würde mit ihr reden. Er dachte wieder an die Obersten. Sie hatten Beziehungen zu allen Schichten der Gesellschaft, sie waren wirklich die „Herren des Landes". Er hatte noch manches bei ihnen zu lernen. Er würde mit Julieta reden.

Arme Julieta, die es hierher in die kleine Stadt verschlagen hatte, sie, die für rauschende Feste geboren war, die ein anderes Leben gewohnt war! Aber es hatte nur den Anschein, als wäre es so. Es würde nicht mehr lange dauern. Danach – wenn seine Schlacht geschlagen war – würden sie reisen können, sich die Welt ansehen, in den großen Städten wohnen, ja sogar im Ausland leben. Carlos würde zwar immer wieder nach Ilhéus fahren, aber er würde nicht hier wohnen müssen, und Julieta wäre nicht länger verpflichtet, diese Stadt zu ertragen. Die Opfer, die sie heute bringen mußte, würde er ihr mit Zins und Zinseszins entgelten. Sie würden in die Vereinigten Staaten und nach Europa reisen. In Ilhéus hätte dann die Exportfirma ihren Sitz, und sie würden die Fazendas haben. Ja, die neuen „Herren des Landes" würden nicht wie die früheren, die Obersten, zwischen den Kakaobäumen auf den Pflanzungen sitzen.

Jemand klopft an die Bürotür. Carlos Zude erwacht aus seinen Träumen.

„Herein."

Reinaldo Bastos steckt den Kopf ins Zimmer und meldet: „Hauptmann João Magalhães ist hier."

„Lassen Sie ihn eintreten."

Der Hauptmann erscheint mit dem Hut in der Hand,

unrasiert, in Reitstiefeln, mit einem schüchternen Lächeln auf den Lippen. „Guten Tag, Seu Carlos."

Carlos Zude steht auf, reicht ihm die Hand, bietet ihm einen Stuhl an. „Wie geht es Ihnen? Und der Familie?"

„Alles in Ordnung, Seu Carlos." Der Hauptmann hat keine Lebensart.

Carlos kennt diese Kakaofazendeiros gut. Er weiß, wie er sie behandeln muß. Er sorgt dafür, daß ein lässiges, belangloses Gespräch über verschiedene Themen beginnt. Erst eine Viertelstunde später fragt er: „Und was führt Sie heute zu mir, Hauptmann?"

Da erläutert João Magalhães, der inzwischen seine Schüchternheit überwunden hat, sein Anliegen: „Seit vielen Jahren verkaufe ich Ihnen meinen Kakao, Seu Carlos. Schon mein Schwiegervater hat mit Seu Maximiliano Geschäfte abgeschlossen ..."

„Sinhô Badaró ... Ein großer Mann. Maximiliano hat von ihm erzählt. Er ist durch eine Kugel ums Leben gekommen, nicht wahr?"

„Es lag eigentlich nicht an der Kugel, sondern an den Folgen."

„Nun, ich stehe Ihnen zu Diensten, Hauptmann."

„Es geht um meine Pflanzung. Ich habe doch noch ein ziemlich großes Stück Wald. Wenn es mit Kakao bepflanzt ist, werde ich meine Produktion verdoppeln. Vielleicht schaffe ich sogar mehr. Ich bin gerade dabei, den Wald zu roden. Im vergangenen Jahr habe ich damit begonnen, aber so etwas frißt Geld. Das Jahr ist gut gewesen, und ich konnte anfangen. Doch Sie wissen ja, die Pflanzung verursacht Ausgaben, und das Roden des Waldes noch mehr ... Arbeiter, Material, all das kostet eine Menge Geld. Alles ist jetzt angefangen, aber ich sehe schon, daß ich wieder aufhören muß."

„Aber warum denn, Hauptmann?"

„Das Geld von der vorigen Safra ist aufgebraucht. Deshalb bin ich hergekommen. Ich habe in diesem Jahr fast zweitausend Arrobas, die Safra ist vielversprechend. Ich verkaufe sie wie immer Ihrer Firma. Aber ..."

„Nicht doch, Hauptmann. Möchten Sie einen Vorschuß?"

„Genau das!"

„Aber um Gottes willen, Hauptmann, mußten Sie da so lange Umschweife machen? Sie sind doch ein guter alter Kunde. Sie haben gewissermaßen Hausrecht hier. Sie brauchen doch nur ein Wort zu sagen. Ich lasse für Sie einen Kredit eröffnen, auf die kommende Safra. Zu den üblichen Bedingungen. Sie können abheben, was Sie brauchen. Der Kakao wird zu dem Preis am Lieferungstag bezahlt. Einverstanden?"

„Vielen Dank, Seu Carlos."

„Aber Hauptmann, glauben Sie vielleicht, ich würde zulassen, daß Sie Ihre Arbeit einstellen? Um Himmels willen, Hauptmann, Sie brauchen sich doch nicht zu bedanken."

Er drückt die Klingel auf seinem Arbeitstisch und läßt Martins rufen. Während er wartet, unterhält er sich weiter mit Hauptmann João Magalhães.

„Ich war noch ein Grünschnabel, da hat mir Maximiliano von Ihrem Schwiegervater erzählt. Er hatte einen langen Bart, nicht wahr? Und er hatte auch einen Bruder, eine richtige Kampfnatur?"

„Das war Juca, ja, er starb an einer Kugel. Sehr tapfer, ja..."

Da trat Martins ein. „Bitte, Seu Carlos."

„Martins, eröffnen Sie einen Kredit für den Hauptmann auf den Kakao der nächsten Safra. Zahlen Sie ihm aus, was er braucht. Die Abrechnung wie üblich."

Martins fragte: „Bis zu welcher Höhe, Seu Carlos?"

Carlos Zude lächelte Hauptmann João Magalhães zu. „Unbegrenzt."

Rita fehlte, und so fehlte dem Terno die Anmut. Rita wohnte im Dorf, Oberst Frederico Pinto hielt sie aus. Sie hatte ein fertig eingerichtetes Häuschen, eine Haushälterin und seidene Kleider. Dona Augusta hatte davon erfahren, sie stritt mit ihrem Mann, täglich gab es Szenen.

Varapau sprach in den Nächten auf der Fazenda zu dem Neger Florindo schlecht von den Frauen. Rosa hatte ihn verlassen, ohne ein Wort zu sagen. Wo mochte sie sich jetzt herumtreiben? Wenn er sie eines Tages träfe, wollte er ihr eine Tracht Prügel verpassen. Damit sie sah, was es hieß, einen echten Mann zu hintergehen. Rita hatte den Terno verlassen und war dem Obersten nachgelaufen. Ihr Vater arbeitete weiter als Eselstreiber auf der Fazenda; wenn er Kakao fortschaffte, schlief er im Haus seiner Tochter. Varapau stellte ihn den neuen Tagelöhnern vor. „Das ist der Schwiegervater des Obersten."

Der Neger Florindo wollte fortgehen. Eigentlich hatte ihn Varapau auf diesen Gedanken gebracht. Er hatte den Plan zu fliehen und hatte Florindo überredet, sich ihm anzuschließen. Aber als die Stunde da war, fehlte ihm der Mut, den schönen Terno mitten auf der Straße im Stich zu lassen. Und so hatten sie ein weiteres Jahr auf den Pflanzungen verbracht, hatten Kakao geerntet, in den Barcaças getanzt, waren in den Trockenraum gegangen, der den Männern den Tod brachte. Wieder rückte die Zeit des Terno heran, die Proben hatten schon begonnen, und Florindo sprach wieder davon, zu „türmen". Varapau hatte ihm Wunderdinge von einem Mädchen in Ilhéus erzählt, sie hieß Rosa und war seine Geliebte gewesen. Viele Nächte lang hatte er ihm die Schönheit dieser Frau geschildert, ihre Stimme, ihr Lachen, ihre Augen, ihre Hände, ihre Zähne, er hatte sie in seinen Erinnerungen ausgezogen, der Neger Florindo wollte sie sehen. Wo mochte sie sich rumtreiben?

„Diesmal hauen wir ab."

Varapau machte eine unbestimmte Geste, die ebensogut ja wie nein heißen konnte, er wußte es selbst nicht. Sie verdienten jetzt zehn Tostões mehr pro Arbeitstag, man zahlte ihnen sechs Milréis. Der Oberst schimpfte im Herrenhaus über die Lohnerhöhung, er sagte, daran seien die Kommunisten schuld. Übrigens nützte ihnen das Geld nicht viel, denn die Preise in dem Magazin der Fazenda waren ebenfalls gestiegen, das Dörrfleisch, die Bohnen, der Kattun, die blauen Hosen. Die Schulden nahmen keineswegs ab, das Ganze war völlig sinnlos. Es war so, und es war immer so gewesen, es war ihr Schicksal. „Das Schicksal wird da oben gemacht", sagten die Alten in ihrem Fatalismus und zeigten zum Himmel. Für sie gab es nur eine unbestimmte Hoffnung: auf ein anderes Leben im Himmel, wo die Ärmsten die Reichsten sein würden. Die Lohnerhöhung war keine Lösung. Florindo wollte flüchten, er vergaß, daß das Schicksal da oben geschrieben stand. Immerhin schoß ihnen der Oberst während der Hausse etwas Geld für die Feiertage vor, er hatte sie wieder bei dem Terno unterstützt, diesmal mit einem größeren Betrag. Es wäre gut, wenn er erlaubte, daß Rita teilnahm. Varapau fertigte für dieses Jahr sogar eine Fahne an, und wenn Rita nicht kam, wer sollte sie dann tragen? Eine schöne Fahne aus weißem, rot besticktem Tuch. Eine überdimensionale Kakaofrucht, das war das einzige, was Nhá Vitória ordentlich zu sticken verstand. Capi hätte sich ein Jesuskind gewünscht, aber das konnte die Alte nicht. Nur eine Kakaofrucht kam heraus. Capi hatte protestiert. Aber auch so war die Fahne schön, so schön, daß man sie gern anschaute. Wenn Rita nur käme. Aber der Oberst würde es nicht zulassen, und auch Dona Augusta würde dem Mädchen nicht erlauben, ihre Fazenda zu betreten. Schonungslos putzte sie Ritas

Vater herunter, als wäre der arme Alte schuld an der Sache.

„Alter Hahnrei!"

Ein Hahnrei ist ein betrogener Ehemann, wie kann man einen Vater so nennen, dem man seine einzige Tochter wegnimmt? Dona Augusta nennt ihn tatsächlich Hahnrei, es ist ulkig, wie sie zu knurren beginnt, wenn sie den alten Eselstreiber an der Spitze seiner Eselskolonne von der langen Tour zurückkehren sieht.

„Alter Hahnrei!"

Mit ihrer Eifersucht auf eine Mulattin von den Pflanzungen macht sie nicht den Eindruck, die Frau eines Obersten zu sein. Außerdem ist sie dicker als ein Stoffballen, der Oberst hat gut daran getan, sein Leben zu genießen.

Selbst wenn es der Oberst erlaubte, wäre Dona Augusta nicht einverstanden. Rita mit ihrem wogenden runden Hintern gleicht einem Schiff auf See, wie Varapau so viele im Hafen von Ilhéus gesehen hat. Sie gleicht auch den höchsten Wipfeln der Kakaobäume, wenn sie an sonnigen Nachmittagen vom Wind gewiegt werden. Rita fehlt, und so fehlt dem Terno die Anmut.

Florindo will fliehen, in die Welt hinaus, er will den Hafen von Ilhéus sehen und Rosa suchen, von der niemand weiß, wo sie ist.

„Diesmal hauen wir ab."

Aber wie soll er abhauen, wenn er in diesem Jahr beim Terno den Ochsen spielen soll? Capi will es nicht noch einmal tun, er meint, es sei nicht schön, den Ochsen darzustellen, man könne dabei nicht tanzen, und gerade das will er. Im vergangenen Jahr hat er gemurrt und gesagt, dieser Terno sei nichts wert, er habe keine Ähnlichkeit mit den Ternos in Ceará, wo Capi einmal, als Herodes verkleidet, mitgezogen ist. Aber danach hat er getanzt wie nur einer und ist sternhagelvoll von dem Umzug zurückgekommen. In diesem Jahr will er bloß tanzen, hat er gesagt. Florindo wird der Ochse sein. Aber Florindo will flüchten.

„Auf den Pflanzungen des Hauptmanns setzen wir uns vom Terno ab, und dann tauchen wir unter."

Sie stehen vor ihrer elenden Hütte und warten, daß die Teilnehmer des Ternos zur Probe erscheinen. Sie kommen von weit her, von anderen Pflanzungen und von allen Enden der Pflanzung Frederico Pintos. Das Orchester hat sich vergrößert, jetzt hat es schon zwei Tamburine und zwei Gitarren. Die Nacht dehnt sich schweigend vor ihnen aus, die Stille wird nur von dem leisen Wind gestört, der durch die Baumwipfel weht. Es pfeift so schön, man könnte fast meinen, es sei der im Wald umhertanzende Boitatá*. Die Regenzeit nähert sich. Auf der Straße blinkt in der Ferne das rote Licht einer Laterne auf.

„Da kommen Leute."

Und noch eine zweite Laterne auf dem Trampelpfad. Und noch eine, ganz weit hinten, man kann sie kaum erkennen. Sie kommen zu der Probe für den Terno, es sieht aus wie ein Pilgerzug. Wie Wallfahrer von weit her.

„Auch dort kommen welche."

Aber Florindo will abhauen.

„Ob wir Rosa finden?"

„Wir werden sie schon finden."

Florindo hat die ewigen Schilderungen satt. Florindo will wissen: „Wie ist sie? Ist sie wirklich so schön?"

„Natürlich. Eine bildschöne Frau ist sie. Einfach wundervoll."

„Noch schöner als Rita?"

„Ach, das ist gar kein Vergleich."

„Wenn ich sie nur zu sehen kriege. Diesmal hauen wir ab."

* Irrlicht, Feuerschutzgeist

Die Lichter der Laternen sind rote Tupfen in der schwarzen Nacht. Aber Rita fehlt, und so fehlt dem Terno die Anmut.

18

Im Gericht riefen Silveirinhas Anwälte empört aus: „Das ist ein schändlicher Trick!“

Sie versuchten zu beweisen, was alle wußten: daß Esters Testament falsch war. Aber wie konnte man das beweisen? Dort stand es in den angesengten alten Büchern mit ausgeblichener, spärlicher Schrift, wie etwas sehr Altes. Dort war die Unterschrift Dona Ester Silveiras in ihrer Lyzeumsschönschrift, sie wurde von dem alten Notar als echt anerkannt, und darunter standen die Unterschriften der Zeugen, des verstorbenen Dr. Jessé und des Obersten Maneca Dantas, der noch am Leben war und der sich im Zeugenstand für die Gültigkeit und Echtheit des Testaments verbürgt hatte. Wie sollte man das anfechten? Es war die gelungenste Rechtsmanipulation seit vielen Jahren. In der Stadt Ilhéus und im ganzen Kakaogebiet wurde die Leistung des Anwalts Dr. Rui Dantas bewundert. Die Erfahrensten erblickten darin die geschickte Hand des Obersten Horácio, aber die meisten lobten das Talent des jungen Anwalts, in dessen Büro sich die Fälle jetzt häuften.

Silveirinhas Anwälte zweifelten das Testament an, sie forderten eine genaue Prüfung der Schrift, Sachverständige wurden aus Bahia geholt. Aber sie konnten nichts nachweisen, gerüchtweise hieß es, Rui Dantas habe sie gegen Goldeswert gekauft. Oder vielleicht war Menezes' Arbeit so gut, daß sogar die Experten getäuscht wurden. Diese Sache wurde nie aufgeklärt, aber noch heute sagt man, das Haus, das sich einer der Sachverständigen in einem Vorort Bahias gebaut habe, sei mit dem Geld des Obersten Horácio da Silveira finanziert worden.

Dennoch ließen die Schirmherren Silveirinhas den Mut nicht sinken, und als sie beim Obersten Gericht des Staates Berufung gegen das Urteil des Richters von Itabuna einlegten, forderten sie eine erneute juristische Überprüfung der Bücher, in denen das Testament stand.

Während sie den Spruch des Berufungsgerichts erwarteten – die Angelegenheit ging in Bahia sehr langsam voran, es war ein erbitterter Kampf um die Landgerichtsräte, und die Anwälte der einen wie der anderen Seite quartierten sich beinahe in der Rua Chile ein –, forderten sie die Zahlung dessen, was Silveirinha nach dem Urteil des Richters von Itabuna zu beanspruchen hatte: die Gewinne aus seinem Anteil an der Fazenda, das heißt, fast zwölftausend Arrobas Kakao im Jahr. Horácio ließ Rui Dantas auf die Fazenda rufen und wies ihn an, nicht zu streiten, er wolle bezahlen, was sie verlangten. Ihm komme es nicht darauf an. Er bezahlte leichten Herzens, er wollte nur, daß seine Ländereien nicht geteilt wurden. Silveirinhas Anwälte stellten im Büro von Schwartz Berechnungen an, gleichzeitig wandten sie alle Mittel an, um das Berufungsverfahren durchzusetzen.

Silveirinha erhielt mehr als vierhundert Contos, aber das Geld blieb nicht lange in seiner Hand. Er hatte riesige Schulden bei Schwartz, ebenso bei den Anwälten, dieser Prozeß glich einem Strudel, der das Geld verschlang. Jedenfalls konnte er seitdem jährlich Gewinne von etwa zwölftausend Arrobas Kakao, seinem Anteil an den Fazendas, kassieren. Silveirinha hätte sich damit begnügt, er hätte den Tod seines Vaters abgewartet – das schien ihm die beste Lösung –, wenn Schwartz nicht gewesen wäre, der wütend war. Er faßte den siegreichen Trick des Obersten als persönliche Beleidigung auf. Da kam er, ein Intellektueller, der auf einer deutschen Universität studiert hatte, der sich bestens bei Goethe und Nietzsche auskannte, der obendrein Politik studiert hatte und ein vielversprechender Parteiführer der Nazis gewesen war, in diese am Ende der Welt verlorene, barbarische und feindliche Stadt, um sich von einem stumpfsinnigen alten Obersten, der nicht einmal richtig lesen konnte und früher Eseltreiber und Meuchelmörder gewesen war, einem kompletten Idioten, aufs Kreuz legen zu lassen? Schwartz fühlte sich gedemütigt, das war eine Niederlage für ihn. Und so ließ er Silveirinha nicht los, unaufhörlich hetzte er Gumercindo auf ihn. Jetzt mischte er sich schon fast öffentlich in die politischen Angelegenheiten der Integralisten ein und gab den Kommunisten dadurch Anlaß zu heftigen Angriffen in ihren illegalen Flugblättern. Als bei eingeschworenen Integralisten in Santa Catarina hakenkreuzverzierte Dolche gefunden wurden, leiteten die Kommunisten eine Demoralisierungskampagne gegen die Integralisten des Gebietes ein und entlarvten Schwartz als ihren Mentor und Verbindungsmann zum deutschen Nazismus. Trotzdem wuchs das Ansehen der Integralisten. Und allgemein war bekannt, daß Silveirinha bei den nächsten Wahlen ihr Kandidat für das Präfektenamt sein würde, als Gegenkandidat von Carlos Zude. Aber zwischen den beiden politischen Gruppen gab es doch keinen völligen Bruch. Die Integralisten gebrauchten harte Worte hinsichtlich der Liberaldemokraten, niemals aber ließen sie es auf einen endgültigen Bruch ankommen. Carlos Zude verhielt sich ebenso, niemals versäumte er, die Aktionen der Grünhemden bis zu einem gewissen Grad zu begünstigen.

Schwartz übte Druck auf Silveirinha aus. Aber der Deutsche wußte selbst nicht, wie man die Angelegenheit lösen sollte, er zweifelte an dem Erfolg der Berufung. Ein Gespräch mit dem mutlosen Gumercindo gab ihm plötzlich die Lösung ein. Gumercindo berichtete ihm über die derzeit versöhnlerische Haltung Silveirinhas.

„Er sagt, da ist nichts mehr zu machen. Man muß warten, bis sein Vater tot ist. Es wird nicht mehr lange dauern, er ist schon sehr alt, meint er. Er haßt seinen

Vater furchtbar. Manchmal bin ich richtig empört darüber."

„Ach, das sind doch Gefühlsduseleien", schnitt ihm Schwartz das Wort ab. Auf einmal lag ihm daran, Näheres zu erfahren.

Gumercindo erzählte: „Das kann sein. Aber es ist etwas Furchtbares, wenn man jemanden sagen hört, sein Vater werde sicherlich nicht mehr lange leben, er nehme an, daß er bald stirbt. Pfui Teufel!"

„Er haßt ihn also?"

„Gar keine Frage."

„Ausgezeichnet." Schwartz machte eine heitere Miene, die Miene eines Menschen, der die Lösung eines Problems findet, das ihn lange bedrückt hat.

An diesem Nachmittag hatte Schwartz in seinem Büro eine Unterredung mit Silveirinha. Gumercindo war nicht hinzugebeten worden, Schwartz fürchtete seine „Gefühlsduselei". Einige Tage später erhoben Silveirinhas Anwälte vor Gericht Klage gegen den Obersten Horácio da Silveira. Sie beantragten, den Alten wegen Unfähigkeit, wegen geistiger Unzulänglichkeit der Verwaltung seiner Güter zu entheben, ihn in ein Krankenhaus einzuweisen und Silveirinha als Vormund einzusetzen.

In Ilhéus gab es nur ungläubiges Entsetzen. Selbst Carlos Zude sagte: „Das ist wirklich zu stark. So kann man doch nicht vorgehen."

19

Aber für lange Erörterungen blieb keine Zeit. Denn gleich darauf kam es zu dem Kampf zwischen Oberst Frederico Pinto und Pepe Espinola, der die Aufmerksamkeit aller Bewohner des Kakaogebietes voll beanspruchte. Dies war vielleicht das entscheidendste Ereignis des zweiten Haussejahres in der Stadt São Jorge dos Ilhéus.

Der Oberst haßte den Zuhälter auf den Tod. Er hatte

ihm zwanzig Contos gegeben, damals, als er noch überzeugt war, daß Pepe ein guter Kerl, ein gescheiterter Künstler sei, der von ihm hintergangen worden sei und der sich trotzdem entschlossen hatte, den furchtbaren Schimpf schweigend zu ertragen und in sein Vaterland zurückzukehren, wo er versuchen würde, zu vergessen und sein Leben neu aufzubauen. Im Herzen hatte der Oberst eine süße Erinnerung an alles bewahrt, was er mit Lola erlebt hatte, eine Erinnerung, die von der Begegnung mit den Mulattinnen, wie Rita eine war, oder den Prostituierten in Ilhéus neu belebt wurde. Bei ihnen fand er manchmal unvergeßliche Eigenschaften Lolas wieder, und das rief in ihm eine Art sanfter Rührung hervor.

Mißtrauisch wurde er erst, als er sah, daß Pepe seine Abreise immer wieder aufschob. Dann erfuhr er von der Gesellschaft zur Gründung des „Trianon", von der Sache mit dem Bordell und – das war das Schlimmste – auch davon, daß Lola sich mit Rui Dantas angefreundet hatte. Das war ein Schock für ihn gewesen, niemals hätte er Lola einer solchen Schändlichkeit für fähig gehalten. Von alldem, von diesem ganzen Schlammpfuhl, war ein einziger Punkt für ihn rein und edel geblieben: Er glaubte, Lola habe ihn wirklich geliebt. Jetzt wurde diese Erinnerung angesichts der Tatsachen, die ihm seine Freunde auftischten, zunichte gemacht. Ein Reisender tat ein übriges, als er Frederico Pinto einen noch nicht sehr alten Zeitungsausschnitt aus Rio de Janeiro zeigte: Auf einem Foto sah man Pepe, der eine Nummer auf der Brust trug, und Lola mit wirrem Haar, dann folgte eine polizeiliche Notiz über den „pulo dos nove". Die Notiz berichtete über die Verhaftung des „argentinischen Touristenpaars", wie der Reporter sie ironisch nannte. Oberst Frederico Pinto war empört. „Diese Hündin!"

Der Zorn staute sich in ihm. Das Gerede der Leute in Ilhéus schmerzte ihn. Er wiederholte unablässig, er werde es Pepe zeigen, werde ihm eine Lektion erteilen. Wenn er dem Gringo begegnete, spuckte er aus und murmelte Schimpfworte, er wollte sehen, ob Pepe reagierte. Aber der grüßte ihn sehr liebenswürdig und setzte seinen Weg fort. Frederico ging absichtlich ins „Trianon", wo er riesige Summen verspielte und nach einem Vorwand suchte, um Pepe eins auszuwischen. Aber wenn sich Frederico dem Tisch zuwendete, an dem Pepe als Croupier tätig war, überließ der Zuhälter die Bank seinem Teilhaber und zog sich zurück. Frederico Pinto knirschte mit den Zähnen.

Eines Tages jedoch, im zweiten Jahr der Hausse, gab es den großen Krach. Es war im Spielsaal des „Trianon". Pepe hielt die Bank beim Bakkarat und war am Gewinnen. Frederico kam vom Roulett herüber, wo er wie üblich verloren hatte. Er war in Begleitung einer Französin, er stellte sich hinter Pepe Espinola, um seine Bewegungen zu beobachten. Niemals wurde aufgeklärt – nicht einmal beim Prozeß –, ob Pepe wirklich falsch gespielt hatte. Die Anwesenden hörten nur Fredericos Ausruf: „Gauner!"

Und sie sahen, daß er Pepe die Karten aus der Hand riß.

Der Argentinier war bleich geworden, er sprang auf. Der Oberst zeigte die Karten, die er Pepe entrissen hatte, und schrie: „So ein Halunke, dieser Gringo, so ein Hurensohn! Er hält uns für Idioten!"

Pepe streckte die Hand aus, um die Karten zurückzunehmen. Frederico stieß ihn von sich. Aus dem Tanzsaal liefen Leute herbei, einer schlug vor, den Zuhälter ordentlich zu verbleuen. „Wir wollen ihm eine Tracht Prügel verabreichen."

Pepe ging wieder auf Frederico los, der Oberst schoß, die Kugel verfehlte ihr Ziel und bohrte sich in eine Wand. Frederico hob den Revolver zum zweitenmal, aber Pepe schoß mit seiner automatischen Pistole aus der Hosentasche, und der Oberst stürzte zu Boden. Pepe bahnte sich mit der Waffe in der Hand den Weg durch die Anwesenden und lief die Treppe hinunter. Am nächsten Tag wurde er in einer Frauenpension verhaftet.

Während sich Frederico langsam von dem Schuß in die Schulter erholte, begann in Ilhéus der Prozeß gegen Pepe, er teilte die Stadt in zwei Lager. Einige gaben Pepe recht: Frederico hatte als erster geschossen. Rui Dantas, der Anwalt des Zuhälters, setzte Himmel und Hölle in Bewegung, um einen Freispruch zu erreichen. Lola weinte völlig verzweifelt, sie flüchtete sich, wenn sie aus dem Gefängnis kam, wo sie Pepe besucht hatte, auf der Suche nach Trost und Vergessen in den Kokainrausch. Wie eine Wahnsinnige umkreiste sie das Gefängnis und wartete auf die Besuchszeit. Sie brachte ihm Obst und Süßigkeiten, aber Pepe magerte zusehends ab, er war finster und stumm, er meinte, er habe sich falsch verhalten. Zu Lola sagte er: „Ein Zuhälter hat keine Ehre. Ich hätte ihn schweigend anhören müssen."

Rui Dantas suchte nach Zeugen, die bestätigen sollten, daß Frederico als erster geschossen hatte, aber keiner wollte zugunsten des Zuhälters gegen den Obersten aussagen. Nicht einmal Pepes Teilhaber, der das von der Polizei geschlossene „Trianon" wiedereröffnen wollte und sich in diesem Bemühen an Karbanks und an Reicher hängte. Der Anwalt setzte Himmel und Hölle in Bewegung, Lola bestürmte ihn unablässig mit Bitten und Tränen, und er tat alles, was er vermochte. Aber Pepes Prozeß bewies, daß die Obersten immer noch die Herren der Justiz waren. Die Exporteure versuchten, dem Zuhälter zu helfen. Karbanks empfand Sympathie für ihn, Lola war weinend zu ihm gekommen, man sagte, sie habe mit ihm geschlafen, weil ihr der Amerikaner zu verstehen gegeben habe, daß er nur unter dieser Bedingung etwas für sie tun werde. Zumindest tuschelte man in Ilhéus so etwas. Das Interesse Carlos Zudes war einer Bitte Julietas zu verdanken, Carlos hatte mit Karbanks gesprochen, und der Amerikaner hatte gesagt: „Der arme Pepe! Schließlich hat er doch alles getan, um den Leuten das Leben in dieser Einöde aufzuheitern.“

Sie bekundeten ein vages Interesse, indem sie, wenn sich eine Gelegenheit ergab, mit Leuten darüber sprachen, die wahrscheinlich als Geschworene fungieren würden. Aber sie nahmen die Sache nicht sehr ernst, und die Justiz unterstützte den beleidigten Obersten. Pepe wurde wegen leichter Körperverletzung zu sechs Jahren Gefängnis verurteilt. Er war eigentlich wegen schwerer Körperverletzung angeklagt, das einzige, was Rui Dantas erreichen konnte, war die Einschränkung der Beschuldigung.

Der Prozeß war aufsehenerregend, und die Hauptverhandlung, bei der der Saal gedrängt voll war, erinnerte an die Verhandlungen von einst, zur Zeit der Eroberung des Landes. Die Zeitungen von Ilhéus und Itabuna widmeten dem Bericht darüber mehrere Spalten auf den ersten Seiten, sie schickten Fotografen in den Gerichtssaal, wo Lola im Zentrum des Interesses stand.

Pepe war sehr blaß, er fuhr sich mit dem Seidentuch über die schwitzende Glatze. Der Anklagevertreter erging sich in einer Rede, in der er wider „das Pack von Deklassierten und Parasiten“ wetterte, „die Ilhéus zu ihrem Dorado auserkoren hatten“. Er lobte Oberst Frederico Pinto als „das Muster eines ehrenhaften und würdigen Bürgers, eines untadeligen Familienvaters, einer mächtigen Stütze der Ordnung in Ilhéus“. All das sei geschehen, sagte er, weil der Oberst eines Abends, um von den Strapazen seines harten Arbeitstages auszuruhen, zufällig dem „Trianon“ einen Besuch abgestattet und bei dieser Gelegenheit entdeckt habe, daß Pepe falsch spielte. Der Oberst war in der Rede des Anklagevertreters etwas wie der Erzengel Gabriel, der das Geld der Familienväter von Ilhéus rettete, ein gottgesandter Bote, der die teuflische Handlungsweise Pepes zunichte machte. Er sprach auch von der schmutzigen Vergangenheit Lolas und Pepes, dieses „Abhubs der Gesellschaft, der das Leben der zivilisierten Städte besudelt".

Rui Dantas' Plädoyer war pathetisch und sentimental. Er bemühte sich zu begründen, daß Pepe aus Notwehr gehandelt hatte, denn Frederico habe als erster geschossen. In einem Einwurf lenkte der Anklagevertreter die Aufmerksamkeit der Geschworenen darauf, daß diese Behauptung der Verteidigung nicht durch einen Beweis erhärtet werde. Rui geriet durch diese Bemerkung ganz aus dem Konzept, er versuchte jetzt, auf die Tränendrüsen zu drücken. Er zeichnete ein Bild von dem bewegten Leben Pepes, der als Bühnenkünstler mit unsicherem Verdienst und zweifelhaftem Ruhm von Stadt zu Stadt gezogen sei. Dieser Teil seiner Rede trug ihm danach ein großes Lob Zito Ferreiras ein, und das war die einzige Genugtuung während des ganzen Prozesses. Er schloß damit, daß das stiefmütterliche Geschick Pepe auf die Straßen von Ilhéus geworfen habe. Ihn und seine schöne Gattin, die beide Opfer ihres unheilvollen Schicksals seien. Dort habe sich Oberst Frederico Pinto leidenschaftlich in Pepes Gattin verliebt; da er abgewiesen worden sei, habe er ihren Mann gehaßt. Das sei das wahre Motiv für den Streit, für den Schußwechsel gewesen. Rui machte die Legende vom guten Familienvater, in die der Anklagevertreter Frederico Pinto gehüllt hatte, zunichte, er karikierte den Obersten, der Lola nachgelaufen sei (die Anwesenden lachten), der ihr Geschenke gemacht habe und der „dieses Heim besudeln" wollte, das, obwohl es das eines Künstlers war, „nicht weniger Achtung verdient" habe. Schließlich forderte er den Freispruch für einen „Mann, der zweimal das Opfer der Überlegenheit des anderen geworden sei: als jener sein Heim beschmutzen und ihn danach obendrein bei der Ausübung seines Berufes diffamieren wollte".

Dann kam mit der Entgegnung (der Anklagevertreter
 hatte es zunächst vermieden, auf die abscheulichen Ein-

zelheiten einzugehen, da Rui Dantas sie aber hervorgezerrt hatte, entschloß er sich, den Sachverhalt klarzustellen) die ganze Geschichte von Lola, Pepe, Frederico und Rui ans Licht. Der Anklagevertreter gab alles wieder, was er wußte und was die Leute redeten, in allen Einzelheiten. Sérgio Moura, der auf Julietas Bitte bei der Verhandlung zugegen war, versicherte hinterher, nie zuvor sei in Ilhéus in aller Öffentlichkeit soviel schmutzige Wäsche gewaschen worden. Der Anklagevertreter begann mit der Vergangenheit Pepes, er verlas den Text des erwähnten Zeitungsausschnittes, zeigte das beschämende Foto Pepes und Lolas. Die Zuhörer reckten die Hälse, um etwas zu erkennen, während der Zeitungsausschnitt auf der Geschworenenbank von Hand zu Hand ging. Dann beschrieb der Anklagevertreter, wie Lola Frederico verführt hatte, wie sie ihm rührselige Geschichten erzählt und dafür Geld abgezapft und wie sie sich hinterher mit Pepe darüber totgelacht hatte. Der Oberst, so versicherte der Anklagevertreter mit ernster Miene, habe das Ehepaar aus reiner Nächstenliebe, ohne jede niedrige Absicht unterstützt. Er gab Rui der Lächerlichkeit preis, als er ihn einen „vielversprechenden jungen Anwärter auf den ‚pulo dos nove' " nannte. Maneca Dantas, der sich auch im Saal befand, ging beschämt vor die Tür. Bald aber kam er zurück, um Ruis Entgegnung zu hören.

Der Anklagevertreter fuhr fort: Pepe, mit dem von Oberst Frederico geliehenen Geld ausgestattet, habe Roulettische verfälscht und Spielkarten fürs Bakkarat gezinkt. Frederico, der sein Lehrgeld bezahlt hatte, der gemerkt hatte, daß die armen, bedürftigen Künstler nichts als skrupellose Abenteurer waren, habe verhindern wollen, daß auch andere ausgenutzt wurden. Deshalb habe er Pepe im „Trianon" mit dem Beweis in der Hand entlarvt. Und dann sei er dem „schändlichen Attentat" zum Opfer gefallen. Was den Schuß anbelangt, so habe er ihn erst abgefeuert, als er verwundet war, und er habe auch nur in die Luft geschossen, um dem Zuhälter Angst einzujagen. Das Plädoyer schloß damit, daß er an die Geschworenen appellierte, Pepe zu verurteilen und so für alle jene Abenteurer ein Exempel zu statuieren, die danach trachteten, Ilhéus in eine unbewohnbare Stadt voller Diebe, Falschspieler und Zuhälter zu verwandeln. Er sagte, der von Pepe Espinola abgefeuerte Schuß habe die ganze Gesellschaft von Ilhéus getroffen, nicht nur den Obersten Frederico Pinto.

Ruis Entgegnung war eine Flut von Schmähungen. Er nannte Lola eine „Blume der Reinheit", eine poetische Übertreibung, die die Zuhörerschaft zum Lachen reizte, er sagte dem Anklagevertreter schreckliche Dinge. Der Richter mußte ihn zur Mäßigung in seiner Ausdrucksweise ermahnen. Rui zog über Oberst Frederico her, diesen alten Lotterbuben, der sich von der schönen Frau angezogen gefühlt hatte, der ihr Geld gegeben und den Ehemann zu kaufen versucht hatte. Und der dann über das Scheitern seiner schmutzigen Machenschaften wütend war. Die Zuhörer lachten, und Rui kam in Schwung. Er kümmerte sich in seinem Plädoyer nicht mehr um die rechtliche Seite des Falles. Es hörte sich beinahe an, als wollte er sich durch diese mit heftigen Beiwörtern gespickte Rede persönlich rächen. Und in seinem Schlußwort drohte er den Geschworenen mit dem Urteil der Nachwelt. „Die Gerechtigkeit", sagte er, „ist für alle gemacht worden. Die Verurteilung Pepe Espinolas, eines unschuldigen Opfers, wird von neuem jene Tatsache erhärten, die Ilhéus gegenüber anderen Zentren der Zivilisation so herabgewürdigt hat: daß die Obersten in diesem Gebiet die Herren aller Dinge sind, daß sie nach ihrem Gutdünken aufbauen und zerstören. Und daß ihnen sogar die Gerechtigkeit untertan ist."

Um elf Uhr abends wurde Pepe zu sechs Jahren Gefängnis verurteilt. Man führte die tränenüberströmte Lola hinaus, und Rui Dantas gab im Gerichtssaal noch eine Vorstellung, als er versuchte, Streit mit dem Anklagevertreter anzufangen. Unter den Anwesenden herrschte große Erregung. Nur Pepe verließ, von zwei Polizisten flankiert, ruhig den Saal. Das Publikum drängte sich, um ihn zu sehen, man zeigte mit dem Finger auf ihn.

Genauso versammelten sich die Leute drei Tage später, als er, wieder zwischen zwei Polizisten, an Bord eines Schiffes der „Bahiana" ging, um die Reise nach der Hauptstadt des Staates anzutreten, wo er seine Strafe verbüßen sollte. Ganz Ilhéus war zur Landungsbrücke geströmt, es war wie an einem Festtag. Junge Mädchen in Sonntagskleidern. Männer mit aufgespanntem Regenschirm, denn es nieselte ein bißchen. Es war ein heller Nachmittag, und der Regen war ganz fein. Die Polizei mußte einen Weg durch die Menge bahnen, damit Pepe durchkam. Seine Arme waren mit einem Strick zusammengeschnürt. Ein sechzehnjähriges Mädchen mit einem Puppengesicht hatte Mitleid mit ihm. „Der Ärmste!"

Aber niemand sonst bedauerte ihn. Sie zeigten auf ihn, sie reckten die Hälse, um ihn besser sehen zu können, die weiter hinten stellten sich auf die Zehenspitzen. Als könnten sie ihn jetzt erst richtig wahrnehmen, als hätten sie ihn in den letzten drei Jahren, als er tagaus, tagein durch Ilhéus gelaufen war, nicht schon längst gesehen und kennengelernt. Als er vorbeiging, wurde geflüstert. Pepe hatte seinen besten Anzug an, den Hut hatte er tief ins Gesicht gezogen, im Mundwinkel hing eine Zigarette.

Auf der Landungsbrücke kam es zu einer herzzerreißenden Szene. Als Pepe Espinola gerade den Fuß auf die Treppe setzen wollte, die zum Schiff hinaufführte, warf Lola sich ihm an die Brust. Pepe hob die zusammengeschnürten Arme und umfaßte seine Frau. Dann küßte er sie aufs Haar und flüsterte ihr dabei den Satz des Elegantíssimo ins Ohr: „Es preciso tener carácter."*

* „Man muß Charakter zeigen."

Während des Prozesses, als Lola noch nicht alle Hoffnungen verloren hatte, entschloß sie sich, Julieta Zude aufzusuchen und sie zu bitten, ihr in Pepes Angelegenheit zu helfen. Jemand hatte ihr gesagt, Fredericos Sache sei die aller Obersten. Es war also zwecklos, die Fazendeiros zu bitten. Es konnte aber sein, daß die Exporteure etwas für ihren Geliebten taten. Sie hatte Karbanks aufgesucht. Seit langem hatte der Amerikaner ihr Blicke zugeworfen. Er goß ihr Getränke ein, kniff ihr in die Arme und versprach, sich für Pepe einzusetzen. Aber er sagte gleich, eigentlich sehe er keine Möglichkeit, Pepe zu retten, und winkte ihr mit einer besseren Zukunft. Was war Pepe schließlich anderes als ein Zuhälter, der sie über kurz oder lang im Stich lassen würde? Wenn sie nur wollte, konnte sie eine weniger düstere Zukunft haben.

Lola ertrug all dies in der Hoffnung auf seine Unterstützung. Karbanks war einer der mächtigsten Männer des Landes, und eine von ihm geäußerte Bitte vermochte Hindernisse aus dem Weg zu räumen. Sie nannte ihm die Namen der mutmaßlichen Geschworenen, und sie verblieben so, daß sie am nächsten Tag wegen einer Antwort vorsprechen sollte. Am anderen Tag schickte Karbanks ihr einen Bescheid: Sie möge am Abend zu ihm nach Hause kommen. Lola wußte, was geschehen würde, aber sie ging zu ihm. Sie schlief in seinem Bett und erhielt als Gegenleistung unbestimmte Zusagen. Karbanks hatte mit zwei der möglichen Geschworenen gesprochen, sie hatten ihm zugesichert, sich wohlwollend zu zeigen.

„Wenigstens das Mindestmaß der Strafe ..."

Zito Ferreira, der sie mit Rui Dantas aufsuchte, riet ihr, sich an Julieta zu wenden. Carlos Zude, ein politischer Führer, ein großer Exporteur, konnte ohne weiteres den Freispruch erwirken. Außerdem konnte er seinen Einfluß auf die Obersten geltend machen. Am nächsten Morgen kleidete sich Lola an, ging durch die Straßen bis auf die Avenida und drückte schließlich auf den Klingelknopf der unmittelbar am Meer gelegenen Villa der Zudes.

Julieta Zude ließ sie sofort eintreten. Lola blieb vor ihr stehen, doch Julieta reichte ihr die Hand.

„Setzen Sie sich, bitte."

Sie betrachtete Lola voller Sympathie, sie wußte von der Geschichte, Sérgio hatte ihr Einzelheiten erzählt. In der verzauberten Welt Sérgios und Julietas waren die Landstreicher und die Gauner, die Künstler und die elenden Geschöpfe der Prostitution etwas wie Opfer, der Dichter empfand unermeßliche Zärtlichkeit für sie, und er pflegte zu Julieta zu sagen, die Dichter hätten Ähnlichkeit mit diesen Leuten. „Wir sind von derselben Art."

Lola wußte nicht, wie sie beginnen sollte. Das Meer da draußen war unendlich blau, und auch der Morgen war von bläulicher Helligkeit, ein Tag, der für glückliche, kraftvolle und leuchtende Dinge gemacht schien.

Julieta sprach als erste. „Geht es Ihrem Mann gut? Wie wird er dort behandelt?"

Lola fing an zu weinen. Aber es waren nicht die geheuchelten Tränen, die sie weinte, wenn sie sich aus beruflichen Erwägungen verstellen mußte. Es war ein sanftes Schluchzen, sie saß auf dem Stuhl, zusammengekauert wie ein verwundetes Tier.

„Wir sind nicht verheiratet, Señora. Niemals sind wir verheiratet gewesen. Ich sah ihn, und er gefiel mir, so verließ ich meinen Mann und ging mit ihm. Wie es eben passiert, und dann ..."

Julieta dachte an Joaquim. Der Kommunist hatte gesagt: „Sie müssen sich zusammentun und fortgehn." Das hatte Lola getan. Das heißt, sie hatte richtig gehandelt. All das war sehr kompliziert, aber Julieta verstand jetzt die Schroffheit des Kraftfahrers während ihres Gesprächs an jenem Nachmittag im Handelsverein.

„Ich wußte damals noch nicht, wer er war ... wer er ist.

Als ich es merkte ...“ Sie wollte eigentlich lügen, wollte sagen, daß sie die Absicht gehabt habe, ihn zu verlassen, es aber nicht gekonnt habe, doch sie meinte, daß sie Pepe auf diese Weise verriet, daß sie ihn schlimmer mißhandelte als die anderen. „Als ich es merkte, blieb ich bei ihm. Er sagte, ich solle fortgehn. Aber ich blieb, ich liebte ihn, verstehen Sie?“ Langsam rannen ihr die Tränen übers Gesicht, Julieta reichte ihr ein Taschentuch. „Und trotz allem liebe ich ihn. Ja, ich liebe ihn. Wenn ich ihn nicht liebte, würde ich mich umbringen, denn das Leben gefällt mir nicht, ich liebe weder die Männer noch die Frauen, weder den Tag noch die Nacht. Niemand und nichts sagt mir zu. Aber ihn liebe ich wie toll.“

Da draußen der helle blaue Tag, ein Tag wie in einem Märchen, schien aus einem Gedicht Sérgios aufgestiegen zu sein, geschaffen, um eine andere Welt des Glücks, der zwitschernden Vögel, der aufbrechenden Blüten des Frühlings und der heiteren Frauen in sich aufzunehmen. Ein Tag, der nicht bis ins Zimmer gelangte, der vor den Fenstern unvermittelt anhielt, ohne weiter vorzudringen. Julieta war bekümmert, sie wünschte, die Frau möge bald zum Schluß kommen.

„Was haben Sie damit zu tun? Was geht Sie mein Leben an? Man hat mir gesagt: Vielleicht bittet Señora Zude ihren Mann, Pepe zu helfen. Sie ist gut.“

„Ich bin nicht gut.“

„Ich hätte nicht herkommen sollen. Ich weiß. Sie sind eine verheiratete Frau, eine anständige. Und ich, was bin ich? Nur eine Prostituierte. Es war sehr freundlich von Ihnen, daß Sie mich empfangen haben. Aber es gibt etwas, was mich hergeführt hat, was mich veranlaßt, Sie zu bitten. Ich liebe ihn. Wenn man ihn mir wegnimmt, dann bringe ich mich um.“

„Der Arme ... Ich weiß nicht, ob ich etwas für ihn tun kann. Aber ich kann Ihnen garantieren, daß ich alles, was in meinen Kräften steht, tun werde. Ich werde meinen

Mann bitten, ich werde dafür sorgen, daß er etwas unternimmt. Denken Sie nicht, daß ich Sie nicht verstehe."

„Sie sind gut, man hat es mir gesagt. Ich habe sehr gelitten." Sie weinte jetzt nicht mehr.

Die Helligkeit des Tages überflutete nun allmählich den Raum, sie sickerte durch die Fensterscheiben. Sie erleuchtete Lolas Gesicht, es war, als entzündete sich ihr blondes Haar. Julieta fühlte sich von widerstreitenden Gedanken bedrängt, und sie litt. Sie hatte richtig gehandelt, aber sie hatte es teuer bezahlt.

„Ich weiß nicht, was Sie von mir denken. Vielleicht wollen Sie nur meine Hilfe. Ich weiß auch nicht, ob Sie mir die Wahrheit sagen. Wir lügen alle so viel" – sie dachte an Sérgios Worte –, „wir spielen Theater. Aber ich fühle mich Ihnen freundschaftlich verbunden."

Sie wollte Einzelheiten aus dem Leben der Frau wissen, aber sie schämte sich, sie darum zu bitten, denn sie fürchtete, Lola könnte es für lästige, grausame Neugier halten.

„Nein. Wir sind keine Freundinnen. Sie stehen auf der anderen Seite des Lebens. Ich bin auf der schlechten, der schmutzigen Seite. Sie haben Ihren Gatten, dieses Haus, Ihr Heim, das mehr ist als nur ein Haus, Ihr Leben ist gut. Ich habe Männer, mein Mann kommt und geht, er hat andere Frauen, wir haben kein Heim, unser Haus gehört allen, die bezahlen können..." Sie senkte die Stimme, Julieta konnte sie kaum verstehen. „... die eine Nacht mit mir bezahlen können. Das ist die andere Seite, die schmutzige."

Sie sagte das fast ruhig, ohne Haß und ohne Empörung, wie ein Arzt, der über die unheilbare Krankheit eines Patienten spricht. Julieta hörte ihr zu, sie wünschte, daß Sérgio bei ihr wäre und auch Joaquim, sie konnten Ordnung in ihre Gefühle bringen, sie war verwirrt, erschrocken und todtraurig.

„So schmutzig ist es. Aber er wollte etwas, ich weiß nicht, was es war. Ich weiß genau, daß er etwas wollte, vielleicht auch etwas für mich. Ich weiß nicht, was es sein könnte. Es würde mir schon genügen, wenn ich es nur wüßte."

„Und warum haben Sie nicht alles aufgegeben und sind fortgegangen? Wenn Sie es für so schmutzig hielten, warum haben Sie weitergemacht?"

„Ich hab Ihnen doch gesagt, Señora, ich liebe ihn."

Lola sah Julieta traurig an, auch diese Frau, die ihr so verständnisvoll schien, auch sie wollte, daß sie die ganze Geschichte erzählte, das war der Preis für ihre Hilfe in Pepes Angelegenheit. Sie würde bezahlen, genau so, wie sie auch gezahlt hatte, was Karbanks gefordert hatte. „Ich will es Ihnen erzählen."

Aber Julieta hatte verstanden. „Um Gottes willen, Sie sollen gar nichts erzählen. Sie denken, ich bin neugierig, ich will alles mögliche wissen. Nein. Es ist nicht so, wie Sie denken. Es gibt nicht zwei Seiten des Lebens. Es gibt nur eine, und die ist immer schmutzig, immer schmutzig ... Auf Ihrer und auf meiner Seite, überall ist der gleiche Schmutz." Jetzt kam es ihr vor, als wäre Joaquims Gestalt im Raum zugegen. Sie lächelte. „Vielleicht gibt es aber auch eine saubere Seite des Lebens. Leute, die aus anderem Lehm geformt sind, wie ein Bekannter von mir sagt. Das andere ist nichts als Fäulnis." Sie sprach sehr langsam.

Jetzt begriff Lola nicht. Worauf wollte Julieta Zude hinaus?

„Ich will Ihnen etwas sagen, meine Liebe. Wenn ich wie Sie den Mut hätte, alles im Stich zu lassen und fortzugehen, einfach so, und zu hungern, zu leiden, ein schlechtes Leben zu führen, aber zusammen mit dem, den ich ..." Sie schämte sich plötzlich und schwieg. Dann fügte sie rasch abschließend hinzu: „Ich werde mit Carlos sprechen. Ich werde ihn um Hilfe bitten, und wir werden etwas tun.

Zweifeln Sie nicht daran. Ich werde tun, was ich kann."

Sie brachte Lola bis an die Tür. „Haben Sie Mut!"

„Ich habe ja Mut."

Der blaue Tag hüllte Lola Espinolas ängstliches Antlitz ein. Sie ging mit verweintem Gesicht, hielt den blonden Kopf, auf dem die Sonne spielte, gesenkt, ließ die Arme hängen; sie konnte die anderen nicht anblicken.

Julieta, die ihr von der Tür aus nachsah, beneidete sie um ihren Mut, ihr Leid, die Liebe, die sie erfüllte. Sie war aus gutem Lehm gemacht, aus dem, der nicht zu Staub zerfiel und sich in Schlamm verwandelte, nicht einmal im größten Schmutz.

„Ach, könnte ich nur erreichen, daß ihr Mann freigelassen wird."

Sie erinnerte sich: „Wir sind nicht verheiratet." Das war es, was Sérgio Würde nannte.

21

Zu der ersten ernstlichen Auseinandersetzung zwischen Antônio Vítor und Raimunda kam es nicht wegen der Vampireza. Damals kannte Antônio Vítor sie noch gar nicht. Es war vielmehr wegen der Arbeit auf den Pflanzungen. Zwischen ihnen gab es einen heftigen Wortwechsel. Sie hatten mit der neuen Safra begonnen, und Antônio hatte sich in den Kopf gesetzt, Raimunda solle nicht mehr wie sonst die Kakaofrüchte zerteilen. Sie nicht, und auch er wollte nicht mehr unter den Kakaobäumen arbeiten. Es war an der Zeit, daß sie das Haumesser und die Sense aus der Hand legten, sie paßten nicht mehr zu ihnen. Aber Raimunda war nicht dieser Meinung. Was interessierten sie das neue Haus, der hohe Kakaopreis, die modischen Schuhe, die Seidenkleider? Plötzlich schrie Antônio Vítor: „Wenn du arbeiten willst, dann tu's doch, ich gehe jedenfalls nicht mehr."

Raimunda sah ihn verdrossen an. Sie erkannte ihren Mann nicht wieder. Sie ging auf die Pflanzung, und Antônio Vítor verbrachte den ganzen Tag im Hause. Ruhelos lief er umher, ohne zu wissen, was er machen sollte, er hatte den Wunsch, ebenfalls draußen zu arbeiten, aber er wollte nicht nachgeben.

Ein paar Nächte danach wollte er mit Raimunda schlafen. Jede Woche tat er das ein- oder zweimal. Aber sie war müde und wachte schlechtgelaunt auf. Als sie merkte, worum es sich handelte, bat sie: „Warte doch bis morgen."

Da hatte Antônio Vítor einen neuen Vorwand, sich zu beklagen. „Genau das ist es. Sie hat so viel auf der Pflanzung gearbeitet, daß sie ganz elend ist und nicht einmal mehr dazu taugt. Wenn es so ist, dann muß ich mir eine Frau von der Straße suchen." Dieser Satz, den Antônio Vítor laut sagte, um Raimunda in Wut zu bringen, war eigentlich eine leere Drohung, die er niemals wahrgemacht hätte. Nicht daß er seiner Frau das ganze Leben lang treu gewesen wäre. Manchmal, wenn er in Itabuna übernachtete, schlief er mit einer Prostituierten, niemals aber hatte er sich, wie es viele Männer taten, mit einer von ihnen längere Zeit eingelassen.

Erst als er nach einer Nacht des Spiels und des Alkohols in Ilhéus mit der Vampireza geschlafen hatte, machte er sich klar, wie häßlich, wie alt und erschöpft Raimunda war. Die Vampireza verstrickte ihn in ihre Liebeskünste, und als Antônio Vítor auf die Pflanzung zurückkehrte, nahm er den Geschmack dieser Frau eingeprägt in seinen Körper mit. An jenem Tag gab es einen häßlichen Streit, weil er darauf bestand, daß Raimunda nicht länger auf den Kakaopflanzungen arbeite.

Das Schicksal wollte es aber, daß er die Vampireza an einem Samstag in Itabuna wiedersah. Er ritt immer nach Itabuna, um Lebensmittel zu kaufen und trockenen Kakao hinzuschaffen. Die Vampireza war jetzt dort in

Fifis Nachtlokal. Als sie Antônio Vítor erblickte, stürzte sie sich auf ihn, zog ihn an einen Tisch, und sie bestellten Bier.

„Heiraten wir heute wieder?"

Antônio lachte. Sie dachte sich einen Spitznamen für ihn aus: mein Rüde. Sie verstand es, sanfte Worte zu sagen, sie verstand es, zärtlich zu sein, sie verstand es, einem Mann zu gefallen. Antônio Vítor merkte nicht einmal, daß sie die ganze Zeit über mit einem schwarzhaarigen Studenten liebäugelte, der an einem Nebentisch vor einem leeren Glas saß und Zigaretten rauchte. In den Zeiten der Hausse arbeiteten viele Studenten in den Semesterferien aus reiner Liebhaberei als Gigolos. Antônio Vítor schlief auch in dieser Nacht mit der Vampireza, aber am Sonntag kehrte er nicht auf die Pflanzung zurück, sondern verbrachte noch eine Nacht in Itabuna und ließ in der Nachtbar die Sektpfropfen knallen. Seit der Hochzeit Don'Anas, seit jenem Tage, an dem auch seine Hochzeit gefeiert worden war, hatte er keinen Champagner getrunken.

Völlig verwirrt kehrte er auf seine Pflanzung zurück. Er versprach der Vampireza, ein paar Tage später wieder in Itabuna zu sein. Sie hatte ihn geküßt.

„Ich erwarte dich, mein Rüde!"

Als er auf der Pflanzung eintraf, war Raimunda zur Arbeit gegangen. Er streifte im Haus umher, er wußte nicht, was er tun sollte, und plötzlich schämte er sich. Er zog die Stiefel an, nahm die Sense und machte sich auf, um Kakao zu ernten. Mehr als Raimunda wunderten sich die Arbeiter, als sie ihn kommen sahen. Zu Mittag aß er Dörrfleisch mit Mehl und arbeitete dann bis sechs Uhr abends. Auch am nächsten Tag ging er zur Arbeit, aber am dritten erhielt er eine Nachricht von der Vampireza. Ein Negerjunge hatte sie ihm aus Itabuna mitgebracht. Die Vampireza bat ihn, zu ihr zu kommen, sie sei krank geworden. Antônio Vítor sattelte seinen Esel und ritt hinunter nach Itabuna. Zu Raimunda sagte er, ein Vertreter der Firma Gebrüder Zude & Co. habe ihn zu sich bestellt. Die Vampireza empfing ihn begeistert, Antônio Vítor war erstaunt, daß sie nicht im Bett lag.

„Bist du denn nicht krank?"

„Es war doch nur Sehnsucht nach meinem kleinen süßen Rüden."

Seitdem nannte er keine Gründe mehr, wenn er nach Itabuna ritt und zwei oder drei Tage dort blieb. Er richtete der Vampireza ein Haus ein, er sparte nicht mit Geld, die Ausgaben waren beträchtlich, aber er hatte Kredit in Fifis Nachtbar und in den Läden, wo die Vampireza zahlreiche Kleiderstoffe, Schuhe, Parfüms und (was Antônio Vítor später empörte) auch feine moderne Krawatten kaufte, die sie ihrem Studenten schenkte.

Die Kunde von diesen Ereignissen verbreitete sich rasch im Kakaogebiet. Es dauerte nicht lange, dann erfuhr auch Raimunda, was vorgefallen war. Und als sie es erfuhr, hatte das Gerücht noch größere Dimensionen angenommen. Es hieß, Antônio Vítor habe in Itabuna eine Französin, die in Saus und Braus in einer prächtigen Villa lebe. Raimunda sprach niemals mit ihrem Mann darüber. Aber ihr Gesicht wurde noch verschlossener, und man hätte die Spuren der in einsamen Nächten vergossenen Tränen entdecken können, wenn sie sich schlaflos in dem neuen Bett wälzte, an das sie sich nicht gewöhnen konnte. Aber wenn sie morgens zur Arbeit auf die Pflanzung ging, dann war sie nicht anders als sonst, als erste langte sie bei den riesigen Haufen der Kakaofrüchte an, und als letzte legte sie das Messer, mit dem sie die Früchte zerteilte, aus der Hand. In Fifis Nachtbar lernte Antônio Vítor Foxtrott und Samba tanzen, außerdem ließ er sich in die Geheimnisse des Roulettspiels einführen.

22

Mitten im zweiten Haussejahr flüchtete Martins, der Geschäftsführer der Firma Gebrüder Zude & Co., mit dem Flugzeug aus der Stadt. Die Bilanz ergab einen Fehlbetrag von achtzig Contos. Allerdings hatte Martins, als er in Rio de Janeiro verhaftet wurde, nur sieben Contos bei sich, er schwor, kein Geld versteckt zu haben. Der Polizei gestand er, daß er alles andere ausgegeben habe, schuld an allem sei eine Frau namens Rosa, eine Kakaopackerin in den Lagerhäusern der Firma Zude, die seine Geliebte geworden sei. Eine ganz verrückte Person, die manchmal plötzlich verschwand und dann wieder auftauchte, aber so hübsch, daß sie jeden, der sie sah, um den Verstand brachte. Auf den ersten Blick wirkte sie sehr bescheiden, sie wohnte auf der Schlangeninsel. Aber als der Kakaopreis zu steigen begann, verschwand Rosa, die Martins ebenso wie Varapau als große Schönheit bezeichnete, und seitdem hatte Martins sie mit allem Luxus umgeben, er hatte ihr ein Haus in der Stadt eingerichtet, mit Dienerinnen darin, und ihr Geld zugesteckt. Sein Gehalt reichte bei weitem nicht für diese Ausgaben. Obwohl er nicht verheiratet war, hatte er eine große Familie zu ernähren. Seine Mutter war verwitwet, einige seiner Schwestern waren im heiratsfähigen Alter, und die jüngeren gingen zur Schule. Insgesamt acht Personen, für deren Nahrung, Kleidung und Schulgeld er aufkommen mußte. Und auch Rosa verlangte Geld, die Miete für das Haus war höher als in Rio de Janeiro, alles zusammen kostete ihn ein Vermögen. Das Gehalt reichte nicht, aber einmal hatte er im „Bataclã“ beim Spiel gewonnen, seitdem nahm er jeden Monat ein paar Contos aus der Kasse, um die jeweiligen Ausgaben bestreiten zu können; er hoffte, später alles beim Spiel wiederzugewinnen. Als er sah, daß die Zeit heranrückte, da in der Firma Bilanz gemacht wurde, hielt er sich für verloren und entschloß sich zu flüchten. Ursprünglich wollte er sich das Leben nehmen, aber er fürchtete, seine Mutter würde aus Kummer darüber sterben. Deshalb flehte er den Polizeikommissar an, dafür zu sorgen, daß seine Mutter nichts erfuhr.

Sie erfuhr es trotzdem, kam mit ihren Töchtern zu Julieta Zude – die Mädchen starrten neugierig die ganze Einrichtung, die Möbel, die Bilder an den Wänden und Julietas Kleidung an, sie saßen schweigend da, in steifer, eingeübter Haltung – und flehte sie an, ihrem Sohn zu helfen. Carlos erschien während der Szene zu Hause und wurde weich, als er die alte Frau weinen sah und als sie sagte, alles habe nur an dieser schlechten Frau gelegen, ihr Sohn sei ein ehrlicher Mensch, Gott sei ihr Zeuge.

Als sie fort waren, sagte Carlos zu Julieta, die achtzig Contos seien ohnehin verloren, welchen Sinn habe es da, den jungen Mann im Gefängnis sitzen zu lassen? Er zog seine Klage zurück, Martins wurde freigesprochen und blieb vorerst in Rio, aber ein paar Jahre später kam er nach Ilhéus, um seine Familie zu besuchen. Er wohnte jetzt in São Paulo, es ging ihm blendend, er war elegant gekleidet und sprach mit südlichem Akzent, an das Geschehene schien er sich gar nicht zu erinnern. Den Bekannten bot er seine Dienste im Süden an. Und dann klagte er, wie trostlos es jetzt, in den schrecklichen Jahren nach der Baisse, in Ilhéus sei. „Hier hat keiner eine Zukunft."

Rosa landete, nachdem sie ein paar unangenehme Gespräche mit der Polizei gehabt hatte, in dem billigsten Nachtlokal der Stadt, dem „Retiro". Offenbar war sie auch geschlagen worden. Aber als sie im „Retiro" anfing, war ihr das Gerücht von den Ereignissen vorausgeeilt, und das Lokal gewann neue Gäste. Doch es dauerte nicht lange, und sie verschwand wieder, vielleicht hatte sie ein neues Verhältnis mit einem Mann angefangen, oder vielleicht vagabundierte sie auch nur am Hafen, wie es ihre Gewohnheit war, seit ihr Vater mit einem Fischerboot umgekommen war und sie als halbwüchsiges Waisenmädchen auf der Straße zurückgelassen hatte. Eines Tages, als sie sich am Hafen herumtrieb, sah sie ein Maler, der auf der Durchreise in Ilhéus war, ein moderner Maler, der Farben verwendete, über die das Publikum empört war. Der Maler, der von Sérgio Moura herumgeführt wurde, wollte die Frau kennenlernen. Der Dichter rief sie, und dann stand Rosa dem Maler ein paar Tage Modell; ihr Porträt wurde in der Nationalausstellung später mit einer Goldmedaille ausgezeichnet. Der Maler hatte dem Bild einen seltsamen Titel gegeben: „Die Tochter des Meeres". Er wußte selbst nicht, warum. Er sah Rosa nun einmal so.

Ein Ausschnitt aus dem „Diário de Ilhéus", in dem Mitteilungen über Martins' Unterschlagung und ein Bild von Rosa bei der Vernehmung auf der Polizei zu finden waren, gelangte über Oberst Frederico auf die Fazenda, wo Varapau den Neger Florindo wegen der wieder einmal gescheiterten Flucht zu trösten versuchte. Varapau las die Meldung Florindo und Capi vor, er zeigte ihnen Rosas Bild. Der Neger heftete es genau über seiner Pritsche an die Wand. Dann wandte er sich ihnen zu und fragte Varapau: „Wem sieht sie denn ähnlich?"

Varapau dachte nach, er erinnerte sich an ihre Bewegungen und ihre Worte, an Einzelheiten des unvergeßlich schönen Körpers und an die unerklärliche Flucht. „Eigentlich sieht sie dem Meer ähnlich."

„Und wie ist das Meer?"

23

In den letzten Monaten war Oberst Horácio da Silveira sehr alt geworden. War er schon vorher ein kranker, fast blinder alter Mann gewesen, so glich er jetzt einem Greis, der am Rande des Grabes steht. Als hätte der Achtzigjährige in der ersten Phase des Kampfes mit seinem Sohn seine restlichen Kräfte aufgebraucht. Der Trick mit Esters Testament hatte ihn erschöpft. Er hatte viel Geld ausgegeben, fast zweihundert Contos, aber seine Fazendas waren unversehrt geblieben, noch immer verwaltete er diese Welt kakaobepflanzter Ländereien, er war es, der befahl, der einsetzte und absetzte. Nicht einmal Grenzen waren abgesteckt worden. Nur die Kakaomenge, deren Erträge Silveirinha zustanden. Das machte Oberst Horácio da Silveira wenig aus. Ihm war es am wichtigsten, daß das Land, die Fazendas, die er gegründet hatte, die sich über zwei Gemeindebezirke erstreckten und die riesige Ernten von fast fünfzigtausend Arrobas brachten, nicht geteilt wurden, daß ihm nicht ein Stück seiner Ländereien entrissen wurde. Früher hatten sie vielen gehört, es waren herrenlose Wälder, um deren Besitz er als Anführer von Revolverhelden und Obersten mit der Waffe in der Hand gekämpft hatte. Und es waren auch Pflanzungen kleiner Bauern darunter, die er im guten gekauft oder mit Gewalt, durch Fälschungen, Wegelagerei, mit der Kugel erzwungene Geschäftsabschlüsse, an sich gebracht hatte. Eine Welt von Fazendas, die sich über die Gemeindebezirke Ilhéus und Itabuna erstreckten und die alle miteinander verbunden waren, vielleicht die größte zusammenhängende Kakaopflanzung in der Welt überhaupt: die Fazendas des Obersten Horácio da Silveira. Mit seinen vierundachtzig Jahren schleppte sich der Oberst, dessen ehemals riesiger Körper gebeugt, der abgemagert, rheumatisch und blind war, auf die Veranda, seine Befehlsstimme war rauh und sehr müde, sie war heiser von dem chronischen Katarrh. Er war ganz allein auf der Fazenda. In den Tagen der Aufregung um den Bestandsaufnahmeprozeß war es hier noch recht lebhaft gewesen, Rui Dantas kam und ritt wieder fort, Compadre Maneca war häufig hier, Menezes erschien, und der Körper des Obersten schien sich im Feuer des Kampfes zu verjüngen, wenn er die Anstrengung des Geistes, der nicht erlahmt war, unterstützte. Aber nun war alles vorüber, er hatte den Prozeß gewonnen, er hatte die Kosten beglichen, er hatte auch die Gewinnanteile seines Sohnes bezahlt. Für alles nahm er das auf den Banken deponierte Geld. Die Aufregung, die bewegte Zeit war vorüber, und der Oberst war alt geworden, sein Körper, aber auch sein Geist, er sah sich nicht mehr imstande, diese Welt der Kakaobäume weiter zu regieren. Jetzt ließ er den Aufseher vieles nach eigenem Gutdünken tun, manchmal beantwortete er nur mit Wortfetzen die Fragen des Magazinverwalters. Es war, als hätte er sich nach der künstlichen Verjüngung in der Glut des Kampfes dem Alter überlassen und keinen anderen Wunsch mehr, als von der Veranda seines Herrenhauses aus dem Gesang der Arbeiter in den Barcaças und den Trockenräumen zu lauschen. Er hatte nicht einmal gemurrt, als die Löhne erhöht wurden, es war eine schwierige Zeit, er verstand sie nicht mehr. Er verzichtete auch darauf, sich den politischen Entscheidungen seiner Partei zu widersetzen, die in der Opposition stand und jetzt in aller Eile den Wahlkampf begann. Er unterstützte sie mit Geld, und als sich der Kampf zuspitzte, hatte er in Itabuna ein paar Integralisten verdreschen lassen, aber er hatte Maneca Dantas gebeten, die Kandidatenliste aufzustellen, da wollte er nicht mitmachen. Seine dürren Hände, diese riesigen Hände von einst, waren nur noch Haut und Knochen, bei dem Versuch, sie zu betrachten, hielt er sie dicht vor die ermatteten Augen, und ebenso vergebens bemühte er sich, das heißgeliebte Bild der blühenden Pflanzungen, der an den Zweigen hängenden goldenen Früchte, wahrzunehmen. Er konnte nichts mehr sehen, nicht einmal dann, wenn er, auf den Arm des Negers Roque gestützt, zwischen den Bäumen der nahe dem Haus gelegenen Pflanzung umherging. Die Hände, die trockenen alten Hände, dienten ihm als Augen, sie betasteten die Kakaofrüchte an Stämmen und Zweigen.

„Gut zum Pflücken."

Und der Neger Roque bestätigte: „Ja, Senhor."

Es waren die Ländereien des Sequeiro Grande, die besten, die es auf der Welt für den Kakaoanbau gab. Der Oberst stampfte auf dem schwarzen Boden umher, während seine Hände die Bäume betasteten, es war, als liebkoste er den sanften Leib einer Frau. Wenn er von diesen immer selteneren Spaziergängen zurückkehrte, brachte er stets eine Kakaofrucht mit; während er auf der harten Bank der Veranda saß, den Fuß auf die Sitzfläche und das Kinn auf das Knie gestützt, hielt er sie gedankenverloren eine Zeitlang in der Hand. Er sah vor sich hin, aber er nahm nur einen Nebelschleier wahr. Doch er wußte, daß dieser Nebel nur in seinen Augen war, daß dort vor ihm die mit Kakao bepflanzten Ländereien lagen, Pflanzungen, die er selbst angelegt hatte. Und das genügte ihm in der Gleichförmigkeit seines Lebens, seines Lebensabends. Ihn verband kaum noch etwas mit der fernen Welt, mit dem Hafen von Ilhéus, von dem aus die mit Kakao beladenen Schiffe in See stachen, mit der Stadt Itabuna, die er mitgegründet hatte, mit Ferradas, das ein Lehen von ihm war. Seine Welt endete jetzt an den Grenzen seiner Fazendas, aber in dieser Welt befahl er allein, nur ihm gehorchten alle, nur seine Stimme genoß Autorität. Und es war eine schöne Welt. Für Oberst Horácio da Silveira war es die schönste aller Welten: die Welt des Kakaos. In seiner abergläubischen Gottlosigkeit, die ihn veranlaßte, der Kirche mehr aus Berechnung als aus Gläubigkeit Geschenke zu machen und die unsinnigen Geschichten der Arbeiter zu glauben, hatte er nie an den Himmel oder an die Hölle gedacht. Aber wenn ihn jemand überraschend gefragt hätte, wie er sich den Himmel vorstelle, dann hätte er sicherlich geantwortet, der könne nur eine ewig von goldenen Früchten strotzende Kakaopflanzung sein, die selbst dort, wo die Sonne nicht durchdrang, noch die Schatten vergoldete.

An diesem mühseligen Lebensende erreichte ihn nun die Nachricht, daß Silveirinha einen neuen Prozeß angestrengt hatte. Diesmal kam Maneca Dantas in Begleitung seines Sohnes, und der Rechtsanwalt war ehrlich empört, er fand das Vorgehen Silveirinhas niederträchtig. Im übrigen fühlte er sich ein wenig schuldig, da er während der Ereignisse um Pepe und Lola die Interessen des Obersten vernachlässigt hatte. Und das Verfahren zur Feststellung der Unzurechnungsfähigkeit schritt voran, der Richter hatte schon die Ärztekommission benannt, die Horácio untersuchen sollte.

Während sie sich unterhielten, fiel der Regen auf die Kakaobäume. Horácio schien allem fern zu stehen, er verhielt sich jetzt ganz anders als damals, als ihm Maneca Dantas die Nachricht von dem ersten Prozeß gebracht hatte, als es um die Bestandsaufnahme ging. Damals hatte er sich aufgeregt, hatte Vorsichtsmaßregeln getroffen, hatte alles eingeleitet. Nun, an diesem regnerischen Nachmittag, hörte er kaum zu, seine Ohren lauschten dem Plätschern des Wassers auf den Kakaobäumen, als hätte er sich von alldem gelöst. Maneca Dantas mußte seine Aufmerksamkeit anstacheln. „Man sagt, die Ärzte wollen schon diese Woche kommen."

„Einer ist von mir ausgewählt worden, Oberst. Ein anderer von Silveirinha. Ein dritter vom Richter, es ist ein junger Mann, der erst seit kurzem in Bahia ist, ein Spezialist", erläuterte Rui.

Horácio hörte unwillig zu. „Laß sie nur kommen, mein Junge. Laß sie kommen, Compadre. Ich werde auf alle schießen lassen, keiner kommt durch das Tor meiner Fazenda."

„Aber Oberst", sagte Rui, „das ist doch nicht möglich. Sie brauchen die medizinische Überprüfung doch nicht abzulehnen. Sie sind ja gar nicht unzurechnungsfähig, und die Ärzte werden es feststellen. Sie sind ein völlig normaler Mann, Sie werden den Prozeß gewinnen. Es ist ausreichend, wenn das medizinische Gutachten erweist, daß Sie nicht unfähig sind, Ihre Güter zu verwalten."

„Mein Junge, keiner kommt durch das Tor meiner Fazenda. Ich knalle sie ab."

Er hörte fast gleichgültig zu, während er dem Geräusch des Regens in den Kakaobäumen lauschte. Rui Dantas schüttelte den Kopf und sah seinen Vater an, er mißbilligte die Haltung des Obersten. Schließlich sagte Horácio zu Maneca: „Compadre, du bist ein erfahrener Mann, rate diesen Doktoren, daß sie lieber nicht kommen. Ich knalle sie ab."

Dann entzog er sich erneut dem Gespräch, als gäbe es nichts mehr zu besprechen. Für ihn war die Sache abgeschlossen, es war nicht der Mühe wert, noch mehr Zeit damit zu verlieren. Die Negerin Felícia trat aus dem Haus, um zu melden, daß der Tisch gedeckt sei. Es gab Kaffee, Maniok und gekochte Bananen. Auch Felícia war erledigt, ihr Kraushaar war schlohweiß, ihre Schritte waren schwerfällig. Rui Dantas meinte, diese Leute seien völlig verbraucht, das Recht sei auf Silveirinhas Seite, wenn er auch über die Methoden von Horácios Sohn empört war.

Bei Tisch versuchten Maneca und Rui auf die Angelegenheit zurückzukommen. Horácio zerdrückte die Banane, damit er sie schlucken konnte, er hatte keine Zähne mehr zum Kauen.

„Wenn Sie so weitermachen, Oberst, dann werden Sie noch alles verderben. Die Gegner werden es sich zunutze machen und sagen, Sie seien tatsächlich verrückt."

„Mein Junge, ich bin nicht verrückt. Aber ich knalle jeden Doktor ab, der hier heraufkommt. Siehst du nicht, daß ich mich nicht für diese Posse hergeben will? Siehst du es nicht?" Er wurde etwas lebhafter, aber auch nur einen Augenblick lang. „Ich stehe am Ende meines

Lebens, ich möchte nicht andern zum Schauspiel dienen. Ich bin Oberst Horácio da Silveira, ich bin kein Zirkusclown ... Ich knalle sie ab."

Dann versank er wieder in seine Gleichgültigkeit, seine Untätigkeit, den restlichen Kaffee ließ er in der Tasse. Maneca Dantas und Rui verabschiedeten sich. Horácio schleppte sich auf die Veranda, um zu hören, wie sie losritten. Als er Maneca Dantas umarmte, sagte er zu ihm: „Vielleicht sehen wir uns nicht wieder, Compadre ... An alldem, was jetzt geschieht, ist nur eine schuld: die Verstorbene. All dies tut sie noch. Sag den Doktoren, sie sollen lieber nicht herkommen. Ich knalle sie ab. Leb wohl, Compadre."

Maneca Dantas fühlte, daß ihm die Tränen in die Augen traten, er starrte auf die Pflanzungen und konnte kein Wort erwidern. Rui Dantas war schon aufgesessen, er trieb seinen Vater zur Eile. „Reiten wir los, Vater, es ist schon spät."

Maneca umarmte den Obersten, er war überzeugt, daß er ihn nicht wiedersehen würde, und es war, als hätte man ihm die Wurzeln herausgerissen, die ihn am stärksten mit dem Leben verbunden hatten. Es war, als wäre eine Zeit vorüber und eine andere wolle beginnen.

Auf der Straße – sie ritten im schwächeren Regen dahin, der die Flanken der Pferde näßte – sagte Rui Dantas traurig und auch etwas verärgert: „Er ist wirklich verrückt, Vater. Ich weiß nicht, wie das alles enden soll."

Maneca Dantas sah seinen Sohn an, die Tränen rollten über sein von Runzeln gefurchtes Gesicht, er stellte sich vor, wie das alles enden würde.

24

Der Brief, auf den sie seit Monaten wartete, war nicht gekommen. Sie war nach Bahia gefahren, hatte Obst, Süßigkeiten und Kleidung gekauft, um es ihm in die

Strafanstalt zu bringen. Aber er weigerte sich, sie zu empfangen, mit ihr zu sprechen. Sie schickte ihm die Wäsche und einen Brief. Im Hotel hatte sie geweint, bis Rui Dantas eingetroffen war. Der Rechtsanwalt las ihr jeden Wunsch von den Augen ab, aber Lolas Treue zu Pepe bedrückte ihn, schmerzte ihn, er fühlte sich täglich durch sie verraten. Und jetzt war er es, der sich fast mehr als sie selbst dem Genuß des Morphiums und des Kokains hingab, der Prozeß Horácios war ebenso vergessen wie das Anwaltsbüro und sogar die romantischen Sonette.

Der Brief, den sie monatelang erwartet hatte, die Antwort auf ihr verzweifeltes Schreiben, traf nie ein. Ein Häftling, der aus Ilhéus stammte und kürzlich auf Bewährung entlassen worden war, brachte ihr Nachrichten von Pepe, sehr traurige Nachrichten. Der Zuhälter verfiel im Gefängnis zusehends, er war finster und abweisend, er magerte immer mehr ab. Die anderen Häftlinge ließen ihn in Ruhe, und so lebte er in völliger Isolierung, verloren in melancholische Grübeleien.

Sie schrieb ihm noch einmal und schickte ihm Geld, auch jetzt kam keine Antwort. Dann schrieb sie ihm zum letztenmal, es war ein Abschiedsbrief, der nur aus ein paar Liebesworten bestand.

Ganz früh am Morgen nahm sie sich das Leben, sie hatte sich in ihr Zimmer eingeschlossen, die Spritze, mit der sie sich die tödliche Injektion gegeben hatte, lag zerbrochen am Boden, ihre Hand war weiß und schön ausgestreckt. Rui schluchzte verzweifelt. Am Nachmittag zuvor hatte Lola Julieta Zude einen Brief geschickt. Warum hatte sie ihr geschrieben, als sie sich entschlossen hatte, Selbstmord zu begehen? Sie hatte an das Gespräch mit Julieta eine wohltuende Erinnerung bewahrt, und sie wußte, daß die Frau des Exporteurs alles tun konnte, alles einsetzen würde, um Pepe zu helfen. Ihr war vorwiegend die Strafminderung zu verdanken. Später hatte sie von der Geschichte Julietas und Sérgios erfahren. Und als sie mit dem Brief an Pepe fertig war, meinte sie, daß sie Julieta Dank schulde, und so kritzelte sie ihr das Briefchen und steckte es in den Kasten. Sie wollte sich an diesem Nachmittag das Leben nehmen. Aber sie glaubte, daß sie noch einem Menschen Dank schulde, und zwar Rui Dantas. Sicherlich war der Rechtsanwalt ermüdend, und sie ertrug ihn meist nur mit Mühe. Aber er war immer gut zu ihr gewesen, er hatte alle ihre Wünsche zu erfüllen gesucht, er hatte für Pepe gekämpft, und sie begriff, wie Rui gelitten hatte, als er sah, daß sie sich selbst noch in der letzten Not an den Zuhälter geklammert hatte. Sie war ihm Dank schuldig, und so entschloß sie sich, erst am nächsten Morgen zu sterben. Die Nacht sollte ihm gehören.

Zum erstenmal gab sie sich ihm mit einer gewissen Zärtlichkeit hin. Sie wollte kein Rauschgift, sie wollte nicht trinken, sie war seine Frau, die Gattin, die er immer ersehnt hatte. Das Haus hatte sich für die kurzen Stunden der Winternacht in ein Zuhause verwandelt. Überschäumend vor Freude ging er am Morgen fort. Er glaubte, Lola wolle ein neues Leben beginnen. Und da tötete sie sich, sie war sicher, daß sie keinem mehr etwas schuldig war, sie hatte ihre Rechnung mit dem Leben beglichen. Ihr Kopf rollte vom Kissen, und das gelöste lange Haar füllte das Bett mit Gold.

25

In einem entlegenen Winkel des Friedhofs von Vitória wohnte Julieta Zude dem Begräbnis ohne Gefolge bei. Die Männer, Angestellte des Bestattungsinstituts, hoben den Sarg von dem Leichenwagen, aus dem anderen Auto stieg Rui Dantas. Er trug einen riesigen Kranz, den größten, den er in Ilhéus aufgetrieben hatte, er stand unter der Wirkung von Drogen, er zitterte, als er hinter dem Sarg herging. Der Totengräber stand neben dem offenen Grab, für die Selbstmörderin gab es keinen Pfarrer, gab es keine Freunde, gab es weder Musik noch Worte, nur die Ausrufe der Männer, die den Sarg hinabsenkten: „Langsamer! Vorsicht! Paß auf das Seil auf!"

Eilig warfen sie Erde auf den Sarg, um rasch fertig zu werden. Rui Dantas legte den Kranz auf das Grab, er taumelte, Julieta meinte, er sei betrunken, sie wußte nichts von den Rauschgiften. Sie sah, daß er ins Auto stieg und sich auf den Sitz fallen ließ. Das Leichenauto fuhr hinter seinem Wagen ins Tal hinunter.

Julieta Zude ging auf das Grab zu, wo die Erde noch weich war und von der eben erfolgten Beisetzung kündete. Ein Schild mit weißen Buchstaben erinnerte:

Hier ruht
JULIA HERNÁNDEZ
Geboren in Buenos Aires
Gestorben in Ilhéus
Betet für ihre Seele

Julieta hatte ihr Blumen mitgebracht, die Blumen aus dem Handelsverein, seltene Blumen waren es, Orchideen, Teerosen, Nelken und Veilchen. Sérgio hatte sie für sie gepflückt. Sie hatte ihm nicht gesagt, wofür. Sie streute die Blumen auf das Grab, auf den noch lockeren Lehm. Den guten Lehm, aus dem Lola gemacht war. Julieta weinte nicht, sie war auch nicht traurig. Sie verabschiedete sich von Lola wie von einer lieben Freundin, die eine lange Reise antrat, die aber immer in ihren Gedanken anwesend sein würde, in einer Freundschaft, die nie zerbrechen würde. Sie hatte sie nur einmal gesehen, und doch hatte sie nie eine andere Freundin gehabt.

Sie sah sich um auf dem Friedhof, und sie merkte, daß ihre Welt, ihre riesige, zauberhafte neue Welt nur von Sérgio, Joaquim und Lola bevölkert war. „Lola Espinola, Julia Hernández." Sie war niemals Julia Hernández gewesen, die Inschrift log! Sie war immer Lola Espinola, Pepes Frau, gewesen, die den Mut gehabt hatte, ihrem Schicksal zu folgen, ihrem Mann, und geradeaus zu gehen. Geradeaus gehen ... niemand würde das verstehen. Sérgio würde den Kopf wiegen, er glich einem gefangenen Vogel, er war von vielem gefesselt. Aber er hatte seine Dichtung, und über sie flüchtete er in eine andere Welt, über sie gelangte er zu den reinsten, den heldenhaftesten Dingen, zu den Blumen, den Vögeln, zur Revolution, von der Joaquim sprach. Joaquim würde sie verstehen. Der Kraftfahrer verstand alles, er trug diese Welt in sich selbst, Julieta begriff, daß er dabei war, sie aufzubauen, ohne daß sie alles genau verstehen konnte. In dem Schmerz und in dem Kampf, im Opfer, in der namenlosen Existenz, in der Illegalität mußte er sich bewähren, aber jeden Tag baute er an dieser Welt, die für alle da war. Sie, Julieta, trug keine Welt in ihrem Innern, sie hatte auch keine Tür, die der Flucht offenstand, wie Sérgio mit seiner Dichtung. Sie vermochte nicht wie Joaquim mit seinen mächtigen und reinen schöpferischen Händen zu bauen, sie vermochte nicht wie Sérgio mit seinen magischen und verletzlichen Künstlerhänden darzustellen. Sie war verloren, sie stak im Schlamm. Auf den Schlamm baute Joaquim die Fundamente seiner neuen Welt. Sérgio flog über den Schlamm mit unsichtbaren Flügeln. Allerdings verbanden ihn viele Fäden mit dieser Welt, seine Flügel waren gestutzt, trotzdem schwebte er über dem Schmutz. Sie war darin versunken bis an den Scheitel. Sie faulte in der Fäulnis, die sie umgab. Lola war aus dieser Fäulnis rein hervorgegangen, ob Joaquim das verstehen konnte? Sérgio war ein großer Vogel mit ironischem Blick, geheimnisvollem Lächeln und einem Herzen, das völlig lauter war. Aber seine Füße staken im Schlamm. Julieta kam es vor, als hielten Tausende Fäden – jeder von ihnen äußerst fein – den Dichter wie mit Sklavenketten an den Füßen gefesselt.

Joaquim schritt vorwärts, Julieta ahnte, daß es viele Joaquims gab auf der Welt, Männer und Frauen.

In den Unterhaltungen, die ihrem ersten Gespräch im Handelsverein gefolgt waren, hatte Joaquim, der sein Mißtrauen und seine Verlegenheit längst verloren hatte, von seinen politischen Idealen gesprochen, von der künftigen Welt der Brüderlichkeit, der Gleichheit, der Liebe zu allen Menschen, wovon er träumte und wofür er kämpfte. Auch Sérgio träumte von dieser Welt, aber er lieh ihr nur seine Dichtung, er wagte nicht, sich ihr völlig hinzugeben, sein Leben gehörte ihr nicht, seine Füße waren gefesselt. Julieta war die Gattin eines Kakaoexporteurs, sie hatte als vornehme, nervöse Frau in den Armen raffinierter Liebhaber gelegen, ihr Mann hatte sie alle sexuellen Perversionen gelehrt, aber nichts konnte sie befriedigen. Als ihr Joaquim von der Welt erzählte, die er aufbauen wollte, die in dem legendären Rußland teilweise bereits verwirklicht war, die in den anderen Ländern in hartem Kampf erfochten wurde, da wußte sie, die der entfesselten Phantasie des Dichters schon folgte, die sich aber von ihrer traurigen wirklichen Welt nicht losriß, nicht, wohin sie sich wenden sollte, sie fühlte sie wie eine Morgendämmerung, die sie nicht erreichen konnte. Denn ihr Ritter auf dem schwierigen Weg war der Dichter Sérgio Moura, und seine Füße staken im Schlamm; wenn er jene Welt erreichte, dann durch die Dichtung, Julieta aber hatte das Bedürfnis, zu marschieren wie ein Kämpfer, wie einer, der etwas aufbauen will. Vielleicht wären ihre Gefühle die gleichen gewesen, wenn ein Freund sie in ihrer Angst und ihrer Verzweiflung in ein Konzert geführt hätte und sie an die wahre Musik gewöhnt hätte. Aber in Ilhéus, der Stadt des Kakaos, in der Hausse, fanden Konzerte nur in sehr großen Abständen statt, wenn es einen halb gescheiterten Pianisten auf der Suche nach leichtem Verdienst einmal in die Stadt verschlug. Aber der Dichter mit seiner Leidenschaft für die Politik und der Kraftfahrer mit seiner soliden kämpferischen Wirklichkeit sprachen nur von der Revolution, von der Welt der Genossen von morgen. Und mit welcher Leidenschaft, mit welch unbezwingbarer Liebe sprach Joaquim von dieser Welt! Dann schien er nicht mehr der schweigsame Chauffeur, der Sohn der wortkargen Raimunda zu sein, dann war er ein reißender Strom, der von dem Glauben und vor allem auch von der Erfahrung des Kampfes getrieben wurde. Julieta hätte am liebsten gesagt: „Sérgio, hier, nimm meinen Arm. Wir wollen unsere Füße aus dem Schlamm ziehen und fortgehn. Was kümmert uns alles übrige?"

Aber sie sagte es nie, sie lebte ganz diesem Liebesabenteuer, das schon etwas war, trotz Carlos Zude und seiner täglichen Anwesenheit, trotz Joaquim, der darauf zu warten schien, daß sie einen Entschluß faßte. Aber sie sagte es nie.

Jetzt steckt in ihrer Tasche Lolas Schreiben mit den Worten, die ihr die Freundin gesandt hat. Sie hat sie nur einmal gesehen, und trotzdem ist sie ihre einzige Freundin gewesen. Die Schatten der Abenddämmerung senken sich auf den einsamen Friedhof. „Folgen Sie Ihrer Liebe, wenn Sie ihn lieben. Folgen Sie Ihrem Schicksal. Sosehr Sie auch leiden werden, Sie werden immer glücklich sein. Ich bin in allem Leid immer glücklich gewesen. Folgen Sie Ihrem Schicksal, das sage ich Ihnen, die ich jetzt sterben werde. Haben Sie keine Angst."

„Morgen, Dona Julieta, wird die Welt besser sein. Leute wie Sie wird es nicht mehr geben. Heute kann man nur das einzig Richtige tun: dafür arbeiten, daß diese Welt rascher kommt. Sie wird wie ein Fest sein." Das war Joaquims Stimme. „Und ich will dir von den Vögeln erzählen, ihr Leben ist so schön, du kannst es dir nicht vorstellen. Und ich will dir von den Blumen erzählen, was weißt du von der Teerose? Dein Nabel ist rosenfarben, dort könnten Teerosensträucher wachsen, das ist die schönste aller Rosen. Wir wollen alles vergessen, wichtig ist, daß wir hier zusammen sind, daß ich dich nehmen kann und gleichzeitig dein sein, das ist das einzig Wichtige, das einzige, was etwas taugt. Und ich will dir alles erzählen, was du magst, damit du morgen wiederkommst." Das war Sérgios Stimme.

Seine Füße staken im Schlamm. Es war so leicht, die unzähligen Fäden zu zerreißen, die ihn gefesselt hielten. Es war so schwierig, die Ketten zu sprengen, die ihn am Boden hielten. So leicht und auch so schwierig. „Haben Sie keine Angst . . ."

26

Eines Tages am Ende des zweiten Haussejahres hielt die Kommunistische Partei trotz der Verfolgung, unter der ihre Kämpfer zu leiden hatten, eine Versammlung auf dem Hafenplatz ab. Die Kommunisten versuchten, das Volk über die wahre Bedeutung der Hausse aufzuklären, ihm zu zeigen, was die unsinnig hohen Kakaopreise bedeuteten. Jetzt konnten sie den kleinen Bauern, den Obersten, dem ganzen Volk viel mehr Argumente bringen als früher. Da war der Kampf zwischen Schwartz und Horácio (niemand nannte ihn jetzt mehr den Kampf zwischen Silveirinha und Horácio, so groß war der Einfluß des Deutschen auf die Entwicklung der Ereignisse), da war die Sache mit den Autobusgesellschaften. Die Gründung der neuen Aktiengesellschaft hatte alle anderen Gesellschaften zum Bankrott geführt, und das war Marinho Santos durchaus nicht unangenehm gewesen. Höchst unangenehm aber war es für ihn, bald darauf festzustellen, daß sein Ansehen in der Gesellschaft immer weiter schwand: Die Exporteure zwangen ihn, alte Verträge über den Kakaotransport zu brechen, und benutzten die Lastwagen fast nur im Dienste der Exporteure Karbanks, Zude, Schwartz und Rauschning.

Die Wahlen rückten heran, und die Parteikader hielten es für notwendig, ihre Agitation zu entfalten, die den Massen während des Wahlkampfs eine Orientierung geben konnte. Drei Kandidaten waren für die Präfektur Ilhéus aufgestellt worden: Carlos Zude für die Soziale Partei, Silveirinha für die Integralisten und Maneca Dantas für die Opposition. Die Kommunistische Partei hatte beschlossen, keinen eigenen Kandidaten zu benennen, und rief die Fazendeiros, die kleinen Bauern, die Arbeiter auf, sich um einen Kandidaten zu scharen, entweder Maneca Dantas oder einen andern, der sowohl Carlos Zude als auch Silveirinha schlagen konnte, denn beide, so erklärte das Flugblatt, „repräsentieren den ausländischen Imperialismus, das antinationale deutsche oder amerikanische Kapital“. Sie hatten beschlossen, auf ihrer Versammlung öffentlich gegen die hinter der Hausse steckenden Machenschaften zu protestieren, vielleicht brachte sie einen Erfolg. Da es unmöglich war, die Versammlung anzukündigen – die Polizei hätte sofort Maßnahmen getroffen, um sie zu verhindern –, setzte die Partei sie für die Stunde an, da alle von der Arbeit kamen, da die Arbeiter aus den Kakaolagerhäusern und der Schokoladenfabrik nach Hause gingen. Die Genossen, die an diesen Stellen und im Hafen, bei der Eisenbahn und auf den Schiffen arbeiteten, schickten die Arbeiter um fünf Uhr nachmittags auf den Platz.

Es war beinahe gegenüber dem Gebäude der Firma „Gebrüder Zude & Co.“ und ganz in der Nähe der „Exportgesellschaft“. Joaquim hatte am Tag zuvor zu Julieta gesagt: „Wenn du etwas Schönes sehen willst, dann komm morgen um fünf Uhr nachmittags zum Hafen.“

Sie stand im Büro ihres Mannes und sah aus dem Fenster, auf einmal bemerkte sie eine ungewöhnliche Bewegung auf dem Platz, eine gewisse Erregung unter den Passanten. Plötzlich begann die Kundgebung, Julieta wandte sich vom Fenster ab und ging durch das Büro ihres Mannes.

„Wo willst du hin?" fragte Carlos.

„Nur einen Augenblick hinaus, ich komme gleich wieder", antwortete sie, ohne sich auch nur umzusehen.

Es ging alles sehr rasch. Die Männer kamen mit einem Wagen, der mit laufendem Motor an der Ecke wartete, sie hatten eine rote Fahne mitgebracht, die sie auf der Motorhaube eines der auf dem Platz wartenden Taxis ausbreiteten. Sofort begann ein Stauer zu sprechen. Als Julieta die Menge erreichte, die sich zusammendrängte und „Hoch" oder „Nieder" schrie, war der Neger schon mitten in seiner Rede, er griff die großen Exporteure an, die Integralisten, die „Lakaien des Imperialismus", wie er sagte. Er schrie auch Karbanks' Namen in die verblüfften Ohren der Menge. „Er ist der größte Agent des Imperialismus." Die Kämpfer klatschten Beifall. Aber als er Schwartz einen „schmutzigen Gringo und Spion der Gestapo" nannte, da applaudierten auch viele, die gar nichts damit zu tun hatten, denn der Deutsche hatte sich wegen des Prozesses gegen Horácio sehr unbeliebt gemacht. Der Neger sprach weiter, er sagte, die Kommunistische Partei verteidige in diesem Augenblick nicht nur die Interessen der Arbeiter, sondern die aller fortschrittlichen Kreise, die nicht wollten, daß die Ländereien Brasiliens den Ausländern in die Hände fielen. Sie verteidige sogar die Obersten, allerdings fordere sie höhere Löhne und bessere Behandlung für die Landarbeiter auf den Fazendas.

Julieta fühlte sich mitgerissen von diesem Schauspiel. Sie verstand die Worte des Redners nicht, zumindest erfaßte sie kaum den Sinn seiner Sätze, aber die Sache erregte sie sehr: Es war ein herrlicher Augenblick, wenn Männer wagten, die Welt zu verändern. Jetzt sah sie sie in Aktion, sie fand den schwarzen Stauer großartig, diese Leute, die „Nieder" und „Hoch" riefen, schienen ihr zu den größten Taten fähig. Die rote Fahne verlieh der ganzen Szene ein romantisches Kolorit, und Julieta sog die Anregungen der versammelten, starken, mitreißenden Menge in sich auf. Ganz in ihrer Nähe knurrte ein zahnloser Mulatte beifällige und drohende Worte: „Genau so ist es! Raus mit diesen Gringos!“

Julieta lächelte ihm verständnisinnig zu, sie meinte, er sei ein guter Kerl, trotz seiner wilden Miene, seiner Bartstoppeln, seines zahnlosen Mundes mit dem bloßen roten Zahnfleisch. Von einem Fenster des Gebäudes aus sah Carlos Zude zu, er wußte nicht, wohin Julieta gegangen war, er fürchtete, ihr könne etwas zustoßen. Von seinem Büro aus hatte man telefonisch die Polizei verständigt.

Den Redner schützte eine Reihe kräftiger Männer. Die Polizei und die Integralisten würden bald hier sein, und die mit der Selbstverteidigung betrauten Männer forschten in der Menge nach mutmaßlichen Provokateuren. Die Zuhörer setzten sich aus Vertretern unterschiedlicher Gruppen und Schichten zusammen: Arbeiter aus der Schokoladenfabrik, Arbeiter vom Hafen, aus den Kakaolagerhäusern, Obersten, kaufmännische Angestellte, Kellnerinnen aus den benachbarten Lokalen, kleinen Bauern, die Stiefel trugen. Auch Rosa war da, sie schrie lauter als alle anderen, sie schrie, ohne zu wissen, warum, nur weil es ihr solchen Spaß machte, zu schreien, zu zischen und Beifall zu klatschen.

Eben hatte ein zweiter Redner zu sprechen begonnen. Erst jetzt erblickte Julieta Joaquim, der hinter dem Auto stand, er lächelte ihr kurz und freundschaftlich zu. Der neue Redner war ein Intellektueller, er wollte erklären, warum es notwendig sei, einen Wahlblock zu bilden, der die Obersten, die kleinen Bauern, die Geschäftsleute und alle jene vereinen sollte, die von den Exporteuren bedroht wurden, er sollte dem gemeinsamen politischen und wirtschaftlichen Kampf dienen. Dann wollte er von der Kooperative und von den kommenden Wahlen sprechen. Aber da erschien die Polizei und löste die Versammlung auf. Die Polizeispitzel schossen in die Luft, an ihrer Spitze stand der Sonderkommissar. Die Selbstverteidigung schlug sich mit den Spitzeln und den Integralisten, die die Polizei unterstützten. Der Redner sprach weiter, obwohl ein furchtbarer Lärm ausbrach und keiner ihm zuhörte. Julieta merkte, daß Joaquim Befehle gab.

Dann begann die Polizei, Leute festzunehmen, die meisten Kommunisten entkamen mit dem Auto, das sie hergebracht hatte. Einer von ihnen, der schwarze Stauer, riß im letzten Moment, bevor er ins Auto sprang, die Fahne von der Motorhaube des Taxis, wickelte sie sich um den Arm, streckte einen Spitzel mit einem Fausthieb zu Boden und entwischte auf der Straße, wo der Wagen hupte. Der Intellektuelle, der zuletzt gesprochen hatte, wurde verhaftet. Julieta versuchte, Joaquim zu entdecken. Plötzlich merkte sie, daß er hinter ihr stand und zu ihr sagte: „Kommen Sie, reden Sie mit mir, als ob wir gar nichts damit zu tun hätten."

Sie wandte sich um, er lächelte ihr etwas verlegen zu, dann gingen sie auf die Firma „Gebrüder Zude & Co." zu. Ein Spitzel holte sie ein, schon wollte er die Hand nach Joaquim ausstrecken, da erkannte er verdutzt Julieta Zude. Sie unterhielt sich mit Joaquim und lachte laut, doch ihm zitterten die Hände.

An der Ecke des Gebäudes der Exportfirma schlug Joaquim eine andere Richtung ein, er wandte sich hinunter zum Hafen, wo gerade die Lichter angezündet wurden. Julieta sah, daß er immer schneller ging. Von weitem winkte er ihr zu. Am anderen Tag vertraute Sérgio ihr an, Joaquim habe sich im Hause eines Freundes versteckt.

Und dann sah sie Carlos Zude am Fenster. Sie war so aufgeregt, daß sie ihrem Mann zulächelte und grüßend die Hand hob. Carlos erwartete sie beunruhigt. „Was war das für ein Unsinn?"

„Ich wollte es mir ansehen."

„Hast du nicht gewußt, daß es die Kommunisten waren? Die sind zu allem fähig."

Sie lächelte so rätselhaft, daß Carlos Zude, der keine Komplikationen liebte, verwundert fragte: „Was hast du?"

„Gar nichts. Anscheinend hast du Angst vor den Kommunisten."

„Angst? Du bist ja verrückt. Wir werden sie vernichten, sie sind doch nur ein paar arme Teufel."

„Arme Teufel ...", wiederholte sie und lächelte von neuem.

Carlos war verwirrt. „Wer war der junge Mann, der mit dir gegangen ist?"

„Der? Ich weiß nicht. Als es so laut wurde, zog er mich aus dem Gedränge. Vielleicht einer deiner Bekannten."

„Na, wenigstens ist dir nichts passiert." Er war bereits beruhigt und kehrte zu seiner kaufmännischen Tätigkeit zurück. Der Polizeikommissar kam ins Büro und berichtete: „Drei von ihnen haben wir festgenommen, den, der gesprochen hat, und zwei andere. Die übrigen sind entkommen, aber wir sind ihnen auf der Spur. Auf diese Leute kann man nur mit dem Gummiknüppel eindreschen, und zwar ordentlich!" faßte er seine Meinung zusammen.

Carlos Zude forderte, die Aktion tatkräftig voranzutreiben. Der Kommissar versicherte, sie würden keinen Kommunisten in Ilhéus verschonen, „nicht einmal den harmlosesten". Aber schon am nächsten Tag erschien an der Hausmauer gegenüber der Exportfirma Schwartz ein mit riesigen schwarzen Buchstaben geschriebener Satz: NIEDER MIT DEM NAZISMUS UND DEM IMPERIALISMUS.

Aber am meisten wunderte sich Carlos Zude, daß er fast täglich auf seinem Arbeitstisch Flugblätter der Kommunistischen Partei vorfand. Er erblickte das Flugblatt, dann schloß er die Augen und sah den schwarzen Stauer – unerhört war es! –, der vom Auto sprang, die Fahne packte, den Mann mit einem Hieb zu Boden streckte, sein Arm war rot, und ein Zipfel des Tuches hing ihm auf der Brust.

27

Unmittelbar nach diesen Ereignissen flog Carlos Zude nach Bahia, um mit dem Gouverneur des Staates zu verhandeln; zusammen mit Karbanks kehrte er zurück. Die halbe Stadt war auf dem Flugplatz und erwartete die beiden Exporteure, die eine Zeitung in Ilhéus die „Ecksteine des jetzigen Fortschritts in diesem Gebiet" genannt hatte. Das war eine ruhmreiche Woche für das Kakaogebiet, denn die Preise stiegen so hoch wie nie zuvor, sie erreichten den unglaublichen Stand von zweiundfünfzig Milréis je Arroba. Alles andere war rasch vergessen angesichts dieser Wirklichkeit, die alle Herzen höher schlagen ließ. Sie vergaßen Pepe Espinola und seinen skandalösen Prozeß, den Obersten Horácio und das widerwärtige Verfahren Silveirinhas, sie vergaßen Julieta und Sérgio, Rui Dantas, der Anfälle geistiger Umnachtung gezeigt hatte, die einige Tage dauerten und dann wieder abklangen. Die Ärzte sagten, das komme vom Rauschgift. Die Leute vergaßen alles, denn der Kakao stand auf zweiundfünfzig Milréis. So etwas hatte man noch nie erlebt. Nicht einmal das Gold war den Kakaobohnen gleich, den Kakaobohnen, die man zu Millionen und aber Millionen in den großen Lagerhäusern der Exporteure sah.

Niemand kümmerte sich mehr um irgend etwas, alle interessierten sich nur für das Geld, das es jetzt massenweise zu verdienen gab. Hauptmann João Magalhães hatte den Gewinn dieser Safra und dazu mehr als die Hälfte der nächsten ausgegeben, und doch lächelte er, als er Carlos Zude auf dem Flugplatz begrüßte. Er war nach Ilhéus gekommen, um Kakaosetzlinge für die ersten in dem Wald eröffneten Rodungen zu besorgen. Er nutzte die Gelegenheit, den Mann willkommen zu heißen, den bereits viele den „Wohltäter des Gebiets" nannten. Auch Maneca Dantas, der traurig war über die Krankheit seines Sohnes, über all das, was mit Horácio geschehen war, erwartete das Flugzeug. Er war einer der reichen Männer des Landes, Kandidat für die Präfektur, und die Ärzte garantierten, daß Rui gesund werden könne, wenn er nur auf das Kokain verzichtete. Aber der junge Mann kehrte nach jeder Krise zu dem Pulver zurück, denn dies war die einzige Erinnerung, die ihm von Lola geblieben war. Fast alle wohlsituierten Leute der Stadt waren auf dem Flugplatz erschienen, und Carlos Zude fühlte sich tief befriedigt, als er das Flugzeug verließ. Unzählige Leute waren da, und Oberst Maneca Dantas umarmte Carlos Zude erst, als der Exporteur schon in seinen Wagen steigen wollte. Als sich Carlos hineinsetzte, sagte er zu Karbanks, der sich schon bequem in den Polstern rekelte, noch einmal seinen auf die Obersten gemünzten Satz: „Sie sind wie schüchterne Kinder."

Zito Ferreira, der ebenfalls auf den Flugplatz gekommen war und sich bei dieser Gelegenheit umsah, wen er künftig anpumpen konnte, hörte es, da er in der Nähe des Wagens stand. Deshalb sagte er zu denen, die hinter ihm waren: „Jetzt plagiiert er einen Ausspruch von Reinaldo Bastos."

28

Die Schlagzeile im „Diário de Ilhéus" verkündete: „Oberst Horácio da Silveira verstorben."

Doch Einzelheiten wurden nicht mitgeteilt und die Leute erfuhren erst später, wie der größte aller Kakaofazendeiros gestorben war. Sie versammelten sich vor dem Zeitungsaushang, und einer fragte den andern nach Einzelheiten, aber sie erfuhren die ganze Geschichte erst, als die Polizisten aus Itabuna zurückkamen. Danach wuchs alles zu ungeheurer Größe an, es waren erfundene Details, Sätze und Gesten. So vervollständigten jene, die von Horácio eine fast legendäre Vorstellung hatten, sein unvergeßliches Bild. In der Präfektur von Ilhéus hängt ein Bild des Obersten im Alter von fünfzig Jahren, als er der große politische Führer des Gebietes war. Eins dieser komplizierten Großfotos, wie sie in São Paulo angefertigt wurden, auf denen alle Gesichter rosig sind und alle Augen blau. Aber niemand suchte nach diesem Bild, um seine Erinnerung an den Obersten zu festigen, denn selbst die Einwohner der entlegensten Ortschaften im Kakaoland trugen in ihrer Vorstellung ein Bild Horácio da Silveiras, des Herrn des Sequeiro Grande, mit sich.

Er hatte die Ärzte mit Gewehrschüssen empfangen, die vom Richter ernannte Kommission erreichte Itabuna im Zustand der Panik. Die Geschosse hatten zwar nicht getroffen. Aber sie reichten völlig aus, denn kein Arzt wollte mehr diesen schwierigen und lästigen Auftrag übernehmen. Da schickte der Richter Horácio unter dem Druck von Silveirinhas Anwälten eine Vorladung nach der anderen. Die Anwälte beantragten, den Obersten für unzurechnungsfähig zu erklären, sie meinten, diese Mißachtung des Gesetzes, die Schüsse auf die Ärzte seien ein ausreichender Beweis dafür, daß Horácio nicht mehr normal sei. Sie hatten das Gutachten eines Psychiaters aus Bahia, eines Universitätsprofessors, eingeholt. In der letzten Vorladung teilte man Horácio mit, wenn er nicht nach Itabuna komme, dann werde er für unfähig erklärt, seine Güter zu verwalten, und der Richter werde einen Vormund bestellen.

All das war Horácio gleichgültig. Er ließ nur seine Männer an den Grenzen seiner Fazenda mit der Waffe in der Hand Wache halten, um zu verhindern, daß ein

Fremder eindrang. Diese Revolverhelden nahmen die Vorladungen entgegen und brachten sie Horácio. Der Oberst ließ sie sich vom Aufseher vorlesen, dann riß er sie in kleine Stücke, die er fortpustete und in der Luft tanzen ließ. Manchmal fielen sie auf sein Gesicht zurück, und dann verscheuchte er sie mit seinen zittrigen Händen. Jetzt verließ er kaum noch sein Zimmer, und nur der Aufseher und Felícia gelangten zu ihm.

In Anbetracht der Nutzlosigkeit der letzten Vorladung rief der Richter von Itabuna Silveirinhas Anwälte und Rui Dantas, der eben eine seiner Krisen überwunden hatte, zu einer Beratung. Er war entschlossen, den Obersten für unzurechnungsfähig zu erklären und Silveirinha als Vormund einzusetzen. Aber Rui erhob Einwände, er war der Meinung, der Oberst erscheine nur deshalb nicht, weil er nicht reisen könne, aber wenn er und der Richter mit den Ärzten zu ihm kämen, dann würde Horácio sie empfangen und sich untersuchen lassen. Doch zur allgemeinen Überraschung weigerte sich Silveirinha hartnäkkig, die Fazenda zu betreten und von den Pflanzungen Besitz zu ergreifen, solange sein Vater dort lebte. Die Angst vor Horácio saß ihm noch immer im Nacken. Der Richter schüttelte den Kopf und fand keine Lösung für den komplizierten Fall. Er hielt den Vorschlag Ruis für unannehmbar. Vor allem, weil es keinen Arzt gab, der diese schwere Aufgabe übernehmen wollte. Andererseits weigerte sich Silveirinha, die Fazenda in Besitz zu nehmen, solange Horácio dort wohnte.

„Ein Verrückter gehört in die Klinik."

„Aber es steht mir nicht zu, ihn in eine Klinik zu stekken. Sie übernehmen die Fazendas, die Güter und auch Ihren alten Vater und kümmern sich um ihn."

Ein paar Tage später wurde der Gerichtsentscheid verkündet. Diesmal nahm Horácio davon Kenntnis. Er ließ den Gerichtsschreiber rufen, der in Begleitung zweier Soldaten das Papier überbrachte, in dem Horácio von dem Richter für unfähig erklärt wurde, die Fazendas zu verwalten, an denen er sein ganzes Leben lang gebaut und gearbeitet hatte. Als sie das Herrenhaus betraten, schlief der Oberst in seinem alten Ehebett. Sie blieben an der Tür stehen. Horácio öffnete die Augen, er spürte, daß Fremde anwesend waren.

„Wer ist da, Felícia?"

Der Aufseher antwortete: „Es sind die Männer, die Sie herbestellt haben. Die von der Polizei."

„Hm!" Er richtete sich etwas im Bett auf und suchte mit den Füßen nach seinen Pantoffeln. Der Gerichtsschreiber trat vor. „Sie brauchen sich nicht zu bemühen, Oberst. Wir sollen Ihnen nur zur Kenntnis bringen . . ."

Aber Horácio war schon aufgestanden. „Daß die Ländereien ihm gehören. Ich habe es schon zur Kenntnis genommen, mein Junge. Sagen Sie ihm, er soll nur herkommen, ich warte auf ihn."

Die Kräfte versagten ihm, er setzte sich aufs Bett, aber er hatte seinen Bescheid für Silveirinha noch nicht beendet. „Sie werden mir einen Gefallen tun. Sie werden ihm, meinem Sohn, sagen, er soll herkommen, ich erwarte ihn. Seine Mutter konnte ich nicht töten; daß sie nichts taugte, erfuhr ich erst, als sie gestorben war. Aber bei ihm habe ich es früher erfahren. Sagen Sie ihm, er braucht nur herzukommen, ich erwarte ihn. Er soll sofort kommen." Er wandte sich dem Aufseher zu, noch einmal war er der alte Oberst Horácio da Silveira, der einen Kampf befehligte. „Bezahl den jungen Mann für den Gefallen, den er mir tun wird. Bezahl ihn gut dafür."

Dann legte er sich wieder ins Bett, den Kopf auf das harte, nichtbezogene Kissen, an den Füßen hatte er noch die Pantoffeln. „Er ist gestorben wie ein kleiner Vogel", sagte Felícia zu den Bekannten.

29

Varapaus Terno erleuchtete noch einmal die Straßen des Kakaos, Hauptmann João Magalhães pflanzte junge Kakaosetzlinge und rodete den Wald, Maneca Dantas beschimpfte Silveirinha auf Horácios prächtigem Begräbnis, Frederico Pinto spekulierte an der Börse, Julieta liebte Sérgio im Handelsverein und träumte von einem neuen Leben, Pepe magerte in der Strafanstalt weiter ab, Zito Ferreira pumpte den wichtigtuerischen Marinho Santos an, Antônio Vítor ließ Raimunda auf den Pflanzungen schuften und legte sich ins Bett der Vampireza, Joaquim arbeitete in seinem Versteck, Gumercindo Bessa wurde Geschäftsführer der neuen Exportfirma „Schwartz & Silveira". Rita, die ihr Kind auf dem Arm trug, zog, nachdem Oberst Frederico sie verlassen hatte, in die Hurenstraßen um, Reinaldo Bastos träumte von einer Beförderung in der Firma Zude und sprach an den Straßenecken schlecht über Julieta. Der Kakao hatte alle diese Schicksale im Schlepptau, es war die größte Hausse, die man jemals im Süden Bahias verzeichnet hatte. Die Skandale lösten einander ab. Aber nichts konnte die Stadt São Jorge dos Ilhéus trübselig stimmen, die sich mit dem Licht der Nachtlokale schmückte und in den Nächten der Ausschweifung mit dem Mund der Prostituierten lachte. Es gab ein allen heiliges Wort, das sie mit großer Liebe aussprachen: Kakao.

Nur Rosa in ihrer unvergänglichen Schönheit trieb sich auf den Kais herum, sie schlief in den Booten, sie war gleichgültig gegenüber der Hausse, den Kakaopreisen, den Ereignissen und den Männern. Sie lächelte dem einen oder dem anderen zu, sie schlief mit einem, der ihr Geld gab, sie aß in den Häusern von Fischern, die sie kannte, sie tanzte auf dem Candomblé, immer am Ufer des Meeres, ihr Haar roch nach Salz, ihre Lippen hatten den bitteren Geschmack des Meeres. Rosa, von der man nie genau erfahren konnte, wer sie war, die aber allen, die sie gekannt hatten, unvergeßlich blieb: Varapau, Martins, der für sie gestohlen hatte, Pepe, den Studenten, die das „Retiro“ besuchten, den Stauern im Hafen, den Matrosen von den Schiffen, dem Maler, der ihr Porträt gemalt hatte, dem Dichter Sérgio Moura und dem Polizisten, der sie auf Befehl des Kommissars geschlagen hatte. Ihr und nur ihr war der Preis des Kakaos zu Beginn des dritten Haussejahres in der Stadt São Jorge dos Ilhéus völlig gleichgültig. Aber Rosa wußte von allen Veränderungen des Meeres. Das, ja, das war ihr niemals gleichgültig.

30

Das Sankt-Georgs-Fest am Anfang der dritten Safra während der Hausse war so prächtig, wie man es nie zuvor gesehen hatte. Die neue Mutterkirche war fast fertig, die Messe war schon darin gelesen worden, und dort sollte die Prozession beginnen. Viele Leute kamen zu diesem Anlaß von den Pflanzungen, aus Itabuna, aus den kleinen Ortschaften, aus Itapira. Die Hotels waren vollgestopft. Auch die Vampireza erschien, und Antônio Vítor unterschrieb in Carlos Zudes Büro einen Wechsel über dreizehn Contos. Zehn waren für die Ausgaben auf der Pflanzung bestimmt, und drei wollte er mit der Vampireza verbrauchen. Bevor er ging, sagte Carlos Zude zu ihm: „Es gibt da noch eine äußerst unangenehme, Sie betreffende Angelegenheit, Seu Antônio.“

Antônio Vítor glaubte, der Exporteur wolle von der Vampireza sprechen, seine Ohren wurden rot, er suchte nach Ausreden, um die Sache zu erklären, aber Carlos Zude sagte: „Es handelt sich um Ihren Sohn, Seu Antônio. Er wird als Kommunist verfolgt. Man sagt, er ist gefährlich. Wie konnte er da nur hineingeraten? Das ist ja schlimmer, als wäre er ein Dieb.“

Antônio Vítor erklärte, Joaquim sei immer so gewesen, er habe einen schlechten Charakter. Er gab sich gar nicht mehr mit ihm ab. Wenn er festgenommen wurde, dann war das nur richtig. Wer hieß ihn denn so verbohrt sein? Seiner Mutter würde es allerdings leid tun, sie mochte ihren Sohn.

Carlos Zude klagte, daß er gar nichts für den jungen Mann tun könne. Wäre es etwas anderes gewesen, dann hätte er Maßnahmen treffen können, aber einem Kommunisten zu helfen war unmöglich, das war wirklich unmöglich.

Die Prozession begann um fünf Uhr nachmittags. Alle bedeutenden Leute schlossen sich dem Zug an. Der Bischof ging unter einem Baldachin, den der Präfekt, Carlos Zude, Antônio Ribeiro und Maneca Dantas trugen. Die Glocken läuteten in den heiteren Nachmittag. Die eleganten Kleider, die Luxuslimousinen, die verschwenderische Pracht der mit Gold ausgeschmückten Heiligenbilder, alles bewies die Kraft des Kakaos. Die Schülerinnen des Schwesternkollegs sangen laut einen Lobgesang nach dem andern. Zur Stunde der Segnung dankte der Bischof dem heiligen Georg für den Reichtum, den er seiner Stadt Ilhéus geschenkt hatte, und segnete die Gläubigen. Wieder läuteten die Glocken. In der Präfektur fand ein Ball statt, auch im „Trianon" gab es ein großes Fest.

Auf der Macumba des Bernardino von Olivença kündigte Oxossi* unmittelbar bevorstehendes Unglück an. Rosa tanzte zu Ehren des Heiligen, der Wind fächelte die Kokospalmen.

Während die Prozession durch die Straßen von Ilhéus zog, gab sich Julieta im Handelsverein Sérgio Moura hin. In der Abenddämmerung überquerte die Prozession die Praça Seabra, an der der Handelsverein und die Präfek-

* Gottheit des afrobrasilianischen Kults, Gott der Jäger

tur lagen. Hinter den Fenstervorhängen standen Julieta und Sérgio, engumschlungen sahen sie auf die Menschenmenge und die Heiligenbilder hinunter, die Prozession zog unter den eben angezündeten Straßenlampen langsam dahin, während Dankgebete zum Himmel aufstiegen. Sérgio fiel ein Gedicht ein.

Antônio Vítor erschien am nächsten Tag gleich frühmorgens in Carlos Zudes Büro, er benötigte hundert Milréis, um die Rückreise bezahlen zu können. Der Exporteur sagte verwundert: „Aber gestern haben Sie doch dreizehn Contos abgehoben, Seu Antônio . . .“

Antônio Vítor senkte den Kopf. „Das stimmt, Seu Carlos. Aber ich war gestern im ‚Trianon‘, und dann bin ich noch im ‚Terno do Ipicilone‘ mitgezogen . . .“

Carlos Zude lachte, er ließ eine Quittung über fünfhundert Milréis ausfertigen („Nehmen Sie gleich fünfhundert, Sie können es brauchen“) und gab ihm das Geld. Auf der Pflanzung war Raimunda damit beschäftigt, Kakaofrüchte zu zerteilen.

31

Sérgio Moura saß in der Sankt-Georgs-Nacht auf dem Vitóriahügel, dem Friedhof gegenüber, und trug Joaquim sein Gedicht vor. Der Kraftfahrer hatte sich in einem unweit gelegenen Haus versteckt, Sérgio gehörte zu den wenigen, die sich mit ihm trafen. In dieser Nacht war er gekommen, um ihm Geld zu bringen. Dann hatte er mit ihm über das Gedicht gesprochen, das er am Abend nach der Prozession geschrieben hatte. Joaquim wollte es hören. Unten glitzerte die Stadt mit unzähligen elektrischen Lampen. Sérgio sprach:

„Ich sitz auf dem Gipfel des Berges,
reitend auf dieser Stadt.
Ilhéus erglänzt in der Nacht,

ein großer leuchtender Büffel,
der gefalln ist in glitzernde Falle
wie eine Jagdbeute kostbar.
Visionen aus maurischen Zeiten –
wispernd in dunkler Nacht
das Lied der wehenden Lüfte,
erinnert Ilhéus mich
an einen riesigen Büffel,
der, von Zentauren verfolgt,
weil seine Augen Brillanten,
weil er schneller fliegt als der Wind,
sich bebend versteckt an des Hügels
Rändern zwischen Zentauren.
Ilhéus erglänzt in der Nacht,
ein großer feuriger Büffel."

Nachdem Sérgio mit dem Vortrag fertig war, stand Joaquim auf.

„Weil seine Augen Brillanten sind, Genosse."

„Genau das ist es."

„Und die Zentauren sind es schon müde, den Büffel zu füttern, jetzt werden sie ihn verschlingen, sie werden ihm die Brillanten aus dem Kopf reißen."

Joaquim sagte zu ihm: „Wir haben alles getan, um die Obersten aufzuklären. Aber sie wollen uns nicht glauben, sie behaupten, wir sind schlimmer als Mörder, sie lassen uns in Ketten legen." Er sah zur Stadt hinunter. „Wir werden trotzdem nicht aufhören zu kämpfen. Wir gehen vorwärts, bis wir das imperialistische Pack beseitigen können ... Das wird schwierig werden, Seu Sérgio, aber das macht nichts. Dafür sind wir ja da." Er lächelte auf seine bescheidene Art. „Jetzt wird eine andere Zeit beginnen, Genosse. Es hat die Zeit der Eroberer gegeben, jetzt ist die Zeit der Exporteure, danach wird unsere Zeit anbrechen. Sie wird kommen."

Sie standen am Rand des Hügels. Sie sahen die Stadt

dort unten, den „feurigen Büffel“ mit den Augen, die Brillanten aus Kakao waren. Alles war still zu der mitternächtlichen Stunde. Die beiden Männer gingen zusammen fort, sie hörten Geräusche, die der Wind herbeitrug. Es war wie Musik und Gesang, ein unreiner Gesang.

Joaquim blieb stehen. „Was ist das?“

Sérgio erklärte: „Das ist der ‚Terno do Ipicilone‘, er beginnt um Mitternacht. An seiner Spitze geht immer Karbanks.“

„Sie geben dem Büffel zu trinken, dann ist es leichter, ihm die Augen auszureißen.“

Die mißtönende Musik verhallte in der Gegend der Prostituiertenstraßen. Die Lichter der Stadt funkelten in der Nacht. Die beiden Männer stiegen den Conquistahügel hinauf.

Die Erde bekommt neue Herren

Die Baisse

1

Der „Terno do Ipicilone" zog zum letztenmal in der Nacht des 1. Januar los, in dem Jahr, das das vierte der Hausse sein sollte, aber das erste der Baisse wurde. Übrigens gab es zu dieser Zeit nicht nur einen einzigen „Terno do Ipicilone", es gab deren drei, die vom „Trianon", vom „Bataclã" und vom „Dorado" aus aufbrachen. Aber an diesem Neujahrstag formierten sich alle drei Ternos in den toten Stunden vor Morgengrauen zu einem gemeinsamen Zug durch die Straßen von Ilhéus. Es war eine große Anzahl bezechter Männer und Frauen, an ihrer Spitze Karbanks, der eine improvisierte Fahne des Ternos, einen Damenschlüpfer, schwenkte.

Unterwegs schlug jemand vor, Karbanks, der das Hauptverdienst an der gegenwärtigen Blüte von Ilhéus hatte, auf Schultern zu tragen. Ein anderer hielt das noch für zuwenig und sagte, der Amerikaner verdiene, auf Frauenschultern getragen zu werden. Gesagt, getan. Die Frauen versammelten sich, sie schleppten sich mit Karbanks' riesigem Körper ab, dann bogen sie in die Rua de São Sebastião ein, wo die teuersten Huren wohnten.

Niemals wieder zog der „Terno do Ipicilone" durch die Straßen von Ilhéus.

2

Am 2. Januar druckte das „Jornal da Tarde" ein Telegramm aus New York ab, das einen gewaltigen Preissturz für Kakao ankündigte. Von siebenundvierzig Milréis, der Höhe, auf der er noch am 31. Dezember gestanden hatte, war er auf dreißig gefallen. Trotzdem gab es an diesem Tag keine besondere Erregung unter den Obersten und den kleinen Bauern. Sie waren noch ganz in der angeregten Stimmung der Feiertage zum Jahreswechsel, und die meisten genossen das Auf und Ab der fröhlichen Neujahrsnacht. Am nächsten Tag zeigte die Tabelle sogar nur neunundzwanzig Milréis an. Jetzt erschraken die Fazendeiros. Seit langem war der Kakao nicht unter zweiundvierzig Milréis je Arroba gesunken. Jemand erklärte, das müsse eine Folge des Paradeiro sein, der Preissturz sei zweifellos darauf zurückzuführen, daß kein Kakao zum Verkauf angeboten werde. Viele schlossen sich dieser Erklärung an, aber einige murrten: Weshalb waren die Kakaopreise nicht auch früher jeweils im Paradeiro gefallen? Sie waren ja bei der Knappheit des Produkts sogar angestiegen. Der Streit, der in den Geschäftskreisen und den vollen Bars begonnen hatte, wurde lebhafter, er wurde scharf und hitzig, denn am 4. Januar wurde in den beiden Tageszeitungen der Stadt folgendes Telegramm veröffentlicht:

> „New York, 3 (AP) – Die Börsennotierung für Kakao betrug heute 25 Milréis für die Qualität ‚superior', 23 für ‚good' und 21 für den gewöhnlichen. Es gab keine Käufer."

Das „Diário de Ilhéus" gab das Telegramm auf der ersten Seite mit einer zweispaltigen fettgedruckten Schlagzeile wieder: „Ist die Baisse da?", aber es enthielt sich jeglichen Kommentars. Das „Jornal da Tarde" brachte einen redaktionellen Kommentar zu dem veröffentlichten Telegramm, einen Kommentar, in dem detaillierte Angaben über die Safras an der Goldküste und in der Republik Ekuador und über die Preise der letzten drei Jahre, der Haussejahre, gemacht wurden.

 Dann folgten einige allgemeine Betrachtungen, die nichts

erklärten. Der Kommentar war weder optimistisch noch pessimistisch, aber es war symptomatisch, daß alle ihn als ein Indiz für die Baisse betrachteten. Das heißt, alle spürten, daß die Baisse unabwendbar und schicksalhaft heranrückte. Wie ein Vorhang das vorher den Sonnenstrahlen geöffnete Fenster bedeckt, bedeckte nun ein Schatten das Gesicht der großen und kleinen Kakaoarbeiter.

An den folgenden Tagen fiel der Kakaopreis weiter. Wenn die Hausse sehr rasch vorangeschritten war – der Kakao stieg in zwei Jahren von neunzehn auf fünfzig Milréis –, so ging der Preissturz noch weit rascher vonstatten, der Kakao sank in fünf Monaten von fünfzig bis auf acht Milréis. Im März erhielten die Fazendeiros für den Kakao des Temporão noch fünfzehn Milréis je Arroba. Aber die meisten verkauften nicht, da sie auf ein neuerliches Ansteigen der Preise hofften. Doch als im Mai die eigentliche große Safra begann, stand der Kakao nur noch auf elf Milréis, und die Fazendeiros hatten jede Hoffnung verloren, daß die Preise wieder ansteigen würden. Im Juni sollte der Kakao dann den kläglichen Tiefstand von acht Milréis je Arroba erreichen. Da erkannten die Fazendeiros, daß die Hausse nur ein Spiel der Exporteure gewesen war. Manche entsannen sich der kommunistischen Flugblätter, sie erinnerten sich sogar an die Kundgebung in Ilhéus, die von der Polizei unter allgemeinem Beifall aufgelöst worden war. Einige Zeit später sollte ihnen auch der Plan einer Kooperative der Kakaopflanzer wieder einfallen, aber da war es zu spät. Denn die Exporteure forderten die Fazendeiros und die kleinen Bauern immer dringlicher auf, ihre Konten zu bereinigen.

Es ist unmöglich, zu vergleichen, was in diesem Jahr in Ilhéus, in Itabuna, in Belmonte, in Itapira, im ganzen Kakaogebiet geschah. Allenfalls könnte der längst vergessene Ausspruch des Obersten Maneca Dantas, den er im Gespräch mit Sérgio Moura in der Nacht von Julieta

Zudes Geburtstagsfeier zu Beginn der Hausse über die Auflösung der Familie getan hatte, eine Vorstellung von der Panik vermitteln, die die Stadt beherrschte: „Das ist das Ende der Welt.“

Erst jetzt begriffen die Obersten, daß sie in einem Kampf standen, einem Kampf auf Leben und Tod, der an jenem Tag vor drei Jahren begonnen hatte, als Carlos Zude, nachdem er in Bahia mit Karbanks gesprochen hatte, in Ilhéus aus dem Flugzeug gestiegen war und zu Martins gesagt hatte, er solle die Kakaopreise erhöhen. Einem Kampf auf Leben und Tod, der Horácio schon verschlungen hatte; seine Fazendas gehörten jetzt Exporteuren, der Firma „Schwartz & Silveira“. Er war der einzige Oberst gewesen, der ihnen mit seinem gewaltigen Kapital, seinen endlosen Pflanzungen, seinen fünfzigtausend Arrobas, die leicht in achtzigtausend zu verwandeln waren, hätte widerstehen können. Nur er wäre fähig gewesen, erfolgreich eine große Kooperative zu leiten, die den Exporteuren hätte entgegentreten können, die den Kakao der Obersten und der kleinen Bauern hätte zusammenfassen, aufkaufen und einlagern können, bis die Preise wegen mangelnden Angebots wieder in die Höhe gingen. Nur er hatte nicht an der Börse spekuliert, hatte keine Prachtvilla gebaut, hatte keine Geliebte ausgehalten, hatte nicht an den Roulett- und Bakkarattischen gesessen, hatte kein Geld verschwendet. Einzig und allein er. Und nun war er tot, seine Beisetzung war eigentlich das Datum gewesen, das das Ende der Epoche der Obersten bezeichnet hatte oder, wie Joaquim sagte, „das Ende des Feudalismus“. Das hatten die Exporteure ausgezeichnet begriffen, und selbst wenn sie über die brutalen Methoden, zu denen sich Schwartz herbeiließ, die Nase rümpften, wußten sie doch, daß es notwendig war, Horácio zu beseitigen. Carlos Zude hatte ihm sein politisches Prestige geraubt. Schwartz hatte ihm sein Land weggenommen. Sie bedienten sich dabei Silveirinhas, sie zogen ihn auf ihre Seite, Horácio war ein alter Mann, er war über achtzig.

Er wurde in Itabuna unter Leichenreden und makabren Scherzen begraben. Maneca Dantas wollte sich auf Silveirinha stürzen, denn er war in Trauerkleidung erschienen, um die Beileidsbezeugungen entgegenzunehmen. Die Anwesenden – alle wichtigen Persönlichkeiten aus Ilhéus und Itabuna, kleine Bauern aus Ferradas und Palestina, Leute, die aus dem Sequeiro Grande gekommen waren – sahen den Bischof bei den Totengebeten die Hände gen Himmel heben. Sie hatten dem letzten Prozeß Silveirinhas gegen Horácio keine große Bedeutung beigemessen. Sie fanden die Handlungsweise des jungen Anwalts widerwärtig, aber sie kümmerten sich nicht sehr darum, sie waren ganz verrückt danach, Neues über den Skandal um Pepe Espinola zu erfahren. Bei dem Begräbnis begriffen einige, daß sich die Zeiten geändert hatten, andere begannen erst zu verstehen, als die Baisse da war. Als sich der Sarg in die Grube senkte, brachte jemand ein paar Leute zum Lachen, als er daran erinnerte, daß Horácio jetzt in dem Feuer brennen müsse, das die Verdammten seit langen Jahren für ihn vorbereitet hätten. Aber der Dichter Sérgio Moura, der mit dem Sonderzug eingetroffen war, dachte an Joaquims Worte und seine dramatische Geste damals, an jenem Abend der ersten Regenzeit vor mehr als drei Jahren. Den Drachen mit den riesigen Krallen und den unzähligen Mäulern, der an dem zauberhaften Abend zu den Wolken emporgestiegen war, sah der Dichter jetzt über dem Sarg Horácios schweben. Ein Drache mit einem gewaltig großen Magen, ein Leichenfresser. Niemals aber hat jemand das Gedicht ganz verstanden, das Sérgio Moura einige Zeit später über diese Ereignisse schrieb („Der Drache“ ist ein Gedicht, das bis auf den heutigen Tag kaum bekannt ist).

Jetzt, da der Kakao auf acht Milréis stand („Nicht zu glauben“, entsetzte sich Hauptmann João Magalhães), sprachen sie wieder von dem Obersten. Ach, wäre er doch noch am Leben ... Aber er war gestorben, im Kampf gestorben, sein Körper hatte nicht widerstehen können. Maneca Dantas beklagte ihn nicht. „Wenigstens hat der Compadre dieses Unglück nicht mehr erlebt."

Ein Unglück, es gab kein anderes Wort dafür. „Es hat uns ins Unglück gestürzt", hatte Oberst Frederico Pinto ausgerufen, als er sein Konto einsah. „Was für ein Unglück!" sagte Antônio Vítor betroffen zu Raimunda; sie hatte es nicht überrascht.

Fast alle Obersten hatten sich auf ihre Fazendas zurückgezogen, diese Fazendas, die sie so selten aufgesucht hatten in den Jahren der Hausse, als die lärmerfüllten Nachtlokale sie mit den gellenden Stimmen ihrer Orchester riefen, sie mit den schönen Armen der Frauen, mit den erregenden Spieltischen lockten. Als es in Ilhéus ein Nachtleben gab, wie es nicht einmal die Hauptstadt des Staates kannte, als man die Zigarren mit Hundert- oder Zweihundertmilréisscheinen anzündete. Wo war all das geblieben? Wo waren die Nachtlokale, die Frauen, die Spielmarken, die Zuhälter, die Kabarettisten, die Börsenmakler, die Sektflaschen, die Jazzbands, die mit jedem Schiff nach Ilhéus kamen, das Kokain, das Mode wurde, der „Terno do Ipicilone"? Jetzt war es trostlos in Ilhéus.

Fast alle Obersten waren auf die Fazendas gegangen, die Prachtvillen in Ilhéus waren verschlossen, die Autos standen vergessen in den Garagen, die Geliebten waren allein. Nach drei Jahren fieberhafter Erregung und tiefer Gefühlserlebnisse kehrten die Obersten zurück in ihre Herrenhäuser, auf die Pflanzungen, zu ihren Gattinnen, von neuem trieben sie Geflügelzucht auf ihren Höfen, zündeten Feuer in den großen Öfen an, reinigten die Töpfe für das Eingemachte, bereiteten die Aussaat von Mais für den Sankt-Georgs-Tag vor.

Aber ach, wenige Fazendeiros sahen an diesem Sankt-Georgs-Fest, wie der Grießbrei in den Töpfen angerührt wurde! Als die Obersten in höchster Eile auf ihre Fazendas zurückkehrten, sagte Sérgio Moura zu Julieta und Joaquim: „Das ist ihre Abschiedsreise." Denn die Exporteur bestellten die Obersten und auch die kleinen Bauern zu sich, sie sollten ihre Konten bereinigen. Diese Aufforderungen büßten sehr bald jeden liebenswürdigen Ton, sogar die übliche geschäftsmäßige Höflichkeit ein. Sie klangen trocken und bald sogar drohend. Die „Herren des Landes" hatten Angst, sie hatten keinen Mut, ihre Fazendas zu verlassen. Als würde man sie ihnen stehlen, sobald sie fortgingen. Jene, die Carlos Zude „schüchterne Kinder" genannt hatte, waren jetzt völlig von der Furcht gelähmte Kinder, die sich an die Hosenbeine ihrer Väter klammern, wenn der alte Stadtirre vorbeigeht. Sie klammerten sich an ihre Fazendas, den Anblick der blühenden Kakaobäume, die goldenen Früchte, die Licht in den Schatten der Pflanzungen brachten. Niemals war Gold so wenig wert gewesen. Die Aufforderungen gelangten auf die Fazendas, die Obersten öffneten die Umschläge vor den entsetzten Augen ihrer Frauen. In aller Eile wurden die Arbeiter entlassen. Es war besser, sie trotz ihrer Schulden fortzuschicken, als sie auf der Fazenda zu ernähren, wenn der Kakao nur acht Milréis brachte. Die letzte Aufforderung hatte meistens folgenden Wortlaut: „Sie haben noch eine Frist von achtundvierzig Stunden für die Bereinigung Ihrer Konten. Wenn Sie es nicht tun, müssen wir den Rechtsweg beschreiten."

Es gab eine Zeit, in der die Obersten die Herren der Justiz waren. Sie verurteilten oder sprachen frei, ganz nach Belieben. Vor nicht allzu langer Zeit hatten sie Pepe Espinola verurteilt, den Zuhälter, der aus Notwehr auf einen Obersten geschossen hatte. Aber jetzt zweifelten sie an ebendieser Justiz. Geld war nicht vorhanden. Sie hatten die Exportfirmen nicht mehr, bei denen sie in unbegrenzter Höhe Kredit erhalten konnten. Und der Kakao wurde eine der schlechtesten Arbeiten des Landes.

Männer, die nie auf Preise geachtet hatten, feilschten jetzt bei ihren seltenen Einkäufen in den Läden um fünfhundert Réis.

Einer nach dem andern kamen sie von ihren Fazendas, um mit den Exporteuren ihre Konten zu bereinigen. In Ilhéus hatte sich alles verändert. Die „Königin des Südens" glich einer Stadt, die angesichts der drohenden Plünderung durch ein feindliches Heer von ihren Einwohnern verlassen worden ist. Die Frauen waren Hals über Kopf geflüchtet. Überfüllt fuhren die Schiffe ab, und leer kamen sie zurück. Ein Handelsreisender war eine seltene Erscheinung in den menschenleeren Straßen. Die Läden waren geschlossen, die Nachtlokale verriegelt, nur das „Bataclã" war mit einer auf drei Musiker verkleinerten Kapelle noch in Betrieb. Die Autobusse fuhren fast ohne Passagiere hinauf und hinunter. Marinho Santos sah bekümmert den traurigen Abfahrten und den traurigen Ankünften zu. Manchmal suchten Obersten ihn auf und baten ihn, den Fahrpreis zu stunden, so sehr fehlte es ihnen an Bargeld. Das Geld war verschwunden. Marinho Santos erlebte dieses ganze Debakel mit einer gewissen Melancholie, die mit Angst gemischt war. Er wußte nicht, welches Schicksal ihm bestimmt sein mochte. Formal war er der Inhaber der Gesellschaft für Autobusse und Lastwagen. In Wirklichkeit aber konnten ihn die Exporteure jederzeit fortschicken und selbst die Kontrolle übernehmen. Joaquim hatte recht gehabt. Dieser Joaquim, den er auf Carlos Zudes Verlangen entlassen hatte.

Die kleinen Pflanzer, die ersten, die in die Stadt kamen, um ihre Konten zu bereinigen, die ersten, die das Ausmaß der Tragödie feststellten, nahmen auf der Rückfahrt in der zweiten Klasse des Zuges nach Itabuna Platz, der Autobus war ihnen zu teuer. Das war unerschwinglicher Luxus. Alte Landarbeiter von den Fazendas – viele von ihnen waren überhaupt nicht mehr fähig zu arbeiten, vorher waren sie von den Obersten versorgt worden –, Männer über siebzig, bettelten in Dörfern und Städten, im Hafen von Ilhéus, seltsame Almosenbettler waren sie, sahen aus wie erschreckte Bauern, die nicht zum Betteln taugen. Mit scheuem Blick schleppten sie sich die unbekannten Straßen entlang. Am Hafen wurden neue Baracken aufgeschlagen, gebaut von den entlassenen Tagelöhnern, die hofften, daß die Präfektur sie in ihre Heimatgebiete zurückkehren ließe.

Keinem gelang es, irgendwo Geld zu borgen. Maneca Dantas versuchte, seine prächtige Villa zu verkaufen, aber ein Käufer fand sich nicht. Mit Ach und Krach gelang es ihm, sie gegen einen Conto monatlich dem älteren Rauschning zu vermieten, eine erbärmliche Miete für ein Gebäude, das fünfhundert Contos gekostet hatte. Rui zog seine ständige Anzeige im „Diário de Ilhéus" zurück, das Geld reichte kaum aus, Kokain zu beschaffen, das jetzt äußerst rar geworden war. In den Lokalen sagte er immer wieder seinen Lieblingssatz, während ihm die Hände zitterten, als wären es die eines alten Mannes: „Wir sind eine gescheiterte Generation."

Es gab keinen, der verschont geblieben wäre. Alle diese Schicksale veränderten sich unter dem Zwang der Notwendigkeit. Die Straßen des Kakaos waren rauh in diesem Jahr. Zuvor waren sie leicht zu gehen, als die Goldfrüchte an den Bäumen prangten, die in die blutgedüngte Erde gepflanzt worden waren. Alle waren davon betroffen, sehr hart betroffen.

Nur Rosa, die sehr impulsiv und doch unveränderlich war, lebte weiter am Rande des Geschehens dahin. Joaquim erklärte, sie gehöre zum „Lumpenproletariat" von Ilhéus, aber Sérgio Moura, der als Dichter alle Dinge und Worte verwandelte, sagte, Rosa sei die Freiheit („Die zügellose, Seu Sérgio, die anarchistische Freiheit", warf Joaquim ein), die ungebunden am Kai umherstreife, das einzige völlig freie Wesen im Land des Kakaos. Sie ging neugierig zwischen den Baracken der Einwanderer umher, lachte den arbeitslosen Hausierern zu, den syrischen Händlern, die die Baisse ruiniert hatte; sie trieb sich am Kai herum, schlief unter den Brückenbögen und aß, was sie zufällig fand. Doch nur sie, einzig und allein sie, diese Rosa, von der niemand genau wußte, wer sie war und woher sie gekommen war.

Denn alle anderen, Männer und Frauen, die Obersten, die Tagelöhner von den Fazendas, die kleinen Bauern, die Lastträger vom Hafen, die Arbeiter und Angestellten im Handel, die Ladeninhaber und die Prostituierten – alle anderen litten unter den Auswirkungen der unglaublichen Baisse. „Ein Unglück", sagten sie immer wieder, aber sie fanden keinen Trost. Es war, als wäre das Virus einer fremdartigen Seuche in die Stadt eingedrungen und als verbreitete es sich mit großer Geschwindigkeit in den Nachbargemeinden. Sogar in den Lokalen, die noch ein paar Gäste hatten und in denen die teuren Getränke durch kleine Kaffees ersetzt worden waren, hörte man nur hoffnungslose Worte, sah man nur hoffnungslose Gesten. Die Gesichter waren verschlossen und finster.

Und so begann in São Jorge dos Ilhéus die Zeit der „Bettlermillionäre".

3

Und dann nahten die Wahlen, ohne daß den Obersten Zeit blieb, neue politische Übereinkünfte zu treffen. Die Kommunisten waren wieder aktiv, sie versuchten, die Fazendeiros und die kleinen Bauern um den Kandidaten Maneca Dantas zusammenzuschließen. Aber für eine tiefergehende Arbeit blieb keine Zeit, und die Obersten, die drauf und dran waren, ihr Land zu verlieren, interessierten sich nicht mehr für Politik. Die Integralisten andererseits hatten Silveirinhas Kandidatur zurückgezogen, um Carlos Zude zu unterstützen, der in seine

Wahlliste zwei integralistische Kandidaten für die Stadtverordnetenversammlung aufgenommen hatte. Einer von ihnen war Gumercindo Bessa. In den anderen Gemeinden wurde ebenso verfahren.

Nicht nur in Ilhéus erlitten die Fazendeiros eine Wahlniederlage. In Itabuna gelang es ihnen gerade noch, einen Stadtverordneten durchzubringen, während die Integralisten drei errangen und die Regierungspartei die absolute Mehrheit erhielt. In Itapira konnten die Fazendeiros nicht einen einzigen Stadtverordneten wählen. Die Kommunisten hatten für Maneca Dantas' Kandidatur gestimmt, und dies waren seine einzigen sicheren Stimmen, denn viele Leute, die sich ihm und den die Opposition anführenden Obersten verpflichtet hatten, bekannten sich aus Angst vor den Exporteuren nicht zu der vereinbarten Wahlliste.

Die Wahlen fanden in einer kalten, teilnahmslosen Atmosphäre statt. Sie waren grundverschieden von früheren Wahlen, als es Kundgebungen, Schüsse, Kämpfe, Messerstiche gab, Cachaça unter die Wähler verteilt wurde und die Landarbeiter, die an der Wahl teilnahmen, neue Schuhe erhielten, als eine freudige Erregung vorherrschte. Die Opposition hatte nur eine einzige Wahlversammlung in Ilhéus veranstaltet, sie verlief einförmig und hatte ein trauriges Ende. Als Rui Dantas sprach, wurde er von einem seiner immer längeren Anfälle geistiger Umnachtung heimgesucht und begann einen längst vergessenen alten Tango zu singen:

„Heut nacht will ich mich betrinken, Mutter,
will ich mich vollaufen lassen, Mutter,
damit ich nicht denken muß . . ."

Die Integralisten hatten Aufmärsche, Kundgebungen, Versammlungen veranstaltet. Carlos Zude, den sie jetzt unterstützten, nickte billigend. Die Methoden seiner jetzigen Verbündeten sagten ihm nicht zu, und wenn er sie sich zunutze machte, dann nur, weil es keinen anderen Weg gab. Aber er mochte sie nicht.

Am Wahltag ließ eine in der Stunde der Abenddämmerung und der Auszählung der Stimmen verbreitete Meldung das spärliche, von dem Wahlkampf hervorgerufene Interesse völlig schwinden. Oberst Miguel de Lima, der mehr als tausend Contos an der Börse verloren hatte, hatte sich durch einen Schuß in die Brust getötet. Carlos Zude wurde mit überwältigender Mehrheit zum Präfekten von Ilhéus gewählt.

4

Als die ersten großen Fazendas unter den Hammer kamen und zu lächerlichen Preisen an die Gläubiger verschleudert wurden, überflutete eine Woge widersprüchlicher Empfindungen die Stadt. Während der Gerichtsschreiber mit schriller Stimme die niedrigen Angebote verkündete, ging Oberst Janjão durch die Menge und versuchte, kleine Anleihen zu machen, damit er die Familie ernähren, damit er in dieser Woche auf den Markt gehen konnte. Bei der Versteigerung herrschte großer Andrang, mehr von Neugierigen als von Kauflustigen, denn die einzigen, die als Käufer wirklich in Betracht kamen, waren die Exporteure, die die Fazendas für wenig mehr als die Schulden des Obersten, manchmal sogar noch billiger, erwarben. So erhielt das Land neue Herren, so wurden die Exporteure die größten Kakaofazendeiros. Nach der Baisse, als sich die Kakaopreise wieder auf eine Durchschnittshöhe einpendelten und sich von da an zwischen zwanzig und fünfundzwanzig Milréis bewegten, waren die drei größten Fazendeiros des Gebietes Exporteure: „Gebrüder Zude & Co.“, die „Kakaoexportgesellschaft von Ilhéus“ und „Schwartz & Silveira“. Große Fazendeiros waren außerdem Reicher und Antônio Ribeiro, noch größer als sie waren die Brüder

Rauschning. Alle besaßen Fazendas, die auf die einzelnen Gemeindebezirke, auf Ilhéus, Itapira, Belmonte, Rio de Contas, Itabuna und Canavieiras verteilt waren. Die Pflanzungen, die nicht geschluckt worden waren, waren zersplittert, die Obersten hatten jeweils nur den kleinsten Teil behalten. Die kleinen Bauern waren völlig verschwunden. Jetzt waren die Exporteure auch die größten Kakaopflanzer geworden. Endlich hatten sie „Wurzeln in der Erde geschlagen“, Wurzeln, die sich durch das ganze Kakaogebiet zogen. In den Jahren der Baisse waren sie die einzigen, die mit Luxuslimousinen auf den Straßen der Städte und des Landes fuhren.

Ihnen – vor allem Karbanks – gehörten auch die wenigen in Ilhéus verbliebenen Prostituierten. Zugvögeln gleich, waren sie fast alle abgereist. Sie hatten sich nach Paraíba gewandt, wo die Baumwolle eine Hausse erlebte und viel Geld brachte, so daß sie das „weiße Gold“ genannt wurde. Die Straßen von Ilhéus boten ein trauriges Bild der Trostlosigkeit und Verlassenheit. Die allgemeine Lage schien sich sogar auf die Gärtner der Präfektur auszuwirken, denn die Parks – der Stolz der Stadt – waren verwahrlost. Sogar die Anekdoten, diese schwerfälligen Ilhéenser Anekdoten, hatten völlig an Saft und Kraft verloren. Eine, die in dieser Zeit am häufigsten erzählt wurde, konnte den Zuhörern nur ein melancholisches Lächeln abringen. Es hieß darin, wenn sich auf den Straßen von Ilhéus zwei Bekannte träfen, dann bitte jener, der zuerst rede, um Geld. Und der andere antworte, er suche auch gerade einen Freund, den er um eine kleine Anleihe angehen könne. Es war, als hätte sich das gesamte Geld der Hausse in Luft aufgelöst, und wenn jemand daran erinnerte, daß noch wenige Monate zuvor der „Terno do Ipicilone“ unter zügelloser Verschwendung von Sekt durch die nächtlichen Straßen gezogen sei, dann war es, als hätte er an etwas erinnert, was sehr, sehr lange zurücklag.

Aber Mitte des ersten Jahres fehlte es nicht nur an Geld. Damals begann auch die Versteigerung der Pflanzungen, der Fazendas, die Zwangsvollstreckungen, das Land erhielt neue Herren. Die Lastwagen von Marinho Santos, die mit Kakao beladen von den Fazendas kamen, trugen auf den neuen Säcken nicht mehr die länger als dreißig Jahre benutzten Fazendastempel: „Fazenda Auricídia“, „Fazenda Santa Maria“, „Fazenda Boa Sorte“, „Fazenda da Divisa“, Namen, die die Leute in Ilhéus auswendig kannten, so oft hatten sie sie auf den Säcken gelesen. Jetzt waren es die Stempel der Exportgesellschaft oder die von Zude, Schwartz oder den Rauschnings. In wenigen Monaten hatten die kleinen Bauern ihre Pflanzungen verloren, und die mächtigsten Fazendeiros waren kleine Bauern geworden. In Monaten, in denen auf den Straßen des Kakaos wieder eine alte Weise aus der Zeit der Eroberung gesungen wurde:

„Es war der Fluch eines Zauberers
in der verzauberten Nacht . . .“

„Sie sind die Bettlermillionäre“, hatte jemand von den Obersten gesagt. Der Satz wurde in Ilhéus populär, er wurde bei jeder Gelegenheit wiederholt. Und er wurde auch wiederholt, als der Trauerzug für Oberst Miguel Lima durch die verlassenen Straßen zog. Seine Pflanzungen waren versteigert worden. Man mußte Geld für den Sarg borgen, und Marinho Santos vermietete ebenfalls auf Borg einen Autobus für die Trauergäste. Viele Plätze blieben frei darin. Es war ein armseliges Begräbnis, wenig Blumen, kaum ein Kranz, eine Handvoll Trauergäste, die Tränen der Familie.

Die Regenzeit war in diesem Jahr sehr heftig. Die Pflanzungen, auf denen man wegen der Baisse das Entästen eingestellt hatte, strotzten von nutzlosen Trieben und Zweigen, die ihren Ertrag verringerten. Als Karbanks die jetzt der Exportgesellschaft gehörende Fazenda des Obersten Miguel Lima besuchte, knurrte er: „Diese Obersten konnten noch nicht mal für ihre Pflanzungen sorgen.“

Wie die anderen Exporteure betrachtete er die schwerbeladenen Kakaobäume, die gelben Pflanzungen, den dicht mit Blättern bedeckten Boden und veranschlagte, was man tun müsse, um die Produktion zu verdoppeln. Die ruinierten kleinen Bauern würden ausgezeichnete Aufseher abgeben, sie kehrten dorthin zurück, von wo sie aufgebrochen waren. Auch die Obersten kehrten auf ihren verkleinerten Pflanzungen zu dem einstigen kärglichen Leben zurück, sie trugen eine Spur des Kummers und der Enttäuschung auf den mit weißen Schnurrbarthaaren bedeckten Lippen. Die zu Beginn der Baisse entlassenen Landarbeiter wanderten von Fazenda zu Fazenda, ohne Arbeit zu finden. Es hieß, die Kommunisten agitierten unter ihnen. Nur die Exporteure lächelten auf den Veranden der kürzlich eroberten Herrenhäuser, sie betrachteten die Stämme der Kakaobäume, ihre fest in der Erde ruhenden Wurzeln. Sie betrachteten sie, sie waren die neuen Herren des Landes.

5

Als sich der Terno, armselige Sterne auf den Straßen des Kakaos, darauf vorbereitete, von neuem hinauszuziehen, um wieder einmal Florindos Hoffnungen zu enttäuschen („Diesmal hauen wir ab ...“), als Capi – es war gut geprobt worden – tanzen und Varapau alles organisieren sollte, wurden sie entlassen. Frederico Pinto verzichtete auf die Begleichung ihrer Schulden und schickte sie fort. Sie sollten ihre Habseligkeiten zusammenpacken und von der Fazenda verschwinden, auf der Fazenda könnten sie nicht bleiben. Nur eine kleine Gruppe der tüchtigsten Arbeiter wurde behalten. Erst jetzt erfuhren die Landarbeiter, daß der Kakaopreis beklagenswert gesunken war, er stand auf zehn Milréis, nicht einmal der Lebensunterhalt der Obersten war davon zu bestreiten; es war besser, die Safra gar nicht erst einzubringen, sie an den Bäumen verfaulen zu lassen. Sie reichte kaum zur Dekkung der Kosten aus.

So packten sie ihre Lumpen zusammen und brachen auf. Auf den Straßen trafen sie andere, die auf den benachbarten Pflanzungen entlassen worden waren. Und auf den Trampelpfaden kamen neue arbeitslose Tagelöhner hinzu, die nicht mehr in den abgesteckten Grenzen der Fazendas, auf denen sie gearbeitet hatten, bleiben durften. Sie begannen sich zusammenzuschließen, erst waren sie einige Dutzend, dann einige Hundert, sie hatten Hunger. Nirgends wollte man sie haben, sie liefen Fazenda auf, Fazenda ab, von einer zur andern geschickt.

„Es gibt keine Arbeit ..."

Die Brotbäume und die Bananenbäume trugen keine Brotfrüchte und keine Bananen mehr. Männer, Frauen und Kinder vereinigten sich auf der Hauptstraße, die durch das Gebiet führte. Unter ihnen waren Varapau, Capi, der Neger Florindo, unter ihnen waren die kommunistischen Agitatoren. Sie waren zu Beginn der Baisse gekommen, Joaquim war bei ihnen, sie hatten sich über die Straßen verteilt. Sonderbare Gespräche wurden unter den entlassenen Tagelöhnern geführt. Neue Wörter, vielleicht die ersten Hoffnungsworte, die sie in ihrem ganzen Leben gehört hatten. Die Kommunisten ordneten die Haufen der Arbeitslosen, sie verhinderten, daß die Reisenden bestohlen, daß die Herrenhäuser überfallen wurden, sie gründeten Kollektive zur Verteilung der Lebensmittel, ihr Plan war, sie alle in einem gewaltigen Marsch nach Itabuna zu führen, zu einem nie zuvor erlebten Protest. Die zuständigen Behörden würden gezwungen sein, eine Lösung zu finden, die Polizei aber hatte den Zuzug weiterer arbeitsloser Tagelöhner in die Stadt verboten.

Joaquim stieß auf eine Gruppe, die ihr Lager auf einer Pflanzung aufgeschlagen hatte. Etwa vierzig Personen waren es, Männer und Frauen. Die Nacht rückte heran, es war regnerisch, und die Tagelöhner suchten Bäume, unter denen sie schlafen konnten. Zu essen hatten sie nichts außer Mehl, ein wenig Dörrfleisch und noch grün gepflückte Bananen. Die reifen waren schon verzehrt. Varapau, der mit seiner großen Lebenserfahrung natürlich die Führung der Gruppe übernommen hatte, fragte den Kämpfer: „Woher kommst du?"

„Aus Ilhéus."

Sie sammelten sich um den Neuankömmling. Der Kraftfahrer, der auf den Kakaopflanzungen geboren war, hatte auseinanderklaffende Zehen wie jeder von ihnen und erinnerte in nichts an einen etwas besser gestellten Mann aus der Stadt.

„Entlassen sie denn auch in Ilhéus die Arbeiter?"

Joaquim unterbrach Varapau: „Und wohin geht ihr jetzt?"

„Das weiß der Teufel. Wir sind auf der Suche nach Arbeit", erklärte Capi. „Aber keiner will uns haben, in diesem Jahr wird kein Kakao geerntet, sagen sie."

Joaquim blieb bei ihnen. Schon nach kurzer Zeit nahm sein Einfluß unter den Leuten zu. Sogar Varapau fragte ihn um Rat, wenn eine Schwierigkeit auftrat. In der dritten Nacht schlug ein heller Mulatte, der in den Zeiten des Banditenwesens für Horácio gearbeitet hatte, vor, João Magalhães' Haus zu überfallen. Die Pflanzungen des Hauptmanns lagen ganz in der Nähe. Der Mulatte sprach mit dem einen und dem anderen über den Fall und sammelte die, die ihm am geeignetsten schienen, unter ihnen den Neger Florindo. Es fehlte an Lebensmitteln. Sie waren zerlumpt, seit vielen Tagen hatten sie sich nicht gewaschen, sie schienen zu allem fähig. Die Kinder suchten nach Früchten auf den Bäumen, die Frauen zündeten Feuer an, aber sie hatten kaum noch etwas zu kochen.

Florindo erzählte Varapau, was der Mann aus Paraíba, der Romão hieß, vorhabe. Varapau war vor allem erbost, daß er nicht eingeladen worden war, aktiv an dem Überfall teilzunehmen. Romão hielt ihn wohl für einen Aufseher, einen Überflüssigen, einen Feigling, vielleicht weil er so mager war. Er würde es ihm schon zeigen! So suchte er Joaquim auf, der gerade dabei war, das Eßbare, das die einzelnen noch hatten, zusammenzutragen, damit eine Mahlzeit für alle zubereitet werden konnte. Sein System brachte gute Ergebnisse, und die Tagelöhner, die anfangs die Nase über ihn gerümpft hatten, begannen ihn zu achten. Außerdem hatte er eine Art, alles ohne großes Getue still zu erledigen, mit seinem ernsten Gesicht, seiner Wortkargheit, dem kurzen sympathischen Lächeln. Varapau sagte vertraulich zu ihm: „Es wird einen Kampf geben."

„Was?" Joaquim wandte sich zu ihm um.

„Dieser Romão ... Das sind Banditen. Ihr aus der Stadt wißt nicht, was das für Leute sind. Allesamt Mörder. Sie reden nur von Umbringen und Abzapfen. Das ist alles, was sie drauf haben."

Joaquim verstand überhaupt nichts. „Was ist denn eigentlich los?"

Varapau sprudelte es endlich heraus: „Siehst du nicht, daß dieser Romão Leute zusammentrommelt, um die Pflanzung des Hauptmanns João Magalhães anzugreifen? Er sagt, dort gebe es alles, was man braucht."

Joaquim mengte sich unter die Leute, er sprach mit diesem und jenem, schließlich war er über die Lage im Bilde. Gleichzeitig trug er mit seiner alten, in den Kämpfen gereiften Geduld die Schwierigkeiten des Unternehmens vor, die schlimmen Folgen, die es haben konnte. Er erreichte, daß fast alle seiner Meinung waren, aber Romão wollte, so sagte man ihm, den Überfall trotzdem wagen. Er und noch vier, fünf Männer. Sie hatten sich etwas abseits unter einem Brotbaum versammelt und berieten. Romão ritzte den Erdboden mit einem Dolch, er war ein Mulatte von mehr als fünfzig Jahren, seine Haut war fast weiß. Er war verheiratet, seine drei Kinder stromerten auf den Pflanzungen umher. Joaquim ging auf sie zu. Als sie ihn erblickten, verstummten sie. Auch die anderen Tagelöhner näherten sich, sie umringten Joaquim und die vier Männer unter dem Brotbaum. Joaquim fragte: „Was gibt es, Romão?"

Der Mulatte preßte den Dolch auf die Erde und fuhr durch das von den Kakaobäumen gefallene Laub. Er antwortete schroff, ohne den Kopf zu heben: „Das geht niemand was an."

Joaquim begriff, daß ihm eine schwere Aufgabe bevorstand. Aber er konnte nicht zulassen, daß die Tagelöhner plünderten, das wäre das Schlimmste. Sie mußten sich zusammenschließen, alle, die von den Fazendas vertrieben worden waren, gemeinsam nach Itabuna marschieren und von den Behörden Maßnahmen verlangen. Alle Anstrengungen der Kommunisten waren auf dieses Ziel gerichtet. Auf der Grundlage dieser praktischen Arbeit konnten sie vielleicht nicht nur die schwierige Lage der arbeitslosen Tagelöhner lösen, sondern auch die Parteiarbeit unter den Leuten vom Lande aufnehmen. Vielleicht konnten daraus die ersten Zellen für eine umfangreiche und kontinuierliche künftige Arbeit entstehen. Der Überfall, dem andere folgen würden, wäre ein großer Fehler, denn er zöge die sofortige brutale Unterdrükkung durch die Polizei nach sich. Die Landarbeiter würden umkommen oder als Plünderer und Banditen ins Gefängnis gesteckt werden, ein wahres Geschenk für die von dem unlösbaren Problem beunruhigten Behörden. Joaquim sah Romão mit seinem Dolch im Erdboden scharren, er sah die drohenden Blicke derer, die ihn umringten, aber er war entschlossen. Er setzte sich auf den Boden und sagte unumwunden: „Du irrst, Romão. Das geht alle hier an. Was ihr machen wollt, wird für uns alle schlimm enden, auch für alle, die auf den anderen Straßen und Trampelpfaden arbeitslos umherziehen. Und nicht nur ihr werdet eingesperrt, wie der Jaguar im Wald gejagt. Allen wird es so ergehen. Und allein durch eure Schuld. Deshalb geht es uns an."

„Wir haben nichts zu fressen, wir müssen klauen. Wenn's nicht klappt, dann haben wir eben Pech gehabt. Wir können unsere Frauen doch nicht verhungern lassen. Dann schon lieber ein Bandit sein."

„Keiner von uns ist ein Bandit. Weder du noch ich noch Florindo, keiner von uns. Wir haben nichts zu essen, und sie werden uns etwas zu essen geben müssen. Wir werden uns zusammenschließen, alle arbeitslosen Tagelöhner, und nach Itabuna ziehen, wir werden in die Stadt einmarschieren, und sie müssen uns zu essen geben."

„Sie werden uns abknallen."

„Abknallen könnten sie uns vielleicht, wenn wir nur zwei oder drei oder nur ein, zwei Dutzend wären. Aber es gibt schon mehr als dreihundert Arbeitslose, und auf so viele können sie nicht schießen. Wir sind arm ..."

„Ein Armer hat keine Rechte", warf ein anderer ein.

Joaquim wandte sich ihm zu. „Ein Armer hat keine Rechte, weil er sich nicht mit den andern zusammenschließt, weil er nicht mit den andern um seine Rechte kämpft." Dann sprach er wieder zu Romão: „Aber diese Rechte können wir nicht mit Stehlen und Plündern geltend machen. Nur wenn wir dafür kämpfen, wenn wir sie fordern, wenn wir zeigen, daß wir einig sind, alle miteinander."

Sie sahen den Kraftfahrer an, den meisten von ihnen schien es das beste, nach Itabuna zu ziehen, dort würden sie etwas ausrichten können. Wenn sie sich weiter auf den Straßen herumtrieben und sogar Fazendas überfielen, dann konnte es ein böses Ende nehmen. Andere aber waren nicht überzeugt. Und als einer von diesen sah, daß
 Romão bereits nachgeben wollte (er war auf eine Schlä-

gerei mit Joaquim, aber nicht auf eine Diskussion gefaßt gewesen), sagte er: „Ach, du bist ja kein Landarbeiter wie wir. Du kommst aus der Stadt, vielleicht stehst du sogar auf ihrer Seite."

Joaquim protestierte: „Ich bin ein Arbeiter, und der Arbeiter ist der Freund des Landmannes."

Aber das Argument des anderen hatte Eindruck gemacht, jetzt zogen sie sich mißtrauisch von Joaquim zurück, und nur daß sich ein Alter einmischte, der seinerzeit für Antônio Vítor gearbeitet hatte, rettete ihn. „Ich kenne den Burschen. Er ist der Sohn von Antônio Vítor, der früher Jagunço bei den Badarós war und danach eine kleine Pflanzung angelegt hat. Der Junge ist auf der Pflanzung geboren, er hat mit der Hacke gearbeitet. Ich erinnere mich auch, daß er sich mit seinem Vater gestritten hat, er sollte den Leuten mehr Geld geben. Antônio Vítor wurde ganz wütend auf ihn, er hat ihn sogar geschlagen. War es nicht so, Junge?"

Da erzählte Joaquim seine Geschichte. „Hört ihr? Ich will es euch erzählen, damit ihr seht, was man machen muß. Mein Vater war Landarbeiter, er war auch Jagunço, weil ein Landarbeiter damals gleichzeitig Jagunço sein mußte, dann legte er eine Pflanzung an und stellte acht Männer zur Arbeit ein. Auch ich habe mitgearbeitet und meine Mutter und meine Schwester. Aber ich sah, daß die Arbeiter bestohlen wurden, sie verdienten furchtbar wenig. Ich sagte das meinem Vater, da hat er mich aus dem Haus geworfen. Die Tagelöhner wollten nichts davon wissen, sie wollten über diese Dinge nicht reden. Dann bin ich rumgereist, auf einem Schiff war ich, da hab ich vielerlei gelernt, zum Beispiel, daß wir, die Arbeiter aus der Stadt, uns mit den Tagelöhnern zusammenschließen müssen, wenn wir aus diesem Leben rauskommen wollen. Jetzt seid ihr sehr schlecht dran, viel schlechter als vorher. Ihr seid arbeitslos. Deshalb haben die Arbeiter aus der Stadt Leute geschickt, und ich gehöre dazu, die euch helfen sollen, die euch sagen sollen, daß ihr euch zusammenschließen müßt, denn dann könnt ihr etwas ausrichten.“ Die anderen hörten aufmerksam zu, Joaquim machte eine Pause und fuhr dann fort: „Als ich hier ankam, da habt ihr, jeder für sich, das bißchen gegessen, was ihr hattet, das Restchen Mehl, manche hatten mehr, manche weniger. Was habe ich getan? Ich habe alles zusammengetragen, jetzt reicht es besser für alle. Ist es nicht so? Ist es richtig, was ich sage?“

Sie nickten, und einer bestätigte: „Du sagst die Wahrheit.“

Romão hatte den Blick von dem mit dem Dolch aufgeritzten Boden gehoben. „Und wenn Mehl und Fleisch im Sertão alle sind?“

„Wir werden uns alle zusammenschließen. Wir werden auf dem Weg nach Itabuna zusammentreffen. Bis dahin essen wir das, was wir ranschaffen können. Dort müssen sie uns zu essen geben und eure Probleme lösen. Und jeden wieder in seine Heimat schicken.“

Romão steckte den Dolch in die Tasche. „Ich denke, du hast recht, du willst uns nicht betrügen. Ich wollte es für meine Frau und die Kinder tun.“ Er zeigte auf sie. „Sie haben alle Hunger. Aber du sagst, daß wir in Itabuna ...“

Joaquim trat auf ihn zu. „Du bist ein ehrlicher Mann. Wir werden alles Eßbare sammeln, damit die Frauen etwas kochen können.“

Dann gingen sie und sammelten gemeinsam das Dörrfleisch ein, einer hatte sogar noch ein Stück Speck versteckt, er weigerte sich nicht, es herauszugeben.

6

Die Obersten gaben ihr Land nicht kampflos her. Einige leisteten von ihren Herrenhäusern aus bewaffneten Widerstand. Sie überließen die Fazendas erst, wenn die

Polizei sich ihrer mit Gewalt bemächtigte und die Obersten vertrieb. So verhielt sich Oberst Totonho aus Riacho Doce, ein Mann von über sechzig Jahren, ein alter Eroberer des Landes, der die Gegend um Itapira urbar gemacht hatte und der aus den Kämpfen um dieses Land mit einem blinden Auge und nur drei Fingern an der einen Hand hervorgegangen war. Als die Polizei, Hals über Kopf in Uniformen gesteckte Revolverhelden, in das Herrenhaus eindrang, wurde er von drei Kugeln getroffen und schoß trotzdem weiter. Niemals hat man erfahren, wie es geschah, daß er bei dem Prozeß, den die örtliche Justiz führte, freigesprochen wurde. Zu dem blinden Auge und den verlorenen Fingern kam nun noch ein verkrüppeltes Bein. Erst Jahre später starb er, ohne einen Groschen, aber bis zuletzt schimpfte er auf die Exporteure. Wenn er Carlos Zude begegnete, dann spuckte er jedesmal aus. Seine Fazenda war von der Firma „Gebrüder Zude & Co." für die erbärmliche Summe von siebenhundertfünfzig Contos ersteigert worden. Er hatte sechshundertzwanzig Contos Schulden bei der Firma. Aber Totonho war ein alter Pokerspieler, und als Carlos Zude die Fazenda ersteigerte, sagte er zu seinen Verwandten, ihn, Totonho aus Riacho Doce, habe noch nie jemand hereingelegt. Er bezahle immer, was er schuldig sei, und auch diesmal werde er bezahlen. Dieser Ausspruch wurde später bei dem Prozeß zitiert.

Die meisten jedoch wollten im Rahmen des Gesetzes kämpfen, sie wollten mit Tricks operieren, denn darin waren sie Meister. Aber die Exporteure waren auf der Hut, sie überwachten unablässig die Notariate, sie kannten die vollständige Geschichte der Fazendas. Trotzdem gelang es einigen Obersten, da sie zu geschickten gesetzlichen Mitteln griffen, einen Teil ihrer Pflanzungen zu retten.

So zum Beispiel Maneca Dantas. Als er die Baisse kommen sah, begriff er sofort, was geschehen würde. Er war mehr verschuldet als die meisten Fazendeiros. Er hatte maßlos viel Geld verschwendet, allein für die Prachtvilla waren fünfhundert Contos draufgegangen. Er hatte ein langes Gespräch mit Rui, sein Sohn war gerade aus jener Krise erstanden, die ihn auf der Wahlversammlung überwältigt hatte. Die Familie war schon auf der Fazenda. Maneca ging zu seinem alten Freund Brás. Er bat ihn um einen Gefallen, und Brás war einverstanden. Dann überzeugte er ohne Mühe Menezes. Der alte Oberst, der so viele Jahre politischer Führer gewesen war, wußte, wie viele Gaunereien in Menezes' Notariatsbüro abgewickelt worden waren, den Trick mit Esters Testament eingerechnet.

„Wenn ich mich ruiniere, reiße ich dich mit rein."

Die Hypothek, die angeblich zugunsten von Brás auf Manecas Fazendas lag, wurde in die Bücher von Menezes' Notariat eingetragen.

Als Carlos Zude an Maneca herantrat – sein Konto sah furchtbar aus, er hatte tausendeinhundert Contos Schulden –, da war der Oberst gedeckt. Er schlug Verhandlungen vor. Er zeigte ihm die Hypothek zugunsten von Brás. Carlos Zude begann den Fall zu prüfen: Brás war nicht viel mehr als ein kleiner Bauer, er erntete an die tausend Arrobas, wie hatte er Maneca Geld borgen können? Aber der Oberst hatte alles richtig getan. Die Hypothek lag nur auf einem Teil der Fazendas. Maneca Dantas wußte, daß er allenfalls ein wenig retten konnte, und das war schon viel. So begannen lange und komplizierte Verhandlungen zwischen ihm und Zude. Rui brachte in einer guten Phase die Dinge voran. Maneca schlug vor, die Prachtvilla zu übergeben und einen auf sechshundert Contos veranschlagten Teil der Pflanzungen. Aber Carlos Zude weigerte sich, eine Berechnung zu akzeptieren, die auf der Grundlage der Haussepreise vorgenommen worden war, und er erklärte nachdrücklich, er wolle die Prachtvilla auf keinen Fall. Nach unzähligen Auseinandersetzungen, als Maneca Carlos schon nicht mehr grüßte, kamen sie zu einer Übereinkunft. Der Oberst händigte den größten Teil seiner Fazenda aus, er behielt annähernd ein Viertel seines Kakaos. Die Sachverständigen schätzten nach den Baissepreisen. Die Prachtvilla verkaufte er etwas später dem älteren Rauschning für hundertzwanzig Contos. Er ging arm aus dem Handel hervor, er hatte gerade noch Geld zum Leben, und doch gehörte er zu denen, die am besten abschnitten. Wenn er den Trick nicht angewandt hätte, wäre alles, sogar die Prachtvilla, verloren gewesen.

Die Exporteure beobachteten angesichts des Schachzuges von Maneca Dantas die Notariate mit verdoppelter Aufmerksamkeit. Sie beschafften Bescheinigungen über die Pflanzungen, die ihnen noch gar nicht gehörten. Es wurde schwierig, Tricks anzubringen, die Notare hatten nun Angst, viele von ihnen standen offen im Dienst der Exporteure.

Maneca Dantas hatte etwas gerettet, er war nach Meinung der anderen glücklich. Aber er war weit entfernt davon, glücklich zu sein. Seine Welt ging zu Ende. Die Welt, von der er als junger Mann geträumt hatte, als er sich mit Horácio in die Eroberung des Sequeiro Grande stürzte. Damals träumte er davon, daß sein Sohn ein glänzender Anwalt würde, er träumte von Reichtum, von allgemeiner Achtung, einem ruhigen Leben und gesicherten politischen Positionen. Jetzt war er arm und wohnte in einem kleinen Haus auf dem Conquistahügel, er sah die besten Teile seiner Fazendas in den Händen anderer Herren, und, das Schlimmste von allem, sein Sohn war krank, von Lastern verdorben, er hatte plötzliche Wahnsinnsanfälle. Die Ärzte schüttelten den Kopf. „Entweder er läßt die Rauschgifte, oder er stirbt eines Tages in einer Klinik."

Der alte Oberst suchte seine Fazenda nicht mehr gern auf. Er mußte dann Ländereien überqueren, die früher ihm gehört hatten, er mußte an dem Herrenhaus vorbeireiten, in dem er länger als dreißig Jahre gewohnt hatte, mußte die Barcaças und die Trockenräume, die Tröge und die Kakaopflanzungen sehen. Auf den Pflanzungen, die ihm verblieben waren, war alles improvisiert: das Herrenhaus (das kaum besser war als die Häuser der Arbeiter), die Barcaças, die Trockenräume, die Tröge. Bei der Teilung hatte er sich diese Ländereien selbst ausgesucht. Es waren Ländereien ohne Annehmlichkeiten, nur Kakaopflanzungen, aber es war Land, das zum Sequeiro Grande gehört hatte, ausgezeichneter Boden. Und es waren sogar einige Anpflanzungen mit jungen Kakaobäumen darunter. Diese Berechnung hatte er jedoch rein mechanisch angestellt, er hatte keinen Ehrgeiz mehr, keine Freude und keinen Antrieb. Wozu das alles? Was nützten ihm jetzt noch bessere oder schlechtere Ländereien?

Wenn er zu Hause war, starrte er Ruis Hände an, die wie die eines alten Mannes zitterten. Sie waren bleich und durchscheinend, der Antwaltsring rutschte auf dem fleischlosen Finger. Sein Blick war unstet, Maneca wußte, daß sein Sohn nicht mehr lange leben würde.

Maneca Dantas wünscht nur noch, früher zu sterben als sein Sohn. Damit er nicht sehen muß, daß er tot daliegt oder, noch schlimmer, daß er völlig irrsinnig wird und in eine Anstalt eingewiesen werden muß. Er hat einmal erlebt, wie man einen Verrückten auf ein Schiff der „Bahiana“ gebracht hat, um ihn in das São-Jorge-de-Deus-Haus in der Hauptstadt zu schaffen. Sechs Männer haben ihn festgehalten, dabei war er gefesselt, er fluchte ganz erbärmlich, es war fürchterlich.

Maneca Dantas starrt die Hände seines Sohnes an, die zitternden, durchscheinenden Hände. Rui lächelt sanft, Maneca begreift, daß er unter der Wirkung des Kokains steht. Er erhebt sich rasch, denn die Tränen wollen immer leichter aus seinen müden alten Augen strömen.

7

In der Straße der billigsten Huren lernt Rita, während sie ihr triefäugiges Kind an die schlaffe Brust drückt, das traurigste Lied von der Welt, das Lied der Prostituierten in den Dörfern des Kakaogebietes:

„‚Was machst du hier, Mädchen?'
‚Ich mache alles, mein Herr . . .' "

Die Straße war lang, sie zog sich endlos hin, immer war sie voller Schlamm, nie hatte jemand daran gedacht, sie zu pflastern. Schon vor der Baisse hatte Oberst Frederico Rita verlassen. Er hatte sich eine Jüngere, Lebhaftere gesucht. Aber auch die andere war schon hier, im Nachbarhaus, und auch sie sang mit ihrer heiseren Stimme das Lied, das irgendwer eines Tages verfaßt hatte, als er diese Frauen mit den fauligen Zähnen und dem glasigen Blick sah.

Wozu dieses Lied? Rita weiß nicht, warum man es verfaßt, warum man eine Melodie dazu erfunden hat. Auch auf den Fazendas gab es solche Lieder, niemand weiß, wer sie sich ausgedacht hat. Es sind Lieder der Arbeit, sie erzählen vom Kakao, von den Barcaças und den Trockenräumen. Auch sie sind traurig, aber nicht ein einziges ist so traurig wie dieses Lied der Prostituierten, das sie alle kennen, das sie bei Einbruch der Nacht, wenn sie ihrer Arbeit nachgehen, singen, als wollten sie damit ihre Fähigkeiten anpreisen.

„‚Was machst du hier, Mädchen?'
‚Ich mache alles, mein Herr . . .' "

Wozu dieses Lied? Es sprach von völlig sinnlosen Dingen: von einer Mutter und von Liebe, vom Zuhause und von Verzweiflung, Dingen, die eine Prostituierte nicht hat, sie hat nicht einmal die Verzweiflung. Die Straße war voll von ihnen, sie waren alle von den Kakaofazendas gekommen. In den Dörfern gab es nicht die teuren, duftenden, in Seide gekleideten Mädchen wie in den Städten, in Ilhéus und Itabuna. Zwar war die eine oder die andere da, aber sie waren unbeschreiblich alt und standen am Ende ihrer Laufbahn, ihres Lebens. Ja, sie kamen von den Fazendas. Aus den Händen der Obersten, der Oberstensöhne, der Aufseher. Sie waren die ersten, es war ihr Recht, es war ein Teil des Gesetzes, das ihr Leben auf den Kakaopflanzungen regelte. Danach wanderten sie von Hand zu Hand und landeten schließlich in dieser Straße, die in allen Dörfern gleich aussah, der Frauenstraße, die fast immer Schlammstraße hieß, wenn sie überhaupt einen Namen hatte.

Wozu dieses Lied? Nicht einmal die Verzweiflung hatten sie. Es war ein Leben ohne Sinn, nur die Cachaça brachte ihnen Ablenkung. Eine Straße verlorener Frauen, wo es vaterlose Kinder die Menge gab, künftige Tagelöhner für die Pflanzungen. Es waren meist Kinder der Obersten. Jetzt in der Baisse wurde die Zahl der Frauen noch größer, täglich trafen neue ein, die durch die Straßen irrten, es fehlte an Zimmern in den Häusern, und es fehlte auch an Kunden. Die Älteren betrachteten wütend die ankommenden Jungen. Auch sie lernten bald das Lied, kreischten es aus den schlecht erleuchteten Fenstern. Einmal erschien sogar ein Mädchen, das noch keine dreizehn Jahre alt war.

Sie würden alle verhungern. Für so viele Frauen waren keine Männer da, und Geld war nicht vorhanden, um Liebesnächte zu bezahlen. Auf den Straßen überfielen die entlassenen Tagelöhner die vorbeiziehenden Frauen und schickten sie dann fort, ohne ihnen etwas dafür zu geben. Auch Ritas Vater war entlassen worden. Auf der ganzen Welt hatte er nur noch seine Tochter, die „Verworfene". Er war zu alt, um die Straßen entlangzuziehen, er kam in das Haus, in dem Rita wohnte, legte seine
 alte Peitsche im Zimmer ab und nahm den Enkel auf den

Schoß. Rita sah ihm schweigend zu. Sie fragte nur: „Du willst wohl hierbleiben?“

Der Alte schlug in stummer Antwort die Augen nieder. Dann sagte er: „Nirgends ist Arbeit zu finden.“

Er schien um Entschuldigung zu bitten. An Ritas Beinen brachen die Geschwürrosen auf, Folgen weniger Monate der Prostitution. An den schlaffen Brüsten suchte das Kind vergebens nach der ersehnten Milch. Rita wandte den Blick von der alten Eselspeitsche ab, die von der Arbeit vieler Jahre abgenutzt war. Nun mußte sie das Kind und den Vater ernähren. Von überallher kamen die Frauen. Der Alte saß an der Hintertür, er starrte in den Himmel, auf das Feld, die Pflanzungen weiter hinten. Am Fenster sang Rita ihr Lied der Anpreisung, das ihr Arbeitsgesang war:

„‚Was machst du hier, Mädchen?‘
‚Ich mache alles, mein Herr ...‘“

Es war eine lange, endlos lange Straße.

8

Nicht einmal Rita freute sich, als sie von dem Unglück hörte, das Oberst Frederico Pinto widerfahren war. Nicht einmal sie, die von dem Arbeitsherrn ihres Vaters in der Zeit, als der Oberst unter der Sehnsucht nach Lola Espinola litt, in dieses Leben hineingezogen worden war. Mitleidig sagte Rita zu dem alten Eselstreiber: „Er hat sich ins Unglück gestürzt, der Arme!“

Frederico Pintos Fazendas waren versteigert worden. Mit ihm war etwas Seltsames vorgegangen: Er wußte, daß er eine ungeheure Summe schuldete, er hätte sie leicht bezahlen können, wenn die Hausse angedauert und er seine übertriebene Verschwendung ein wenig gebremst hätte. Er wußte, daß jetzt in der Baisse seine Fazendas kaum ausreichten, die Schulden zu begleichen. Aber er kümmerte sich um nichts. Er entließ seine Landarbeiter und behielt nur so viele, wie er unbedingt brauchte. Dona Augusta weinte, es war ein geflüstertes Weinen, das schwer zu ertragen war. Ihre Kinder konnten nicht aufs Kolleg zurückkehren. Frederico schrie seine Frau an: „Heul doch nicht dauernd, das kann ja keiner aushalten."

Sie hob das dicke Gesicht und sah ihn an, ohne daß sie aufhörte zu weinen. Der Oberst ging auf die Pflanzungen, wo die Kakaofrüchte vergebens darauf warteten, von den Tagelöhnern geerntet zu werden. Die Triebe brachen aus den Bäumen hervor, keiner war da, der die Pflanzungen ausästen konnte.

Mahnungen kamen, eine nach der anderen. Die Rauschnings, denen Frederico immer seinen Kakao verkauft hatte, kündigten ihm an, sie würden angesichts seiner Gleichgültigkeit den Rechtsweg einschlagen und seine Schulden zwangsweise eintreiben. Sie schickten ihm einen Beleg über sein Schuldenkonto. Es war riesig. Er schuldete allzuviel. Da war die genaue Aufstellung: „Ein Scheck zugunsten von Senhor Pepe Espinola – zwanzig Contos." Frederico mußte lächeln, als er das las. Vielleicht war das das einzige Geld, das er richtig angelegt hatte. Und vielleicht beeinflußte die Erinnerung an den Zuhälter seine spätere Entscheidung. Er antwortete nicht auf eine einzige Mahnung der Rauschnings. Als der Richter verfügte, daß seine Pflanzungen versteigert werden sollten, schien ihn das nicht zu erregen. Zu dem Zwangsverkauf ging er nicht hinunter. Er erfuhr, wieder aus einer ihm von der Justiz zugeleiteten Information, daß die Brüder Rauschning seine Fazenda ersteigert hatten. Er las den Preis. Ihm blieben zweihundert Contos. Er ging mit seiner Familie nach Itabuna hinunter, übergab dem Notariat eine Vollmacht für seine Frau, verabschiedete sich von seinen Kindern. Dann stieg er in den Autobus, im Gürtel trug er seinen Revolver.

Überraschend betrat er die Büros der Rauschnings und drang, ohne um Erlaubnis zu fragen, bis in das Kabinett vor, von dem aus die beiden Brüder die Firma leiteten. Aber nur der jüngere war da. Er stand auf, als er den Obersten erblickte. Erst fünf Tage zuvor hatten die Rauschnings die Fazenda Riacho Doce besetzt. Der Exporteur erhob sich, er glaubte, Frederico komme, um seinen Überschuß abzuholen, er hatte den Scheck schon vorbereitet. Oder erschien er, wie schon andere, um ein bißchen mehr Geld zu erbetteln? Oder einen Aufseherposten, wie es die kleinen Bauern machten, die ihre Pflanzungen verloren?

Er reichte Frederico die Hand, aber der tat, als sähe er es nicht. Er wies ihm einen Stuhl an, aber auch das wurde mit einer Handbewegung abgelehnt. Der Oberst fragte: „Wo ist denn Ihr Bruder?"

„Er ist nach Itapira gefahren."

„Das ist schade, denn so töte ich nur Sie, Sie verdammter Gringo und Hurensohn." Dann schoß er, feuerte die sechs Revolverkugeln in Rauschnings Brust ab.

Die Angestellten liefen herbei, aber obwohl der Revolver leer war, wichen sie zurück und ließen Frederico hinaus. Er ging geradenwegs zur Polizei, um sich zu stellen. Rauschning war sofort tot.

Das war ein weiterer sensationeller Prozeß. Fast alle erinnerten sich an Szenen aus dem Prozeß, bei dem Pepe Espinola verurteilt worden war, damals, als die Obersten noch Herren der Justiz waren. Jetzt saß Oberst Frederico Pinto auf der Anklagebank, derselbe, der dafür gesorgt hatte, daß Pepe verurteilt wurde. Es dauerte zwei Tage, Frederico hatte nicht zugelassen, daß die Familie Geld für einen Anwalt opferte, und so mußte der Richter einen benennen. Es gab Argumente und Gegenargumente, und der Staatsanwalt sprach einen Satz, der die ganze Situation kennzeichnete: „Man muß ein für allemal beweisen, daß die Obersten nicht die Herren der Justiz sind, wie es in früheren Verfahren so oft behauptet wurde.“

Es war derselbe Staatsanwalt, der Pepe Espinola angeklagt hatte. Nicht er hatte sich verändert. Das ganze Leben im Kakaogebiet hatte sich verändert. Der Rechtsanwalt, der sich ungeheure Mühe gab, nahm Zuflucht zur „Affekthandlung“. Man sagt, das Geld der Exporteure sei geflossen, um die Geschworenen zu kaufen. Eine Behauptung, die, wie so viele andere, nie bewiesen wurde. Aber der ältere Rauschning warf es mit vollen Händen hinaus, er hatte einen berühmten Anwalt aus der Hauptstadt kommen lassen, der der Anklagevertretung beistehen sollte. Er war die große Sensation des Prozesses, aber seine sehr brillante Rede hatte nicht den erwarteten Erfolg.

Der Prozeß des Obersten Frederico Pinto durchlief drei Instanzen. In erster Instanz wurde er zu vierundzwanzig Jahren Zuchthaus verurteilt, mit fünf gegen zwei Stimmen. Die Berufung führte zur Wiederaufnahme des Verfahrens. Diesmal begünstigten die Geschworenen offen die Exporteure. Rauschning bemühte sich nicht einmal, Helfer für die Anklagevertretung zu bestellen. Das Urteil in dieser zweiten Instanz lautete auf dreißig Jahre, die Höchststrafe. Aber es gab eine Gegenstimme, die eine neuerliche Berufung gestattete. Das Gericht übergab den Obersten einer dritten Instanz. Das letzte Verfahren erregte aber verhältnismäßig wenig Interesse. Es dauerte nur einen Nachmittag und bestätigte das Urteil des ersten: vierundzwanzig Jahre Zuchthaus. Frederico wurde aufs Schiff gebracht, um nach Bahia in die Strafanstalt übergeführt zu werden, und wieder einmal versammelten sich die Leute am Kai, um ihn vorbeikommen zu sehen. Der einzige Unterschied zwischen seiner und Pepe Espinolas Abfahrt lag darin, daß der Oberst nicht gefesselt war und daß ihn sein Sohn begleiten durfte. Neugierige aus Ilhéus wollten wissen, wie er sich mit Pepe im Gefängnis vertragen würde. Sie waren entsetzt, als Reisende aus Bahia ihnen versicherten, der Oberst und der Gringo hätten Freundschaft geschlossen. Und das schönste von allem war, daß sie nur ein Gesprächsthema hatten: die verstorbene Lola Espinola, die sie beide gekannt und geliebt hatten.

9

Sie bettelten um Almosen auf den Landstraßen, in den Dörfern, in den Städten. Unzählige Trupps von zerlumpten und ausgehungerten Männern füllten die Wege des Kakaogebietes. Es waren riesige Scharen, sie vereinigten sich auf den Trampelpfaden und drangen mit hungrigen Gesichtern und tiefliegenden Augen in die Dörfer ein. In Pirangi brach eine Gruppe von fünfzehn Mann in eine Bäckerei ein. Sie kamen alle ins Gefängnis. Bei ihnen war eine Frau mit zwei Kindern. Sie wurden festgenommen wie Diebe und nach Ilhéus gebracht.

Solange die Baisse anhielt, solange die Exporteure noch nicht Eigentümer der verschuldeten Fazendas waren, vermehrten sich diese Bettlerbanden von Tag zu Tag. Eine ganze fünfköpfige Familie starb an Vergiftung, weil sie im Übermaß des Hungers eine Kobra verspeiste. Das „Diário de Ilhéus“ brachte ein Foto und gab der Meldung einen scherzhaften Ton. Die Schlagzeile war wie ein Witz: „Scheitern einer kulinarischen Neuerung“. Der Redakteur erklärte Sérgio Moura später, er habe, wie es der Fall verdiene, eine dramatische Reportage geschrieben, aber der Direktor habe nicht gestattet, sie zu veröffentlichen, um nicht „die Panik zu vergrößern“. Im „Jornal da Tarde“ erschienen rühmende Artikel über Karbanks, der versprach, aus den Vereinigten Staaten Kapital zu besorgen, damit der neue Hafen von Ilhéus gebaut werden könne. Das Wochenblatt, das die Integralisten gegründet hatten, stand aber bereits in offener

Opposition zu Carlos Zude und Karbanks und begann eine heftige Kampagne gegen den Yankee-Imperialismus. Es druckte Reportagen über das nazistische Deutschland ab, in denen man wunderbare Dinge lesen konnte.

Ein illegales Flugblatt der Kommunisten rief auf, Maßnahmen zu ergreifen, um die Lage der arbeitslosen Tagelöhner zu klären. Und es forderte diese zu einem Marsch nach Itabuna auf. Eine riesige Demonstration, die von den Arbeitern in der Stadt unterstützt werden sollte. Die Arbeiter des Hafens (die jetzt sehr schlecht dran waren), die Arbeiter der Schokoladenfabrik und die von der Eisenbahn würden streiken. Auf den Pflanzungen organisierten Joaquim und andere Genossen die Demonstration unter den entlassenen Tagelöhnern. Doch trotz ihrer politischen Wachsamkeit spalteten sich von einigen Tagelöhnertrupps kleine Banditengruppen ab. Aber sobald die Ländereien in die Hände der großen Exportfirmen übergegangen waren, wurden diese Gruppen durch eine energische Polizeiaktion, die die Straßen nicht nur von Banditen, sondern auch von Bettlern und Landstreichern säuberte, zerschlagen.

Auch ein Prophet tauchte auf, ein Mulatte mit langem Bart, der die Landstraßen entlangzog und alte Weissagungen wiederholte, die im Gedächtnis der Leute lebendig geblieben waren seit der Zeit der Kämpfe um den Sequeiro Grande, als der wahnsinnig gewordene Neger Damião die Straßen des Kakaos gekreuzt hatte. Der Prophet kündigte das Ende der Welt an und rief die arbeitslose Menge auf, zu beten und Gott um Vergebung der Sünden zu bitten. Anfangs gelang es ihm, einige Landarbeiter und Eselstreiber um sich zu scharen. Aber als der Hunger größer wurde, hörten sie lieber Joaquim zu, der jetzt von Trupp zu Trupp ging, um sie vor den Toren von Itabuna zu vereinigen. Sie sollten alle zusammen einmarschieren und Nahrung verlangen. Und trotz der Banditen und der Propheten, trotz der Unwissenheit der Landleute, die in ihrer Mehrheit Analphabeten waren, trotz der dauernden Todesfälle durch Hunger vereinigte Joaquim die Männer, sie kamen schon von weit her, um ihm zuzuhören. Sie sprachen von ihm überall auf den Fazendas und in allen Trupps.

Romão und Varapau, die von Joaquim unterrichtet worden waren, bildeten in den Trupps Kollektive, mit deren Hilfe alle auf die Wege nach Itabuna geführt wurden. In den Straßen der Stadt begannen beunruhigende Nachrichten zu kursieren, und der Polizeikommissar forderte Soldaten aus Ilhéus an, um die Ordnung aufrechterhalten zu können.

10

Die Kakaobaisse überraschte Hauptmann João Magalhães, als er gerade junge Bäume auf dem Reststück des gerodeten Waldgebiets pflanzte. Setzlinge für künftige Kakaobäume, die die Produktion seiner Fazenda verdoppeln und den Namen Badaró noch einmal zu Ansehen bringen sollten. Täglich hörte sich Don'Ana mit gieriger Anteilnahme die Neuigkeiten an, die ihr der Hauptmann von den neu angelegten Pflanzungen brachte. Sorgfältig ausgesuchte Setzlinge, Kakaobäume bester Qualität, die in gleichmäßigen Abständen nach modernsten Vorschriften angepflanzt wurden. Andere hatten ihre Ländereien verloren, weil sie an der Börse gespielt hatten, weil sie Geliebte hatten, weil sie dem Laster des Roulettspiels frönten, weil sie im „Terno do Ipicilone" mitgezogen waren. João Magalhães büßte seine Ländereien ein, obwohl er all das nicht getan hatte, er büßte sie ein, weil er Wald gerodet und Kakao gepflanzt hatte. Es waren ganz junge Kakaobäume, die wenigstens noch drei Jahre brauchen würden, bevor sie die ersten Früchte hervorbrachten.

Als die Nachrichten von der Baisse das Haus der Badarós erreichten, zweifelte João Magalhães sie an. „Unglaublich!"

Er wiederholte das Wort so oft, daß Chico, der Papagei, es behielt und seinem reichhaltigen Vokabular hinzufügte. „Unglaublich", aber wahr. Für den Hauptmann war es, als hätte man ihn hereingelegt. Auch er war Pokerspieler gewesen, damit hatte er sein Leben begonnen, als Pokerspieler war er vor fast fünfunddreißig Jahren nach Ilhéus gekommen. Auch dies hier schien ihm ein großer Bluff. Aber anders als Totonho aus Riacho Doce (mit dem er auf der Reise, die ihn in die Gegend von Ilhéus führte, gepokert hatte) wollte er nicht ohne weiteres zahlen.

Gleich als er die erste Mahnung erhielt, in der er aufgefordert wurde, sein Konto zu begleichen, ließ er die Anpflanzung halbfertig stehen und fuhr nach Ilhéus. Im Autobus, in dem viele Plätze frei waren, sprachen die Leute kaum. Und wenn sie sprachen, dann beklagten sie ihr Leben und jammerten, der Hauptmann war davon beeindruckt. Alles wies darauf hin, daß die Baisse nicht so rasch vorübergehen würde, wie er anfangs geglaubt hatte. Und da, noch im Autobus, überdachte er seine Situation. Er glaubte wohl, daß er Zude Geld schuldete, aber nicht so viel, daß es seinen Ruin bedeutete. Am Ende der ersten Safra in der Hausse hatte es ihm wegen der Rodung des Waldes und der Bepflanzung der neuen Grundstücke an Geld gefehlt. Er war zu Carlos Zude gegangen, der Exporteur hatte ihm einen Kredit eröffnet, als Sicherheit dafür nahm er Kakao auf Lieferung. Nach seinen Berechnungen schuldete er Carlos den Wert einer Safra, also rund tausendfünfhundert Arrobas Kakao, die nächste Safra, die vierte der Hausse. Aber dafür waren seine neuen Anpflanzungen fast fertig, der Wert seiner Ländereien war gestiegen. Wenn die Hausse anhielt, konnte er die Schulden in zwei oder drei Jahren abzahlen. Wenn er Ausgaben einsparte, würde es vielleicht nicht einmal so lange dauern. Und danach würden der Überfluß, der Reichtum, die alte Macht der Badarós dasein. Wenn es eine Baisse gab, wurde alles komplizierter. Er würde die Schulden nicht in zwei oder drei Jahren tilgen können, sondern eine viel längere Zeit wäre erforderlich. Kakao zu zehn Milréis ist nicht dasselbe wie Kakao zu fünfzig. Wesentlich aber war, daß Carlos Zude Geduld hatte. Er erinnerte sich der sympathischen Art des Exporteurs, seiner Unbekümmertheit, als er den Kredit eröffnen ließ. „Unbegrenzt ..." João Magalhães hatte indessen nur so viel abgehoben, wie für die Rodung und das Abbrennen des Waldes erforderlich war, für das Bepflanzen mit neuen Setzlingen, die Ausgaben für die alten Pflanzungen und für die Familie. Carlos Zude würde Geduld haben, er würde warten, er war ein guter Kerl, er mußte verstehen, daß die Schuld nicht bei João Magalhães lag. Und in drei Jahren würden die jungen Pflanzungen schon beim Begleichen der Schulden helfen ... In fünf Jahren wäre er frei, er hätte viertausend oder fünftausend Arrobas Kakao, das würde an die Badarós aus der Zeit erinnern, da in dem Gebiet der Fortschritt begann, an die alten „Herren des Landes". Und sogar hier in dem trübseligen Autobus fing João Magalhães zu träumen an.

Die erste unangenehme Überraschung war, daß er nicht von Carlos Zude empfangen wurde. Der Exporteur sei sehr beschäftigt, sagte der Geschäftsführer, der Martins ersetzt hatte, ein junger Mann aus Bahia, Zude habe ihn beauftragt, mit dem Hauptmann die Konten zu begleichen. Die folgenden Überraschungen waren noch schmerzlicher. Er schuldete nicht so wenig, wie er geglaubt hatte. Obwohl er Zude seinen ganzen Kakao geliefert hatte und trotz der Hausse, schuldete er mehr als hundertachtzig Contos. Da waren nämlich noch die Zinsen, womit er gar nicht gerechnet hatte, Wucherzinsen, entsetzlich hoch. Jetzt, da der Kakao auf zehn Milréis stand, bekam all das eine tragische Note, und der Hauptmann rang die Hände, die einst die feinen Hände eines Berufsspielers gewesen waren und nun schwielige Bauernhände waren. Der Geschäftsführer teilte ihm mit, die Firma könne auf eine langfristige Bezahlung nicht eingehen. Niemand wisse, wie weit der Kakaopreis bei diesem Preissturz noch sinken werde, vielleicht gebe es in wenigen Tagen gar keinen Käufer mehr, zu keinem Preis. Das Haus brauchte das Geld.

João Magalhães hörte die kommerziellen Ausdrücke, er sah das professionelle Lächeln des noch immer liebenswürdigen Geschäftsführers. Als er jung war, verstand er die Gesichter der Partner beim Pokerspiel zu studieren. Dann hatte er mit diesem Spiel des Kakaos begonnen, und jetzt verlor er zum zweitenmal. Er hatte in den Kämpfen um den Sequeiro Grande an Horácio verloren, nun verlor er an Carlos Zude. Aber beim erstenmal war es ein ehrlicher Kampf gewesen, ohne jeden Schwindel dabei. Diesmal war es ein schmutziger Schwindel gewesen. Er aber hatte ehrlich gespielt, ohne Karten zu verstecken, ohne sie auf seine Weise zu markieren.

Der Geschäftsführer legte Gründe dar, er wartete auf eine Entscheidung von João Magalhães.

„Ich möchte mit Seu Carlos sprechen."

Der Geschäftsführer zweifelte. „Ich weiß nicht, ob er Sie empfangen kann."

„Sagen Sie ihm, ich will das Konto begleichen. Aber nur mit ihm."

Carlos erwartete ihn unwillig. Er war jedoch heiter und sympathisch wie immer, als João Magalhães sein Arbeitszimmer betrat. Noch einmal streckte er ihm die Hand hin und bot ihm einen Stuhl an. „Was macht die Familie, Hauptmann?"

„Seu Carlos, vor zwei Jahren war ich hier bei Ihnen. Ich brauchte Geld, um meine neue Pflanzung anzulegen, ich rodete gerade den Wald. Sie ließen einen Kredit eröffnen. Jetzt sehe ich, daß Zinsen darauf lagen, sehr hohe Zinsen ..."

„Das entspricht doch den geschäftlichen Gepflogenheiten."

„Ich weiß. Ich will auch nicht darüber rechten. Es kann sein, daß es ganz in Ordnung ist, ich will nicht streiten, ich sage gar nicht, daß es ein Schwindel war. Ich möchte nur einen Zahlungsaufschub. Sehen Sie denn nicht? Ich habe neue Pflanzungen angelegt, in drei Jahren werden sie Kakao bringen. Ich werde jedes Jahr einen Teil abzahlen. Selbst wenn der Kakao auf zehn Milréis steht, ergeben meine tausendfünfhundert Arrobas fünfzehn Contos. Ich werde bezahlen, das Konto bereinigen. Und wenn der Kakao wieder steigt ..."

„Wird er denn steigen?" fragte Carlos. „Ich glaube es nicht. Der Kakao hat gegeben, was er zu geben hatte, Hauptmann. Es tut mir leid, aber ich kann gar nichts tun. So ist das Leben nun mal. Sie haben Geld verdient, als Sie die Pflanzung angelegt haben. Das war in der Zeit, als der Kakao hohe Preise erzielte, als er viel Geld wert war. Heute ist er gar nichts mehr wert. Ich will Ihren Kakao zu keinem Preis haben. Ich werde in diesem Jahr nicht kaufen."

„Und wie soll das werden?" Der Hauptmann war blaß geworden.

Carlos hob die Arme über den Tisch, als wüßte er nicht, was zu tun sei.

„Das ist kein sauberes Spiel, Seu Carlos. Das ist ein Spiel mit Schwindel. Aber ich habe sauber gespielt."

Carlos spürte, daß sich das Gewitter näherte. Aber er wußte, wie er diese schüchternen Kinder zu behandeln hatte, denn das waren die Kakaofazendeiros.

„Wie hieß doch Ihr Schwiegervater?"

„Sinhô Badaró."

„Auch er hat verloren, aber er verstand zu verlieren. Was kann ich tun?"

„Das war ein sauberes Spiel, da war kein Schwindel dabei."

„Regen Sie sich nicht auf, Hauptmann, verlieren Sie nicht die Ruhe. Sehen Sie zu, ob Ihnen jemand Geld borgt, zahlen Sie, was Sie schulden, dann widmen Sie sich der Arbeit. Ich möchte nur eins: das bekommen, was Sie mir schuldig sind."

Der Hauptmann sah keine Hoffnung in den Worten des Exporteurs. Niemand hatte Geld, das er verborgen konnte. Niemand wollte seine Pflanzung als Sicherheit haben und ihm dafür eine Anleihe von hundertachtzig Contos geben. Er sagte: „Wenn der Kakao nichts mehr wert ist, warum übernehmen Sie dann Pflanzungen und Fazendas, die Sie auf der Versteigerung erwerben? Das möchte ich einmal wissen."

Carlos stand auf und beendete das Gespräch. „Eigentlich nur, um den Obersten einen Gefallen zu tun, Hauptmann João Magalhães. Ich begnüge mich mit den Pflanzungen, um nicht alles zu verlieren. Und dabei habe ich noch geholfen, ich habe vielen geholfen."

Einen Augenblick lang – so groß war der Ausdruck der Ehrlichkeit in Carlos Zudes Gesicht – glaubte der Hauptman fast seinen Worten. Aber er war ein alter Pokerspieler, der gewohnt war, die Mienen der Partner zu studieren. Sehr weit hinter der gütigen Maske entdeckte er eine Einzelheit am Mund oder im Blick oder, wer weiß, im Herzen Carlos Zudes. Auch er stand auf. „Sie lügen, Seu Carlos. Sie haben uns bestohlen."

Sinhô Badaró saß im Herrenhaus in dem hohen Lehnstuhl, dem Wiener Sessel. Er hatte bis zuletzt gekämpft. Er, João Magalhães, der nicht einmal von hier stammte, war sein Stellvertreter in diesem Spiel des Kakaos geworden. Er hatte verloren. Aber wenn man am Pokertisch saß und ein ernstes Spiel machte und einer der Partner mogelte, dann verprügelten ihn die anderen. Sinhô Badaró billigte seinen Gedanken von seinem Lehnsessel her.

João Magalhães streckte die Hand aus, als wollte er sich von Carlos Zude verabschieden. Dann knallte die Ohrfeige, nebenan erstarrten die Angestellten. Aber Carlos war kein Feigling, er schlug sich mit dem Hauptmann. Die Angestellten kamen herein, sie trennten die beiden Männer, João Magalhães wurde hinausgeworfen. Aber er war zufrieden.

Auf der Pflanzung sagte er zu Don'Ana: „Sie werden alles bekommen, es hat keinen Zweck. Eine Kakaopflanzung ist nichts mehr wert. Wir haben keine Schuld daran."

Sie stand steif aufgerichtet und starrte vor sich hin. „Und was machen wir jetzt?"

„Hör zu: Ich wollte schon oft fortgehen, ich habe genug von diesem Land. Aber ich bin geblieben, weil du nicht fort wolltest. Ich habe alles getan, was ich konnte. Jetzt bin ich entschlossen: Ich gehe fort von hier. Ich bleibe um nichts in der Welt länger hier."

Sie wandte ihren Blick dem Hauptmann zu. „Ich gehe mit dir. Wohin du willst."

Er lächelte, er ergriff Don'Ana am Arm und zog sie auf seinen Schoß. „Ich hab es gewußt."

11

Carlos Zude nahm dem Bürodiener die Kleiderbürste aus der Hand. „Ist nicht nötig. Ich bürste mich schon selbst ab."

Er reinigte den Anzug, der schmutzig war von der Schlägerei. Der Geschäftsführer erschien wieder an der Tür des Arbeitsraums, nachdem er bei der gewaltsamen Vertreibung von João Magalhães geholfen hatte. Carlos bedeutete ihm, daß er nichts mehr brauche. Das waren eben die Härten des Berufs. Sein Gesicht war noch gerötet. Er hatte die Ohrfeige heimgezahlt, er hatte gehandelt wie ein Mann. Nicht in diesem Punkt fühlte er sich besiegt, sondern darin, daß sich Hauptmann João Magalhães durch seine Worte nicht hatte überzeugen lassen. Carlos Zude maß seinem Einblick in die Fazendeiropsyche große Bedeutung bei. Der Hauptmann hatte sich nicht täuschen lassen. Das war eine Niederlage, die Carlos schmerzte. Doch er verdrängte den Gedanken an die Rauferei und dachte an die Pflanzungen des Hauptmanns João Magalhães: die Pflanzungen, die er am leidenschaftlichsten begehrte. Es waren die Ländereien der Badarós, Carlos wollte auch dort im Land des Kakaos Wurzeln schlagen, diese Ländereien waren symbolisch, er maß ihnen einen fast mystischen Wert bei. Es war Land, das mit Blut gedüngt war, das unterm Kugelregen, auf Straßen voller Leichen erobert worden war. Maximiliano Campos hatte von jenen Kämpfen erzählt. Die Pflanzungen würden versteigert werden, Carlos würde alle überbieten. Und er würde auf ihnen ein prächtiges Herrenhaus mit allem modernen Komfort bauen lassen, wo er mit Julieta in einsamen Tagen der Liebe wohnen könnte. Dort sollte ihr Nest, ihre Zuflucht sein, wenn sie einmal der Welt der großen Städte entfliehen wollten. Dort, auf den Ländereien der Badarós, der alten Herren des Kakaos . . .

Schade, daß sich Hauptmann João Magalhães so aufgeregt hatte. Carlos hatte daran gedacht, ihm den Posten eines Verwalters seiner Fazendas anzubieten. Von der Veranda des neuen Herrenhauses aus konnten er und Julieta dann Don'Ana Badaró beobachten, die schießen konnte, die den Mut eines Mannes hatte und jetzt die Frau ihres Angestellten war. Aber es konnte nicht alles sein, wie man es sich wünschte. Der Hauptmann hatte sich geärgert. Na, wenn schon!

Der Bürodiener brachte die Nachmittagspost. Als er an Reinaldo Bastos vorbeigegangen war, hatte der Handelsangestellte gezittert, er vermutete, daß unter den Briefen auch der war, in dem er Carlos die Sache mit Julieta und

Sérgio mitteilte. Das sollte nicht nur eine Rache an der begehrten und unerreichbaren Frau sein, sondern auch an ihrem Mann, seinem Chef. Er hatte gehofft, Martins als Geschäftsführer der Firma nachfolgen zu können. Er hatte ihn gleich nach seiner Flucht vertreten und zweifelte nicht, daß er auch offiziell diesen Posten erhalten würde. Das brächte ihn näher an Julieta heran, es wäre eine weitere Stufe auf der Treppe, die in ihr Bett führen sollte.

Als Carlos einen neuen Geschäftsführer in Bahia suchen ließ und Reinaldo an das zweite Pult zurückschickte (wenn auch mit erhöhtem Gehalt), fühlte sich Reinaldo betrogen. Er hatte nicht bemerkt, daß Carlos ihn in der Geschäftsführung überprüft hatte und zu dem Schluß gelangt war, daß er für die Aufgabe nicht geeignet war. Er empfand nur die Ungerechtigkeit. Er beklagte sich nicht, aber er zergrübelte sich den Kopf, um die geeignete Rache zu finden. Er machte sich klar, daß Julieta für ihn nicht mehr in Betracht kam, und wollte sich rächen. Der Gedanke an einen anonymen Brief verfolgte ihn tagelang. Er kämpfte mit sich selbst. Etwas in ihm, eine gewisse Ehrenhaftigkeit, hinderte ihn, den Brief zu schreiben. Das waren Skrupel, gegen die er sich wehrte und die von Tag zu Tag mehr verblaßten. Eines Abends begegnete er Julieta und Sérgio, die auf der Avenida miteinander sprachen, sie saßen auf derselben Bank, auf der er sie in einer lange zurückliegenden Nacht gesehen hatte, als Julieta, wie er sich einbildete, geneigt war, ihn zum Geliebten zu nehmen. Sérgio hatte sich eingemischt, er hatte alles durcheinandergebracht. Obendrein hatte ihm Carlos den Posten des Geschäftsführers abgeschlagen ... Er hatte den Brief im Verein der Kaufmännischen Angestellten mit der Maschine geschrieben. Er adressierte ihn an das Büro von Carlos Zude und steckte ihn in den Kasten.

Briefe von Obersten, die Aufschub für die Rückzahlung

ihrer Schulden erbaten. Gerichtliche Informationen über Versteigerungen von Pflanzungen. Briefe von Firmen im Süden, die Vertretungen anboten. Und der anonyme Brief:

„Nun, Seu Carlos Zude, sind Sie der oberste Hahnrei. Warum ist der Ehemann wohl immer der letzte, der es erfährt? Während Sie arbeiten, umherreisen und die Obersten bestehlen, setzt Ihnen Ihre Gattin, die Hure, die Ihren Namen trägt, die größten Hörner von Ilhéus auf. Wollen Sie wissen, mit wem? Versuchen Sie einmal, die Gänge Ihrer Frau zum Handelsverein zu überwachen. Alle wissen, daß sie die Geliebte Sérgio Mouras, des Scharadendichters, ist. Alle außer Ihnen, Seu Carlos Zude. Wenn Sie den Beweis haben wollen, brauchen Sie nur Ihrer Frau zu folgen. Und wenn Sie ein zahmer Hahnrei sind, dann stutzen Sie wenigstens die Hörner, denn sie sind riesig. Sie stellen schon eine Gefahr für die Öffentlichkeit dar."

Der Brief war von „einem unbekannten Freund" unterzeichnet. Carlos Zude machte ein angeekeltes Gesicht, als er den Brief las. Diese Obersten bereiteten ihm Überraschungen! Der eine ohrfeigte ihn, wer hätte gedacht, daß Hauptmann João Magalhães dazu fähig sei? Ein anderer schickte ihm diesen Brief und versuchte, Julietas Ansehen zu beschmutzen. Carlos Zude glaubte dem Geschwätz des anonymen Briefes nicht eine Sekunde lang. Das war eine Rache der Obersten, eine niedrige, plumpe anonyme Rache. Es war sonnenklar: Diese Anspielung, daß er die Obersten bestahl, die gewaltsame Ausdrucksweise, die Kraftausdrücke. Und auch noch mit dem ...

Carlos Zude wußte, daß Julieta Beziehungen zu dem Dichter unterhielt, auf freundschaftlicher Ebene, die auf dem Ausleihen von Büchern beruhten. Etwas ohne die geringste Bedeutung. Nie war seine Frau so gut und so solidarisch gewesen wie in den letzten Jahren. Sie vergaß alle ihre früheren Wünsche: Spaziergänge, Reisen, Kasinobesuche, das Haus in Copacabana. Sie opferte vieles für ihn. Sogar ihre Ehre war verletzt. Carlos schien es unmöglich, daß Julieta in Ilhéus einen Geliebten haben könnte, ohne daß er es wußte. Die Stadt war klein, hier erfuhr man alles. Ja, wenn es in Rio de Janeiro gewesen wäre ...

Er legte den Brief beiseite und las die Geschäftspost. Aber sein Gedanke kehrte zu Julieta zurück, zu den Opfern, die sie ihm gebracht hatte. Sobald er die wichtigsten Geschäfte abgeschlossen hätte, würden sie verreisen, er würde ein paar Monate vollständig seiner Frau widmen. Vielleicht würden sie nach Europa fahren. Oder in die Vereinigten Staaten. Nach New York, während auf João Magalhães' Pflanzungen das Herrenhaus gebaut wurde, von dem aus sie die Geschicke des Kakaolandes lenken würden ...

Der Geschäftsführer meldete Antônio Vítor. „Er möchte mit Ihnen sprechen."

„Lassen Sie ihn herein."

Diese Kakaobauern warteten mit Überraschungen auf. Carlos zerriß den anonymen Brief und warf die Fetzen in den Papierkorb. Er zog die Schublade auf, holte einen Revolver heraus und steckte ihn in die Tasche. Er hatte sich hinsichtlich der Psyche der Obersten ein wenig geirrt. Die schüchternen Kinder waren erregt, und dann waren sie zu allem fähig.

12

Die Berufung zum Organisator war Varapau angeboren. Auf der Pflanzung hatte er den Terno organisiert und hatte mit ihm die armseligen Festtage des Jahresanfangs während der Hausse erleuchtet. Jetzt staunte Joaquim über die Fähigkeiten, die der Hagere bewies. Vor allem ihm verdankte er es, daß die Landarbeiter tatsächlich durch die Straßen von Itabuna zogen und Essen und Transport verlangten. Der Kraftfahrer war hell begeistert von den Tagelöhnern. Wieviel man mit ihnen unternehmen konnte! Es war eine ganz andere Arbeit, sie hatte wenig Ähnlichkeit mit der in der Stadt. Aber sie brachte unmittelbare Ergebnisse. Er dachte, daß er Varapau einsetzen konnte, daß er einen Agitator für das Land, einen Führer der Tagelöhner aus ihm machen konnte. Er arbeitete täglich mit ihm. Varapau hatte endlich etwas gefunden, was seiner unruhigen Eigenart entgegenkam. Er war durch viele Berufe und viele Gegenden geirrt, aber nur zweierlei hatte ihn fesseln können: Rosa mit ihrem schönen Körper und der Hirtinnenterno am Anfang des Jahres mit seiner angeregten Stimmung. Jetzt eröffnete ihm Joaquim, der plötzlich unter ihnen aufgetaucht war, neue Möglichkeiten. „Du gehst auf die Pflanzungen zurück. Aber jetzt wird es anders sein."

Er hatte auch mit anderen gearbeitet. Aber Capi redete nur davon, nach Ceará zurückzukehren, Florindo wollte nach Ilhéus, Rosa suchen, er lachte, lachte trotz des quälenden Hungers, der Neger schien nichts anderes zu können als zu lachen. Romão war schon eher geneigt, obwohl er Analphabet war, er verstand sehr wenig von dem, was Joaquim sagte. Und dann gab es noch einige, Grüppchen, die sich innerhalb der großen Trupps bildeten und die die Kollektive formten und anleiteten, die alle entlassenen Tagelöhner auf die Straßen nach Itabuna führten.

Und eines Tages trafen sich mehr als dreihundert Leute vor der Stadt. Das waren nicht alle Arbeitslosen des Gebietes. Viele bettelten bereits in den Städten und den Dörfern, andere überfielen Reisende, einige hatten den Weg in den Sertão eingeschlagen. An den Straßen bezeichneten plumpe Holzkreuze die Stellen, wo die schwächsten Männer, Frauen und Kinder gestorben waren.

Es war eine beeindruckende Menschenmenge. Mager und schmutzig, zermürbt, mit langem, struppigem Haar und wuchernden Bartstoppeln. Ihre riesigen Füße waren voller Schlamm.

Die Nachricht lief durch die Stadt Itabuna, der Polizeikommissar sammelte seine Leute, er telefonierte mit Ilhéus und mit Pirangi und bat um Unterstützung. Einige Integralisten meldeten sich als freiwillige Helfer der Polizei. Sie wußten, daß Kommunisten unter den Tagelöhnern waren, das war Grund genug für sie, die Gegenposition zu beziehen.

Langsam, wie eine nie gesehene Prozession, zogen sie in Itabuna ein. Sie schritten schweigend dahin, die Frauen trugen ihre Kinder auf den Armen. Keiner hatte eine Waffe. An der Spitze marschierte Joaquim. An der Brücke, die die Stadt teilte, wartete die Polizei. Die Tagelöhner hatten weder eine Standarte noch eine Fahne bei sich. Sie hatten nur den Hunger, der in ihre vom Sumpffieber gelben Gesichter geprägt war. Die Leute in der Stadt schlossen die Fenster, auf der Straße fielen Frauen in Ohnmacht, die Fußgänger rannten überstürzt nach Hause.

Und die Demonstration („Die Parade des Hungers" nannte sie ein Flugblatt der Kommunisten) zog in die Stadt ein. Jenseits der Brücke war die Präfektur. Von Ilhéus nahten eilig Lastwagen, die Verstärkung für die Polizei brachten. Auch der in der Kampagne gegen die Kommunisten spezialisierte Kommissar war dabei. Die Soldaten hatten sich an der Brücke verschanzt. Sie wurden von einem Unteroffizier befehligt.

Vor der Brücke machte die Menge halt. Joaquim begann auf die Soldaten einzureden. Gassenjungen – woher kamen sie bloß – mengten sich unter die Tagelöhner. Der Kraftfahrer beschwor die Polizisten, nicht zu schießen. Aber der Unteroffizier gab den Feuerbefehl, und aus Joaquims Arm spritzte Blut in Romãos Gesicht. Da stürzte der Tagelöhner vor, der Brücke zu, die Menge folgte ihm über seinen Leichnam hinweg, denn im nächsten Augenblick lag er mit einer Kugel in der Brust am Boden. Joaquim, der die Tagelöhner nicht länger zurückhalten konnte, der selbst am Arm verwundet war, lief mit ihnen. Die Soldaten schossen, aber die Menge stürmte weiter über die Brücke. Varapau schrie: „Wir wollen zu essen haben!"

Und dann schrien alle, und das Schweigen, das die Schüsse zerrissen hatten, verschwand endgültig. Die Polizisten, auf die die waffenlosen Landarbeiter zustürzten, flüchteten in Panik. In den ausgehungerten Gesichtern der Männer und auch der Frauen sahen sie die Entschlossenheit, und sie begriffen, daß nur die Flucht sie retten konnte.

Alle waren jetzt auf der anderen Seite der Brücke, und Joaquim versuchte mit Hilfe Varapaus und der anderen Genossen, die schreiende Menge, die sich bereits zerstreute, die wie in Versuchung die reich gefüllten Läden anstarrte, zu sammeln. Schon sprachen einige vom Plündern.

Wie sollte man sie wieder zusammenschließen? Varapau hatte einen Gedanken. „Wir müssen etwas singen."

„Aber was?"

„Ein Lied von den Pflanzungen."

Und sie sangen das Lied vom gedunsenen Mulatten:

„Meine Farbe hab ich vom Kakao,
ein Mulatte voll Zärtlichkeit,
doch ach! Mulattin, doch ach!
Gedunsen bin ich und gelb,
die Farbe hab ich vom Fieber!"

Und das Wunder des liebgewonnenen Gesanges, des Liedes, das bei der Arbeit auf den Pflanzungen half, schloß Männer und Frauen zusammen. So zogen sie singend vor die Präfektur, in ordentlichen Reihen. Capi verband in aller Eile Joaquims verwundeten Arm. Als das Lied verklungen war, stimmten sie ein anderes an, das älteste der Arbeitslieder auf den Kakaopflanzungen:

„Kakao ist eine gute Sache
und ich ein guter Arbeiter . . .“

Sie hielten vor dem Gebäude der Präfektur an. Es war geschlossen, die Beamten saßen drinnen hinter Riegeln. Da schrie Joaquim: „Wir wollen mit dem Präfekten sprechen!“

Und die Menge begleitete seinen Ruf mit ohrenbetäubendem Lärm. Jetzt mischten sich Liedfetzen und das Schreien derer, die Essen verlangten. Endlich öffnete sich ein Fenster, und der Präfekt erschien totenbleich neben dem Stadtpfarrer.

Joaquim hatte Varapau auf diesen Augenblick vorbereitet. Der Hagere stieg auf eine der Bänke auf dem Platz und erklärte, weshalb sie hergekommen waren. Sie wollten Brot und Arbeit. Der Präfekt, der sich ein wenig von dem Schrecken erholt hatte, antwortete, er versprach, Brot verteilen und Baracken, in denen sie wohnen könnten, bereitstellen zu lassen. Am Rande der Stadt auf dem Viehmarkt.

Da eröffneten die Polizisten aus Ilhéus, an ihrer Spitze der Sonderbeauftragte, mit denen sich die flüchtenden Soldaten von Itabuna vereinigt hatten, von neuem das Feuer. Diesmal traf es die Menge unvorbereitet, und die Polizisten schossen von den Ecken des großen Platzes her. Es gab viele Tote. Ein alter Mann behauptete sogar, man habe Ähnliches nur in den Zeiten der Kämpfe um den Sequeiro Grande erlebt. Anfangs hatte die Tagelöhner die Angst gepackt. Sie sahen, daß sie eingekreist waren, daß ihnen kein Fluchtweg offenstand. Aber unter ihnen waren alte Revolverhelden, die Kämpfe gewohnt waren, sie faßten rasch wieder Mut. Der Präfekt bat um Ruhe, und der Stadtpfarrer betete. Als das Schießen begann, entschloß sich der Präfekt, vom Fenster zurückzutreten, denn schon war eine Kugel unmittelbar daneben eingeschlagen. Aber der Stadtpfarrer blieb stehen und machte den Polizisten Zeichen, sie sollten das Feuer einstellen. Die Tagelöhner rückten vor, drückten sich an den Häusermauern entlang, und plötzlich warfen sie sich ohne Waffen auf die Polizisten und kämpften mit ihnen. Die Menge wurde mutig, sie teilte sich und fiel fast gleichzeitig über alle vier Ecken des Platzes her. Es war, als bräche eine riesige, bis dahin zurückgehaltene Kraft los. Einige Frauen stimmten Lieder an, die Polizisten schossen weiter.

Danach trug man die toten Landarbeiter und Polizisten weg. Jetzt, da sie tot waren, sahen sie alle gleich aus, es waren Männer vom Land, Neger und Mulatten, sie unterschieden sich nur in der Kleidung. Dreißig Tagelöhner und sechs Polizisten waren umgekommen. Sie wurden zur selben Stunde begraben, es war ein gemeinsames Begräbnis, an dem die ganze Stadt teilnahm. Rasch waren Holzbaracken aufgeschlagen worden, um die Tagelöhner unterzubringen. Der noch immer beunruhigte Präfekt hatte Ochsen für die Landarbeiter schlachten lassen, und der Stadtpfarrer, der ihnen beigesprungen war, veranstaltete eine Kollekte bei den Familien der Stadt. Um Milch für die Kinder zu kaufen.

Joaquim und Varapau und weitere zwanzig Mann waren als Anführer der Bewegung festgenommen worden. Aber am selben Tag brach der Generalstreik in Ilhéus und Itabuna aus. Die Arbeiter in der Stadt protestierten gegen die Verhaftungen, sie forderten die sofortige Freilassung Joaquims und der Tagelöhner, sie verlangten auch, daß den Tagelöhnern die Löhne garantiert würden, die sie zuvor auf den Fazendas erhalten hatten. Die Lage spitzte sich zu.

 In den rasch aufgestellten Baracken diskutierten die

Leute über ihre Lage. Trotz der Gefallenen und der Verwundeten waren sie zufrieden. Sie hatten schon etwas Konkretes erreicht. Mit Bewunderung sprachen sie von Joaquim. Capi, der zu einer der Gruppen gehörte, hatte eine Idee. „Und wenn wir sie rausholen?"

Der Neger Florindo lachte, er war Feuer und Flamme. Der Plan wurde den anderen mitgeteilt. Etwa fünfzig Mann zogen in der Nacht aus, griffen das Gefängnis an, befreiten die Gefangenen, die Wachen waren geflohen. Joaquim lag lachend in den Armen des Negers Florindo. In den Baracken wurden die Befreiten mit einem Lied empfangen, das zwar sehr traurig war, aber doch wie ein Kampfgesang klang:

„Maneca ist gestorben im Trockenraum
zur Zeit, da die Sonne sinkt . . ."

In der Stadt Itabuna wurden die Türen verriegelt, die Frauen beteten, die Männer sagten, dies sei ein Zeichen der Zeit.

13

Der Streik dehnte sich aus, und da kamen die Präfekturen von Ilhéus und Itabuna zu einer Übereinkunft. Den Tagelöhnern, die in ihre Heimat zurückkehren wollten, sollte die Überfahrt bezahlt werden, die anderen sollten auf die Fazendas zurückgehen, die sie verlassen hatten, Fazendas, die von den Exporteuren ersteigert worden waren.

Fast alle kehrten an ihre Arbeit auf den Pflanzungen zurück, aber sie kamen nicht so wieder, wie sie weggezogen waren, sie brachten etwas mit, was sie den anderen weitergeben konnten. Etwas, was wie ein Licht leuchtete.

Eines Tages waren auch Varapau, Capi und Florindo an der Reihe. Capi wollte nach Ceará heimkehren. Varapau ging zurück auf die Fazenda, die Frederico Pinto gehört hatte. Joaquim hatte ihm Aufträge mitgegeben, Varapau sollte einige Zeit später als Bote von Fazenda zu Fazenda ziehen und Flugblätter verteilen, Worte der Empörung und der Hoffnung. Nicht die Polizei der Fazendeiros und nicht die wachsamsten Aufseher und wagemutigsten Polizisten kamen ihm je auf die Spur. Varapau erschien bei Nacht, und in allen Häusern war er zu Hause.

Der Neger Florindo wollte nicht wieder auf die Fazenda. „Ich gehe nach Ilhéus, ich will Rosa haben." Er lachte.

Auch Joaquim verschwand, er wurde von der Polizei gesucht. In Itabuna zu bleiben war unmöglich. Gegen ihn lag ein Haftbefehl vor, der Kommissar hatte behauptet, er sei „der Gefährlichste von allen". Joaquim fuhr in einem Lastwagen mit, unter der Plane zwischen Kakaosäcken versteckt.

14

In dem riesigen, düsteren, verlassenen Hafen, der sich schließt an den Lagerhäusern der Docks und sich öffnet vor dem Meer mit den Frachtern, in diesem Hafen voller Matrosen mit schnellen Dolchen, voller Ladungen aus Australien, Kakao für Philadelphia, Prostituierter, Messer, Mysterien und Häßlichkeiten, in dem riesigen Hafen von Ilhéus sucht der Neger Florindo nach Rosa.

Rosa ist verschwunden. Wo mag sie sein? Wer weiß, ob nicht die Bäume auf dem Hügel sie mit ihren Zweighänden, ihren Wurzelherzen gerufen haben? Florindo ist auf die Hügel gestiegen, Rosa ist nicht da. Wo ist sie? Vielleicht in der Stadt, auf den erleuchteten Straßen, von denen die Frauen verlockt werden. Vielleicht tanzt sie gerade in einem Nachtlokal. Ihre Zigeunertracht gleicht dem Kleid der „Bahianerinnen". Florindo hat auf den

Straßen gesucht, er ist in jedes Lokal gegangen, nirgends ist Rosa zu finden.

Einsam und düster ist der Hafen, vielleicht ist sie ins Meer gesprungen, als die Sonne sank. Zu den Winden, zu den Fischen, zu den Wassern, zu den Schiffbrüchigen der „Itacaré". Die Nacht ist windig, der Neger Florindo geht gebeugt, Laternenlicht fällt auf ihn, das Geheimnis der dunklen Ecken, Schatten, die sich ausdehnen und ins Meer fallen. Auf der Landungsbrücke sind Lichter aufgeglüht, sie erhellen seltsame bucklige Wesen, Neger, die Kakaosäcke auf dem Rücken tragen, Kakao für das schwedische Schiff. Der Neger Florindo geht durch die Lichter.

Ist Rosa vielleicht zu den Treppen der Landungsbrücke gelaufen, um Krabben zu fangen? Vielleicht ist sie hier, neben sich ein Stück Fleisch am Bindfaden und Krabben für das Mittagessen am nächsten Tag, Rosa, die Fischerin, umringt von Fischen. Aber sie ist nicht da, wer weiß, ob sie nicht an einem Tisch in der Kneipe des alten Coló sitzt, in der „Flor da Onda".

Der Seemann grüßt ihn, nie hat er einen gesehen, der so dick war. Er sitzt über sein Whiskyglas gebeugt. Große Sauferei, es hat Geld gegeben, der blonde Schwede, der von See gekommen ist, hat schon viel getrunken. Einen Schluck, Florindo? Was für eine Sprache spricht er nur?

Eine süffige Cachaça, Import. Das Whiskyglas hat einen Glanz, der an Seeabenteuer erinnert, an Perlenfischerei, an Waffenschmuggel, an Matrosen, die von Haien verstümmelt sind und nur noch einen Arm haben. Auf dem Grunde des Glases sucht Florindo Rosas Augen. Aber Rosa ist nicht da. Der Kai schließt sich dort draußen wie eine ausweglose Sackgasse. Auf dem Grunde des Glases, im Glanz des Whiskys, findet Florindo nur den Leuchtturm einer Insel, Totenlicht, verirrte Laternen, schwankende Feuer, das starre Auge eines Toten, das ihn ununterbrochen belauert. Fort mit dir, Ertrunkner! Florindo sucht Rosa in dem verdünnten Whisky der Kneipe. Auch in den Augen der trinkenden Huren. Wo ist Rosa? Rosa ist verschwunden. So war sie eben, Varapau wußte es ja, er hatte es gesagt, nachts, beim Schein der trüben Funzeln.

Der Schwede lacht laut heraus, er läßt sich vollaufen, heute war Zahltag. Eigentlich verdiente er eine Ohrfeige, aber Florindo verkneift es sich, die Cachaça schmeckt gut, Import. Man müßte ihm eine runterhauen, aber Florindo verzichtet darauf. „Mach's gut, Kumpel." Welche Sprache er wohl spricht? Keiner versteht ihn, Rosa ist nicht da. Da draußen schließt sich der Kai über Florindos Herzen.

Er muß durch den ganzen Hafen laufen, von einer Landungsbrücke zur anderen, von der Eisenbahnlinie bis zum Markt, er muß mitten zwischen den Auswanderern hindurch, die in den windgeschüttelten Leichtern sitzen. Capi ist abgereist, er hat ihm von seinem Schiff aus zugewinkt, er wollte seine Frau besuchen. In seiner Heimat gibt es einen Dreikönigsterno, Capi wird mitziehen, als Herodes verkleidet. Florindo muß durch die Finsternis gehen, an den Lagerhäusern vorbei, wo sich die Diebe verstecken, an den leeren Waggons unweit der Schlangeninsel vorbei, wo sich die billigsten Huren anbieten, verkaufen und es für zweieinhalb Milréis gleich an Ort und Stelle machen. Er muß durch den ganzen Hafen laufen, denn sie ist nicht da, gewiß nicht, weder auf den Hügeln noch in den erleuchteten Straßen. Sie muß am Hafen sein, weder die Bäume noch die Laternen könnten Rosa zurückhalten. Denn der Hafen ist die Heimat der Vagabunden. Wer weiß das nicht?

Das Schiff ist verschwunden, jetzt sieht man nur noch Schaum. „Dein brauner Leib, Rosa, wohin ist er gegangen?" Der Neger Florindo fragt die Vorbeigehenden, er fragt auf den Schiffen, er fragt die Prostituierte, die mit flüsternder Stimme ruft. In dieser Nacht am Kai sind die Laternenlichter Rosas immer wiederkehrende Augen. Er tritt näher heran, sie ist es nicht, was für eine trübsinnige, gottverlassene Laterne. In der Nacht am Kai, wo die Pärchen sich dunkle Winkel suchen. In der Finsternis sieht man die Sterne, man kann auch die Liebesseufzer der Prostituierten und der Seeleute hören. Das Wasser ist schwarz wie ein Meer aus Tinte, die Matrosen kommen vorbei, schwarz wie Kohle. Rosa ist braun, ihre Haut hat die Farbe trockenen Kakaos. Ihr weißer Rock ist wie Schaum, der Neger Florindo sucht sie am Saum des Meeres. Sogar über den Meeresschaum muß der Neger lachen . . .

Das Licht trifft auf die Masten, macht sie krumm, der Rauch der Schiffe ist weiß, einmal hat Rosa einen Fisch im Busen mitgebracht, sie hat ihn plötzlich herausschlüpfen lassen und über Varapaus Entsetzen gelacht. Ein lebender Fisch im Busen, der noch mit dem Schwanz schlug. „Dein brauner Leib, Rosa, wohin ist er gegangen?“ Ob er mit den Fischen gegangen ist oder mit den Fischern? In der „Flor da Onda“ hat einmal ein Schiffskapitän gesagt, im Hafenbecken von Ilhéus gebe es vorwiegend Haie, an die dreihunderttausend. Eine große Zahl, dreihunderttausend, sie fressen Arme und Beine der Fischer.

Auch Algen gibt es, mehr als dreihunderttausend an jeder Landungsbrücke. Rosa spielte mit den Algen, während der Wind ihr durchs Haar blies. Alle Winde, der aus Norden, der aus Süden und der schreckliche Nordwest. Sie schlief in einem vertäuten Boot, ihr Kopf ragte über den Bootsrand hinaus, das Haar trieb auf dem Wasser. Wie ein Kopf ohne Körper, der aus der See aufstieg, Schauer überliefen jeden, der das sah. Du verrückte Rosa, du Rosa vom Kai, wie oft hast du gelogen!

Sie war eine Frau, die Geschichten wußte und sich Geschichten ausdenken konnte. Nie war eine so wie sie, sie glich mehr einem Buch, so viele Geschichten erfand sie.

Sie erzählte von einem Toten, der seinen Hafen gesucht habe. Er sei gekommen und habe sie gefragt, ob sie wisse, wo sein Hafen sei. Er war ein Toter mit offenem Mund, ein Ertrunkner mit einer Krabbe an der Brust. Es war reine Erfindung, aber es klang wie die Wahrheit. Sie sagte auch, sie werde eines Tages fortgehen, eines Tages, ohne daß jemand etwas merken werde; anscheinend war es gelogen, aber sie tat es wirklich.

„Wohin, Rosa, ist dein Leib gegangen, verrückte, verlogene Rosa?"

Ein Meer mit toten Inseln, wer hat das eigentlich gesagt in jener Kneipe? Einer verrückter als der andere, sie haben nur dummes Zeug geredet! Neger Florindo, du dummer Neger! Alles glaubt er und vergißt er, erst heute nacht muß er wieder dran denken. Warum ist Rosa verschwunden, niemand weiß etwas von ihr. Dieser Hafen ist riesig, eine endlose Kakaolagerhalle. Der Kakao bringt Geld, er verschafft gute Arbeit. Er bringt so viel ein, daß die Stauer ein Mädchen bezahlen können. Der Neger Florindo fragt das Pärchen, das sich umarmt hält. Die beiden haben, nur um zu antworten, aufgehört, sich zu lieben, sie haben es eilig, und sie haben recht.

„Ich hab sie nicht gesehn, nein . . ."

Wird er schon müde? Der Neger Florindo wird nicht so rasch müde. Wird er müde? Oder ist es der Kummer? Rosa ist geflohen. Wohin ist sie gegangen? Der Neger Florindo hat immer nur gelacht. Rosa kam mit der Stimme Varapaus in den Nächten auf der Pflanzung, sie war in seinen Gedanken bei ihnen, sie lachte dem Neger zu, so gut war sie! Der Neger Florindo lachte und lachte, jetzt hat er das Lachen verlernt. Rosa ist geflohen, der Hafen schließt sich an den Lagerhallen. Der Dieb hat Rosa nicht gesehen, er hat nach dem Klappmesser gegriffen.

Florindo will sich nicht schlagen, nein. Er will nur Rosa sehen, Rosa finden. „Wohin bist du gegangen, wo bist du?“ Eine vergebliche Frage, Rosa kann ihm nicht antworten. Wie lang dieser Hafenkai ist, es gibt keinen längeren auf der Welt! Der Matrose hat sie nicht gesehen, sie ist nicht auf seinem Schiff.

Florindo hat einen Kamm gekauft, er trägt ihn in der Tasche, einen schönen Kamm mit Glasperlen, die wie Brillanten funkeln. Er ist für Rosa, damit sie ihr Haar kämmen kann, damit sie lächelt.

„Nimm deinen Kamm, Rosa, komm und kämm dich. Ich schenke dir eine Kette, ich kaufe sie bei einem Syrer auf Pump. Sie ist falsch, ich weiß, doch wer weiß das nicht? Aber sie ist schöner als eine echte. Ich schenke dir Parfüm, falsches Houbigant. Varapau, weißt du, der ist auf die Pflanzung zurückgekehrt, er hat dich vergessen, Capi ist mit dem Schiff weggefahren, er wird den Herodes bei einem Dreikönigsterno spielen. Ich bin allein dageblieben. Du hast den Mond, Rosa, um dich darin zu spiegeln. Wenn du nicht kommst, Rosa, dann gehe ich ins Wasser.“

Der Neger Florindo hat das Lachen verlernt, er will sich ertränken. Rosa ist geflohen, sie ist nicht im Hafen, der Neger Florindo will ins Wasser gehen.

Rosa ist gekommen, von hinten ist sie gekommen, der Neger dreht sich um, woher ist sie gekommen? Rosa, verrückte Rosa, wie schön du bist!

„Wo warst du?“

„Willst du es wissen?“

Rosa lacht, und der Neger Florindo lacht, wie gut ist das Lachen!

„Willst du es wissen? Ich sag es lieber nicht.“

Was will Rosa denn? Rosas Mund, oh, ihr Mund, Rosas Leib, der sich anschmiegt. Rosa, nimm deinen Kamm, frag nicht nach der Kette, frag nicht nach dem Parfüm, frag nicht nach dem Mondschein, frag nur nach dem Boot.

„Warst du traurig?“

„Ich wollte ins Wasser gehn."

Schon ist Florindo hineingegangen, ertrunken in Rosas weichem Leib in der Finsternis des Hafens. Wie gut ist das Lachen!

15

In Ilhéus wollte Hauptmann João Magalhães nicht bleiben. Auch Don'Ana wollte fort, jetzt, da sie nichts mehr besaß im Kakaogebiet, schämte sie sich vor den Leuten, die ihr mit Blicken folgten. Die Fazenda hatte bei der Versteigerung mehr Geld eingebracht, als sie erwartet hatten, denn Schwartz versuchte Carlos Zude zu überbieten, es kam zu einem häßlichen Zweikampf. Dabei wurde die stumme Übereinkunft gebrochen, die alle Exporteure respektierten: Der Gläubiger des verschuldeten Fazendeiro ersteigerte dessen Pflanzungen. Schwartz übertrat dieses ungeschriebene Gesetz, und nur deshalb behielt der Hauptmann etwas übrig. Sie hätten in Pirangi ein Weinlokal eröffnen können, João Magalhães hatte ein entsprechendes Angebot erhalten. Aber Don'Ana lehnte sofort ab. Auch der Hauptmann war entschlossen, diese Gegend zu verlassen und nie wiederzukommen. Sein Schwiegervater hatte gesagt, der Kakao bleibe an den Menschen haften, niemand könne ihm entschlüpfen, er halte jeden fest. Aber Hauptmann João Magalhães war dreißig Jahre nach seiner Ankunft überzeugt: Er würde nie zurückkehren.

Sie gingen nach Bahia und kauften nicht weit vom Hafen eine Pension, wo sie Reisende beherbergten, die aus Ilhéus kamen oder dorthin fuhren, der Kakao klebte fest an ihnen. Don'Ana gab den Angestellten in der Küche Anweisungen, sie beugte sich über die Kochtöpfe, ihr Haar war weiß geworden, und ihr braunes Gesicht sah alt aus.

 Der Kakao haftete an ihnen, er hielt sie an den Füßen

fest. Sinhô Badaró hatte es bei den abendlichen Gesprächen immer wieder gesagt. João Magalhães hatte die Pension gekauft, er hatte nichts mehr zu tun mit Ilhéus, er besaß kein Land mehr, keinen Kakaobaum, alles, was ihm von dort blieb, war der Papagei Chico, dessen schrille Stimme durch die Pension gellte und Arbeitern, die es nicht gab, Befehle erteilte, Arbeitsgänge von den Pflanzungen nachahmte, die Hühner zum Maispicken anfeuerte und den sinnlosen Satz ausrief, den João Magalhães so oft gesagt hatte: „Don'Ana, wir werden wieder reich." Dann lachte er schallend, entlockte Don'Ana Badarós Augen Tränen und machte João Magalhães das Herz schwer.

Hauptmann João Magalhães hatte nichts mehr zu tun mit dem Land des Kakaos, auf das er fünfunddreißig Jahre zuvor zum ersten Male seinen Fuß gesetzt hatte. Und doch las er jeden Morgen in den Zeitungen als erstes den Kakaopreis, und wenn er gestiegen war, lief er mit der Zeitung in der Hand in die Küche und rief aufgeregt aus: „Er steigt, Don'Ana; er steht schon auf zweiundzwanzig Milréis."

Auch sie interessierte sich dafür, sie lasen die Zeitung, sie sprachen darüber, stellten Prognosen. Chico begleitete ihr Gespräch von seinem Käfig her, ironisch kniff er ein Auge zu.

Eines Nachts jedoch, als sich die Verhältnisse in Ilhéus wieder stabilisiert hatten, da die Krise abebbte und die Exporteure auf den Pflanzungen arbeiteten, machten sie einen Spaziergang auf den Kai von Bahia. Und sie setzten sich auf eine Bank, die nahe bei dem riesigen Gebäude des Kakaoinstituts stand, das die Regierung während der Hausse hatte bauen lassen. Sie betrachteten es mit traurigen Blicken. Aus Ilhéus kam die Nachricht, die Baisse sei zu Ende, die Preise stiegen wieder an, die Fazendas seien in den Händen der Exporteure von neuem aufgeblüht. Sie starrten das Gebäude des Kakaoinstituts an, dessen vom Mond hervorgerufener riesiger Schatten auf sie fiel.

„Er ist sehr hoch geklettert“, sagte Don'Ana Badaró.

João Magalhães wußte, daß sie vom Kakao sprach. „Das stimmt“, antwortete er. „Er ist zu hoch geklettert für uns, Alte.“

Es war das erste Mal, daß er Alte zu ihr sagte. Don'Ana hatte jetzt schlohweißes Haar. Und als sie von der Bank aufstanden und den Rückweg zu ihrer Pension antraten, waren es zwei alte Leute, die auf der Welt nichts mehr zu tun hatten. Der Schatten des Kakaoinstituts folgte ihnen ein Stück Weges.

16

Eines Abends, als der Dichter eben mit Joaquim gesprochen hatte, der sich nach den Unruhen in Itabuna wieder in dem Haus des Freundes auf dem Conquistahügel versteckt hielt und von dort aus die ganze Bewegung in der Hoffnung leitete, bald in die Legalität zurückkehren zu können, begegnete er dem Obersten Maneca Dantas. Der Oberst wohnte jetzt in einem kleinen Haus in der Nähe des Friedhofs. Manchmal stieg er abends auf den Hügel, um von oben auf die Stadt hinunterzusehen.

Seit langem war Sérgio ihm sympathisch. So setzten sie sich in der Friedhofsallee auf eine Bank und unterhielten sich. Sie sprachen von ihrem Leben, von der Baisse, von der Übernahme der Ländereien durch die Exporteure. Maneca Dantas war mutlos. Er sagte: „Unser ganzes Leben haben wir auf der Pflanzung verbracht, wir haben Wald gerodet, haben gefochten, getötet, Christenblut vergossen . . .“

Sérgio hörte interessiert zu. Maneca Dantas starrte auf die Lichter der Stadt. „Wir haben Kakao angepflanzt, wir haben Pflanzungen gegründet, vergnügt haben wir uns nie, wir haben alles für unsere Kinder getan. Und sehen

Sie, Seu Sérgio, unsere Kinder haben zu nichts getaugt, höchstens dazu, Cachaça zu trinken und den Weibern nachzulaufen." Er dachte an Rui. „Oder noch Schlimmeres anzustellen. Dafür hätten wir nicht so zu schuften brauchen." Er schwieg, der Dichter antwortete nicht. Dann sprach Maneca Dantas weiter: „Und jetzt nehmen sie uns noch unser Land weg, sie stürzen uns ins Elend. Ich bin alt, Seu Sérgio. War es nötig, soviel zu arbeiten, Menschen umzubringen und fünfzig Jahre lang in der Wildnis zu leben? Wofür das alles? Damit wir in Armut sterben dürfen."

Da zeigte der Dichter auf die Lichter der Stadt dort unten. „Um dies zu schaffen, Oberst. Es war der Mühe wert. Sie haben das alles geschaffen. Ist das etwa wenig?"

Maneca Dantas stimmte ihm zu, aber ohne Freude und Begeisterung. „Nur gehört es uns jetzt nicht mehr."

Als Sérgio am nächsten Abend wieder Joaquim aufsuchte, berichtete er ihm über sein Gespräch mit Maneca Dantas. Joaquim erhob sich von seinem Stuhl und sagte: „Genosse Sérgio, ihre Zeit ist vorüber. Jetzt hat die Zeit der Exporteure begonnen, die Zeit des Imperialismus. Aber auch diese Zeit wird vorübergehen. Zunächst werden sie sich untereinander bekämpfen."

Sérgio warf ein: „Karbanks und Schwartz kämpfen schon offen gegeneinander. Die Integralisten bekämpfen Carlos Zude."

„Siehst du. Auf der einen Seite die Deutschen, auf der andern die Amerikaner. Auch ihre Zeit wird ablaufen, und dann beginnt unsere Zeit, Genosse Sérgio."

Sie verließen das Haus und gingen dem Friedhof zu. Unten glänzten die Lichter der Stadt. Der Dichter Sérgio Moura sah den Drachen über Ilhéus schweben, mit ausgestreckten Krallen und hundert hungrigen Mäulern. Und er dachte, daß er am Abend vorher mit der Vergangenheit gesprochen hatte und daß er jetzt mit der Zukunft sprach. Joaquim redete voller Überzeugung, seine tiefe Stimme schien aus einem von Zuversicht erfüllten Herzen zu dringen: „Anfangs gehörte das Land den Fazendeiros, die es erobert hatten, dann hat es neue Herren bekommen, es ist den Exporteuren in die Hände gefallen, die es ausbeuten werden. Aber eines Tages, Genosse, wird die Erde keinen Herrn mehr haben." Seine Stimme stieg zu den Sternen auf, sie deckte die Lichter der Stadt zu. „Und auch keinen Sklaven mehr."

17

Carlos Zude maß dem anonymen Brief so wenig Bedeutung bei, daß er ihn Julieta gegenüber nicht einmal erwähnte. („Er ist zahm", verbreitete Reinaldo Bastos unter seinen Bekannten.) Wochen vergingen, und er erinnerte sich nicht einmal mehr daran. Eines Tages jedoch, als er aus seinem Büro nach Hause kam, traf er Julieta gerade an, als sie ein Buch las. Er nahm sie in die Arme, küßte sie auf die Wange, er war zufrieden. Die Geschäfte gingen gut, und Carlos Zude, dessen Liebe zu seiner Gattin nicht nachgelassen hatte, fühlte die Zeit herannahen, da er sich ihr ausschließlich widmen konnte und das Leben ihn für die viele und so anstrengende Arbeit entschädigen würde. Nun würde Zeit sein für einen Sohn, den er sich schon immer wünschte, der in englischen oder nordamerikanischen Colleges erzogen werden sollte. Andere Welten warteten auf sie, die fern waren und anders als diese Welt des Kakaos. Die riesigen Fazendas und die Exportfirma würden sorgen für alles, was ihnen in den Sinn käme, für die verrücktesten Launen, auf die Julieta verfallen könnte.

Er nahm das Buch zur Hand, in dem sie gelesen hatte, und blätterte darin, ohne auf die Buchstaben zu achten. Er sah nur Julieta, die immer jünger und schöner wurde.

Er wurde älter. Diese Jahre des Kampfes, der gefährlichen Spekulationen, der unaufhörlichen Aufregungen hatten ihn altern lassen, sie hatten die Zahl seiner weißen Haare vermehrt, er war nicht mehr der romantische Mann mit den grauen Schläfen, ein Mann, für den sich die Frauen interessierten. Als er wieder das Buch ansah, las er Sérgio Mouras Namenszug auf der weißen Widmungsseite. Das Buch war ein Geschenk des Dichters, und da fiel Carlos Zude der Brief ein, aber wie etwas Dummes und zugleich Komisches. Nur weil ein junger Mann, der den Dichter spielte, einer Senhora ein Buch borgte, bildeten die Obersten sich gleich ein, es handle sich um einen Ehebruch. Sie waren zurückgeblieben, unwissend, tatsächlich unfähig, die Welt, in der sie lebten, zu verstehen.

Es war ein Glück, daß mit dem Einfluß, den sie im Kakaogebiet gehabt hatten, nun Schluß war. Carlos Zude war zufrieden und wollte Julieta von dem anonymen Brief erzählen. Sie blieb sitzen, sie hatte sich nur aus seinen Armen gelöst, vom Zimmer aus sahen sie durch die offenen Fenster das Meer. Carlos Zude setzte sich neben sie auf das Bett.

„Es war an dem Tag, als ich mich mit dem Hauptmann João Magalhães geprügelt habe, ich hab dir davon erzählt. Erinnerst du dich?"

„Ja", sagte sie.

„An demselben Tag kam kurz darauf die Nachmittagspost. Der Hauptmann war es natürlich nicht. Er hatte keine Zeit dazu. Es muß einer von den Obersten gewesen sein, von denen, die erst Geld verschwendet haben und danach nicht bezahlen wollten. Einer von ihnen war es bestimmt."

„Was denn?" fragte Julieta, die noch immer aufs Meer hinaussah.

„Der anonyme Brief. Darin stand, du seist die Geliebte dieses Burschen, dieses Sérgio Moura." Er lachte erheitert. „Dumm, idiotisch! Aber ich sage dir: Ich hätte nie geglaubt, daß die Obersten so reagieren würden. Der eine hat Rauschning umgebracht, andere leisten auf den Fazendas Widerstand, der Hauptmann hat mich angegriffen, und einer schreibt mir Unverschämtheiten. Ich dachte, sie würden sich nicht wehren. Ich habe mich getäuscht."

Niemals konnte er den Groll darüber verwinden, daß er sich, was das Verhalten der Obersten betraf, so sehr getäuscht hatte. Er hatte sich geirrt, das war nicht zu leugnen. Aber wie auch immer, die Ergebnisse waren schließlich dieselben geblieben. Jetzt waren die Exporteure die „Herren des Landes". Das Schweigen dauerte an, und Carlos Zude lächelte seinen Gedanken, seinen in die Tat umgesetzten Träumen zu.

Julieta war ans Fenster getreten, sie wandte ihm den Rücken zu, als sie zu ihm sprach. „Ich muß dir etwas sagen, Carlos. Es ist nicht gelogen, nein ..."

Carlos brachte den Satz seiner Frau nicht sofort mit dem Brief in Verbindung. „Was ist nicht gelogen?"

Sie drehte ihm ein wenig ihr Gesicht zu. Ihr war zumute wie einem Kranken, dem eine Armamputation bevorsteht, eine schmerzhafte, aber unerläßliche Operation. „Der Brief ... Ich bin Sérgios Geliebte."

Er starrte sie mit aufgerissenen Augen an, sein Arm war leicht erhoben, als wären alle seine Bewegungen plötzlich eingefroren. Er konnte einem leid tun, und Julieta hatte Mitleid mit ihm.

„Verzeih mir. Ich war nicht offen zu dir. Ich hätte es dir längst sagen müssen. Ich habe aber nie Gelegenheit gefunden. Außerdem habe ich damals noch nicht so gedacht wie heute. Verzeih mir, Carlos."

Er war sprachlos. Er sah sie an und konnte es nicht glauben. Das war vernichtend für ihn, es war, als hätte ihm jemand mit einem Gegenstand immer wieder auf den Kopf geschlagen, um ihn zu betäuben.

Julieta ging im Zimmer auf und ab, sie hatte Carlos weiter nichts zu erklären. Aber da er noch immer schwieg, versuchte sie es: „Bei uns war von Anfang an alles falsch. Unsere Heirat . . ."

Erst da unterbrach sie Carlos Zudes Stimme: „Ist das wahr?"

Er bewegte sich nicht, zeigte keine heftige Reaktion, er schrie nicht, drohte nicht, vergoß kein Blut. Er war vernichtet. Einem Ertrinkenden gleich, konnte er keinen Halt finden. Julieta redete ihm zu: „Bleib ruhig. Du brauchst mich so wenig. Du hast deine Geschäfte, dein Leben, deine Welt. Auf deine Weise bist du ein Sieger. Du hast deine Schlacht geschlagen und hast sie gewonnen."

„Ich dachte, du hilfst mir. Du . . ." Er wollte vieles sagen, aber es lohnte nicht, Am liebsten hätte er geweint. Aber seine Augen waren trocken, die Kehle schnürte sich ihm zusammen, und er fühlte Leere in der Brust. Er war sitzen geblieben, er tat Julieta furchtbar leid, unendliches Mitgefühl hatte sie erfaßt. Sie ging auf ihn zu und ergriff seine Hand.

„Mein armer Lieber. Du warst immer so gut zu mir. Ich kann mich nicht über dich beklagen. Du darfst von mir denken, was du willst . . ."

Carlos kam allmählich zu sich. Jetzt glaubte er in Julietas Verhalten eine unbestimmte Hoffnung für sich zu erkennen. Es würde ihm nicht ohne weiteres gelingen, ihr zu verzeihen und alles zu vergessen. Das wichtigste war, daß sie nicht fortging. Nur das Meer störte ihr Schweigen, die ans Ufer schlagenden Wellen. Auf einmal fiel es Carlos schwer, die passenden Worte zu finden. Was er sagen wollte, war nicht so einfach.

„Julieta, ich liebe dich. Du bedeutest für mich alles. Immer kämpft man doch für irgend etwas, man verausgabt sich, schließt Geschäfte ab und schaltet Konkurrenten aus. Für irgend etwas. Ich tue es für dich. Ich weiß, daß ich dich in der letzten Zeit vernachlässigt habe, ich habe wie ein Sklave geschuftet. Ich bin ebenso schuld daran. Aber wenn diese Laune, deine Narrheit vorüber ist, dann wollen wir das vergessen, noch heute abend, und wegfahren. Wir wollen reisen, schon heute können wir es ohne Risiko tun. Ich brauche nur ab und zu hierherzukommen. Erinnerst du dich, daß ich dir versprochen habe, wir würden eines Tages fortgehen? Diese Verbannung nach Ilhéus würde eines Tages zu Ende sein? Wir würden einmal die Herren des Landes sein und könnten dann fortgehen? Nun, jetzt sind wir die Herren des Landes. Wir werden alles vergessen. Es soll sein, als wäre nichts geschehen."

In Julietas Brust wuchs das Mitleid. Es war so groß, daß sie schon nahe daran war, zu bleiben, auf alles zu verzichten und von neuem in den gemeinsten und dicksten Schlamm einzutauchen. Er brauchte sie. Aber sie wehrte sich, sie wollte sich retten, sie mußte das Mitleid in ihrem Herzen ersticken. Um sich zu retten, würde sie über Carlos hinweggehen, und sie würde notfalls sogar über Sérgio hinweggehen.

„Sei ruhig, Carlos. Es war ja weder eine Laune noch eine Narrheit. Anfangs habe ich es getan, um allem hier zu entfliehen." Sie deutete auf das Haus. „Deinen Geschäften, deiner schmutzigen Welt. Ich wußte es selbst nicht, ich war so verzweifelt, so bedrückt. Erinnerst du dich? Deine Welt. Glaubst du, ich wünsche mir Reisen und Luxus, Kleider und Bälle? Nichts dergleichen will ich. Ich will aus diesem Leben raus, aus diesem riesigen Schmutzpfuhl."

Er begriff, und da wuchs zwischen beiden eine Schranke auf.

Julieta merkte es und war froh, denn nun wußte sie, daß Carlos ohne sie leben konnte, sosehr er im ersten Augenblick auch gelitten hatte.

 „Schmutzpfuhl, sagst du. Und wovon lebst du, wenn

nicht von diesem Schmutzpfuhl? Es sind Geschäfte, und Geschäfte sind nun mal so. Der Klügste gewinnt, so ist es immer gewesen. Bevor du diesen Kerl kanntest, warst du nie der Meinung, daß es ein Schmutzpfuhl ist."

„Reg dich nicht auf, Carlos. Ich beschuldige dich ja nicht. Es ist dein Leben. Aber mir gefällt es nicht, und ich möchte nicht länger mitmachen."

„Gehst du fort?"

Wieder warf es ihn um, wieder spürte er die Leere um sich, wieder hatte er Angst.

„Ja, Carlos. Aber täusch dich nicht. Du wirst nur im ersten Augenblick leiden. Du hast deine Geschäfte, deine Fazendas, deine neuen Fazendas, und bald wirst du an mich nicht einmal mehr denken. Es ist besser so."

Er schwieg, ließ den Kopf hängen und senkte den Blick.

„Ich gehe, niemand wird erfahren, warum, es wird keinen Skandal geben. Du denkst dir irgendeine Geschichte aus. Dann reichst du die Scheidung ein, auch das wird dir auf keine Weise schaden. Du wirst mich vergessen, und wer weiß ..."

Carlos begriff, daß sie Mitleid hatte, und er brauste auf: „Wenn du ohnehin gehst, brauchst du dir um mich keine Sorgen zu machen. Ich werde schon allein fertig." Er wechselte in die Rolle des Hausherrn über. „Wieviel brauchst du?"

„Nichts, Carlos. Ich war seit langem entschlossen, einmal mit dir zu reden. Aber ich habe es immer wieder aufgeschoben, es war gut, daß du heute davon angefangen hast. Ich habe längst meine Sachen vorbereitet. Ich nehme nur das mit, was ich aus dem Haus meiner Mutter mitgebracht habe. Das reicht zum Leben, bis ich eine Arbeit gefunden habe."

Das war zuviel für Carlos Zude. Diese vollständige Unabhängigkeit, dieser völlige Bruch verletzte ihn mehr als alles andere. Er fuhr auf. „Eine Arbeit? Höchstens als Hure."

„Nein, Carlos. Irgendeine Arbeit . . ." Wieder tat er ihr leid. Er war verletzt und traurig. Sie trat auf ihn zu. „Ich will nicht als deine Feindin von hier fortgehen. Ich möchte, daß du mich verstehst."

Er stand vom Bett auf, fast ruhig nach seinem Ausbruch. Seine Stimme klang traurig, aber beherrscht. „Ich werde es nie verstehen. Ich liebe dich."

Julieta schüttelte den Kopf. Sie begann ihre Sachen zusammenzupacken. Carlos Zude setzte sich wieder auf das Bett und folgte mit dem Blick ihren Bewegungen. Seine Gedanken rollten blitzartig ab, aber einer blieb zuletzt stehen: Er konnte jetzt wirklich nicht von Ilhéus fort, es war noch zu früh. Sie ging also weg, es würde bestimmt schiefgehen, vielleicht würde sie zurückkommen. Und sollte er sie dann wieder aufnehmen? Er dachte darüber nach. „Wenn du eines Tages zurückkehren solltest, dann bist du willkommen."

Julieta lief zum Handelsverein. Die Fenster waren geschlossen, der Dichter Sérgio Moura war im Begriff zu gehen. Die brennenden Lampen des riesigen Kronleuchters erhellten den Raum, in dem sich Sérgio ganz allein die Krawatte band. Julieta trat ein, er küßte sie. „Was machst du zu dieser Stunde auf der Straße?"

„Sérgio, wo ist dein schwarzer Vogel?"

„Dort drüben, in der Veranda."

„Hol ihn mir bitte."

Er kam mit dem Käfig, in dem der Vogel wegen des grellen Lichts aufwachte, und gab ihn Julieta. Sie öffnete ein Fenster. „Schenkst du mir den Vogel?"

„Er gehört dir." Sérgio war erstaunt.

Jetzt machte sie auch die Käfigtür auf. Der Vogel hüpfte durch die Öffnung, sah sich einen Augenblick verwirrt um, dann flog er in die freie, unermeßliche Dunkelheit des Gartens hinaus. Sérgio hatte den leisen Verdacht, daß Julieta getrunken hatte. Was, zum Teufel, sollte das alles heißen?

Sie wandte sich um, sie strahlte. „Weißt du, mein Lieber, auch ich bin jetzt frei."

„Frei?"

„Ich habe Carlos alles gesagt, wir haben uns getrennt."

Der Dichter erschrak. „Du hast es gesagt?"

Sie nickte. Er starrte sie an, auch er war ein Gefangner, auch er stak mit den Füßen im Schlamm. Aber wenn es sein mußte, würde sie auch über ihn hinweggehen, um sich zu befreien.

„Ich gehe fort, verstehst du? Ich weiß nicht wohin, aber ich gehe fort. Auch was ich tun werde, weiß ich nicht, aber ich gehe." Und dann wagte sie schüchtern hinzuzufügen: „Vielleicht kann ich eines Tages für Joaquims neue Welt arbeiten."

Sérgio lächelte, er nahm Zuflucht zur Literatur. „Das Geschöpf befreit sich von seinem Schöpfer."

„Ich liebe dich, das weißt du genau. Ich verdanke dir sehr viel. Deshalb bin ich hier, und ich lade dich ein: Komm mit mir. Zerreiß die Bande, die dir die Füße fesseln. Wir wollen fortgehen. Wenn wir zusammen sind, ist es besser und weniger schwer."

Er hörte ihr schweigend zu, er zitierte nicht mehr die Literatur, sie führte nicht zu einer Lösung. Auch nicht die Ironie oder die Wollust. Julieta ging fort. Und sie forderte ihn auf: „Sérgio, ich möchte dich mitnehmen. Ich liebe dich sehr, ich habe dich furchtbar lieb. Deshalb, Sérgio, gehe ich auch, wenn du mich nicht begleitest, ich will mich retten. Selbst wenn du hierbleibst, als ein Gefangener, werde ich weitergehen ..."

Er sprach nicht, er war todernst, sein Profil war länglich wie das eines Nachtvogels, niemals hatte sie ihn so gesehen.

„Sérgio, Joaquim hat einmal zu mir gesagt: Guten oder schlechten Lehm gibt es nicht. Das ist für ihn das gleiche, aber aus dem Schlamm, in dem wir stecken, hinauszugelangen, darauf kommt es an. Das ist wahr, Sérgio. Jetzt verstehe ich es, und ich gehe fort. Ich will dich mitnehmen."

Sérgio Mouras Augen starrten in die Nacht, in die der Vogel hinausgeflogen war. Die freie, unermeßliche Nacht. Eine Nacht, in der ein strahlend heller Stern aufglänzte. Julieta ergriff Sérgios Hut, der auf dem Tisch lag, setzte ihn dem Dichter auf, nahm ihn am Arm und sagte: „Komm, Lieber."

18

In dem schifflosen Hafen von São Jorge dos Ilhéus bettelte ein altes Ehepaar um Almosen. Es waren entlassene Tagelöhner. Sie staken in Lumpen, sie hatten riesige Hände und klaffende Zehen. Antônio ließ die Zweihundertréismünze in die Schale fallen und ging dem Stadtzentrum zu.

Seine Pflanzung war an diesem Tag versteigert worden. Die Firma „Gebrüder Zude & Co." hatte sie gekauft, aber der Erlös reichte nicht einmal aus, die Schulden zu begleichen. In seinem Büro hatte ihn Carlos Zude an die Tollheiten mit der Vampireza erinnert, Antônio Vítor hörte mit gesenktem Kopf zu. Gleich zu Beginn des neuen Jahres war die Vampireza durchgebrannt, sie hatte ihm die letzten fünfhundert Milréis abgebettelt. Raimunda auf der Pflanzung sagte nichts, sie ging jeden Morgen zur Arbeit, sie schien alles mit Gelassenheit hinzunehmen, ob Hausse oder Baisse. Die beiden hatten nie über die Geschichte mit der Vampireza gesprochen. Nie hatte Raimunda daran gerührt. Sie schien sogar heiter zu sein in diesem schlechten Jahr, Joaquim war in die Legalität zurückgekehrt, er hatte Arbeit in einer kleinen Garage gefunden. Daher also sang sie, während sie die ersten Kakaofrüchte dieser verfluchten Safra zerteilte. Auch Antônio Vítor war an die Arbeit auf der Pflanzung zurückgekehrt, er hatte in diesem Jahr nur vier Arbeiter eingestellt, und das Haus, in dem sie vor dem Bau des neuen gewohnt hatten, stand leer. Bald darauf zog Raimunda wieder in das alte Haus ein, sie brachte an einem Tag dies, am nächsten Tag jenes hinüber. Schließlich verließen sie das neue Haus ganz, Antônio wußte nicht einmal, wie die Veränderung zustande gekommen war. Er wußte nur, daß Raimunda nicht traurig war, und das tröstete ihn.

Eines Nachmittags erhielt er eine Vorladung vom Gericht in Ilhéus. Seine Pflanzung würde versteigert werden. Doch Carlos Zude hatte ihm einen Zahlungsaufschub versprochen. Er zeigte Raimunda die Vorladung. Sie erschrak. „Sie wollen uns unser Land wegnehmen, Antonho."

Er fuhr nach Ilhéus, er wohnte der Versteigerung bei, er sah, daß Carlos Zude die Pflanzung für einen lächerlichen Preis erwarb. Danach hatte der Exporteur zu ihm über die Vampireza und den „Terno do Ipicilone" gesprochen. Wozu dies alles, wozu dieses verdammte Gerede über seine Torheiten, wenn er ihm ohnehin alles weggenommen hatte? Carlos Zude bot ihm schließlich den Posten eines Aufsehers auf einer seiner Fazendas an. Dreihundert Milréis Gehalt sollte er bekommen. Antônio Vítor bat um Bedenkzeit.

„Kakao ist eine gute Sache
und ich ein guter Arbeiter . . ."

Er wußte nicht, warum er auf einmal den Wunsch hatte, seinen Sohn zu sehen. „Kakao, das ist ein gutes Ding . . ." Sein Sohn wußte vieles, er hatte nicht auf den Pflanzungen weiterleben wollen, am Ende hatte er recht behalten.

Er blieb an der Garagentür stehen, er wirkte wohl wie betrunken, denn der Bursche, der mit dem Lastwagen herausfuhr, lachte, als er ihn sah. Joaquim kam aus der Garage. „Vater!"

Sie gingen auf die Straße, und Antônio Vítor erzählte ihm alles. Sogar das von der Vampireza. Jetzt hatte er kein Land mehr, jetzt hatte er gar nichts mehr.

„Deine Mutter wird es umbringen, wenn sie es erfährt, Joaquim."

Joaquim sprach ihm Mut zu. Er erzählte von künftigen Dingen, aber das interessierte Antônio Vítor nicht. Sein Sohn sagte, eines Tages werde die Erde allen gehören, dann, wenn es mit Carlos Zude aus sei. Aber das hielt Antônio Vítor nicht für möglich. Während der Sohn sprach, überlegte er, ob er den Posten annehmen sollte oder nicht.

„Es sind dreihundert Milréis, ich werde jeden Monat etwas sparen. Wer weiß, ob ich nicht eines Tages wieder ein Stück Land kaufen kann?"

Er segnete Joaquim, als sie sich am Bahnhof voneinander verabschiedeten. Der Zug pfiff in der Kurve auf dem Weg nach Itabuna. Ihm blieben acht Tage, um die Pflanzung zu verlassen.

19

Raimunda nahm die Mitteilung nahezu gleichgültig auf. Sie ging in diesen acht Tagen weiter auf die Pflanzung, um Kakaofrüchte zu zerteilen.

Antônio Vítor hatte sich entschlossen, bei seinem Schwiegersohn zu wohnen, bis Carlos Zude bestimmte, auf welcher Fazenda er arbeiten sollte. Raimunda ging morgens auf die Pflanzung, als blieben sie hier, als gehörte das Land noch ihnen. Am achten Tag rief Antônio Vítor Raimunda, um mit ihr den Umzug vorzubereiten. Ihr Gesicht verschloß sich. „Du willst das Land hergeben?"

Überrascht sah er seine Frau an. „Wenn nicht, dann ..."

 „Wenn du willst, kannst du fortgehen. Aber ich tue es

nicht, niemals. Ich bleibe hier, ich gebe mein Land nicht her. Ich gebe es nicht her."

Er lächelte und sagte: „Gut, dann wollen wir bleiben."

Am Mittag erschien der Angestellte der Firma „Gebrüder Zude & Co.", um die Pflanzungen in Besitz zu nehmen. Antônio Vítor stürzte sich auf ihn, der Mann ergriff die Flucht und ritt sofort nach Pirangi, um zu telefonieren.

Die Nacht brach an, und sie wußten, daß die Männer bereits unterwegs waren. Sie kamen immer bei Nacht, wenn sie von Fazendas Besitz ergriffen, deren ehemalige Eigentümer Widerstand leisteten. Offiziell nannten sie sich Polizeisoldaten, aber in Wirklichkeit waren es schießgeübte Revolverhelden. Antônio Vítor und Raimunda verließen das alte Haus aus gestampftem Lehm, jeder trug sein Gewehr. Sie gingen ein Stück weiter, um nahe der Straße hinter einem Guavenbaum Stellung zu beziehen. Sie warteten lange. Es war eine schöne Nacht, mit Sternen und Mond, eine Nacht, die gut war für einen Hinterhalt. Antônio Vítor fielen andere Nächte ein, Nächte von einst, als die Kämpfe um den Sequeiro Grande tobten, als er mit seinen zielsicheren Schüssen Männer tötete. Dieses Land hatte er teuer bezahlt, er hatte es mit Blut bezahlt, er wollte es nicht hergeben. Raimunda hatte recht.

Sie sprachen kein Wort. Aber er sah sie an und bemerkte zum erstenmal, daß ihr Gesicht nicht mehr den mürrischen Ausdruck hatte. Es war sanft und heiter. Antônio Vítor sagte: „In Ilhéus habe ich Joaquim besucht. Ich habe ihm den Segen gegeben."

Sie lächelte. „Du bist gut."

„Er ist gut, nur ich war völlig verdreht."

Wieder schwiegen sie.

Aus sehr weiter Ferne, fast unhörbar, näherten sich die Schritte der heranrückenden Männer. Antônio Vítor wandte sich Raimunda zu. „Ich war völlig verdreht. Ich hab mich sogar mit einem schlechten Frauenzimmer eingelassen. Ich bin mit dir umgesprungen wie mit einem alten Fetzen."

„Das hast du richtig gemacht, du hast es gebraucht, ich hab nicht mehr dazu getaugt. Du hast recht getan, ich bin dir deshalb nicht böse."

Er lachte, die Schritte waren schon in der Nähe. Im Licht des Mondes sah er die bewaffneten Männer die Straße entlangkommen. Es waren zwölf, aber das war nicht schlimm. Sie warteten, bis sie noch näher heran waren. Antônio Vítor hatte zum letztenmal den Wunsch, Worte zu sprechen, die er nicht wußte, Zärtlichkeiten zu geben, die er nicht kannte. Aber er sagte nur: „Da sind sie schon."

„Ja."

Sie legten die Gewehre an, Raimunda schoß als erste. Antônio Vítor verfehlte sein Ziel nicht, auf der Straße wälzte sich ein Mann. Die anderen stoben auseinander, sprangen vom Weg und verbargen sich im Wald, dann drangen sie zwischen den Bäumen vor, machten Antônio Vítor und Raimunda hinter dem Guavenbaum ausfindig. Wieder luden sie ihre Waffen, Raimunda reckte sich vor, hob das Gewehr, zielte auf den Mann, der zwischen den Bäumen aufgetaucht war. Sie schoß zugleich mit dem anderen, aber ihre Kugel verirrte sich zwischen den Kakaobäumen, während die Kugel des Mannes Raimunda mitten in die Brust traf. Sie fiel vornüber zu Boden.

Antônio Vítor beugte sich über sie, seine Hand war blutig.

„Munda!"

Sie wandte ihm das Gesicht zu, sie lächelte, ja, sie lächelte! Aus dem Erdboden kam ein guter, kräftiger Geruch, diese Erde war gut für den Kakao. Er würde sein Land nicht hergeben. Nein, Munda, er würde es nicht hergeben!

Er stand auf, die Männer umzingelten den Guavenbaum. Er stemmte das Gewehr gegen die Schulter, zielte und gab seinen letzten Schuß ab.

Seinen letzten Schuß.

Periperi, Bahia, im Januar 1944

Inhalt